図説 和歌と歌人の歴史事典

井上辰雄　著

遊子館

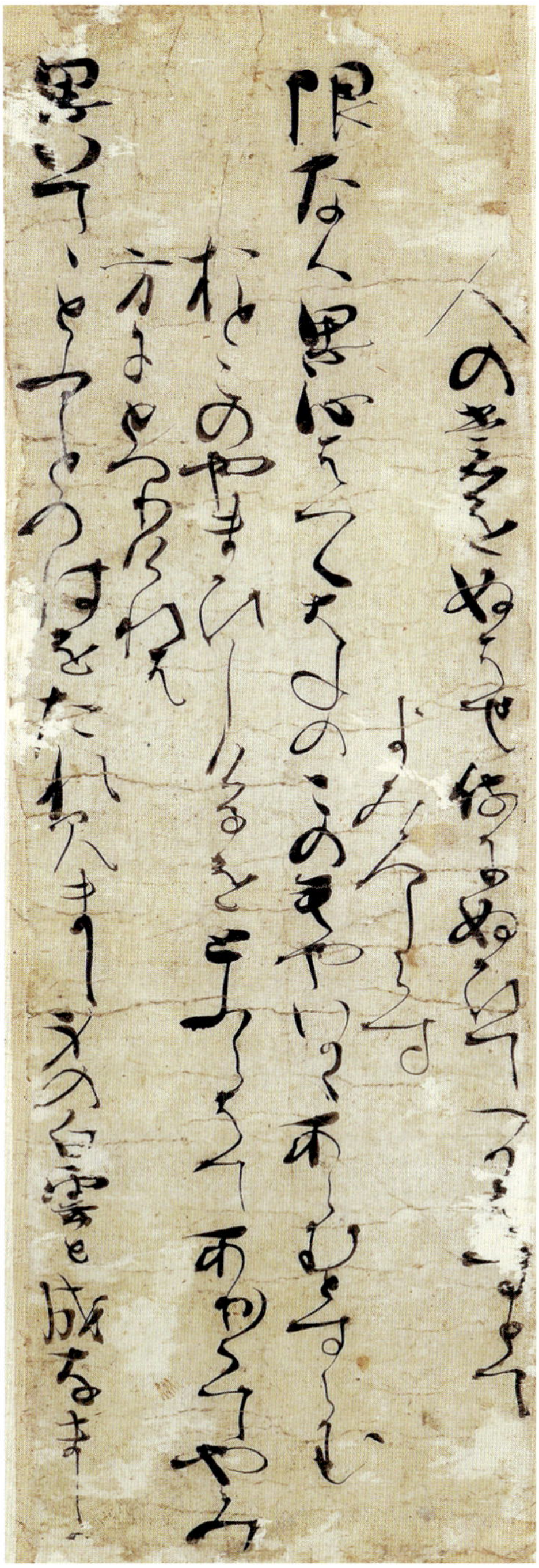

藤原定家筆　後撰和歌集　平安末期（個人蔵）

『後撰和歌集』巻十六・雑二―1150・1151

人《ひと》の裳《も》をぬはせ侍《はべる》に、ぬひてつかはすとて

よみ人《ひと》しらず

限《かぎり》なく　思心《おもふこころ》は　つくばね《（筑波嶺）》の　このもやいかゞ　あらむとすらむ

おとこ《（男）》の、やまひしけるを　とぶらはで、あからで《（ありありて）》、やみ

方にとへりければ

思《おも》いでゝ　とふことのはを　たれ見《み》まし　身《み》の白雲《しらくも》と　成《なり》なましかば

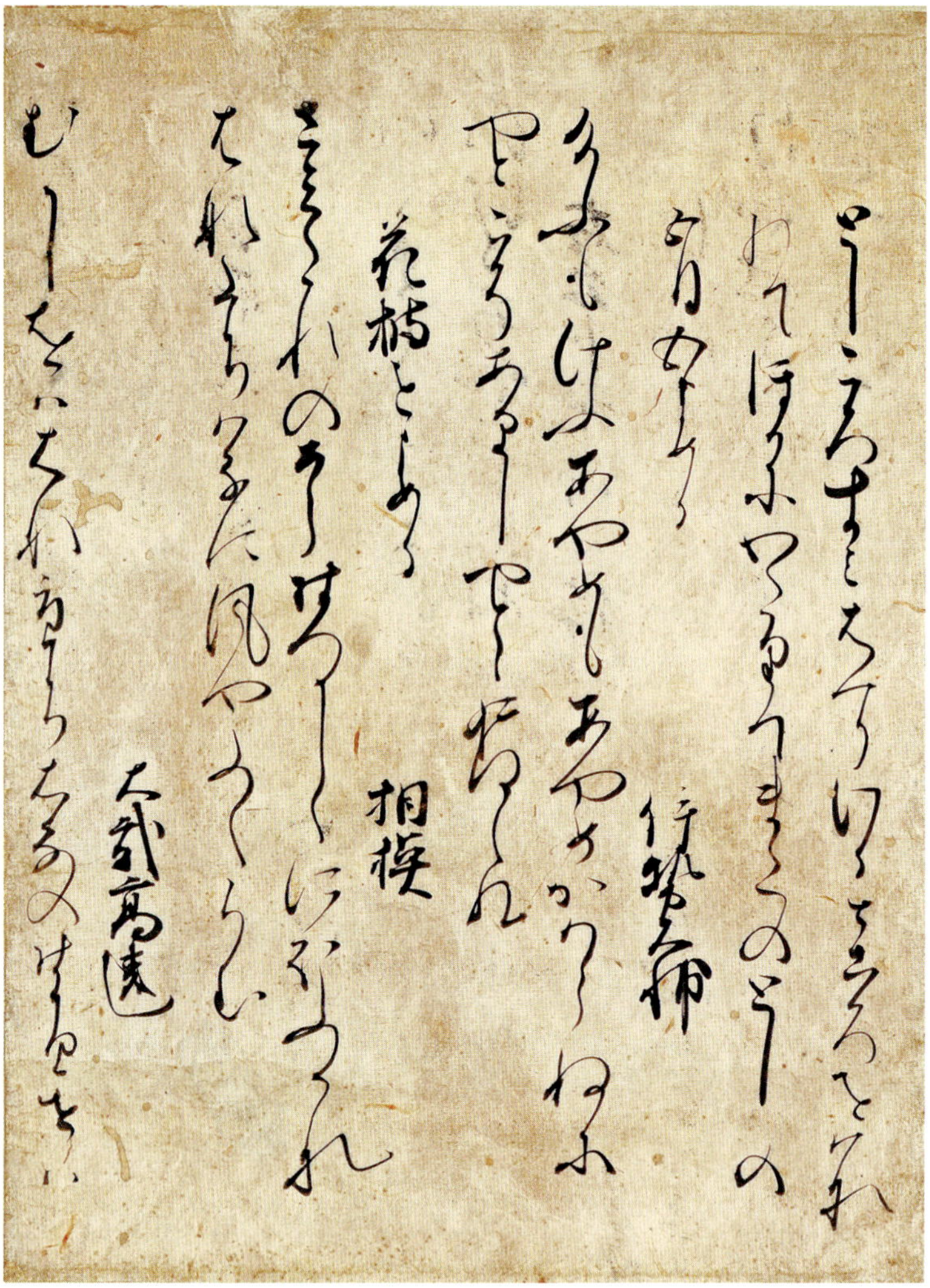

寂蓮筆　後拾遺和歌集　平安末期（個人蔵）

『後拾遺和歌集』巻三・夏―213・214・215

としごろすみはべりけるところはな
れて、ほかにわたりて、またのとしの
五月五日によめる

伊勢大輔

けふもけふ　あやめもあやめ　かはらぬに
やどこそありし　やど〻おぼえね

花橘《はなたちばな》をよめる

相模

さみだれの　そらなつかしく　にほふかな
はなたちばなに　風《かぜ》やふくらむ

大貳高遠《たかとお》

むかしをば　はなたちばなの　なかりせば
（なに〻つけてか　おもひいでまし）

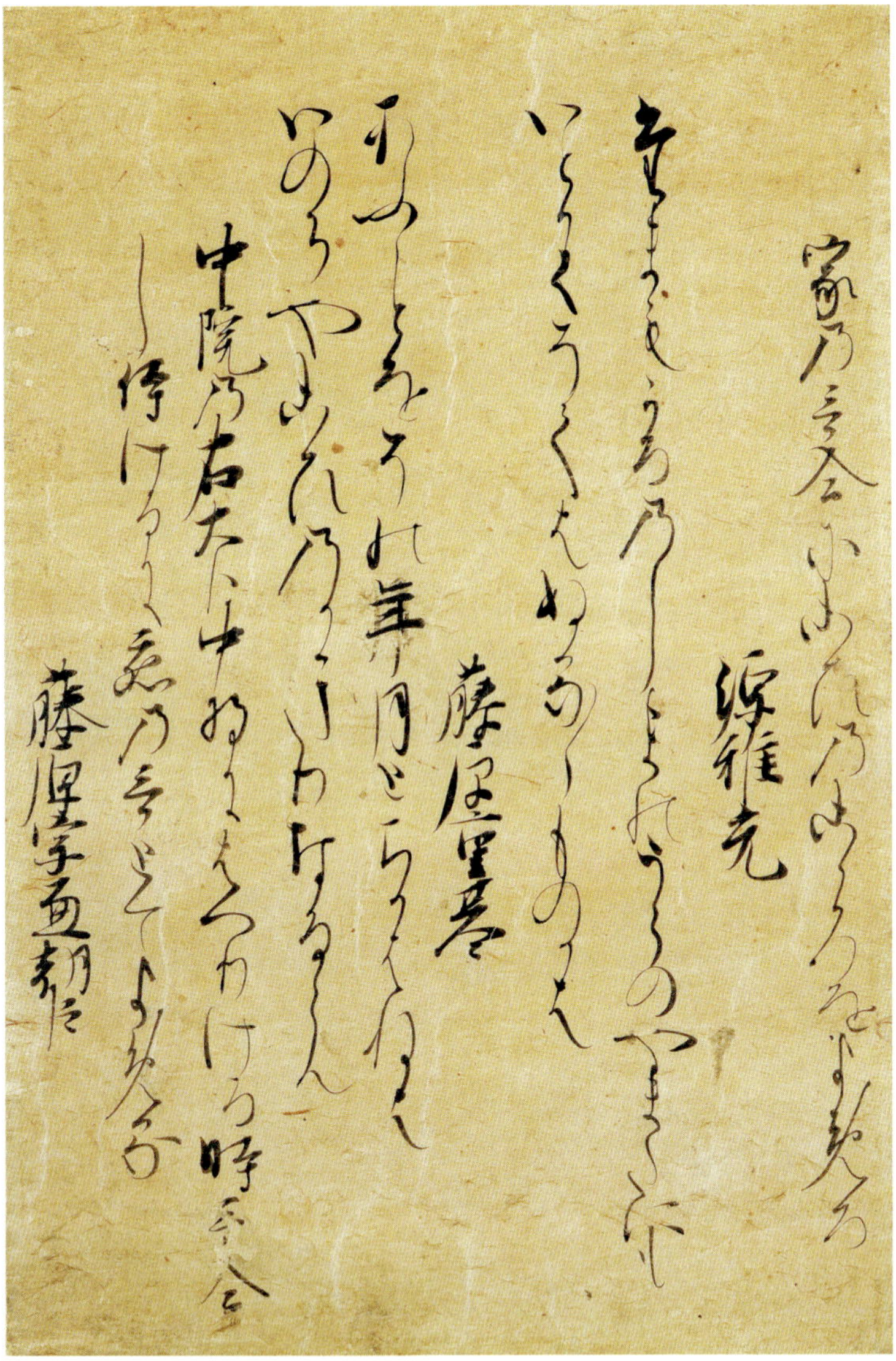

藤原為家筆　千載和歌集　鎌倉前期（個人蔵）

『千載和歌集』巻十二・恋歌―713・714・715

（法性寺入道前太政大臣、内大臣に侍《はべり》ける時の）
家の歌合に、こひのこころをよめる
源　雅光《まさみつ》

たまもかる　のじま《（野島）》のうらの　あま《（海人）》だにも
いとかくそで《（袖）》では　ぬるゝものかは

藤原重基《しげもと》

あふことを　その年月《としつき》と　ちぎらねば
いのち《（命）》やこひ《（恋）》の　かぎりなるらん

中院の右大臣《（入道）》、中将にはべりける時、歌合
し侍《はべり》けるに、恋の歌とてよめる
藤原宗兼《むねかね》朝臣

（恋《こ》ひわたる　涙《なみだ》の川《かは》に　身《み》を投《な》げむ
この世《よ》ならでも　逢《あ》ふ瀬《せ》ありやと）

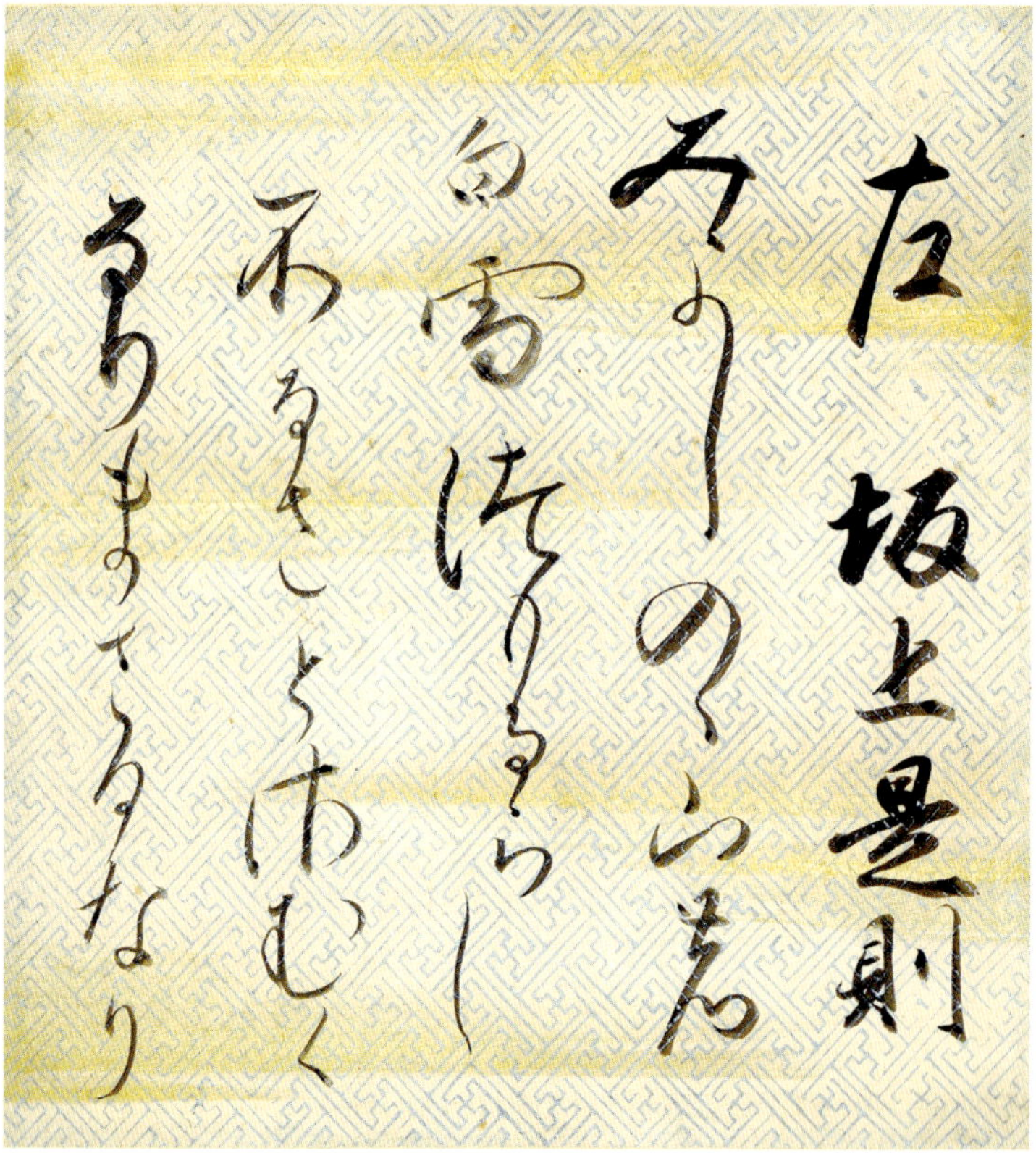

伝 飛鳥井雅有《まさあり》筆　古今和歌集　鎌倉末期（個人蔵）
『古今和歌集』巻六・冬歌―325／前十五番歌合―15

左　坂上是則《これのり》
みよしの丶山の
白雪《しらゆき》　つもるらし
ふるさとさむく
なりまさるなり

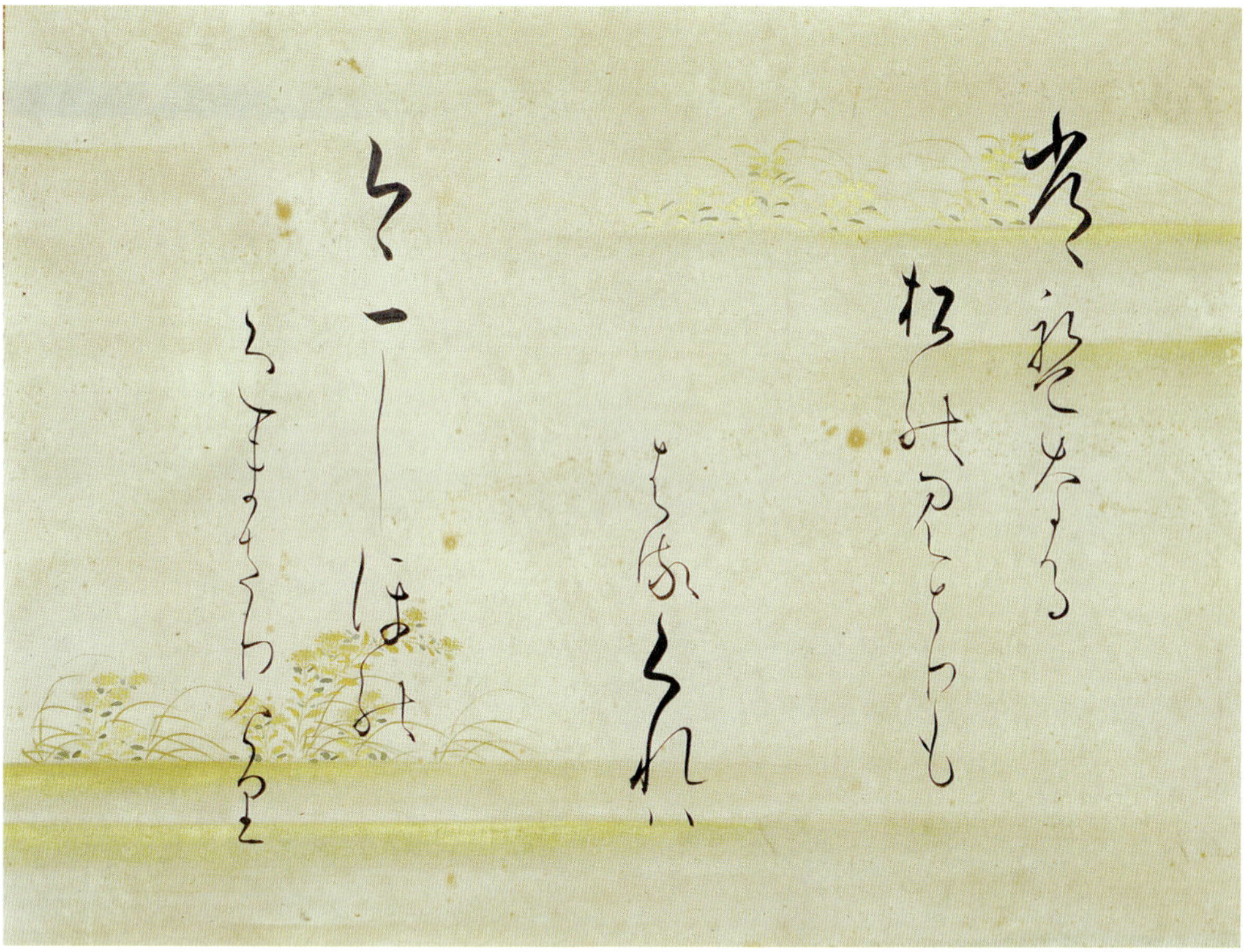

後光厳《ごこうごん》天皇御宸翰　古今和歌集　南北朝時代（個人蔵）

『古今和歌集』巻一・春歌上―24

（寛平御時后《きさき》の宮の歌合によめる）

（源宗于《むねゆき》朝臣）

常磐《ときは》なる
松《まつ》のみどりも
はるくれば
今一《いまひと》しほの
色《いろ》まさりけり

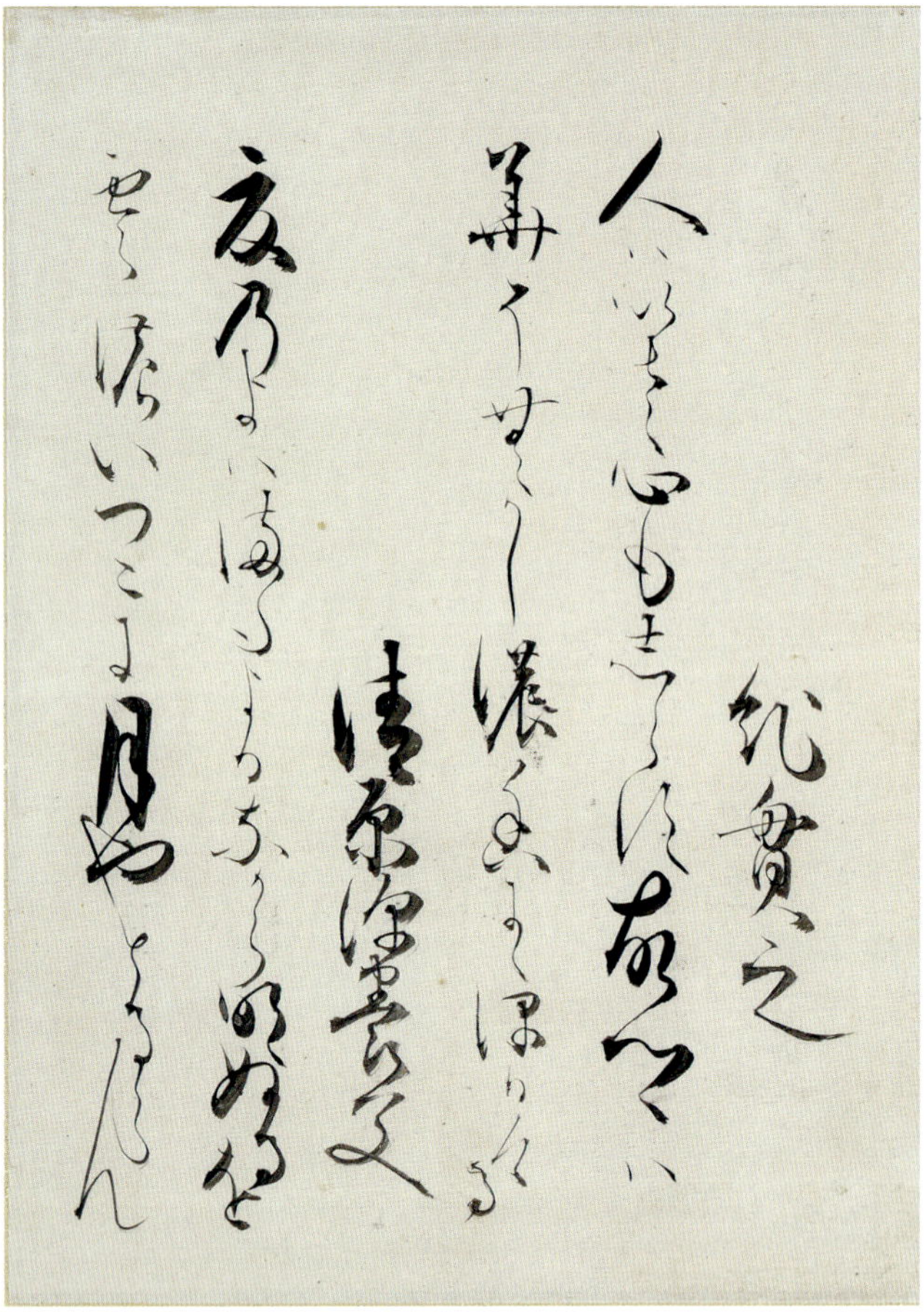

本阿弥光悦筆　古今和歌集　桃山時代（個人蔵）

『古今和歌集』巻一・春歌上―42

巻三・夏歌上―166

紀　貫之

人《ひと》はいさ　心《こゝろ》もしらず　故郷《ふるさと》は
花《はな》（華）ぞむかしの　香《か》にゝほひける

清原深養父《ふかやぶ》

夏《なつ》のよは　まだよひながら　明《あけ》ぬるを
雲《くも》のいづこに　月《つき》やどるらん

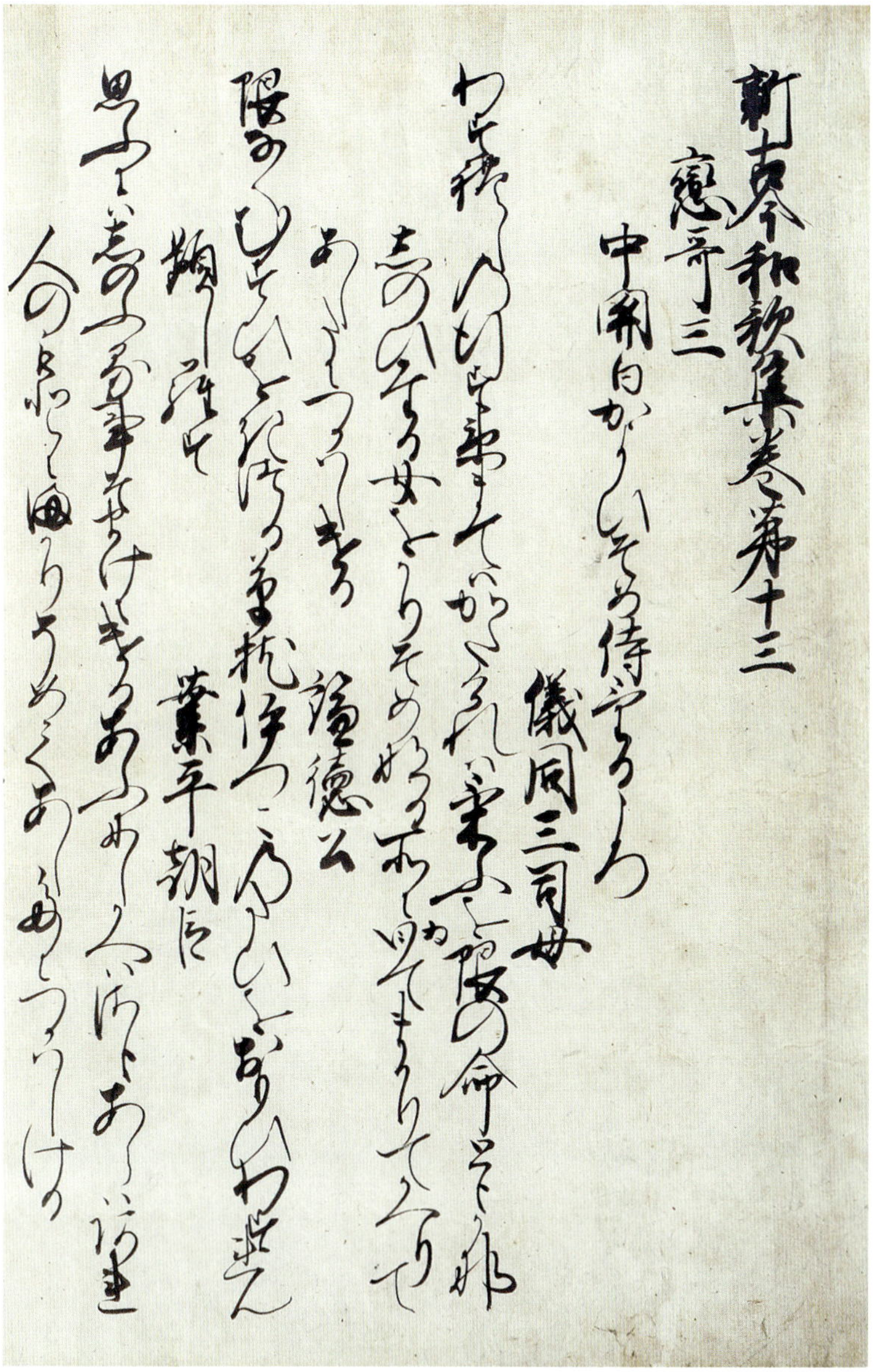

細川幽斎筆　新古今和歌集　桃山時代
(個人蔵)

『新古今和歌集』巻十三・恋歌三―1149・1150・1151

中《なかの》関白かよひそめ侍《はべり》けるころ
儀同三司母《さんしのはは》
わすれじの　行《ゆ》く末《すゑ》までは　かたければ
けふを限《かぎり》の　命《いのち》ともがな

しのびたる女をかりそめなる
所にゐてまかりて、かへりて
あしたにつかはしける
謙徳公
限《かぎり》なく　むすびをきつる　草枕《くさまくら》
いつこのたびを　おもひわすれん

題しらず
業平朝臣
思《おも》ふには　しのぶる事《こと》ぞ　まけにける
あふにしかへば　さもあらばあれ

人のもとにまかりそめて、
あしたにつかはしける

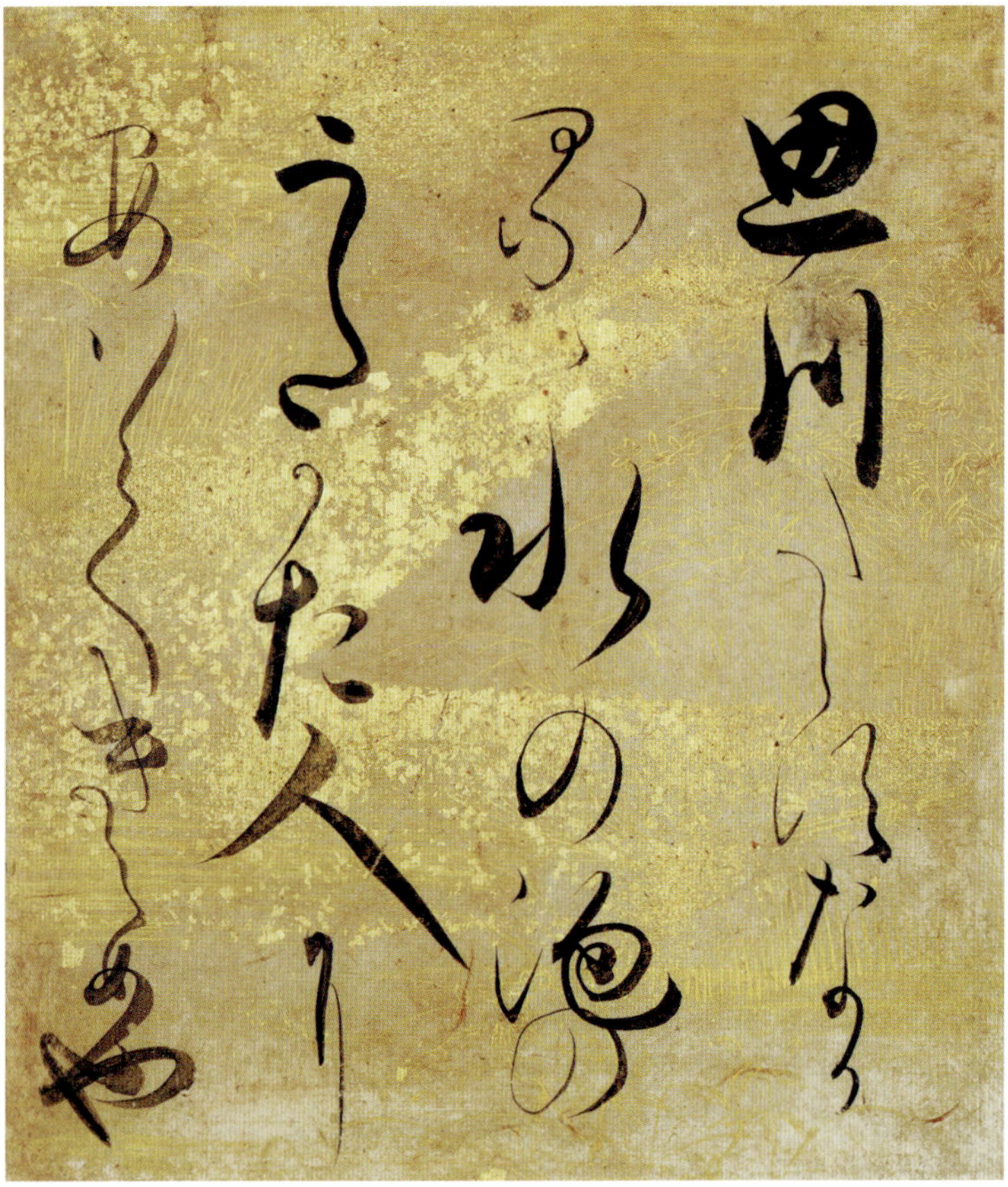

烏丸光広《からすまるみつひろ》筆　後撰和歌集　江戸初期（個人蔵）
『後撰和歌集』巻九・恋一―515

思川《おもひがは》　たへずなが
るゝ　水《みづ》の泡《あは》の
うたがた人《ひと》に
あはできえめや
（伊勢）

図説　和歌と歌人の歴史事典

はじめに

わたくしたち日本人は、和歌を介して心をかよわせる伝統を長らく保ちつづけてきた。

和歌は、もともと漢詩《かんし》に対する〝大和の歌《やまとのうた》〟を意味するが、わたくしはむしろ、自らの心情を相手に訴え、心の交流を願う、いわば〝和する歌《からうた》〟であったと考えている。歌《うた》の原義は〝訴える《うったえる》〟ことであるとするならば、和歌の一つの起こりを、古代の共同体の祭りの場に求めることに魅力をおぼえている。なぜならば、共同体の人々にとって、最大の関心事は、自分たちの切なる願いごとを、神の御前に訴え、それに対する神託を謙虚な気持ちでうかがうことにあったからである。

その訴え言《うったごと》も、神のお告《つ》げも、人々にとって極めて切実であり、大切に記憶されるべき言葉であったから、長らく口伝えられていったに相違ない。そのため、祭りの場ごとにそれが口誦されていくが、いつしか、韻律を帯びた短い詞章となって伝えられていったのであろう。やがて、神と人との聖なる会話が、上句と下句の形をとり、五・七・五のリズムをそなえた美しい歌として完結していったと、かねがね、わたくしは想像している。

その意味からして、わたくしは、日本の和歌の始まりが、記紀神話に登場する須佐之男命《すさのおのみこと》（素戔嗚尊）にまつわる「八雲立つ」の愛の賛歌であったことは、象徴的なことだと思っている。それ故、わたくしは、この歌の事典の筆頭に、あえて須佐之男命の「八雲立つ」を置いたのである。そして、それに続く各時代の人々、とりわけ、和歌が大きく社会的使命を担っていた鎌倉時代初期までの歌人たちの哀歓の歌を、わたくしなりに採択し取り上げていったものである。

わたくしは、この本に収められた百七十人に及ぶ歌人の略歴や時代背景を、許す限り述べてきたが、もちろん充分とはいえないであろう。とりわけ平安時代以降は、題詠の歌や歌合《うたあわせ》の歌が多くなり、歌の内容が直接、個人の出来事となかなか結びつかなくなるのである。

それを補う意味で、遊子館の編集部の方々が大変苦労されて、歌人の略歴とそれに関する図版（主に江戸時代の資料）を、少なからず下段に掲載している。そのうえ、校正を担当していただいた濱田美智子さんには、一人の読者の立場から適切な助言をいただいた。この拙著が、多少なりとも親しみやすいものになったことは、以上の方々の協力のおかげだと心から感謝している。

最後に、この事典に収録された和歌の選定にあたっては、わたくし個人の好みや偏りがあることをお断りしておかなければならないが、読者の皆様方が、和歌を、それが生まれた歴史的背景から読み解くたのしみを少しでもおわかりいただければ、望外の喜びだと思っている。

井上　辰雄

図説 **和歌と歌人の歴史事典** 目次

Ⅳ　平安中期の歌人

凡例

一、神話上の人物を含む歴史人物の表記と読みは、一般的なものとした。
二、歌と史料からの引用には適宜、振り仮名を補った。
三、本文中「○○記」は『古事記』の、「○○紀」は『日本書紀』の記述を示す。
四、読者の理解を助けるため、本文中＊の付いた人物や語句は、下段に簡単な解説を載せた。
五、下段に収録した人名の解説は、主に左記の文献を参考に編集部が作成した。
『広辞苑』（第五版、新村出編、岩波書店）、『コンサイス日本人名事典』（三省堂編修所編、三省堂）、『新日本古典文学大系』各巻（岩波書店）、『世界大百科事典』（下中弘編、平凡社）、『大辞林』（第二版、松村明編、三省堂）、『日本史辞典』（高柳光寿・竹内理三編、角川書店）、『日本人名大辞典』（上田正昭・他監修、講談社）、『歴代天皇・年号事典』（米田雄介編、吉川弘文館）
六、図版は、編集部が取材・撮影して収録した。
七、用字は概ね常用漢字・正字体とした。

I 記紀の歌人

須佐之男命《すさのおのみこと》

八雲立《やくもた》つ　出雲八重垣《いづもやへがき》　妻籠《つまご》みに　八重垣作《やへがきつく》る　その八重垣《やへがき》を

この歌は『古事記』に、速須佐之男命《はやすさのおのみこと》（素戔嗚尊）*の神婚の祝いの歌と伝えられている。命《みこと》が八俣《やまた》の遠呂智《おろち》（大蛇）を退治して、助けた櫛名田比売《くしなだひめ》*と出雲国の須賀《すが》（島根県雲南市大東町須賀）の地で結ばれた時の喜びの歌である。

「八雲立つ」は出雲にかかる枕詞であり、盛んに雲がわき立つことを述べているが、これはまた、神域そのものを示唆しているものと考えてよい。

古代では、「八」は単なる数字ではなく、「八《や》」は「弥《や》」の「ヤ」で、限りなき数をあらわすものである。「八百万《やおよろず》の神」や「八俣の遠呂智」などの「八」は、無限とか数多いことを意味する。わたくしたちが現在でも「八百屋《やおや》」と称しているのは、その遺称をひきついでいるのである。

ところで、「遠呂智」は、「恐ろしい霊《ち》」である。「霊」は、「厳つ霊《いかち》」や「水霊《みずち》」の〝霊〟と同じく、神秘的な霊力をあらわしている。「厳つ霊」は、いうまでもなく雷（神鳴《かみなり》）であり、「水霊」は蛇神である。蛇は、古代では司水《しすい》の神と観念されていたからである。

人々に恵みを与える水も、時には大洪水となって田畑を破壊する。それ故、人々は日頃から司水の神に捧げ物を献じて、安らけく、猛威を振るうことのないようにと祈っていた。

その荒れ狂い奔流する水霊の象徴が、「遠呂智」と観念されていたのであろう。『古事記』に、「其《そ》の蛇《をろち》を切《き》り散《はふ》りたまひしかば、肥河《ひのかは》血《ち》に変《な》りて流《なが》れき」とあるように、肥河《ひのかわ》*の氾濫が「遠呂智」の幻影そのものであったと、わたくしは想像している。

ところで櫛名田比売は、『日本書紀』には、「奇稲田姫《くしいなだひめ》」と表記されるように、稲田そのものの女神である。

---

*速須佐之男命
　須佐之男命。記紀神話の男神。素戔嗚尊とも書く。天照大神《あまてらすおおみかみ》、月読命《つきよみのみこと》と共に、伊邪那岐命の子。天照大神・速須佐之男命・月読命は貴き三神と呼ばれた。速須佐之男命は、その荒々しい行動で、姉の天照大神が天の岩屋戸に隠れるという事件を起こし、地上へ追放される。出雲国で八俣のオロチ（大蛇）を退治し、櫛名田比売と結ばれる。八俣のオロチ退治で、天叢雲《あめのむらくもの》剣《つるぎ》を得、天照大神に献じた。のち根の国（死者が行くとされる黄泉《よみ》の国）に住む。出雲系の神々の祖とされる。

*櫛名田比売
　記紀神話の女神。出雲国の足名椎《あしなづち》・手名椎《てなづち》の娘。八俣のオロチの人身御供となるところを速須佐之男命に助けられ、のち速須佐之男命の妃となる。

*肥河
　記紀神話に記される出雲の川。その上流で、速須佐之男命が八俣の遠呂智を退治して櫛名田比売を救ったとされる。島根県東部を流れる斐《ひ》伊《い》川に比定される。

*伊邪那岐命
　記紀神話の国土創成の男神。天神の命令で女神の伊邪那美《いざなみ》と共に天の浮橋に立って、天の沼《あまぬ》矛《ほこ》で海をかきまぜ、その海の塩がしたたり落ちて、オノゴロ島（淤能碁呂島）になったという。その島で秋津島（本州）や他の島々、神々を生

奇《くし》は「奇《くす》しきもの」の意で神聖さを示すものである。奈良時代の宣命《せんみょう》の一節にも、「久須之久奇《くししくあや》しき」（『続日本紀』天平神護二年十月条）と述べられているように、「くしき」とは人間には到底、計り知れぬ霊異をいう。「医者」を「くすし」と呼び、彼等が調合するものを「くすり（薬）」と称するのも、古代の医療行為が超自然的な霊力と見なされていたからである。

ここに登場する須佐之男命は、伊邪那岐命《いざなぎのみこと》＊が「御鼻《みはな》を洗ひたまふ時」生誕された神といわれるように、「凄《すさ》まじい」猛威を振るう荒々しい風の神と見なされていた。

そのため、数々の乱行を繰り返し、高天原から「神《かむ》やらい」され、出雲に下ったのである。「神やらい」は、神々の世界からの追放である。一切の援助も、一片の食糧を恵んでもらうことも許されぬ状態で、須佐之男命は、出雲の肥河にたどりつくのである。そこで、八俣の遠呂智の犠牲になる寸前の櫛名田比売（奇稲田姫）の救済の功によって、やっと安住の地を得たことになる。そのうえ、得難い美しい姫を伴侶に得た喜びが、「八雲立つ」の歌となってあらわされたといってよいであろう。

もちろん、これはあくまで「神婚」であったから、「八雲立つ」と歌い出されなければならなかったのである。幾重にもわき立つ雲のイメージは、いうまでもなく神聖なる雲上の世界を指しているからである。

「八重垣」は、わき立つ雲が寿《ことほ》ぐように、あたりをめぐらしていることをいうとともに、垣を幾重にもめぐらした大きな建物をいうようである。「妻籠みに」は、妻と同居する部屋を新しく造ることである。ここであえて「妻籠み」と歌うのは、〝籠《こも》る〟ことが新しい生命の誕生の象徴儀式であったからである。聖なる場所に籠るとは、俗なるものから聖なるものへの再生であった。また新婚の地として特に選ばれた地が「須賀」の地であるように、それは清々《すがすが》しい地、穢れなき清らかな地でなければならなかったのである。その賛歌こそ、この「八雲立つ」の歌であったと考えるべきであろう。

んだとされる。

八俣の遠呂智（大蛇）の退治　月岡芳年
『日本略史之内』

神武《じんむ》天皇

葦原《あしはら》の　しけしき小屋《をや》に　菅畳《すがたたみ》　いや清敷《さやし》きて　我《わ》が二人《ふたり》寝《ね》し

神武天皇*が、伊須気余理比売《いすけよりひめ》*を妻問いして、大和の狭井河《さいがわ》の家を訪れた時の歌である。

狭井河は、現在の奈良県桜井市の三輪山を水源として、箸中《はしなか》で纏向《まくむき》川に合流する河である。この河を「佐韋河《さゐがは》と謂《い》ふ由《ゆゑ》は、其《そ》の河《かは》の辺《へ》に山由理草《やまゆりくさ》多《さは》に在《あ》りき。故《かれ》、其《そ》の山由理草《やまゆりくさ》の名《な》を取《と》りて、佐韋河《さゐがは》と号《なづ》けき」（「神武記」）と記されるように、この河の周辺には山百合が群生していたという。

このように山百合の花に囲まれた伊須気余理比売の家で、神倭伊波礼毘古命《かむやまといわれひこのみこと》（神武天皇）は結婚されたのである。

「葦原のしけしき小屋」とは、一般には葦が多く繁っている小屋の意と解されているようであるが、「しけしき」は「繁《しげ》し」ではなく、むしろ、「しけけし」と同じく、汚いとか荒れているの意ではないだろうか。

良寛の歌にも

いつしかも　年《とし》もへぬれば　篠原《しのはら》の　しけしき小屋《こや》に　夜《よ》もすがら

と歌われているし、『新撰字鏡《しんせんじきょう》』*という古い辞典も、「志介志《しけし》」を「蕪」の字に当て、「荒れる」の意としているからである。

その小屋に「菅畳」を「清敷《さやし》く」というのは、古代における高貴な人をむかえる様式であった。

「神代紀」には、火火出見尊《ほほでみのみこと》（山幸）が「海神《わたつみ》の宮」を訪れた時、海の神は「八重席薦《やへたたみ》を鋪設《し》きて」慇懃にむかえたと記しているし、「景行記」も、弟橘比売《おとたちばなひめ》が走水《はしりみず》で入水される際に「菅畳八重《すがだたみやへ》、皮畳八重《かはだたみやへ》、絁畳八重《きぬだたみやへ》」を敷かれたと伝えている。これらはすべて、最高級の饗応のしぐさである。

つまり、山百合に囲まれた小屋に貴きお方をおむかえして、ご結婚の儀を行ったことを物語る歌であ

---

*神武天皇
記紀系譜の初代天皇。日向を出て大和の豪族を平定し、辛酉《かのととり》年の春正月朔《ついたち》に、橿原《かしはら》で即位したとされる。明治政府によりこの日が紀元節とされた。

*伊須気余理比売
神武天皇の皇后。『日本書紀』では媛蹈鞴五十鈴媛《ひめたたらいすずひめ》。三輪の大物主神が丹塗りの矢に化けて、三島湟咋の娘、勢夜陀多良比売のホト（女陰）を突いて生ませたという伝説がある。

*『新撰字鏡』
現存最古の漢和字書。昌住著。十二巻。昌泰年間（八九八〜九〇一）に成る。漢字を部首により分類、字音・字義・和訓を示す。奈良時代の語彙を豊富に含む。漢字数約二万一千収録。

*大物主神
奈良県桜井市にある大神《おおみわ》神社の祭神。『古事記』によると、海の向こうから大国主神の前にあらわれて、大和の三輪山に祀って欲しいと告げたという。大神神社の由緒によると、大国主神が自らの幸魂《さきみたま》、奇魂《くしみたま》を大物主神として祀ったのがはじまりとされる。「崇神紀」では蛇神として登場する。

ろう。

また山百合は、古代においては「三枝《さいぐさ》」と呼ばれていた。この「さいぐさ」は、「幸《さき》ぐさ」の意と解されて、幸福のシンボルの花と見なされていた。

奈良の率川《いさかわ》神社で行われる「三枝祭《さいぐさまつり》」では、三枝の花といわれる百合の花を酒樽に飾って献じている。この三枝祭は、大神《おおみわ》の族類《ぞくるい》の神を祭ると記されるように、もともとは大神氏一族の祭りであった（『令集解』神祇令）。

神武天皇をこの地にむかえた伊須気余理比売は、美和《みわ》（三輪）の大物主神《おおものぬしのかみ》＊が、三島湟咋《みしまのみぞくい》の娘、勢夜陀多良比売《せやだたらひめ》に産ませた比売である。つまり、伊須気余理比売が三輪の神の娘であったから、三枝の花が、神武天皇とのご結婚のお祝いに用いられたのであろう。

また、ヤマト王権の祖とされる神武天皇も、三輪山の神の娘を妻に娶《めと》ることによって、三輪山の神が領有されるヤマトの地の支配者として承認されたのであろう。ここではじめて、倭《やまと》伊《い》波礼《われ》毘古《ひこ》命《のみこと》と名のられる資格を得られたことになるのである。

倭《やまと》は、「山門《やまと》」、「山跡《やまと》」、「山本《やまと》」が原義で、もともと大和盆地の東部の青垣をなす山々の麓の地を指すのであろう。そこは、かつて磯城《しき》郡と呼ばれた地域に相当する。磯城郡は後に城上《しきのかみ》《ぎじょう》郡と城下《しきのしも》郡に分かれるが、その城上郡大神郷に大物主神を斎《いつ》く大三輪（大神《おおみわ》）神社が祀られている。

「イワレ」は磐余《いわれ》で、大和国十市郡に属す地域である。天の香具山の東北にかつてあった磐余の池から西方に及ぶ地域であったという。

ということは、この磐余の君主と、磯城郡の聖女とが結ばれて、初めてヤマトの王権が誕生したことを示している。その古伝承を伝える歌が「葦原のしけしき小屋」の歌であるといってよいであろう。

神武天皇国見の図『西国三十三所名所図会』
図中には「神武天皇嗛間《ほくま》の丘に登りて国中を見めぐらしたまふ」とある。

倭建命《やまとたけるのみこと》

倭《やまと》は　国《くに》のまほろば　たたなづく　青垣《あをかき》　山隠《やまごも》れる　倭《やまと》しうるはし

この歌は、『古事記』に、倭建命＊の国偲《くにしの》びの歌として伝えられている絶唱である。たしかに、東国遠征の帰りに、無念にも病に倒れた命《みこと》のやるせない望郷の思いが、この歌に込められているといってよい。再び帰りつくことができぬ故郷の山々は、倭建命の脳裏に、幻のイメージとして去来したに違いない。それはまた〝母胎回帰〟の願望であったのであろう。

倭建命は、景行《けいこう》天皇＊の皇太子にあげられる身分でありながら、その「建《たけ》く荒《あら》き情《こころ》を惶《かしこ》みて」、父の景行天皇より全国征覇の名目で、西は熊襲《くまそ》、東は蝦夷《えみし》討伐に追いやられた薄幸の皇子であった。倭建命をめぐる『古事記』の英雄譚には、雄々しいロマンというよりも、むしろ、その根底には、命が故郷から捨てられた悲しさの旋律が低音に奏《かな》でられている。

『古事記』の倭建命と『日本書紀』の日本武尊《やまとたけるのみこと》の物語とでは、微妙に性格を異にするといわれている。それは一つには、四、五世紀代の皇族将軍たちの伝承が、「ヤマトタケル」という人物一人に結晶させられた物語の矛盾のあらわれと考えてよい。もし仮に歴史上の特定の人物一人の実話とすれば、西征の倭建命と東征の倭建命では、多くの点で矛盾が目立ってくるからである。西征では、颯爽たる英姿の美少年として登場してくるが、つづいて赴いたという東征では、すでに妻子ある皇子として描かれている。しかも苦難の連続のストーリーとなっている。

この物語を一応つじつまを合わせて解釈するためには、景行天皇の皇子倭建命（小碓命《おうすのみこと》）の遠征物語を核として、それに幾人かの皇族将軍の伝承が付加され、まとめ上げられたものと考えなければならないのであろう。そのうえ、倭建命の物語にちりばめられる歌は、必ずしも倭建命の歌と考えるよりも、地方に流布していた歌謡が、巧みに転用されている場合も少なくな

＊倭建命
『古事記』に登場する古代の伝説上の英雄。『日本書紀』では「日本武尊」と記される。景行天皇の皇子。小碓尊《おうすのみこと》ともいう。九州の熊襲を討ち、つづいて東国に遠征して蝦夷を征討、帰途、伊勢の能褒野《のぼの》で病没したとされる。大和王権の国内統一の英雄として位置づけられる。

＊景行天皇
記紀系譜の第十二代天皇。垂仁天皇の皇子。熊襲を征討し、皇子の倭建命（日本武尊）を派遣して東国を平定したとされる。

倭建命『日本国開闢由来記』

いのである。

たとえば

さねさし　相武《さがむ》の小野《をの》に　燃《も》ゆる火《ひ》の　火中《ほなか》に立《た》ちて　問《と》ひし君《きみ》はも

の弟橘《おとたちばな》比売《ひめ》*の走水入水《はしりみずじゅすい》の際にうたわれた歌は、倭建命の焼津《やいづ》の受難の回想とされているが、これはもともと、相模国の野焼きに伝えられた相聞の民謡であろう。焼津はいうまでもなく駿河国益頭郡《ましずぐん》益頭《ましず》郷《ごう》（現在の静岡県焼津市）で、相模の国ではないことからして、そのことにお気づきになるだろう。

このように見ていくとすれば、「倭は国のまほろば」の歌も、倭建命の「国偲び」の歌というより、倭（大和）の盆地に住まいする人々の〝国讃《くにぼ》め〟の歌の一種とみなしてよいであろう。「国の真秀《まほ》ろば」は、「国々の中で最も秀れた国」という意味である。この盆地の周囲には、重なりあった山脈が青垣のように、わたくしたちを囲っていると歌っているこの歌謡は、大和の国の賛歌の一つである。

命《いのち》の　全《また》けむ人《ひと》は　畳薦《たたみこも》　平群《へぐり》の山《やま》の　熊白檮《くまかし》が葉《は》を　髻華《うず》に挿《さ》せ　その子《こ》

の歌も、『古事記』では、遠征より無事に帰り着いた兵士たちに、熊白檮を髻華に挿せとすすめる歌に用いられている。だが、この歌も、大和の平群の地方の長老たちが、若者たちの将来を祝して歌った予《よ》祝《しゅく》である。「命の全けむ人」とは、生命力の充実している若者を端的に指し、平群の地をこれから背負っていく若者たちに、熊白檮の葉を髪にかざし、永遠であることを長老たちが願っているのである。いうまでもなく熊白檮は、神の宿る霊木であった。神武天皇の即位された地が橿原《かしはら》（白檮原《しらかしはら》）の地に当てられたのも、この地域が国の永久の繁栄を保証する聖域であったからである。

「雄略記」にも、白檮について

御諸《みもろ》の　厳白檮《いつかし》がもと　白檮《かし》がもと　ゆゆしきかも　白檮原童女《かしはらをとめ》

と、その神聖さを歌っているのはそのためである。

＊弟橘比売

倭建命の妃。『日本書紀』では「弟橘媛」。穂積氏忍山宿禰《ほづみのうじのおしやまのすくね》の娘。倭建命の東国遠征に同行し、一行が走水（浦賀水道）で海難に遭ったとき、海神に身を捧げて海に入り、暴風を鎮めたという。

弟橘比売の走水入水『前賢故実』

応神《おうじん》天皇

千葉《ちば》の　葛野《かづの》を見《み》れば　百千足《ももちだ》る　家庭《やには》も見《み》ゆ　国《くに》の秀《ほ》も見《み》ゆ

応神天皇*が近江に行幸された際、宇遅野《うぢの》に立たれ、葛野《かづの》を望まれた時の御製である。

この宇遅野は、山城国宇治郡宇治郷の野で、現在の京都府宇治市の郊外である。この地から山城国葛野郡の方をご覧になられて、天皇が「千葉の」の歌を作られたというのである。

「千葉の」は、〝葛《くず》〟にかかる枕詞である。それは、葛の葉が長く伸ばした枝に多くの葉をつけることに由来しているという。

「百千足《ももちだ》る」は、文字通り数の極めて多いことで、充足している様をいいあらわしている。歌のはじめに「千葉の」と述べたのに対し、ここでも「百千足る」とうけているのが、この歌の一つの見どころとなっている。

「家庭《やにわ》」は、いわゆる家庭《かてい》ではなく、家々とそれに伴う庭を意味する。葛野の地には、豊かな生業《なりわい》を謳歌する人々の生活があったというのである。

また、それを祝福するように、その地域には優れた景色がはるかに望まれるというのである。いうまでもなく「国の秀《ほ》」は、「国の真秀《まほ》ろば」と同じ用語であるといってよい。

「ホ」は、すべてのもののうちで、トップの状態にあるものをいいあらわす語である。たとえば、「炎《ほのお》」の「ホ」は、火のゆらめく先端の意である。「矛《ほこ》」の「ホ」も、剣先部分を指すし、稲穂《いなほ》の「ホ」も、稲穀がたわわに実る先の部分である。

そのように、最上位にあるものを、古代の人々は「ホ」と呼んでいた。また、それ故に、古代では、それらの「ホ」の部分に神が宿られると考えられていたようである。

天孫降臨の神は、番能邇邇芸命《ほのににぎのみこと》*と呼ばれているが、この「ホ」は、最も秀でた稲穂の「ホ」と解

*応神天皇
記紀系譜の第十五代天皇（五世紀前後に比定）。『日本書紀』では名は誉田別《ほむたわけ》。仲哀天皇の皇子。身籠った神功《じんぐう》皇后が新羅遠征に赴くために腹に石を巻き、筑紫に帰還して出産したという。『宋書』の倭王讃は、応神天皇の息子の仁徳天皇あるいは応神天皇とする説がある。畢称、胎中天皇。

応神天皇『集古十種』

*番能邇邇芸命
記紀に登場する神。天忍穂耳命《あめのおしほみみのみこと》と万幡豊秋津師比売《よろずはたとよあきつしひめ》の子。天照大神の孫。『日本書記』では瓊瓊杵尊《ににぎのみこと》と表記。天照大神の命により、高天原から日向の高千穂峯に降り（天孫降臨）、大《おお》山祇《やまつみの》神の娘の木花之佐久夜毗売を娶って、火照命、火須勢理命、火遠理命をもうける。火照命は海幸彦、火遠理命は山幸彦として知られる。

されている。ちなみに、「ニニギノミコト」の「ニニギ」とは、丹《あか》く熟した稲穀の意である。一説には、「ニニギ」は多量さを示すともいわれているが、この説に従えば、ニニギノミコトは豊作の神ということになろう。また高千穂の峰に降臨されるといわれるのも、うずたかく積まれた多くの稲穂の山に、新しい穀霊神をむかえる新嘗《にいなめ》の祭りを神話化したものといわれている。

矛は、京都の祇園祭に山鉾が先陣を切って登場するように、矛の先端部に破邪の神が宿られて悪霊を切りはらうと観念されていた。弥生時代において銅鉾が祭器に用いられるのも、鉾(矛)が祭りの重要な祭具であったことを示している。また、邇邇芸命と木花之佐久夜毗売《このはなのさくやひめ》との間に生まれた御子が、火照命《ほでりのみこと》、火須勢理命《ほすせりのみこと》、火遠理命《ほおりのみこと》であるが、すべて炎の神とされている。火の神は炎の先に宿られて生誕されたからである。

それはともかくとして、『古事記』によれば、この御製は、応神天皇が宇治の木幡《こはた》の村で、最愛の女性である宮主矢河枝比売《みやぬしやかわえひめ》と遭遇される序曲をなしていることに、注目しなくてはならないであろう。

このように見ていくと、この「千葉の」の御製は一応、一種の国讃《くにぼ》めの歌であると考えられるが、「葛野を見れば百千足る家庭も見ゆ」の歌は、むしろ葛野の宇治の宮主矢河枝比売と結ばれて、最高の幸福に満ちた家庭を営むことを予見する心のときめきを伝える恋歌であるように思われてくる。

ご存知のように、宇治の地は、早くから風光明媚な地と知られ、平安のはじめには左大臣源融《とおる》の別業、宇治院が営まれていた。その後、ここは藤原氏の所有に帰し、頼通が宇治の平等院を築き、阿弥陀の極楽浄土が演出されたところである。

また『源氏物語』の「宇治十帖」の舞台ともなり、ロマンに満ちた地であったのである。

このような地をはるかに予見した歌が、「千葉の」の応神天皇の御製であったと見れば、またひとしおの感慨をおぼえるのである。

祇園会山鉾『都名所図会』
図中には「鉾に乗る人のきほひも都哉
其角」とある。

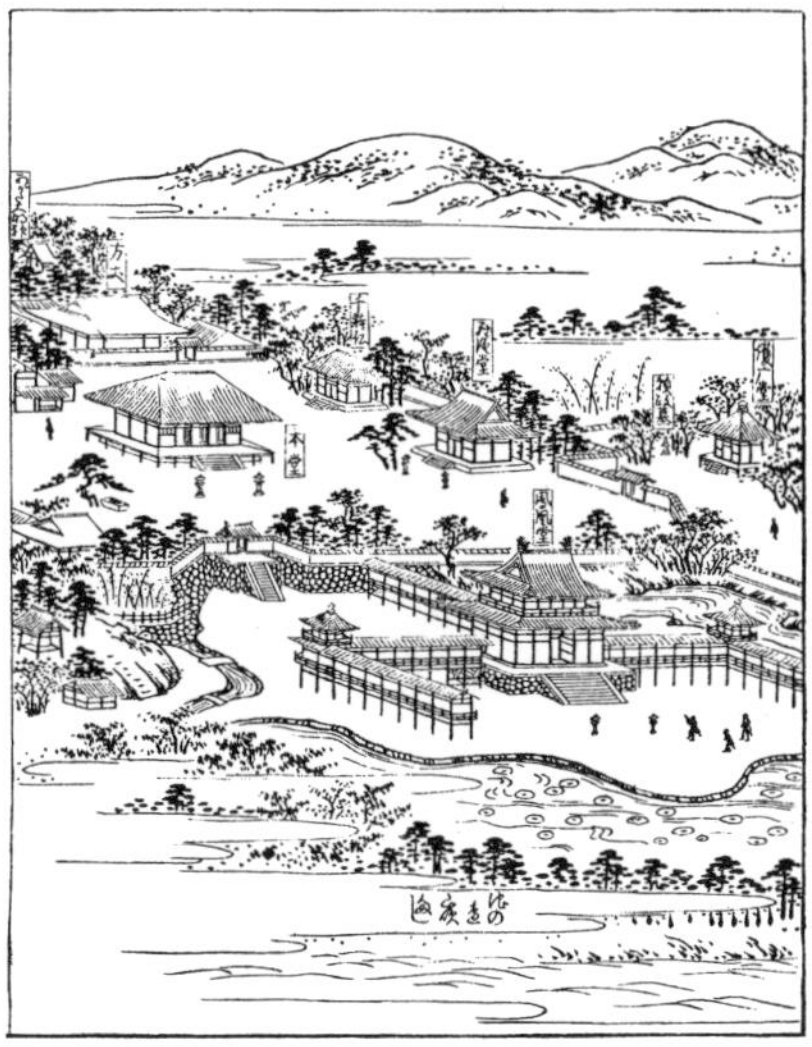
平等院『都名所図会』

仁徳《にんとく》天皇—八田皇女《やたのひめみこ》

八田《やた》の　一本菅《ひともとすげ》は　子《こ》持たず　立《た》ちか荒《あ》れなむ　あたら菅原《すがはら》　言《こと》をこそ　菅原《すげはら》と言《い》はめ　あたら清《すが》し女《め》

この歌は、『古事記』（「仁徳記」）に載せられた、仁徳天皇＊が異母妹の八田若郎女《やたのわきいらつめ》に求婚された時の御製である。

八田若郎女は、応神天皇の皇女であるが、母は宮主矢河枝比売《みやぬしやかわえひめ》である。仁徳天皇（大雀命《おおさざきのみこと》）も応神天皇の皇子であったが、中日売命《なかひめのみこと》を生母とされるから、八田若郎女にとっては、仁徳天皇は異母兄に当たるわけである。古代においては、異母兄弟姉妹間の結婚は認められていた。

一般に、妻問い婚の時代では、生まれた子はそれぞれの母親のもとにおいて育てられたから、異母兄弟姉妹は、顔を合わせることなく、成人するまで離れて生活することが多かった。そのため、異母兄弟姉妹の間において、恋愛感情がめばえることも決して珍しくなかったようである。

特に、皇統が高貴性を増していくにつれて、大后《おおきさき》（皇后）として選ばれるのは、皇女や、大豪族の娘に限定されていくようになる。そのため、天皇の異母姉妹が皇后に立てられることも少なくなかった。たとえば、敏達《びだつ》天皇の皇后となられた豊御食炊屋姫尊《とよみけかしきやひめのみこと》（推古女帝）は、敏達天皇の異母妹に当たられる。敏達天皇は欽明天皇の皇子で、母は石姫皇后《いわのひめおおきさき》であったが、豊御食炊屋姫尊も欽明天皇の皇女で、生母は蘇我稲目《いなめ》の娘、堅塩媛《きたしひめ》である。

ところで、八田皇女＊は、現在の奈良県大和郡山市矢田町に所領を与えられた皇女であったので、八田（矢田）の皇女と呼ばれたのである。

仁徳天皇には、すでに葛城襲津彦《かつらぎそつひこ》の娘、磐姫《いわのひめ》＊が皇后にむかえられていたが、『古事記』に「甚多《いとまね》く嫉《ね》妬《た》みたまひき」と記されているように、大変嫉妬深い女性であったと伝えられている。その激しい気性は、仁徳天皇が寵愛される女性をことごとく宮中から追い出すほどであったという。

＊仁徳天皇
　記紀系譜の第十六代天皇（五世紀前半に比定）。『古事記』では大雀命、『日本書紀』では大鷦鷯尊《おおさざきのみこと》。応神天皇の皇子。母は中日売命（仲姫命）。難波に都を置く。陵墓は大阪府堺市にある百舌鳥耳原中陵《もずのみみはらのなかのみささぎ》と伝えられる。

＊八田皇女
　仁徳天皇の皇后。応神天皇の皇女。名は八田若郎女。母は宮主宅媛。仁徳天皇は磐姫の不在時に八田若郎女を宮中に入れたため、八田若郎女は磐姫の怒りをかい、正式な皇后となったのは磐姫の死後という。

＊磐姫
　記紀に登場する仁徳天皇の皇后。履中・反正・允恭天皇の母とされる。↓16頁

＊黒日売
　『古事記』に記される女性。吉備海部直の娘。仁徳天皇に寵愛されたが、磐姫の激しい嫉妬で郷里の吉備に逃げ帰ったという。仁徳天皇は黒日売を追って吉備に行幸し、歌を交わしたと伝える。

＊部
　大化の改新以前に朝廷や豪族が個々に支配した農民や漁民、職人集団。皇室領を耕す「田部」、土師器製作の「土師部」、その他「物部」「大伴部」など職能名を付けて呼ばれた。「八田部」は八田皇女の名代部である。

たとえば、吉備《きび》の海部直《あまべのあたい》の娘、黒日売《くろひめ》＊が容姿端麗であることを耳にすると、皇后磐姫は直ちに、黒日売を宮中から追い出してしまっている。だが、さすがに相手が八田皇女であった場合は、磐姫は自ら宮中を脱出して姿をくらましたのである。そのきっかけになったのは、磐姫の出張の間に仁徳天皇が八田皇女を宮中に召されたことである。

「八田の一本菅は子持たず」の御製は、「八田の地に生える一本菅《ひともとすげ》は、子もなく立ち枯れてしまうのが、わたくしには惜しくてならない。わたくしは貴女を一本菅などとからかって呼んでいるが、実をいうと本心は、まあ貴女をなんて清楚なお方だと、わたくしはかねてから思っているのですよ」という意味の歌である。

この仁徳天皇のプロポーズに対し、八田若郎女は

八田《やた》の　一本菅《ひともとすげ》は　独居《ひとりを》りとも　大君《おおきみ》し　よしと聞《きこ》さば　独居《ひとりを》りとも

と答えるのである。

大君（仁徳天皇）が、ひとりでよいとおっしゃるならば、私はその御言葉に従いますよ、というのが表の意であるが、おそらく、すぐ宮中にこいというならば、直ちにおうかがいしますよ、という気持ちを伝えているのであろう。こうして、磐姫の嫉妬をはねのけながら結ばれた八田若郎女であったが、残念なことに御子には恵まれなかったようである。

そこで仁徳天皇は、八田若郎女が亡き後も、その愛の結晶のシンボルである皇女の御名の「八田」の名を永遠にとどめるため、全国に八田部＊を置いたのである。現在でも「八田部」「矢田部」「谷田部」の地名が全国各地に伝えられているのは、その遺制であるといってよい（「仁徳記」）。

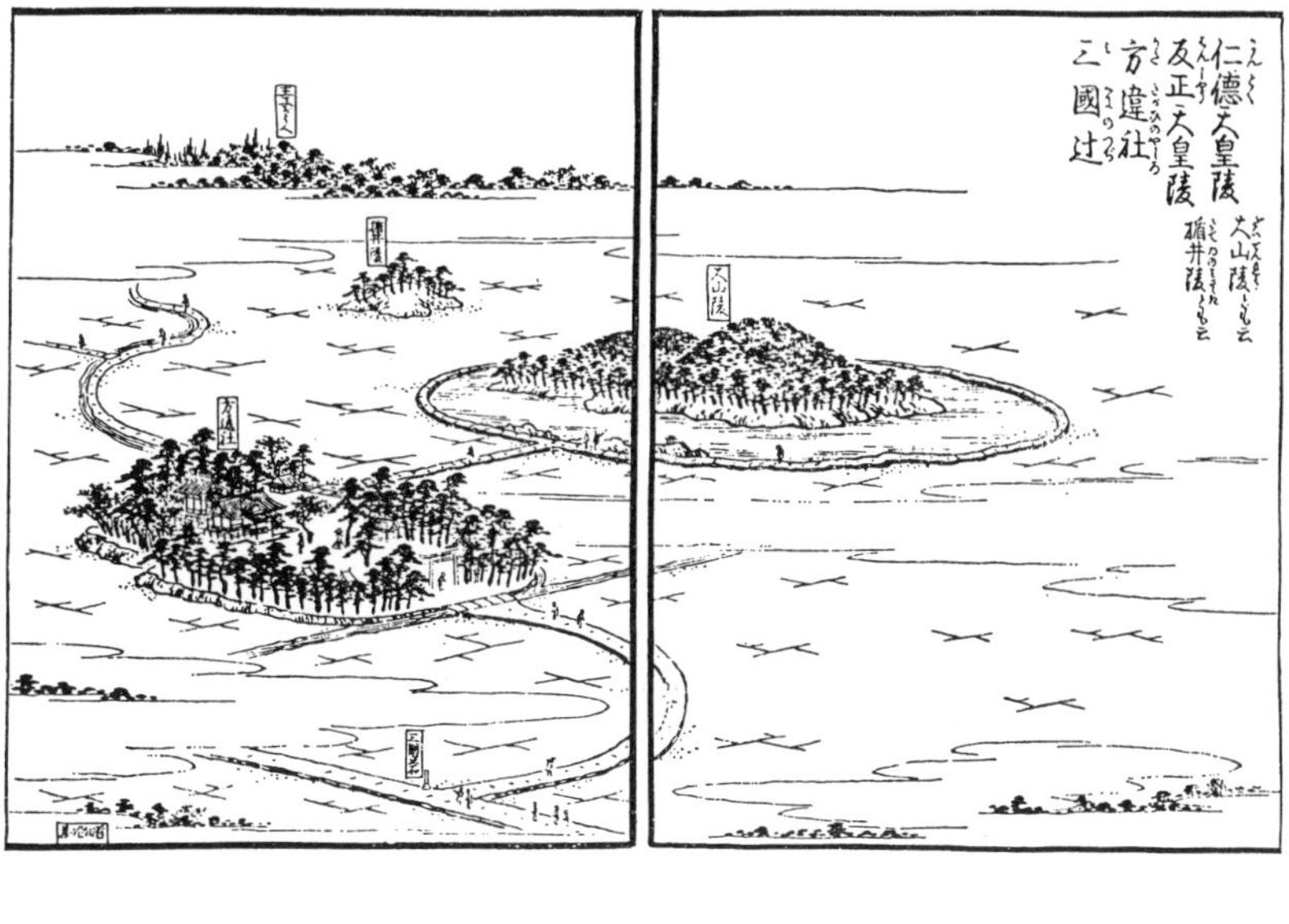

仁徳天皇陵『和泉名所図会』
図中には「仁徳天皇陵（大山陵《だいせんりょう》とも云ふ）反正天皇陵（楯井陵《たてゐのみささぎ》とも云ふ）方違社《かたたがひのやしろ》三国辻《みくにのつじ》」とある。

仁徳《にんとく》天皇――諸県《もろがた》の髪長比売《かみながひめ》

道《みち》の後《しり》　古波陀嬢子《こはだをとめ》を　雷《かみ》の如《ごと》　聞《きこ》えしかども　相枕《あひまくら》枕《ま》く

応神天皇の御代に、日向国《ひゅうがのくに》の諸県君牛諸井《もろがたのきみうしもろい》の娘、髪長比売《かみながひめ》（髪長媛）*が宮廷に召された時の大雀命《おおさざきのみこと》（後の仁徳天皇*）の御製であると伝えられている。

日向国の諸県君は、その名が示すように日向国の諸県郡《もろがたぐん》地方の豪族である。その郡域は、現在の宮崎県宮崎市の南部や高岡町、東諸県郡国富町、小林市、都城《みやこのじょう》市、えびの市などを含む広い地域であった。九州の南部は一般に、熊襲《くまそ》、隼人《はやと》の地と見なされてきたが、それは主として大隅国や薩摩国が中心であって、日向の地だけは、比較的早くから朝廷の支配下に入っていったようである。

『和名抄』によれば、諸県郡に「県田郷《あかたごう》」が含まれているが、おそらく、それは朝廷領の県《あがた》が置かれていたのだろう。「アガタ」は、献上田《あげた》の意である。ここは都城市や国富町に比定されているようだが、諸県君が服属の証《あかし》に朝廷に献じたものである。諸県君は、県を献ずるだけでなく、さらに娘を宮中に仕えるために天皇家に差し出したのである。その娘が、髪長比売であったと見てよい。

「応神記」では、「髪長比売《かみながひめ》、其《そ》の顔容《かたち》麗美《うるは》しと聞《きこ》し看《め》して、使《つか》ひたまはむとして喚上《めさ》げたまひし」と記している。髪長比売は、その名が物語るように、美しい黒髪を長くなびかせる処女であったようである。

『淡路国風土記』の逸文によると、応神天皇が淡路島に狩りを愉しまれた時、海の上に大きな鹿が浮かんでいるのをご覧になられたが、天皇の命を受けて、それを確かめるために遣わされた使者は、鹿と見えたのは、角のある鹿の皮を着た人たちであったことを天皇に報告したというのである。その鹿皮を身に着けた一団の人たちは、自ら日向の諸県君牛諸井の率いる一族であると名のった。諸県君牛諸井は、娘の髪長媛を朝廷に献ずるためにこうして赴いて来たと告げたのである。そのため、その一行が入航した港を、それより鹿子湊《かこのみなと》と称するようになったという。

---

*仁徳天皇
記紀系譜の第十六代天皇（五世紀前半に比定）。大雀命、大鷦鷯尊《おおさざきのみこと》とも呼ばれる。応神天皇の皇子。↓10頁

*髪長比売
記紀に記される仁徳天皇の妃。『日本書紀』では髪長媛。日向国の諸県君牛諸井の娘。応神天皇に召されたが、『古事記』では、大雀命（のちの仁徳天皇）が建内宿禰（武内宿禰）を通じて、髪長比売を与えられるよう願ったとされる。大草香皇子《おおくさかのみこ》、草香幡梭姫皇女《くさかのはたびひめのひめみこ》を生んだ。

鹿子湊は、兵庫県加古川《かこがわ》市の加古川の水門《みなと》である。港の語源は、「水門」であるという。昔は海岸に船着きの岸壁を構築することが困難であったから、川をやや遡ったところを船着き場としたのである。その船着き場が、水門（水戸）である。

ところで、日向の人が鹿皮を身に着けるという物語の発想は、日向の地などの地域にとっては、鹿の皮が重要な貢納品の一つだったからであろう。そして「鹿子」を「水夫《かこ》」と結びつけた物語に仕上げているのである。

このようにして都に上った髪長比売を一目見て、大雀命は「其《そ》の形《かたち》の美麗《かほよき》に感《め》でて、常《つね》に恋《しの》ぶ情《みこころ》」（「応神紀」）になられたという。その慕情を察知された父の応神天皇は、大雀命に野蒜《のびる》採みに髪長媛と二人して出かけなさいと命ぜられた。そして、その道の途中には花橘があるだろうといわれて、

香《か》ぐはし　花橘《はなたちばな》　下枝《しづえ》らは　人皆取《ひとみなと》り　上枝《ほつえ》は　鳥居枯《とりゐが》らし　三栗《みつぐり》の　中枝《なかつえ》の　ふほごもり
赤《あか》れる嬢女《をとめ》　いざさかばえな

と歌われ、暗に髪長媛を大雀命に授けることを承認されたのである。

この歌の「ふほごもり」は、「含みこもる」の意である。「さかばえな」は、「栄え映える」の意にとるか、「咲かば良な」と解するかで多少、意味合いを異にするが、要するに応神天皇がお二人の将来を祝福された御製と考えてよいであろう。

こうして結ばれた時の喜びの歌が、「道の後」の御歌である。それは遠い国の、さらにその奥のはてなる国の日向国の、〝古波陀嬢子《こはだおとめ》〟の噂を、わたくしは遠くに聞える雷鳴のように耳にしていたが、今はこうして一緒に枕を交すことができたという、手ばなしの喜びの歌である。

この「古波陀」を地名とするよりも、わたくしはあえて「こはだ嬢子」を小肌の美しい女性の意に解したい。

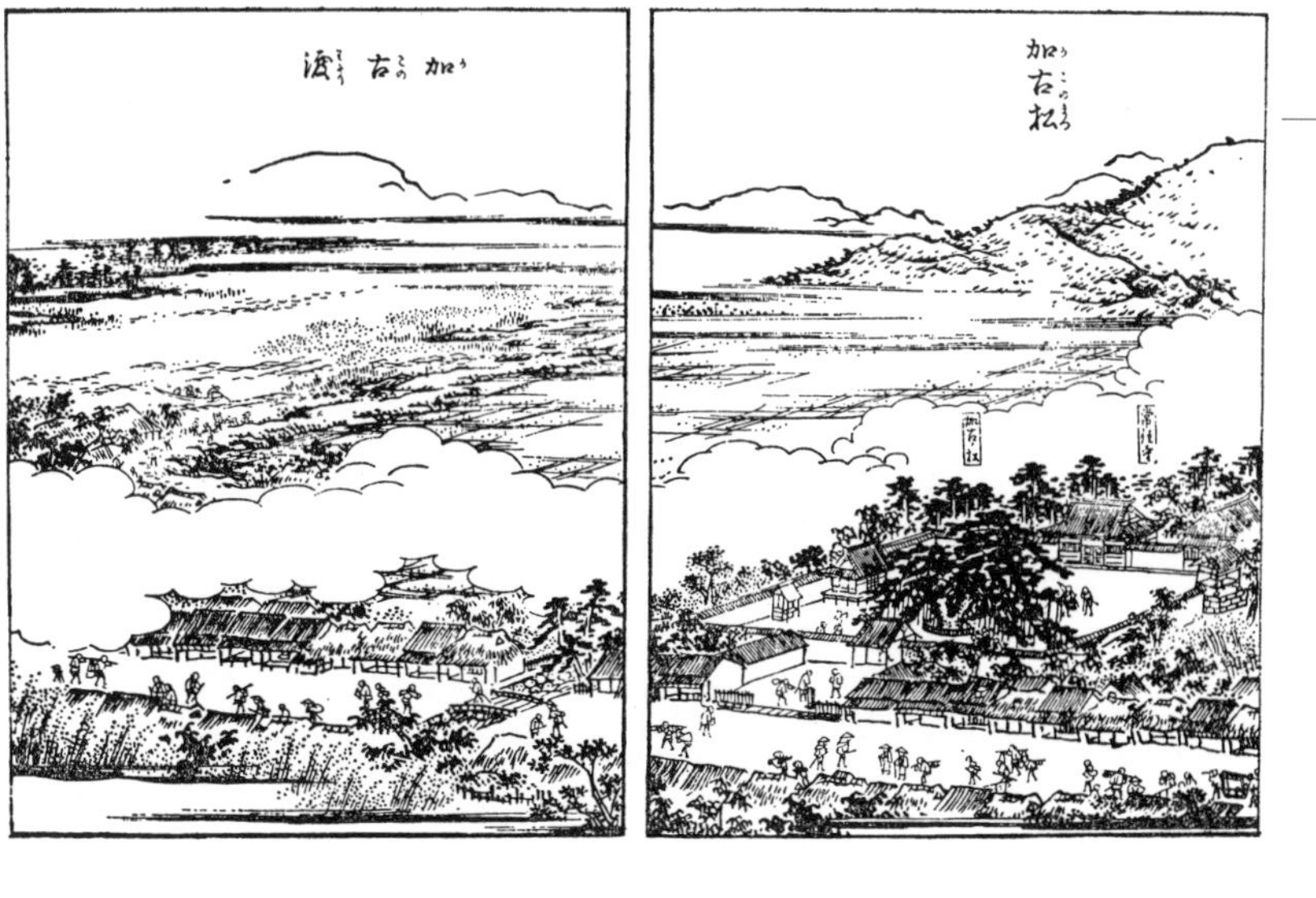

鹿子湊（加古渡）『播磨名所巡覧図会』
同図会には「加古の湊……いにしへの湊は今の駅つづきの上に有るべし。湊は川末にて、海の方よりは入江と成り、船も入りたるなるべし」とある。

女鳥王《めとりのおおきみ》

梯立《はした》ての　倉椅山《くらはしやま》を　嶮《さが》しみと　岩《いは》かきかねて　我《わ》が手《て》取《と》らすも

この歌は、『古事記』によれば、仁徳天皇に追われた女鳥王＊と速総別命《はやぶさわけのみこと》＊が倉椅《くらはし》山にのがれた際に、女鳥王が歌われたものと伝えられている。

速総別命は、仁徳天皇の異母弟に当たる皇子であった。天皇が庶妹の女鳥王を妻としてむかえ入れるため、使者として遣わされたが、女鳥王は仁徳天皇の申し入れをにべもなく拒否された。その理由は、仁徳天皇の皇后の葛城磐姫《かつらぎのいわひめ》が嫉妬深く、天皇がこよなく愛された八田皇女《やたのひめみこ》ですら召されるのにためらうほどであったから、わたくしのごときものが、天皇に召されても決してうまくいくはずがないというものであった。

それどころか、女鳥王は、使者に来た速総別命に一緒になろうと言い出される始末であった。その経緯を少しもご存知でない仁徳天皇は、なかなか報告に来ないことにしびれを切らし、天皇自ら女鳥王のもとを訪問された。すると女鳥王は、機《はた》織りの最中であったので、それをご覧になられた天皇は、その織っている衣服は誰のものかと尋ねられた。もちろん天皇は、自分のための機織りと考えられていたのである。しかし女鳥王は、平然と

高行《たかゆ》くや　速総別《はやぶさわけ》の　御襲料《みおすひがね》

と答えを返された。しかも、女鳥王は速総別命に、

雲雀《ひばり》は　天《あめ》に翔《かけ》る　高行《たかゆ》くや　速総別《はやぶさわけ》　鷦鷯《さざき》取《と》らさね

と、仁徳天皇（大雀命《おおさざきのみこと》）を討てと、そそのかしているのである。

＊女鳥王
記紀に記される応神天皇の皇女。『日本書紀』では雌鳥皇女。異母兄にあたる仁徳天皇の求婚を断って、使者の速総別命と結婚し、追われて速総別命ともに殺されたという。

＊速総別命
記紀に記される応神天皇の皇子。『日本書紀』では隼別皇子。仁徳天皇の命で妃に迎えるために赴いた女鳥王を妻としたため、天皇の怒りにふれ、追われて、女鳥王と共に殺されたという。

仁徳天皇高津の宮『日本歴史図解』
民家を遠望し、家々から煙が上がらないのを憂い、三年間課役を止め、仁政を施したという説話がある。

その歌を耳にされた天皇は激怒されて、二人に兵をさしむけたという。しかし、その時すでに、速総別命と女鳥王は、いち早く倉椅山に逃げ込んで行方をくらました。倉椅山は、現在の奈良県桜井市倉橋のあたりの山々か、あるいは多武峰《とうのみね》に比定されている。仁徳天皇の都が難波の高津宮に存在していたとされるから、相当遠くまで逃亡して来たことになる。おそらく宇陀《うだ》の地を指して逃げのびようとされたのであろう。

その逃亡行で歌われた歌が、「梯立ての倉椅山」の歌であるというのである。険しい山の峰を、岩をつかみながら登っているが、あなたはあやまってわたくしの手を握られる、という意味である。

だが、これらの話は、ある事件をもととしてかなり脚色され、ドラマ化されているように思われるのである。なぜなら、大雀命や速総（隼《はやぶさ》）別、女鳥王という、鳥類の名を冠した人たちの恋争いの舞台で演ぜられた戯曲に構成されているからである。実は、物語の山場をなす「梯立の倉椅山」には、有名な歌垣の本歌があり、『肥前国風土記』逸文などにもその本歌が伝えられている。

あられふる　杵島《きしま》が岳《たけ》を　峻《さか》しみと　草取《くさとり》かねて　妹《いも》が手《て》を取《と》る

この杵島が岳は、肥前国杵島郡杵島郷（佐賀県武雄市東部や北方町付近）の山であるが、『肥前国風土記』の逸文によれば、比古神《ひこがみ》、比売神《ひめがみ》、御子神《みこがみ》の三峰が並ぶ山であったという。つまり、比古神と比売神が御子神を抱えるようにそびえる山を、杵島が岳と呼んでいた。このようなところが歌垣の名所となるのは、夫婦《めおと》の山が歌垣の場所にふさわしいと考えられたからであろう。筑波山もその典型的なものである。

この「あられふる杵島が岳を」の歌は、「杵島曲《きしまぶり》」と呼ばれて各地に流行した。おそらく、大和の倉椅山でも、この歌がもてはやされていたのであろう。そしてこの歌を中心として、鳥に扮した人たちによって演ぜられた夫婦争いの劇が『古事記』の物語として伝承されたのではあるまいか。ここでは、猛禽の隼が、逆に雀《すずめ》の群れに追われるというコミックな演技が演ぜられている。

ちなみに、「梯立《はした》て」は倉椅山に掛かる枕詞であるが、険しい山の峰を登るのに、それこそ一歩一歩あえぐように梢や岩に手をかける様が彷彿と描写されている。また、そのことにかこつけて恋人の手を握るというのも、まことに歌垣の歌にふさわしいといわなければならないであろう。

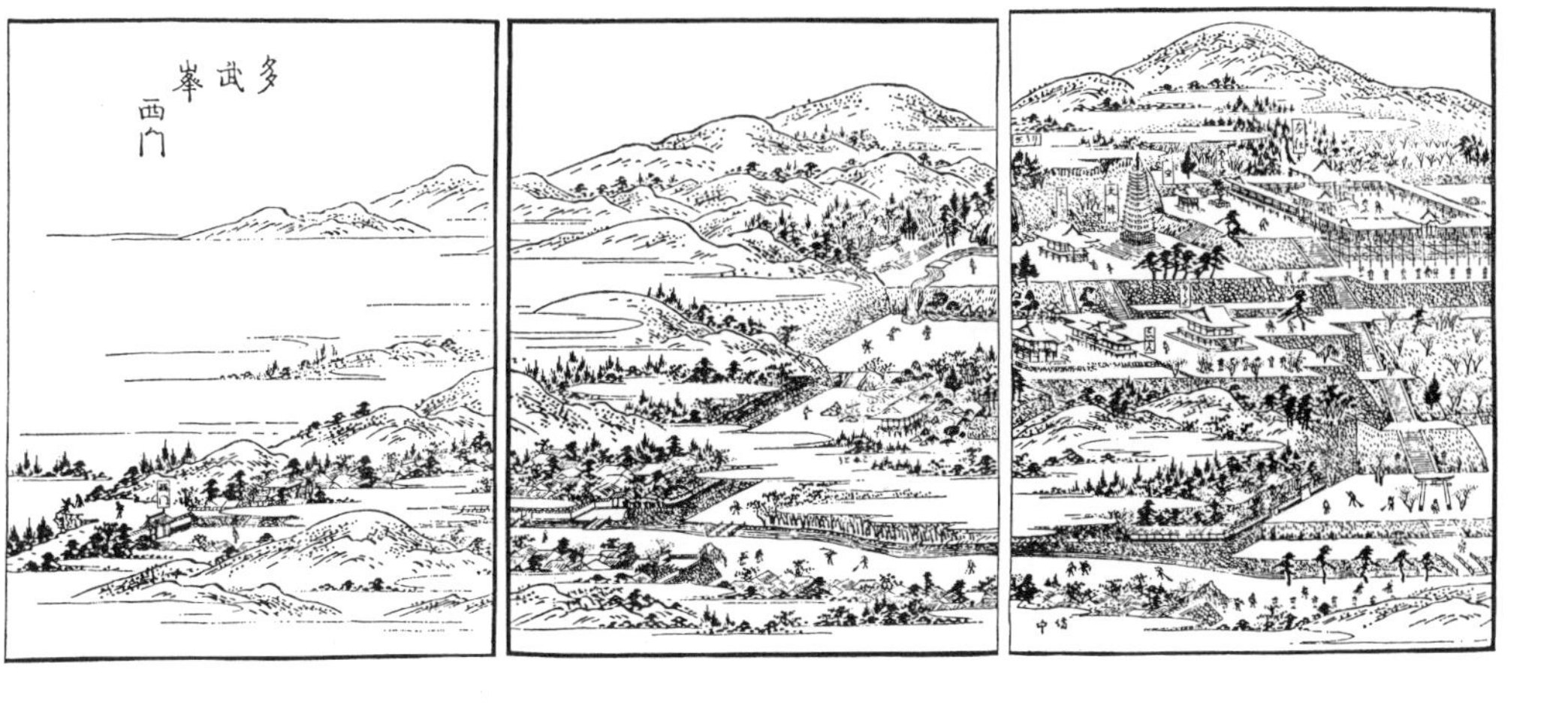

倉椅山（多武峰に比定）『大和名所図会』

磐姫《いわのひめ》

秋《あき》の田《た》の 穂《ほ》の上《へ》に霧《き》らふ 朝霞《あさかすみ》 何処辺《いずへ》の方《かた》に わが恋《こ》ひ止《や》まむ （『万葉集』巻二―88）

『万葉集』巻二の冒頭には、磐姫皇后の御歌の連作が掲げられている。それは、

君《きみ》が行《ゆ》き 日長《けなが》くなりぬ 山《やま》たづね 迎《むか》へか行《ゆ》かむ 待《ま》ちにか待《ま》たむ （『万葉集』巻二―85）

かくばかり 恋《こ》ひつつあらずは 高山《たかやま》の 磐根《いはね》し枕《ま》きて 死《し》なましものを （『万葉集』巻二―86）

ありつつも 君《きみ》をば待《ま》たむ 打《う》ち靡《なび》く わが黒髪《くろかみ》に 霜《しも》の置《お》くまでに （『万葉集』巻二―87）

の歌であり、それにつづいて先の歌が掲げられている。この一連の相聞歌《そうもんか》には、恋の激しい感情が、起伏をなして流れている。第一首は、天皇の行幸《みゆき》が、わたくしが考えていたよりずっと長くなってしまったが、わたくしは家でじっと待てばよいのか、それとも山まで訪ねていったらよいのであろうかと、ためらいの気持ちを素直に歌っている。だが、和歌はすべてこうやって現代語に訳すと、その慕情も、その歌の旋律も色褪せてしまうので、むしろ、そのまま声に出して詠んでほしい。

それをうけて第二首は、こんなにも恋い焦れて苦しむくらいならば、高い山の岩を枕として、死んだ方がましだと歌っている。

しかし第三首は一転して、その激情をおさえた歌となっている。このまま、いつまでもじっとわが君をお待ちしましょう、たとえ豊かになびく黒髪に霜がおりるまで、一晩中でもお帰りをお待ちしましょう、というのである。この歌の「黒髪に霜の置くまで」は、年をとって黒髪が白髪に変ずるまでとも解されているようであるが、わたくしは素直に、一晩中、霜のおりるさなかの夜明けまで帰りを待つと解している。

---

*磐姫

記紀に登場する仁徳天皇の皇后。履中・反正・允恭天皇の母。『万葉集』では「磐姫」、『日本書紀』では「磐之媛」、『古事記』では「石之比売」と表記。仁徳天皇が八田皇女《やたのひめみこ》を宮中に迎え入れたことに怒り、山城国筒城宮《つつきのみや》に移ったと伝えられるなど、嫉妬の伝説で知られる。

*聖武天皇

第四十五代天皇（七〇一～五六）。文武天皇の皇子。母は藤原宮子。皇族から立后するという慣例を破って、藤原不比等《ふひと》の娘子光明子《こうみょうし》を皇后とした。恭仁京《くにのみやこ》を経て平城京に遷都。国分寺、東大寺を創建し、大仏を鋳造するなど唐の文物を取り入れ、仏教に帰依し、天平文化を築いた。在位七二四～四九。

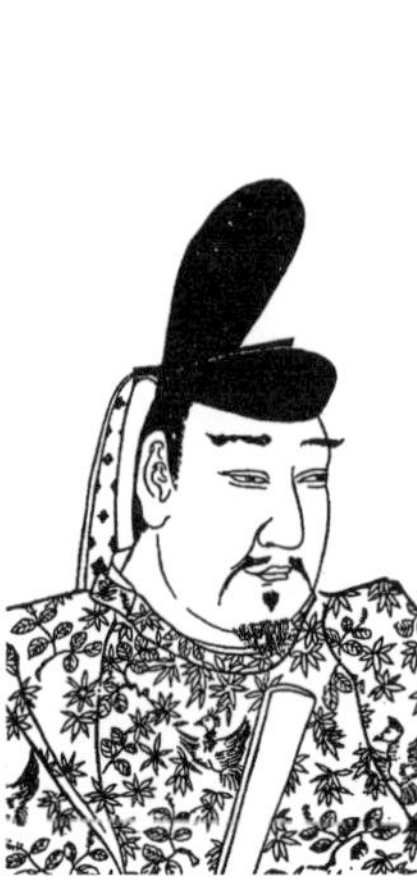

聖武天皇『集古十種』

*光明子

聖武天皇の皇后・光明皇后（七〇一～六〇）。母は犬養《いぬがいの》橘三千代《みちよ》。藤原不比等の娘。阿倍皇女（孝謙天皇〈女帝〉）、基《もとい》皇子を生む。悲田・施薬両院を設ける。聖武天皇没後も皇太后として政界に影響力をもった。

このような連作をうけて最終の結句として、秋の田の絶唱が歌われている。一晩中、霜のおく晩秋の夜を待ち焦れて送ったが、朝、外に眼をやると、田の上の稲穂に朝霞が一面にたなびいている。その朝霞が彼方へとたなびくように、わたくしの恋心も朝霞とともにどこへさすらっていくのであろうかと、歌っているのである。

わたくしは、この歌は『万葉集』の相聞歌の中でも、最もすばらしいものの一つだと考えている。これら一連の歌は、『万葉集』では仁徳天皇の皇后磐姫＊の作と明記されているが、相聞歌の完成度から見ても、どうしても、五世紀初頭の女性の歌とは考えにくい。また仮に磐姫の歌とすれば、記紀に描かれた磐姫の性格描写と極端にイメージを異にするといわなくてはならないのである。

磐姫（石之日売命《いわのひめのみこと》）は、「仁徳記」に「甚多《いとまね》く嫉妬《ねた》みたまひき」と特記され、葛城襲津彦《かつらぎそつひこ》の娘として、大豪族の出自を誇る驕慢な女性として描かれている。

このような『古事記』の磐姫像と、『万葉集』の相聞歌からうかがえる磐姫の繊細で自制的な女性像とのギャップは、どう考えても埋まらない。とすれば、『万葉集』の磐姫を、貞淑で感情の細やかな女性に変貌せしめる要因がどこにあるかを、考えなくてはならないであろう。

その点について、まず最初に思い出されるのは、聖武天皇＊が光明子《こうみょうし》＊を皇后に冊立《さくりつ》する詔の中で、皇女以外で諸豪族から皇后を出す例として、ことさら五世紀代まで遡って葛城襲津彦の娘、磐姫が仁徳天皇の皇后に立てられたことをあげていることである（『続日本紀』天平元年八月条）。このように弁解を試みたのは、当時の慣習として、皇后や妃はすべて皇女に限られていたからである。

長屋王＊の反対を押し切ってまで、あえて藤原氏出身の光明子の立后を強行した、藤原氏の一族は、光明子の先例とされた磐姫を美化し、理想像としなければならなかったのではあるまいか。

磐姫皇后の連作は『万葉集』巻二の巻頭におかれているが、巻一の巻頭を飾るのは、雄略天皇の相聞歌「籠《こ》もよ　み籠《こ》持ち　……」である。『日本書紀』では「大《はなは》だ悪《あ》しくまします天皇」（「雄略紀」二年十月条）と酷評される雄略天皇であるが、磐姫の例と同じように、ここでも、純情可憐な青年に変身させられているのである。

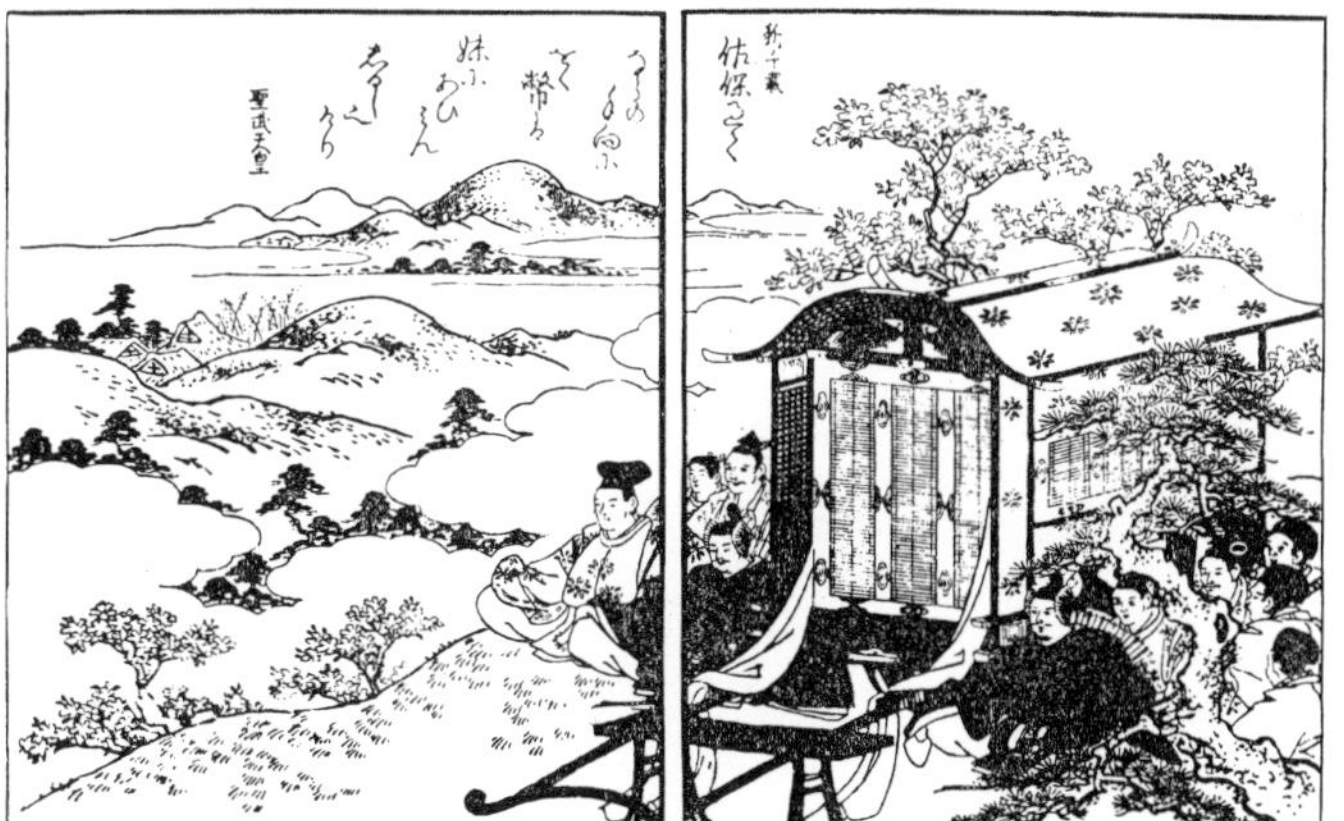

聖武天皇の行幸『大和名所図会』
図中には「新千載　佐保過ぎてならの手向におく幣は妹にあひみんしるしなりけり　聖武天皇」とある。

＊長屋王
高市皇子の子（六八四～七二九）。母は天智天皇の娘の御名部《みなべ》皇女。天武天皇の孫。聖武天皇のもとで左大臣となり、藤原氏に対抗する勢力の筆頭なるが、七二九年、密告により反逆者とされ、妻子と共に自殺。藤原氏の陰謀の犠牲となったと考えられている。長屋王の変と呼ばれる。

允恭《いんぎょう》 天皇

花《はな》ぐはし　桜《さくら》の愛《め》で　同愛《ことめ》でば　早《はや》くは愛《め》でず　我《わ》が愛《め》づる子《こ》ら

允恭天皇*が衣通姫《そとおりひめ》*のもとを訪れて、井のほとりの桜の花をご覧になられて歌われた御製である(「允恭紀」八年二月条)。

日本では、古来より、美しい女性を桜の花になぞらえ、たたえる慣習があった。瓊瓊杵尊《ににぎのみこと》に妻《めあ》わされた大山祇《おおやまつみ》の神の娘木花開耶姫《このはなさくやひめ》も、桜の姫と見なされている。なぜならば、「木《こ》の花《はな》の如《ごと》く、移落《ちりお》ちなむ」と称される美しい女性であったからである。

中国との交流が盛んになると、知識人たちは、花といえば、すぐ「梅」を連想するようになるが、庶民は伝統的に「桜」の花を好んでいたようである。履中天皇の宮を、「磐余《いわれ》の稚桜宮《わかざくらのみや》」と称するのも、酒宴の天皇の御盞《さかずき》に、非時《ときじく》の桜の花が舞いこぼれたからである(「履中紀」三年十一月条)。『万葉集』でも、

桜花《さくらばな》　時《とき》は過《す》ぎねど　見《み》る人《ひと》の　恋《こひ》の盛《さか》りと　今《いま》し散《ち》るらむ（『万葉集』巻十―1855）

のごとく、桜のうつろいやすい姿を恋に託して歌っている。

ところで先に掲げた允恭天皇の御製に見える「花ぐはし」は、花がうるわしく美しいことを示す言葉である。『万葉集』にも

忍坂《おさか》の山《やま》は　走出《はしりで》の　宜《よろ》しき山《やま》の　出立《いでたち》の　妙《くは》しき山《やま》ぞ（『万葉集』巻十三―3331）

と、山容の美しさを「妙《くわ》し」とたたえている。

こまやかさを示す美しい桜の花は、本当に見事である。同じ愛するならば、もっと早く愛すべきであった。それを早くから愛さなかったのは、まことに惜しいことであったというのが、この歌の大意であろ

---

*允恭天皇
記紀系譜の第十九代天皇。仁徳天皇の皇子。母は磐姫《いわのひめ》。安康天皇・雄略天皇の父。遠飛鳥宮《とおつあすかのみや》を都とし、忍坂大中姫《おしさかのおおなかつひめ》を皇后としたとされる。衣通姫を寵愛し、藤原宮や河内国の茅渟宮《ちぬのみや》に住まわせたという。

*衣通姫
允恭天皇の妃。允恭天皇の妃。皇后である姉の忍坂大中姫の嫉妬を避けるため、都を逃れて藤原宮や河内国の茅渟宮に住んだとされる。
↓20頁

衣通姫『絵本小倉錦』

*軽大郎女
允恭天皇の皇女。母は衣通姫の姉の忍坂大中姫(允恭天皇の皇后)。名は衣通郎女。同母兄の木梨軽皇子との近親相姦の罪で、皇子が伊予に配流になったため後を追い、共に自殺をしたという。

う。もちろん、衣通姫を桜になぞらえて歌っている。

衣通姫の「衣通《そとおり》」は、文字通りその美しさが衣を通して輝いていることを賛仰する言葉である。「允恭紀」には「容姿絶妙《かほすぐ》れて、比無《ならびな》し。其《そ》の艶《うるは》しき色《いろ》、衣《そ》より徹《とほ》りて晃《て》れり」と記されている。

一方、『古事記』には、允恭天皇と忍坂大中姫《おしさかのおおなかつひめ》との間に生誕された軽大郎女《かるのおおいらつめ》について、「亦《また》の名《な》は衣通郎女《そとほしのいらつめ》」といい「御名《みな》を衣通王《そとほしのおほきみ》と負《お》はせる所以《ゆゑ》は、其《そ》の身《み》の光《ひかり》、衣《そ》より通《とほ》り出《い》づればなり」と註されている。平安時代に至っても『古今和歌集』の「仮名《かな》の序」に、紀貫之《つらゆき》は「小野小町《をののこまち》は、古《いにしへ》の衣通姫《そとほりひめ》の流《りう》なり」と評している。貫之は、小野小町を「哀《あは》れなる様《やう》にて、強《つよ》からず。言《い》はば、好《よ》き女《をうな》の、悩《なや》める所有《ところあ》るに似《に》たり」と記している。

どうも衣通姫と呼ばれた女性は、揃いも揃って絶世の美女であったが、惜しむらくは、必ずしも幸福な一生を過ごしてはいなかったようである。

允恭天皇の妃である衣通姫も、天皇にあれほど愛されても、姉の嫉妬に悩まされ、日陰の生活を余儀なくされ、子さえ恵まれなかった。

忍坂大中姫の娘の軽大郎女も、同母兄の木梨軽皇子《きなしのかるのみこ》と許されぬ恋をして、自ら死を選んでいる。軽皇子が、軽大郎女と不倫の恋に陥った時、

あしひきの　山田《やまだ》を作《つく》り　山高《やまだか》み　下樋《したび》を走《わし》せ　下泣《したな》きに　我《わ》が泣《な》く妻《つま》　片泣《かたな》きに　我《わ》が泣《な》く妻《つま》　今夜《こぞ》こそ　安《やす》く膚触《はだふ》れ　（「允恭紀」二十三年三月条）

と歌っている。それは下樋《したび》のように〝秘め事〟の恋であったことを物語っている。恋する女性も忍び泣きで、この苦しさをしのばなければならなかったのである。

小野小町も、必ずしも恋の世界を幸福に生き抜いたわけではない。美貌を誇った小野小町も、遂に晩年は醜く老いて、零落した伝承が語り伝えられているのである（『玉造小町壮衰記』、能では『関寺小町』の秘曲となっている』）。

天は必ずしも二物を与えないのだろうか。

関寺小町『伊勢参宮名所図会』

図中には「関寺小町の能は散楽秘中の秘事にして、その人にあらざればなさず。……」とある。

衣通姫《そとおりひめ》

我《わ》が夫子《せこ》が　来《く》べき夕《よひ》なり　ささがねの　蜘蛛《くも》の行《おこな》ひ　是夕《こよい》著《しる》しも

　この歌は允恭天皇にこよなく愛された衣通姫*が、たまさかの天皇の来訪を予感した歌として伝えられている（「允恭紀」八年二月条）。

　「ささがね」は「笹が根」であるが、『古今和歌集』の墨滅歌《ぼくめつかすみけちうた》*では「さゝがにの」とあり、「笹蟹」つまり蜘蛛の意に解している。当時は、蜘蛛が忙しげに糸を張り、その上を動きまわり、網をはって獲物を待っている様子が目立つと、必ず待ち人が訪れると考えられていたようである。

　衣通姫が、藤原の里（奈良県橿原市高殿町）に離れて置かれたのは、衣通姫の姉君に当たる皇后、忍坂大中姫《おしさかのおおなかつひめ》*の嫉妬を、天皇がはばかられてのことであった。なぜなら、允恭天皇は皇后に負い目があったために遠慮して、足繁く衣通姫のもとにかようことができなかったのである。というのは、天皇即位に当たって、忍坂大中姫の功績が極めて大きかったからである。

　反正天皇が崩ぜられた時、すぐにその皇弟の允恭天皇が皇位におされたが、允恭天皇は病《やまい》を理由として、即位を固辞されていた。だが、天皇の妃であった忍坂大中姫は、寒中のさなかに鋺《まり》*の水を捧げ尽くして、これを戒められたのである。その時、姫が鋺を捧げる腕には、鋺の水が凍ってたれさがり、寒さのあまり、まさに死するばかりの状態であったという。この決死の忍坂大中姫の諫言《かんげん》によって、初めて允恭天皇は「天皇の璽符《みしるし》」を受けとられ、即位される決心をなされたという。それ故、忍坂大中姫に対しては、允恭天皇も相当の敬意と感謝の念をあらわさねばならなかった。

　そのうえ、忍坂大中姫は気性のあらい女性であったようである。姫がまだ若い頃、母の実家に住んでおられたが、たまたまそのそばを通りかかった闘雞《つげ》の国造《くにのみやつこ》が、馬にまたがったまま横柄にも、蘭《あららぎ》一本を姫に所望した。この闘雞の国造の侮辱的な行為を、姫は一生忘れることはなかった。忍坂大中姫は、

*衣通姫
　允恭天皇の妃。『日本書紀』では弟姫《おとひめ》。皇后である姉の忍坂大中姫《おしさかのおおなかつひめ》の嫉妬を避けるため都を逃れて藤原宮や河内国の茅渟宮《ちぬのみや》に住んだとされる。天皇との間に子がなく、天皇はその名を残すために諸国に藤原部を置いたとされる。『古事記』では、忍坂大中姫の娘の軽大郎女《かるのおおいらつめ》（衣通郎女）とする。後世、和歌浦の玉津島神社に祀られる。和歌三神の一。

衣通姫『前賢故実』

*墨滅歌
　『古今和歌集』の古写本に書き入れながら墨で消されている歌で、巻末にまとめて置かれている。

*忍坂大中姫
　允恭天皇の皇后。応神天皇の孫。『古事記』では忍坂之大中津比売命。安康天皇・雄略天皇の母。妹は允恭天皇の妃の衣通姫。

*鋺
　水や酒などを入れた器。

允恭天皇の皇后に立てられると早速、国造を宮中に呼びだし、罰を下して死一等を減じて、稲置《いなき》*の地位におとしたのである。

その気性の激しい皇后の妹君に、允恭天皇は恋をされたのだから、天皇としても、衣通姫のもとに足をのばすことは容易なことではなかった。

もともと天皇は、早くから皇后の妹君、衣通姫の美貌に心ひかれておられたようであったが、もちろん皇后の気持ちをはばかって、なかなか口に出されなかった。しかし、皇后の新室《にいむろ》の祝いの宴が開かれて、偶然のチャンスがめぐって来たのである。当時の慣習として、舞う者は、座長（主賓）に、必ず「娘子《をみな》捧《たてまつ》る」と申し上げなければならなかったといわれている。

主賓として招かれた天皇は、新室の祝いに琴をひかれた。当然ながらそれに合わせて、皇后が舞わざるをえなかった。舞が終わるとすぐに、天皇は好期とばかりに、皇后に娘を要求されるのである。そのため皇后は、やむなく妹君の衣通姫を天皇に献じなければならなかった。しかし、それでも忍坂大中姫は、宮中に衣通姫をむかえ入れることは許さなかった。

そのため衣通姫は、藤原の里に隔離されたのである。それでも忍坂大中姫の嫉妬心はやまず、遂に衣通姫は、河内の茅渟《ちぬ》（大阪府泉佐野市日根野）に居を移さねばならなかった。

たまたま皇后の目をぬすんで訪ねてこられた天皇に対し、衣通姫は嬉しさのあまり、

とこしへに　君《きみ》に会《あ》へやも　いさな取《さ》り　海《うみ》の浜藻《はまも》の　寄《よ》る時時《ときとき》を

と歌われたという。

この歌を受けとられた天皇は、この歌が皇后の耳に伝わるのを恐れて、決して人に知られぬようにと注意されたという。だが、そのようなことは、いつしか人々にもれていくものである。そこで人々は、この浜藻を「なのりそ」と名づけたというのである。

これは、いうまでもなく「勿告《なのり》そ」の意味で、決して口に出して言うなということを示している。恋はあくまで「秘め事」でなければならなかったからである。

---

*稲置　大和朝廷が設置した下級地方官。天武天皇が定めた八色《やくさ》の姓《かばね》では最下位（第八位）に記される。

*新室の祝い　新築の室や家の落成の祝い。

なのりそ（ホンダワラの異称）
『大植物図鑑』
ホンダワラ科の褐藻。「なのりそ」の他、浜藻、神馬藻などの異称がある。

雄略《ゆうりゃく》天皇

呉床座《あぐらゐ》の　神《かみ》の御手《みて》もち　弾《ひ》く琴《こと》に　舞《まひ》する女《をみな》　常世《とこよ》にもがも

雄略天皇＊が、吉野の宮に行幸された時、吉野川のほとりに住む童女《おとめ》を召し、天皇は呉床《あぐら》＊に座して、自ら琴をひかれて、その童女の舞をご覧になった際の御製であると伝えられている。その美しい乙女の舞姿は、あたかも常世の世界から訪れた天女のようであったというのである。「呉床座」は、足を組んで胡床《あぐら》に座ることである。天皇は足を組んで胡床に座られ、ひかれる琴の音は、神様がひかれたように妙なる音を奏でている。その神韻に合わせて舞う乙女は、天女のように、このまま永遠にこの場にとどまってほしいというのが、この御歌の大意であろう。

もちろんこの歌は、『古事記』には雄略天皇の御製として掲げられているが、「神の御手もち弾く琴に」と歌われているところからすれば、おそらく雄略天皇を神になぞらえて、その神威をたたえる官僚たちの天皇賛歌の歌と見なすべきであろうと考えている。

この吉野の宮における雄略天皇と乙女の舞が、一説には、平安朝の華麗なる行事の五節《ごせち》の舞＊の起源だと説かれている。だが一般には、『本朝月令』が記すように、天武天皇の吉野行幸をそれに当てているようである。天武天皇がかつて吉野の離宮に御幸され、日暮れに琴の音を奏でていられると、前の山の雲間から天女が舞いおりて来た。天女たちは舞いながら

乙女《をとめ》ども　乙女《をとめ》さびすも　から玉《たま》を　袂《たもと》にまきて　乙女《をとめ》さびすも

と歌い、袖を五度ひるがえしたという。五節の舞は、新嘗祭《にいなめさい》の際に行われる豊明《とよあかり》の会《え》に、五人の美しい舞姫が、五節の音律に合わせて舞ったものである。ちなみに五節とは、『春秋左氏

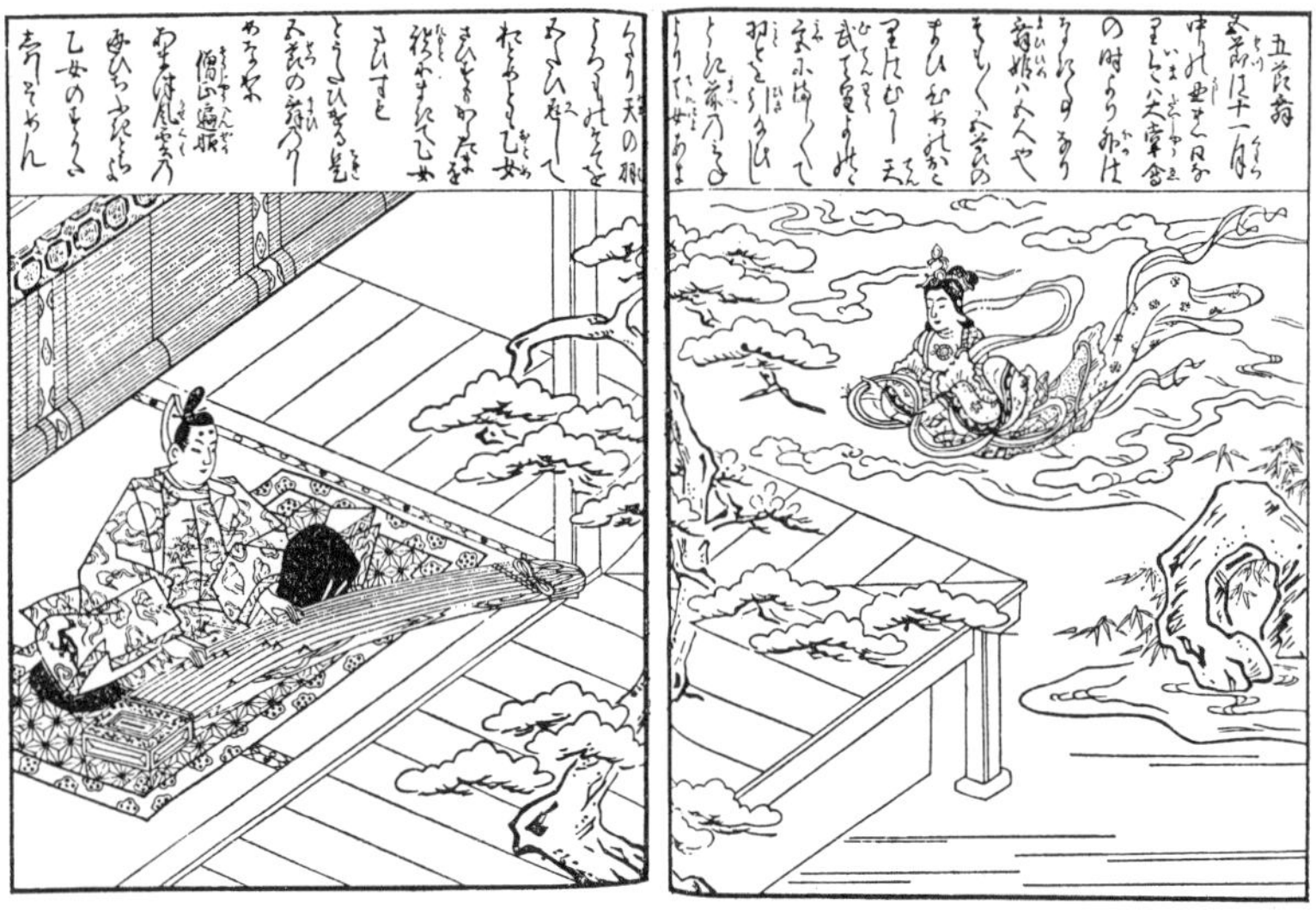

＊雄略天皇
記紀系譜の第二十一代天皇。允恭天皇の皇子。母は忍坂大中姫《おしさかのおおなかつひめ》。目弱王《まよわおう》（眉輪王）、市辺押磐皇子《いちのべのおしはのみこ》らを倒して、泊瀬朝倉宮《はつせのあさくらのみや》に即位したとされる。『宋書』に記される倭王武に比定される。『宋書』倭国伝に収める上表文には、この時期の大和王権の拡大の状態が記されている。

＊呉床
くれどこ。足を組んで座る台。

伝』*に見える「遅《ち》、速《そく》、本《ほん》、末《み》、中《ちゅう》」の五音の節をいうと註されている。

御諸《みもろ》の　厳白檮《いつかし》がもと　白檮《かし》がもと　ゆゆしきかも　白檮原童女《かしはらをとめ》（「雄略記」）

この御製は、雄略天皇が美和河《みわのかわ》のほとりでプロポーズされた引田部赤猪子《ひきたべのあかいこ》に与えられた相聞歌《そうもんか》と語り伝えられている。「雄略記」によると、天皇は、赤猪子が八十歳の高齢に至るまですっかり婚約を忘れてしまったという。その赤猪子に天皇が頭を下げあやまられた話のなかに、この御製が伝えられているのである。

しかし、これは赤猪子が八十歳の老女になったから、天皇が結婚するのをはばかったのではなく、むしろ神威の強い三輪山の神の巫女であったから、その結婚がタブー視されたと考えるべきであろう。神に奉仕する巫女たちはあくまで聖女でなければならず、民間の娘のように、結婚の対象にはならなかったのである。そのことを憐れみ、かつ同情したのが、この歌であるといってよいであろう。

この「御諸の厳白檮がもと」の歌の「御諸《みもろ》」は、「御杜《みもり》」の意であると考えられている。「杜」は神の降臨し、宿られたところである。その神の宿られる「厳白檮《いつかし》」つまり聖なる樫の木のように、三輪の大神にお仕えする聖女は一般の人々には忌みはばかれるというのである。

御諸《みもろ》に　築《きづ》くや玉垣《たまかき》　つき余《あま》し　誰《た》にかも依《よ》らむ　神《かみ》の宮人《みやひと》

の赤猪子の嘆きの歌は、「ついうっかり巫女として結婚の適齢期を見過ごしてしまった。一体、誰に身を寄せたらよいのか」という巫女の慨嘆の歌である。この歌の「つき余し」の「ツキ」は、「斎《いつ》く」にかかる掛詞であるが、また「尽き余し」、つまり婚期を過ぎた意を含むものである。

それはともかくとして、『古事記』などに雄略天皇の御製として掲げられた歌は、意外にもロマンに満ちた歌が少なくないようである。

有名な『万葉集』の巻頭の相聞歌*「籠《こ》もよ　み籠《こ》持《も》ち　……」の御製が、若菜摘む乙女へのおおらかな恋の歌であるのも、先の歌と関連して考えるべきではなかろうか。

五節の舞『大和耕作絵抄』

図中には「五節は十一月中の丑の日なり。今は大嘗会の時より外はなき事なり。舞姫は五人なり。……僧正遍昭　あまつ風雲の通ひぢふきとぢよ乙女のすがたしばしとどめん」とある。

*五節の舞
古代、朝廷の新嘗祭・大嘗祭に催された少女の舞。豊明《とよのあかり》の節会に、神楽歌など公儀の歌（大歌）を伴って舞われた。

*『春秋左氏伝』
孔子が著した『春秋』の三つの注釈書の一つ。最も史実に近いといわれる。他に『公羊伝《くよう》』『穀梁伝《こくりょう》』がある。

*『万葉集』の巻頭の相聞歌
天皇（雄略天皇）の御製歌
籠《こ》もよ　み籠《こ》持《も》ち　掘串《ふくし》もよ　み掘串《ぶくし》持《も》ち　この岳《をか》に　菜《な》摘《つ》ます児《こ》　家《いへ》聞《き》かな　告《の》らさね　そらみつ　大和《やまと》の国《くに》は　おしなべて　われこそ居《を》れ　しきなべて　われこそ座《ま》せ　われにこそは告《の》らめ　家《いへ》をも名《な》をも（『万葉集』巻一――1）

飯豊青皇女《いいとよあおのひめみこ》

倭辺《やまとへ》に　見《み》が欲《ほ》しものは　忍海《おしぬみ》の　この高城《たかき》なる　角刺《つのさし》の宮《みや》　（「顕宗即位前紀」）

この歌は、顕宗《けんぞう》天皇*の叔母君に当たる飯豊青皇女*が、忍海の角刺の宮で執政されたことをたたえる歌である。この歌の大意は、大和の周辺で最も見たいところは、忍海の高い地に造られた角刺の宮であるということである。

忍海《おしぬみ》は、「オシミ」とも訓《よ》まれるが、『和名抄』にいう大和国忍海郡忍海郷《おしみぐんおしみごう》に当たり、現在の奈良県の御所市や新庄町のあたりに相当する。ここに美しい飯豊青皇女が住まわれる角刺の宮が営まれ、その宮があまりにも見事な建物であったから、拝見したいものだと歌っているのである。この忍海の地は、財力に富む忍海の漢人《あまひと》という職業集団の居住地であったから、この角刺の宮も、当時においては話題にのぼるほど立派なものであったと想像されるのである。

だが、この歌は、その建物をたたえるというよりも、むしろ、そこに住まわれた飯豊青皇女を賛仰するものであった。

飯豊青皇女は青海皇女《あおみのひめみこ》とも称されたが、履中天皇の皇女であり、顕宗天皇や仁賢《にんけん》天皇*の父君に当たる市辺押磐皇子《いちのべのおしはのみこ》の妹君である。つまり、顕宗天皇にとっては叔母君であった。

その飯豊青皇女は、一生独身であったという。「清寧紀」には「夫《をとこ》と初《はじ》めて交《まじ》わる。人《ひと》に謂《かた》りて曰《のたま》はく、一《ひとはし》女《をみな》の道《みち》を知《し》りぬ。又《また》、安《いづく》にぞ異《け》なるべけむ。終《つひ》に男《をとこ》に交《あ》はむことを願《ほり》せじ」と述べられ、一生の間、独身を通された。

おそらく、神に仕える聖女の道を選ばれたのであろう。だから、清寧《せいねい》天皇*にむかえられた億計王《おけのみこ》（後の仁賢天皇）と弘計王《おけのみこ》（顕宗天皇）が皇位を譲り合い、しばらくの間空位が生じた時、この二人の皇子

*飯豊青皇女　履中天皇の皇女。青海皇女ともいう。市辺押磐皇子の妹。母は荑姫《はえひめ》とも黒媛《くろひめ》ともいわれる。清寧天皇の崩御の後、顕宗天皇が即位するまでの間、一時政務をつかさどったとされ、飯豊天皇（女帝）と称された。

角刺宮旧址『西国三十三所名所図会』　図中には「袖の松　角刺宮の旧址　莫伝　年ごとにみどりの色もはつみ草かはらぬ色も名にはめづらし」とある。

の叔母君である飯豊青皇女が「臨朝秉政《みかどまつりごと》」されたのである。「臨朝秉政」の「秉」は執るの意で、政治をとられたことをいいあらわすものである。言葉を換えていうならば、空位を埋めるために、〝中継ぎの天皇〟になられたのである。

このように日本では、皇女が一時的に中継ぎする制度が存在していたようである。

たとえば、『万葉集』に「中皇命《なかつすめらみこと》」と称されるのも、「中継ぎの天皇」の意に解してもよいと考えている（巻一―3）。この「中皇命」は、具体的には間人《はしひと》皇女であると見なされている。間人皇女は、孝徳天皇の皇后に立てられたが、白雉《はくち》四（六五三）年、兄、中大兄皇子《なかのおおえのおうじ》や皇祖母尊《すめみおやのみこと》（先の皇極女帝）とともに難波宮を離れ、飛鳥に帰ってしまわれた方である。その間人皇后が、皇極天皇が重祚されるまで一時的に中継ぎの天皇位につかれたのである。

ところで、飯豊青皇女の「臨朝秉政」であるが、当時、皇位継承権を有する皇子たちが次々と雄略天皇に殺されていた事情を考えておく必要があろう。このように有力な皇子がほとんど姿を消したので、飯豊青皇女が中継ぎとして擁立されたのであろう。

雄略天皇は、兄君の安康《あんこう》天皇が目弱王《まよわおう》（眉輪王）＊に暗殺されると、兄弟の八釣白彦《やつりひろひこ》や坂口黒彦《さかぐちのくろひこ》を次々と殺し、次には最も皇位継承の資格者と見なされていた市辺押磐皇子を、近江の蚊屋野《かやの》に誘い出して謀殺してしまわれたのである。

かくして、雄略天皇は武力で即位されたが、その御子の清寧《せいねい》天皇は病弱で御子に恵まれなかったといわれている。そのため清寧天皇は、市辺押磐皇子の遺子を隠れ先の縮見《しじみ》の屯倉《みやけ》から、跡継ぎの皇子にむかえたのである。おそらく、父、雄略天皇の贖罪の意も含まれていたのであろう。この跡継ぎの皇子に立てられたのが、弘計王（顕宗天皇）、億計王（仁賢天皇）のご兄弟であった。

しかしいきなり皇位継承につかれることは困難であり、ためらわれたから、その叔母君に当たる未婚の飯豊青皇女が、中継ぎとして擁立されたのである。

その飯豊青皇女は、皇統を保持された美貌で高貴な方であったから、人々は、その聖女としての、ひととなりをたたえたのである。それが「倭辺に見が欲しものは」の歌となって、広く流布したのであろう。

＊清寧天皇
記紀系譜の第二十二代天皇。雄略天皇の皇子。母は葛城韓媛《からひめ》。名は白髪皇子《しらがのみこ》。雄略天皇の崩御の後、天皇となる。後嗣がいないため、市辺押磐皇子の子の億計《おけ》王・弘計《おけ》王を皇太子として迎える。

＊顕宗天皇
記紀系譜の第二十三代天皇。履中天皇の皇子の市辺押磐皇子の子。名は弘計王。清寧天皇に後嗣として兄の億計王と共に迎えられ、清寧天皇の崩御の後、天皇となる。

＊仁賢天皇
記紀系譜の第二十四代天皇。履中天皇の皇子の市辺押磐皇子の子。名は億計王。清寧天皇に後嗣として弟の弘計王と共に迎えられる。弟の顕宗天皇の崩御の後、天皇となる。

＊目弱王
眉輪王ともいう。仁徳天皇の皇子大草香皇子《おおくさかのみこ》の子。父が安康天皇に殺されたため、安康天皇を刺殺。安康天皇の弟の大泊瀬皇子（雄略天皇）に攻められて殺される。

II　万葉（飛鳥～奈良期）の歌人

天智《てんじ》天皇（中大兄皇子）

わたつみの　豊旗雲《とよはたくも》に　入日《いりひ》さし　今夜《こよひ》の月夜《つくよ》　清明《あきら》けくこそ（『万葉集』巻一―15）

この御製は、『万葉集』の詞書《ことばがき》によれば、皇極天皇四（六四五）年に、皇極女帝が御子の中大兄皇子《なかのおおえのおうじ》（天智天皇*）を皇太子とされた時、皇子が自らの喜びの心境を歌われたものと伝えられている。

大海原に、たなびく旗雲《はたぐも》に、夕日が差している。今夜の月も一層明るく、さやかであってほしいというのが、大意である。

だが、すばらしい歌をこのように散文化し、現代語に訳してしまうと、流れるようなリズムが描き出す雄大なイメージを味も素っ気もないものにしてしまう。

まず、この歌を口遊《くちずさ》むとよい。するとはじめの「わたつみの　とよはたぐもに」という歌い出しが、わたくしたちを早速雄大な感覚でつつみこんでしまうのである。しかも「わた（ta）つ（tu）みの・と（to）よはた（ta）ぐもに」と、T音の言葉を繰り返して配している。そのうえ初句と次句それぞれの脚韻が「の」で終わっている。

この御製は、中大兄皇子の作とされている。蘇我入鹿《そがのいるか》*を大極殿《だいごくでん》で誅殺し、大化の改新を断行されたあとの、さやかな気持ちや希望を、ありのままに歌われたものと見てよい。中大兄皇子は、中臣鎌足《なかとみのかまたり》らとともに、大極殿で入鹿を血祭りにした時、恐怖の目でご覧になられた皇極天皇に「鞍作《くらつくり》、天宗《きみたち》を尽《つく》し滅《ほろぼ》して、日位《ひつぎのくらゐ》を傾《かたぶ》けむとす。豈天孫《あにあめみま》を以《もつ》て鞍作《くらつくり》に代《か》へむや」（「皇極紀」四年六月条）と奏上したという。

ここにいう「鞍作《くらつくり》」は、蘇我入鹿の呼び名である。「皇極即位前紀」に、「入鹿、更《また》の名は鞍作《くらつくり》」と註されているが、「鞍作」の名は、おそらく乳母の姓にもとづくものであろう。

たとえば、嵯峨天皇の御名は神野《かみの》親王であったが、「先朝の制、皇子生れるごとに、乳母の姓《かばね》を以って名となす」（『文徳実録』嘉祥三年五月条）と記されるように、日本では、古くから乳母の姓を呼び名とす

*天智天皇

第三十八代天皇（六二六～七一）。舒明天皇の皇子。母は皇極（斉明）天皇〈女帝〉。名は葛城皇子、中大兄皇子。六四五年、中臣鎌足とともに蘇我氏を滅ぼし大化改新を行う。斉明天皇の崩御後、近江国滋賀の大津宮に遷都して即位。近江令《おうみりょう》を制定し、律令体制の基礎を築いた。在位六六八～七一。

『百人一首』第一番は天智天皇の歌である。

秋《あき》の田《た》の　かりほのいほの　苫《とま》を荒《あら》み　わが衣《ころも》手《で》は　露《つゆ》に濡《ぬ》れつゝ（『後撰和歌集』巻六・秋中―302）

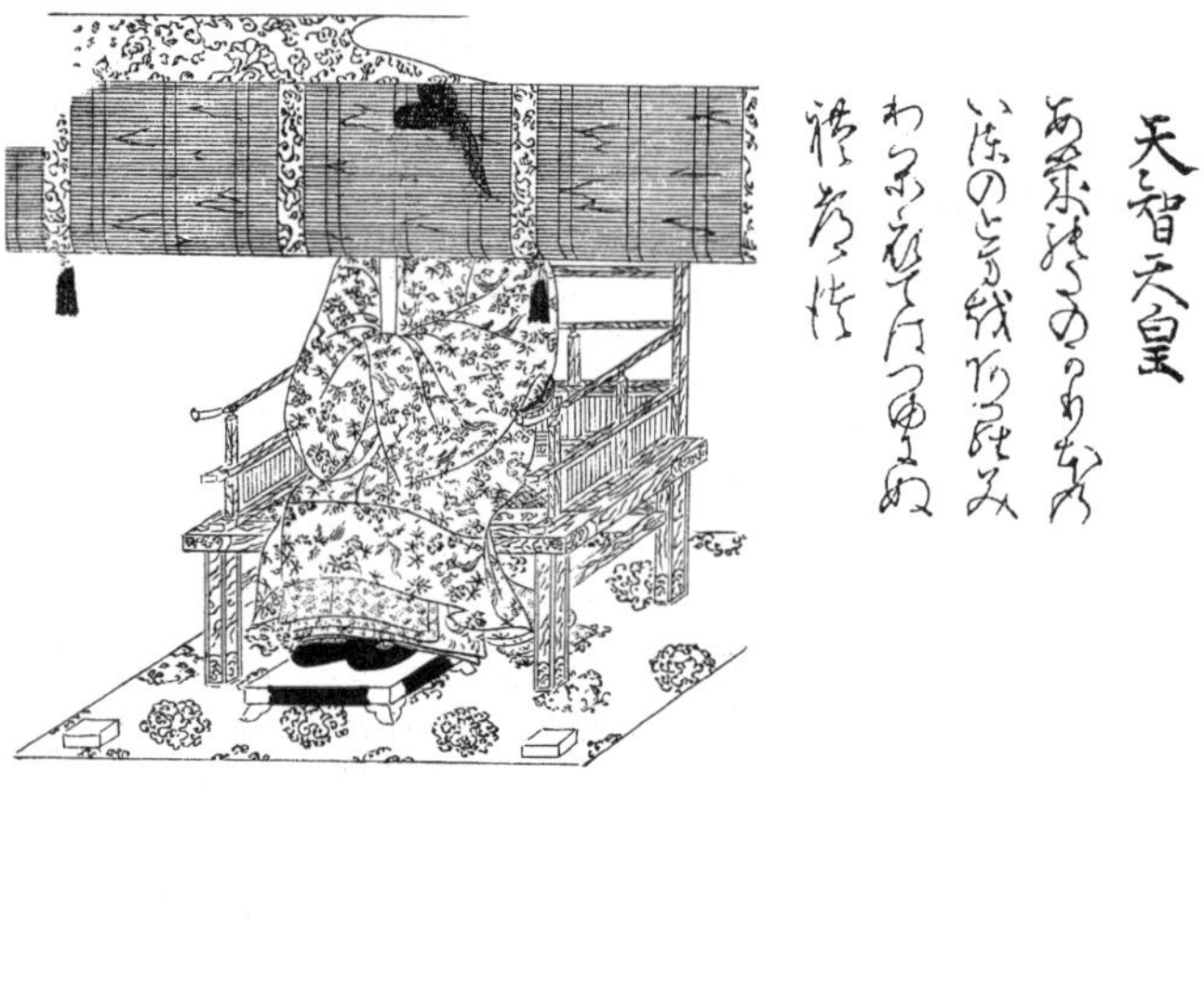

天智天皇『聯珠百人一首』

る風習が行われていた。ちなみに嵯峨天皇の乳母は、加美能宿禰《かみのすくね》と称していた（『続日本紀』延暦十年正月条）。

それはともかくとして、中大兄皇子の奏上された言葉は、王室を滅ぼして、日継《ひつ》ぎの地位を奪おうとする蘇我氏を、王室の一員として、わたくしは絶対に許さないという意味である。

事実、蘇我蝦夷《えみし》、入鹿の父子は、飛鳥の甘樫丘《あまかしのおか》にふたならびの立派な宮殿を建て、蝦夷の家を上《うえ》の宮門《みかど》と称し、入鹿の家を谷《たに》の宮門《みかど》と称したという。そして入鹿の子供を、すべて王子と呼ばせていたというのである（「皇極紀」三年十一月条）。まさに、王位を僭称し、自ら天皇に擬していたといってよい。その驕慢な蘇我蝦夷、入鹿一族を中大兄皇子はクーデターで一挙に滅ぼすことに成功したのだから、その喜びはいかに大きいものであったか、想像するに、余りあるものがある。

中大兄皇子は後に即位されて天智天皇となられたが、『万葉集』に優れた相聞歌《そうもんか》を残されている。

それは、鏡王女《かがみのおおきみ》*におくられた相聞歌である。

妹《いも》が家《いへ》も　継《つ》ぎて見《み》ましを　大和《やまと》なる　大島《おほしま》の嶺《ね》に　家《いへ》もあらましを（『万葉集』巻二—91）

この歌は天皇がまだ皇太子として難波の宮にいらした頃、恋人の鏡王女をいとしく思い出されたものである。せめて大和の大島の嶺に鏡王女の住む家があったら、どんなによかったかなぁと、歌われたものである。

この御製に答えて、鏡王女は、次のような歌を中大兄皇子におくっている。

秋山《あきやま》の　樹《こ》の下隠《したかく》り　逝《ゆ》く水《みづ》の　われこそ益《ま》さめ　思《おも》ほすよりは（『万葉集』巻二—92）

この歌は、秋の山の木の下を、ひそかに流れている水のように、見えないでしょうが、恋しく思う気持ちは、わたくしの方が勝っていますよと、訴えているのである。

歌は文字通り一義的に、自分の気持ちを相手に〝訴《うった》える〟ことであった。

---

*蘇我入鹿
飛鳥時代の豪族。蘇我蝦夷の子（？〜六四五）。六四三年、血縁の古人大兄皇子《ふるひとのおおえのおうじ》を即位させるため、山背大兄皇子《やましろのおおえのおうじ》（聖徳太子の子）の一族を滅ぼした。六四五年、飛鳥板蓋宮《あすかいたぶきのみや》の大極殿で中大兄皇子（天智天皇）、中臣鎌足らに暗殺された。

*鏡王女
のちに中臣鎌足（藤原鎌足）の正室とされた。舒明天皇の皇女とも、額田王の姉妹ともいわれる。↓34頁

蘇我入鹿を討つ『西国三十三所名所図会』
図中には「鎌足、中大兄皇子と相議して、大極殿において入鹿を誅す」とある。

中皇命《なかつすめらみこと》

たまきはる　宇智《うち》の大野《おほの》に　馬並《うまな》めて　朝踏《あさふ》ますらむ　その草深野《くさふかの》（『万葉集』巻一—4）

この歌は舒明《じょめい》天皇＊が内野（奈良県五条市大野新田町付近）で狩猟された時、中皇命＊が間人連老《はしひとのむらじおゆ》を介して、天皇に献上されたものである。

内野は、朝廷の狩猟用の御領地があったと見え、文武《もんむ》天皇二（六九八）年二月にも「車駕《しやが》、宇智郡《うちぐん》に幸《みゆき》す」（『続日本紀』文武天皇二年二月条）と記し、文武天皇＊がこの地に行幸されたことを伝えている。

先述のように、中皇命は、一般には、孝徳天皇の皇后となられた間人皇女《はしひとのひめみこ》＊であろうと見なされている。おそらく、孝徳天皇が難波の宮で崩ぜられ、その姉君に当たる皇極女帝が、斉明天皇として重祚される間、空位を埋められるために、皇后の間人皇女が中継《なかつ》ぎの天皇となられたのをいうのである。このような「中継ぎの天皇」を「中皇命」と称するのである。

もちろん、この歌を作られた頃は、間人皇女は、まだ「中皇命」となられる前で、単に舒明天皇に皇女として献ぜられたのである。

この短歌の前には長歌が付せられている。それは、「やすみしし　わが大君《おほきみ》の」と歌い出され、

御執《みと》らしの　梓《あづさ》の弓《ゆみ》の　金弭《かなはず》の　音《おと》すなり　朝狩《あさかり》に　今立《いまた》たすらし　夕狩《ゆふかり》に　今立《いまた》たすらし　御執《みと》らしの　梓《あづさ》の弓《ゆみ》の　金弭《かなはず》の　音《おと》すなり（『万葉集』巻一—3）

と、梓の弓の中弭《なかはず》が、勢いよく音を立てていると歌っているのである。「御執らし」とあるように、舒明天皇が自らお執りになった愛用の梓弓をたたえている。

梓弓は、梓の木を用いた丸弓で、古代では盛んに愛用された弓の一種である。

『古事記』にも、「宇治《うぢ》の渡《わたり》に　渡《わた》り瀬《ぜ》に　立《た》てる　梓弓檀弓《あづさゆみまゆみ》」とあるのは、大山守命《おおやまもりのみこと》と宇遅《うぢ》の和紀《わき》

＊中皇命
→間人皇女

＊間人皇女
孝徳天皇の皇后（？～六六五）。舒明天皇の皇女で、母は皇極天皇（斉明天皇）。中大兄皇子（天智天皇）の同母姉に当たる。孝徳天皇の没後、皇極天皇が斉明天皇として重祚するまでの中継ぎに、中皇命として皇位に就いたといわれる。

＊舒明天皇
第三十四代天皇（五九三～六四一）。父は押《おし》坂彦人大兄《さかひこのひとのおおえの》皇子（敏達天皇の皇子）。母は糠《ぬか》手姫《てひめの》皇女。天智・天武天皇の父。推古天皇崩御の後、蘇我蝦夷・入鹿親子の支持で山背大兄《やましろのおおえの》皇子（聖徳太子の子）を退けて即位する。在位六二九～四一。

＊文武天皇
第四十二代天皇（六八三～七〇七）。父は草《くさ》壁《かべの》皇子。母は元明天皇。六九七年、持統天皇（女帝）の譲位により即位する。大宝律令を制定。在位六九七～七〇七。

＊元明天皇（女帝）
第四十三代天皇（六六一～七二一）。天智天皇の皇女。母は蘇我倉山田石川麻呂の娘の姪《めいの》娘《いらつめ》。草壁皇子の妃。阿閉（阿陪）内親王ともいう。文武天皇・元正天皇（女帝）の母。子の文武天

郎子《いらつこ》が宇治川で戦った場面を歌った一節に登場する。または『万葉集』にも、防人《さきもり》の歌の中に

置《お》きて行《い》かば　妹《いも》はまかなし　持《も》ちて行《い》く　梓《あづさ》の弓《ゆみ》の　弓束《ゆつか》にもがも　（巻十四―3567）

として、梓弓の弓弭が歌われている。この歌は、「このまま妻を故郷に置いていくとしたならば、どんなにいとおしく感ずるだろう。私が持っていけるのは梓弓の弓束に限られている。その弓束のように、妻を一緒につれていければ、どんなによいだろうか」という意味である。ただ、古代の人々は、弓弭を鳴らすことに悪霊を鎮める呪力を感じていたようである。たとえば、

ますらをの　鞆《とも》の音《おと》すなり　もののふの　大臣《おほまへつきみ》　楯立《たてた》つらしも　（『万葉集』巻一―76）

は、元明《げんめい》天皇（女帝）＊の御製であるが、もののふの物部氏が、弓を引き、それをわざと鞆《とも》に打ちあてて鳴らす儀礼に臨まれた時の歌である。

古代では、周知のように、弓はすべて丸弓であったから、弭を放つと弓はねかえり、左手の腕先を、弭で傷める危険があった。それを保護するため、皮袋でつつんだ鞆を、左手に巻いていたのである。この鞆に打ちあてて強く鳴らす音が邪霊を威嚇し、調伏すると考えられていたわけである。だが、初めてそれを耳にされた阿閇《あへの》内親王（元明天皇）は、驚かれてしまったようである。

しかし、先の中皇命の御製は、舒明天皇の雄々しさをむしろたたえる歌となっているのである。「たまきはる」は、「魂極《たまきわ》まる」の意で、本来、生命力の横溢することをあらわすものであろうが、一般には「内《うち》」に掛かる枕詞であるという。

「今頃は、舒明天皇は宇智の大野に馬を並べ、朝の野をお踏みになっていらっしゃるのだろう。その草深い野を」というのが大意である。新鮮な朝露にぬれて立たれる舒明天皇は、いつまで朝明けのように若々しくあってほしいと願われた御歌と解してよい。それは、文字通り「魂極まる」ことへの願望であり、祝福の歌であると、わたくしは思っている。

皇の没後、即位。都を奈良に移し、『風土記』『古事記』を撰録させた。在位七〇七～一五。

狩猟の図『東海道名所図会』　図中には「引馬野《ひくまの》　続古今　狩衣《かりごろも》みだれにけりな梓弓《あづさゆみ》　ひくまの野辺《のべ》の　萩《はぎ》の朝露《あさつゆ》　式子内親王」とある。

有間皇子《ありまのみこ》

磐代《いはしろ》の　浜松《はままつ》が枝《え》を　引《ひ》き結《むす》び　真幸《まさき》くあらば　また還《かへ》り見《み》む（『万葉集』巻二―141）

この歌は『万葉集』に、「有間皇子《ありまのみこ》、自《みづか》ら傷《いた》みて松が枝《え》を結ぶ歌」と註されているものである。有間皇子＊は、孝徳天皇の皇子である。孝徳天皇が中大兄皇子《なかのおおえのおうじ》と不和になられて、失意のうちに崩ぜられると、必然的に有間皇子の立場は極めて微妙なものになっていった。なぜならば、有間皇子は、中大兄皇子と皇位継承を争う立場に立たされていたからである。有間皇子は、その置かれた立場を察知され、早くから中大兄皇子の疑いの目をそらすため、狂気をよそおって身の危険を避けていたという。だが、斉明天皇《さいめい》三（六五七）年に、斉明天皇＊と中大兄皇子が紀伊の牟婁《むろ》の温泉《ゆ》（和歌山県の白浜温泉）に出かけられた時、蘇我赤兄《そがのあかえ》の策略に、遂に有間皇子はひっかかってしまうのである。

斉明天皇が湯治に出かけられたのは、皇孫の建王《たけるのみこ》を八歳でなくし、その悲嘆を癒すためであった。有間皇子が、湯療には紀の湯がよいと話されたからである。

もちろん斉明天皇は、皇孫の死を忘れることはできなかった。そのためその旅先でも、天皇は

山越《やまこ》えて　海渡《うみわた》るとも　おもしろき　今城《いまき》の中《うち》は　忘《わす》らゆましじ

と歌われたという（「斉明紀」四年十月条）。ちなみに今城は、大和盆地の曾我《そが》川上流一帯をふくむ地域に当たるが、そこに、建王の殯《もがり》の宮が造られたのである。この御製は、「山を越え、海を渡り、はるばると旅をつづけて来た。それは本来、たのしい旅のはずであったが、今城の中に葬られたかわいい孫の建王のことを、わたくしは一刻も忘れることはない」という意味である。

斉明天皇と中大兄皇子が、このようにして都を留守にされている間に、その留守の役をおおせつかった蘇我赤兄が、言葉巧みに有間皇子に謀反をそそのかしたのである。それは、斉明天皇の三つの失政を

＊有間皇子

孝徳天皇の皇子（六四〇～五八）。母は阿倍内麻呂の娘の小足媛《おしたらひめ》。六五八年、蘇我赤兄の策略で、謀反を企てたとして紀伊の藤白の坂で絞殺された。『万葉集』にその際に詠んだ歌二首が収められている。

＊斉明天皇（女帝）

第三十五・三十七代天皇（五九四～六六一）。敏達天皇の孫の茅渟《ちぬ》王の王女。舒明天皇の皇后となり、中大兄皇子（天智天皇）・大海人皇子（天武天皇）を生む。舒明天皇の崩御の後、即位（皇極天皇）。軽皇子（孝徳天皇）に譲位をするが、孝徳天皇の崩御の後、重祚して皇位（斉明天皇）につく。在位六四二～四五、六五五～六一。

藤白の松『紀伊国名所図会』

図中には「藤白松《ふぢしろのまつ》　一《ひと》しほのみどりの外《ほか》も色《いろ》そふやはなさく春《はる》の藤《ふぢ》しろのまつ　安嘉門院四条」とある。

あげ、有間皇子の決起をうながすものであった。このように赤兄は言葉巧みにそそのかしておきながら、突如、兵をさしむけ、有間皇子の市経《いちぶ》（奈良県生駒市壱分《いちぶ》町）の家を囲み、有間皇子を逮捕してしまうのである。そして直ちに、有間皇子を中大兄皇子が滞在している紀の湯に護送していった。

もちろん、中大兄皇子の厳しい尋問に対して、有間皇子は、「天《あめ》と赤兄《あかえ》と知《し》らむ。吾《おのれ》全《もは》ら解《し》らず」と答えたという。有間皇子は、この事件の真相は、ただ天と赤兄が知っているだけだ。わたくしは、全くこの事件、つまり謀反については一切知らないし、かかわりもしないと主張したのである。

おそらくこの事件は、有間皇子の言葉から推して、中大兄皇子と蘇我赤兄が結託して有間皇子をおとし入れたものであろう。有間皇子は、帰り路、藤白《ふじしろ》の坂（和歌山県海南市藤白）で絞殺されたが、時に十九歳の若さであった。

先の歌は、有間皇子が紀の湯へ連行される途中のものである。まだ、かすかながらも、弁明が通るかもしれぬというはかない希望をいだいていた時の歌である。松が枝を結ぶというのは、神の宿る松の枝を結び、その結び目に自分の魂を封じ込め、神の加護を祈る呪礼である。『万葉集』にも

たまきはる　命《いのち》は知《し》らず　松《まつ》が枝《え》を　結《むす》ぶ情《こころ》は　長《なが》くとぞ思《おも》ふ（大伴家持、『万葉集』巻六―1043）

などと歌われていることが、その参考となるだろう。また、その時、有間皇子は

家《いへ》にあれば　笥《け》に盛《も》る飯《いひ》を　草枕《くさまくら》　旅《たび》にしあれば　椎《しひ》の葉《は》に盛《も》る（『万葉集』巻二―142）

と、つづけて歌っている。この有間皇子の悲劇は、後世にも多くの人の同情を呼び起こしている。たとえば、長忌寸意吉麿《ながのいみきおきまろ》は、この結び松を見て、有間皇子を偲ぶ歌を寄せている。

磐代《いはしろ》の　崖《きし》の松《まつ》が枝《え》　結《むす》びけむ　人《ひと》は帰《かへ》りて　また見《み》けむかも（『万葉集』巻二―143）

磐代《いはしろ》の　野中《のなか》に立《た》てる　結《むす》び松《まつ》　情《こころ》も解《と》けず　古《いにしへ》思《おも》ほゆ（『万葉集』巻二―144）

有間皇子の悲しみは、まさに「心も解けぬ」ものであったのであろう。

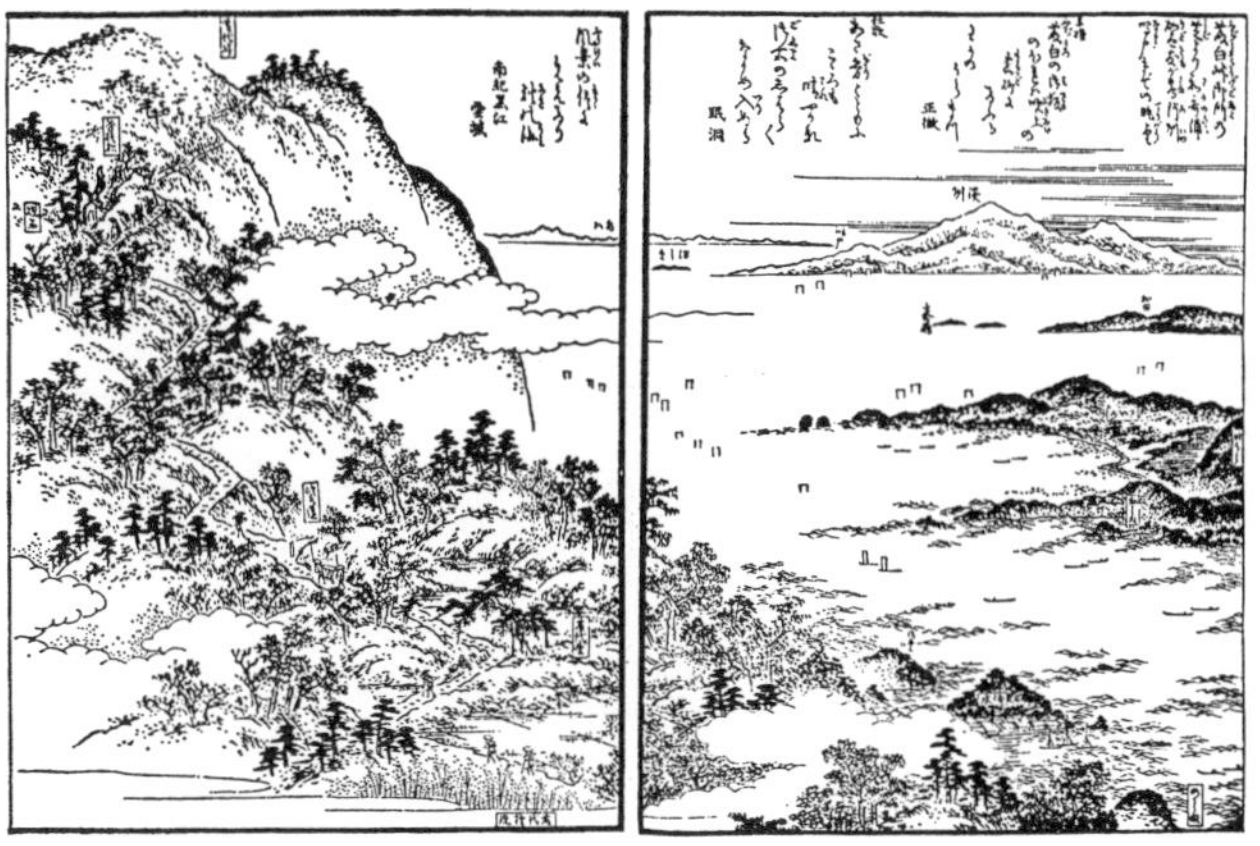

藤白の坂『紀伊国名所図会』

図中には「藤白峠御所の芝より和歌浦・加太・友が島・阿州鳴門までの眺望
草根　藤白《ふぢしろ》の御坂《みさか》のぼれば吹上《ふきあげ》の真砂《まさご》にけぶるわかのうらまつ　正徹
狂歌　あさ霧《ぎり》とともにこころも晴《は》れやかな御所《ごしよ》のしばらくながめ入《いり》ぬる　眠洞
風景《ふうけい》の儘《まま》に見《み》えけり秋《あき》の海《うみ》　南紀黒江　雲城」
とある。

鏡王女《かがみのおおきみ》

玉《たま》くしげ　覆《おほ》ふを安《やす》み　開《あ》けて行《い》なば　君《きみ》が名《な》はあれど　わが名《な》し惜《を》しも　（『万葉集』巻二―93）

この歌は、内大臣藤原卿、つまり藤原鎌足《かまたり》*を、鏡王女*がどうしても愛し切れぬ気持ちを訴えたものである。それに対し、鎌足は、ぬけぬけと

玉《たま》くしげ　みむろの山《やま》の　さなかづら　さ寝《ね》ずばつひに　ありかつましじ　（『万葉集』巻二―94）

と答えている。

鏡王女は、一説には額田王《ぬかたのおおきみ》の姉妹とされたり、あるいは舒明天皇の皇女と見なされたりして、経歴は必ずしも明らかではない。人によっては威奈公鏡《いなきみかがみ》の娘に擬せられている。ただ王女《おおきみ》と名のっているから、皇族であったことは確かである。鏡王女は、はじめは中大兄皇子の恋人の一人であったようであるが、この歌から推すと、中大兄皇子が、鏡王女を寵臣藤原鎌足におしつけられた時の歌と思われるのである。鏡王女が、鎌足に、「君が名はあれど　わが名し惜しも」と歌っていることは、中大兄皇子に対する未練が充分清算されていないことを暗に示しているようである。玉櫛笥《たまくしげ》に蓋をして、この秘め事を覆い隠すのはたやすいことだが、あなた（藤原鎌足）の浮名はさておいて、わたくしの名が人の噂にのぼるのは本当に残念だ、と歌っているからである。

実は、中大兄皇子は、かつての思い人を何人か、腹心の鎌足に下賜されていたようである。

われはもや　安見児《やすみこ》得たり　皆人《みなひと》の　得難《えがて》にすとふ　安見児《やすみこ》得たり　（『万葉集』巻二―95）

の鎌足の歌は、「采女《うねめ》安見児《やすみこ》を娶《ま》きし時」と註されるように、天智天皇から采女を与えられた時の歌である。采女は、地方豪族から、服属の証《あかし》として天皇に献ぜられた未婚の女性で、天皇以外の人物はこれ

---

*鏡王女
藤原鎌足の正室（？～六八三）。舒明天皇の皇女とも、鏡王の王女で、額田王の姉ともいわれる。中大兄皇子に寵愛されたが、のちに鎌足の室となる。鎌足の病気平癒のため山階寺を建立したと伝えられる。

*藤原鎌足（中臣鎌足）
古代の豪族。藤原氏の祖（六一四～六六九）。中大兄皇子（天智天皇）と共に蘇我氏を倒して大化改新を断行。孝徳天皇が即位したのち、律令体制の基礎づくりに貢献する。晩年、天智天皇より大織冠の冠位と藤原朝臣の姓を賜る。

藤原鎌足『西国三十三所名所図会』般若寺所蔵小野篁筆」と添書きがある。
図には「大織冠鎌足公像

*藤原不比等
奈良時代の貴族（六五九～七二〇）。藤原鎌足の子。大宝律令を修正して養老律令を制定。娘の光明子は聖武天皇の皇后となる。

と婚姻することは厳しく戒められていた。たとえば、凡河内直《おおしこうちのあたい》香賜《かたぶ》が采女を奸したため、雄略天皇によって斬り殺されているのは、采女は聖女とされ、天皇に捧げられた処女であったからである（「雄略紀」九年二月条）。神聖視され、一般の人には得難い采女の安見児を、天皇の特別のはからいで下賜されたことを、鎌足は手ばなしに喜んで歌っている。鎌足の息子、藤原不比等《ふひと》*を皇胤《こういん》とする説があるが、このような噂が絶えなかったのは、鎌足が中大兄皇子の恋人のひきうけ人と見なされていたからであろう。

額田王が、天智天皇の来訪を待ち望み

君待《きみま》つと　我《わ》が恋《こ》ひをれば　わが屋戸《やど》の　すだれ動《うご》かし　秋《あき》の風吹《かぜふ》く（『万葉集』巻四―488）

と歌ったのに対し、鏡王女は次のように歌ったと伝えられている。

風《かぜ》をだに　恋《こ》ふるは羨《とも》し　風《かぜ》をだに　来《こ》むとし待《ま》たば　何《なに》か嘆《なげ》かむ（『万葉集』巻四―489）

本当に恋しい人が訪ねてくる前に、その予兆を示すといわれる風だけでも、期待しながら待っているとは、本当に羨ましい。そのような風があなたの簾に吹いて来るとしたら何で嘆くことがあろうかと、額田王を羨んでいるのである。ここでも鏡王女は、額田王に天皇の寵愛が移り、自分はうちすてられていることを嘆いているのである。

神名火《かむなび》の　伊波瀬《いはせ》の杜《もり》の　呼子鳥《よぶこどり》　いたくな鳴《な》きそ　わが恋《こひ》まさる（『万葉集』巻八―1419）

の鏡王女の歌も、わたくしには、なかなか恋人に逢うことのかなわぬ嘆きの歌のように思われてくるのである。神奈備《かんなび》の磐瀬《いわせ》は、奈良県の斑鳩《いかるが》町の竜田川東岸の森などに当てられているが、万葉の時代では、呼子鳥（ほととぎす）の名所として有名なところであった。たとえば、志貴皇子《しきのみこ》の歌にも

神名火《かむなび》の　磐瀬《いはせ》の杜《もり》の　霍公鳥《ほととぎす》　毛無《ならし》の岳《をか》に　何時《いつ》か来鳴《きな》かむ（『万葉集』巻八―1466）

と歌われている。それにしても、鏡王女の歌は、いつもやるせない恋の歌である。常に愛する人を求めつづけた切ない気持ちの歌であった。

藤原不比等『集古十種』

ホトトギス『日本産物志』

「呼子鳥」は異称。『万葉集』ではホトトギスは「霍公鳥」と表記され、「鶯《うぐひす》の　生卵《かひご》の中《なか》に　霍公鳥《ほととぎす》　独《ひと》り生《うま》れて　己《な》が父《ちち》に　似《に》ては鳴《な》かず　己《な》が母《はは》に　似《に》ては鳴《な》かず……（長歌）」作者不詳（『万葉集』巻九―1755）の歌がある。

天武《てんむ》天皇

紫草《むらさき》の　にほへる妹《いも》を　憎《にく》くあらば　人妻《ひとづま》ゆゑに　われ恋《こ》ひめやも　（『万葉集』巻一―21）

この歌は、額田王《ぬかたのおおきみ》*が近江の蒲生野《がもうの》で大海人皇子《おおあまのおうじ》（天武天皇*）に対して歌をおくり、それに皇子が答えたものである。

額田王の歌は、あまりに有名であるが

あかねさす　紫《むらさき》野行《のゆ》き　標野行《しめのゆ》き　野守《のもり》は見《み》ずや　君《きみ》が袖振《そでふ》る　（『万葉集』巻一―20）

というものであった。近江の蒲生野は、現在の滋賀県の愛知《えち》川西岸の一帯を指す。この地では古くから遊猟が行われていたようである。

「天智紀」七年五月五日の条に「天皇《すめらみこと》（天智天皇）、蒲生野《かまふの》に縦猟《かり》したまふ。時《とき》に、大皇弟《ひつぎのみこ》（大海人皇子）、諸王《おほきみたち》・内臣《うちつまへつきみ》（藤原鎌足）及《およ》び群臣《まへつきみたち》、皆悉《みなことごとく》に従《おほみとも》なり」と記され、天智天皇七（六六八）年の五月五日（節句の日）に、天智天皇は、皇太弟の大海人皇子をはじめ、多くの群臣を率いて、蒲生野で狩りをたのしまれたのである。

この天智七（六六八）年という年は、白村江《はくそんこう》の大敗をうけて、国内体制を固めるうえで、重要な年であったようである。

というのは、天智天皇はながらく称制《しょうせい》の地位にとどまっておられたが、この年の正月になって正式の天皇として即位されたのである。

そして、皇后には、倭姫王《やまとひめのおおきみ》*が立てられ、皇太弟に、大海人皇子が選ばれたのである。

その新体制を固め、その融和をはかる目的で、大々的に蒲生野で狩りが催されたのである。

五月五日は、鹿の若角《わかづの》、つまり鹿茸《ろくじょう》や薬草を採る慣わしがあった。『万葉集』の乞食者の詠の中にも

---

*天武天皇
第四十代天皇（?〜六八六）。舒明天皇の皇子。母は皇極天皇（重祚して斉明天皇）。名は大海人皇子。天智天皇の即位で皇太子となる。天智天皇の没後、吉野に退去するが、壬申の乱で大友《おおともの》皇子との戦いに勝利し、飛鳥浄御原《あすかきよみはら》で即位。八色姓《やくさのかばね》を制定し、天皇・皇室権力を中心とした律令体制を強固なものにした。国史の編修に着手。在位六七三〜八六。

天武天皇『集古十種』

*額田王
鏡王の娘ともいわれる（生没年不詳）。大海人皇子（天武天皇）の妃となり、十市皇女（弘文天皇の妃）を生む。のち、天智天皇の寵愛を受ける。『万葉集』の代表的な女流歌人。
↓38頁

「四月《うづき》と　五月《さつき》との間《ま》に　薬猟《くすりがり》仕《つか》ふる時に」（『万葉集』巻十六―3885）と歌われている。

また、蒲生野には、朝廷が管理する紫草園《むらさきえん》が存在していた。

紫草園は、紫草を栽培する政府直轄の園地である。紫草は漢方医として、解熱、解毒などに用いられたが、古代では、特に染色用として珍重されていた。

紫の色は、道教では特に珍重され、日本でも、聖徳太子の冠位十二階の最高位の色に位置づけられている。それ以後、日本でも「紫」は禁色《きんじき》として取り扱われるようになったが、需要は増加し、野生の紫草は、しだいに少なくなっていった。そのため、政府は紫草園を各地に設けたのである。

天平九（七三七）年度の「豊後国正税帳《ぶんごのくにのしょうぜいちょう》」にも、球珠郡《くすぐん》、直入郡《なおいりぐん》などに「紫草園」が設けられていたことが記されている。しかも、国司自ら、その管理の責任者となっているのである。

このように、政府直轄地であったから、紫草園は、「禁野《しめの》」（標野*）とされ、野守《のもり》という監視役が置かれていたのである。

その野守が見ている前で、貴方（大海人皇子）は、わたくしに大胆にも袖を振って合図し、愛情を伝えようとしていらっしゃるというのが、額田王の歌の意であろう。

大海人皇子は、かつての恋人であった額田王は天智天皇に召されているが、それでも紫草のように美しいあなたを憎いなどとは決して思わないと、歌を返しているのである。

つまり、額田王は標野に囲われた紫草のように、手を出すことが禁じられているけれど、わたくしはもう野守（おそらく天智天皇のことであろう）が、目にも入らないと歌っているのである。

この人目をはばからぬ歌を、多くの学者は宴会の戯歌《ざれうた》と解しているようであるが、わたくしは、やはり大海人皇子の額田王に対する尽きせぬ慕情を、この歌から読みとるべきであると考えている。なぜならば、大海人皇子と額田王との間には、十市皇女《とおちのひめみこ》がもうけられていたのである（「天武紀」二年二月条）。

後に、額田王は兄君の天智天皇に召されたが、それでも大海人皇子の額田王に対する愛情は少しも変わらなかったと、わたくしは考えたいのである。

---

*倭姫王
天智天皇の皇后（生没年不詳）。古人大兄皇子の娘。母は未詳。天智天皇との間に子は恵まれなかった。天智天皇は大海人皇子（天武天皇）に譲位を告げるが、皇子は倭姫王への譲位と大友皇子の皇太子を進言したとされる。

ムラサキ（紫草）『花彙』
ムラサキ科の多年草。漢字では「紫・紫草」と表記される。

*標野
皇室や貴族などが所有し、一般人の立ち入りを禁止した野。

額田王《ぬかたのおおきみ》

三輪山《みわやま》を　しかも隠《かく》すか　雲《くも》だにも　情《こころ》あらなも　隠《かく》さふべしや（『万葉集』巻一―18）

この歌は、天智天皇六（六六七）年三月に、「都を近江《あふみ》に遷《うつ》す」（「天智紀」）時、長らく住んでいた大和盆地を去るに当たり、この盆地の守護神が祀られる三輪山を振り返りながら、額田王*が歌われたものとされている。

この遷都に関しては、『日本書紀』も「天下《あめのした》の百姓《おほみたから》、都遷《みやこうつ》すことを願《ねが》はずして、諷《そ》へ諫《あざむ》く者多《ものおほ》し。……日日夜夜《ひるよる》、失火《みづながれ》の処多《ところおほ》し」と伝えている。畿外の近江（大津京*）への遷都に対しては、多くの民衆が反対であったようである。柿本人麻呂も「大和《やまと》を置《お》きて　あをによし　奈良山《ならやま》を越《こ》え　いかさまに思《おも》ほしめせか」（『万葉集』巻一―29）と、天智天皇が民衆の反対をおして、どういうお考えで遷都を強行されたかを訝《いぶ》かっているのである。

額田王も、近江に下る時、

山《やま》の際《ま》に　い隠《かく》るまで　道《みち》の隈《くま》　い積《つも》るまでに　つばらにも　見《み》つつ行《ゆ》かむを　しばしばも　見放《みさ》けむ　山《やま》を　情《こころ》なく　雲《くも》の　隠《かく》さふべしや（『万葉集』巻一―17）

と去り難い心境を歌っている。なつかしい故郷の風景をいつまでも脳裏にとどめておこうとして、振り返り、振り返り見ていくが、無情にも、なつかしい山々に雲がかかって、それを邪魔している。それ故、一層この大和の地が離れがたいと嘆いているのである。このような大和に対する愛惜の念は、単に額田王だけにとどまるものではなかったから、額田王の歌が人々にいつまでも語り伝えられたものであろう。

この近江への遷都の決断は、朝鮮の白村江《はくそんこう》の大敗をうけ、その防衛体制の一環として打ち出されたものであった。天智天皇は、百済救援を決意され、朝鮮半島に大軍を派遣されたが、それもむなしく唐と

---

*額田王
鏡王の娘ともいわれる（生没年不詳）。大海人皇子（天武天皇）の妃となり、十市皇女（弘文天皇の妃）を生む。のち、天智天皇の寵愛を受け、近江大津宮に移る。天智天皇が崩御し、壬申の乱後、再び大和に戻ったとされる。『万葉集』の代表的な女流歌人。歌は皇極～持統朝に及び、情愛・叙景を織り込んだ優美なものが多い。

*大津京
天智天皇が近江の大津に造営した都。六六七年に飛鳥京から遷都。白村江の大敗で、唐・新羅連合軍の来襲に備えての遷都とされる。壬申の乱で近江朝が敗北し、六七二年、天武天皇が飛鳥浄御原宮に都を定め廃絶となる。

新羅の連合軍の前に大敗するのである。白村江では、日本の水軍は包囲され「水《みづ》に赴《おもぶ》きて、溺《おぼほ》れ死《し》ぬる者衆《おほ》し」（「天智紀」二年八月条）という状態に陥ってしまったという。それでも、わずかに生き残った水軍は、百済の遺臣たちをやっと収容し、日本に引き揚げたのである。

天智天皇は、敗れた将兵が息つく隙なく、おおわらわに、唐、新羅連合軍の日本来襲に備えなければならなかった。天智天皇三（六六四）年、つまり敗戦の翌年には急遽、対馬、壱岐および筑紫に、防人《さきもり》と烽《のろし》を置いている。

その一環として、天智天皇六年三月に大津へ遷都するのである。おそらく、大和盆地は狭小で、しかも山で囲まれて、防衛体制上極めて不便であったからであろう。それに比べて、近江の大津は、交通の要衝の地であった。北には琵琶湖をひかえ、南には淀川という水運の便に恵まれていた。また、この地を中心に北陸道や東山道あるいは、山陰、山陽の道が四方に通じていたのである。

だが、その近江の大津の宮も、天智天皇が崩ぜられた後すぐに起こった壬申《じんしん》の乱によって、すべて灰塵に帰してしまうのである。壬申の乱に勝利を収められた大海人皇子《おおあまのおうじ》は、即位されて天武天皇となられたが、都を再び大和の飛鳥《あすか》の地に移されたのである。近江の大津の宮は、

大殿《おほとの》は　此処《ここ》と言《い》へども　春草《はるくさ》の　繁《しげ》く生《お》ひたる　霞《かすみ》立《た》ち　春日《はるひ》の霧《き》れる　ももしきの
大宮処《おほみやどころ》　見《み》れば悲《かな》しも　（『万葉集』巻一―29）

と柿本人麻呂に歌われるように、すでにその跡かたも、さだかでなくなっていたのである。

ところでこのように、大津の宮が灰塵に帰したことで最も悔やまれるものは、貴重な多くの記録や典籍が消失したことである。それを具体的に語るものは、『藤氏家伝』武智麻呂《むちまろ》の篇である。そこには、壬申の乱後、多くの官書や巻軸が零落し、民間を訪ねて写し取らなければならなかったと述べられている。

天武天皇が『古事記』や『日本書紀』の編纂に当たって、諸豪族の家記を提出させたのも、壬申の乱で政府の正式な記録が大量に失われたからではないだろうか。

三輪山・三輪社『大和名所図会』

持統《じとう》天皇

春《はる》過《す》ぎて　夏来《なつきた》るらし　白栲《しろたへ》の　衣《ころも》乾《ほ》したり　天《あま》の香具山《かぐやま》（『万葉集』巻一―28）

この歌は『新古今和歌集』や『百人一首』には、

春《はる》すぎて　夏《なつ》きにけらし　白妙《しろたへ》の　衣《ころも》ほすてふ　天《あま》のかぐ山《やま》

と改められて、載せられた歌である。

この歌は、「藤原宮《ふじわらのみやに》御　宇《あめのしたしろしめす》天皇《すめらみこと》」の御製と記されるように、藤原宮で初めて政治をとられた持統天皇（女帝）＊の御歌である。

「天智紀」七年二月条には、天智天皇の皇子皇女が列挙されているが、その中に鸕野皇女《うののひめみこ》（持統天皇）について「天下《あめのした》を有《しらし》むるに及《いた》りて、飛鳥浄御原宮《あすかのきよみはらのみや》に居《ま》します。後《のち》に宮《みや》を藤原《ふぢはら》に移《うつ》す」と記している。持統天皇は、夫、天武天皇の殯《もがり》の行事を大々的に行い、持統四（六九〇）年に至って、飛鳥浄御原宮で即位されたのである。ただこの頃、すでに藤原宮の移転の計画は立てられていた。

遷都は天武天皇のご遺志によるが、律令体制にふさわしい都城の建設を断行されたのである。そのモデルは、いうまでもなく中国、唐の長安の都であった。

それまでの日本の都の建物は、「飛鳥板蓋宮《あすかのいたぶきのみや》」（「皇極紀」二年四月条等）などと称されるように、掘立式の日本建築であり、ほぼ一世代で建てかえなければならなかった。しかし、新たに造られた藤原京は、あくまで天武、持統朝の皇統が永遠に続くように、幾世代にもわたってうけつがれる立派なものでなければならなかった。

遷都の地に選ばれたのは、飛鳥の狭小な地から離れ、その北に位置する大和三山に囲まれた藤原の聖地である。

＊持統天皇（女帝）

第四十一代天皇（六四五〜七〇二）。天智天皇の皇女。母は蘇我遠智娘《おちのいらつめ》。大海人皇子の妃となる。皇子が壬申の乱で近江朝に勝利したのち天武天皇として即位し、皇后となる。子の草壁皇子を後継の天皇にするため、大津皇子を反乱罪で処刑。草壁皇子が病死したため持統天皇として即位。六九四年、飛鳥浄御原宮から藤原京に遷都。草壁皇子の子の文武天皇に譲位し、太上天皇として治世をする。在位六八六〜九七。

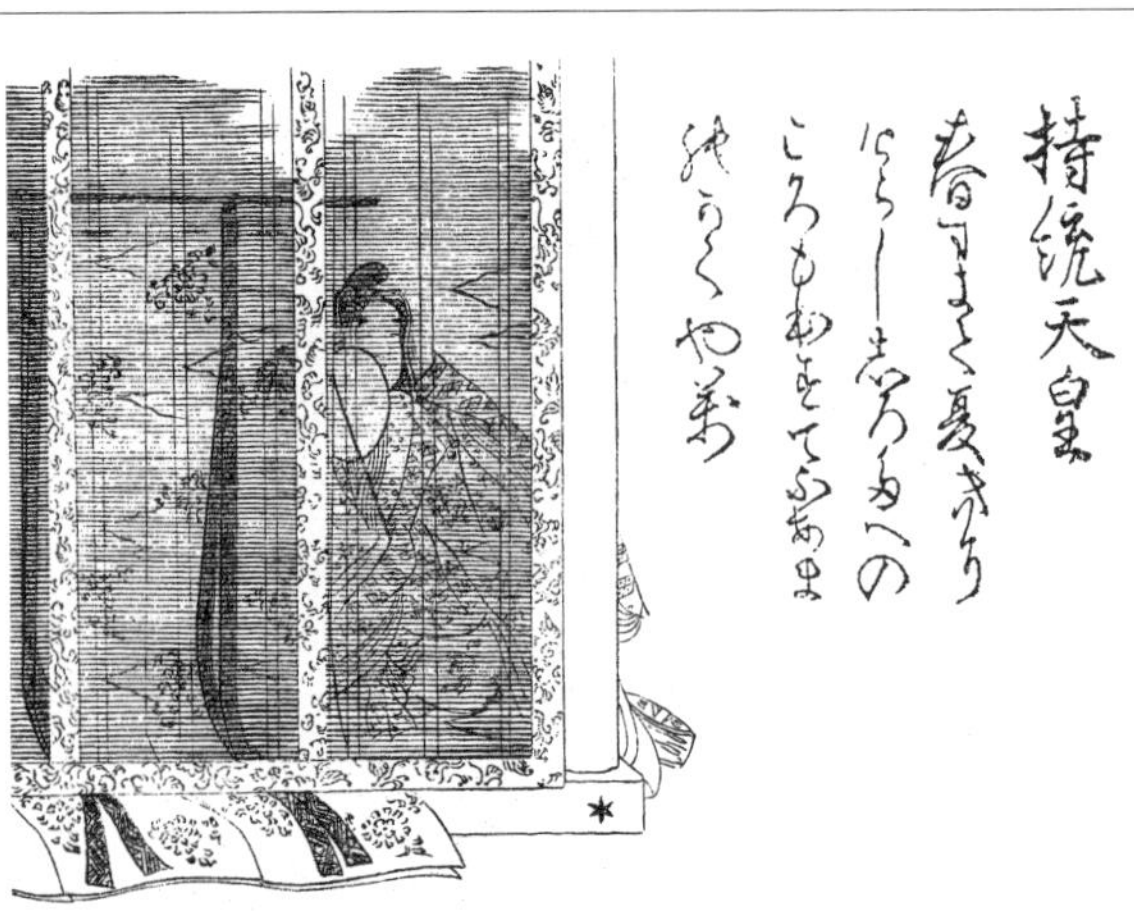

持統天皇『聯珠百人一首』

この大和三山の地は、東に天《あま》の香《か》具《ぐ》山、北に耳成《みみなし》山、西に畝傍《うねび》山を配するところであった。このうち、畝傍の地は、ヤマト王権の始祖とされる神武天皇が即位されたところである。また、この畝傍の山に対する東の「天の香具山」は、特に「天」を冠し、枕詞が「天降《あも》りつく」と称するように、古《いにしえ》より神山として信仰の対象となった山であった。おそらく、香具山の「カグ」は「神坐《かみくら》」の意味で、天の神が降臨される聖地と見なされて来た。

それ故に、持統女帝は、藤原京から東に見える天の香具山を、特に意識されて歌われたのであろう。

「春過ぎて夏来たるらし」は、春が終わり、初夏を迎えたことを歌ったものである。この初夏は「衣がえ」の時期であったから、夏用の衣が天の香具山に干してあるのが見られる、というのである。

といっても、一般庶民がこのような聖地に勝手に衣を干すようなことは許されなかったから、おそらく天の香具山の神を祀る神官や巫女の衣と見なすべきであろう。この山には「天の香山の社《やしろ》《もり》」(『神武紀』)が古くから祀られていた。それは式内社の「天《あめ》の香具山坐櫛真命《かぐやまにいますくしまのみこと》神社」である。この櫛真は「真に奇しき神」の意で、神威の高い神をあらわしていると思われる。

この山は、舒明天皇が

大和《やまと》には　群山《むらやま》あれど　とりよろふ　天《あま》の香具山《かぐやま》　(『万葉集』巻一―2)

とたたえられた国見の山でもあった。ちなみに舒明天皇は、持統天皇にとって祖父に当たられる天皇である。

この藤原京は「新益京《しんやくのみやこ》」(『持統紀』五年十月条)とも呼ばれているが、その内裏の近くには、〝藤原《ふじわら》の御井《みい》〟が掘られていたという。この「御井」は「水こそば　常《とこしへ》にあらめ　御井《みゐ》の清水《ましみづ》」(『万葉集』巻一―52)と歌われるように、藤原宮の永遠の繁栄を象徴するものであった。

春過ぎて、初夏をここに迎えるように、持統朝は、まさに律令体制が隆盛に赴く時期にあったのである。

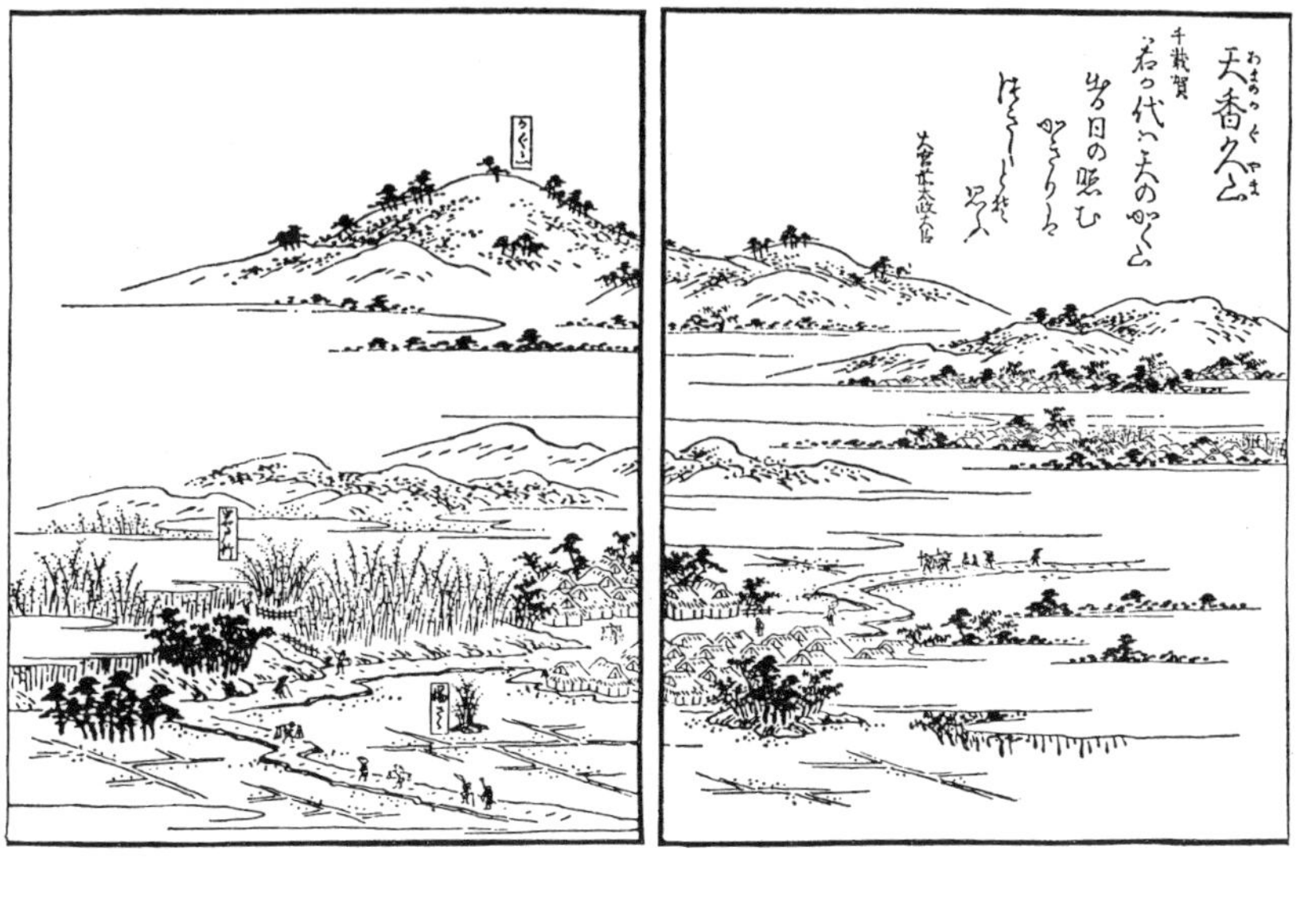

天の香具山『大和名所図会』
図中には「天香久山　千載・賀　君が代は天のかぐ山出づる日の照らむかぎりはつきじとぞ思ふ　大宮前太政大臣」とある。

十市皇女《とおちのひめみこ》

河上《かはのへ》の　ゆつ岩群《いはむら》に　草生《くさむ》さず　常《つね》にもがもな　常処女《とこをとめ》にて　（『万葉集』巻一―22）

この歌は、天武天皇四（六七五）年二月に、「十市皇女《とをちのひめみこ》、阿閉皇女《あへのひめみこ》、伊勢神宮《いせじんぐう》に参赴《まうで》ます」（「天武紀」）とあるように、十市皇女＊と阿閉皇女＊が伊勢神宮に赴き参拝された時、吹芡刀自《ふふきのとじ》が十市皇女を歌ったものとされている。

十市皇女と一緒に伊勢参拝に赴かれた阿閉皇女は、阿陪皇女とも表記されるが、後に元明天皇となられたお方である。天智天皇の第四皇女で母は蘇我山田石川麻呂の娘といわれているから、天武天皇の皇后、鸕野讃良皇女《うののさららのひめみこ》（持統女帝）の妹君に当たられる。

十市皇女は、天武天皇と額田王《ぬかたのおおきみ》との間に生まれた皇女であるから、この伊勢神宮参拝は、天武天皇にとって極めて重要な行事であったに違いない。

天武天皇は、その前年の天武天皇三年十月には、皇女の大伯《おおくの》（大来）皇女《ひめみこ》を、伊勢神宮の斎宮《さいぐう》＊に任命されている。いうまでもなく、大伯皇女は天武天皇と、皇后の姉君に当たる大田皇女との間に生誕された皇女である。天武天皇が皇女たちをして伊勢を祀らせているのは、壬申の乱において、伊勢神宮のご加護を得られたことへの返礼であろう。

大海人皇子《おおあまのおうじ》（天武天皇）は、近江方と戦うために兵を進め、伊勢国朝明《あさけ》郡の迹太川《とほがわ》に達した時、戦勝の祈願のために、天照大神を遥拝されたという（「天武紀」元年六月条）。これを機会に、吉野方の勝利の朗報が、次々と大海人皇子にとどけられるようになったのである。

大海人皇子は即位されて天武天皇となられるが、天皇の最も近い血脈をひかれる皇女たちを、伊勢に赴かせて参拝せしめていたのである。

だが、勝利のお礼に伊勢に遣わされた十市皇女のご心境は、必ずしもさやかなものでなかったよ

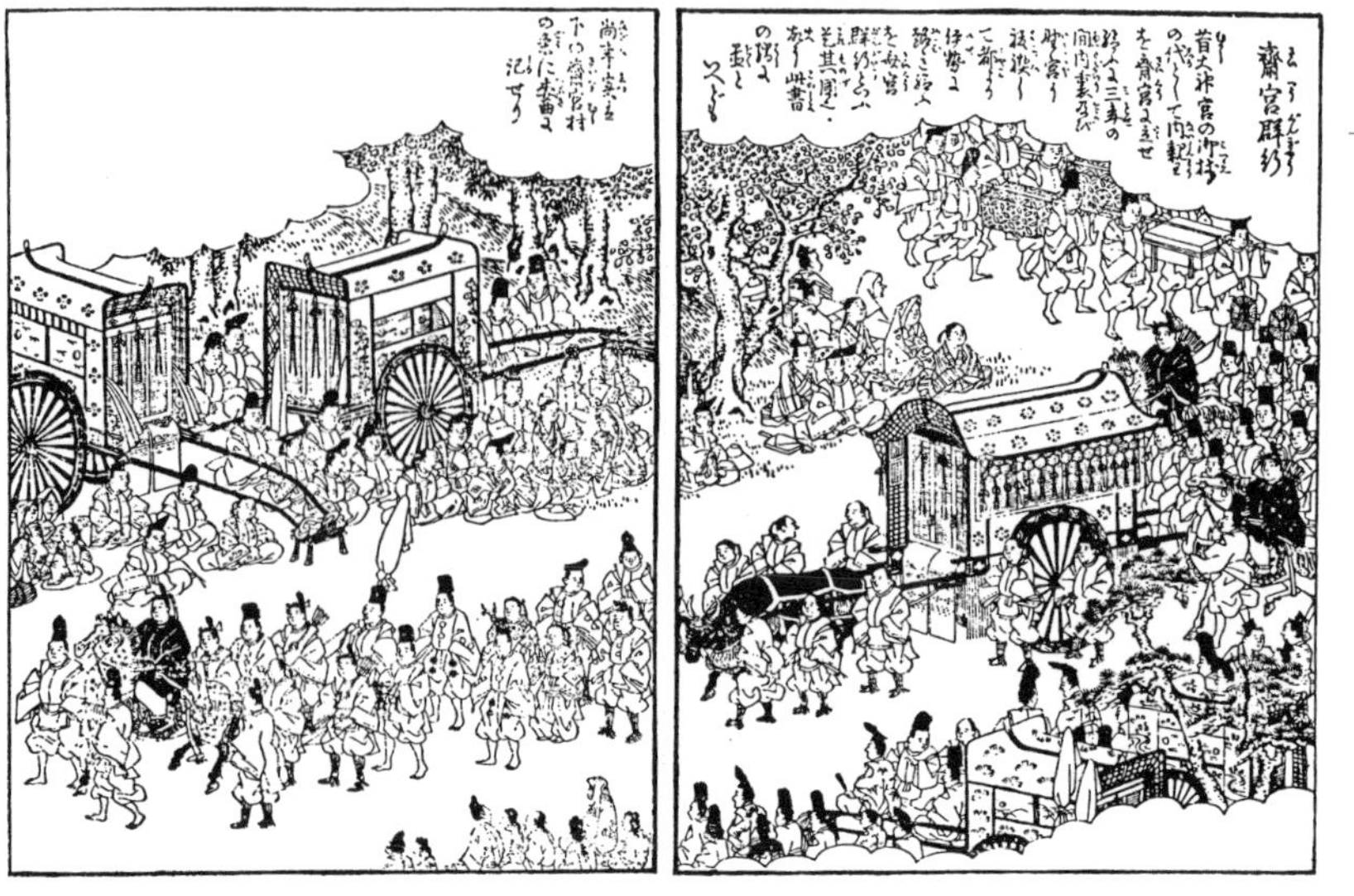

斎宮群行『伊勢参宮名所図会』
図中には「斎宮群行　昔大神宮の御杖の代として、内親王を斎宮に立たせ給ふに、三年の間内裏及び野宮《ののみや》に祓禊して、都より伊勢に赴き給ふを斎宮群行といふ。……」とある。

うである。なぜならば十市皇女は、壬申の乱で敗れた近江方の代表者である大友皇子《おおとものおうじ》＊（弘文《こうぶん》天皇）の妃であったからである。

壬申の乱が勃発するまで、近江方と吉野方はしばらく緊張状態がつづいた。その間に、大友皇子のもとにあった十市皇女は、魚の腹を割き、その中に密書をかくして、父、大海人皇子に秘かに近江方の動向を知らせたという（『宇治拾遺物語』）。その結果、十市皇女の夫である大友皇子は敗死したとするならば、十市皇女のご心境はいかばかりであったろうか。十市皇女と大友皇子の間には葛野王という御子まであったから、複雑な思いが十市皇女の心を占めていたのではないだろうか。

このように考えると、伊勢神宮に遣わされた十市皇女を、吹芡刀自が「常《つね》にもがもな常処女《とこをとめ》にて」と歌うのは、あくまで、それらの苦悩を忘却して、やすらかな心境でいてほしいという願望があったと見なくてはなるまい。

この歌は、河上のほとりの神聖な岩の群に草が清らかに生えているように、俗世のわずらわしさからのがれて、永遠に変わらぬ若々しさを保ってほしいという意味であろう。

吹芡刀自は、十市皇女の伴として、波多《はた》の横山《よこやま》まで赴き、その巌《いわお》を見てこの歌を作ったと伝えられている。波多の横山は、一般には三重県の一志町付近とされるが、『大和志』では、大和国山辺郡波多蘇麻《はたそま》、つまり現在の山添村中峰山に当てられている。いずれが正しいかさだかではないが、清冽な川の流れに立つ巌の若草を見て、十市皇女の清らかさを永遠に祈ったものであろう。

しかし、十市皇女は、この伊勢参拝から三年後になくなられているのである。天武天皇のご命令で、倉椅《くらはし》の河上に建てられた斎宮《いつきのみや》に遣わされるため、まさに宮中から出発されようとされた時に、卒然として十市皇女は病でなくなられたのである（「天武紀」七年六月条）。あまりにも突然の死であった。十市皇女は、直ちに赤穂《あかほ》の地に葬られたという。この赤穂は、大和国添上郡の赤穂神社の周辺で、現在の奈良市高畑町であるといわれている。

十市皇女は、母親、額田王の血をうけて美貌の女性であったようであるが、美人薄命の言葉のように、その一生は短く、幸福には必ずしも恵まれていなかったようである。

＊十市皇女
天武天皇の皇女（?～六七八）。母は額田王。天智天皇の皇子、大友皇子の妃となり、葛野王を生む。壬申の乱で、夫である大友皇子と父の大海人皇子（天武天皇）が争い、大友皇子が敗北して自殺し、父のもとに戻る。十市皇女が父に内通したと伝える。泊瀬倉梯宮の斎宮として出立の日に急死したとされる。

＊阿閉皇女
天智天皇の皇女。元明天皇となる。→30頁

＊斎宮
神宮の祭祀のため、伊勢に置かれた未婚の皇女。斎宮は居所の敬称で、正式には斎内親王・斎王とよばれた。

＊大友皇子
天智天皇の皇子（六四八～七二）。天智天皇没後、後継争いの壬申の乱で叔父大海人皇子に敗れて自殺。妻は十市皇女。『懐風藻』に漢詩二首収録。一八七〇（明治三）年に弘文天皇と追諡。

高市皇子《たけちのみこ》

山吹《やまぶき》の　立《た》ち儀《よそ》ひたる　山清水《やましみづ》　酌《く》みに行《ゆ》かめど　道《みち》の知《し》らなく（『万葉集』巻二―158）

『万葉集』には、天武天皇七（六七八）年四月に、十市皇女《とおちのひめみこ》が、卒然と身罷《みまか》れた時、高市皇子＊が作られた挽歌と記されている。

「天武紀」には、天神地祇《てんじんちぎ》を祀るために、倉椅《くらはし》の川上に斎宮《いつきのみや》を造り、天皇が自ら行幸されようとされた時、にわかに十市皇女が病に倒れ薨《こう》ぜられたと伝えている。この倉椅川は、奈良県桜井市を流れる川である。この十市皇女は、大和国添上郡の赤穂神社の近くに葬られたが、そこは現在の奈良市高畑町の地に当たるという。

この薄幸の女性、十市皇女を偲んで、高市皇子が歌われたのが、「山吹の」の歌である。十市皇女が薨ぜられたのが旧暦の四月《うつき》であるから、山吹《やまぶき》の花が野山に咲く頃になっていたのであろう。この挽歌は、山吹の花が、十市皇女の清楚さを象徴するかのように咲いているけれど、山中の清水を汲みに行きたいとわたくしは切望しているが、そこへ行く道がどうしてもわからない、という意味である。

だがこの歌は、黄色の山吹と山の清水がともに歌い込まれているように、「黄泉《よみ》」の道を暗示していると考えるべきであろう。

「黄泉」は、いうまでもなく、夜見《よみ》の国である。『古事記』（神代記）には、「黄泉の国」に至る「黄泉《よもつ》比良坂《ひらさか》」には、千引《ちびき》の石《いわ》が道反《ちがえし》の大神となって立ち塞いでいたとある。それ故、高市皇子も、「山清水酌みに行かめど道の知らなく」と歌ったのであろう。

現人《うつせみ》の高市皇子には、黄泉路は、たどっていくことができなかったのである。

高市皇子は、大海人《おおあまの》皇子（天武天皇）が、宗像君徳善《むなかたきみとくぜん》の娘、尼子娘《あまこのいらつめ》を娶られて生誕された皇子である。高市皇子は大海人皇子の長子として、壬申《じんしん》の乱＊では多大の功績をあげられ、勝利に導かれた最大の功

＊高市皇子
天武天皇の皇子（六五四～九六）。母は胸形君徳善の娘の尼子娘。壬申の乱で大海人皇子（天武天皇）を助け勝利に導く。皇太子の草壁皇子の死後太政大臣となる。長屋王・鈴鹿王の父。『万葉集』には、異母姉にあたる十市皇女の死を悼む歌がある。

＊草壁皇子
天武天皇の皇子（六六二～八九）。日並知皇《ひなめしの》子ともいう。母は持統天皇。室は安陪皇女（元明天皇）で、皇女との間に、軽皇子（文武天皇）・氷高皇女（元正天皇）をもうけた。壬申の乱では大海人皇子に従って東国に赴く。皇太子となるが、天武天皇の崩御後、即位せずに没した。

＊大津皇子
天武天皇の皇子（六六三～八六）。壬申の乱に参戦。天武天皇崩御の後、草壁皇子と対立し、謀反の嫌疑で捕えられ、刑死。→46頁

＊壬申の乱
天智天皇の崩御の後、子の大友皇子の近江朝に対し、大海人皇子（天智天皇の弟）が挙兵した乱。天智天皇は当初、大海人皇子を後継としたが、天智天皇が大友皇子を重んじて太政大臣に任じたのを契機に、吉野に退いた。天智天皇の崩御後、大海人皇子は挙兵を決意し、近江軍を破り、大友皇子は自殺。大海人皇子は飛鳥浄御原宮で即位し、天武天皇となる。

労者であった。柿本人麻呂の高市皇子の挽歌の中にも、

大御身《おほみみ》に　太刀《たち》取《と》り帯《お》ばし　大御手《おほみて》に　弓《ゆみ》取《と》り持《も》たし　御軍士《みいくさ》を　あどもひたまひ（『万葉集』巻二―199）

と、皇子の雄々しい戦いぶりが記されている。

だが、高市皇子は、大海人皇子の長子であり、壬申の乱を勝利に導いた人物でありながら、生母が地方豪族の娘という卑母であったため、天武朝では皇女を母とする草壁皇子《くさかべのみこ》＊や大津皇子《おおつのみこ》＊の下位に甘んじなければならなかった。もちろん、次の時代の持統天皇の時代に入り、皇太子の草壁皇子が薨ずると、持統天皇四（六九〇）年には太政大臣に任ぜられるが、それは、ずっと後のことであった。

天武朝の頃、高市皇子は、異母姉の十市皇女に対し、その数奇なる運命に秘かに同情と、思慕の念を寄せていたようである。壬申の乱では、夫の大友皇子と、父の天武天皇が皇位をめぐって争い、十市皇女は夫を失っていたからである。高市皇子は壬申の乱を勝利に導いた人物だけに、異母姉の十市皇女に、秘かに申し訳なさと負い目を感じていたのであろう。

だからこそ、壬申の乱後は十市皇女に、少しでも平穏無事な生活を過ごしてほしいと願っていたのである。その期待ははかなくも裏切られ、十市皇女が急死されたことを目にして、高市皇子は、

三輪山《みわやま》の　山辺真麻木綿《やまべまそゆふ》　短木綿《みじかゆふ》　かくのみ故《ゆゑ》に　長《なが》しと思《おも》ひき（『万葉集』巻二―157）

と歌われて慨嘆されたのである。「三輪山の木綿《ゆう》、つまり麻の木綿の幣帛《へいはく》は短く作られているが、そのように残念ながら、十市皇女の御命も短かった。わたくしはかねてから、皇女のお命を一層長くあってほしいものだと願っていたのに」という意味である。

ちなみに古代の木綿《ゆう》は、近世の木綿《もめん》ではなく、植物繊維の布を指す。『万葉集』にも

木綿懸《ゆふか》けて　祭《まつ》る三諸《みもろ》の　神《かむ》さびて　斎《いつ》くにはあらず　人目多《ひとめおほ》みこそ（『万葉集』巻七―1377）

と歌われている。十市皇女の薄命を悲しむ人はひとり、高市皇子だけではなかったのではなかろうか。

壬申の乱『日本歴史図解』

大津皇子《おおつのみこ》

金烏西舎《きんうせいしゃ》に臨《て》らひ、鼓声短命《こせいたんめい》を催《うなが》す。泉路賓主《せんろひんしゅ》無《な》し、此《こ》の夕家《ゆふへいへ》を離《さか》りて向《む》かふ。（『懐風藻』）

この悲痛きわまりない漢詩は、「皇子《みこ》、大津《おほつ》、謀反《みかどかたぶ》けむとして発覚《あらは》れ」、「訳語田《をさた》の舎《いえ》に賜死《みまからし》む」（「持統称制前紀」）時の辞世の詩である。謀反、つまり大津皇子*の朝廷への反逆罪というよりも、皇后讃良皇女《ささらのひめみこ》（持統天皇）が、無理やりに謀反の名のもとに、大津皇子を捕縛したと、わたくしは考えている。

そして皇后は即座に、大津皇子を刑場（訳語田《おさだ》）に引き立てて自害せしめたのである。

大津皇子は一切弁解も許されず、そのまま一人死に赴かざるをえなかった。時に皇子はわずか二十四歳の若者である。その刑場に臨んだ際に、先の「金烏西舎に臨らひ」を詠んだのである。

この詩の大意は、「太陽（金烏《きんう》）は、西の建物を照らしている。その夕刻を告げる鼓声は、わたしの短い生命をうながしているようだ。黄泉《よみ》への道は、ただ独りきりである。この夕辺に、独り寂しく、刑場にわたくしは歩んで行く」ということであろう。

ちなみに、〝金烏〟は、太陽に三本足の烏が住むという伝説による言葉である。鼓声《こせい》は、時を告げる鐘鼓《しょうこ》である。『職員令』の陰陽寮《おんようりょう》の条に、守辰丁《しゅしんちょう》が「漏剋《ろうこく》の節《とき》を伺《うかが》いて、鐘鼓《しょうこ》を打《う》つ」と記されているのが、それに当たろう。その日暮れの鼓声が、あたかも、大津皇子の死をうながすように聞こえたというのである。

その時、大津皇子の妃である山辺皇女《やまべのひめみこ》は、「髪《かみ》を被《くだしみだ》して徒跣《そあし》にして奔《はし》り赴《ゆ》きて殉《ともにし》ぬ」と、『日本書紀』は伝えている。つまり、髪をばらばらにして、素足で大津皇子を追いかけ、山辺皇女は自ら命を絶ったという。「見《み》る者皆歔欷《ひとみななげ》く」、同情を寄せない者は一人もいなかったと記されている。

『万葉集』によると、大津皇子が死を賜わったという知らせがとどくと、大伯《おおくの》（大来）皇女《ひめみこ》は、とりもあえず、伊勢斎宮から急いで上京し、

---

*大津皇子
　天武天皇の皇子（六六三～八六）。母は天智天皇の子の大田皇女。大伯皇女の弟。壬申の乱に参戦。天武天皇崩御の後、草壁皇子と対立し、謀反の嫌疑で捕えられ、刑死。妃の山辺皇女も殉死。文武に優れ、和歌・漢詩が『万葉集』『懐風藻』に残る。

二上嶽岩窟『西国三十三所名所図会』
同図会には「二上山また俗に二子山ともいふ。……河内より大和路に越ゆる内にて、第一の難所なり。しかれども当摩（麻）寺にいたるにはこの道ならではその便《たより》よからず」とある。

見《み》まく欲《ほ》り　わがする君《きみ》も　あらなくに　なにしか来《き》けむ　馬疲《うまつか》るるに　（『万葉集』巻二―164）

と嘆きの歌を残している。お逢いしたいと願っているあなたは、もういないのに、一体、何のために馬をはしらせて帰って来たのだろうという意味の歌である。無我夢中で急がせて帰ってきたものの、落胆と疲労だけが残ると歌われているのである。そして、大津皇子は、刑場の磐余《いわれ》の訳語田の宮から移され、葛城《かつらぎ》の二上山《ふたがみやま》に葬られたが、たどりついた姉の大伯（大来）皇女はそれを聞かれて、哀傷してやまなかったのである。

うつそみの　人《ひと》にあるわれや　明日《あす》よりは　二上山《ふたがみやま》を　兄弟《いろせ》とわが見《み》む　（『万葉集』巻二―165）

は、その時の歌である。この歌はこの世に生き残っているわたくしは、明日からは二上山を弟として眺めるよりほかはないという意である。

『大和志』には、大津皇子の二上山の墓について、「二上山の二上神社の東に在り」と記している。具体的にいえば、奈良県葛城市染野であり、二上山の男岳の山頂に造られた陵墓である。

二上山は、古来より、東の三輪山が太陽の昇る山と見なされるのに対し、夕日の沈む山として考えられて来た。この日沈の山は、古代の人々からは〝死者の国〟として意識されてきたようである。そのため、二上山の西麓には、聖徳太子の御陵などが築かれている。また、この地の当麻《たいま》寺には、中将姫《ちゅうじょうひめ》*の曼陀羅《まんだら》が安置されるように、二上山は阿弥陀西方浄土の国であったのである。このようなことから、大津皇子もその山頂に陵墓が築かれたのではないだろうか。

この大津皇子については、折口信夫《おりぐちしのぶ》博士が『死者の書』と題した名文を残しているが、現在に至るまで、その死をいたむ者は尽きないのである。豪放で、明るい性格が、かえって叔母の讃良皇后に警戒の目で見られ、死を早める結果になった。それだけに、多くの人から惜しまれ、同情を寄せられたのであろう。

*中将姫
伝説上の女性。当麻寺にある浄土変観経曼荼羅（当麻曼荼羅）の発願者で、阿弥陀仏の化身の助けにより、蓮の茎で織ったとされる。

中将姫『西国三十三所名所図会』

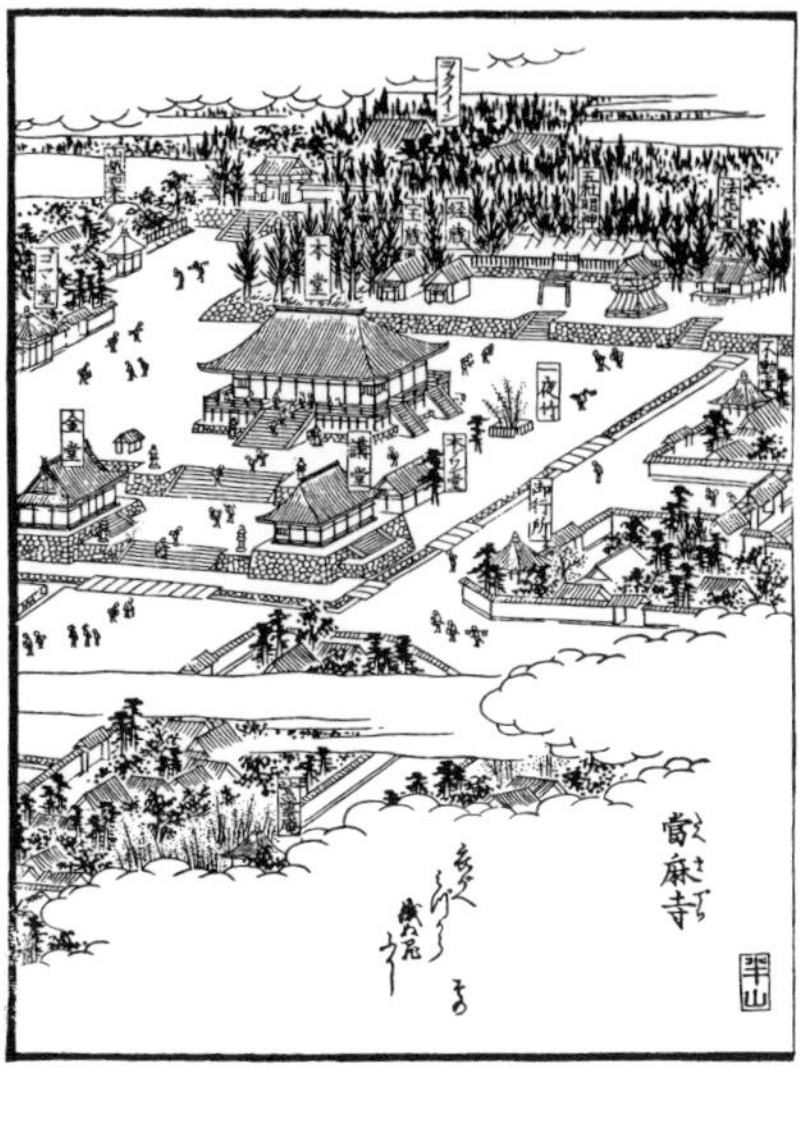
当麻寺『西国三十三所名所図会』

大伯皇女《おおくのひめみこ》

わが背子《せこ》を　大和《やまと》へ遣《や》ると　さ夜深《よふ》けて　暁露《あかときつゆ》に　わが立《た》ち濡《ぬ》れし（『万葉集』巻二―105）

大津皇子《おおつのみこ》が伊勢の斎宮《さいぐう》である姉の大伯（大来）皇女*のもとを訪ねて、秘かに今生の別れを告げた時、大伯皇女が弟の大津の皇子の前途に不安を感じて歌ったものである。

ご存知のように、天武天皇が朱鳥《しゅちょう》元（六八六）年九日に崩ぜられると、その皇位継承をめぐって、宮廷内はしだいに不穏の空気につつまれるようになっていった。

その際、皇位継承の第一にあげられたのは、当然ながら皇后讚良皇女《さららのひめみこ》（持統天皇）の長子、草壁皇子《くさかべのみこ》であった。しかしながら、草壁皇子は、あまり健康には恵まれなかったようである。その後、持統称制三（六八九）年には、早くもわずか二十八歳の若さで没しているのである。

それに対して、大津皇子は、讚良皇女の姉君である大田皇女《おおたのひめみこ》を生母とする皇子であった。『日本書紀』には「容止《みかほ》墻《たか》く岸《さが》しくして、音辞《みことば》俊《すぐ》れ朗《あきらか》なり」（「持統称制前紀」朱鳥元年十月条）と大津皇子の優れた資質を特記している。つまり、容貌は立派で、威儀に満ちていたというのである。そのうえ、撃剣をよくされ、文筆を好まれていた。詩賦《しふ》の興《おこり》は大津皇子に始まると述べられているように、漢詩人のさきがけとなられたお方であった。

『懐風藻』*によれば、新羅の僧が大津皇子を見て、決して人の下に立たれる方ではないから、後には謀反されるだろうと予言したという。

大津皇子は天武天皇が最も愛された皇子であったから、大津皇子の立太子を期待する諸臣たちも、少なくなかったのである。だが不幸なことに、皇子は、その父（天武天皇）を失い、しかも生母を早くからなくしていたから、有力な後ろ盾をもたなかった。

それに対し、天武天皇の皇后であった讚良皇女は、自ら腹をいためた草壁皇子を早くから後嗣に望ん

---

*大伯（大来）皇女
天武天皇の皇女（六五六～七〇一）。母は大田皇女。泊瀬斎宮で潔斎し、伊勢神宮の斎王となる。大津皇子が謀反の罪に問われる前に秘かに姉である大伯皇女のもとに訪れたとき、自重をうながしたという。大津皇子が死罪になった後、斎王を解任されて帰京する。大津皇子の挽歌など『万葉集』に収録される。

*『懐風藻』
七五一年に成立した奈良時代の現存する最古の漢詩集。大友皇子、大津皇子、文武天皇、官吏、僧など六十四人の作品百二十編を収める。初唐の影響を受けた作品が多い。『万葉集』と共に、上代韻文学の貴重な文学作品集。

*相聞歌
中国の『文選』などに典拠があり、「存問」（消息を伝える意）による。『万葉集』の部立に用いられ、贈答歌、男女・親子・兄弟・知人の間などで交わされた歌の多くをいう。なかでも恋の歌がもっとも多い。相聞歌の部立は、『古今和歌集』以後の勅撰集では「恋」の名称になる。

でいた。讃良皇女は、天武天皇とともに壬申《じんしん》の乱を勝ち抜いたという強い自負から、天武天皇の跡継ぎは、必ず天武天皇と讃良皇女の間に生誕された嫡子であると、決められていた。早くから皇后の讃良皇女は、壬申の乱の功臣らを味方につけ、草壁皇子擁立をかためていくのである。

大津皇子はこのように日に日に高まる政治的圧力を身にひしひしと感じ、遂に都を脱出して、秘かに伊勢の斎宮であった姉、大伯皇女のもとを訪ねて行ったのである。

あるいは、伊勢の斎宮の権威に頼ろうとされたのかもしれないが、おとなしく、もの静かな大伯皇女は、弟の大津皇子をかばうことができなかった。ただただ、弟を慰め、大津皇子に自重されることを望むよりすべはなかったようである。大伯皇女は、意気消沈して帰る弟を、涙して見送るほかはなかったという。その別離の際の歌が、「わが背子を大和へ遣ると」である。

この歌に、わたくしは、恋人に対する相聞歌《そうもんか》*のような錯覚をおぼえずにはいられないのである。

それは、「わが背子を」と詠み出されているからかもしれない。一般には、背子は、夫や恋人に対する呼称であると見なされている。たとえば、衣通《そとおり》姫が允恭《いんぎょう》天皇の来訪を心待ちにしていた時、「我《わ》が夫子《せこ》が来《く》べき夕《よひ》なりささがねの」と歌われているが、これは明らかに夫や恋人に「我が背子」と呼びかけている。

しかし、とりわけ親しい男性を、「背子」と呼ぶことも、稀ながらあったようである。

大伯皇女と大津皇子は親を失い、身を寄せ合う間柄だから、とりわけ情愛には極めて深いものがあったようである。

注目さるべきは、大伯皇女も大津皇子も、奇しくも父、大海人皇子《おおあまのおうじ》（天武天皇）が、百済救済のため、九州に赴いていく途中に生誕された御子であったことである。大伯皇女は、斉明天皇七（六六一）年に備前国邑久《おく》郡の大伯《おおく》の海で生まれ（「斉明紀」七年正月条）、大津皇子も、筑紫の娜《な》の大津で出生しているのである。

このようにお二人は、出生当時から不思議な縁で結ばれていたのである。

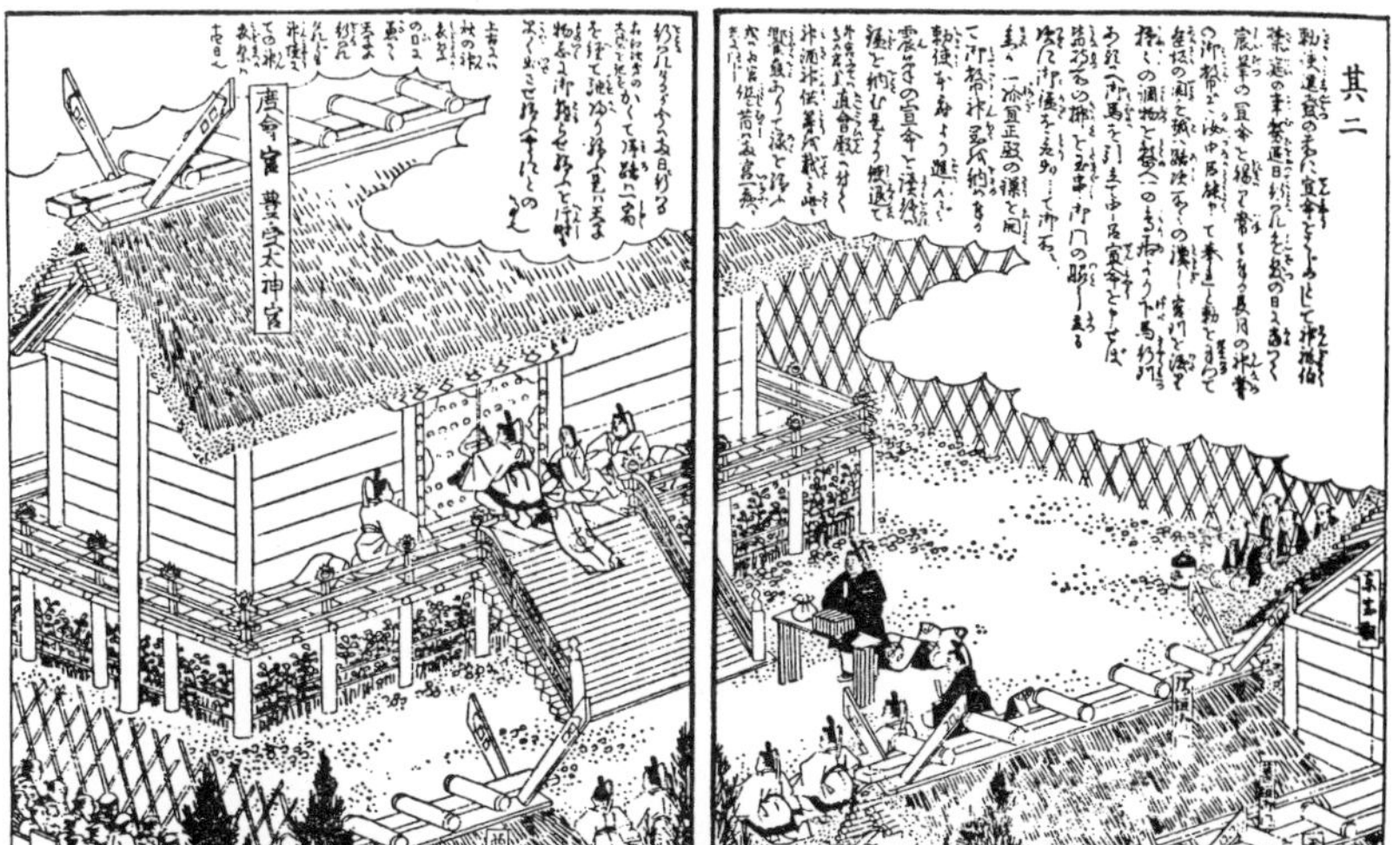

新嘗祭勅使『伊勢参宮名所図会』
伊勢での斎宮は、伊勢神宮から離れた斎宮寮に居住し、六月・十二月の月次祭、九月の神嘗祭の「三節祭」に、伊勢神宮に赴いて神事に奉仕した。

志貴皇子《しきのみこ》

石《いは》ばしる　垂水《たるみ》の上《うへ》の　さ蕨《わらび》の　萌《も》え出《い》づる　春《はる》になりにけるかも（『万葉集』巻八―1418）

『万葉集』巻八の「春の雑歌《ぞうか》」の冒頭にかかげられた志貴皇子＊の歌は、清冽な早春の歌として人々から愛唱されてきた。長い厳しい冬もようやく終わりを告げ、春の光をうけ、水の流れは歓喜の声をあげている。岩の上からは、せせらぎが滝となってほとばしっているが、その岩間を見ると、春を予告するように蕨が頭をもたげている。

この早春賦は、時代を越えてわたくしたちにも、こよなく感動を与えている。

この歌の作者は志貴皇子である。皇子は、天智天皇の御子で、母は越《こし》の道君伊羅都売《みちのきみいらつめ》であった。道君《みちのきみ》は、加賀国石川郡味知《みち》（美知）郷、つまり現在の石川県白山市（旧石川郡鶴来町）一帯を支配していた地方豪族である。

志貴皇子とほぼ同じ時期に、この道君の一族から道君首名《みちのきみのおぶとな》という傑出した新進官僚が活躍していた。首名は、大宝律令の編纂に加わるほどの法律家であったが、一方、地方の国司に赴いても、その声望は極めて高かったといわれている。たとえば、積極的に肥後の味生《あじう》の池などを構築し、灌漑に努め、民の生業《なりわい》を助けたので、後世からも名国司の典型と仰がれていた（『続日本紀』養老二年四月条）。

志貴皇子も、その道君の血統をうけて、清節な人柄であったようである。そのことを示すように、持統天皇の時代には、志貴（施基《しき》）皇子は「撰善言司《よきことえらぶつかさ》」のトップに選ばれている（「持統紀」三年六月条）。「善き言葉」を撰《えら》ぶというのは、中国の古典などより、儒教的な徳目や聖人の言葉などを採集する役所であろうが、志貴皇子はそれにふさわしい人物と見なされていたのである。

だが、志貴皇子は、必ずしも栄光の道を進んだとはいえないようである。なぜならば父、天智天皇が

＊志貴皇子
天智天皇の皇子（？～七一五・六）。母は越の道君伊羅都売。光仁天皇の父。子の光仁天皇の即位の後、春日宮御宇天皇《かすがのみやにあめのしたしろしめすすめらみこと》と追尊される。田原天皇とも呼ばれた。代表的な万葉歌人。死去にあたり、笠金村の挽歌が『万葉集』に収録されている。

天皇系図（天皇・女帝を太字で、数字で継承順を示した）

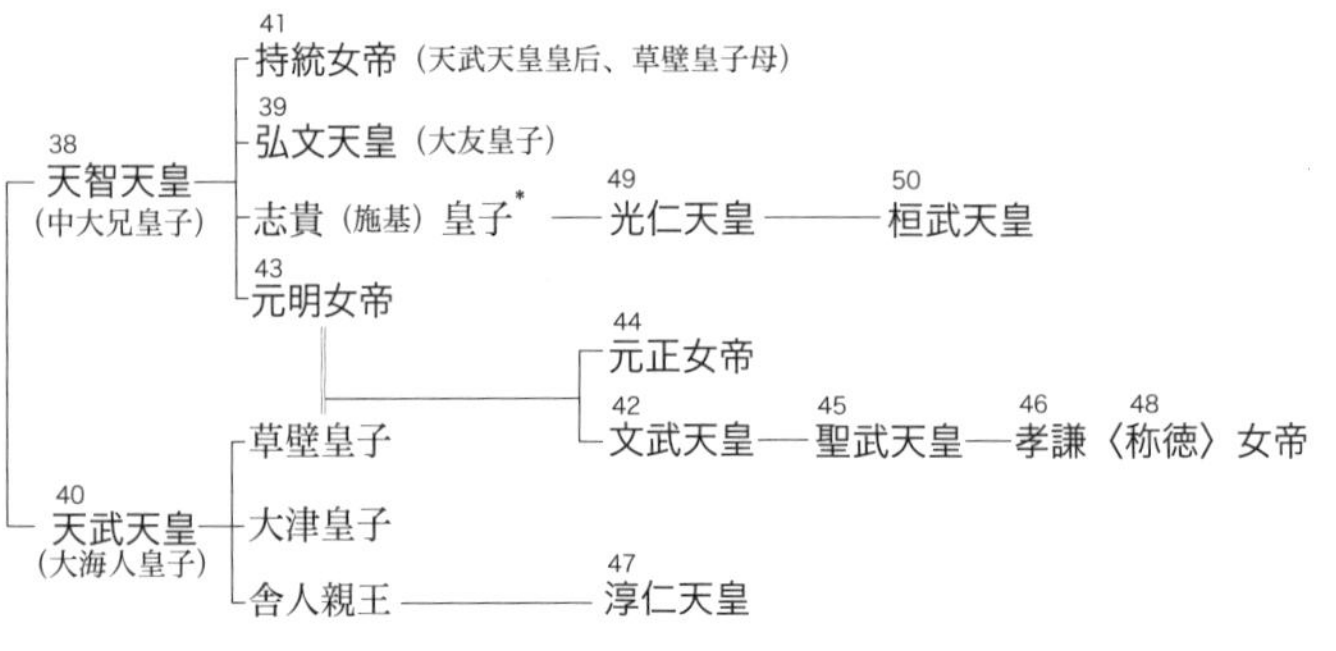

崩ぜられると、皇位は、天智天皇の皇弟の大海人皇子《おおあまのおうじ》に移っていったからである。

いうまでもなく、壬申《じんしん》の乱で、天智天皇の後継者と見なされた大友皇子（弘文天皇）と大海人皇子が戦い、大海人皇子側の勝利で終わったからである。

大海人皇子は即位され、天武天皇となられると、皇后の讃良皇女《ささらのひめみこ》（持統天皇）とともに、天武系を皇位継承者に定めたのである。それにより、奈良時代の後半に至るまで、皇位は完全に天武系でおさえられ、孝謙《こうけん》（称徳《しょうとく》）女帝に至る。

志貴皇子は、天智系の皇子であったから、その立場は大変微妙であったといわなければならない。ただ、志貴皇子は、極めて温厚な人物であったから、天武天皇もそれなりの待遇を与えられたようである。しかし、奈良朝の終わりに近づくと、道鏡《どうきょう》*をめぐる政治混乱が起こり、称徳女帝が崩ぜられると道鏡は排され、藤原百川《ももかわ》や永手《ながて》がクーデターを起こして、白壁王《しらかべのおう》（光仁《こうにん》天皇）を擁立した。光仁天皇は、志貴皇子の御子であったから、ここで再び天智系に皇位は復したのである。光仁天皇は、父君の志貴皇子に田原《たわら》天皇と追贈され、感謝の念をあらわされている。

これらの事から、想像をたくましくすれば、冒頭の「さ蕨《わらび》」の歌は、天智系の復活を暗示しているようにも思えてくるのである。

もちろん、それは一種の空想にすぎないが、志貴皇子の歌は、不思議と何かへの期待やあこがれを含んでいる。次の歌もその典型といってよいであろう。

采女《うねめ》の　袖吹《そでふ》きかへす　明日香風《あすかかぜ》　都《みやこ》を遠《とほ》み　いたづらに吹《ふ》く（『万葉集』巻一—51）

一体、何にあこがれて、志貴皇子はこの歌を歌ったのであろうか。

---

*道鏡

奈良時代の僧（?〜七七二）。河内の人。弓削《ゆげ》氏。称徳天皇（女帝）の信頼を得て、太政大臣禅師から法王となる。宇佐八幡の神託により皇位の継承を策したが、和気清麻呂《わけのきよまろ》に阻止される。称徳天皇没後、下野国薬師寺別当に左遷され、その地で没した。

道鏡と和気清麻呂『日本歴史図解』

道鏡は称徳天皇の信認のもとに皇位を継承しようと画策した。

柿本《かきのもとの》　人麻呂《ひとまろ》

東《ひむかし》の　野《の》に炎《かぎろひ》の　立《た》つ見《み》えて　かへり見《み》すれば　月傾《つきかたぶ》きぬ（『万葉集』巻一―48）

この歌は、軽皇子《かるのみこ》が遊猟され安騎《あき》の野に宿られた時、柿本人麻呂＊が軽皇子の父君、草壁皇子《くさかべのみこ》を想起し歌ったものである。

軽皇子は、後の文武天皇である。安騎野は大和国宇陀《うだ》郡で、現在の奈良県宇陀市大宇陀区にあった朝廷の狩猟用の原野であった。ここには安（阿）騎野の名を伝える式内社、阿紀《あき》神社が祀られている。

この安騎野の地は、第一に、軽皇子の祖父の天武天皇にも思い出深い地であった。壬申《じんしん》の乱のはじめ、天武天皇は吉野を脱出され東国に向かわれたが、その時、讃良皇女《ささらのひめみこ》（持統天皇）やわずかの従者とともに宿をとられたところが、「菟田《うだ》の吾城《あき》」であった。まだこの時期は、天武天皇にとって勝利の確信を得るには程遠い状態であったが、使者を美濃国の安八磨《あはちま》郡（現在の岐阜県安八郡）の湯沐領《とうもくりょう》などに遣わし、勢力を確保しようと努められた時であった。ちなみに、湯沐領は、皇后や皇太子に与えられる所領であるから、皇太子大海人皇子《おおあまのおうじ》（天武天皇）が、最も頼りにされておられたところであった。

このような思い出の特別の地であったから、天武天皇の皇嗣に立てられた草壁皇子も遊猟され、当時のことを偲ばれたのである。その安騎野に、さらに草壁皇子の皇子、軽皇子も狩りに出かけられ宿られたのである。そこで人麻呂は、

阿騎《あき》の野《の》に　宿《やど》る旅人《たびひと》　打《う》ち靡《なび》き　眠《い》も寝《ぬ》らめやも　古《いにしへ》思《おも》ふに（『万葉集』巻一―46）

と歌うように、草壁皇子の事を思い出されて寝付かれなかったのである。人々もまた、阿騎野の黄葉《もみじ》を見て、「過ぎにし君が形見」（巻一―47）と思い出したというのである。

だが、一夜が明けると、さすがに阿騎野の朝は一転して、さわやかであった。それは、草壁皇子のす

＊柿本人麻呂

七世紀後半の持統・文武天皇の時代の『万葉集』を代表する歌人（生没年不詳）。経歴は不明であるが、六位以下の官人として、宮廷歌人を務め、四国や石見にも赴任したとされる。『人麻呂集』に収めれた人麻呂の歌と特定のできないものを含めると四百五十余の作品が伝えられる。口承の文学であった上代の歌謡を長歌として確立したと評価される。長歌における雄大で

柿本人麻呂『聯珠百人一首』

がすがしい若き日を思い出させてくれるものがあった。その思い出が、まさに、「東の野に炎の」の歌となったのであろう。その歌に並べて、人麻呂は、

日並《ひなみしの》　皇子《みこ》の命《みこと》の　馬並《うまな》めて　御猟《みかり》立《た》たしし　時《とき》は来向《きむか》ふ（『万葉集』巻一―49）

と歌うのである。日並《ひなみしの》知の皇子は、草壁皇子のことである（『続日本紀』「文武即位前紀」）。「日並知」の原義は、天皇（持統女帝）と並び立って、政治を知《しろ》しめされた方の意と考えられているが、「日並」は本来、日暦のことであり、「知る」とは日々の運行を管理し、支配することである。それらのことはもともと天皇の権能に属すから、それを代行された皇太子も日並と称されたのであろうと、わたくしは考えている。ちなみに、草壁皇子は、天平宝字二（七五八）年八日に「岡宮　御　宇　天皇《おかのみやにあめのしたしろしめすすめらみこと》」（『続日本紀』）と追贈されている。

この日並皇子（草壁皇子）が薨《こう》ぜられた時も、柿本人麻呂は、殯宮《あらきのみや》で挽歌を献じている。殯宮は、殯《もがり》のために造られた荒城《あらき》の宮である。古代では、死者を直ちに葬るのではなく、一定期間よみがえりを祈る祭りが行われていたのである。その草壁皇子の殯宮において、人麻呂は「皇子の命《みこと》の　天《あめ》の下《した》　知《し》らしめしせば　春花《はるはな》の　貴《たふと》からむと　望月《もちつき》の　満《たたは》しけむと」（『万葉集』巻一―167）と「思《おも》い憑《たの》み」していたにもかかわらず、なくなられてしまったと歌っている。そして次のように、その死を惜しむのである。

あかねさす　日《ひ》は照《て》らせれど　ぬばたまの　夜渡《よわた》る月《つき》の　隠《かく》らく惜《を》しも（『万葉集』巻二―169）

草壁の皇子のお住まいは飛鳥の島《しま》の庄《しょう》にあったが、皇子がなくなられた悲しみを舎人《とねり》たちは

島《しま》の宮《みや》　上《うへ》の池《いけ》なる　放《はな》ち鳥《どり》　荒《あら》びな行《ゆ》きそ　君《きみ》まさずとも（『万葉集』巻二―172）

高光《たかひか》る　わが日《ひ》の皇子《みこ》の　いましせば　島《しま》の御門《みかど》は　荒《あ》れざらましを（『万葉集』巻二―173）

などと歌って、草壁皇子の宮が、しだいに、すさんでいくことを悲しんでいる。なき人は、その人を愛する人の追憶のなかにのみ、生きつづけるのである。

格調高い歌風を賀茂真淵は「いきほひは雲風にのりて空行竜の如く、言《こと》は大うみの原に八百潮《やおしお》のわくがごとし」と形容している。『百人一首』には柿本人麻呂の次の歌がある。

葦引《あしひき》の　山鳥《やまどり》の尾《を》の　しだり尾《を》の　ながくし夜《よ》を　ひとりかも寝《ね》む（『拾遺和歌集』巻十三・恋三―778）

安騎野・東野『大和名所図会』

同図会には「東野《あづまの》『言塵集《げんじんしゅう》』に曰く、この東野は芳野の安騎の内なり。『藻塩草』に、吾妻野、安騎野同名。あきの小野ともよめり」とある。

山部赤人《やまべのあかひと》

若《わか》の浦《うら》に　潮満《しほみ》ち来《く》れば　潟《かた》を無《な》み　葦辺《あしべ》をさして　鶴鳴《たづな》き渡《わた》る（『万葉集』巻六―919）

これは、神亀《じんき》元（七二四）年十月に、聖武天皇が行幸された時、それに従った山部赤人*の歌である。『続日本紀』には、「天皇（聖武天皇）、紀伊《きい》の国《くに》に幸《みゆき》す」と記されている。そして、「駕《が》に従《した》う百寮《ひゃくりょう》、六位己下《ろくいいか》、伴部《ともべ》に至《いた》るまで、禄《ろく》を賜《たま》うこと差《しな》あり」として、天皇の行幸に加わった官人たちに、それぞれ身分に応じて禄が与えられた。

この神亀元年という年は、いわゆる「甲子革令《かっしかくれい》」の年に当たり、聖武《しょうむ》天皇が元正《げんしょう》女帝から皇位を継承された記念すべき年であった。この神亀という「改元」は、左京の人の紀《き》氏が、白亀を献じ、これを祥瑞《しょうずい》の「大瑞」とし、養老七年を神亀元年と改めたものである（『続日本紀』養老七年十月条）。

これらのことから推せば、改元の契機を与えた紀氏の本拠の紀伊の国に、聖武天皇は行幸されたのではあるまいかと、わたくしは秘かに考えている。

紀伊における聖武天皇の行宮《あんぐう》は、那賀《なか》郡の玉垣《たまがき》の頓宮《かりのみや》や、海部《あまべ》郡の玉津嶋《たまつしま》の頓宮であるが（『続日本紀』）、赤人は長歌の中に「神代《かみよ》より　然《しか》そ尊《たふと》き　玉津嶋山《たまつしまやま》」（『万葉集』巻六―917）と詠じている。玉津嶋は、現在の和歌山市和歌浦《わかのうら》の玉津島神社が祀られているあたりだろうといわれている。一方、玉垣の頓宮(行宮)は、和歌山県紀の川市井田の玉垣に置かれたものであろう。これらの地は、すべて紀氏の本拠地内に含まれることに注目すべきである。とすれば、赤人の歌は、自然の美しい情景を歌ったものであるが、それとともに、紀氏の本拠地である紀伊の国の美しさを歌い込んだものと見てもよい。

ところで山部赤人の来歴については、ただ万葉歌人としかわからないが、柿本人麻呂とともに最高の栄誉をたたえられる歌人であるといってよいだろう。『古今和歌集』の「仮名《かな》の序」に、「人麿《ひとまろ》は、赤人《あかひと》が上《かみ》に立《た》たむ事難《ことかた》く、赤人《あかひと》は、人麿《ひとまろ》が下《しも》に立《た》たむ事難《ことかた》くなむ、有《あ》りける」と評されている。そして紀貫《つら》

*山部赤人
奈良時代、藤原京から奈良京中期に活躍した歌人（生没年不詳）。『万葉集』に長歌十三首、短歌三十八が収録されている。宮廷歌人として、自然美を賛えた優れた歌で知られるが、一方で優美な女性的な名歌も残している。『古今和歌集』序には柿本人麻呂と共に「和歌の仙《ひじり》なりける」とある。

山部赤人『聯珠百人一首』

之《ゆき》は、赤人の先の「若の浦」の歌とともに

春《はる》の野《の》に　すみれ採《つ》みにと　来《こ》しわれそ　野《の》をなつかしみ　一夜寝《ひとよね》にける　（『万葉集』巻八—1424）

をあげている。菫《すみれ》は、いうまでもなく、早春に咲く可憐な花であるから、若い男女は好んで、菫を摘みに野山に出かけたのであろう。一説には、菫を若くて美しい女性に擬した歌であるといわれるが、わたくしは、素直に、たのしい若菜摘みの歌と解してよいと思っている。

赤人の歌で一番、人口に膾炙《かいしゃ》しているのは『百人一首』にもとられている

田子《たご》の浦《うら》に　うち出《い》でて見《み》れば　白妙《しろたえ》の　富士《ふじ》の高嶺《たかね》に　雪《ゆき》はふりつつ

であろう。もちろん『万葉集』の原歌は、ご存知のように

田児《たご》の浦《うら》ゆ　うち出《い》でて見《み》れば　真白《ましろ》にぞ　不尽《ふじ》の高嶺《たかね》に　雪《ゆき》は降《ふ》りける　（『万葉集』巻三—318）

である。『百人一首』の歌は、たしかに、なめらかな調子となっているが、『万葉集』の歌は、それに比して、はるかに格調高い歌といってよいであろう。赤人も「天地《あめつち》の　分《わか》れし時《とき》ゆ　神《かむ》さびて」（巻三—317）として、「高く貴き」富士の山を賛歌している点も、配慮されてしかるべきであろう。駿河国の田子の浦は、ご存知のように静岡県富士市の田子の浦であるが、平安の歌人も、「歌枕」の一つとして田子の浦をとりあげることが少なくなかった。

するがなる　たごのうら浪《なみ》　たゝぬ日《ひ》は　あれども君《きみ》を　こひぬ日《ひ》はなし　（『古今和歌集』巻十一・恋歌一—489）

これは、いうまでもなく、『万葉集』の

韓亭《からとまり》　能許《のこ》の浦波《うらなみ》　立《た》たぬ日《ひ》は　あれども家《いへ》に　恋《こ》ひぬ日《ひ》は無《な》し　（『万葉集』巻十五—3670）

を本歌とするものであろう。

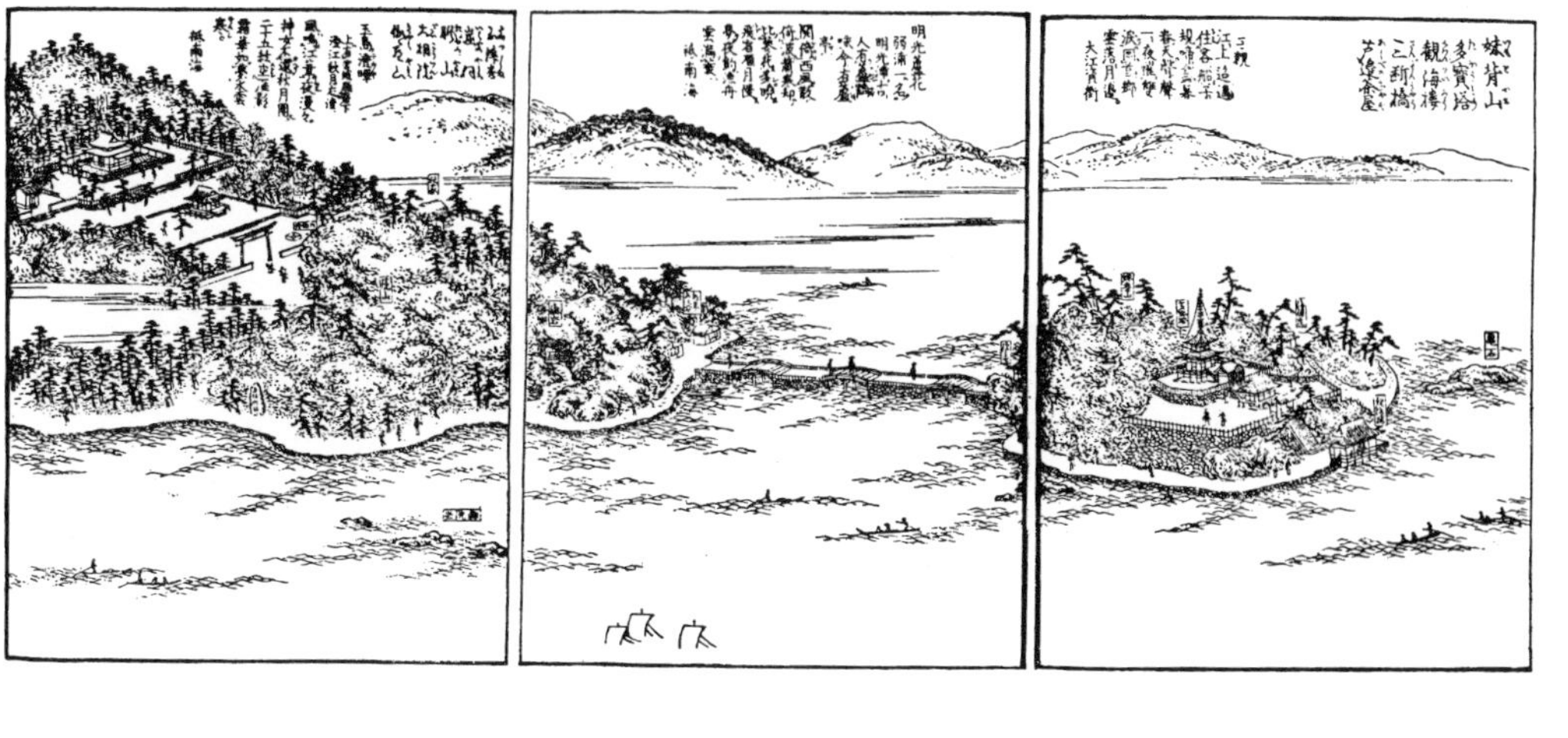

玉津島『紀伊国名所図会』

高市連黒人《たけちのむらじくろひと》

何処《いづく》にか　船泊《ふなは》てすらむ　安礼《あれ》の崎《さき》　漕《こ》ぎ廻《た》み行《ゆ》きし　棚無《たなな》し小舟《をぶね》（『万葉集』巻一―58）

高市連黒人*の、安礼の崎の旅情の歌である。

安礼の崎は、参河国《みかわのくに》宝飫《ほお》郡《ぐん》御津《みつ》郷《ごう》の岬であろうといわれている。現在の愛知県豊川市御津《みと》町の崎であり、蒲郡市の東に位置する。

古代の参河国の国府は、宝飫郡に属する豊川市に置かれていたから、おそらく、高市連黒人が都から遣わされた時、その近くの安礼の崎を訪ねる機会があったのであろう。

高市連は、『新撰姓氏録《しんせんしょうじろく》』（右京神別下）に「額田部《ぬかたべ》と同《おな》じき祖《そ》」とあるが、古くからの大和国高市郡の生抜きの豪族である。高市連は、「天武紀」に、「高市県主《たけちのあがたぬし》……姓《かばね》を賜《たま》ひて連《むらじ》と曰《い》ふ」（「天武紀」十二年十月条）とあり、もとは高市県主と称していた。

壬申《じんしん》の乱の激戦のなか、高市郡の大領《たいりょう》（郡の長官）であった高市県主許梅《こめ》は、突然、神懸りとなり、自ら高市社《たけちのやしろ》に祀られる事代主《ことしろぬし》の神と名のり、神武天皇を祀れと、神託を大海人皇子《おおあまのおうじ》（天武天皇）の軍に下したという（「天武紀」元年七月条）。この高市社は、「高市御県坐鴨事代主神社《たけちのみあがたにいますかもことしろぬしじんじゃ》」（『延喜式』神名上）であるが、高市御県神社とともに、高市県主が斎《いつ》き祀った社である。ここに見える事代主の神は、その名が示すように神言《かみごと》を託宣する神であった。「事依《ことしろ》」は、神言が巫女に依憑《いひょう》する意である。

また、高市県主と名のるように、天皇家直轄の県《あがた》の伝統的管理者で、朝廷とは古来より密接な関係を有する旧氏族であった。

ただ残念なことに、高市連黒人に関しては、『日本書紀』などの正史には登場していない。そのかわり、黒人は、万葉歌人として、『万葉集』に優れた歌をとどめている。先の「何処にか船泊てすらむ」の歌は、単なる感傷的なものというよりは、寂寥感や無常観さえ感ぜられる歌であるといってよい。「漕ぎ廻み

---

*高市連黒人

『万葉集』の歌人（生没年不詳）。持統天皇（女帝）の三河行幸に随行し、また、吉野行幸の歌があることから、藤原京時代、柿本人麻呂の後に活躍した歌人と推定される。三河、摂津、越中などの自然を詠んだ優れた写実的な羇旅歌を残している。

*四極山

所在未詳。大阪府（摂津国）大阪市住吉区から東住吉区にかけての丘陵、愛知県（三河国）幡豆《はず》郡幡豆町・吉良町あたりの山など複数の説がある。

*象の中山

奈良県（大和国）吉野郡吉野町喜佐谷。吉野離宮址に比定される宮滝から吉野川をはさんで南方に位置する山と比定される。

行きし棚無し小舟」は、あたかも黒人の心境を、端的に表現しているようである。舟棚のない小舟が、一体どこに停泊するのだろうか、各所に漕ぎめぐっている小さな舟はと、黒人は詠じているが、それは名もなき下級官僚として、都を離れ、各地に遣わされる自分の境遇を歌っているのではあるまいか。

黒人が、自らを「棚無し小舟」に託して歌ったものは、このほかに

四極山《しはつやま》　うち越え見《み》れば　笠縫《かさぬひ》の　島《しま》漕《こ》ぎかくる　棚無《たなな》し小舟《をぶね》　（『万葉集』巻三―272）

がある。この四極山《しはつやま》*は、「雄略紀」に見える摂津国住吉郡の「磯歯津《しはつ》」の山であろう。

黒人の歌は、ご承知のように旅の歌が多い。

大和《やまと》には　鳴《な》きてか来《く》らむ　呼子鳥《よぶこどり》　象《きさ》の中山《なかやま》　呼《よ》びそ越《こ》ゆなる　（『万葉集』巻一―70）

この歌は、持統天皇が、吉野の離宮に行幸された時のものである。いとしい妻子を残して来た大和へ、呼子鳥が象の中山*を越えて行くのだろうかという意味であるが、結びの「呼びそ越ゆなる」の言葉に、黒人の慕情がしみじみとにじんでいるようである。

旅《たび》にして　物恋《ものこほ》しきに　山下《やました》の　赤《あけ》のそほ船《ぶね》　沖《おき》へ漕《こ》ぐ見《み》ゆ　（『万葉集』巻三―270）

も、黒人らしい沖ゆく舟の歌である。

この歌につづけられる歌も、心ひかれる秀歌である。

桜《さくら》田《だ》へ　鶴《たづ》鳴《な》き渡《わた》る　年魚市潟《あゆちがた》　潮干《しほひ》にけらし　鶴《たづ》鳴《な》き渡《わた》る　（『万葉集』巻三―271）

この歌は、「鶴鳴き渡る」と結句で繰り返し、その感動の深さを読む人に伝えずにはおかないのである。ちなみに、年魚市《あゆち》潟*の「アユチ」は尾張国愛智《あいち》郡を指す。また、桜田《さくらだ》は作良《さくら》郷で、名古屋市瑞穂区の旧桜村であろうといわれている。

---

*年魚市潟
愛知県（尾張国）名古屋市緑区鳴海町の天白川左岸河口部。中世以降は鳴海潟と呼ばれた。

年魚市潟（鳴海浜）『和朝名勝画図』
年魚市潟は、中世以降鳴海潟と呼ばれた。図中には「鳴海浜　尾張　正三位季能　小夜千鳥こゑこそちかく鳴海がたかたぶく月に塩やみつらむ」とある。

但馬皇女《たじまのひめみこ》

人言《ひとごと》を　繁《しげ》み言痛《こちた》み　己《おの》が世《よ》に　未《いま》だ渡《わた》らぬ　朝川渡《あさかはわた》る　（『万葉集』巻二―116）

『万葉集』は、但馬皇女＊が、高市皇子《たけちのみこ》の妃として、高市皇子の宮にいらした時の歌としている。だが、その時、但馬皇女は秘かに穂積皇子《ほづみのみこ》＊と関係を結ばれた。

いうまでもなく、高市皇子、穂積皇子および但馬皇女の御三方は、天武天皇の御子たちであったが、それぞれ御生母を異にする異母兄弟姉妹の関係にあった。高市皇子の御生母は、胸形《むなかたの》（宗像）君《きみ》の尼子《あまこ》媛《ひめ》であり、但馬皇女の御生母は、藤原鎌足の娘、氷上娘《ひかみのいらつめ》である。また、穂積皇子の御生母は、蘇我赤《そがのあか》兄《え》の娘、太蕤娘子《おおぬのいらつめ》と、それぞれ母を異にしている。

もちろん古代においては、異母兄弟姉妹の結婚は、一般に容認されていた。特に天武朝の頃には、皇室の権威が著しく高まっていったから、その高貴性を保つため、必然的に、天皇家の「みうち」の間に結婚が限られていたのである。天武天皇や皇后讃良皇女《ささらのひめみこ》（持統天皇）が、皇親の権威を高めるため、皇子、皇女間の結婚を積極的にリードされていたといってよい。

ただ、皇子や皇女たちの中には、成長され自我意識が目覚める頃になると、自分たちの結婚について違和感をおぼえる方も出るのはむしろ当然のことであった。その一例が、但馬皇女と穂積皇子であったと見てよい。『万葉集』には、但馬皇女が穂積皇子を偲ばれて

秋《あき》の田《た》の　穂向《ほむき》の寄《よ》れる　こと寄《よ》りに　君《きみ》に寄《よ》りな　事痛《こちた》かりとも　（『万葉集』巻二―114）

と相聞《そうもん》の歌を作られたことを伝えている。この歌には、「寄る」という言葉が三度《みたび》も繰り返され、但馬皇女が愛する穂積皇子のもとに身を寄せたいと、切々たる慕情を訴えている。

もちろん、但馬皇女の人目をはばからぬ恋愛行動は、皇室の秩序を乱すものとして、抑制する力が働

＊但馬皇女
天武天皇の皇女（？～七〇八）。母は皇后の藤原氷上娘（藤原鎌足の娘）。異母兄の高市皇子の妃でありながら、穂積皇子との情熱的な相聞歌を残す。

＊穂積皇子
天武天皇の皇子（？～七一五）。母は蘇我赤兄の娘の大蕤娘子。『万葉集』に短歌を残す。なかでも恋愛の相手であった但馬皇女の死を悲しんで詠んだ挽歌「降る雪はあはにな降りそ吉隠《よなばり》の猪養《ゐかひ》の岡《をか》の寒からまくに」（『万葉集』巻二―203）で有名。

＊志賀の山寺
滋賀県（近江国）大津市滋賀里にあった崇福寺。天智天皇の勅願で創建されたと伝える。一二三〇年、園城寺中北両院に付属され廃絶。現在、寺址が残る。

＊封戸
律令制で貴族に与えられた俸禄。公民制度のもと、身分に応じて特定数の公民の戸が与えられた。戸に課せられた租（田租の半分）・庸・調の税を貴族の収入とした。奈良時代・平安初期の貴族の経済的な基盤であった。

いたに違いない。穂積皇子を戒めて、近江の志賀の山寺＊に派遣されたのは、あるいは但馬皇女と離間し、その冷却をはかるためではないかと、わたくしは想像している。

だが、但馬皇女は、穂積皇子と離されれば離されるほど、恋心を一方的に募らせていった。その際の歌が

後《おく》れ居《ゐ》て　恋《こ》ひつつあらずは　追《お》ひ及《し》かむ　道《みち》の阿廻《くまみ》に　標結《しめゆ》へわが背《せ》　（『万葉集』巻二―115）

である。この歌の「標結《しめゆ》へ」とは、道の曲がりごとに、目標《めじるし》を、木の枝に結びつけておくことである。

但馬皇女に対する中傷やいやがらせの噂は、宮廷の内外で日増しに強くなっていく。それが、すなわち「人言を繁み言痛み」ということである。

『万葉集』に目を通すと、この「人言繁《ひとごとしげ》み」の歌が、意外にも多いことにお気づきになるだろう。

わが背子《せこ》し　遂《と》げむと言《い》はば　人言《ひとごと》は　繁《しげ》くありとも　出《い》でて逢《あ》はましを　（『万葉集』巻四―539）

など、その一例にすぎないが、男女の恋愛においては、むしろ女性の方が、男性より「人言繁き」を一途にはねのける力が強いようである。

先の歌では、但馬皇女は、穂積皇子との密会に、高貴の身分にもかかわらず、自ら徒歩で朝川を渡られたと詠んでいるのである。朝川を渡るのは、但馬皇女にとって、まさに禁断の境域を越えることを意味したのであろう。

この恋の結末が一体どうなったかは、残念ながら歴史は伝えていない。ただ、持統天皇五（六九一）年正月には、高市皇子に封戸《ふこ》＊二千戸が与えられたが、それとならんで浄広弐《じょうこうに》の穂積皇子も五百戸を賜わっている（「持統紀」五年正月条）。浄広弐は皇族の有力者の位であるが、持統女帝を支える皇親の代表者として、穂積皇子は、高市皇子とならんで顕彰されている。

とすると、穂積皇子にとって、但馬皇女との恋は、単なる若き日の夢にすぎなかったのであろうか。わたくしの妄想は、とりとめもなく但馬皇女の事に思い及ぶのである。

滋賀（志賀）寺上人と御所車
『近江名所図会』

石川女郎《いしかわのいらつめ》

遊士《みやびを》と　われは聞《き》けるを　屋戸《やど》貸《か》さず　われを還《かへ》せり　おその風流士《みやびを》（『万葉集』巻二―126）

石川女郎＊が大伴田主《おおとものたぬし》＊におくった歌であるが、『万葉集』は、この歌をめぐる二人の恋のかけひきを伝えている。

大伴田主は、大納言大伴安麻呂《やすまろ》の息子であるが「容姿佳麗《ようしかれい》、風流秀絶《ふうりうしうぜつ》」といわれる貴公子であった。

その田主を早くから見染めていた石川女郎は、田主と結婚したいと望んでいたが、自分の意中を知らせるすべを見いだせなかった。そこで秘かに計略をめぐらし、自ら賤しい老女に変装し、鍋を手にして、夜、田主の寝所を訪ねることにした。そして、わざと足を引きずりながら、しわがれ声で田主の家の戸をたたき、東隣の老女と名のり、火を貸してくれと頼んだという。しかし田主は、真暗闇であったから、石川女郎の変装とは知らず、ただ火を与えて帰してしまったのである。

翌朝、石川女郎は自分の浅知恵を恥じ、意図したことが失敗に帰したことを悔んだという。それでも、大伴田主に歌をおくり、からかいの行為にすぎぬといってごまかしたのが、先の歌である。

あなたが風流を解する方だと、わたくしは、かねがね噂で知っていましたが、夜、ひそかに訪ねていった女性を泊めてもくれず、すげなく帰すとは、何という風流男《みやびお》なんでしょう、という意味であろう。

この「みやびを」は、風流を解する男と一般に解されているが、本来は、「都振《みやこぶ》り」で、宮廷風の洗練された男の身の処し方である。野暮や粗野とは異なり、洗練された雅《みやび》の振舞いをいう。

石川女郎の挑戦的な歌に対し、早速、大伴田主は、次の歌で答えているのである。

遊士《みやびを》に　われはありけり　屋戸《やど》貸《か》さず　還《かへ》ししわれそ　風流士《みやびを》にはある（『万葉集』巻二―127）

この歌は、女性を泊めずに帰したわたくしこそ、本当の「みやびを」なのですよ、という意味である。

＊石川女郎
奈良時代の女流歌人。『万葉集』には、大伴田主と歌を贈答した石川女郎の他に、日並皇子に歌を贈られた石川女郎、大伴宿奈麻呂に歌を贈った石川女郎、藤原宿奈麻呂の妻の石川女郎が登場する。

＊大伴田主
『万葉集』に登場する八世紀前半の歌人（生没年不詳）。大伴安麻呂の子。母は巨勢郎女《こせのいらつめ》。大伴旅人の弟。『伴氏系図』によれば、「容姿端麗、風流秀絶、天下無双の美男」とされる。

おそらく、誰とも知れぬ女性を、一時的な欲望から家に引き入れるような男性は、真の風流士とはいえないのだと、田主は主張しているのである。

もちろん、石川女郎と大伴田主の歌のやりとりは一種の戯歌《ざれうた》であるが、石川女郎の田主に対する感情は、そうとはばかり言い切れぬものがあったのではないだろうか。石川女郎は、田主に対する募る慕情を戯れごとでカムフラージュしたと見るべきだと、わたくしは考えている。だから、大伴田主が足を病んでいると聞くと、石川女郎は、すぐに見舞いの歌をおくっているのである。

わが聞《き》きし　耳《みみ》に好《よ》く似《に》る　葦《あし》のうれの　足痛《あしひ》くわが背《せ》　勤《つと》めたぶべし　（『万葉集』巻二―128）

わたくしが、噂にお聞きした通り、あなたは足の先を痛めていらっしゃる。どうぞお大事になさって下さいというのが、この歌の大意である。

この歌が、単なる知人へのいたわりの歌でなく、恋人に対する歌であることは、石川女郎が、この歌の中で、「わが背」と大伴田主に呼びかけていることからもわかるであろう。

ところで、石川女郎であるが、『万葉集』だけでも少なくとも三人ぐらい同名の石川女郎が登場し、大伴田主と歌を交わした女性がいかなる女性であるかは、必ずしも明らかではない。

この歌を見ていると、わたくしは、いつも、西行《さいぎょう》と江口《えぐち》の遊女、妙《たえ》の問答歌を思い出す。西行が、江口の遊女の妙のもとに立ち寄り、雨やどりの宿を頼んだが、体よく断わられた話である。西行が、

世中《よのなか》を　いとふまでこそ　かたからめ　かりの宿《やど》りを　お《(を)》しむ君《きみ》かな　（『新古今和歌集』巻十・羇旅歌―978）

と歌をおくると、遊女が、すかさず

世《よ》をいとふ　人《ひと》としきけば　かりの宿《やど》に　心《こころ》とむなと　思《おも》ふばかりぞ　（『新古今和歌集』巻十・羇旅歌―979）

と答えたというのである。

朝妻船の遊女『近江名所図会』

図中には「むかしは朝妻の里は湊にして、ゆきかふ船泊り、江口・神崎のごとく、うかれめ船にてあそびけるとなり……」とある。

鎌倉に赴いた西行『東海道名所図会』

大伴旅人《おおとものたびと》

験《しるし》なき　ものを思《おも》はずは　一坏《ひとつき》の　濁《にご》れる酒《さけ》を　飲《の》むべくあるらし（『万葉集』巻三―338）

この歌は、大伴旅人＊の大宰帥《だざいのそつ》時代の酒の賛歌の冒頭の歌である。大伴旅人は、神亀五（七二八）年の頃に、妻を伴って大宰府の帥として赴任するが、九州の地で愛する妻を失っている。時あたかも都では、藤原氏が勢力を強め、光明子《こうみょうし》を皇后に冊立《さくりつ》する計画が、着々とすすめられていた。そのため、目ざわりな旧族の代表である大伴氏の頭領、旅人を九州に追いやる必要があった。

事実、旅人が都を離れると、間もなく長屋王の事件＊が、藤原四兄弟の手によって起こされる（『続日本紀』天平元年二月条）。長屋王は、「秘《ひそ》かに左道《さどう》を学《まな》び、国家《みかど》を傾《かたむ》けん」としたと記されているが、その真相は、長屋王が藤原光明子の立后に、強く反対していたからだといわれている。事実、長屋王の死後、すぐに光明子は、「夫人」から「皇后」に立てられたのである。

その事件を耳にしても、九州にとばされた旅人は、どうするすべもなかった。旅人は、一族の大伴氏にひたすらに自重を求め、暴挙にはしることのないように、戒めるよりほかはなかったのである。その労苦のさなかに、最愛の伴侶である妻をなくしたのである。大伴旅人は、そのさびしさを癒すために、好きな酒にしだいにおぼれていった。その旅人の心境を語るものが、「験《しるし》なき」の歌ではないかと、わたくしは思っている。

言《い》はむ為便《すべ》　せむ為便《すべ》知《し》らず　極《きは》まりて　貴《とほと》きものは　酒《さけ》にしあるらし（『万葉集』巻三―342）

「言《い》はむ為便《すべ》せむ為便《すべ》知《し》らず」は、一般には、酒を「言いようもなく、どうしようもなくすばらしいものだ」の意としているが、わたくしは、むしろ、自分の気持ちを素直に表現し、実行に移す手段を今は持ちえないという、旅人の気持ちをいいあらわしたと解したいのである。だから旅人は

＊大伴旅人
奈良時代の貴族・武将・歌人（六六五〜七三一）。大伴安麻呂の子。母は巨勢郎女《こせのいらつめ》。大伴家持の父。七二〇年、中納言・征隼人持節大将軍として隼人の叛乱を制圧。以後は文官。晩年に大宰帥となり、大納言を命を受けて帰京し没す。歌人としても優れ、九州歌壇の中心となった。『文選《もんぜん》』など中国の文芸や思想に通じ、『懐風藻』に漢詩が一首、『万葉集』に六十七首収録される。

＊長屋王の事件
長屋王は高市皇子の子（六七六〜七二九）で天武天皇の孫に当たる。藤原不比等のあとをうけ、右大臣・左大臣となるが、不比等の四子（武智麻呂《むちまろ》・房前《ふささき》・宇合《うまかい》・麻呂《まろ》）の台頭と策略で、謀反の嫌疑をかけられ自殺。詩歌に通じ、『懐風藻』『万葉集』に作品が残る。

大伴旅人『前賢故実』

黙然《もだ》をりて　賢《さか》しらするは　酒飲《さけの》みて　酔泣《ゑひなき》するに　なほ若《し》かずけり　（『万葉集』巻三―350）

と歌っているのである。世の中のことを知りつくしているような、したり顔をする人間を、旅人は揶揄してからかっている。

あな醜《みにく》　賢《さか》しらをすと　酒飲《さけの》まぬ　人《ひと》をよく見《み》れば　猿《さる》にかも似《に》る　（『万葉集』巻三―344）

終《つい》には、猿に似ていると冷やかしている。しかし、この世の憂さを忘れるための酒飲みは、

なかなかに　人《ひと》とあらずは　酒壺《さかつぼ》に　成《な》りにてしかも　酒《さけ》に染《し》みなむ　（『万葉集』巻三―343）

として、ついには酒を漫々とたたえている壺になりたいと願望するのである。これらを、酒に溺れるのは、愚か者の戯れ言だと他人がいうならば、旅人は

古《いにしへ》の　七《なな》の賢《さか》しき　人《ひと》どもも　欲《ほ》りせしものは　酒《さけ》にしあるらし　（『万葉集』巻三―340）

と竹林《ちくりん》の七賢人《しちけんじん》*を引き出して、自己弁護する始末である。そしてあくまで「酒はよいのだ」と言い張り、その証拠として

酒《さけ》の名《な》を　聖《ひじり》と負《おほ》せし　古《いにしへ》の　大《おほ》き聖《ひじり》の　言《こと》のよろしさ　（『万葉集』巻三―339）

と歌うのである。これは、いうまでもなく、「魏」の時代に、酔客が「酒の清なるを謂《い》いて、聖人《せいじん》となし、濁《にご》れるは賢人《けんじん》となす」（『魏志』徐邈伝）と称したことによるものである。

大伴旅人は天平二（七三〇）年に大納言に任ぜられているから、大宰帥の任はとかれて、中央に帰ることになるが、早くもその翌年の七月には薨《こう》じているのである（『続日本紀』天平三年七月条）。

旅人に、本当に酒で心の憂さを癒すことができたのか、誰かが問うならば、彼はただ笑って酒盃を差し出すのではないだろうか。

---

*竹林の七賢人
中国三国時代の魏の末期、時の権力と儒教道徳の偽善に反抗して、精神の自由を求め、竹林に集まったという七人の賢人。阮籍《げんせき》・嵆康《けいこう》・山濤《さんとう》・向秀《しょうしゅう》・劉伶《りゅうれい》・阮咸《げんかん》・王戎《おうじゅう》の称。

七賢人『絵本江戸絵簾屏風』

大伴《おおともの》　坂上《さかのうえの》郎女《いらつめ》

来《こ》むといふも　来《こ》ぬ時《とき》あるを　来《こ》じといふを　来《こ》むとは待《ま》たじ　来《こ》じといふものを　（『万葉集』巻四―527）

どうも、とって回したような歌ぶりであるが、女性の感情の起伏を、「来る」という言語のリズムにのせて歌っており、『万葉集』のなかでも心ひかれる歌の一つである。あなたは、来ようといっても来ない時があるのだから、はじめから来ないというのを、来るかもしれないと待つようなことは、わたくしはしない。はっきりとあなたは来ないというのだから、という意味であろう。これも、大伴坂上郎女一流の恋のかけひきで、わざとすねて見せる媚態を示している。

大伴坂上郎女＊は、万葉歌人のなかにおいても恋多き女性と知られた人である。はじめ穂積皇子《ほづみのみこ》に嫁したが、その没後、藤原麻呂《まろ》と通じたり、異母兄の大伴宿奈麻呂《すくなまろ》と再婚し、坂上大嬢《おおいらつめ》＊を生んでいる。ちなみに、坂上郎女の名は、坂上の里（奈良市法蓮町付近）に住んでいたことによるといわれている。

この「来むといふも」の大伴坂上郎女の歌は、京職《けいしき》藤原麻呂との相聞歌《そうもんか》に記されたものである。藤原麻呂は、いわゆる藤原四兄弟の末弟であるが、京職と記されるように、奈良の京の監督の長官を務めていた。それ故、麻呂系の一族を「京家《きょうけ》」と呼んだのである。それは兄、武智麻呂の「南家」、房前《ふささき》の「北家」、宇合《うまかい》の「式家《しきけ》」に対する名称である。麻呂が大伴坂上郎女におくった相聞歌は、

をとめ等《ら》が　珠匣《たまくしげ》なる　玉櫛《たまくし》の　神《かむ》さびけむも　妹《いも》に逢《あ》はずあれば　（『万葉集』巻四―522）

であった。乙女らが、美しい櫛を箱にいつも大切にしまっているが、それも、いつかは年とともに古びてしまう。そのようにわたくしも、あなたに逢わないうちに、いつの間にか年をとってしまったという意味である。櫛笥を歌の題材に用いるのは万葉歌人が好んだようである。

大伴坂上郎女も、娘の坂上大嬢に

＊大伴坂上郎女
奈良時代の女流歌人（生没年不詳）。大伴安麻呂の娘。母は元正天皇の内命婦石川邑婆《おうば》。大伴旅人の妹。大伴家持は甥。穂積皇子に嫁すが、皇子の死後、異母兄の大伴宿奈麻呂の妻となり、坂上大嬢、弟嬢《おといらつめ》を生む。当意即妙の才気あふれる歌で知られ、『万葉集』に長歌六首、短歌七十八首を残す。

藤原武智麻呂（右前）、藤原麻呂（右後）
藤原房前（左）『前賢故実』

海神《わたつみ》の　神《かみ》の命《みこと》の　御櫛笥《みくしげ》に　貯《たくは》ひ置《お》きて　斎《いつ》くとふ（『万葉集』巻十九―4220）

と、愛するものを秘蔵するものとして、櫛笥を歌っている。おそらく、「櫛笥」が、「奇し笥」の意で、自分の大切な魂を封じ込めるものと、観念されていたからであろう。それ故、「玉櫛」と呼ばれていたのではないだろうか。また、藤原麻呂が、大伴坂上郎女を「神さびけむ」と呼ぶのも、大伴坂上郎女が、大伴氏の氏神を斎き祀る女性だったからであろう。坂上郎女も、

神《かみ》の命《みこと》　奥山《おくやま》の　賢木《さかき》の枝《えだ》に　白香《しらか》つけ　木綿《ゆふ》とり付《つ》けて　斎瓮《いはひべ》を　斎《いは》ひほりするゑ　竹玉《たかだま》を　繁《しじ》に貫《ぬ》き垂《た》り　鹿猪《しし》じもの　膝折《ひざを》り伏《ふ》せて　手弱女《たわやめ》の（『万葉集』巻三―379）

云々と歌っているのである。

ちなみに、「賢木《さかき》の枝《えだ》に白香《しらか》つけ木綿《ゆふ》とり付《つ》けて」というのは、榊の枝に、麻や楮《こうぞ》を細かくさいて白髪のようにしたものをとりつけたり、細長い麻などの植物繊維をつけることである。それは、今日の御《ご》幣《へい》をいいあらわしたものといってよい。斎瓮《いわいべ》《いんべ》*を掘りすえるのは、大地に瓮を掘りすえて神に祀ることである。このように坂上郎女が祭祀を司るのは、坂上郎女が大伴氏の族長であった安麻呂の娘で、旅人の異母妹であったから、佐保《さほ》の大伴の宗家にあって、その祭祀を主導していたのである。

坂上郎女はまた歌にも優れ、甥の家持《やかもち》の歌の指導も、恋の手ほどきもしていたのである。ちなみに、坂上郎女の娘、坂上大嬢は家持の妻となっている。大伴坂上郎女は、恋の世界に生きてきたから、恋の甘美さも、またはかなさや、おそろしさも知りつくしていたようである。

思《おも》はじと　言《い》ひてしものを　朱華色《はねずいろ》の　変《うつろ》ひやすき　わが心《こころ》かも（『万葉集』巻四―657）

それでも坂上郎女は恋せずにはいられなかったのである。

汝《な》をと吾《あ》を　人《ひと》ぞ離《さ》くなる　いで吾君《わがきみ》　人《ひと》の中言《なかこと》　聞《き》きこすなゆめ（『万葉集』巻四―660）

特に恋を邪魔された時は、なおさら大伴坂上郎女の本領を発揮しているのである。

---

*坂上大嬢
奈良時代の女流歌人（生没年不詳）。大伴宿奈麻呂の娘。母は大伴坂上郎女とされる。大伴家持の妻。『万葉集』に大伴家持との相聞歌・贈答歌が収録される。

*斎瓮
神酒《みき》を入れるための素焼きの壺。祭祀に用いる神聖なかめ。

神子・巫女（みこ）『百人女郎品定』

狭野弟上《さののおとがみの》（茅上《ちがみの》）娘子《おとめ》

君《きみ》が行《ゆ》く　道《みち》のながてを　繰《く》り畳《たた》ね　焼《や》きほろぼさむ　天《あめ》の火《ひ》もがも　（『万葉集』巻十五―3724）

この激しい恋の情念を歌った歌は、狭野弟上娘子＊が、中臣宅守《なかとみのやかもり》＊が越前に流されるのを見送った時のものである。都から越前に向かう遠い路を、できることならば手繰《たぐ》りよせ、それを畳み、天の火で焼き尽くしたい。そうしたなら、あなたをわたくしのところにとどめることできるのに、と歌っているのである。

『続日本紀』によれば、天平十二（七四〇）年六月に恩赦が出された時も、「石上《いそのかみの》（朝臣《あそみ》）乙麻呂《おとまろ》＊」とともに、「中臣宅守」は、「赦《ゆる》す限《かぎ》りにあらず」として除外されているから、宅守の罪は、かなり重いものであったようである。

宅守の越前配流の原因は、これまでいろいろと詮索が加えられてきたが、確かな原因は、どうもはっきりとつかめないのである。普通には、狭野弟上娘子を奸した罪と考えられているが、それは、『万葉集』巻十五の目録に、「中臣朝臣宅守が狭野弟上娘子を娶《ま》きし時に、勅《ちょく》《みことのり》して流罪に断ず」と記していることによるものである。しかし、狭野弟上娘子が罰をうけていないことからすれば、それは「重婚」や「私通」の罪ではないように思われる。

たとえば、石上朝臣乙麻呂は、久米連若売《くめのむらじわかめ》を奸す罪で土佐国に流されたが、久米連若売も、下総《しもうさ》国に配されている（『続日本紀』天平十一年三月条）。もちろん、久米連若売が、式家の藤原宇合《ふじわらのうまかい》の未亡人であり、百川《ももかわ》の生母であったから、皇后光明子《こうみょうし》の異母兄宇合の未亡人と、石上朝臣乙麻呂が私通したことは、宮廷をゆるがすスキャンダルとなったのであろう。そのため、土佐国に流罪となった石上朝臣乙麻呂は、恩赦の対象からはずされているのである。

おそらく中臣宅守は、後宮の女官と許しを得ずに結婚したことが、皇后光明子の逆鱗にふれたのでは

＊狭野弟上娘子
『万葉集』の女流歌人（生没年不詳）。狭野茅上娘子ともいう。中臣宅守との結婚が罪に問われ、勅によって宅守は越前に配流となる。宅守が配流の間、狭野弟上娘子は二十三首、宅守は四十首の歌を贈答している。宅守は七六三年に許されて帰京した。

＊中臣宅守
『万葉集』の歌人（生没年不詳）。蔵部女嬬《くらべのにょじゅ》であった狭野弟上娘子を娶ったため、罪に問われ、勅によって越前に配流となる。七六三年に許されて帰京、従五位下となる。七六四年、恵美押勝、藤原仲麻呂の乱に連座して任を解かれる。以後の消息不明。

＊石上朝臣乙麻呂
奈良時代の貴族（？～七五〇）。石上麻呂の子。七三九年、久米連若売と私通した罪で、土佐に配流となる。のち許されて帰京、七四九年中納言となる。→72頁

ないだろうかと、わたくしは想像している。

いずれともあれ、狭野弟上娘子は、一応、都に残されていたのである。

狭野弟上娘子は、『万葉集』巻十五の「目録」に「蔵部《くらべ》の女孺《にょじゅ》」と記されている。『後宮職《こうきゅうしき》員令《いんりょう》』には「蔵司《くらのつかさ》　尚蔵《しょうぞう》一人、典蔵《てんぞう》二人、掌蔵《しょうぞう》四人、女孺《にょじゅ》十人」とあるように、狭野弟上娘子は、後宮の蔵司に仕える下級の女官の一人であった。後宮は、皇后の所管される役所であったから、皇后の許可を得ず、勝手に結婚することは、認められなかったのではあるまいか。

「刑部式《ぎょうぶしき》」によれば、伊豆、安房《あわ》、常陸《ひたち》、佐渡、隠岐《おき》および土佐の六国が「遠流《おんる》」の地で、信濃、伊予は「中流《ちゅうる》」の国とされ、越前、安芸は「近流《こんる》」の地とされている。これらの流罪の国は、都よりの距離の遠近を基準として定められている。つまり、形式的にいえば、中臣宅守のほうが、石上朝臣乙麻呂の罪より、さらに軽かったことになるのである。だがともに、皇后の怒りをかって流され、恩赦からもはずされたのではないだろうか。

それはともかくとして、中臣宅守は、都に残された狭野弟上娘子に

塵泥《ちりひぢ》の　数《かず》にもあらぬ　われ故《ゆゑ》に　思《おも》ひわぶらむ　妹《いも》が悲《かな》しさ　（『万葉集』巻十五―3727）

と歌をおくるのである。それに対し、狭野弟上娘子は

天地《あめつち》の　極《そこひ》のうらに　吾《あ》が如《ごと》く　君《きみ》に恋《こ》ふらむ　人《ひと》は実《さね》あらじ　（『万葉集』巻十五―3750）

と答えたのである。中臣宅守が、また

過所《くわそ》無《な》しに　関飛《せきと》び越《こ》ゆる　霍公鳥《ほととぎす》　まねく吾子《あこ》にも　止《や》まず通《かよ》はむ　（『万葉集』巻十五―3754）

と歌をおくると、狭野弟上娘子はこう答えるのである。

恋《こ》ひ死《し》なば　恋《こ》ひも死《し》ねとや　霍公鳥《ほととぎす》　物思《ものも》ふ時《とき》に　来鳴《きな》き響《とよ》むる　（『万葉集』巻十五―3780）

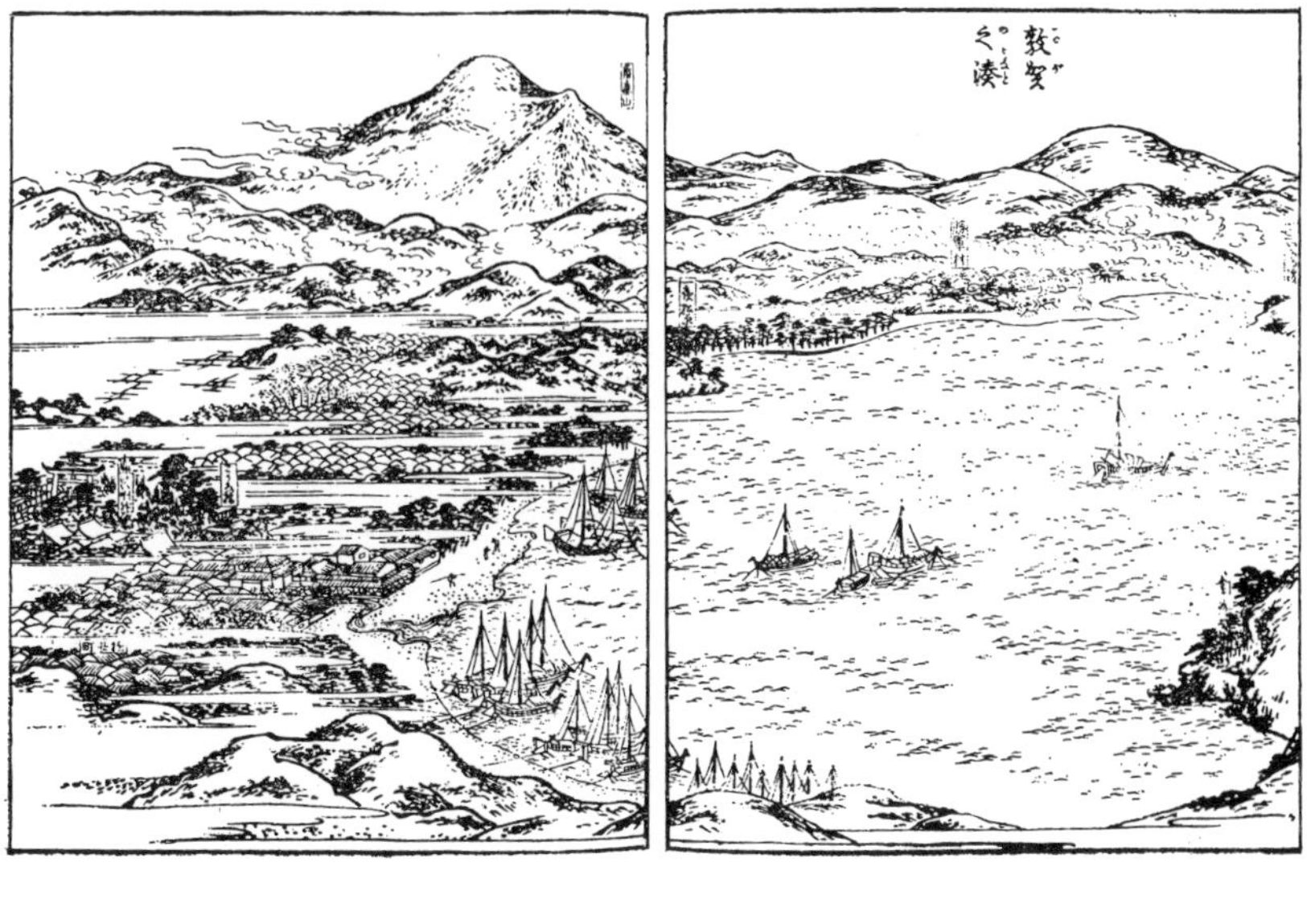

越前国敦賀『二十四輩順拝図会』

小野老《おののおゆ》

あをによし 寧楽《なら》の京師《みやこ》は 咲《さ》く花《はな》の 薫《にほ》ふがごとく 今盛《いまさか》りなり （『万葉集』巻三―328）

小野老＊が大宰少弐《だざいのしょうに》の時代に、奈良の都の栄華を祝福した歌である。

『万葉集』には、天平二（七三〇）年正月三日に大宰帥《だざいのそつ》であった大伴旅人の邸宅で、梅花の宴が催された時、小野老も大宰少弐として歌を献じているので、この前後の歌と考えてよいであろう。

大宰府長官の宴における小野老の歌は、

梅《うめ》の花《はな》 今咲《いまさ》ける如《ごと》 散《ち》り過《す》ぎず わが家《へ》の園《その》に ありこせぬかも （『万葉集』巻五―816）

である。この歌は、梅の花が、今、大宰府の長官の園地に咲いているように、このまま散ってしまわないで、わたくしの家の庭にも、そのまま来てほしいという意味である。長官旅人の栄華と華やかさを、わたくしにも、おすそ分けをしてほしいという気持ちがこめられたものであろう。この歌も、先の「あをによし」の歌と同じく賛歌の一つであるとみてよい。小野老は、このように賛歌の優れた歌人であった。

「あをによし」は、平城京《へいぜいきょう》の絢爛たるさまをたたえる歌だが、「あおに（青丹）よし＊」は、ご存知のように奈良の枕詞である。

おそらく、奈良の都は、中国の唐風の様式で建てられ、天平の栄華を築かれた聖武天皇を中心に花やいでいるというのであろう。その宮殿は、丹色《たんしょく》で彩られた柱が建ちならび、その屋根は青（緑）に輝く瓦で覆われていた。

このように、丹《あか》と青が王宮に好まれて用いられたのは、青は春の色であり、赤（朱）は夏の色に配されていたからである。五行説によれば、春と夏は、ともに「陽」に属していた。つまり、これは、成長発展していく王朝に最もふさわしい色が選ばれていたのである。

＊小野老
奈良時代の官人・歌人（？〜七三七）。七一九年、正六位下から従五位下となり、右少弁を経て大宰府に少弐として赴任、その後大弐、従四位下となり、任地で没する。『万葉集』に入集。

＊あおによし
「なら、くぬち」にかかる枕詞。大陸風に青や朱に塗られた奈良の建物の美しさをたたえて「青丹吉」という文字を使ったという説、「なら」にかかるのは顔料にするために青土を「馴熟《なら》」すことからとする説などがある。また、特殊な用法として、国内《くぬち》（「くにうち」の約）にもかかる。

また、奈良の京の「ナラ」は、当時、好んで「寧楽」の文字が当てられていた。この寧楽の「寧」は安寧であり、「楽」は楽土であると解してよい。奈良は、古くから「那羅」（「崇神紀」十年九月条）とか「乃楽」（「天武紀」元年六月条）の文字が用いられて来たが、元明天皇の時代にこの地に都が置かれると、奈良の京は「平城《へいぜい》の京《みや》」と呼ばれるようになるのである（『続日本紀』和銅三年三月条）。「平城」は、王城が永遠に平和であることを祈念する名称であろう。

だが、『万葉集』では、「ナラ」を「寧楽」として、しばしば表記しているのである。たとえば、大伴家持《やかもち》が妻の坂上大嬢《おおいらつめ》におくった

春霞《はるがすみ》　たなびく山《やま》の　隔《へな》れれば　妹《いも》に逢《あ》はずて　月《つき》ぞ経《へ》にける（『万葉集』巻八―1464）

には、「久邇《くに》の京《きょう》*より、寧楽の宅《いへ》に贈れるなり」と註されている。

それはともかくとして、「あをによし」の作者である小野老の略歴であるが、彼は養老三（七一九）年正月に従五位下に叙せられ、神亀《じんき》年間には大宰少弐に任ぜられている。『職員令』によれば、大宰府の長官は帥《そつ》と呼ばれるが、その次官が、大弐《だいに》と少弐《しょうに》である。大弐は『官位令』では、正五位上の相当官であり、少弐は従五位下であった。当然ながら、小野老も従五位下の時代に大宰府に少弐として赴いたのである。小野老は、天平五（七三三）年三月に、正五位上にすすんでいたから、それ以後に大宰大弐に任ぜられたと考えられるのである。

小野老は、『続日本紀』によれば、天平九（七三七）年六月に従四位下、大宰大弐として卒《しゅっ》している。ちなみに律令の制では、四位、五位の死を「卒」とあらわすのである。

小野老が大宰大弐の時代に詠んだ歌が、『万葉集』に載せられているので、掲げておこう。

時《とき》つ風《かぜ》　吹《ふ》くべくなりぬ　香椎潟《かしひがた》　潮干《しほひ》の浦《うら》に　玉藻《たまも》刈《か》りてな（『万葉集』巻六―958）

「時つ風」は、時を定めて吹く風である。香椎は「加須比《かすひ》」と訓《よ》まれ（『和名抄』）、現在の福岡市東区香《か》椎《しい》である。

---

*久邇の京
聖武天皇が築いた奈良時代の都。「くにのみやこ」ともいう。正式名称は大養徳恭仁大宮《おおやまとくにのおおみや》。七四〇年の藤原広嗣の乱で東国に難をのがれた聖武天皇が、橘諸兄の進言で山城国相楽郡恭仁里の離宮に皇居造営を進めた。完成を見ないうちに聖武天皇は近江の紫香楽《しがらき》、難波《なにわ》へと遷都したが、官民の希望で再び平城京に戻った。現在、平城京から移建した大極殿跡から古瓦などが発見されている。

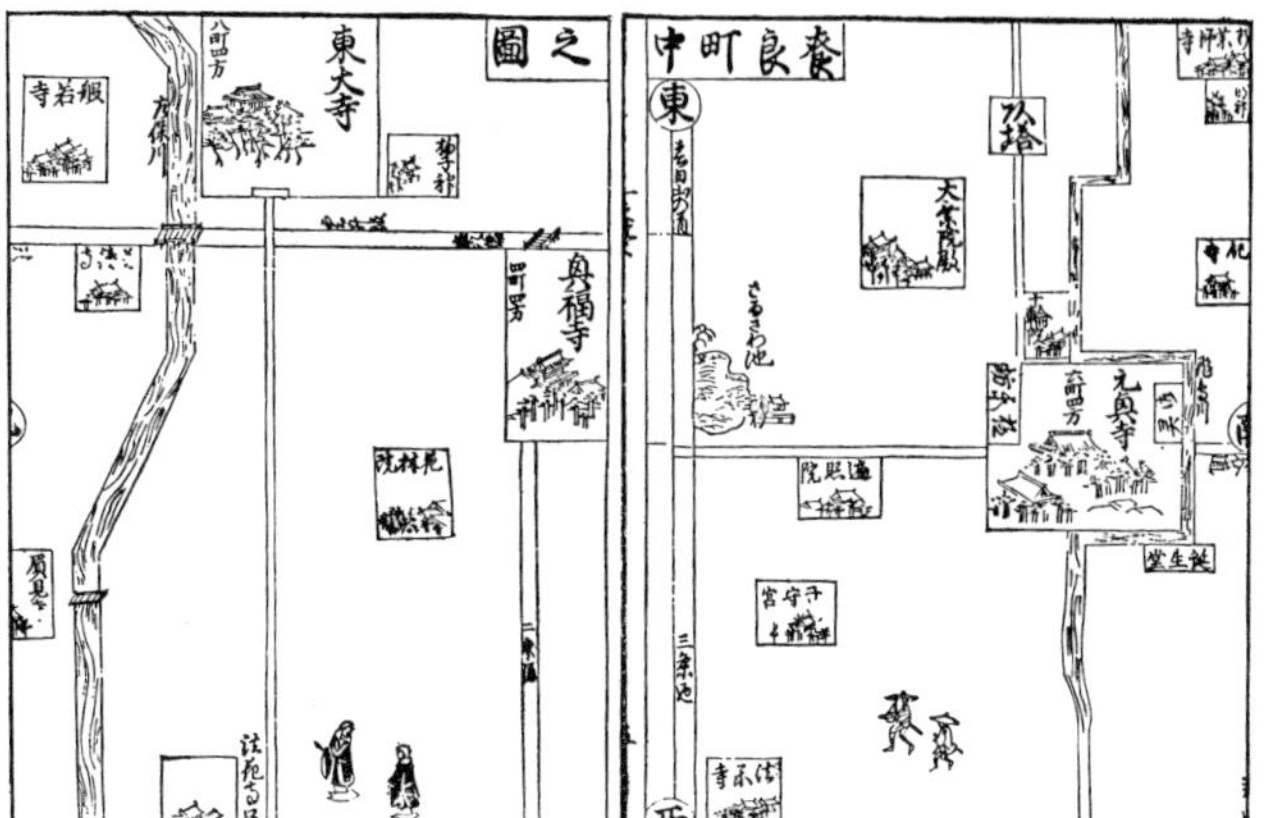

奈良町中の図『南都名所集』

山上《やまのうえの》 憶良《おくら》

銀《しろかね》も 金《くがね》も玉《たま》も 何《なに》せむに 勝《まさ》れる宝《たから》 子《こ》に及《し》かめやも （『万葉集』巻五―803）

「子等を思ふ歌」と題した山上憶良＊の歌である。

この『万葉集』の序によると、憶良は、「お釈迦様でも衆生《しゅじょう》を思うことは、わが子羅睺羅《らごら》を愛すると同じことだといわれている。まして、世間一般の人がわが子を愛さないことがあろうか」と説いている。

そして彼は、

瓜食《うりは》めば 子《こ》ども思《おも》ほゆ 栗食《くりは》めば まして偲《しぬ》はゆ 何処《いづく》より 来《きた》りしものぞ 眼交《まなかひ》に もとな懸《かか》りて 安眠《やすい》し寝《な》さぬ （『万葉集』巻五―802）

と歌っている。ちなみに、「まなかひ」は、目と目との間のことで〝眼前に〟というような意味である。「もとな懸《かか》りて」という『万葉集』の独特な用語は

吾妹子《わぎもこ》が 笑《ゑま》ひ眉引《まよびき》 面影《おもかげ》に かかりてもとな 思《おも》ほゆるかも （『万葉集』巻十二―2900）

などと、歌われている。それは、「訳もなく」とか「いたずらに」の意に解されているようである。

つまり、「もとな懸りて」の先の歌は、〝どういう訳かは知らないが、いつの間にかに、目の前に子供の姿がちらついて〟安眠できないと言っているのである。

もちろん、憶良は、このように可愛い子たちを、どういう因縁でわたくしに授けて下さったのかと、神に感謝しているのである。その心よりいとしい子等は、銀や金や宝石の珠など、どれをあげても到底、優るものはないと極言しているのである。

憶良にとっては、家族愛が、なによりも貴重であった。そのため、自ら世間のわずらわしい道徳は一

＊山上憶良
『万葉集』の歌人（六六〇〜七三三頃）。七〇一・二年頃、遣唐録事として入唐、七〇四年頃帰国。帰国後、従五位下・伯耆守・東宮侍講、後に筑前守を歴任。筑前守の時代、大宰府帥の大伴旅人などの歌人と交流し、多くの名歌を残す。「子等を思ふ歌」「貧窮問答歌」など家族、庶民の生活など、人生や社会を詠じた人間愛と批評精神に富んだ作品が多い。『万葉集』を編纂した大伴家持が憶良を尊敬していたことから、『万葉集』編纂にあたって数多くの作品を収録したと思われる。『類聚歌林』を著す。

＊『類聚歌林』
山上憶良編の歌集。『万葉集』編纂の資料として編まれたとされる。中世まで存在したとされるが、現存しない。

切、かえり見ないと広言している「倍俗《ばいぞく》先生」に、憶良は反論せずにはいられなかったのである。

倍俗先生は、常日頃から「父母を敬《ゐやま》ふことを知れれども侍養《じよう》を忘れ、妻子を顧みずして、脱屣《だっし》よりも軽《あなづ》れり」という有様であった。自分を生んでくれた父母は一応、敬意を表するが、年とった父母の事を世話することは御免だ。まして妻子のことなどかえり見ようともしない。あたかも脱ぎ捨てた藁沓《わらぐつ》のように、平然と妻子を捨て去ることを自慢しているのである。

このような人物を、憶良は「石木《いはき》より成《な》り出《で》し人《ひと》か」（『万葉集』巻五―800）と痛烈に非難している。どうしても、世俗の煩わしさからのがれたいのならば、天上界に住むがよい。この地上にいる限り、誰もがするように家族を養っていかなければならないのだ、と説いているのである。

そして憶良は、次のように歌って、「倍俗先生」と自称する人物を戒めている。

ひさかたの　天路《あまぢ》は遠《とほ》し　なほなほに　家《いへ》に帰《かへ》りて　業《なり》を為《し》まさに　（『万葉集』巻五―801）

この歌は、「自由を謳歌し、誰にも規制されない天上界への道は、確かに人々にとってあこがれであるが、その道程はいきつけないほど、はるかに遠い。それ故、脱俗を夢みるよりも、今は素直に家に帰って、妻子を養うため一生懸命仕事をすべきだ」という意味である。

天上界に昇る者とは、具体的には仙人であろう。しかし、その仙人になることは、並大抵の修行ではない。そのことを頭に入れないで、ただただ仙人にあこがれる愚劣さに、憶良は訓戒をこころみているのである。

山上憶良は、大宝元（七〇一）年に遣唐少録《けんとうしょうろく》に任ぜられ、唐に渡っている。それ故、漢学の素養もあり、東宮（皇太子）に侍する学士に任ぜられ、教養人であった。

また『類聚《るいじゅう》歌林《かりん》』*を編纂するなど歌人としても優れていたが、彼は特に人間愛を歌の題材にすることが多かった、ヒューマニズムの万葉歌人であったのである。

雪遊び『絵本大和童』

石上《いそのかみの》　朝臣《あそみ》乙麻呂《おとまろ》

父君《ちちぎみ》に　われは愛子《まなご》ぞ　母刀自《ははとじ》に　われは愛子《まなご》ぞ　参上《まゐのぼ》る　八十氏人《やそうぢびと》の　手向《たむけ》する　恐《かしこ》の坂《さか》に　幣《ぬさ》奉《まつ》り　われはぞ退《まか》る　遠《とほ》き土佐道《とさぢ》を（『万葉集』巻六—1022）

この長歌は、石上朝臣乙麻呂＊が、「遠流《おんる》」の地である土佐の国へ流される時のものである。乙麻呂は、藤原宇合《うまかい》の未亡人、久米連若売《くめのむらじわかめ》と私通したとして、土佐の国へ流されたという。藤原宇合は、不比等《ふひと》の第三子であり、皇后光明子《こうみょうし》の異母兄であった。宇合は、天平九（七三七）年に天然痘でなくなったが、その未亡人の久米連若売と石上朝臣乙麻呂の恋愛関係が問題とされたのである。

宇合は、皇后光明子にとっては、最も信頼される兄であったし、皇后冊立《さくりつ》の最大の功労者であったから、宇合の未亡人に乙麻呂が通ずることを、皇后は断じて許すことができなかったようである。そのため、石上朝臣乙麻呂は、流罪の中でも最も重い「遠流《おんる》」に処せられたのである。

ちなみに、遠流は死罪とならぶ重罪である。石上朝臣乙麻呂は、自分に課せられた罪に藤原氏の政治的意向が強くはたらいていることに、強く反発したようである。

石上朝臣乙麻呂は、左大臣石上《いそのかみの》麻呂《まろ》＊の第三子であり、名門の貴公子のプライドがあったからである。そもそも石上《いそのかみ》の一族は、旧族、物部《もののべ》氏の直系であり、新興の藤原氏よりはるかに名家としての誇りをもっていた。しかも、左大臣麻呂の「愛子《まなご》」と呼ばれて育ってきた男である。

その自負の心と、不当に重罪をかぶせる藤原一門に対する反発が、「父君にわれは愛子ぞ」の歌を、乙麻呂に作らせたのではないだろうか。

ここに、「参上《まゐのぼ》る八十氏人《やそうぢびと》の手向《たむけ》する恐《かしこ》の坂《さか》に」と歌われているが、八十氏人《やそうじびと》とは、多くの一族を擁して繁栄してきた物部の一族を指す。「手向する恐の坂」というのは、古代の人々が、峠や小坂を越え異境の地に入る時、必ず手向けの儀礼を行ったことを示している。

＊石上朝臣乙麻呂
奈良時代の貴族（?〜七五〇）。石上麻呂の子。越前守・丹波守、左大弁を歴任し、七三九年、藤原宇合の未亡人の久米連若売と私通した罪で、土佐に配流となる。のち許されて帰京、従四位、従三位、中務卿となり、七四九年中納言となる。

＊石上麻呂
奈良時代の貴族（六四一〜七一八）。物部宇麻呂の子。石上氏の祖。壬申の乱で近江朝の将軍であったが、許されて天武天皇に仕える。天武天皇崩御後は持統〜元正天皇に仕え、中納言、大納言、右大臣、左大臣を歴任。官人としても功績があり、その死について、『続日本紀』には「百姓追慕して痛惜」とある。『万葉集』に入集。

ご存知のように、『百人一首』の

このたびは　ぬさもとりあへず　手向山《たむけやま》　もみぢの錦《にしき》　神《かみ》のまにまに

という菅原道真の歌は、一般には奈良の若草山の東の麓の手向山《たむけやま》神社付近で歌われたと説かれるが、やはり、吉野に向かう峠の神に幣《ぬさ》を献ずる手向けの歌であろう。

『常陸国風土記』にも、下総《しもうさ》国から常陸国に入国する際は、必ず「先《ま》づ口と手とを洗《あら》ひ、東《ひむがし》に面《む》きて香島《かしま》（鹿島）の大神《おほかみ》を拝《をろが》みて」（「信太郡」榎の浦条）と記されている。

つまり、新しく異郷に入る時は、その国を支配される神に御加護を祈り、手向けをしなければならなかったのである。

乙麻呂の歌に見える「恐の坂」は、立田越《たったごえ》の「懼坂《かしこのさか》」であろうと考えられている（「天武紀」元年七月条）。立田越は、いうまでもなく大和国から河内国へ抜ける道筋にある。「恐き坂」と記されるように、畏《かし》こき神の坐《いま》す坂であった。ちなみに坂は、もともと「境《さかい》」に通じる言葉である。

この恐き坂の手向けの神も、「鎮魂《たまふり》」の神事を伝統的に担って来た物部氏の一族が心をこめて祈ってくれるから、土佐の地に流されても、もう一度、再びもどることができるだろうと、乙麻呂は願望をこめて歌っているのではないだろうか。

彼が土佐にあった時期の漢詩が、『懐風藻』に収められているが、そこには「嘗《かつ》て朝譴《てうけん》有《あ》りて、南荒《なんくわ》に瓢寓《へうぐう》す」と述べている。

だが乙麻呂は、『続日本紀』に、天平十五（七四三）年五月には従四位下より従四位上に叙せられたと記されているから、それ以前に罪を許され帰京していたようである（『続日本紀』）。その後、彼は治部卿《じぶのかみ》や中務卿《なかつかさのかみ》などを歴任し、天平勝宝二（七五〇）年九月に中納言従三位として薨《こう》じている。

一方、乙麻呂とともに下総国に流された久米連若売も、天平十二（七四〇）年六月に赦《ゆる》されて入京している（『続日本紀』）。そして、宝亀十一（七八〇）年六月に、散位従四位下で卒《しゅっ》している。

手向山『大和名所図会』
図中には「後拾遺　手向山ぬさはむかしに成りぬともなほ散り残れ峯のもみぢ葉　中原師光朝臣」とある。

笠朝臣金村《かさのあそみかなむら》

波《なみ》の上《うへ》ゆ　見《み》ゆる小島《こしま》の　雲隠《くもがく》り　あな息《いき》づかし　相別《あひわか》れなば（『万葉集』巻八―1454）

この歌は、天平五（七三三）年に、笠朝臣金村*が入唐使を見送った時の歌である。おそらく題詞を見ぬかぎり、恋人に別れた時の歌ではないかと思わせるような感情をたたえている。「あな息《いき》づかし」の言葉があるからであろう。この「あな息づかし」は、「ああ、本当に心が苦しい」という切実な想いを伝えている。『続日本紀』には、天平五年閏《うるう》三月に「遣唐大使多治比真人広成《たぢひのまひとひろなり》*、辞見《じけん》す。節刀《せっとう》を授《さづ》けたまう」と記されている。辞見は別れの挨拶を天皇に申し上げることである。その時、天皇から遣唐大使に節刀《せっとう》を賜うのを例としていた。笠朝臣は、吉備氏系の豪族で、現在の岡山県笠岡市付近を本拠としていたようである。

『新撰姓氏録』（右京皇別）によると、応神天皇が吉備国に行幸され、加佐米山《かさめやま》に登られた時、突然天皇の御笠が飄風《ひょうふう》に飛ばされたという。天皇は不思議に思われ、鴨別命《かものわけのみこと》にただすと、それは、天皇がこの山で狩りをなされると、獲物が多いことを神が告げ知らせる予兆だと申し上げた。事実、鴨別命の申した通り大収穫となったので、天皇は褒美に笠（賀佐《かさ》）の姓を授けたと伝えている。

笠朝臣金村は、笠朝臣麻呂《かさのあそみまろ》や笠女郎《かさのいらつめ》などの一族とともに、万葉歌人としてその名をとどめているのである。

塩津山《しほづやま》　打《う》ち越《こ》え行《ゆ》けば　我《わ》が乗《の》れる　馬《うま》そ爪《つま》づく　家恋《いへこ》ふらしも（『万葉集』巻三―365）

は、塩津山での作と伝えられている。この塩津山は、現在の滋賀県長浜市西浅井町、余呉《よご》町と福井県敦賀市の境をなす山である。おそらく、琵琶湖の沿岸を北上し、敦賀の港に赴く途上で歌われたものだろう。

『万葉集』に見える金村の伊香山《いかごやま》の歌は、あるいは先の塩津山の歌につづいて作られたのかもしれない。

*笠朝臣金村
『万葉集』の歌人（生没年不詳）。吉野、紀伊国、難波宮などの天皇の行幸に随行しており、宮廷歌人とされている。志貴皇子の挽歌は著名。『万葉集』に「笠朝臣金村歌集」とあるが、金村以外の歌も含まれているとされる。

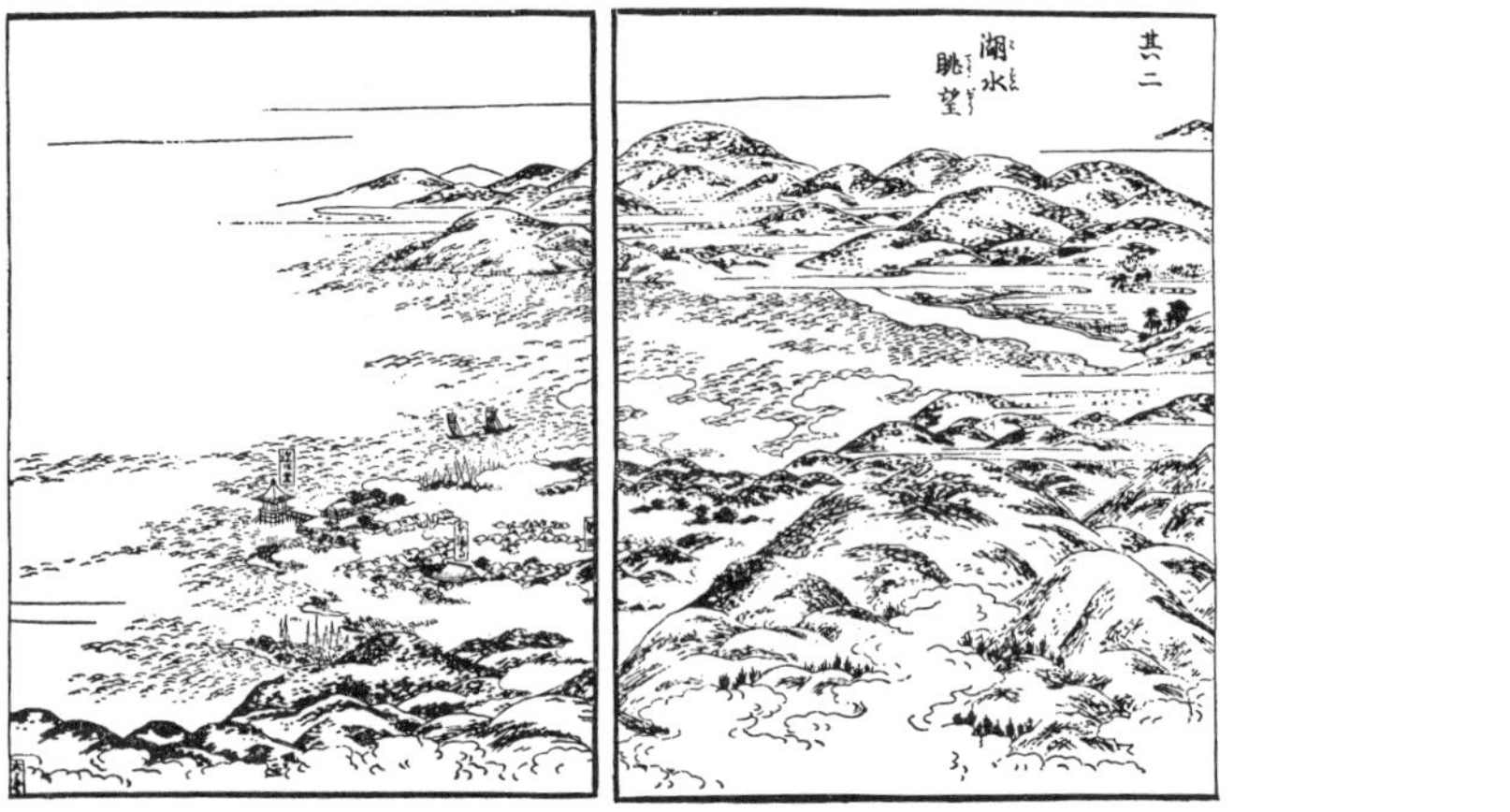

湖水眺望（琵琶湖）『近江名所図会』

草枕《くさまくら》　旅行《たびゆ》く人《ひと》も　行《ゆ》き触《ふ》らば　にほひぬべくも　咲《さ》ける萩《はぎ》かも　（『万葉集』巻八―1532）

伊香山《いかごやま》　野辺《のべ》に咲《さ》きたる　萩見《はぎみ》れば　君《きみ》が家《いへ》なる　尾花《をばな》し思《おも》ほゆ　（『万葉集』巻八―1533）

この伊香山は、滋賀県長浜市木之本町大音《おおと》、旧伊香具村にある山であると考えられている。ここはいうまでもなく、塩津山と近い位置にある。これらの歌からおわかりのように、金村は極めて叙情性に富んだ歌人であった。ちなみに金村は、「萩見れば」「尾花し思ほゆ」と歌っているが、『万葉集』には

人皆《ひとみな》は　萩《はぎ》を秋《あき》と云《い》ふ　縦《よ》しわれは　尾花《をばな》が末《うれ》を　秋《あき》とは言《い》はむ　（『万葉集』巻十―2110）

とあって、奈良時代においては秋の草花の中でも、萩と尾花が特に好まれていたようである。

金村は、養老七（七二三）年五月に、元正女帝に従い吉野の離宮に赴いているが、そこで金村は「万代《よろづよ》に　かくし知《し》らさむ　み吉野《よしの》の　蜻蛉《あきづ》の宮《みや》は　神柄《かむから》か　貴《たふと》くあるらむ」（『万葉集』巻六―907）と、元正女帝の行幸された吉野離宮の賛歌を歌っている。その長歌をうけて

山高《やまたか》み　白木綿花《しらゆふはな》に　落《お》ち激《たぎ》つ　瀧《たぎ》の河内《かふち》は　見《み》れど飽《あ》かぬかも　（『万葉集』巻六―909）

と歌っている。この歌において、特に「白木綿花に落ち激つ」の句には、清冽な吉野の川の激流が目に彷彿と浮かぶよう描かれている。

神亀三（七二六）年九月に、聖武天皇が播磨《はりま》国の印南《いんなみ》郡に行幸された時は、

行《ゆ》きめぐり　見《み》とも飽《あ》かめや　名寸隅《なきすみ》の　船瀬《ふなせ》の浜《はま》に　しきる白波《しらなみ》　（『万葉集』巻六―937）

と歌っている。この名寸隅《なきすみ》は、兵庫県明石市魚住町、大久保町一帯を指し、船瀬は同じく明石市の大久保町江井島あたりであるという。

金村は、行幸に従った下級の官僚であったようだが、これらの心にしみるような叙情歌によって、山辺赤人につぐ万葉歌人であることを証しているのではないだろうか。

吉野滝『和朝名勝画図』

*多治比真人広成
奈良時代の貴族（?～七三九）。左大臣多治比嶋の子。七三二年、遣唐大使となり翌年渡唐。七三五年帰国。広成の招請によって、その後、鑑真・菩提僊那らの優れた僧侶が来日。参議、中納言、従三位となる。

沙弥満誓《しゃみまんぜい》（笠朝臣麻呂《かさのあそみまろ》）

しらぬひ　筑紫《つくし》の綿《わた》は　身《み》につけて　いまだは著《き》ねど　暖《あたた》かに見《み》ゆ（『万葉集』巻三―336）

この歌は、造筑紫観世音寺別当《ぞうつくしのかんぜおんじべっとう》沙弥満誓*が、身分の高い人が好んで身に着ける綿の衣を、うらやんで作ったものである。ちなみに、古代の綿はいわゆる真綿《まわた》で、繭《まゆ》より作った絹綿である。大宰府は、綿の名産地であったと見え、神護景雲三（七六九）年三月に、「毎年始めて大宰府の綿、廿（二十）万屯《とん》を運ぶ」（『続日本紀』）と記されている。

『続日本紀』によれば、元正天皇の養老七（七二三）年二月に「勅《ちょく》して、僧満誓を筑紫に遣《つか》わして、観世音寺を造らしむ」と記され、観世音寺《かんぜおんじ》*を建てる最高責任者として満誓は、派遣されたのである。

その満誓について、「俗名《ぞくみょう》は、従四位下 笠朝臣麻呂《かさのあそみまろ》」と注記されているように、笠朝臣麻呂が養老五（七二一）年五日に、元明上皇の不予《ふよ》*を契機に出家し、満誓と称したものである（『続日本紀』）。

満誓は、元明上皇のご信任が極めて厚かったといわれている。たとえば、元明天皇の時代の和銅七（七一四）年閏《うるう》二月には、美濃守従四位下の笠朝臣麻呂は、吉蘇路《きそじ》（木曽路）の難路を切り開いた功績で、封戸《ふこ》七十戸および田六町を授けられている（『続日本紀』）。

笠朝臣麻呂は、奈良朝において能吏の一人であったといわれている。それ故、出家しても、指導力がかわれて、造観世音寺別当の大役をおおせつかったのである。観世音寺は、ご存知のように、もともと、天智天皇が筑紫の国で崩ぜられた母君の斉明上皇《さいめいじょうこう》の追善のために建てられた寺である。しかし、その後、造営はなかなか進捗せず、ここに至って、特に満誓を別当として指名し、建築を急がせたのである。

ところで、先の「しらぬひ筑紫の綿」の歌であるが、満誓は、出家以前すでに従四位下という高官であったから、真綿の衣類を身につけることは容易であったはずである。しかし、それをうらやましいというのは、清貧を身上とする僧侶であるから、贅沢な綿の衣を身に着けることはできないと歌っている

---

*沙弥満誓
奈良時代の官人・歌人・僧（生没年不詳）。俗名笠朝臣麻呂。七〇六年より美濃守。吉蘇道開通の功で封を与えられる。その後、尾張、右大弁などを歴任。七二一年、元明太上天皇の病を契機に出家、満誓と号した。七二三年、吉蘇道開通の手腕を見込まれて筑紫観世音寺別当として赴任、その造営に力を発揮する。大宰府で大伴旅人、山上憶良などの歌人と交遊する。『万葉集』、『拾遺和歌集』に入集。

*観世音寺
福岡県太宰府市にある寺。天智天皇の創建とされ八世紀に完成。法隆寺式の伽藍配置で、西海道の仏寺を監督下に置き、平安期初期まで栄えたが、たびたび焼失し、十一世紀には東大寺の末寺となる。現在の堂舎は江戸時代に再興したもの。

*不予
天皇・上皇の病気。

のである。つまりこの歌は、あくまで清貧をモットーとする僧侶としての歌と解すべきだろう。ところで、満誓の僧侶としての心情を示すものとしては

世間《よのなか》を　何《なに》に譬《たと》へむ　朝《あさ》びらき　漕《こ》ぎ去《い》にし　船《ふね》の跡《あと》なきがごと（『万葉集』巻三―351）

の歌がある。

満誓の歌人としてのあゆみを見る時、大宰府で、大伴旅人を中心とする歌壇に接したことも、忘れてはならないと思う。

青柳《あをやなぎ》　梅《うめ》との花《はな》を　折《を》りかざし　飲《の》みての後《のち》は　散《ち》りぬともよし（『万葉集』巻五―821）

は、天平二（七三〇）年正月に、大宰帥《だざいのそつ》、大伴旅人の宅で、酒宴を催した時の歌である。「かざし」は、髪に挿すことであるが、春を象徴する青柳や梅の霊力を身につけ、若返りを願う宗教的行為である。

この満誓の歌は、旅人の妹である大伴坂上郎女《さかのうえのいらつめ》が

酒坏《さかづき》に　梅《うめ》の花《はな》浮《う》け　思《おも》ふどち　飲《の》みての後《のち》は　散《ち》りぬともよし（『万葉集』巻八―1656）

と歌っているのに答えたものである。ここで梅の花を酒盃に浮かべるといっているのも、やはり一種の宗教的な祝いをこめたものであろう。「雄略記」に、伊勢の三重《みえ》の采女《うねめ》が、百枝《ももえ》の槻《つき》の葉を酒盃に浮かべて雄略天皇に献じたのも、槻が神が寄りつく神聖な木であったからである。

まそ鏡《かがみ》　見飽《みあ》かぬ君《きみ》に　後《おく》れてや　朝夕《あしたゆふべ》に　さびつつ居《を》らむ（『万葉集』巻四―572）

の歌は、大伴旅人が大宰帥の職をとかれて京に帰った後に、満誓が旅人を偲んで歌ったものである。「まそ鏡」は、いうまでもなく、鏡の美称で立派な鏡のことである。時には「清鏡」を、まそ鏡と訓《よ》ませている（『万葉集』巻十三―3316）。

笠朝臣麻呂は、このように官僚としても、僧侶としても優れた功績を残しているが、歌人としても、外連味《けれんみ》のない歌をとどめているのである。

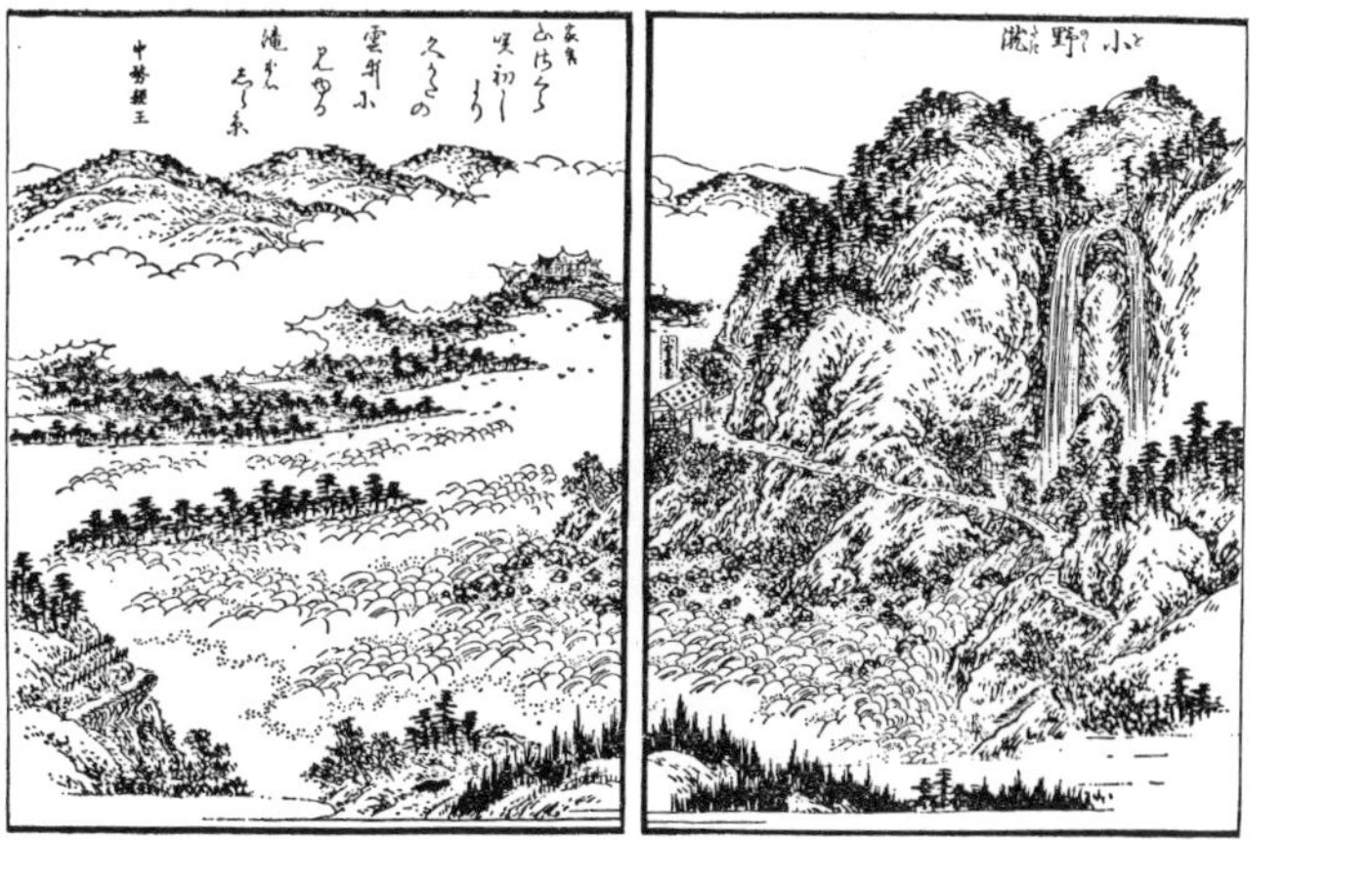

木曾路・小野滝『木曾路名所図会』
図中には「小野滝　家集　山ざくら咲き初めしより久かたの雲井に見ゆる滝のしら糸　中務親王」とある。

安倍仲麿《あべのなかまろ》（阿倍仲麻呂）

あまの原《はら》　ふりさけみれば　かすがなる　みかさの山《やま》に　いでし月《つき》かも
（『古今和歌集』巻九・羇旅歌―406）

詞書《ことばがき》によれば、安倍仲麿＊は唐土へ勉学のために発遣され、長年の研鑽を積んだが、なかなか帰国しようとしなかったという。そこで日本から使者が遣わされた。仲麿は遂に帰国を決意し、日本に帰るため、中国の明州《みんしゅう》という港で多くの中国の文人たちと別れを惜しんだ。

その時、「月のいとおもしろく、さしいでたりけるをみて」作られたのが、「あまの原」の歌であるという。

安倍仲麿は、一般には阿倍仲麻呂と表記されるが、彼は阿倍船守《ふなもり》の子である。若くして、秀才の誉れが高く、霊亀二（七一六）年には、吉備真備《きびのまきび》とともに遣唐留学生《けんとうりゅうがくしょう》に選ばれている。

彼は唐の文化に心酔し、なかなか帰国しようとする気が起きなかったが、勅命で天平勝宝五（七五三）年に、遣唐大使の藤原清河《きよかわ》とともに、鑑真和上《がんじんわじょう》を伴って帰国することとなった。しかし、不幸なことに彼の乗った船が漂流してしまった。そこで日本に帰る望みを捨て、遂に唐朝に仕える決意を固めた。

唐の玄宗《げんそう》は、仲麻呂を厚く遇し、彼は秘書監や左散騎常侍《ささんきじょうじ》、大唐光禄大夫《だいとうこうろくだいふ》などを歴任することになる。

そして、中国の大暦五年、日本でいう宝亀元（七七〇）年に、唐土で仲麻呂は没したのである。仲麻呂の死の知らせは、日本にはずいぶん遅れてとどいたようで、『続日本紀』の宝亀十（七七九）年五月の条には「前《さき》の学生《がくしょう》阿倍朝臣の仲麻呂は、唐に在《あり》て亡《なくな》りぬ」と記されている。

先の「あまの原」の歌は、藤原清河と一緒に帰国するため、明州の港に来た時のものである。明州は、浙江省鄞県《ぎんけん》の東、現在の寧波《にんぽう》である。ちなみに、明州の名の起こりは、そこの四明山にちなむといわれている。

仲麻呂の乗る船は、嵐のため遠く安南の地まで流されたが、一時、彼は漂流し、水死したと噂された

＊安倍仲麿（阿倍仲麻呂）
奈良時代の遣唐留学生・唐の官人・文人（六九八～七七〇）。安倍船守（中務大輔）の子。唐名は朝衡。七一七年、吉備真備・玄昉らと共に入唐。唐の科挙に受かり、左拾遺、左補闕などを歴任し、七五三年、吉備真備、藤原清河らと帰国をすることを許され、鑑真一行と出航したが、安南に漂着して、再び長安に戻り、左散騎常侍、大唐光禄大夫、鎮南都護、安南節度使などの要職を歴任して七十三歳で長安に没した。王維や李白などの中国文人と交遊して文人としても著名であった。その死に対して日本の朝廷は正二位を贈った。

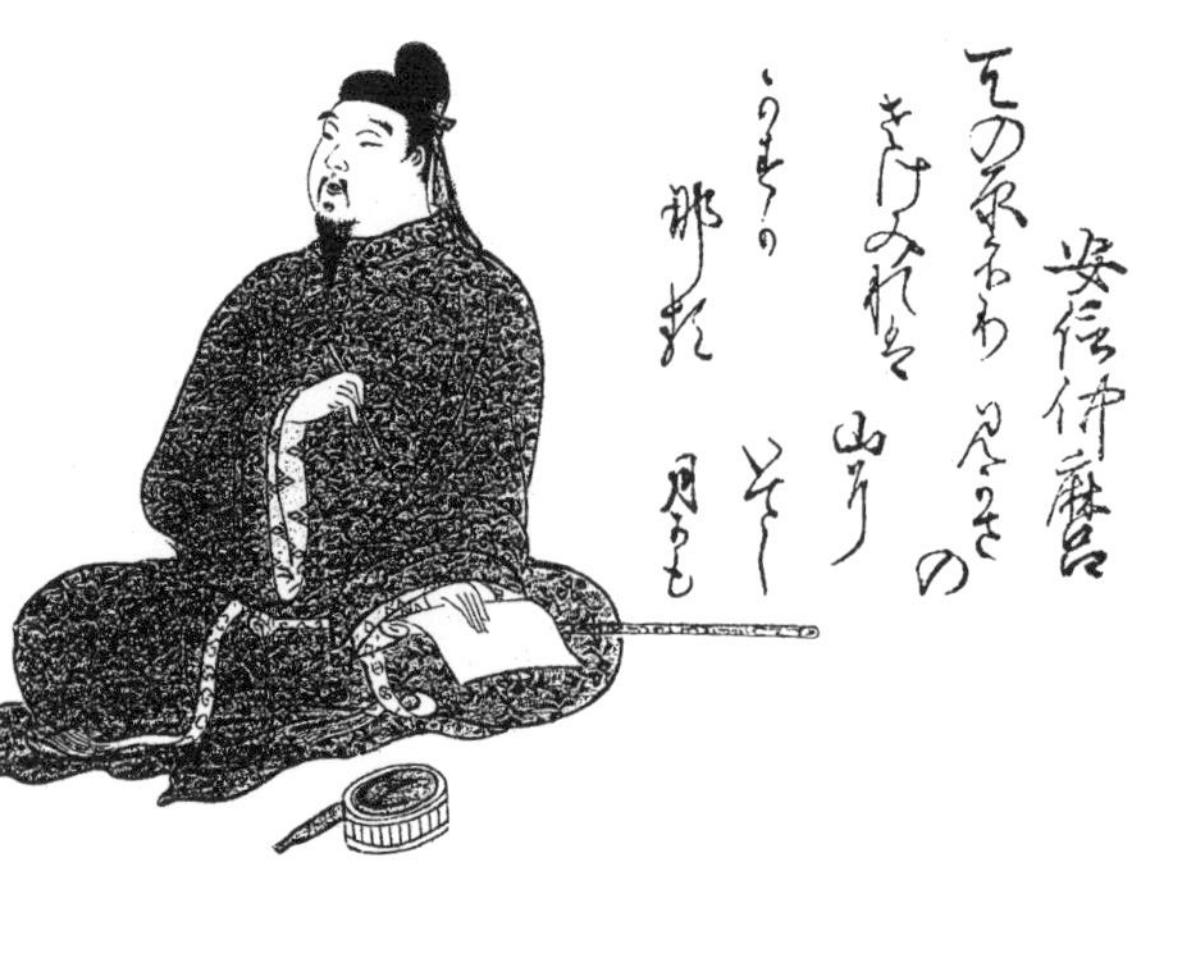

安倍仲麿『聯珠百人一首』

ようである。その時、仲麻呂の友人であった李白は、仲麻呂の死を悼む詩を作っている。

日本《にほん》の晁卿《ちょうけい》　帝都《ていと》を辞《じ》し
征帆《せいはん》一片《いっぺん》　蓬壺《ほうこ》を遶《めぐ》る
明月《めいげつ》帰《かへ》らず　碧海《へきかい》に沈《しづ》み
白雲《はくうん》愁色《しゅうしょく》　蒼梧《そうご》に満《み》つ
（『李白全集』巻二十五）

この李白の詩の大意は、「日本の晁卿（阿倍仲麻呂の唐における名）は、長安の都に別れを告げた。彼の乗る進みゆく船の帆は、東方の仙界をめぐっていった。しかし、望郷の歌で詠じた明月の故郷へは帰れず、南の碧海に沈んでしまったという。白雲は愁色に染まり、南方の蒼梧の地を満たしている」というものであろう。

ちなみに「征帆」は進み行く舟の帆の意である。「蓬壺」は、「蓬莱」と同じで神仙の住む海中の三山の一つである。その山がすべて壺器に似るところから、蓬壺とも称した。「蒼梧」は、広西省安平県の東の地域である。

南へ流され、再び中国にもどった阿倍仲麻呂は、唐朝に仕えて一生を過ごし、遂に日本の土を踏むことはなかった。

後に、仁明天皇の承和三（八三六）年五月には、入唐大使、正二位藤原清河に従一位が賜られた際、阿倍仲麻呂も正二位に叙せられている（『続日本後紀』）。そのなかで、仲麻呂は、唐の「贈潞州大都督《ぞうろしゅうだいととく》」の位であったと記されていた。

阿倍仲麻呂を敬慕する人は、はるか後世に至っても絶えることはなかったようである。

たとえば、茶道で有名な高橋箒庵《そうあん》*も、東京の音羽の護国寺内に仲麻呂堂を建てている。それは箒庵が、かつて大和の安倍の文珠院で仲麻呂の古碑を発見したのが契機とされる。護国寺の仲麻呂堂の前には、〝三笠亭〟が付せられているが、これはいうまでもなく、仲麻呂の「あまの原ふりさけみれば」の歌にちなむ命名であった。

鑑真和尚像『集古十種』

李白『歴代古人像賛』

*高橋箒庵
明治から昭和期の実業家。茶道研究者（一八六一～一九三七）。三井銀行・三井呉服店を経て王子製紙専務。引退後、原三渓・益田孝らと交流を深め、数寄者として活躍。『東都茶会記』を著す。

大伴《おおともの》家持《やかもち》

うらうらに 照《て》れる春日《はるび》に 雲雀《ひばり》あがり 情悲《こころかな》しも 独《ひと》りしおもへば（『万葉集』巻十九―4292）

この歌は『万葉集』巻十九の最終尾に掲げられた大伴家持＊の歌である。時に天平勝宝五（七五三）年二月二十五日であったという。その前年には、東大寺盧舎那仏《るしゃなぶつ》の開眼供養が華々しく行われたが、孝謙《こうけん》女帝の時代は、藤原仲麻呂が紫微令《しびのれい》＊として、権力をほしいままにしていた時代であった。

それより以前の天平九（七三七）年には、藤原四兄弟が天然痘の病で次々と倒れ、そのあと橘諸兄《もろえ》の政権が成立した。家持らも、藤原氏を抑える勢力が生まれたことに、おおいに期待していたのである。しかしながら、橘諸兄もやがて、仲麻呂によって政局の中枢からはずされ追われてしまうのである。家持は、名族、大伴氏を率いる当主でありながら、政界で充分に活躍することができなかった。ましてや、家の誇りである武門の道でも名をあげることができず、しだいに自己嫌悪に陥ることもあったという。

若き日は、幾多の女性と相聞歌《そうもんか》を交し、浮名を流すこともあったが、今になっては、それもすべて夢のようである。このように雄飛することもままならぬ有様の心境では、ただただ雲雀が雲まで上がって、またこの地上に舞いもどって来る姿に、家持は自分の姿を仮託するよりほかはなかったのである。

春《はる》の野《の》に 霞《かすみ》たなびき うら悲《かな》し この夕《ゆふ》かげに 鶯《うぐひす》鳴《な》くも（『万葉集』巻十九―4290）

この歌も、かつては春の日に鶯のさえずりに恋心をときめかした若き時代もあったが、今は人生もなかばを過ぎうら悲しいばかりであるというのである。この一連の歌にあって

わが屋戸《やど》の いささ群竹《むらたけ》 吹《ふ》く風《かぜ》の 音《おと》のかそけき この夕《ゆふべ》かも（『万葉集』巻十九―4291）

は、家持の心境をそのままに歌った心うたれる歌だと思っている。解説には、日本の古代では竹や竹吹

＊大伴家持
奈良時代の貴族・歌人（七一八頃〜七八五）。大伴旅人の子。少年時代は父の旅人と義母の大伴郎女、叔母の坂上郎女に学問・歌の薫陶を受ける。父の旅人の没後は、大伴氏の首長として越中守、因幡守、相模守、伊勢守などを歴任後、参議、春宮大夫、従三位となるが、藤原種継暗殺などの嫌疑をかけられ、没後に除名される。のちに従三位に復権。『万葉集』編纂の中心的役割を担う。

大伴家持『聯珠百人一首』

く風を歌うことは稀とあるが、おそらく中国文学の影響があるのだろう。中国の影響といえば

春《はる》の苑《その》　紅《くれなゐ》にほふ　桃《もも》の花《はな》　下照《したで》る道《みち》に　出《い》で立《た》つ少女《をとめ》　（『万葉集』巻十九―4139）

を思い出すが、この歌を口にするたびに、わたくしは正倉院御物の「樹下美人の図」を想起する。もちろん「下照る」という言葉は、『古事記』には、大国主命の娘に「下照比売《したてるひめ》」が登場しているように、古くから、華麗なさまや、その反映の輝きを形容するものとして、愛用されている。たとえば、河内女王《かわちのおおきみ》の歌に

橘《たちばな》の　下照《したで》る庭《には》に　殿建《とのた》てて　酒《さか》みづきいます　わが大君《おほきみ》かも　（『万葉集』巻十八―4059）

とあるのもそれであるが、橘の花の美しさがそのまま反映し、照りはえていることを表現しているのだろう。ちなみに、この「酒みづき」は、酒盛の意である。

それにしても、大伴家持は、可憐な乙女に花を配することが好きだったようである。

物部《もののふ》の　八十少女《やそをとめ》らが　汲《く》みまがふ　寺井《てらゐ》の上《うへ》の　堅香子《かたかご》の花《はな》　（『万葉集』巻十九―4143）

堅香子は、紅紫色の六弁の花びらをもつ可憐な花で、わたくしたちがいう「カタクリ」の花である。古代では、湧き水を求めて、乙女たちが多く集まって来た。たとえば『常陸国風土記』には「曝井《さらしゐ》」があり、「泉《いづみ》に縁《よ》りて居《す》める村落《むら》の婦女《をみな》……会集《つど》いて布《ぬの》を浣《あら》ひ、曝《さら》し乾《ほ》」したと記されている。そこはまた、若い男が女性を誘い出す恋の場所でもあった。だから、清冽な泉（出水）を見れば、かつてそこにいた美しい乙女の幻想が浮かぶのである。

かさゝぎの　わたせる橋《はし》に　を《（お）》く霜《しも》の　白《しろ》きを見れば　夜《よ》ぞふけにける　（『新古今和歌集』巻六・冬歌―620）

の歌は、家持の運命を示唆しているように、わたくしには思われる。なぜなら、鵲《かささぎ》の渡せる橋は、七夕の天の河に架けられるのが普通であるが、ここではあえて冬の景として歌われているからである。華やかな恋の幻想はすでに去り、悽愴《せいそう》たる冬の夜に、家持はそれをしみじみと述懐しているのである。

＊紫微令　朝廷の皇宮宮職を改めた紫微中台の長官。聖武天皇の崩御後、光明皇后と藤原仲麻呂が実権を掌握するために設けたとされ、仲麻呂が紫微令となり、太政官の中務省と同等の力をもった。

東大寺盧遮那仏『南都名所集』

カタカゴ（カタクリ）『草木図説』ユリ科の多年草。堅香子、片子ともいう。

笠女郎《かさのいらつめ》

託馬野《つくまの》に　生《お》ふる紫草《むらさき》　衣《きぬ》に染《し》め　いまだ着《き》ずして　色《いろ》に出《い》でにけり（『万葉集』巻三—395）

大伴家持《やかもち》をめぐる女性は少なくないようであるが、その中において、家持に終始変わらぬ愛情を寄せていた女性に、笠女郎*がいた。笠女郎の恋の歌のすべては、押さえきれぬ情熱を、恋人、家持に切々と訴えている。託馬野に生えている紫草で、衣を染めてみたが、いまだ身につけないうちに、色に出て人に知られてしまったという歌である。この「色に出る」という言葉ぶりは、平安時代に入っても、恋歌に好まれたようである。たとえば、『百人一首』には平兼盛の次の歌がある。

しのぶれど　色《いろ》に出《い》でにけり　我《わ》が恋《こひ》は　物《もの》や思《おも》ふと　人《ひと》の問《と》ふまで（『拾遺和歌集』巻十一・恋一—622）

ちなみに、笠女郎の歌に出る「託間野《つくまの》」は、現在の滋賀県米原市朝妻筑摩の原野である。笠女郎は、この歌につづいて

陸奥《みちのく》の　真野《まの》の草原《かやはら》　遠《とほ》けども　面影《おもかげ》にして　見《み》ゆといふものを（『万葉集』巻三—396）

と歌い、家持をめぐる多くの女性の圏外に置かれている自分を、少しでも思い出してほしいと願っている。陸奥の真野は、『和名抄』にいう陸奥《むつ》国行方郡《なめかたぐん》真野郷《まののごう》で、現在の福島県南相馬市鹿島区の真野に当てられるが、いうまでもなく非常に遠い所を象徴する地名と考えるべきであろう。この歌は「陸奥国の真野という所は大変遠いといわれているが、それでさえ面影に見えるという。同じように遠くに置かれている自分の面影を、あなたは少しでも思い出してほしい」という意である。

笠女郎については、『万葉集』の歌以外にさぐるすべはないが、おそらく、笠女郎の名前からすれば、笠臣《かさのおみ》の一族に属する女性であろう。笠氏は、吉備氏の一族である。「応神紀」には、吉備の波区芸《はくぎ》の県《あがた》

*笠女郎
奈良時代の女流歌人（生没年不詳）。『万葉集』に大伴家持に贈った贈答歌が収められる。これらの贈答歌は天平年間（七二九〜四九）の初期の頃のものとされる。吉備氏の一族の笠氏出身の宮廷に仕えた歌人と推定される。

筑摩明神『近江名所図会』
図中には「筑摩明神　卯月たつけふはつくまの神まつりつましげにも鍋かづき行く　資親」とある。

に封ぜられたのが、笠臣の祖であると記されている（「応神紀」二十二年九月条）。波区芸の県は、備中国小田郡にあった県で、現在の岡山県の笠岡市一帯である。この地を本拠地とする笠臣一族は、早くから中央に出て活躍していた。有名な万葉歌人の笠朝臣金村《かなむら》、笠朝臣麻呂《まろ》（沙弥満誓《しゃみまんぜい》）などがそれである。笠女郎もその流れをくむ女性で、宮廷に仕えていた女性であろう。

笠女郎の歌に、

奥山《おくやま》の　岩本菅《いはもとすげ》を　根深《ねふか》めて　結《むす》びしこころ　忘《わす》れかねつも（『万葉集』巻三―397）

があるから、かつては家持と深く結ばれたことがあったと、わたくしは想像している。この歌において特に、「奥山の岩本菅を根深めて」の一節がよく、笠女郎の思いの深さを伝えているといってよいであろう。この句は、『万葉集』歌人に愛されたと見え、次のように歌われている。

奥山《おくやま》の　石本菅《いはもとすげ》の　根深《ねふか》くも　思《おも》ほゆるかも　わが思妻《おもひづま》は（『万葉集』巻十一―2761）

だが、家持は、しだいに笠女郎から遠ざかっていたようである。それでも笠女郎は終生、家持を待ちつづけていたのである。

衣《ころも》手《で》を　打廻《うちみ》の里《さと》に　あるわれを　知《し》らにそ人《ひと》は　待《ま》てど来《こ》ずける（『万葉集』巻四―589）

この打廻の里は、『万葉集』には

神名火《かむなび》の　打廻《うちみ》の崎《さき》の　石淵《いはふち》の　隠《こも》りてのみや　わが恋《こ》ひ居《を》らむ（『万葉集』巻十一―2715）

と歌われている。打廻の里は、これまで奈良県桜井市多武峰や、明日香村の雷丘などに擬されているが、「ウチミ」は自分をよく見るに掛かる言葉ではないかと、わたくしは考えている。

君《きみ》に恋《こ》ひ　甚《いた》も術《すべ》なみ　平山《ならやま》の　小松《こまつ》が下《した》に　立《た》ち嘆《なげ》くかも（『万葉集』巻四―593）

の歌も、松を「待つ」にかけて、家持の来訪をいつまでも待ちつづけている自分を歌っているのである。

雷丘『西国三十三所名所図会』図中には「少子部連《ちひさこべのむらじ》、勅命によって雷神を捉ふ」とある。同図会には「飛鳥の神奈備山にして、雷丘《かみをか》・雷山《いかづちやま》・神丘・神山ともいへり」とある。

恋の問答歌

紫《むらさき》は　灰指《はいさ》すものぞ　海石榴市《つばいち》の　八十《やそ》の衢《ちまた》に　逢《あ》へる児《こ》や誰《たれ》（『万葉集』巻十二―3101）

たらちねの　母《はは》が呼《よ》ぶ名《な》を　申《まを》さめど　路行《みちゆ》く人《ひと》を　誰《たれ》と知《し》りてか（『万葉集』巻十二―3102）

この歌は、大和の海石榴市で路行く人と、名を問われた乙女の「問答の歌」である。海石榴市は、現在の奈良県桜井市三輪の金屋あたりで、椿市観音や椿市がある地域に比定される。そこは、三輪山の南西の麓の初瀬川《はつせがわ》の北岸の地であるといった方が、わかりやすいかもしれない。ここは、八十衢《やそのちまた》と呼ばれるように、各方面からの道路が合流する地点であったから、古くから歌垣《うたがき》*が開かれていたようである。

海石榴市《つばいち》の　八十《やそ》の衢《ちまた》に　立《た》ち平《なら》し　結《むす》びし紐《ひも》を　解《と》かまく惜《を》しも（『万葉集』巻十二―2951）

も、歌垣の場で知り合った男性に身をまかす恥じらいを歌ったものであろう。

ところで、先の「紫は灰指すものぞ」の歌であるが、紫草を染色に用いる際に媒染として、椿の灰を使用したことを歌っているのである。この歌では「海石榴《つばき》」を引き出す言葉として紫草が引かれているが、もちろん椿のようなういういしい乙女と呼びかけているのであろう。

古代では、恋のプロポーズの第一段は、まず相手の名を明かしてもらうことであった。相手の名を「知る」ことは、「天下治《あめのしたしろ》しめし」の「シル」と同じように支配することを意味した。

特に、古代では「名」は、唯名論ではないが、そのもの自体を象徴し、表示するものと考えられていた。つまり、「名」が知られることは、相手に身を委ねることを承諾したことを意味した。だから、処女は、名を容易に明かさず慎んだのである。

*歌垣
　古代の日本の習俗で、男女が集会し歌舞飲食を楽しみながら求婚の相手を探すもの。多くは遊興に適した気候でもあり、農耕の豊穣を祈る春と感謝をする収穫後の秋に行われた。この農民の習俗が宮中にも取り入れられるようになった。

初瀬川『和朝名勝画図』
図中には「初瀬川　大和　光俊卿　初瀬川打出越す波の音よりもさやかに澄める秋の夜の月」とある。

親もまた、子の実名を他人には隠し、一般には「通《とお》り名《な》」を用いていた。それ故、男に名を問われても、恋人以外には実名を明かすことを慎んだのである。それ故、初対面の男は、まず自分から名を明かし、相手を安心させなければならなかったのである。

『万葉集』巻頭の相聞歌《そうもんか》でも、「われにこそは　告《の》らめ　家《いへ》をも名《な》をも」（『万葉集』巻一―1）と男がまず自己の身分を明かし、乙女に「家聞《いへき》かな　告《の》らさね」と口説くのである。

先の「たらちねの母が呼ぶ名を申さめど」の歌は、母が普段わたくしを呼んでいる通称をお知らせするが、道行くあなたに、わたくしの本名をお知らせはしません、と歌っているのである。

この歌は、一見たしかに恋の問い掛けを拒否しているように描かれるが、わたくしはむしろ相手の気持ちを一層そそるような乙女の媚態のように思えるのである。一般に歌垣の場では

人妻《ひとづま》に　吾《あ》も交《まじ》はらむ　あが妻《つま》に　他《ひと》も言問《ことど》へ　この山《やま》を　領《うしは》く神《かみ》の　昔《むかし》より　禁《いさ》めぬ行事《わざ》ぞ　（『万葉集』巻九―1759）

と歌われているように、男女の交渉を積極的に認めているからである。

ここでは、筑波山の神が「領《うしは》く神」であるが、海石榴市は三輪山の神が「領く神」であり、大地の豊穣力を促進する春先の予祝の宗教行事として、男女の情交をおおらかに許容しているのである。

海石榴市の歌垣といえば、「武烈紀」には、武烈《ぶれつ》天皇*と平群臣鮪《へぐりのおみしび》*が、物部麁鹿火《もののべのあらかひ》の娘、影媛《かげひめ》をめぐって、海石榴市の歌垣で争う話が伝えられている。歌垣は、男女が歌を掛け合うことより起こるといわれるが、端的にいえば恋のかけひきの場でもあった。歌垣の場で一人の女性をめぐって競う男たちは、互いに相手の弱点を揶揄し合うことによって、女性の気をひこうと試みる。

平群臣鮪も、武烈天皇に

大君《おほきみ》の　御帯《みおび》の倭文服《しつはた》　結《むす》び垂《た》れ　誰《たれ》やし人《ひと》も　想思《あひおも》はなくに　（「武烈紀」即位前紀）

と、誰が大君（武烈天皇）を想い恋しているだろうか、そのような人はいませんよと、からかいの歌を掛けているのである。

---

*武烈天皇
記紀系譜の第二十五代天皇（生没年不詳）。仁賢天皇の皇子。母は春日大娘。大伴金村に大臣の平群真鳥《まとり》・鮪親子を討伐させ、大和泊瀬列《はつせのなみ》城《き》宮で即位。武烈天皇には子がなかったため、継体天皇との皇位継承関係に、皇統の断絶を指摘する説もある。

*平群臣鮪
武烈天皇の時代の中央豪族。『日本書紀』によれば、大連物部麁鹿火の娘の影媛を小泊瀬稚《おはつせのわか》鷦鷯《さざき》（のちの武烈天皇）と争い、大伴金村によって殺されたとされる。

前《さき》の采女《うねめ》

安積香山《あさかやま》　影《かげ》さへ見《み》ゆる　山《やま》の井《ゐ》の　浅《あさ》き心《こころ》を　わが思《おも》はなくに（『万葉集』巻十六―3807）

この歌は、『万葉集』によれば、葛城王《かつらぎのおおきみ》が陸奥国《みちのく》に派遣され、国司の饗応がはなはだ悪かった際に、その宴楽にはべっていた前の采女が、葛城王を慰めて歌ったものだと伝えている。

安積香山の山影が浅く映る山の井のように、決して浅い心であなたのことを思ってはいないと歌って慰めているのであろう。

この歌の見どころは、安積香山の「アサ」が「浅き」を引き出す役割を果たしているところであるが、このような都を遠く離れた土地で、かかるウイットに富んだ歌を耳にして、葛城王は意外に思ったに違いない。安積（香）山は、陸奥国安積郡の山である。このような田舎の国司が、こともあろうに、王族出身である自分をないがしろにするとはけしからんと、葛城王が顔色をあらわにして怒った矢先のことである。

ここに登場する葛城王が一体誰であるかは、正確にはわからないが、一説には、橘諸兄《もろえ》*を指すと考えられている。周知の通り諸兄は、美努王《みぬおう》*と橘三千代《みちよ》*との間に生まれた子である。和銅元（七〇八）年に、母三千代に与えられた橘宿禰《すくね》を天平八（七三六）年に諸兄も名のり、臣籍降下しているのである。

その時、聖武天皇は橘諸兄に、次のような御製をはなむけとしておくられている。

橘《たちばな》は　実《み》さへ花《はな》さへ　その葉《は》さへ　枝《え》に霜降《しもふ》れど　いや常葉《とこは》の樹《き》（『万葉集』巻六―1009）

橘は常緑木であるから、たとえ、霜が降るような厳しい季節を迎えても、枯れずに繁栄するだろうと歌われて、橘諸兄の家の永遠に栄えることを祝われたのである。

---

*橘諸兄
奈良時代の貴族（?～七五七）。美努王の子。母は県犬養橘美千代《あがたのいぬかい》。光明皇后の異父兄。従五位下、参議、従三位となり、七三六年橘姓を与えられる。のち大納言、右大臣、従一位左大臣、正一位と官人の最上位につく。のち藤原仲麻呂に実権が移り、復権を謀るが失敗し引退。

*美努王
持統～元明期の官人（?～七〇八）。三野王ともいう。栗隈王の子。橘諸兄の父。筑紫大宰率（帥）、造大幣司長官、治部卿などを歴任。正五位下。

浅香山（安積山）『東国名勝志』
図中には「浅香山　時まちて落つるしぐれの雨そそぎ浅香の山はうつろひぬらん
浅香の沼　陸奥のあさかの沼の花かつみかつ見る人に恋やわたらん」とある。

「垂仁紀」には、垂仁天皇が田道間守《たじまもり》を常世《とこよ》の国に遣わされ〝非時《ときじく》の香菓《かくのみ》〟を求めさせたというが、この香菓こそ橘だと記しているのである。橘《たちばな》は「但馬《たぢま》の花《はな》」に由来するが、常世の国よりもたらされた聖木と見なされていたのである。その常世の霊木にあやかって、橘の氏の名が諸兄や三千代に与えられたのは、聖武天皇の皇后光明子《こうみょうし》の御生母が、三千代だったからである。

光明子の父は藤原不比等《ふひと》であるから、諸兄は、皇后の異父兄に当たる。このように見ていくと、陸奥の国司から、葛城王といわれる諸兄が冷遇されるとは、考えにくいのである。

葛城王ないしは葛木王と名のる人物は、天武朝や奈良時代でもほかに存在したようだから、安積（香）山の歌に見える葛城王を、一概に橘諸兄と決めつけるのはいかがであろうかと思っている。

それはともかくとして、この歌をもって葛城王の怒りをなだめたのは、「前の采女」だといわれているが、故郷に住みつく以前は、采女として朝廷に出仕していた女性という意味であろう。采女は、地方の郡司が服属の証に、自分の娘の中から未婚の女性を朝廷に差し出したものである。采女は、当然ながら都で奉仕する間に教養を積み、都《みや》び（雅）の風を身につけていたのである。この采女が「風流《みやび》の娘子《むすめ》」と『万葉集』にいわれたのも、その故であろう。

もちろん、都の貴公子に接するすべも心得ていたから、葛城王の気持ちを咄嗟に察し、左手に酒の盃を持ち、右手で王の膝をたたいてとりなしの歌を歌ったのである。すると、葛城王の心はたちまち解けて、二人は終日、酒を飲み交したというのである。

『大和物語』には、これとやや異なる「山の井」の話を伝えている。昔、ある大納言が大切に育てていた娘が、内舎人《うどねり》の男にぬすみ出された話である。大納言の娘は内舎人とともに安積郡の安積山の庵に住んでいたが、内舎人の留守に、その山の井に自分のやつれた姿を映し、恥じたというのである。

そして、

あさかやま　かげさへみゆる　山《やま》の井《ゐ》の　あさくは人《ひと》を　思《おも》ふものかは　（『大和物語』百五十五）

の歌を残してなくなったと語られているのである。

これも『万葉集』の歌をもとに、脚色された物語の一つといってよいであろう。

橘諸兄『前賢故実』

＊橘三千代

奈良時代の女官。県犬養橘三千代という（？～七三三）。県犬養宿禰東人の娘。美努王の妻となり葛城王（橘諸兄）を生み、のち藤原不比等の妻となり安宿《あすか》媛（光明皇后）を生む。七〇八年、元明天皇より橘姓を賜る。命婦正三位で没する。

東歌《あずまうた》

筑波嶺《つくはね》に　雪《ゆき》かも降《ふ》らる　否《いな》をかも　かなしき児《こ》ろが　布乾《にのほ》さるかも　（『万葉集』巻十四—3351）

『万葉集』の巻十四には、いわゆる「東歌」が収められている。「東歌」は東国の民衆の歌であるが、『万葉集』は、この「東歌」と「防人歌《さきもりのうた》」を加えることで、極めてユニークな歌集となっている。世界中を見ても、庶民の歌が残され、伝えられていることは極めて稀である。それが今日まで残るとすれば、むしろ奇跡に近いといわざるをえない。

おそらく、日本の場合は、祭りの際の神楽《かぐら》などにはさまれる歌や台詞が、しだいに五七五調の語りに発展して、人々の脳裏に印象づけられていったことと関係があるのかもしれないと想像している。また、ある村落で流行った歌を伝え聞いた他の村落では、その本歌を、自分の村落に適するように変えて、次々と歌っていくのである。このようにして、伝統的に歌詞に親しんで馴れていたから、万葉の時代に入ると、地方の民衆も、短歌をたしなむ素養を広く身につけていったと、わたくしは考えている。

それ故、東歌の中に、都人《みやこびと》の歌に劣らぬ歌を見出すのは、決して偶然ではなかったのである。ここに、そのいくつかをあげておこう。

鳰鳥《にほどり》の　葛飾早稲《かつしかわせ》を　饗《にへ》すとも　その愛《かな》しきを　外《と》に立《た》てめやも　（『万葉集』巻十四—3386）

鳰鳥《におどり》、つまり「かいつぶり」は水に潜《かず》くという性質から、「葛飾」の〝かず〟に掛かる枕詞とされている。「早稲を饗す」というのは、その村落で一番はじめに収穫された新穀を、神に供えることである。それがいわゆる「新嘗祭《にいなめのまつり》」の起源である。その新嘗祭の際は、神祭りをする女性を除いて、すべての者は家の外に出された。『常陸国風土記』筑波郡条に「新粟《わせ》の初嘗《にひなへ》して、家内諱忌《やぬちものいみ》せり」とあるのは、そのことを物語っている。だから、本来は「愛《かな》しき」人にも逢うことは許されなかったが、心から恋しい男《ひと》を、どうして

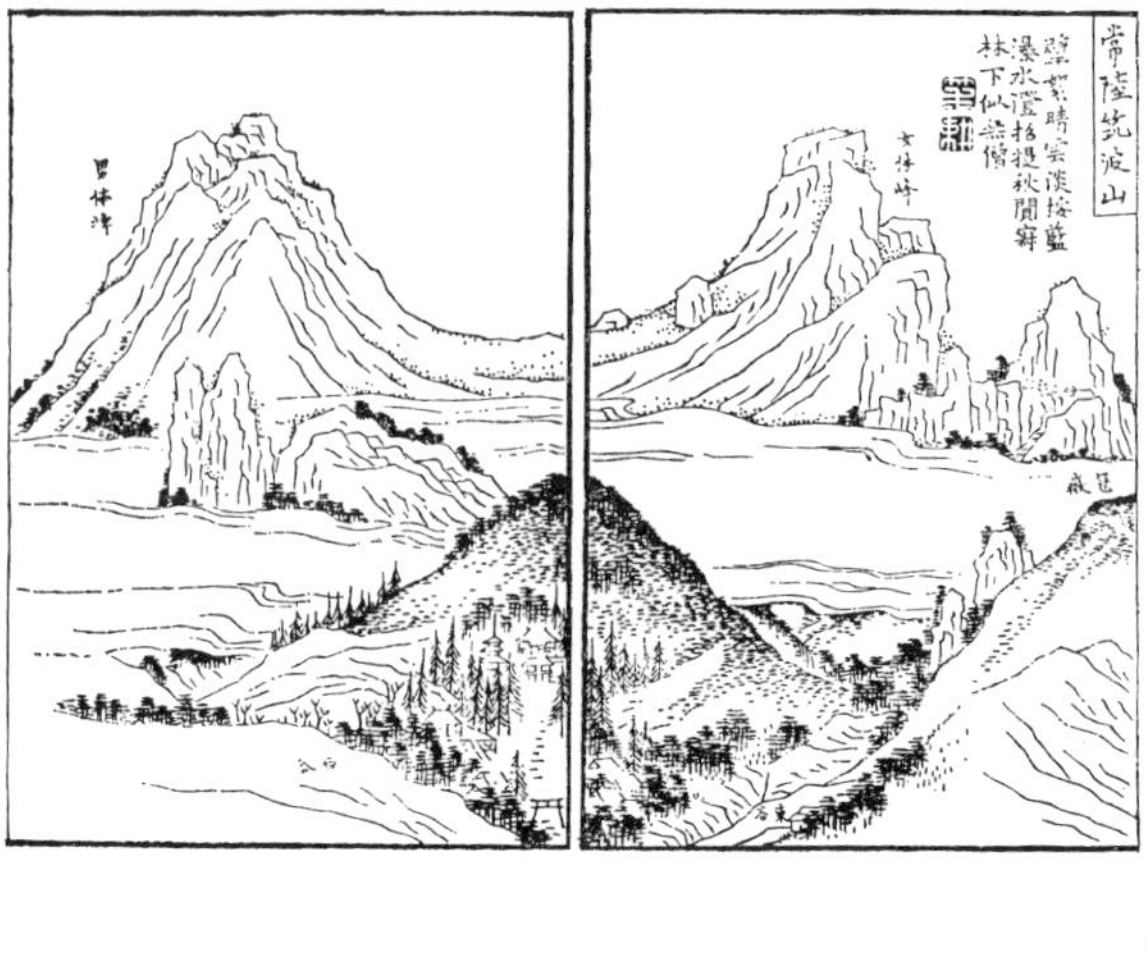

筑波山（筑波嶺）『山水奇観〈東山奇勝〉』

カイツブリ（鳰鳥）『景年花鳥画譜』
カイツブリ科の小鴨大の水鳥。

外に立たせて待たすようなことができようかと歌っているのである。

稲舂《いねつ》けば　皹《かか》る吾《あ》が手《て》を　今夜《こよひ》もか　殿《との》の若子《わくご》が　取《と》りて嘆《なげ》かむ（『万葉集』巻十四―3459）

は、村落の娘と、彼女たちが奉仕する館《やかた》の若様との秘めた恋の物語である。純情さが、恥じらいをこめて歌われている。

信濃道《しなのぢ》は　今《いま》の墾道《はりみち》　刈株《かりばね》に　足踏《あしふ》ましなむ　履着《くつは》けわが背《せ》（『万葉集』巻十四―3399）

この歌は新しく切り開かれた道を行く夫に、木や竹の切り株で足を痛めないように、履をはいて出かけてほしいと、妻が歌ったものである。律令時代には、新しい道路が盛んに造られたから、このような新墾《にいばり》（新治）の道は少なくなかったようである。たとえば、『続日本紀』は「美濃、信濃の二国の堺《さかひ》、径道《けいどう》、険阻《けんそ》にして艱難《かんなん》なり、仍《よ》りて吉蘇路《きそぢ》を通《つう》ず」（和銅六年七月条）と、木曾路を開いたことを記している。

多摩川《たまがは》に　曝《さら》す手作《てづくり》　さらさらに　何《なに》そこの児《こ》の　ここだ愛《かな》しき（『万葉集』巻十四―3373）

「ここだ愛しき」は、こんなにも激しく、いとおしいという意で、方言ながら感情の高揚をうまく伝えているように、わたくしには思われる。

上毛野《かみつけの》　佐野《さの》の舟橋《ふなはし》　取《と》り放《はな》し　親《おや》は離《さ》くれど　吾《わ》は離《さか》るがへ（『万葉集』巻十四―3420）

上野《こうずけ》（上毛野《かみつけの》）の国の佐野（群馬県高崎市の佐野）の川にとりつけた舟橋を切り離すように、親がわたくしたちの仲を離そうとしても、わたくしたちは決して離れないという歌である。日頃、見慣れた舟橋をうまく歌に引き出して歌っている。

汝《な》が母《はは》に　嘖《こ》られ吾《あ》は行《ゆ》く　青雲《あをくも》の　いで来吾妹子《こわぎもこ》　逢《あ》ひ見《み》て行《ゆ》かむ（『万葉集』巻十四―3519）

古代では、主として娘の結婚の相手を決めるのは母親であったことを知れば、おのずからこの歌のよさはわかるであろう。

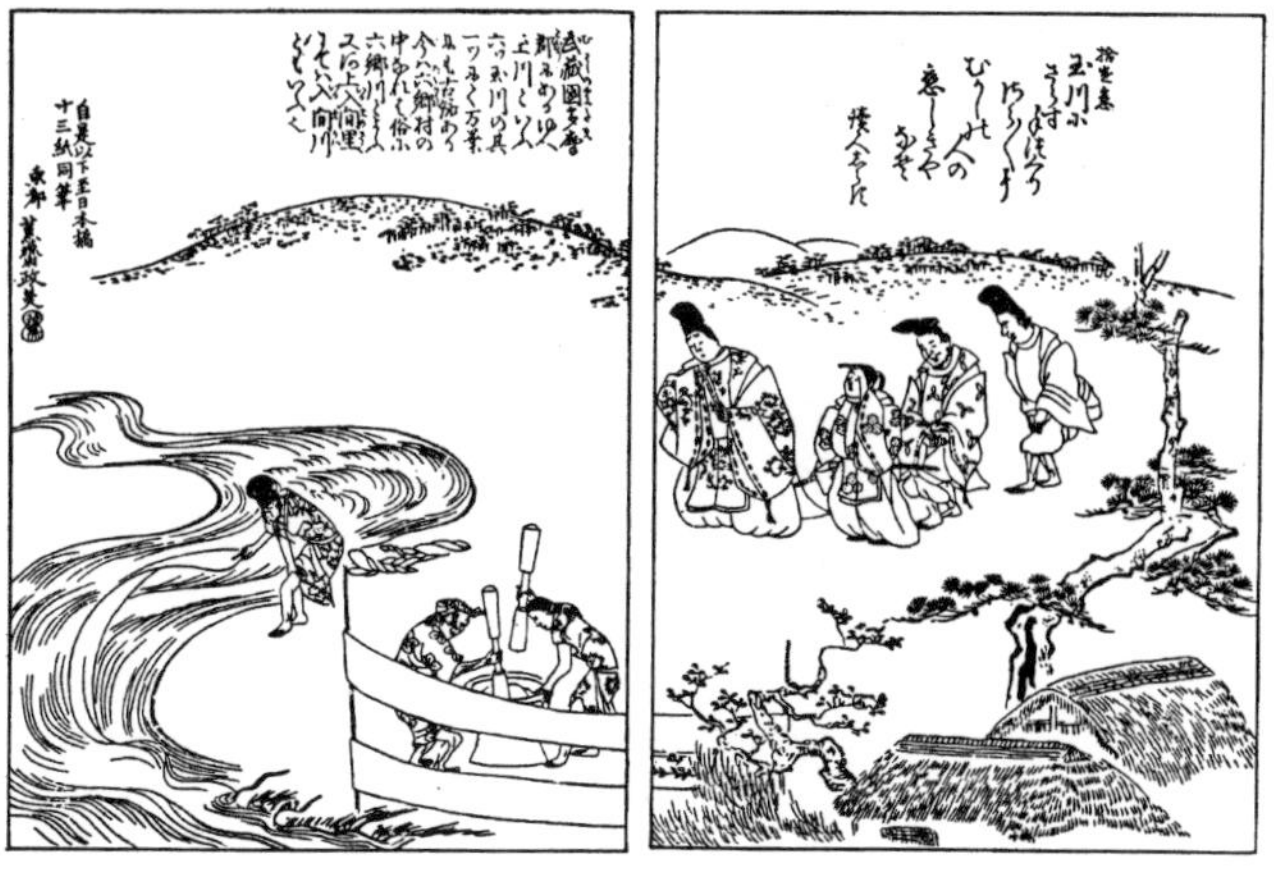

玉川（多摩川）『東海道名所図会』
図中には「拾遺　恋　玉川にさらす手づくりさらさらにむかしの人の恋しきやなぞ　読人しらず　武蔵国多摩郡にあるゆゑ玉川といふ　六ツ玉川のその一つにて万葉にも古詠あり　今は六郷村の中なれば　俗に六郷川とよぶ　また河上入間里にては入間川ともいふなり」とある。

防人歌《さきもりのうた》

防人《さきもり》に　行《ゆ》くは誰《た》が背《せ》と　問《と》ふ人《ひと》を　見《み》るが羨《とも》しさ　物思《ものもひ》もせず　（『万葉集』巻二十―4425）

自分の夫を防人として召された妻が、別離の悲しみを知らない他人が、あの防人は誰の旦那さんでしょうかねと話し合っているのを聞いて歌ったものである。

防人は、『軍防令《ぐんぼうりょう》』に、「辺《へん》を守《まも》るを、防人《さきもり》と名《な》づく」とあるように、北九州の沿岸の御崎《みさき》に、唐や新羅の来襲を防ぐために、配された兵士である。白村江《はくそんこう》の戦で大敗した日本軍は、急遽、壱岐、対馬および北九州の要地に防人を駐屯せしめて、防衛に当たらせたのである。

ただ、防人徴集で注目されるのは、遠江《とおとうみ》、信濃国《しなののくに》よりの東の国の正丁《せいてい》*が徴されていたことである。一時は防衛地に最も近い西海道《さいかいどう》（九州）出身の兵士が防人とされたが、後にはすべて東国の兵にかえているのである。それはなぜかという疑問は古くから出されているが、わたくしは、六世紀初頭に起こった筑紫君磐井《つくしのきみのいわい》の反乱*に象徴されるように、朝鮮の勢力への内通を恐れていたためだと想像している。

それに加えて、東国の兵は、当時最強と見なされていたからではないだろうかと考えている。「皇極紀」によると、蘇我蝦夷《えみし》、入鹿《いるか》は、身辺警護のため、わざわざ「東方《あづま》の儐従者《しとべ》」を「健人《ちからひと》」として用いたと記されているからである（「皇極紀」三年十一月条）。

それにしても東国の農民にしてみれば、年老いた両親や妻子を残して、はるばる北九州に赴くのは、大変つらいことであったに違いない。防人の任期は一応三年であるが、なかには白頭となっても帰れぬ人もいたのである。それ故、防人は、異郷や旅の途上にあっても家族のことを一時も忘れることはできず、切々と繰り返し歌うのである。

時時《ときどき》の　花《はな》は咲《さ》けども　何《なに》すれそ　母《はは》とふ花《はな》の　咲《さ》き出来《でこ》ずけむ　（遠江国山名郡丈部真麿《はせつかべのままろ》、同・巻二十―4323）

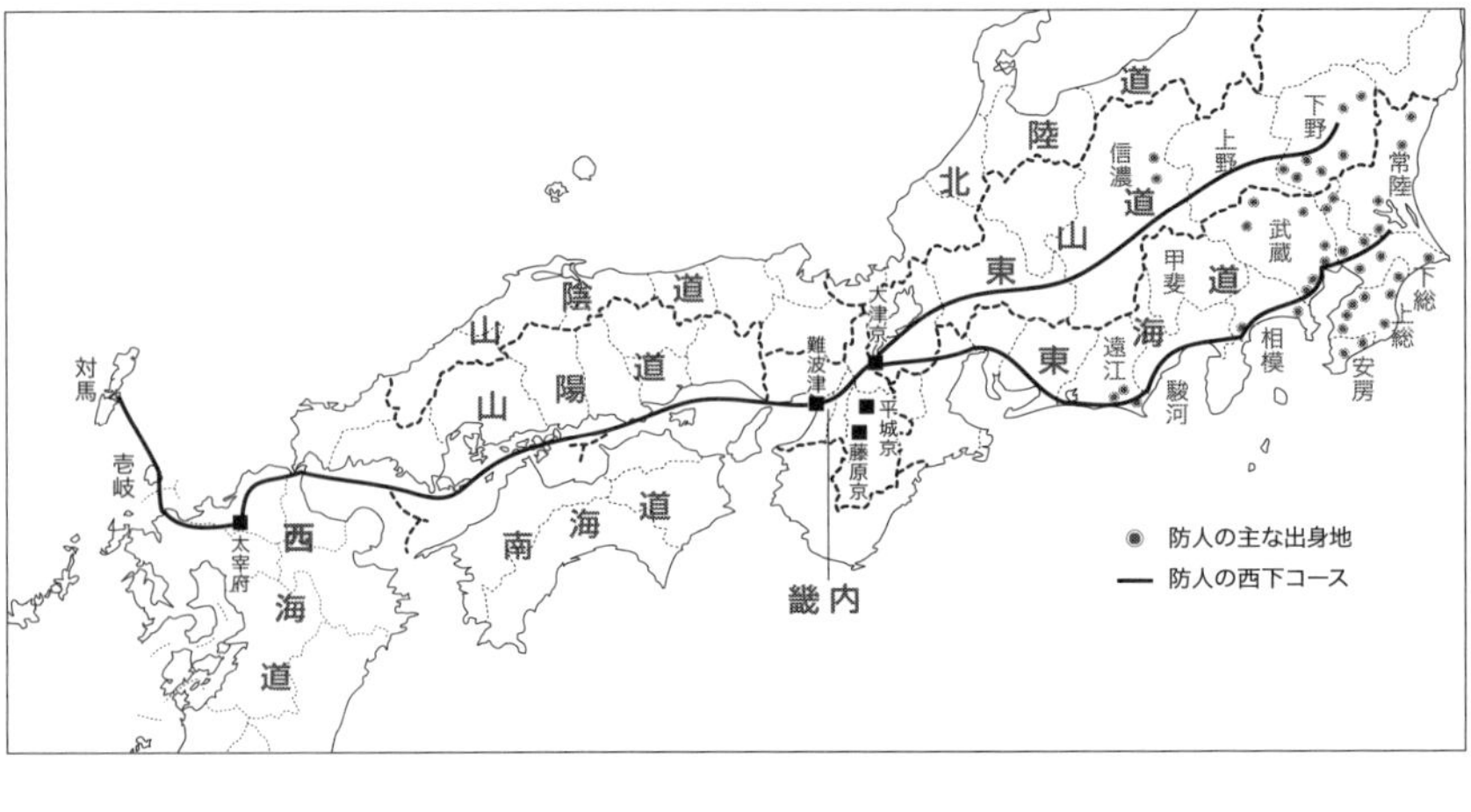

防人の西下の行程略図

*正丁　律令制で、調・庸・雑徭・兵士役などの課役の対象となった二十一歳から六十歳までの健康な成年男子。「しょうてい」とも読む。律令制の基礎となった制度の一つ。

吾等旅《わろたび》は　旅《たび》と思《おめ》ほど　家《いひ》にして　子持《こめ》ち痩《や》すらむ　わが妻《み》かなしも（駿河国玉作部広目《たまつくりべのひろめ》、同・巻二十―4343）

特に後者の玉作部広目《たまつくりべひろめ》の歌は、それこそ方言まる出しの歌であるが、それがかえって情愛を素直にあらわしているのである。

父母《ちちはは》が　頭《かしら》かき撫《な》で　幸《さ》くあれて　いひし言葉《けとば》ぜ　忘《わす》れかねつる（駿河国丈部稲麿《いなまろ》、同・巻二十―4346）

の歌も、父母の思い出が彷彿と浮かび、心ひかれる歌の一つである。

わが母《はは》の　袖持《そでも》ち撫《な》でて　わが故《から》に　泣《な》きし心《こころ》を　忘《わす》らえぬかも（上総国山辺郡物部乎刀良《もののべのおとら》、同・巻二十―4356）

も、母との別離の思い出が、片時も脳裏から離れぬ歌となっている。

防人《さきむり》に　発《た》たむ騒《さわ》きに　家《いへ》の妹《いむ》が　なるべき事《こと》を　言《い》はず来《き》ぬかも（常陸国茨城郡若舎人部広足《わかとねりべのひろたり》、同・巻二十―4364）

あとのことを細々と妻に託す暇もなく出発した悔やみと、悲しさがこみあげてくるような歌である。

妻子と別れて旅する防人は、

わが妻《つま》は　いたく恋《こ》ひらし　飲《の》む水《みづ》に　影《かご》さへ見《み》えて　世《よ》に忘《わす》られず（遠江国丁麁玉郡若倭部身麿《わかやまとべのみまろ》、同・巻二十―4322）

と妻を恋慕する歌を歌うのである。

戦時中に育った方にとっては、防人歌は、ただ雄々しい益荒男振《ますらおぶ》りのイメージが強かったかもしれないが、『万葉集』の防人歌は、決して

今日《けふ》よりは　顧《かへり》みなくて　大君《おほきみ》の　醜《しこ》の御楯《みたて》と　出《い》で立《た》つわれは（下野国今奉部与曾布《いままつりべのよそふ》、同・巻二十―4373）

だけではなかったのである。

---

*磐井の反乱

六世紀前半、継体天皇の時代に北九州で起きた反乱。筑紫の国造の磐井が、新羅の勢力と提携し、肥前・肥後の地を本拠として、大和朝廷に反旗をひるがえした。朝廷の物部麁鹿火《もののべのあらかひ》・大伴金村などによって鎮圧された。

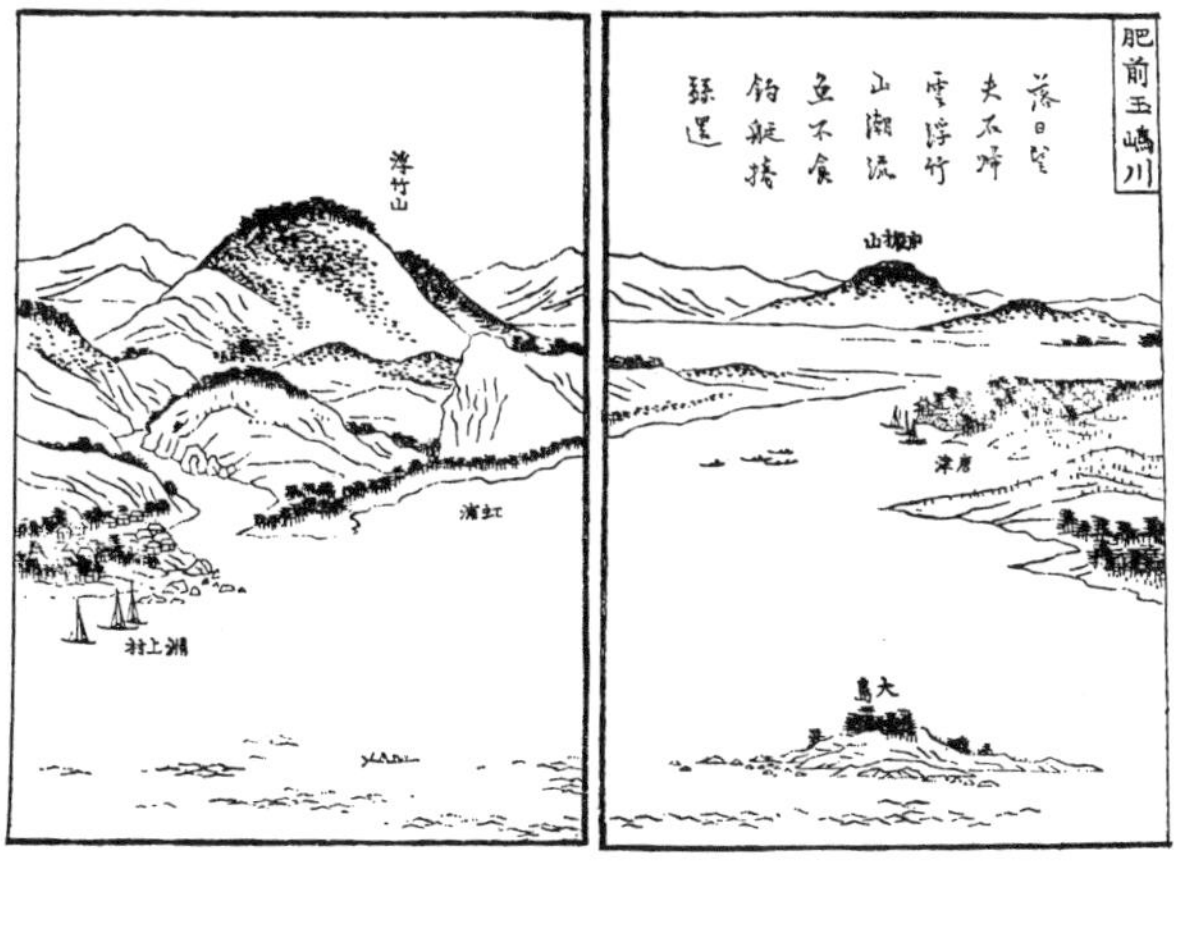

肥前・玉島川『山水奇観〈西海奇勝〉』
肥前国は防人の壱岐・対馬に渡る拠点であった。

Ⅲ　平安前期の歌人

平城帝《ならのみかど》（平城《へいぜい》天皇）

故郷《ふるさと》と　成《なり》にしならの　宮《みや》こにも　色《いろ》はかはらず　花《はな》はさきけり（『古今和歌集』巻二・春歌下―90）

平城帝*は、譲位後、旧都平城の京に住まわれた平城上皇である。

平城上皇は、桓武天皇の御長子として、桓武天皇の跡をうけて皇位に立たれたが、ご病気を理由に皇弟の嵯峨天皇に位を譲られた（『日本後紀』大同四年四月条）。そして、平城上皇は、平安の京を離れ、旧都の奈良に遷《うつ》られたが、藤原薬子《くすこ》*などがそのまわりに侍し、政道を乱すことがしばしばであったという。上皇も病が癒えるにつれて、再び政権をとりもどされようとお考えになられたようである。それを『日本後紀』では、「二所《ふたところ》の朝廷《みかど》」と称している（弘仁元年九月条）。まさに、平城上皇の「奈良の朝廷」と、嵯峨天皇の「平安の京」が競い立つ有様であった。

だが、結局は平城上皇や薬子の野望は夢と消えてしまうのである。

嵯峨天皇は、平城上皇を罰せられることもなく、そのまま、奈良の都に安置されたが、すでに妖婦と称された愛妾の藤原薬子は死に、平城上皇の近臣も寥々《りょうりょう》たる有様であった。

一方、嵯峨天皇は、薬子の乱の後、いわゆる「弘仁の治」と称されるように、唐風文化を謳歌する華やかな宮廷文化を花咲かせるのであるが、それに対して平城上皇は、旧都でひとりさびしく、それをながめるほかはなかった。

その平城上皇のご心境を示されたものが、先の御製である。

奈良の京は、かつて寧楽《なら》《ねいらく》と称されて、絢爛たる栄華を誇っていた。小野老《おののおゆ》が

あをによし　寧楽《なら》の京師《みやこ》は　咲《さ》く花《はな》の　薫《にほ》ふがごとく　今盛《いまさか》りなり（『万葉集』巻三―328）

と詠じたのも、つい先のことであった。

---

*平城
第五十一代天皇の平城天皇（七七四～八二四）。桓武天皇の皇子。母は藤原良継の娘の乙牟漏《おとむろ》。桓武天皇の崩御の後即位。参議の廃止、観察使の設置など官司の改革をするが、病にて弟（嵯峨天皇）に譲位。上皇として平城京に移る。寵愛した藤原薬子とその兄の策謀で重祚（再び天皇に戻る）を計画したが挫折し、空海の灌頂を受けて出家する。在位八〇六～〇九。

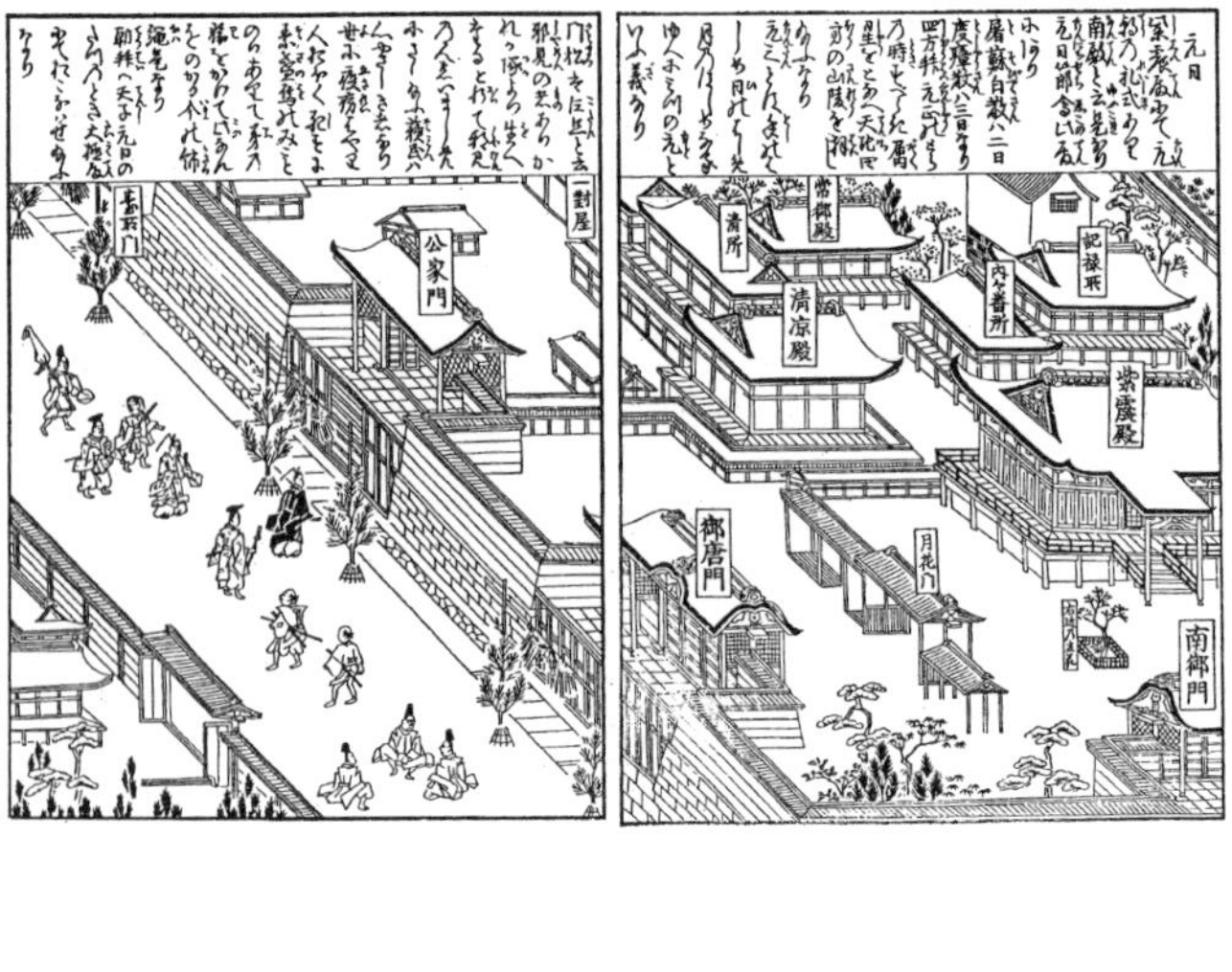

平安京『大和耕作絵抄』
図中には「紫宸殿にて元朝の礼式あり、南殿と云ふ、これなり。元日節会、この殿にあり」とある。

だが光仁天皇によって開かれた天智系の天皇方は、天武系の築いた奈良の地を離れ、山城の平安の京へと移っていった。この桓武天皇の時代を境に、奈良は、宮人たちにとっても、すでに「故郷」となったのである。

もちろん、東大寺や興福寺をはじめ奈良の寺はそのまま奈良にとどめ置かれていたから、奈良の旧都は直ちに荒廃におい込まれたわけではない。

それでも、都人《みやこびと》はこぞって平安の都に移っており、この地に住まわれた平城上皇は、ひとしおさびしさをお感じになられたのであろう。その平城上皇のお気持ちを慰める唯一のものは、四季それぞれに咲く花であった。人は去っても、それぞれの花は季節ごとに、美しい色を見せてくれる。草花だけは昔も今も変わらぬ姿で咲いてくれるのである。

しかし、平安の都人にとっては、奈良はしだいに遠いものになってしまった。

わび人《びと》の　すむべき宿《やど》と　見《み》るなへに　嘆《なげ》き加《くは》はる　琴《こと》のねぞする

（『古今和歌集』巻十八・雑歌下―985）

この歌は、良岑宗貞《よしみねのむねさだ》（後の僧正遍照）が「奈良へまかりける時に、荒れたる家に、女の琴弾きけるを聞きてよみ入れたりける」とあるように、奈良の里の荒れたる家の琴ひく女性を詠んだものである。故郷にも、まだ文化の薫りはわずかにとどめていたのである。註釈書によれば、これは『玉台新詠《ぎょくだいしんえい》』の「佳人《かじん》は鳴琴《めいきん》を撫《な》で、清夜《せいや》、空帷《くうし》を守《まも》る」を想起させるものがあるという。

平城天皇にとっては、むしろ、ありし日の薬子との交わりを回顧されていたのではないだろうか。

『伊勢物語』にも「むかし、おと《(を)》こ、うゐ《(ひ)》かうぶりして、平城《なら》の京《きやう》、春日《かすが》の里《さと》にしるよしして、狩《かり》に往《い》にけり」と記すように、奈良の春日の所領地に〝昔男〟が赴くところから筆が起こされている。これは〝昔男〟に擬せられる在原業平《ありわらのなりひら》が、平城天皇の皇子阿保《あぼ》親王の御子であったことと無関係ではないだろう。平城天皇系の人々には、奈良は依然として特別な地域と意識されていたのである。

*藤原薬子

平安前期の女官（?～八一〇）。藤原種継の娘。長女が安殿親王（平城天皇）に嫁し、東宮宣旨として自らも親王の寵愛を受けるが、桓武天皇に追放される。平城天皇即位の後、再び仕え、権勢を得る。平城天皇退位後、その重祚を謀るが失敗し、自殺した。

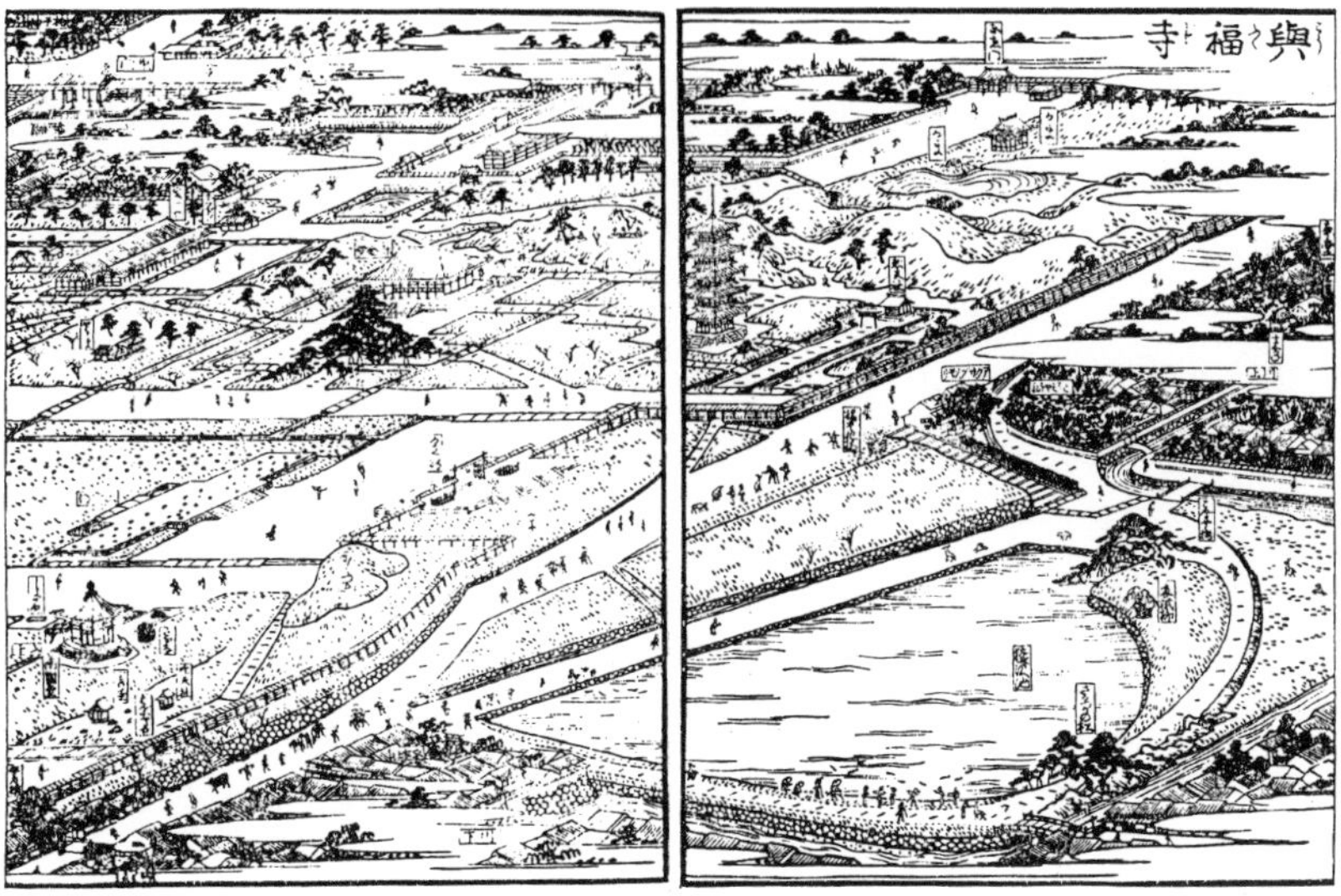

興福寺『大和名所図会』

小野《おのの》 篁《たかむら》

わたの原《はら》　八十島《やそしま》かけて　こぎいでぬと　人《ひと》にはつげよ　海人《あま》のつり舟《ふね》（『古今和歌集』巻九・羇旅歌―407）

『古今和歌集』の詞書《ことばがき》によれば、小野篁＊が隠岐へ流された時の歌であるという。

篁は、仁明天皇の承和二（八三五）年に、遣唐副使を任ぜられたが、大使の藤原常嗣《つねつぐ》＊と乗船の事で争い、船をおりてしまった。常嗣が、篁が乗る予定であった船を権力によって奪ったからである。篁は、病と称して西海道にとどまったが、その時「西道《さいどう》の謡《うた》」を作って、痛烈に政府を批判した。その詩は、たちまちのうちにひろまったが、その詩が「忌諱《きい》」に触れるところが多かったので、遂に嵯峨《さが》上皇＊のご命令で、篁は隠岐に流されることになった（『続日本後記』承和五年十二月条、承和六年正月条）。

篁は、隠岐に流されるに当たって「謫行別《たくこうのわかれ》」という詩を詠じたが、耳にする人はすべて感嘆して、吟誦せざる者はいなかったといわれている（『文徳実録』仁寿二年十二月条）。また、篁が隠岐へ流される時、京の知人のもとに歌をおくったのが、「わたの原」の詠歌であると伝えられている（『今昔物語集』巻二十四、本朝世俗部）。この歌の中で、篁が「人にはつげよ」と歌っているが、自らの正当性を踏みにじられた悔しさが、端的にあらわれているようである。

『和漢朗詠集』（巻下・行旅）にも、篁の詩が収められている。

渡口《とこう》の郵船《いうせん》は風定《かぜしづ》まつて出《い》づ　波頭《はとう》の謫処《たくしよ》は日晴《ひは》れて看《み》ゆ

これは、篁を配所に送る船は、風波が定まるのを待って出帆したが、沖のかなたを望めば波の上に隠岐国が、日晴れて鮮やかに見えるという意味である。篁は隠岐の流人生活について、

思《おも》ひきや　鄙《ひな》のわかれに　衰《おとろ》へて　あまの縄《なは》たき　漁《いさ》りせむとは（『古今和歌集』巻十八・雑歌下―961）

＊小野篁
平安前期の公卿・学者（八〇二～五二）。小野岑守の子。清原夏野等と『令義解』を撰修。遣唐副使となるが大使の藤原常嗣と対立し、批判して乗船せず、隠岐に流罪となる。のち許され、再任官し、参議、従三位となる。漢詩、和歌、書に優れる。

小野篁『聯珠百人一首』

と歌っている。篁は、隠岐の配所で、心身ともに衰え、ただ生きるために、漁師の釣り縄引きを手伝わざるをえないと歌っているのである。

この篁の不当な流罪をあわれんで、これを救済せんとする動きは、政府部内でも早くから起こったようである。特に仁明天皇*は、皇太子時代の学問の師であった篁の文才を愛され、流罪の翌年、早くも篁を特赦されている。

小野篁は、小野岑守《みねもり》の子として、平安時代の初め頃生まれた人物だが、その英才ぶりは群を抜いていた。若い頃は少しも勉学せず、馬を乗りまわして遊ぶ「弓馬の士」であったという。それをご覧になられた嵯峨天皇は、政治家としても、漢詩人としても一流であった父、岑守の子でありながら、大変残念だとご心配されたというのである。そのことを耳にした少年篁は、直ちに反省し、勉学にうちこんでいくのである。

小野篁は、「不羈《ふき》にして直《ちょく》を好《この》む」（『江談抄』）人物であったから、逸話に富んだ男であった。ある時、嵯峨天皇が、篁に「子」の字、十二を並挙した紙（子子子子子子子子子子子子）をつきつけて、直ちに訓《よ》めと命ぜられたが、篁は平然として「ねこの子のこねこ、しゝの子のこじゝ」（猫の子の子猫、獅子の子の子獅子）と訓んだという（『宇治拾遺物語』巻三）。

篁は機転のきく頓智さだけでなく、漢詩人としても高く評価され、嵯峨天皇から、白楽天に通ずと重ぜられたという（『江談抄』第四）。『江談抄』や『今昔物語集』（巻二十）では、小野篁は夜は閻《えん》魔《ま》庁《ちょう》の第二冥官《めいかん》となったと伝えられるなど、奇怪な話も伝えられている。

だが、篁は一生を振り返って

しかりとて　背《そむ》かれなくに　事《こと》しあれば　まづ嘆《なげ》かれぬ　あな憂《う》世中《よのなか》（『古今和歌集』巻十八・雑歌下―936）

と歌っている。

***藤原常嗣**
平安前期の公卿（七九六〜八四〇）。藤原葛野麻呂の子。八三一年に参議。八三四年、遣唐大使となり、二度の失敗を経て入唐。遣唐使の最後の大使となる。八三九年帰国。遣唐副使の小野篁と対立し、小野篁は隠岐へ流罪となる。

***嵯峨上皇**
嵯峨天皇。第五十二代天皇（七八六〜八四二）。桓武天皇の皇子。母は藤原良継の娘の乙牟漏《おとむろ》。平城天皇の譲位で天皇となる。藤原薬子の乱などの政情不安を平定し、蔵人所、検非違使などを設け、官制改革を実行する。宮廷文化の中心ともなり、書は三筆の一人。『凌雲集』に漢詩が残る。在位八〇九〜二三。

***仁明天皇**
第五十四代天皇（八一〇〜八五〇）。嵯峨天皇の皇子。母は橘嘉智子。淳和天皇の退位で天皇となる。淳和天皇の皇子恒貞親王を皇太子とするが、橘逸勢《はやなり》らが恒貞親王を奉じて承和の変を起こしたため、それを平定して藤原冬嗣の娘順子との間にできた自らの皇子の道康親王（のちの文徳天皇）を皇太子とする。これが藤原氏の権力独占への道を開いたとされる。唐文化の影響を受けた最盛期で、天皇は書、漢詩をよくした。在位八三三〜五〇。

文屋康秀《ふんやのやすひで》

この歌は、文屋康秀＊が是貞親王《これさだ》＊の邸宅で行われた歌合《うたあわせ》で詠んだ歌であると註されている。是貞親王は光孝天皇の皇子で、その邸宅で、しばしば歌合が催されたことは、『古今和歌集』のいくつかの歌からもうかがい知ることができる。

文屋康秀も、是貞親王家の歌合にたびたび招待されたのであろうが、彼は身分の低い人物であったようである。

吹《ふく》からに　秋《あき》の草木《くさき》の　しほ《(を)》るれば　むべ山風《やまかぜ》を　あらしといふらむ　（『古今和歌集』巻五・秋歌下―249）

文屋氏は、天武天皇を始祖とする氏族であり、かつては文屋綿麻呂《ふんやのわたまろ》のごとき有能な武人を輩出したが、康秀の時代に至っては下級の官僚に甘んずる立場にあったのである。ただ、とりまきの歌人として、顕官《けんかん》（地位の高い官職）の私邸に招かれ、歌を披露することが許されたのである。

その歌は、『古今和歌集』の「仮名《かな》の序」に「文屋康秀《ふんやのやすひで》は、言葉《ことば》は巧《たく》みにて、その様身《さまみ》に負《お》はず。言《い》はば、商人《あきんど》の、良《よ》き衣着《きぬき》たらむがごとし」と註されていた。その当否は別としても「山風」を「嵐」というのは、確かに「言葉巧み」といってよいであろう。文屋康秀は、仁明天皇の御国忌《おおんこき》に当たり

草《くさ》ふかき　霞《かすみ》の谷《たに》に　かげかくし　照《て》る日《ひ》のくれし　今日《けふ》にやあらぬ　（『古今和歌集』巻十六・哀傷歌―846）

の歌を献じているが、この「草ふかき」も、「深草の帝」と称された仁明天皇にちなんで歌われたものである。ここにも「言葉巧み」といわれる性格が如実に示されている。

文屋康秀は、後に三河掾《みかわのじょう》という地方官に任ぜられた時、小野小町に一緒に三河に下らないかと誘ったが、小野小町は

＊文屋康秀
平安前期の歌人（?～八八五頃）。文屋宗于の子。在原業平・僧正遍昭・小野小町・大伴黒主・喜撰法師と共に六歌仙の一人。刑部中判事、三河掾、河内大掾、山城大掾、縫殿助などを歴任。『古今和歌集』に入集。

文屋康秀『聯珠百人一首』

わびぬれば　身《み》をうき草《くさ》の　根《ね》をたえて　誘《さそ》ふ水《みづ》あらば　去《い》なむとぞ思《おもふ》　（『古今和歌集』巻十八・雑歌下―938）

と答えたという。実際にどうなったかは明らかではないが、康秀は、その後、山城大掾《やましろのだいじょう》や縫殿助《ぬいどののすけ》などを歴任している。

康秀はまた、「二条《にじょう》の后《きさき》、春宮《とうぐう》の御息所《みやすんどころ》と申《まうし》ける時《とき》に、めどに削花《けづりばな》挿《さ》せりけるを、よませ給《たま》ひける」として

花《はな》の木《き》に　あらざらめども　咲《さ》きにけり　ふりにしこのみ　なる時《とき》も哉《かな》　（『古今和歌集』巻十・物名―445）

と歌っているので、二条后のもとに出入りを許されていたらしい。

春《はる》の日《ひ》の　光《ひかり》にあたる　我《われ》なれど　頭《かしら》の雪《ゆき》と　なるぞわびしき　（『古今和歌集』巻一・春歌上―8）

も同じく二条后の春宮御息所時代の歌である。二条后、藤原高子《たかいこ》のもとには足繁く出入りして、歌を献じていたのだろう。

ちなみに、「めどに削花《けづりばな》」とあるが、「めど」は蓍《めどはぎ》（蓍萩）のことである。そのめどはぎに削り花をつけるのである。つまり、「花の木ではないが、本当に花が咲いたようにわたくしには見えてくる。だから古くなってしまった木でも、木の実が結ぶ時があるだろう」というのが、この歌の大意である。おそらく、康秀は自分を古木になぞらえて、いつか栄進させてもらうことを願っているのであろう。「春の日の」の歌も二条の后のご加護を得ているが、もう白髪をいただく老年になってしまったと訴えている。その自分をあわれんで、二条の后が自分を少しでも昇進させてくれるのを嘆願しているのである。

『後撰和歌集』には、「時に逢《あ》はずして、身を恨《うら》みて籠《こも》り侍けるとき」と註した

白雲《しらくも》の　来宿《きやど》る峰《みね》の　小松原《こまつばら》　枝繁《えだしげ》けれや　日《ひ》の光《ひかり》見《み》ぬ　（『後撰和歌集』巻十七・雑三―1245）

の歌をとどめている。なかなか彼は日の目を見なかったようである。

＊是貞親王　光孝天皇の皇子（?～九〇三）。母は班子女王。八七〇年に源氏朝臣を賜り、源是貞を名乗る。のち皇族復帰して四品親王に復す。のち左近衛中将・大宰帥《そつ》を務め、三品親王となる。

メドハギ『大植物図鑑』

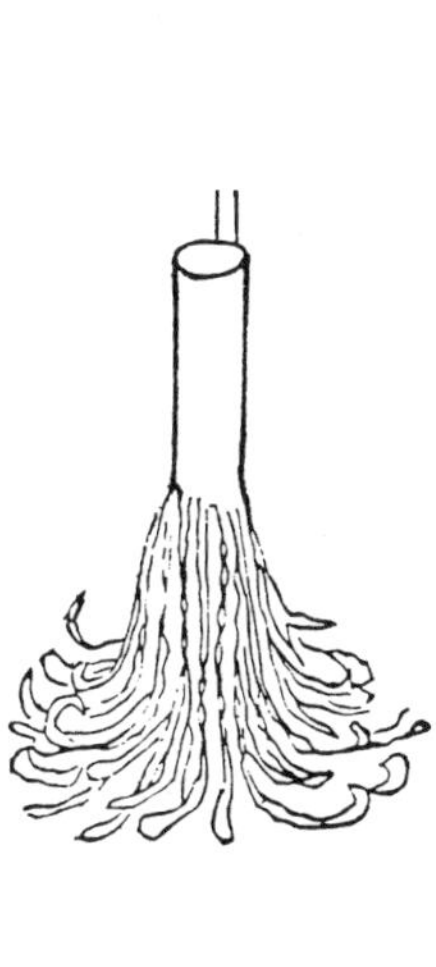

削り花『守貞漫稿』

文屋朝康《ふんやのあさやす》

白露《しらつゆ》に　風《かぜ》の吹敷《ふきしく》　秋《あき》の野《の》は　つらぬきとめぬ　玉《たま》ぞ散《ち》りける　（『後撰和歌集』巻六・秋中―308）

白露に、風がしきりに吹きつける秋の野は、あたかも、糸で貫き留めていない玉が散乱しているように見えるという意味である。日本人は、古代より白露を白玉にたとえて、その美しさを観賞してきた。たとえば、『古今和歌集』の

浅緑《あさみどり》　糸《いと》よりかけて　白露《しらつゆ》を　珠《たま》にもぬける　春《はる》の柳《やなぎ》か　（『古今和歌集』巻一・春歌上―27）

という遍照の歌をあげるまでもなく、露を白玉にみたてることは、『万葉集』以来の伝統であるといってよい。

白露《しらつゆ》を　玉《たま》になしたる　九月《ながづき》の　有明《ありあけ》の月夜《つくよ》　見《み》れど飽《あ》かぬかも　（『万葉集』巻十―2229）

秋萩《あきはぎ》に　置《お》ける白露《しらつゆ》　朝《あさ》な朝《あさ》な　珠《たま》としそ見《み》る　置《お》ける白露《しらつゆ》　（『万葉集』巻十―2168）

しかし、『古今和歌集』以降の恋歌の多くは、白露は「置く」に掛かる言葉に用いられ、さらには恋の涙と見なされていったようである。

我《わ》がごとや　君《きみ》も恋《こ》ふらん　白露《しらつゆ》の　を《(お)》きても寝《ね》ても　袖《そで》ぞかは《(わ)》かぬ　（よみ人しらず『後撰和歌集』巻十・恋二―626）

かゝりける　人《ひと》の心《こころ》を　白露《しらつゆ》の　を《(お)》ける物《もの》とも　たのみける哉《かな》　（藤原敦忠『後撰和歌集』巻十・恋二―613）

先の文屋朝康*の歌は、一見秋の叙情詩の歌であるように思われる。しかし、この歌の前におかれた

*文屋朝康
平安前～中期の歌人（生没年不詳）。六歌仙の一人の文屋康秀の子。駿河掾、大舎人大允を歴任するが、以後の経歴は不詳。「寛平御時后宮歌合」「是貞親王家歌合」に出詠し、勅撰和歌集では『古今和歌集』『後撰和歌集』に入集。

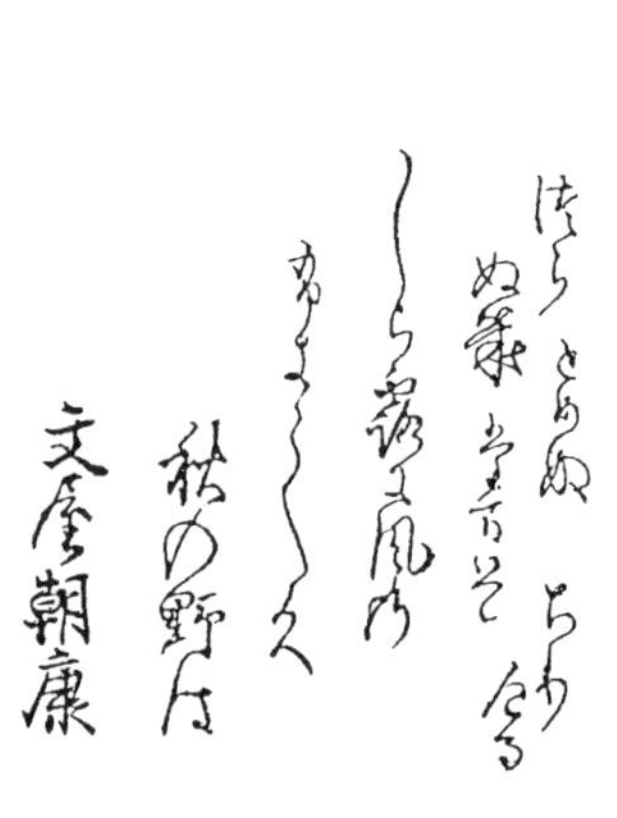

文屋朝康『聯珠百人一首』

紀貫之《つらゆき》の次の歌は、恋のやるせない想いを詠んだものである。

さを鹿《しか》の　立《たち》ならす小野《をの》の　秋萩《あきはぎ》に　置《を》ける白露《しらつゆ》　我《われ》も消《け》ぬべし　（『後撰和歌集』巻六・秋中―306）

とすれば、文屋朝康の「白露に」の歌も、失恋の悲しみの歌ではないだろうか。その点を藤原定家《ていか》から評価され、『百人一首』に採録されたのであろう。

文屋朝康は、平安初期の歌人で、「六歌仙」の一人である文屋康秀の子とされる。『古今和歌集目録』によると、寛平四（八九二）年に駿河掾《するがのじょう》に任ぜられ、延喜二（九〇二）年、大舎人大允《おおとねりおおいまつりびと》＊に任ぜられたという。「官位令」によれば、「左右大舎人大允」の相当官は、正七位下であるから、有位者といえ、殿上人から、はるか下に位置する微官であった。

殿上人以上の律令官人の高官は、漢文の教養を身につけ、その文才を誇っていたが、かかる微官の人たちにとって、その才能を公に発揮することが許されたのは、わずかに和歌の世界であった。和歌に堪能ならば微官でも、宮廷の歌合《うたあわせ》に歌をすすめることも認められていたからである。文屋朝康も、是貞《これさだ》親王歌合や寛平の御時の后宮《きさきのみや》の歌合に出詠を許されている。是貞親王家の歌合で詠んだのは、

秋《あき》の野《の》に　を《（お）》くしらつゆは　珠《たま》なれや　つらぬきかくる　蜘蛛《くも》のいとすぢ　（『古今和歌集』巻四・秋歌上―225）

という歌である。

浪分《なみわ》けて　見《み》るよしも哉《がな》　わたつみの　そこの見《み》るめも　紅葉《もみぢ》散るやと　（『後撰和歌集』巻七・秋下―417）

浪を分けて、海の底の海松布《みるめ》も紅葉して散っているか確かめたいものだという意である。この歌も、恋人の心の奥を知りたいという一種の比喩の歌と見なすべきであろう。

＊大舎人大允
平安時代の官職で、中務省の大舎人寮に属し、大舎人寮の上判官。相当官位は正七位下。名簿・勤務の管理や禁中の雑事、天皇の行幸のときには供奉をした。

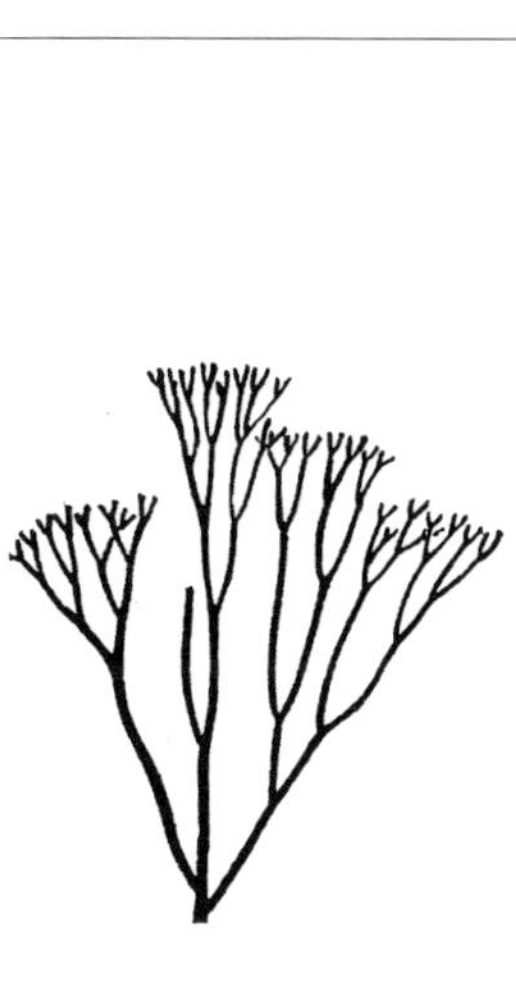

海松布『本草図譜』
緑藻類ミル属の海藻の総称。浅海の岩に付着生育する。全体に濃緑色で根元より扇状に分枝する。和歌の修辞では、上記の歌や、「大淀《おほよど》の　浦《うら》に刈《か》り干《ほ》す　みるめだに　霞《かすみ》にたえて　帰《かへ》るかりがね」（藤原定家『新古今和歌集』巻十八・雑下―1725）などのように「見る目」に掛けて詠まれることが多い。

僧正《そうじょう》 遍照《へんじょう》（遍昭）

天《あま》つかぜ　雲《くも》の通《かよ》ひ路《ぢ》　ふきとぢよ　をとめの姿《すがた》　しばしとゞめむ（『古今和歌集』巻十七・雑歌上―872）

この歌は『百人一首』にも採られ、多くの人々に最も愛唱された歌の一つであろう。良岑宗貞《よしみねのむねさだ》*が、五節《ごせち》の舞姫《まいひめ》を歌ったものといわれている。

五節の舞は、昔より、豊明節《ほうめいせつ》《とよのあかりのせち》に、公卿たちの美しい五人の姫が選ばれて舞ったものである。天武天皇が吉野の宮に行幸された時、日暮れに琴をひかれると、雲間より天女が舞い降り、五度《ごたび》の裾《そで》をひるがえしたという故事にもとづくものという（『本朝月令』）。

良岑宗貞が拝見した五節の舞は、仁明《にんみょう》天皇の時代のものである。

宗貞は、桓武天皇の御子の良岑安世《やすよ》の息子である。つまり、桓武天皇の孫に当たる貴公子であった。仁明天皇も桓武天皇の御子の嵯峨天皇の皇子であるから、宗貞とは同じ桓武天皇の孫として、君臣の関係をはなれても親しい間柄にあった。

宗貞が蔵人《くろうど》（天皇に近侍し、儀式や宮中の雑事などを担当）の頭として近侍した仁明天皇が崩御されると、宗貞は、直ちに落髪して比叡山に入ったと伝えられている。仁明天皇の諒闇《りょうあん》（喪に服する期間）の際、いままで仁明天皇に仕えていた同僚たちが喪服をさっさと脱ぎ捨てて、新帝のもとに走る姿を見て、世の無常を感じ出家を決意したという。その時、宗貞は

みな人《ひと》は　花《はな》の衣《ころも》に　なりぬなり　苔《こけ》のたもとよ　かはき（わ）だにせよ（『古今和歌集』巻十六・哀傷歌―847）

と歌い、すぐさま、比叡の山で出家したのである（『大和物語』下）。

宗貞は、ここで遍照と名のることになるのである。

遍照のひたむきな仏教研鑽は進み、僧位も法眼《ほうげん》から最高位の僧正の位までのぼりつめることとなった。

---

*良岑宗貞
平安前期の僧・歌人遍照（遍昭）の俗名（八一六～九〇）。六歌仙・三十六歌仙の一人。良岑安世の子。桓武天皇の孫。仁明天皇のもとで蔵人頭となるが、天皇崩御後出家、遍昭と名乗る。天台を学び、京都花山に元慶寺を創設。歌は『古今和歌集』以降の勅撰集に入集。家集『遍昭集』がある。

僧正遍照『聯珠百人一首』

遍照は、法眼であった頃、清和天皇＊の中宮であった藤原高子《たかいこ》のために、皇子の降誕を祈り、その功によって元慶寺《がんぎょうじ》が建てられ、遍照に寄せられたという。

その元慶寺の別院とされたのが、雲林院《うりんいん》である。この雲林院は、もと、淳和《じゅんな》天皇＊の離宮として設けられた紫野院《むらさきのいん》を寺としたものである。この紫野院は、もともと淳和天皇から仁明天皇の皇子常康《つねやす》親王に伝領されていたが、これを遍照に付嘱し、元慶寺の別院とされたものである（『三代実録』元慶八年九月条）。雲林院は、現在、大徳寺の子院の一つとして、その名をとどめている。

ちなみに、常康親王は、仁明天王の第七皇子であったが、母は、紀名虎《なとら》の娘種子《たねこ》であったため、藤原氏から疎まれ、日陰の身分に甘んじていられた。

遍照は、敬慕する仁明天皇が鍾愛《しょうあい》された常康親王とも親しく交を結び、日頃から慰めていたのである。『古今和歌集』に、遍照がこの雲林院の皇子《みこ》、常康親王におくった歌がいくつか伝えられている。

山《やま》かぜに　さくら吹《ふ》きまき　みだれ南《なむ》　花《はな》のまぎれに　立《たち》とまるべく（『古今和歌集』巻八・離別歌—394）

遍照はまた、仁明天皇の皇子、光孝《こうこう》天皇＊からも信頼を受けていたようである。遍照の七十の賀の祝を宮中の寿殿で主催されたのも、光孝天皇御身であった（『三代実録』仁和元年十二月条）。

遍照のあまねく人を受け入れる姿勢は、一生涯つらぬき通されていた。小野小町が、石上《いそのかみ》寺《でら》で遍照にたわむれに旅寝の衣を求めると、遍照は、

世《よ》をそむく　苔《こけ》の衣《ころも》は　たゞ一重《ひとへ》　貸《か》さねば疎《うと》し　いざ二人寝《ふたりね》ん（『後撰和歌集』巻十七・雑三—1196）

と、さらりとかわしているのである。洒脱の僧こそ遍照といってよいであろう。

＊清和天皇　第五十六代天皇（八五〇～八〇）。文徳天皇の皇子。母は藤原明子。水尾帝ともいう。九歳で即位したため、外祖父藤原良房が摂政となる。在位八五八～七六。

＊淳和天皇　第五十三代天皇（七八六～八四〇）。桓武天皇の皇子。母は藤原旅子。検非違使庁・新王任国を設置。漢学に優れ、『秘府略』『経国集』『令義解』などを編纂させた。在位八二三～三三。

＊光孝天皇　第五十八代天皇（八三〇～八七）。仁明天皇の皇子。→110頁参照。

小野小町『絵本常盤草』

素性《そせい》法師

見《み》わたせば　柳《やなぎ》さくらを　こきまぜて　宮《みや》こぞ春《はる》の　錦《にしき》なりける　（『古今和歌集』巻一・春歌上―56）

素性法師＊は、僧正遍照《へんじょう》の子である。素性の歌は平易で、わかりやすい。それも、素性の人格によるものだろう。

父の遍照とともに、仁明天皇の御子、常康《つねやす》親王＊が住んでおられた雲林院《うりんいん》に出入りし、失意の常康親王を慰めたと伝えられている。

『古今和歌集』には「題しらず　雲林院の親王《みこ》」として

吹《ふ》きまよふ　野風《のかぜ》をさむみ　秋萩《あきはぎ》の　うつりも行《ゆく》か　人《ひと》の心《こころ》の　（『古今和歌集』巻十五・恋歌五―781）

の歌が残されている。この歌は、人の心のうつろいやすいさまを野風に託して詠じているが、常康親王も、歌のごとくにさびしい生活をつづけていた。ただ、遍照とその子素性は、しばしば雲林院を訪れ、孤独の親王をお慰めしていたようである。『古今和歌集』巻二・春歌下には「雲林院の親王《みこ》のもとに、花見《はなみ》に、北山《きたやま》のほとりにまかれりける時《とき》に、よめる　素性《そせい》」として、

いざけふは　春《はる》の山辺《やまべ》に　まじりなむ　暮《く》れなばなげの　花《はな》の影《かげ》かは　（『古今和歌集』巻二・春歌下―95）

とあり、素性が、雲林院の御子、常康親王を北山の花見に誘っている。この歌は、「さあ、今日は春の山辺にご一緒に交わろう。暮れたならば、かりそめの花影に宿ればよいから」という意である。「なげの花の影」の「なげ」とは、「無げ」の意であるという。「本当の宿ではない花影」、つまり、かりそめの宿の意である。

素性が桜を詠じた歌は、『古今和歌集』にも、

＊素性法師
平安前期の僧・歌人（生没年不詳）。三十六歌仙の一人。僧正遍照の子。俗名良岑玄利。清和天皇の時代に右近衛将監となるが、父の遍照に従って出家し雲林院に入る。のち大和国石上の良因院の住持となる。宇多法皇の吉野行幸に随行する。醍醐天皇の命で、宮中の屏風などに歌を書く。家集『素性集』がある。『古今和歌集』を始めとする勅撰集に入集。

素性法師『聯珠百人一首』

見《み》てのみや　人《ひと》に語《かた》らむ　さくら花《ばな》　手《て》ごとにお《を》りて　家《いへ》づとにせん　（『古今和歌集』巻一・春歌上—55）

などが散見するが、どれも淡々とした歌いぶりである。

我《われ》のみや　あはれとおもはむ　きり〴〵す　鳴《な》く夕《ゆふ》かげの　山《やま》となでしこ　（『古今和歌集』巻四・秋歌上—244）

この素性の歌も、秋の夕暮を詠じている。撫子の花の「撫」ではないが、日本の自然を静かに愛撫し、いつくしむ気持ちがあらわれているようである。

素性は後に、大和の良因院の住持《じゅうじ》となったが、宇多法皇が、吉野の宮滝《みやたき》をご覧になられた時、素性がご案内申し上げたことがあった。その時、宇多法皇に供奉する者はすべて俗人の官僚であったが、素性の鞭《むち》をふりあげて先導しご案内する姿が、僧侶にも似ず、てきぱきしていたので、法皇は素性をたわむれに「良因朝臣《りょういんのあそん》」と呼ばれたという（『百人一首一夕話』）。これは素性が僧籍にあっても、桓武天皇系の名家、良岑氏の一族の誇りをもちつづけていたことを物語っているのであろう。

その時の素性の歌は

秋山《あきやま》に　惑《まど》ふ心《こころ》を　宮滝《みやたき》の　滝《たき》の白泡《しらあわ》に　消《け》ちや果《は》ててむ　（『後撰和歌集』巻十九・離別、羇旅—1367）

であった。素性は、おそらく俗人のように振舞う自分の姿に苦笑していたのだろう。

素性の歌で今日、最も知られているものは、『百人一首』に収められる

今《いま》こむと　言《い》ひし許《ばかり》に　長月《ながつき》の　ありあけの月《つき》を　待《ま》ちいでつる哉《かな》　（『古今和歌集』巻十四・恋歌四—691）

であろう。おそらく、恋人を待つ女性にかわって歌ったものであろうが、待ちこがれて長月《ながつき》（陰暦九月）の有明《ありあけ》の月を一人ながめる女性の心境が、よくあらわされているのである。いうまでもなく、長月の秋の夜長を〝長く待つ〟に掛けた歌である。

---

*常康親王
仁明天皇の皇子（?〜八六九）。母は紀名虎の娘の更衣種子。父の仁明天皇崩御の後、追慕のため出家し、雲林院に住す。亡くなる年に、雲林院を精舎として遍照に託す。

吉野の宮滝　『大和名所図会』
図中には「『和州巡覧記』曰く、宮滝は滝にあらず。両方に大岩あり。その間を吉野川ながるるなり。……大河ここに出でて、せばきゆゑ河水甚だ深し。その景絶妙なり」とある。

陽成《ようぜい》天皇

筑波嶺《つくばね》の　峰《みね》より落《お》つる　みなの河《かは》　恋《こひ》ぞ積《つ》もりて　淵《ふち》となりける　（『後撰和歌集』巻十一・恋三―776）

この御製は「釣殿《つりどの》の皇女《みこ》に遣《つか》はしける」と詞書《ことばがき》に見えるように、光孝天皇の皇女綏子《やすこ》内親王への恋歌である。筑波の山の峰から流れ落ちるという男女川《みなのがわ》ではないが、男が女に恋する気持ちは深い淵のように深いものだという意味である。

筑波山は、『常陸国風土記』に記されるように、歌垣《うたがき》の名所であった。筑波山は、男の山と女の山が抱き合うような二上山であったからである。筑波山の嬥歌《かがい》は、『万葉集』にすでに

筑波《つくば》の山《やま》の　裳羽服津《もはきつ》の　その津《つ》の上《うへ》に　率《あども》ひて　未通女壮士《をとめをとこ》の　往《い》き集《つど》ひ　かがふ嬥歌《かがひ》に　（『万葉集』巻九―1759）

と歌われている。ちなみに、嬥歌は東国の言葉で歌垣のことである（『常陸国風土記』筑波郡条）。

この「カガイ」の呼び名は、男と女が歌をかけ合うことから起こるといわれているが、歌垣の「カキ」も同じく歌のかけ合いの意である。

陽成天皇＊は、清和天皇と藤原高子《たかいこ》＊との間に生誕された皇子である。

『三代実録』によれば、高子がいまだ宮廷に召される以前のことであるが、高子の兄、基経《もとつね》は、不思議な夢を見たという。それは高子が庭の中で露をあびながら臥していると、急にお腹がふくらんだという。しかし、またそのお腹は、見ているうちにしぼんでしまうのである。そして、その気が天に昇っていったというのである。基経のこの不可思議な夢見のあと、高子は清和天皇のもとに入内《じゅだい》し、陽成天皇を染殿院で生誕されたと記している（『三代実録』貞観八年十二月条）。

藤原高子は、若い頃から奔放な性格で、在原業平《なりひら》との恋で兄の藤原基経たちを悩ましていた。『伊勢

＊陽成天皇
第五十七代天皇（八六八～九四九）。清和天皇の皇子。母は藤原高子。清和天皇の後継として、八七六年に即位。長寿で崩御したが、病弱と乱行により、八八四年、関白の藤原基経によって廃され、二条院に移り、陽成院となった。在位八七六～八八四。

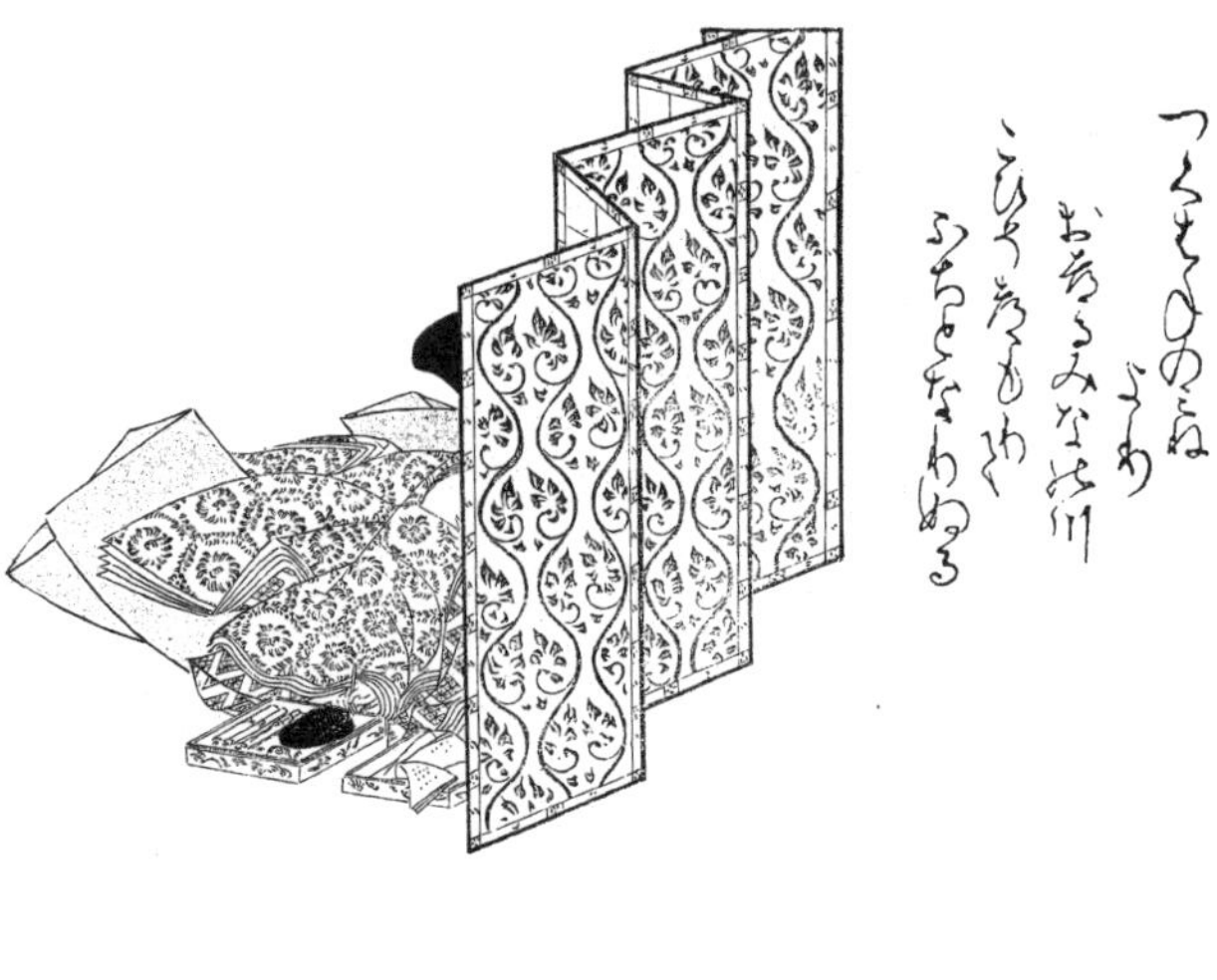

陽成天皇『聯珠百人一首』

＊藤原高子
清和天皇の女御（八四二～九一〇）。二条后とも呼ばれた。父は藤原長良。母は藤原乙春。清和天皇の東宮の時に妃となり、貞明親王（陽成天皇）を生む。貞明親王の即位後、皇太夫人、

物語』（五段）には「二条の后《きさき》（藤原高子）に忍《しの》びてまゐりけるを、世《よ》の聞《きこ》えありければ、兄人《せうと》たち（基経ら）のまもらせ給《たま》ひける」と記されているが、業平は結局、高子を盗み出し、芥川《あくたがわ》のところまで連れて行ってしまったというのである。

高子は皇太后の時代になっても、洛東の神楽岡《かぐらおか》の東光寺の僧、善祐《ぜんゆう》との醜聞を流され、一時、皇太后を廃されることもあった。ただ、高子のかかる乱行も、一面には兄基経の政略に対する彼女なりの反抗だとも考えられるのである。

それはともかくとして、陽成天皇の奇矯な振舞いが多かったのは、一つには高子の血をうけられたことに原因があったとも考えられている。

陽成天皇が九歳で即位され、わずか十七歳で退位されたのも、天皇の寵臣であった源朝臣益《まさる》を殿上で急に「格殺《かくさつ》」された不祥事にもとづくものといわれている（『三代実録』元慶七年十一月条）。そのため陽成天皇は、基経のはからいで、時康《ときやす》親王（光孝天皇）に譲位されると、左京二条二坊の二条院に遷《うつ》られ、そこを御所とされることになるのである。

それにつづいて、陽成上皇の母后である藤原高子も、ここに住まわれたという。この御所が、陽成院と呼ばれたところである。ちなみに『源氏物語』の二条院のモデルとなったのは、この陽成院だったと考えられている。

陽成上皇は、その後、八十二歳の長寿を保って崩ぜられたが、その一生は、母后藤原高子とともに藤原基経らの権勢に翻弄されつづけたといってよい。肉親関係にある基経らから冷遇されたのは、陽成天皇が藤原高子と在原業平との間に生まれたご落胤であったためとする説が流されていたからだともいう。

もちろん、この落胤説は史実に照らして否定されなければならないが、体よく陽成院に移されて一生を終えられた陽成上皇は、はたして幸福であられたか、その判断は読者に委ねなければならないだろう。しかし、先の「筑波嶺の」の和歌一首しか残されていないことから見ると、早くから、摂関家からも見放され、記憶の中からも消し去ろうとされた天皇であったといえるであろう。

皇太后となる。のち僧善祐との密通の嫌疑で后位を停止されるが、死後復位。

二条后（藤原高子）を連れて行く在原業平　『大和名所図会』
図中には「業平朝臣、二条の后をぬすみて平《たひら》の京よりならの故京へ具し奉りける程に、御せうと基経大臣・国経大納言、この事をききてとりかへし奉らんと、多くの人々を出だしたまひける」とある。

源融《みなもとのとおる》

陸奥《みちのく》の　しのぶもぢずり　誰《たれ》ゆへ（ゑ）に　みだれむと思《おもふ》　我《われ》ならなくに　（『古今和歌集』巻十四・恋歌四―724）

陸奥国信夫郡《しのぶ》で作られる忍草《しのぶぐさ》で摺り染めにした紋様が乱れて見えるように、わたくしの恋は決してそのようには乱れてはいないという意味である。このように、古の歌には、植物染めの色を恋の模様にたとえる歌が、伝統的に伝えられていたようである。

紫《むらさき》は　灰指《はいさ》すものそ　海石榴市《つばいち》の　八十《やそ》の衢《ちまた》に　逢《あ》へる児《こ》や誰《たれ》　（『万葉集』巻十二―3101）

紅《くれなゐ》の　初花《はつはな》ぞめの　色《いろ》ふかく　思《おもひ》し心《こころ》　われわすれめや　（『古今和歌集』巻十四・恋歌四―723）

などがそれである。そのなかでも、源融*の歌は、特に知られ、優れているといってよいであろう。捩摺《もじずり》は、忍草の葉を布に摺りつけ、もじれ乱れの文様を染め出したものである。

源融は嵯峨天皇の御子であるが、嵯峨天皇の時代は、文屋綿麻呂《ふんやのわたまろ》などの陸奥、出羽への征夷の軍が起こされ、陸奥への関心がひときわ高まった時期である。源融も陸奥への夢をかきたてられたようで、京の賀茂川のほとりに河原院《かわらのいん》を建て、そこに陸奥の塩釜を模したといわれている（『拾芥抄』）。『本朝文粋《ほんちょうもんずい》』には、河原院について「風流《ふりゅう》の体《たい》を窮《きわめ》て、遊蕩《ゆうとう》の美《び》を擅《ほしいまま》にす」と激賞している。『伊勢物語』（八十一段）には、「かたるの翁《をきな》」と蔑称した在原業平《なりひら》が、神無月のつごもりの頃、河原院に遊び

塩釜《しほがま》に　いつか来《き》にけむ　朝《あさ》なぎに　釣《つり》する舟《ふね》は　こゝに寄《よ》らなん

と歌ったという。『後撰和歌集』には、河原院左大臣源融は、在原行平《ゆきひら》と月をながめながら、酒を酌み交わしていたが、行平がその場を立ち去ろうとしたのを見て

*源融
平安前期の公卿（八二三～九五）。嵯峨天皇の皇子。母は大原全子。源氏の姓を与えられて臣籍に下り、参議、大納言を経て八七二年に左大臣、のち従一位となる。河原院・東六条院などの豪華な邸宅を営み、嵯峨には棲霞観、宇治にはのちに平等院となる別荘を持った。

源融『聯珠百人一首』

照《て》る月《つき》を　まさ木《き》の綱《つな》に　撚《よ》りかけて　あかず別《わか》るゝ　人《ひと》をつながん　（『後撰和歌集』巻十五・雑一―1081）

と歌ってひきとめた。それに対し行平は

限《かぎ》りなき　思《おも》ひの綱《つな》の　なくはこそ　まさきのかづら　撚《よ》りも悩《なや》まめ　（『後撰和歌集』巻十五・雑一―1082）

と返したという。これらの戯歌《ざれうた》のやりとりから、風流人の源融と在原行平、業平の交渉の一端がうかがえるのである。風流貴公子源融といえば、五節《ごせち》の舞の日に簪《かんざし》の玉の落ちたのを拾い上げて

主《ぬし》やたれ　問《と》へどしらたま　いはなくに　さらばなべてや　あはれと思《おも》はむ　（『古今和歌集』巻十七・雑歌上―873）

と歌ったという。この白玉を落とした五節の舞の乙女は誰かと問うてみたが、白玉の「シラ」ではないが、恥ずかしがって皆知らないと答えている。その乙女たちのはじらいが、まことに可愛いらしいと思うというのが、大意である。

源融が設けた、風流の名をほしいままにした建物は、先の河原院のほかに、嵯峨の棲霞観《せいかかん》がある（『三代実録』元慶四年十一月条）。この棲霞観が嵯峨に建てられたのは、嵯峨の地は、もともと父帝の嵯峨上皇がこよなく愛され、隠棲の地を設けられていたところであったからである。ちなみに、嵯峨上皇の嵯峨のお住まいは、大覚寺である。源融の棲霞観も、後に入宋した奝然《ちょうねん》が、三国伝来の栴檀《せんだん》の釈迦像を祀る堂を建てられ、清涼寺《せいりょうじ》として発展していくのである。

源融は左大臣にまでのぼりつめたが、藤原基経《もとつね》＊に常におさえられ、その政治的不満がかかる風流生活にはしらせたのであろう。特に陽成天皇の後嗣をめぐっては、光孝天皇を擁立する基経と対立し、融が「ちかき皇胤《こういん》をたづねば、融《とほる》らもはべるは」と主張すると、基経は、融はすでに臣籍降下しているとして、融の意見を強く阻止したという（『大鏡』基経）。

源融は、このように政治的には不満は残ったであろうが、その風流貴公子のイメージは、光源氏の原像ともいわれているから、彼ももって瞑すべきかもしれない。

＊藤原基経
平安前期の公卿（八三六〜九一）。藤原長良の子。藤原良房の養子となり、藤原氏の氏長者となる。政敵伴善男を失脚させ、良房の没後、陽成院の摂政、太政大臣となり、陽成院を廃立させた後、仁明天皇の皇子時康親王を光孝天皇として即位させた。光孝天皇崩御後に即位した宇多天皇には、娘の藤原温子を入内させて懐柔をはかる。人臣最初の関白となる。

清涼寺『都名所図会』
同図会には「阿弥陀堂　棲霞寺《せいかじ》と号す。嵯峨帝の皇子融大臣の営みたまひし棲霞観なり」とある。

光孝《こうこう》天皇

きみがため　春《はる》の野《の》にいでて　わかなつむ　わが衣手《ころもで》に　雪《ゆき》は降《ふ》りつゝ（『古今和歌集』巻一・春歌上―21）

この御製は「仁和帝《にんなのみかど》、親王《みこ》におましましける時《とき》に、人《ひと》に若菜賜《わかなたま》ひける御製《みうた》」と記されるように、光孝天皇（仁和帝）*が、即位される前の、時康《ときやす》親王と称された頃の御製である。

時康親王は、仁明《にんみょう》天皇の第三皇子であるが、若くして聡明の誉れが高く、好んで経史《けいし》を読まれたという。そのご性格も「謙恭和潤《けんきょうわじゅん》にして、慈仁寛曠《じじんかんこう》なり」（『三代実録』元慶八年二月条）と評されるように、非常に謙虚でなごやかなお人柄であり、人と接してもなさけ深いお方だと記されている。

嘉祥二（八四九）年、仁明天皇の宝算四十の賀が催された時、渤海《ぼっかい》の大使が入朝していたが、その大使は時康親王をはるかに見て、「此《こ》の公子《こうし》に至貴《しき》の相《そう》あり」と予言したといわれている。

また、当時の最高の権力者であった藤原基経《もとつね》は、母親を介して、時康親王と従兄弟関係であったから、「児《こ》より小松《こまつ》のみかど（光孝天皇）をば、したしくみたてまつらせ給《たま》ふ」（『大鏡』）と、親王を特に認められていたのである。陽成天皇が不祥事によって退位され、次の皇嗣を決める際にも、基経は、はじめより時康親王の擁立意志をかためていた。その時、嵯峨天皇の御子である源融《とおる》も「ちかき皇胤《こういん》をたづねば、融《とほる》らもはべるは」と主張したが、基経は、融が早くから臣籍降下されていることを理由に反対し、時康親王の即位を強行したといわれている。天皇も即位された後は、基経を立て、主な政治はすべて諮問された。そのため、「関白」は、基経より始まるといわれることになるのである。

ところで、先の「きみがため」の御製であるが、これは古くから行われていた早春の若菜摘みの行事を歌ったものである。『万葉集』の巻頭に掲げる雄略天皇の御製も、「籠《こ》もよ　み籠《こ》持《も》ち　掘串《ふくし》もよ　み掘串《ぶくし》持ち　この岳《をか》に　菜摘《なつ》ます児《こ》」とあるように、若菜摘みを歌っている。若菜摘みは平安時代でも盛んに行われ、『枕草子』（三段）にも「（正月）七日、雪のわかなつみ」と述べている。

*光孝天皇
第五十八代天皇（八三〇～八七）。仁明天皇の皇子。仁和帝とも。八四八年、常陸太守となり、中務卿、大宰帥、式部卿などを歴任。陽成天皇が廃位された後、藤原基経の支持で即位。しかし在位三年で崩御する。この間、基経は関白として権力を独占した。在位八八四～八七。

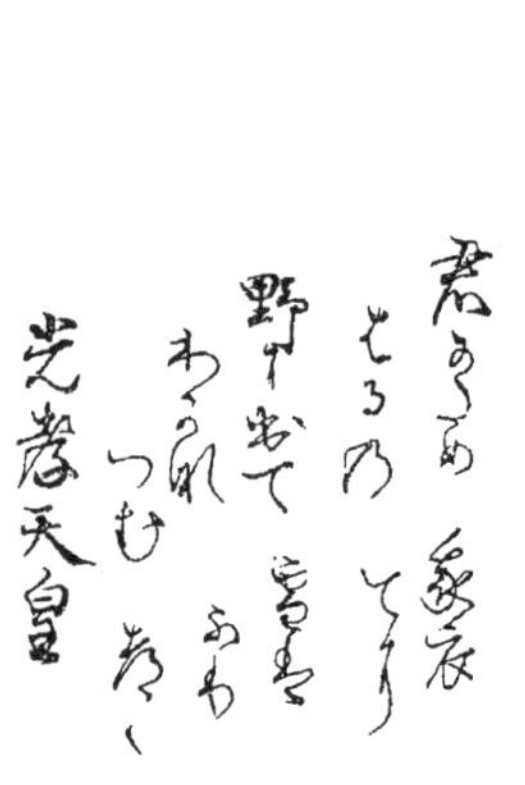

光孝天皇『聯珠百人一首』

この一月七日の「人日《じんじつ》*」の日に、雪間の若菜を摘み、この若々しい生気を身につけ健康と長寿を祈る行事である。この伝統が、現在の七種粥として伝えられているのはご存知のことと思う。

春の七草は、「セリ、ナズナ、ゴキョウ、ハコベラ、ホトケノザ、スズナ、スズシロ」と、よく調子をつけて覚えさせられたご記憶がおありだろう。西行も『山家集』で

うづゑつき　七種《ななぐさ》にこそ　おいにけり　年《とし》を重《かさ》ねて　摘《つ》める若菜《わかな》に　（『山家集』）

と歌っている。ちなみに「卯杖《うづえ》」は、正月のはじめの卯《う》の日に、悪鬼を払うため、地面をたたく杖である。十二支の「卯」は真東に当たるから、生命力の復活する日にふさわしいと見なされていたのである。昔の大嘗祭《だいじょうさい》（天皇の即位式）が、一陽来復《いちようらいふく》*の冬至の前後の「卯の日」に行われる慣わしであったのも、そのためである。

『古事談』は、光孝天皇がまだ親王でいられた頃、その生活が極めて貧窮していたという話を伝えている。「小松帝《こまつのみかど》（光孝天皇）、親王たるの間、多く町の人の物を借用す。御即位の後、各々参内《さんだい》して責め申す。仍《よ》りて、納殿《おさめどころ》の物を以て、併《しか》しながら返し与へらるる」（『古事談』巻一―六）。もちろん、一品《いっぽん》親王*に任ぜられた時康親王には、食封六千戸が与えられていたから、貧窮されたということは到底考えられないが、おそらく清廉潔白なご性格により異例の登極《とうきょく》（即位）に至ったことが、このような誇張された説話を生み出したのであろう。

それはさておき、光孝天皇の御製は、『新古今和歌集』（巻十五・恋歌五）に三首収められている。

君《きみ》がせぬ　わが手枕《たまくら》は　草《くさ》なれや　涙《なみだ》の露《つゆ》の　よな〱ぞを《(お)》く　（『新古今和歌集』巻十五・恋歌五―1349）

涙《なみだ》のみ　うきいづる海人《あま》の　つりざほ《(を)》の　長《なが》きよすがら　恋《こ》ひつゝぞ寝《ぬ》る　（同・巻十五・恋歌五―1356）

逢《あ》はずして　ふる比《ころ》を《(ほ)》ひの　あまたあれば　遙《はる》けき空《そら》に　ながめをぞする　（同・巻十五・恋歌五―1413）

これらの常套的な恋歌よりも、わたくしは正直いって先の「君がため」の歌のほうが好ましいように思われる。

---

*人日
五節句の一つ。陰暦正月七日の節句。七種粥を食べる風習があり、七草の節句ともよばれる。

*一陽来復
易《えき》で、陰暦の十月に陰がきわまって陽がかえってくること。陰暦十一月または冬至のこと。このことから、春がめぐってくることや、めでたいことがくることをいうようになった。

若菜摘み『大和耕作絵抄』
図中には「若菜は、むかしは春の野の興につみ給ふか、光孝帝の御歌に、……（以下、続き図）七種の歌に、せりなづな御形たひらこほとけのざすずなすずしろこれぞ七種。このあつもの食する人は、病なしとかや」とある。

*一品親王
令に定められた親王・内親王の位階を「品《ほん》位《い》」といい、一品から四品まであった。一品はその第一位。

喜《き》撰《せん》法師

わが庵《いほ》は　宮《みや》この辰巳《たつみ》　しかぞ住《す》む　世《よ》をうぢ山《やま》と　人《ひと》はいふなり　（『古今和歌集』巻十八・雑歌下―983）

喜撰法師*は、六歌仙の一人に数えられる歌人であるが、紀貫之《つらゆき》が『古今和歌集』の「仮名《かな》の序」にも、「宇治山《うぢやま》の僧喜撰《そうきせん》は、言葉微《ことばかす》かにして、始《はじ》め、終《をは》り、確《たし》かならず。言《い》はば、秋《あき》の月《つき》を見《み》るに、暁《あかつき》の雲《くも》に遭《あ》へるがごとし。……詠《よ》める歌《うた》、多《おほ》く聞《きこ》えねば、かれこれ通《かよ》はして、良《よ》く知《し》らず」と記すように、その略歴を探ることは、ほとんど不可能である。

第一、彼の歌は『古今和歌集』でも、先の「わが庵は」の一首しか見られないのである。この歌から、わずかに、彼が京都府の宇治山に隠棲していたことがうかがえるだけである。宇治に喜撰山と称する山があるが、ここが喜撰の隠れ住んでいたところであろうといわれている。伝説では、ここから近い醍醐山や御室戸《みむろと》あたりにも住んだというが、もちろんさだかではない。

ところで、先の喜撰法師の宇治の歌は、おおよそ、次のような意味に解してよいであろう。

わたくしの庵《いおり》は、都（京都）の東南に位置するところであるが、ここでわたくしはしかるべく住んでいる。だが、それにもかかわらず、人々は、わたくしが世を憂《う》み、隠れ住んでいるから宇治（憂《う》ぢ）の山といっているらしい。

ちなみに辰巳《たつみ》は「巽《そん》」である。十二支では子《ね》を真北に置き、午《うま》を真南とするが、その場合、辰と巳の間は東南の方向に当たるわけである。八卦《はっけ》においては巽が東南に置かれるのが、日本ではこれを「タツミ」と訓《よ》んでいる。丑寅《うしとら》の方向（東北）が一般には「鬼門」と見なされて、忌む方向とされるのに対し、よい方向と考えられたのが、辰巳の方向である。だから、喜撰法師は、「他人が口々に『憂《う》ぢ山《やま》』だと呼んでいるが、決してそうでない。なぜならば、方位としては優れた京の東南の地に住んでいるからだ」といっているのである。

喜撰法師『聯珠百人一首』

*喜撰法師
平安前期の歌人（生没年不詳）。醍醐法師、基泉、窺仙ともいう。六歌仙の一人。喜撰作とされる歌は、『古今和歌集』の一首のみ。出家して醍醐山に入り、その後宇治山（宇治市）に幽棲したという。歌学書の『喜撰式』を撰したと伝えられるが、明らかではない。

喜撰法師が「しかぞ住む」と歌うのも、世を厭うのではなく、それなりにしかるべくは住んでいるから、安心してほしいと訴えているのだろう。なぜならば、昔より宇治は風光明媚の地であり、多くの文人たちが愛した土地だから、わたくしもそれなりに堪能して生活しているといっているのである。ただ一説には「巽」には「恭遜謹敬」の意があるから、慎ましく住んでいるという意味に解されているが、むしろ辰巳の方向はすばらしいところだという意に、わたくしは解したい。ご存知のようにすでに「応神紀」には、応神天皇が菟道《うぢ》（宇治）野《の》に立ちて「国《くに》の秀《ほ》も見《み》ゆ」（「応神紀」六年二月条）として讃《ほ》めたたえられたところが、宇治の地であったからである。それ故、平安朝に入っても多くの貴族の別荘が設けられたのも風光明媚な宇治の地であった。

喜撰は謎につつまれた人物であったから、後には『喜撰式』（『倭歌作式』）という本を著したと伝えられているが、これも一般には喜撰に仮託されたものではないかと考えられている。

このように、喜撰法師のことは、しだいに伝説のなかに隠れていった。しかし彼を敬慕する人は絶えず、鴨 長明《かものちょうめい》*も宇治郡の日野の外山《とやま》に住み、喜撰の庵跡を訪ねている。これも宇治に隠棲した先輩として、喜撰を敬慕していたからであろう。寂蓮《じゃくれん》*も、喜撰の庵跡を訪ねて

嵐《あらし》 吹《ふ》く　昔《むかし》の庵《いほ》の　あと消《き》えて　月《つき》のみぞすむ　宇治《うぢ》の山《やま》もと

の歌を残している（『寂蓮法師集』）。『玉葉集《ぎょくようしゅう》』には

木《こ》の間《ま》より　見《み》ゆるは谷《たに》の　螢《ほたる》かも　いさりに蜑《あま》の　海辺《うみべ》行《ゆ》くかも（『玉葉集』巻三・夏歌―400）

を喜撰法師の歌として載録している。これは『孫姫式《まごひめしき》』という本では、「基泉《きせん》」の歌として伝えられたものである。また、『樹下集《じゅかしゅう》』にある

汚《けが》れたる　たぶさは触《ふ》れじ　極楽《ごくらく》の　西《にし》の風《かぜ》吹《ふ》く　秋《あき》の初花《はつはな》

を喜撰の歌とするが、これらの二首は「わが庵は」の歌とは歌の体が大いに異なり、しかも古の姿ではないので（『百人一首一夕話』）、喜撰の歌と見なすことはできぬという説に従うべきであろう。

喜撰嶽『拾遺都名所図会』

*鴨長明
鎌倉前期の歌人（一一五三・五？～一二一六）。京都下賀茂神社禰宜《ねぎ》の子。後鳥羽上皇の和歌所寄人。禰宜職を継ぐことができず出家。↓161頁

*寂蓮
平安後期の歌人（一一三九？～一二〇二）。藤原俊成の養子となったが、藤原定家が生まれたため出家し嵯峨に隠棲。後鳥羽上皇の和歌所寄人となる。↓322頁

蟬丸《せみまる》

これやこの　行《ゆ》くも帰《かへる》も　別《わかれ》つゝ　知《し》るも知《し》らぬも　あふさかの関《せき》（『後撰和歌集』巻十五・雑一―1089）

この蟬丸＊の歌は、『百人一首』では、上句の終わりが、「別れては」と改められている。この歌は都から東国へ赴く人も、あるいは東国から都へ入る人も、ここで別れてしまえば、知る人も、知らぬ人も、逢坂《おうさか》の「逢《あ》ふ」という名の通り、確かに逢ったことになるのだが、結局は立ち別れてしまうという意味であろう。つまり、「会者定離《えしゃじょうり》」という仏教の教義の思想が、この歌に歌われているのだろう。

『後撰和歌集』には、真静《しんせい》法師の次のような歌が載せられている。

足柄《あしがら》の　関《せき》の山路《やまぢ》を　ゆく人《ひと》は　知《し》るも知《し》らぬも　うとからぬ哉《かな》（『後撰和歌集』巻十九・離別、羇旅―1361）

この詞書《ことばがき》に、「東《あづま》なる人《ひと》のもとへまかりける道《みち》に、相模《さがみ》の足柄《あしがら》の関《せき》にて、女《をみな》の京《きやう》にまかりのぼりけるにあひて」と記されている。

人々は偶然に出合い、また別れていく。しかし、それでも「袖すり合うも他生の縁」といわれるように、それも宿命の奇しき因縁の一つなのである。この諦観をいだいて、昔より、都を離れて隠棲する人々がいた。

平安の初期においても、玄賓僧都《げんぴんそうず》＊も、興福寺（山科寺《やましなでら》）をひそかに抜け出し、遁世の生活に入ったと伝えられている。鴨長明の『発心集《ほっしんしゅう》』にも、玄賓が「三輪河《みはがわ》のほとりに、僅《わず》かなる草《くさ》の庵《いほり》を結《むす》びてなむ思《おも》ひつ住《す》みけり」と記し、玄賓の行状を自らの先人として鑽仰《さんぎょう》している。

もちろん、玄賓のような高僧だけでなく、名もなき民の中にも出家遁世する者が少なからずいたようである。それは、平安初期にまとめられた景戒《きょうかい》の『日本霊異記』などからもうかがうことができるだろう。そういった隠者の一人が、蟬丸であったといってよい。『今昔物語集』（本朝世俗部、巻二十三ノ第二十四）

＊蟬丸
平安前期の歌人・琵琶法師（生没年不詳）。『今昔物語集』では宇多天皇の子の敦実親王の雑色とし、『平家物語』では醍醐天皇の皇子とするが明らかではない。平家琵琶法師の祖とされる。

蟬丸『聯珠百人一首』

＊玄賓僧都
平安前期の法相宗の僧（?～八一八）。仏教界の腐敗に落胆して隠棲。勅旨により大僧都を任じられるが辞退。のち備中・伯耆に住して民衆の教化に当たった。

には、源博雅《はくが》が、村上天皇の時代に逢坂の関に庵をかまえていた盲目の蟬丸を訪ね、琵琶の秘曲、流泉《りゅうせん》、啄木《たくぼく》の曲を伝授された話を記している。蟬丸は、もともと式部卿敦実《あつざね》親王に仕えていたが、親王がひかれる曲をひそかに耳にし、暗記していたというのである。『江談抄』（第三―六十三）には、源博雅は、逢坂の関の蟬丸の庵に三年間かよいつめ、八月十五日夜に、蟬丸がかなでる琵琶の音をひそかに聞き、やっと秘曲を聞きおぼえたといわれている。その時、蟬丸は

あふさかの　関《せき》の嵐《あらし》の　はげしきに　しゐ（ひ）てぞ居《ゐ》たる　よを過《す》ごすとて

という和歌を詠じたという。『今昔物語集』には「それより後《のち》、盲琵琶《めしひのびは》は世《よ》に始《はじま》る也《なり》となむ語《かた》り伝《つた》へたるとや」と、盲琵琶の始源を、蟬丸に求めている。

蟬丸がひそかに琵琶の曲を聞いたという敦実親王は、宇多天皇の第八皇子である。六条式部卿宮の名で呼ばれていたが、笛、琵琶、和琴の名手とうたわれた御方である。

いうまでもなく逢坂の関は、現在の滋賀県大津市にあった昔の関で、山城国と近江国の国境に設けられたものである。『後撰和歌集』にも

名《な》にしおはば　相坂山《あふさかやま》の　さねかづら　人《ひと》に知《し》られで　くるよしも哉《がな》

（『後撰和歌集』巻十一・恋三―700）

と歌われた歌枕として有名であった。

この関のかたわらに蟬丸祠《せみまるのし》《ほこら》があり、『無名抄』には、「蟬丸のかのわら屋《や》のあとを失《うしな》はずしてそこに神《かみ》となり住《す》み玉《たも》ふ」と記されている。

蟬丸の庵『近江名所図会』

関大明神・蟬丸宮（蟬丸祠）『近江名所図会』

小野小町《おののこまち》

思《おもひ》つゝ　寝《ぬ》ればや人《ひと》の　見《み》えつらむ　夢《ゆめ》としりせば　覚《さ》めざらましを　（『古今和歌集』巻十二・恋歌二―552）

紀貫之《つらゆき》は、小野小町*のこの歌を引き、「小野小町《をののこまち》は、古《いにしへ》の衣通姫《そとほりひめ》の流《りう》《ながれ》なり。哀《あは》れなる様《やう》にて、強《つよ》からず。言《い》はば、好《よ》き女《をうな》の、悩《なや》める所《ところ》有《あ》るに似《に》たり」と評している（『古今和歌集』「仮名《かな》の序」）。

うたゝねに　恋《こひ》しき人《ひと》を　見《み》てしより　夢《ゆめ》てふ物《もの》は　頼《たの》みそめてき　（『古今和歌集』巻十二・恋歌二―553）

の恋歌も、恋する女性の風姿を描いており、小野小町の歌のなかでも、とりわけすばらしい歌の一つである。小町は、恋の秘め事を常に夢に託しているが、その夢さえも、時にはままならぬこともあったようである。

現《うつつ》には　さもこそあらめ　夢《ゆめ》にさへ　人目《ひとめ》を守《も》ると　見《み》るがわびしさ　（『古今和歌集』巻十三・恋歌三―656）

恋する人を常に妨げ悩ますものは、『万葉集』以来、人の無責任な噂であった。『万葉集』では、それを「言痛《こちた》く」といいあらわしている。それが単なる好奇心による噂話でも、人目を避ける恋人にとっては、切実に心を痛める結果に終わるから、『万葉集』にあらわれる「言痛き」という言葉は、それを極めて的確に表現しているといってよいであろう。小町の歌の「人目を守る」も、じっと様子をうかがっている他人の悪意の目をいうのであろう。『古今和歌集』にはこのほか、「人目守る」は

人目《ひとめ》守《も》る　我《われ》かはあやな　花《はな》すゝき　などかほにいでて　恋《こ》ひずしもあらむ
（よみ人しらず『古今和歌集』巻十一・恋歌一―549）

などと歌われている。

---

*小野小町
平安前期の女流歌人（生没年不詳）。小野良真の娘、小野篁の孫など諸説あるが明らかではない。六歌仙で唯一の女性。仁明天皇の仁寿年間（八五一〜五三）に宮仕えをしていたといわれる。美貌の歌人として、いわゆる小町伝説が多く作られ、謡曲・歌舞伎などの題材となった。文屋康秀・僧正遍照・在原業平・安倍清行らとの贈答歌が残る。『古今和歌集』を始め、その他の勅撰集にも多く入集されている。

*安倍清行
平安前期の官人・歌人（八二五〜九〇〇）。安倍安仁（大納言右近大将）の子。大宰少弐、蔵人、右中弁、陸奥守、讃岐守などを歴任し、清和・陽成・光孝・宇多・醍醐の各天皇に仕える。『古今和歌集』に入集。

小野小町は、なまなかの男を近づけぬ誇り高き女性のイメージが流布しているが、貫之が評するように「哀れなる様にて、強から」ぬ女性と見るべきであろうと、わたくしは考えている。

秋風《あきかぜ》に　あふたのみこそ　悲《かな》しけれ　わが身《み》むなしく　なりぬとおもへば　（『古今和歌集』巻十五・恋歌五—822）

この歌は、秋風に出合うように、あなたに「秋」（飽き）られてしまうわたくしは、本当にむなしい気持ちに陥り、悲しく思うという意味である。

小野小町は、平安初期の女流歌人で「六歌仙」の一人に数えられているが、その実像は、今のところ残念ながら明らかではない。出羽の郡司小野良真《よしざね》の娘であるとか、小野篁《たかむら》の孫であるとか、いろいろな憶測は昔より出されているが、いま一つ正確なところはわからない。しかし、小野小町が日本の代表的な美人と見なされ、日本各地の「小野」という地名のあるところは、すべて、わが地こそ小野小町の出身地と主張されていることは、ご存知のことと思う。またそれとともに、小町は年老いて醜い女性となり、零落し漂泊したという『玉造小町壮衰記《たまつくりこまちそうすいき》』という伝承を生むに至るのである。

を《（お）》ろかなる　涙《なみだ》ぞ袖《そで》に　玉《たま》はなす　我《わ》は塞《せ》きあへず　たぎつ瀬《せ》なれば　（『古今和歌集』巻十二・恋歌二—557）

は小町が、安倍清行《きよゆき》＊におくった歌とされている。安倍清行が、京の下出雲寺《しもいづもでら》の真静《しんせい》法師の法話を聞いて、小町に次のような歌を遣わしたのに答えたものである。清行の歌は

つゝめども　袖《そで》にたまらぬ　白玉《しらたま》は　人《ひと》を見《み》ぬめの　涙《なみだ》なりけり　（『古今和歌集』巻十二・恋歌二—556）

という恋歌であった。「人を見ぬめ」は「あなた（小町）にお目にかかれない」の意である。

小町はあくまで、誠実な恋を求めつづけていたのである。それでも、小町はいつしか年を重ねていき、ふと振り返ると、ただ一人残されていることを悟らざるをえなかったのである。

花《はな》の色《いろ》は　うつりにけりな　いたづらに　わが身世《みよ》にふる　ながめせしまに　（『古今和歌集』巻二・春歌下—113）

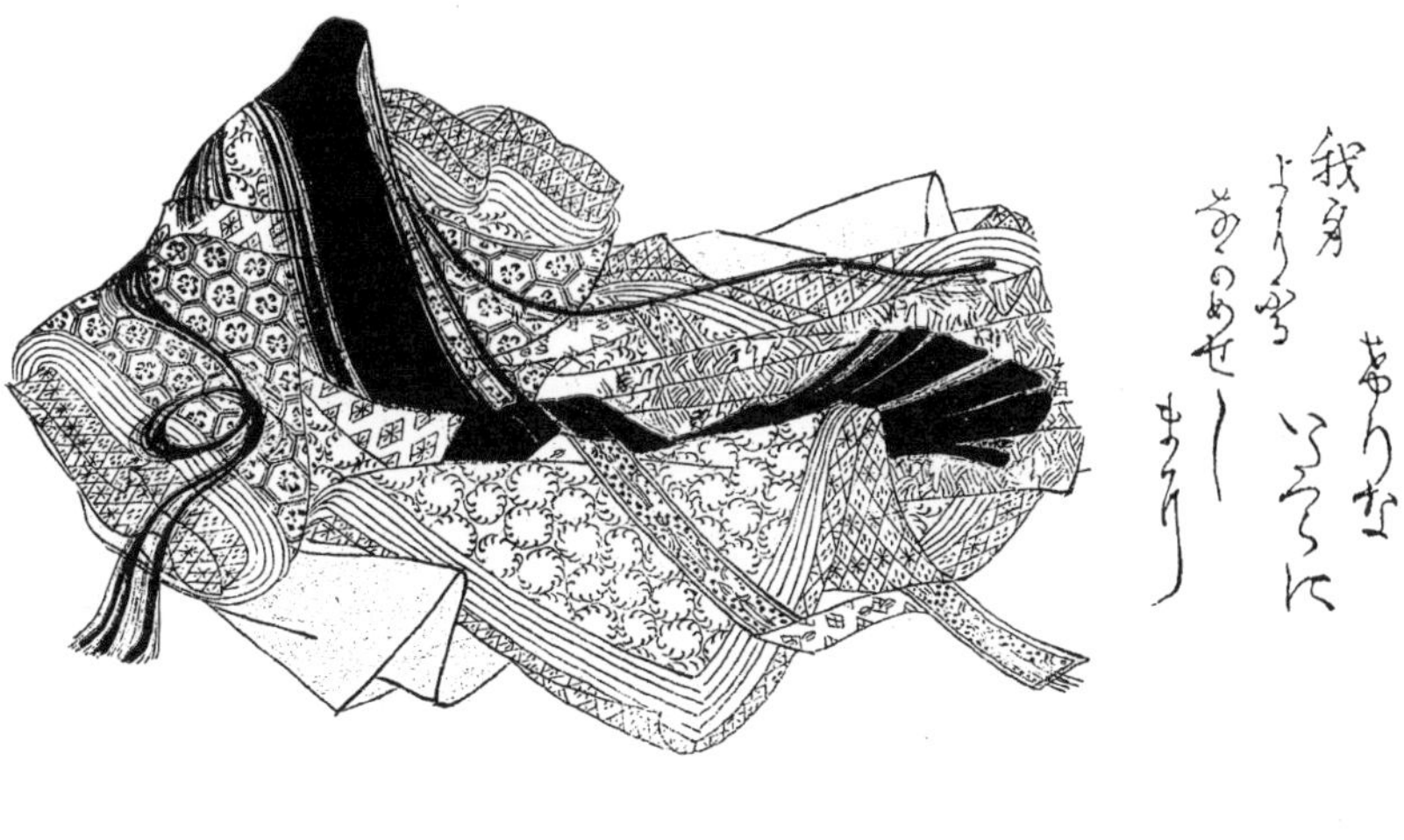

小野小町『聯珠百人一首』

在原行平《ありわらのゆきひら》

わくらばに　問人《とふひと》あらば　須磨《すま》の浦《うら》に　もしほたれつゝ　侘《わ》ぶとこたへよ

（『古今和歌集』巻十八・雑歌下―962）

在原行平＊が、「田村《たむら》の御時《おほむとき》」つまり文徳天皇の時代に、須磨で蟄居《ちっきょ》していた際、京に住む知人にこの歌を賜ったといわれている。「わくらばに」とは、「偶然に」とか「思いもかけずに」の意である。山上憶良の「貧窮問答歌」の一節にも、「わくらばに　人《ひと》とはあるを」（『万葉集』巻五―892）と、「わくらば」の語が用いられている。行平が、須磨のさびしさを訴える歌の中で、「わくらば」という言葉にこだわるのは、おそらく「わくらば」には、また病葉《わくらば》の意味が込められていたからであろう。

在原行平は、平城《へいぜい》天皇の御子、阿保《あぼ》親王の子であり、業平《なりひら》の異母兄に当たる人物である。行平は、弟業平と違い、能吏の誉れが高かった人物であった。彼は在原家を代表する人物として、中納言、正三位にのぼりつめている。

だが、その彼が、なに故、若い頃に須磨に退居しなければならなかったのか、その理由は必ずしも詳《つまび》らかではないのである。一説には、文徳天皇の勅勘を受けたというが、もちろん、それは仮説にすぎず、むしろ、天皇と藤原氏との軋轢があったのではないかと、わたくしは考えている。藤原良房＊と文徳天皇の関係は必ずしも良好とはいえず、行平は文徳天皇の側近として、その責任を自ら負って須磨に退いたと、わたくしは想像している。それ故、『源氏物語』（須磨の巻）では、光源氏が「行平《ゆきひら》の中納言《ちゅうなごん》の、もしほたれつつわびける家居《いへゐ》は近《ちか》き辺《あたり》なり」と記し、光源氏の須磨流謫《るたく》は、行平をモデルとしていることを示唆しているのである。つまり、流罪でなく、一時的な隠退であると考えている。

後世になるに従い、行平の須磨住まいは、しだいにロマン化され、謡曲の『松風《まつかぜ》』では、蜑《あま》乙女の松《まつ》風《かぜ》、村雨《むらさめ》姉妹の思慕の対象として昇華されていくのである。

＊在原行平
　平安前期の公卿・歌人（八一八〜九三）。阿保親王（平城天皇の皇子）の子。在原業平の兄。因幡・播磨・信濃・備前・備中など各国の国守などを経て、八七〇年には参議となり、検非違使別当、中納言、民部卿などを歴任。学問所の奨学院を左京三条に創設。『古今和歌集』『後撰和歌集』に歌が収録される。

在原行平『聯珠百人一首』

行平は、文徳天皇のご信任が厚かったことは、文徳天皇の仁寿三（八五三）年には従五位上から正五位下に叙せられ、さらに文徳天皇の斉衡《さいこう》二（八五五）年には、菅原道真の父、是善《これよし》とともに、従四位下にすすんでいることからも、おわかりいただけるだろう。ついで、清和天皇の時代に入っても、行平はいろいろな職を転任するが、貞観《じょうがん》十二（八七〇）年には参議に列し、以後、累進して中納言に至っている。その間に、皇胤《こういん》の子弟のために、奨学院《しょうがくいん》を建てている（『本朝文粋』巻五）。

行平はこのように優能な官僚であったが、また弟業平に劣らぬ歌人でもあった。『八雲御抄《やくもみしょう》』においても、家持、人麻呂、赤人の万葉歌人とならんで、野相公《やそうこう》（小野篁《たかむら》）および在納言《ざいなごん》（在原行平）は、「此《こ》の道《みち》に、なへたる卿相《きやうさう》なり」と註されている。行平はまた「歌合《うたあわせ》」を始めた人物とも伝えられていて、和歌史においても逸することのできぬ歌人であった。

立《たち》わかれ　いなばの山《やま》の　峰《みね》に生《お》ふる　松《まつ》としきかば　今《いま》かへりこむ

（『古今和歌集』巻八・離別歌―365）

の歌は、『百人一首』にも採られた有名な歌であるが、行平は斉衡二（八五五）年に因幡守《いなばのかみ》に任ぜられているから、その頃の歌であろう。

こき散《ち》らす　滝《たき》の白玉《しらたま》　ひろひをきて(お)　世《よ》のうき時《とき》の　涙《なみだ》にぞかる

（『古今和歌集』巻十七・雑歌上―922）

の行平の歌には、弟の業平が、

抜《ぬ》き見《み》たる　人《ひと》こそあるらし　白玉《しらたま》の　まなくも散《ち》るか　袖《そで》のせばきに

（『古今和歌集』巻十七・雑歌上―923）

として歌を返している。

ちなみに、ここで詠まれた滝は、摂津国兎原郡《うばらぐん》、現在の神戸市中央区葺合町の生田川の水源にかかる「布引《ぬのびき》の滝」である。この話を脚色したものが、『伊勢物語』（八十七段）に記されている。

---

*藤原良房
平安前期の公卿（八〇四～七二）。父は藤原冬嗣。母は藤原美都子。冬嗣の権勢を引き継ぎ、妹の順子の生んだ道康親王が文徳天皇として即位し、文徳天皇の妃明子（良房の娘）が生んだ惟仁親王（清和天皇）を皇太子とし、太政大臣に昇りつめ、清和天皇の摂政として権勢をふるう。

光源氏旧跡『播磨名所巡覧図会』
同図会には「須磨寺の西南にあり。源光寺といふ。西本願寺末派道場あり。この地を云ふとはいへども、『源氏物語』は作り双紙なれば、古跡の有るべくにあらず。実は現光寺なり」とある。現光寺（現在の神戸市須磨区須磨寺町）は、寺歴では永正十一（一五一四）年、浄教上人の開基という。

在原業平《ありわらのなりひら》

君《きみ》や来《こ》し　我《われ》や行《ゆ》きけむ　思《おも》ほえず　夢《ゆめ》かうつゝか　寝《ね》てかさめてか　（『古今和歌集』巻十三・恋歌三―645）

この歌は、伊勢の斎宮恬子《やすこ》内親王と在原業平*が、道ならぬ恋で結ばれた時のものと伝えられている（『伊勢物語』*六十九段）。業平は、これに対し、

かきくらす　心《こころ》のやみに　まどひにき　夢《ゆめ》うつゝとは　世人《よひと》さだめよ　（『古今和歌集』巻十三・恋歌三―646）

と返したという。

伊勢の斎宮恬子内親王は、「水《みづ》のお（を）の御時《おほむとき》、文徳天皇《もんとくてんのう》の御《おん》むすめ、惟喬《これたか》の親王《みこ》の妹《いもうと》」（『伊勢物語』）と記されるように、水尾院、つまり清和天皇の貞観《じょうがん》三（八六一）年に、選ばれて伊勢の斎宮《さいぐう》《いつきのみや》となった皇女である。いうまでもなく斎宮は、その在任中は精進潔斎をつづけ、処女でなければならなかった。その聖なる女性と業平は、禁をおかして通じてしまったのである。

『伊勢物語』には、その伏線として、斎宮の恬子内親王には、親のもとより、伊勢に赴いた業平を特別に「いたはれ」との通知をうけていたと記している。斎宮と業平は、紀有常《ありつね》を介して親戚関係にあったからである。恬子内親王は、文徳天皇の皇女であるが、母は紀有常の妹、静子《せいし》《しずこ》である。在原業平も、有常の娘を妻としているから、紀有常が業平を特別丁重にもてなすようにと斎宮に便りを出したのであろう。

恬子内親王は、もちろん、それを忠実に守ろうとしていたが、業平のあまりの美貌に思わず心を奪われてしまったのである。もちろん、その禁断の恋は、世間には伏せられていたようである。なぜならば、恬子内親王は、その後二十年間、斎宮をつとめているからである。

とはいっても、その密通事件は、いつしか宮廷内部では、密かに語られていった。平安の終わりの頃、

*在原業平
平安前期の歌人（八二五～八八〇）。六歌仙の一人。阿保親王（平城天皇の皇子）の子。母は伊都内親王（桓武天皇の皇女）。在五中将と通称される。『伊勢物語』の主人公とされる。色好みの美男で和歌の名手として伝説化され、後世の能楽や歌舞伎・浄瑠璃などの題材となる。

在原業平『聯珠百人一首』

大江匡房《まさふさ》の書いた『江家次第《ごうけしだい》』*には、業平と恬子内親王との間には師尚《もろひさ》という子があり、高階茂範《しげのり》の子としてひそかに育てられたと記している。また、藤原行成《ゆきなり／こうぜい》の『権記《ごんき》』*にも、高階氏は、斎宮の御子の子孫であるから、伊勢神宮をはばかって参拝しなかったと伝えている。

このように藤原一門がこの秘め事を、ことあるごとに表面に出すのは、紀氏との皇位継承をめぐる暗闘の歴史があったからである。紀名虎《なとら》は、旧族紀氏一族の復興の悲願をかけて、娘の静子を文徳天皇の後宮に納《い》れ、第一皇子の惟喬《これたか》親王*をもうけている。文徳天皇も惟喬親王を愛されて皇太子に立てようとされたが、時の権力者藤原良房《よしふさ》の娘、明子《あきらけいこ》の生んだ惟仁《これひと》親王（後の清和天皇）が皇太子に立てられてしまうのである。この擁立の争いで、紀氏は完全に藤原氏に敗れ去るのである。

『三代実録』（清和天皇即位前紀）は、生後わずか九か月で皇太子に立てられた惟仁親王について、ある童謡が歌われたと伝えている。その童謡の一節は、「大枝《おおえ》を超《こ》えて、走《はし》り騰《あが》り躍《おど》り超《こ》え」というものであった。「大枝」は「大兄《おおえ》」の意味で、文徳天皇の長子である惟喬親王をさしおいて、第四子の惟仁親王が皇太子に擁立されたことを風刺したものである。惟仁親王は、惟喬親王だけでなく、惟条《これえだ》親王、惟彦《これひこ》親王の三人の兄を超えて、皇太子に立てられているので、世間ではこれを「三超《さんちょう》の謡《うた》」と言い伝えたという。

失意の惟喬親王のもとには、紀有常と在原業平が揃って足繁くかよって、その無聊を慰めているのである。業平の歌として有名な

世中《よのなか》に　たえてさくらの　なかりせば　春《はる》の心《こころ》は　のどけからまし　（『古今和歌集』巻一・春歌上―53）

は、惟喬親王と、交野《かたの》の渚《なぎさ》の院《いん》*で、桜の枝を折りかざし（挿頭）て、歌ったものである（『伊勢物語』八十二段）。

後に惟喬親王が出家され、比叡山の麓の小野に隠棲されていたが、業平は雪の中をはるばると訪ね、

忘《わす》れては　夢《ゆめ》かとぞ思《おも》ふ　思《おも》ひきや　雪《ゆき》ふみわけて　君《きみ》を見《み》むとは　（『伊勢物語』八十三段）

と歌ったと伝えられている。

---

*伊勢物語
平安時代の和歌を主体とした物語。作者不詳。在原業平を模した人物を主人公とした恋愛と風雅な生活を記した一代記の構成。百二十五の説話からなる。『在五が物語』『在五中将の日記』ともいう。『源氏物語』とともに後世の文学への影響が大きい。

*『江家次第』
大江匡房（平安後期の貴族・学者・歌人）が関白藤原（二条）師通の命によって、朝廷の公事《くじ》・儀式などを詳説した有職《ゆうそく》書。原本二十一巻、現存十九巻（十六・二十一巻は欠）。

*『権記』
藤原行成（平安中期の書家。権大納言）の日記。九九一～一〇一一年に至る。藤原道長の時代の政治と宮廷を知る重要史料。

*惟喬親王
文徳天皇の皇子（八四四～九七）。母は紀名虎の娘の静子。藤原良房を外祖父とする惟仁親王（のちの清和天皇）の出生で皇位継承はならず、大宰帥、常陸・上野太守を歴任後、出家して比叡山山麓の小野の里に隠棲した。

*渚の院
大阪府（河内国）枚方市渚元町。惟喬親王が交野遊猟に用いた別荘とされている場所。『土佐日記』にも記される。

在原棟梁《ありわらのむねやな》

秋《あき》の野《の》の　草《くさ》のたもとか　花《はな》すゝき　ほにいでてまねく　袖《そで》と見《み》ゆ覧《らむ》　（『古今和歌集』巻四・秋歌上―243）

秋の野の草の袖なのであろうか、花すすきは、まるで人目をはばからず、人を招く袖に見えるという意味であろう。「穂《ほ》に出《い》ず」というのは、外にあらわれるとか、人目につくの意である。

『古今和歌集』の墨滅歌《ぼくめつか》《すみけちうた》にも

我妹子《わぎもこ》に　相坂山《あふさか》の　しのすゝき　ほには出《い》でずも　こひわたる哉《かな》　（『古今和歌集』墨滅歌―1107）

と歌われている。さらにあげるならば、『源氏物語』（宿木《やどりき》の巻）の

ほに出《い》でぬ　物思《ものおも》ふらし　篠《しの》すゝき　まねくたもとの　露《つゆ》しげくして

の匂宮の歌もある。この「穂に出ず」のもとをたどれば、『万葉集』に

我妹子《わぎもこ》に　相坂山《あふさかやま》の　はだ薄《すすき》　穂《ほ》には咲《さ》き出《い》でず　恋《こ》ひ渡《わた》るかも　（『万葉集』巻十―2283）

に到達する。このように、歌の着想や比喩的表現の流れは、意外と『万葉集』からの伝統をひいている。また『源氏物語』の中にちりばめられる歌のいくつかは、『古今和歌集』以来の名歌を巧みにとり入れられていることが知られるのである。

ところで、この「秋の野の」の歌の作者は、在原棟梁*である。彼は業平《なりひら》の子であるが、最終的に従五位上筑前守という中級官僚で終わっている。彼は、棟梁の名にふさわしい政界の主脳にはなれなかったのである。しかし、父の才能をうけつぎ、歌人としては認められ、中古三十六歌仙の一人にあげられている。『古今和歌集』によれば、棟梁は、「寛平の御時《おほむとき》、后宮《きさいのみや》の歌合《うたあはせ》」に召されていくつかの歌を残し、

---

*在原棟梁
平安前期の官人・歌人（?～八九八）。「むねはり」ともいう。在原業平の子。中古三十六歌仙の一人。蔵人雅楽頭《くろうどうたのかみ》、左兵衛佐、左衛門佐、従五位上筑前守などを歴任。寛平御時后宮歌合に出詠。『古今和歌集』『後撰和歌集』に入集。

*班子女王
光孝天皇の女御（八三三～九〇〇）。仲野親王の王女。是忠親王、是貞親王、宇多天皇の母。宇多天皇の皇子が醍醐天皇として即位した後、皇太后と尊称される。京都浄福寺を建立した。

かなりの評価を受けていたようである。「秋の野」も、その一つである。

しら雪《ゆき》の　八重《やへ》ふりしける　かへる山《やま》　かへるぐも　老《お》いにける哉《かな》（『古今和歌集』巻十七・雑歌上―902）

も、「寛平の御時、后宮の歌合」の歌である。この歌にいう「かへる山」は、紀利貞《としさだ》の

かへる山《やま》　ありとはきけど　春《はる》がすみ　たちわかれなば　恋《こひ》しかるべし（『古今和歌集』巻八・離別歌―370）

の歌の中にも、登場している。ちなみに、「かへる山（帰山）」は、越前国敦賀《つぬが》郡鹿蒜《かひる》郷の山で、北陸道沿いにあった山である。現在の福井県南条郡南越前町付近である。

秋風《あきかぜ》に　ほころびぬらし　藤袴《ふぢばかま》　つゞりさせてふ　きりぐす鳴《な》く（『古今和歌集』巻十九・雑体―1020）

も、同じく「寛平の御時、后宮の歌合」の歌である。いうまでもなく、「寛平の御時、后宮の歌合」とは、寛平五（八九三）年に、宇多天皇のご生母班子《はんし》《なかこ》女王＊が主催された歌合である。班子女王は、光孝天皇の女御であるので、「后宮」と呼ばれたのである。この棟梁の「秋風に」の歌は、かなり、技巧を凝らした歌であるといってよい。秋風によって、蕾がほころんでくる藤袴よ、そのほころびを「綴《つづ》り刺《さ》せ」ときりぎりすが鳴いているという意味であろう。藤袴の「袴」から「ほころび」を、「きりぎりす」から、その鳴き音の擬音である「綴り刺せ」を引きだして、あやなす歌を構成しているのである。

棟梁の歌人としての特徴の一つは、右の歌に典型的に見られるような「着想の妙」や面白さにあったのではあるまいか。

もちろん、棟梁の歌が、そのような歌に尽くされているわけではない。

花薄《はなすすき》　そよともすれば　秋風《あきかぜ》の　吹《ふ》くかとぞ聞《き》く　ひとり寝《ぬ》る夜《よ》は（『後撰和歌集』巻七・秋下―353）

などは、しみじみとした情感をたたえているというべきであろう。名門の流れをくみながら、中流官僚として一生を終えた悲しみが、この歌からもうかがえるようである。

ススキ『大植物図鑑』

フジバカマ『大植物図鑑』

清原《きよはらの》 深養父《ふかやぶ》

夏《なつ》の夜《よ》は　まだよゐ《(ひ)》ながら　あけぬるを　雲《くも》のいづこに　月《つき》やどる覧《らむ》（『古今和歌集』巻三・夏歌—166）

この深養父の歌は、「月の面白《おもしろ》かりける夜《よ》あか月方《つきがた》に、よめる」と詞書《ことばがき》にあるように、夏の短夜を、深養父がひとり堪能している歌である。深養父の歌は、感覚的で、自然を愛惜する気分にあふれているといってよい。

花《はな》ちれる　水《みづ》のまに〳〵　尋《と》めくれば　山《やま》には春《はる》も　なくなりにけり（『古今和歌集』巻二・春歌下—129）

自然の推移のまにまに、彼の感情も動いていき、それを追い求めてたのしんでいるようである。この歌には、「弥生《やよい》の晦日方《つごもりかた》に、山を越えけるに、山河より、花の流れけるを、よめる」とあるように、春の終わりの頃に、山河に流れていく花を見て歌ったものである。「桃花流水」の詩句を思い出させるような、一種のなごやかささえ感じさせるのである。

この晩春の花の流れる川の歌に対し、「もみぢ流れる」竜田河を歌ったのが、次の歌である。

神《かむ》なびの　山《やま》をすぎ行《ゆく》　秋《あき》なれば　たつた河《がは》にぞ　ぬさはたむくる（『古今和歌集』巻五・秋歌下—300）

この歌は、神奈備《かむなび》山の竜田の山を通り過ぎて、西へ去って行く秋故に、竜田河に美しい紅葉を幣《ぬさ》として手向けたのだろうという意味である。「神奈備の山」は、神が籠る山、つまり神の鎮座される山の意である。「神奈備」の「ナビ」は、『播磨国風土記』賀古郡の条の「南毗都麻《なびつま》」（隠妻）とあるように、「隠れる」とか「籠る」意である。神が山を神坐《かみくら》として、籠られることである。竜田の神とは、奈良県生駒郡立野の龍田神社の祭神を指す。「祝詞《のりと》」にも「竜田風神祭」とあるが、その祭礼は旧暦の四月と七月に行われた。幣帛《みてぐら》には、「明妙《あかるたへ》、照妙《てるたへ》、和妙《にぎたへ》、荒妙《あらたへ》」の織物が献じられたという。それをここでは紅葉

＊清原深養父
平安前・中期の官人・歌人（生没年不詳）。清原房則の子、房則の祖父の清原通雄の子とも。清少納言の祖父または曾祖父。学者を輩出した家系であったが、官吏としては恵まれず、内匠允、内蔵大允と下級職を歴任。従五位下。晩年は京都北山の補陀落寺に隠棲。和歌に優れ、『古今和歌集』『後撰和歌集』などに数多く入集。家集『深養父集』がある。

清原深養父『聯珠百人一首』

になぞらえたのであろう。

奈良時代頃から、奈良の佐保《さほ》を春の女神とし、その西の竜田を秋の女神（竜田姫）と見なすようになるが、とりわけ竜田姫は紅葉をもたらす神と考えられていったのである。在原業平の

ちはやぶる　神世《かみよ》も聞《き》かず　たつた河《がは》　から紅《くれなゐ》に　水《みづ》くゝるとは

（『古今和歌集』巻五・秋歌下―294）

などの歌のように、竜田の神は紅葉の神であった。

ところで、清原深養父*であるが、彼は中古三十六歌仙の一人である。清原氏は、天武天皇の御子、舎人《とねり》親王の子孫と称し、平安のはじめには、右大臣清原夏野《なつの》のごとき傑出した政治家を輩出したが、その後は藤原氏の陰にうずもれて、下級貴族の地位を保つにすぎなかった。深養父も、最終的には内蔵頭《くらのかみ》にとどまっている。『官位令』によれば、内蔵頭は従五位下の担当官である。それは中級貴族にすぎなかったことを示している。だが歌人としては高く評価され、多くの貴紳の家の歌合《うたあわせ》に召されている。

たとえば、深養父の「川菜草《かはなぐさ》」と題された次の歌は、「二条《にじょう》の后《きさい》、春宮《とうぐう》の御息所《みやすんどころ》と申《まうし》ける時に、めどに削花《けづりばな》挿《さ》せりけるを、よませ給《たま》ひける」とあるように、藤原高子《たかいこ》が皇太子（後の陽成天皇）のご生母であった時代に、その歌合に出席したというのである。その時、著《めどはぎ》に削り花が挿さっているのを課題として、深養父が「川菜草《かわなぐさ》」を担当したのである。

うばたまの　夢《ゆめ》に何《なに》かは　なぐさまむ　現《うつつ》にだにも　飽《あ》かぬ心《こころ》を

（『古今和歌集』巻十・物名―449）

この歌は、夢を見たとて、何で心を慰むことができようか、現実にすら満足していないのだからの意である。ちなみに、「川菜草」は〝古今の秘伝〟の一つとされた謎の草である。

この歌を見ると、深養父も自らが置かれた現状には、決して満足していなかったようである。晩年、彼は北山に補陀落《ふだらく》寺を営んだと伝えられている（『平家物語』灌頂巻、『拾芥抄』下）。

竜田川『大和名所図会』
図中には「続後拾　凩の立田の紅葉もろともにさそへばさそふ秋の川波　衣笠前内大臣　冬がれや大根葉流る龍田川　宇鹿」とある。

藤原敏行《ふじわらのとしゆき》

秋《あき》きぬと　目《め》にはさやかに　見《み》えねども　風《かぜ》のを《(お)》とにぞ　おどろかれぬる（『古今和歌集』巻四・秋歌上―169）

この歌は日本人ならではの感覚を示す歌であるといってよい。「立秋」の歌でも、紀貫之《つらゆき》の

河風《かはかぜ》の　すゞしくもあるか　うち寄《よ》する　浪《なみ》とともにや　秋《あき》はたつらむ（『古今和歌集』巻四・秋歌上―170）

よりも、藤原敏行＊の歌のほうに、わたくしはひかれる。貫之の歌は、舞台装置にやや凝りすぎているが、敏行の歌は素直に心にしみとおるようである。

秋《あき》はぎの　花《はな》さきにけり　高砂《たかさご》の　お《(を)》のへのしかは　今《いま》やなく覧《らむ》（『古今和歌集』巻四・秋歌上―218）

の歌もよい。『和名抄』によれば、萩を「鹿鳴草《しかなきぐさ》」と呼ぶようであるが、文字通り『万葉集』以来、鹿と萩は添えて詠まれることが少なくない。高砂《たかさご》は、現在の兵庫県高砂市である。

高砂市の東に流れる加古川の港は、「応神紀」によれば、日向《ひゅうが》の諸県君牛諸《もろがたのきみうしもろ》とその娘髪長媛《かみながひめ》が、鹿皮の衣類をまとって上陸したので「鹿子《かこ》の水門《みなと》」と呼ばれたという伝承を伝えている（応神天皇十三年九月条）。高砂は、このような鹿と相生《あいおい》の松の伝承で有名なところであった。平安朝にあっては、高砂は著名な歌枕となっていくのである。

高砂《たかさご》の　松《まつ》に住《す》む鶴《つる》　冬来《ふゆく》れば　尾上《をのへ》の霜《しも》や　置《お》きまさるらん（清原元輔『拾遺和歌集』巻四・冬―237）

高砂《たかさご》の　尾上《をのへ》の桜《さくら》　咲《さ》きにけり　外山《とやま》の霞《かすみ》　たゝずもあらなん（大江匡房『後拾遺和歌集』巻一・春上―120）

などと歌われている。

＊藤原敏行
平安前期の官人・歌人（？〜九〇一）。藤原富士麻呂の子。母は紀名虎の娘。三十六歌仙の一人。少内記、従四位上・右兵衛督。宇多天皇の宮廷歌壇を代表する歌人。能筆家としても知られ、京都神護寺の鐘銘（国宝）が現存。『古今和歌集』以降の勅撰集に入集。家集に『敏行集』がある。

藤原敏行『聯珠百人一首』

藤原敏行は、従四位下按察使《あぜち》藤原富士麻呂《ふじまろ》の子であるが、母は、紀名虎《なとら》の娘であり、妻も紀有常《ありつね》の娘であった関係から、有常のもう一人の娘を妻とする在原業平とは姻戚関係にあり、親しく交渉していたようである。たとえば、『古今和歌集』には「業平朝臣《なりひらの》の家に侍《はべり》ける女《をんな》のもとに、よみて、遣《つか》はしける」と題する次の歌が残されている。

つれゞの　ながめに増《ま》さる　涙河《なみだがは》　袖《そで》のみぬれて　逢《あ》ふよしもなし　（『古今和歌集』巻十三・恋歌三―617）

『江談抄《ごうだんしょう》』*によれば、小野道風《みちかぜ》は、村上天皇のご下問に対し、本朝の能書家として、空海とともに藤原敏行をあげている。また、宮城の大極殿《だいごくでん》の額は、敏行の手跡と伝えている（『江談抄』第一―二十一、二十七）。『尊卑分脈《そんぴぶんみゃく》』の註には、敏行が地獄に堕ちる夢を見て、一切経《いっさいきょう》を書写したとも伝えている。このように敏行は、歌人としても、能書家としても優れていたが、官位は従四位上右兵衛督《うしょうえのかみ》で終わっている。

敏行の歌の中には、わたくしは典雅な音律が流れているように思えるのである。

住《すみ》の江《え》の　岸《きし》による浪《なみ》　よるさへや　夢《ゆめ》の通《かよ》ひぢ　人目《ひとめ》よく覧《らむ》　（『古今和歌集』巻十二・恋歌二―559）

この歌には、波うつようなリズムがある。「住の江の……夢の」として、「の」が続き、「岸による」の「よ」が「よるさへや」とか、「よく覧」と間隔をへて繰り返している。

敏行が歌人としての名誉を与えられたのは、『後撰和歌集』の巻頭を彼の歌が飾ったことであろう。それは「二条の后《きさい》（藤原高子《たかいこ》）の宮にて、しろき大袿《おほうちき》をたまはりて」と題する歌である。

降《ふ》る雪《ゆき》の　みのしろ衣《ごろも》　うちきつゝ　春《はる》きにけりと　おどろかれぬる　（『後撰和歌集』巻一・春上―1）

喜びの歌といえば、宇多天皇の御前で大御酒《おおみき》を賜わる際にも

老《お》いぬとて　などかわが身《み》を　責《せめ》きけむ　老《お》いずは今日《けふ》に　逢《あ》はましものか　（『古今和歌集』巻十七・雑歌上―903）

という歌を残している。

*『江談抄』　大江匡房（平安後期の公卿・学者・歌人）の談話を筆録した説話集。藤原実兼の筆録といわれる。公事に関する故事や詩文にまつわる逸話などが収録され、往時の貴族社会を知ることができる資料。

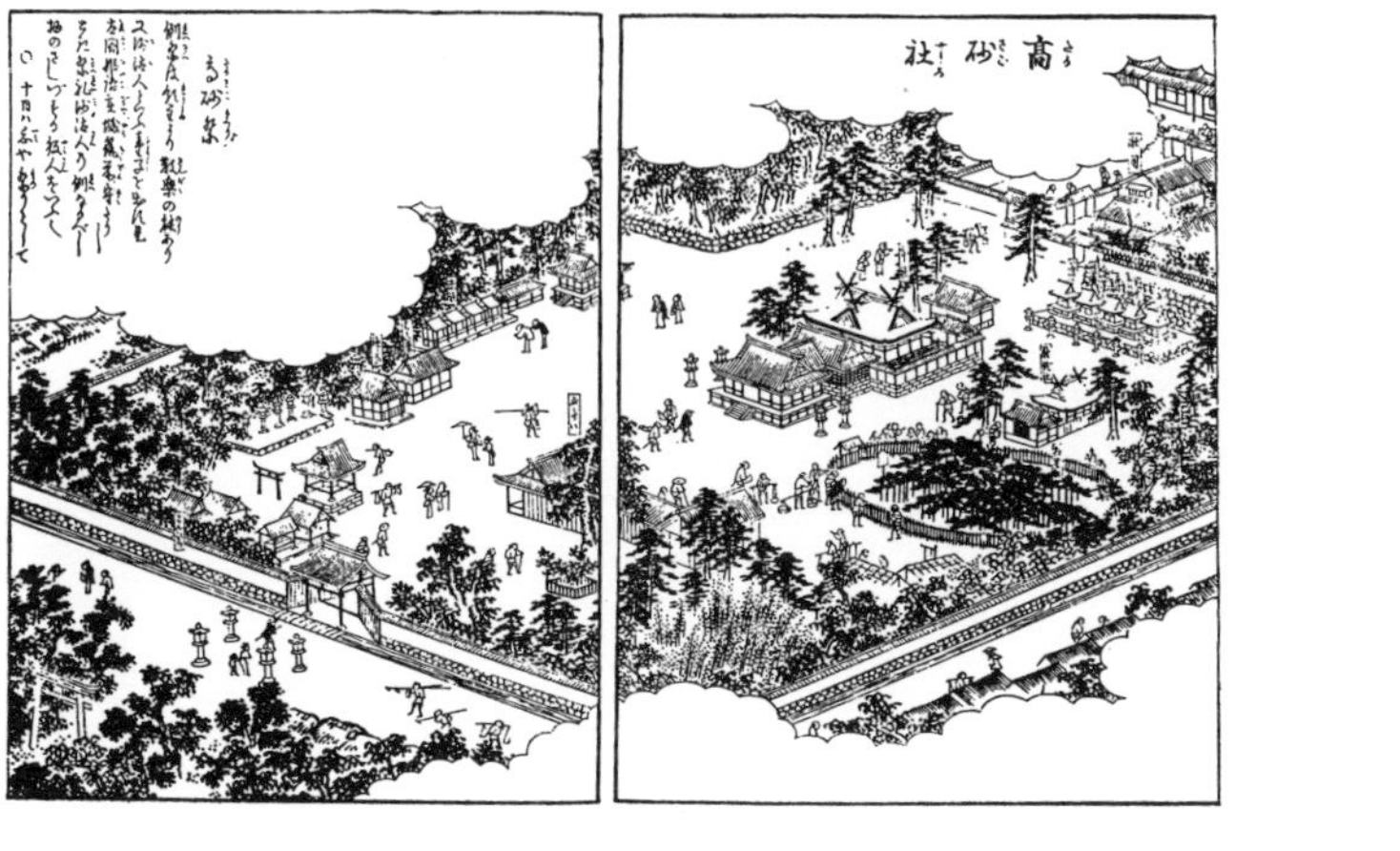

高砂社・高砂の松『播磨名所巡覧図会』
図中には「高砂祭　例祭は領主より散楽の能あり。また沙汰人といふ童子を出だす。……」とある。

伊勢《いせ》

水《みづ》のうへに　浮《うか》べる舟《ふね》の　君《きみ》ならば　こゝぞ泊《とま》りと　言《い》はましものを　（『古今和歌集』巻十七・雑歌上―920）

この歌は、中務卿《なかつかさのかみ》敦慶《あつよし》親王*の家の池に、初めて舟をおろして遊ばれた時、宇多法皇*もご同席であったが、夕方お帰りに際して伊勢*が歌を献じたものである。

「浮べる舟の君ならば」というのは、鑒戒《かんかい》の詩文にもとづくものであるといわれている。それは「君《きみ》は舟《ふね》なり。庶人《しょにん》は水《みづ》なり。水《みづ》は則《すなは》ち舟《ふね》を載《の》せ、水《みづ》は則《すなは》ち舟《ふね》を覆《くつがへ》す」（『芸文類聚』）というものだが、しかしこの歌には伊勢が「舟の君ならば」と宇多法皇に申し上げるのは、「こゝぞ泊りと言はましものを」とあるように、この歌は、伊勢の〝恋のいざない〟と解すべきものと思っている。伊勢は、事実、宇多天皇の寵を得て、行中《ゆきなか》親王を生んでいる。だが、親王は早生されたようである。寛平九（八九七）年七月に宇多天皇が譲位された時、

白露《しらつゆ》は　を《(お)》きて変《かは》れど　もゝしきの　うつろふ秋《あき》は　物《もの》ぞかなしき　（『新古今和歌集』巻十八・雑歌下―1722）

と歌って、伊勢はそのさびしさを訴えている。

伊勢は、伊勢守をつとめた藤原継蔭《つぎかげ》の娘である。継蔭は、伊勢を宇多天皇の女御であった藤原温子《おんし》のもとに仕えさせたという。おそらく美貌の伊勢を、皇室と近づけるもくろみがあったのであろう。伊勢も恋多き女性で、宇多法皇につづいて、その皇子の敦慶《あつよし》親王とも結ばれ、中務《なかつかさ》という女性歌人をもうけている。

敦慶親王は、『日本紀略』に「二《に》品《ほん》行《ぎやう》式《しき》部《ぶ》卿《きやう》敦慶親王薨年三十四」（延長八年二月二十八日条）とあり、これより推せば、伊勢は親王より十余歳年上であったと考えられる。このことにもかかわらず、伊勢は、「玉光宮」（『河海抄』）とうたわれた美貌の親王と結ばれたのである。しかし、親王は、中務という忘れ形

---

*伊勢
平安前期の女流歌人（?～九三九頃）。藤原継蔭の娘。三十六歌仙の一人。伊勢の名は父が伊勢守のとき生まれたことに因むという。藤原仲平（のちの枇杷左大臣）との恋愛があったといわれ、その贈答歌が残る。宇多天皇の中宮温子（藤原基経の娘）に仕えた。宇多天皇の寵愛を受け、行中親王を生むが早世した。その後、中務卿敦慶親王の寵愛を受け、中務を生む。『古今和歌集』『後撰和歌集』に入集。家集『伊勢集』がある。

*敦慶親王
宇多天皇の皇子（八八八～九三〇）。母は藤原胤子。容貌が優れ、玉光宮と呼ばれた。中務卿、式部卿などを歴任。和歌・管弦に通じ、『後撰和歌集』に入集。

*宇多上皇
宇多天皇。第五十九代天皇（八六七～九三一）。光孝天皇の皇子。母は班子女王。光孝天皇の崩御の後即位。藤原基経に権力の実権を握られるが、基経の死後、菅原道真などを登用し、藤原摂関家に依存した政治を刷新する。八九七年、醍醐天皇に譲位し、出家して法皇となり仁和寺に移り、亭子院と称した。在位八八七～八九七。

*藤原仲平
平安前・中期の公卿（八七五～九四五）。藤原基経の子。参議、中納言、大納言、左右近衛

見を残して、延長八（九三〇）年二月になくなられてしまうのである。

なき人《ひと》の　かきとどめける　みづぐきは　うちみるよりぞ　かなしかりける　（『伊勢集』）

は、親王をしのんだ伊勢の哀歌として後世に伝えられている。

三輪《みわ》の山《やま》　いかに待《ま》ち見《み》む　年経《としふ》とも　たづぬる人《ひと》も　あらじと思《おも》へば　（『古今和歌集』巻十五・恋歌五―780）

は、伊勢が枇杷大臣《びわのおとど》と称した藤原仲平朝臣《なかひらのあそみ》*と「離《か》れ方《がた》*」になった際の歌であると註されているが、伊勢は、宇多法皇や敦慶親王以前には、仲平の恋人であったようである。

古里《ふるさと》に　あらぬものから　わがために　人《ひと》の心《こころ》の　あれてみゆらむ　（『古今和歌集』巻十四・恋歌四―741）

の伊勢の歌は、それこそ「離れ方」にあった時の嘆きの歌ではないだろうか。

冬《ふゆ》がれの　野《の》べとわが身《み》を　思《おも》ひせば　もえても春《はる》を　待《ま》たまし物《もの》を　（『古今和歌集』巻十五・恋歌五―791）

伊勢は、たとえつらい恋を経験しても、いつも恋のあこがれはもちつづけていたようである。

難波潟《なにはがた》　みじかき蘆《あし》の　ふしのまも　逢《あ》はでこの世《よ》を　すぐしてよとや　（『新古今和歌集』巻十一・恋歌一―1049）

この恋歌は、『百人一首』にふくまれているのでご存知のことと思うが、難波潟に生える蘆の節と節の間のほんの短い間でも、貴方にお逢いしないで過ごせというのだろうかという意味である。

伊勢は、このように恋に生きた女性であるが、歌人としての評価も高く、『古今和歌集』のみならず、『後撰和歌集』、『拾遺和歌集』、それに『新古今和歌集』に多くの歌が採録されている。

紫式部も伊勢の愛好者と見え、『源氏物語』に少なからず伊勢の歌を引用して、その傾倒ぶりを示している。桐壺の巻にも、「伊勢、貫之《つらゆき》によませ給える大和言の葉」とあり、伊勢は、紫式部より、貫之とならぶ歌人として高く評価されていたのである。

大将、右大臣、左大臣を歴任。枇杷大臣と通称された。↓145頁

*離れ方
男女の仲が冷えてとだえがちになること。

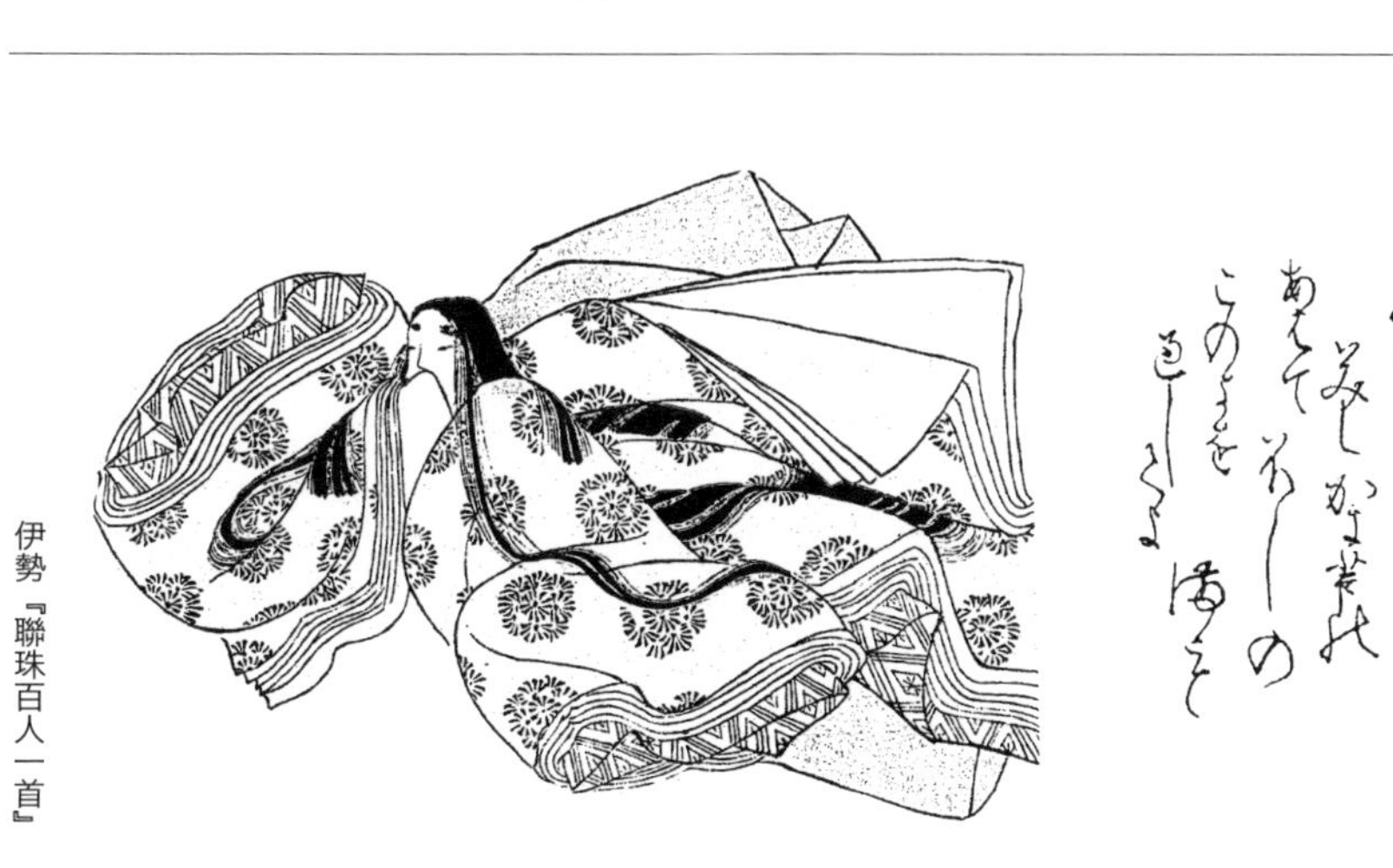

伊勢『聯珠百人一首』

元良親王《もとよししんのう》

わびぬれば　今《いま》はた同《おな》じ　難波《なには》なる　身《み》をつくしても　逢《あ》はんとぞ思《おも》ふ（『後撰和歌集』巻十三・恋五―960）

この歌は、「事出《ことい》で来《き》てのちに京極御息所《きやうごくみやすんどころ》につかはしける」と詞書《ことばがき》にあるように、宇多法皇の后であった藤原褒子《ほうし》《よしこ》＊との秘め事が、世間の噂にのぼった頃の歌である。

『元良親王集』によれば、「陽成院《やうぜいゐん》の一《いち》の宮《みや》の元良《もとよし》のみこ、いみじき色《いろ》ごのみにおはしければ、世《よ》にある女《をみな》のよしと聞《きこ》ゆるには、あふにもあはぬも、文《ふみ》やり歌《うた》よみつつやり給《たま》ふ」として、元良親王＊を「色好き」の皇子《みこ》として伝えている。そのため、親王は「一夜《ひとよ》めぐりの君《きみ》」とも呼ばれていたという。

先の「わびぬれば」の歌は、京極の御息所＊との密事が、人々の噂にのぼり、わたくしもわびしく嘆いているが、どうせ人の噂はうち消すことはできないから、いっそ思い切って、命をかけてお逢いしたいと訴えている歌である。

「難波なる身をつくす」というのは、難波江の澪標《みおつくし》を、「身を尽くす」に掛けたものである。澪標は、難波江に生える蘆の間《ま》を舟が往来するための標《しるし》として立てた杭である。『土佐日記』にも「みをつくしのもとより出でて、難波につきて」と記されている。『源氏物語』（澪標の巻）にも、光源氏が、難波の「堀江《ほりえ》のわたりを御覧《らん》じて、いまはた同じ難波《なには》なると、御心にもあらで、うち誦《ず》し給へる」と、光源氏が元良親王の歌を回想している場面が描かれている。

元良親王が、京極の御息所と通ずるのとは逆に、元良親王が住みついていた藤原兼茂《かねもち》朝臣の娘は、宇多法皇のお召しに応じて院に奉仕することになったという。そのため、逢瀬の機会を失った元良親王は、翌年に桜の枝に歌をつけて、その女性のもとにおくった。

花《はな》の色《いろ》は　昔《むかし》ながらに　見《み》し人《ひと》の　心《こころ》のみこそ　うつろひにけれ（『後撰和歌集』巻三・春下―102）

＊元良親王
平安前・中期の皇族・歌人（八九〇～九四三）。陽成天皇の皇子。母は藤原遠長の娘。三品兵部卿が最高位。宇多天皇の妃藤原褒子との恋愛など、色好みの風流人として知られ、『大和物語』『今昔物語集』に逸話が残る。和歌にも優れ、『後撰和歌集』以降の勅撰集に入集。家集に『元良親王集』がある。

＊藤原褒子
宇多法皇の御息所（生没年不詳）。藤原時平の娘。雅明親王、載明親王、行明親王の母。京極御息所と呼ばれ、九二一年、「京極御息所歌合」を主催する。元良親王との恋愛で知られる。

＊御息所
女御・更衣など、天皇の御寝に仕えた宮女。また、皇子・皇女を生んだ女御・更衣の呼称とする説がある。広くは、皇太子妃・親王妃をもいう。

女性遍歴を繰り返す元良親王は、時には女性の心変わりを嘆く立場に立たざるをえなくなるのである。ちなみに、藤原兼茂は藤原兼輔《かねすけ》の兄で、右近衛中将、利基《としもと》の息子である。醍醐天皇に仕え、極官は播磨権守兼斎宮長官で従四位下であった。彼も歌人の一人であり、『古今和歌集』などに歌をとどめている。

慕《した》はれて　来《き》にし心《こころ》の　身《み》にしあれば　かへるさまには　道《みち》もしられず（『古今和歌集』巻八・離別歌―389）

は、その一首であるが、これは源実《さね》を、山崎より神奈備《かんなび》の森まで送って別れた時の歌である。

元良親王の歌のほとんどは、恋のかけひきの歌である。

来《く》やくと　待《ま》つ夕暮《ゆふぐれ》と　今《いま》はとて　帰《かへ》る朝《あした》と　いづれまされり（『後撰和歌集』巻九・恋一―510）

の歌は「あひ知《し》りて侍《はべり》ける人のもとに、返事《かへりごと》見むとてつかはしける」と註されている。つまり相手の女性の返事をせかしている歌である。相手の返事を、今か今かと待っているいらだちが「来やくと待つ」の言葉にうまく表現されていると思う。

逢事《あふこと》は　遠山摺《とをやまず》りの　狩衣《かりごろも》　着《き》てはかひなき　音《ね》をのみぞ泣《な》く（『後撰和歌集』巻十・恋二―679）

この歌には、「しのびて通《かよ》ひ侍《はべり》ける女のもとより狩装束《かりさうぞく》送《をく》りて侍《はべり》けるに」という詞書がつけられている。ここにも、「しのびて通ひける」女性を歌の相手としている。「しのびて通ひける」女性であったから、逢瀬もままならなかったのであろう。それが「逢ふことの遠い」と表現されている。ちなみに、「遠山摺り」は、布地一面に遠山の模様を藍で摺り染めたものをいう（『延喜式』）。

やれば惜《を》し　やらねば人《ひと》に　見《み》えぬべし　泣《な》くくも猶《なほ》　返《かへ》すまされり（『後撰和歌集』巻十六・雑二―1143）

の歌も、「たまさかにかよへる文《ふみ》を乞《こ》ひ返《かへ》しければ、その文《ふみ》に具《ぐ》してつかはしける」と詞書にあるように、元良親王のもとに寄せられた恋文を、女性に請求されて返却した時の歌である。元良親王のドン・ファンぶりも、なかなか思うにまかせないことがあったようである。

元良親王『聯珠百人一首』

大江千里《おおえのちさと》

月見《つきみ》れば　千《ち》ゞにものこそ　かなしけれ　わが身《み》ひとつの　秋《あき》にはあらねど

（『古今和歌集』巻四・秋歌上―193）

大江千里＊といえば、まずこの歌をあげなくてはならないだろう。「物のあわれ」を象徴する歌だからである。この歌は、是貞親王《これさだしんのう》の歌合《うたあわせ》で詠まれたと伝えられている。

大江千里は参議大江音人《おとんど》の子で、千古《ちふる》とは兄弟であった。千里は宇多、醍醐両帝の頃、活躍していた人物である。大江家はもともと菅原家とならんで漢学の家柄であるが、千里と千古も、学者としてよりも、歌人として人に知られている。この「月見れば」の歌は、一説には、『白氏文集《はくしもんじゅう》』燕子楼《えんしろう》の「燕子楼中《えんしろうちゅう》霜月《そうげつ》の夜《よ》、秋来《あきき》たりて只一人《ただいちにん》のために長《なが》し」の詩句に依拠しているという。白楽天＊の詩は、燕子楼の三首のはじめの詩である。中国の徐州（鼓城）の帳尚書《ちょうしょうしょ》の邸宅には楼が設けられ、これを「燕子楼」と名付けたという。ここで作られた白楽天の絶句の一つが、

満窓《まんそう》の明月《めいげつ》　満簾《まんれん》の霜《しも》
被冷《ひやや》かに　燈残《とうのこ》りて、臥牀《がしょう》を払《はら》う
燕子楼中《えんしろうちゅう》　霜月《そうげつ》の夜《よ》
秋来《あきき》たりて　只一人《ただいちにん》のために長《なが》し

である。この「燕子楼中」以下の句は、また藤原公任撰の『和漢朗詠集』にも採られているほど、日本でもよく知られた詩句であった。『和漢朗詠集』に載せられた歌は

睦言《むつごと》も　まだ尽《つ》きなくに　明《あ》けぬめり　いづらは秋《あき》の　長《なが》してふ夜《よ》は

（『古今和歌集』巻十九・雑体―1015）

＊大江千里
平安前期の官人・歌人（生没年不詳）。大江音人（参議）の子。少納言玉淵の子の説もあり。中古三十六歌仙の一人。中務少丞、近部少丞、大丞などを歴任。八九四年、宇多天皇の勅により家集『句題和歌』（『大江千里集』とも。漢詩句の題詠による歌集）を献上する。『古今和歌集』に入集。

＊白楽天
中唐期の詩人白居易（七七二～八四六）のこと。「楽天」は字。詩は平易流麗で、平安文学に大きな影響を与えた。「長恨歌」「琵琶行」の詩は有名。著に『白氏文集』『新楽府』がある。

＊屈原
中国、戦国時代の楚の政治家・詩人（前三四三頃～前二七八頃）。楚の王族に生まれ、懐王の側近として活躍したが讒言で失脚。放浪し湘江の汨羅《べきら》に身を投げて自殺したという。憂国の情を歌った自伝的叙事詩「離騒」を著す。

という凡河内躬恒《おおしこうちのみつね》の歌である。ちなみに「いづら」は「いずれに」とか「どこに」の意である。

ところで、大江千里は、このように秋月を一人眺めて、悲しみの心を歌っているが、それも結局、人に知られぬ孤独の気持ちをこめて歌っているように、わたくしには思われてならない。

『古今和歌集』に採録された歌において、千里が

葦鶴《あしたづ》の　ひとりを《(お)》くれて　なく声《こゑ》は　雲《くも》のうへまで　聞《きこ》え継《つ》がなむ（『古今和歌集』巻十八・雑歌下―998）

と歌うのも、自分のことが、なかなか上聞に達しないことの心のあせりを示しているのではあるまいか。この歌の詞書《ことばがき》に「寛平の御時《おほむとき》、歌奉《うたたてまつ》りけるついでに、奉《たてまつ》りけり」と記しているからである。千里の歌は、このように一人遅れたさびしさを、常に詠じている。

のち蒔《ま》きの　を《(お)》くれて生《お》ふる　苗《なへ》なれど　あだにはならぬ　たのみとぞ聞《き》く（『古今和歌集』巻十・物名―467）

この歌は「粽《ちまき》」と題されているが、「遅れ蒔《まき》の苗でも、決して無駄にはならないと思っている。それは、あなたにお頼みしてあるからだ」という意であろう。いうまでもなく「田の実《たみ》」を、「頼み」に掛けている。粽といえば、わたくしたちはすぐに、屈原《くつげん》＊が汨羅《べきら》に入水し、人々がその霊を慰めるため粽を投じた故事を思い出す。屈原は、主君に容れられず、失意のうちに死を選んだ人物である。その故事を千里は「粽」の題に仮託しているが、自分は屈原とは異なり、せめて政界の中枢部の人々から、手をさしのべてほしいと歌っているのではないだろうか。しかし、また、

うへ《(ゑ)》し時《とき》　花《はな》まちどを《(ほ)》に　ありしきく　うつろふ秋《あき》に　あはむとや見《み》し（『古今和歌集』巻五・秋歌下―271）

と歌うのである。この歌は、菊を植えた時は、美しく咲くであろうと心待ちにしていたが、やがて衰える秋に出会うとは思いもしなかったという意味である。そして遂には

もみぢ葉《ば》を　風《かぜ》にまかせて　見《み》るよりも　はかなき物《もの》は　命《いのち》なりけり（『古今和歌集』巻十六・哀傷歌―859）

と詠じなければならなくなるのである。

大江千里『聯珠百人一首』

大江千古《おおえのちふる》

思《おもひ》やる　心《こころ》にたぐふ　身《み》なりせば　一日《ひとひ》に千度《ちたび》　君《きみ》は見《み》てまし　（『後撰和歌集』巻十・恋二―678）

この千古の歌は、『万葉集』の大伴家持の長歌の一節

妹《いも》もわれも　心《こころ》は同《おや》じ　副《たぐ》へれど　いや懐《なつか》しく　相見《あひみ》れば　（『万葉集』巻十七―3978）

を思い出させる。「心に副《たぐ》ふ」は、「心につれそっている」、ないしは「一緒にいる」の意である。それより派生して、「かなう」とか「適合する」の意にも用いられるようである。それにしても、一日に千度、見ていたいと告白された女性は、一体、何と答えたらよいのであろうか。これは平安朝時代の大袈裟な女性の口説きの常套的な言い回しにすぎないのだろうか。わたくしは当の女性にかわって、千古の真意を確かめてみたい気がする。

大江千古＊は参議音人《おとんど》の子で、千里とは兄弟である。官位では、従四位上式部大輔に至っているから、かなりの能吏の一人であったようである。また醍醐天皇の侍読《じどく》を任ぜられたから、家業の漢学も相当、身につけていたのだろう。和歌も一応たしなみ、二、三の歌をとどめている。

もみぢ葉《ば》も　時雨《しぐれ》もつらし　まれに来《き》て　帰《かへ》らむ人《ひと》を　降《ふ》りやとゞめぬ　（『後撰和歌集』巻八・冬―455）

の歌は、藤原忠房《ただふさ》＊が大江千古の家を訪ねたが、あいにく留守であったので、忠房が次のような歌をおくったのに対する返歌である。

もみぢ葉《ば》は　惜《を》しき錦《にしき》と　見《み》しかども　時雨《しぐれ》とともに　ふりでてぞ来《こ》し　（『後撰和歌集』巻八・冬―454）

忠房の歌の「時雨ふる」の〝ふる〟は、「降る」意でもあるが、また「古《ふ》る」にも掛けているのである。

＊大江千古
平安前期の官人・学者（八六六～九二四）。大江音人（参議）の子。大江千里の弟。字は江九。刑部大輔、式部大輔、伊予権守、従四位上。醍醐天皇の侍読を務め『白氏文集』を講じた。

＊藤原忠房
平安前期の官人・舞楽家・歌人（?～九二八頃）。藤原興嗣あるいは興嗣の父藤原広敏の子。母は貞元親王の娘。中古三十六歌仙の一人。従四位上、右京大夫。歌舞・管弦に優れ「胡蝶楽」の作品で知られる。『古今和歌集』『後撰和歌集』『拾遺和歌集』に入集。

＊紀淑望
平安前期の文人(?～九一九)。紀長谷雄の子。紀貫之の養子。大学頭、東宮学士、信濃権守などを歴任。↓166頁

＊三統理平
平安前期の官人・学者（八五三～九二六）。三統弥継の子。従四位下、式部大輔。藤原時平・菅原道真・大蔵善行等と共に『日本三代実録』の撰者となる。漢詩に優れ、著に『文粋』『雑言奉和』がある。

千古は、この歌をおくられて、時雨が降り忠房をとじこめてくれたならば、お目にかかれただろうにと歌っているのである。千古の歌の面白さは「もみぢ葉も時雨もつらし」の言葉がこの歌を引き立てている点である。

ちなみに忠房は、藤原氏の中でも京家の流れに属している。藤原氏は本流は北家であったから、そのため、父の右京大夫興嗣《おきつぐ》は、位も従四位下にとどまっている。だが、忠房の家は管絃の家として有名であった。和歌にも優れた才能を示し、『古今和歌集』などには十七首採録されている。『古今和歌集』には

きり〴〵す　いたくな鳴《な》きそ　秋《あき》の夜《よ》の　ながきおもひは　我《われ》ぞまされる

（『古今和歌集』巻四・秋歌下―196）

いつはりの　涙《なみだ》なりせば　唐衣《からころも》　しのびに袖《そで》は　しぼらざらまし

（『古今和歌集』巻十二・恋歌二―576）

という叙情性あふれる歌を残している。

特に、紀貫之《つらゆき》が和泉国に居た時、忠房がわざわざ大和より訪問した時の歌は、玩味に値する。

きみを思《おも》ひ　おきつの浜《はま》に　なく鶴《たづ》の　たづね来《く》ればぞ　ありとだに聞《き》く

（『古今和歌集』巻十七・雑歌上―914）

この歌は、あなた（貫之）のことを気にかけて、このように苦労して訪ねて来た。ただあなたがご健在ということだけを聞くためだという意味であろう。鶴《たづ》の「たづ」を「たづねる」に掛けた歌であるが、鶴のように、頸をのばし、はるばる飛んで訪ねて来るイメージや感性がうかがえる。

ところで、大江千古であるが、先に触れたように延喜六（九〇六）年の『日本書紀』の進講の席に紀淑望《よしもち》*、三統理平《みむねのまさひら》*とともに加わっているが、千古は伝統的な漢学者としての資格により参加したものと推察される。たとえば、その一人の三統理平は文章博士であり、『三代実録』の撰者となり、また『延喜式』の撰進者に選ばれた当代の学者である。

杜牧の「山行」『和朝名勝画図』

図中には、漢詩の詩意について「高山の絶頂にのぼれば、山路に岩石おほくして、路もまがりてななめなるぞ。はるかに山頂の白雲の中に人家がみゆるぞ。折りから初冬の比、時雨に染めなせる紅葉、夕陽に映じて見ごとなるぞ。車をしばしとどめて、楓葉の、春二月の花よりもうるはしく、あかきを愛するといひのべし詩なり」とある。

菅原道真《すがわらのみちざね》

東風《こち》吹《ふ》かば　にほひをこ《(お)》せよ　梅花《むめのはな》　主《あるじ》なしとて　春《はる》を忘《わす》るな　（『拾遺和歌集』巻十六・雑春―1006）

「流され侍《はべり》ける時、家の梅《むめ》の花を見侍て」と註されるように、菅原道真*が、大宰権帥《だざいのごんのそつ》として筑紫に流された時、邸宅に咲く梅の花に別れを惜しんだ歌といわれている。

『大鏡』の時平《ときひら》伝には、時平が「右大臣（道真）の御《おん》おぼえ事《こと》のほかにおはしましたるに、さるべきにやおはしけん。右大臣の御《おん》ためによからぬ事《こと》いできて」「昌泰《しょうたい》四（九〇一）年正月廿五日、大宰権帥になりたてまつる」と記されている。その時、道真が家の梅の花を見て歌われたのが、先の「東風吹かば」の歌である。配流の知らせがとどいた時、道真は直ちに庇護をうけていた宇多上皇のもとに救いを求めて、

ながれゆく　われはみくづと　なりはてぬ　君《きみ》しがらみと　なりてとどめよ

という悲痛の歌を寄せたという。宇多上皇は、その知らせをうけて、直ちに宮中にかけつけられたが、時平らは堅く門を閉ざして、上皇が醍醐天皇と面談することを阻止したという。道真は、孤立無援のまま大宰府の配所に赴いたのである。

道真の荒れた配所からは、わずかに観世音《かんぜおん》寺の梵鐘の声が聞こえるだけであった。それを道真は、「都府楼《とふろう》は纔《わずか》に瓦色《がしょく》を看《み》る。観世音寺《かんぜおんじ》は只《ただ》、鐘声《しょうせい》を聴《き》く」と詠じている。また、重陽《ちょうよう》（九月九日）の夜には「去年《きよねん》の今夜《こんや》、清涼《せいりょう》に侍《じ》す。秋思《しゅうし》の詩篇《しへん》、独《ひと》り断腸《だんちょう》。恩賜《おんし》の御衣《ぎょい》、今此《いまここ》に在《あ》り。毎日捧持《まいにちほうじ》して、余《よ》香《こう》を拝《はい》す」という詩を作っている。前年の重陽の日の夜には、宮中の清涼殿に召され、詩を献じ、その詩を愛でられた醍醐天皇から御衣《ぎょい》を賜り面目をほどこした。それを思い出し、毎日、御衣をおしいただいて、その余香を拝しているという意である。道真は、昔を今に帰すよしかなと詠じているのだろう。

*菅原道真
平安前期の公卿・学者・文人（八四五～九〇三）。菅原是善の子。文章博士、讃岐守、中納言、右大臣となり、宇多・醍醐天皇の信任篤く、藤原氏をおさえるため重用されたが、従二位となった直後に、藤原時平の讒言で大宰権

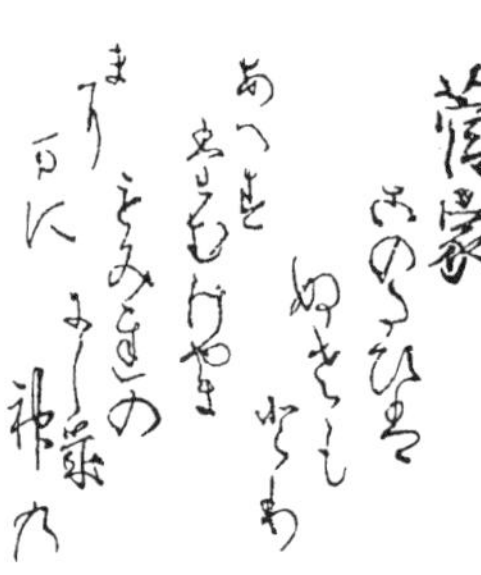

菅原道真『聯珠百人一首』

道真の大宰府配流中の詩文は『菅家後集』にまとめられているが、それは道真没後、最も道真が信頼していた紀長谷雄《きのはせお》におくられたという。

道真が配所三年にしてなくなった時、葬儀の車を引く牛が急にすわりこんで動かなくなったため、道真はそこに葬られたといわれている。そこに建てられた寺が安楽寺《あんらく》であり、後には、そのほとりに社が設けられたのが、太宰府天満宮である。道真のなきあと、藤原時平や東宮が次々となくなり、清涼殿に雷が落ちるなどの椿事が続くと、世の中の人々は、道真の祟りを口にするようになった。そのため、朝廷も黙止することができず、道真怨霊を鎮めるため、道真に正一位太政大臣の最高位を贈位して祀り、慰めることにしたのである。

それはともかくとして、道真は漢学の家に生まれたから、その本領はあくまで漢詩文にあったが、和歌にも優れた才能を示していた。たとえば次の有名な歌も、その一つである。

このたびは　幣《ぬさ》もとりあへず　たむけ山《やま》　紅葉《もみぢ》の錦《にしき》　神《かみ》のまに〱

（『古今和歌集』巻九・羇旅歌―420）

この歌は、「朱雀院《すざくゐん》の、奈良におはしましたりける時に、手向山《たむけやま》にて、よみける」とあるように、朱雀院、つまり宇多上皇が、昌泰《しょうたい》元（八九八）年十月に吉野宮滝《みやたき》へ行幸の途中、奈良の手向山に寄られた時、詠んだものである。手向山は、現在の奈良市雑司町の若草山西腹の山である。ここに祀られる手向山神社は、東大寺の毘盧舎那仏《びるしゃなぶつ》鋳造の守り神として宇佐八幡から勧請《かんじょう》したものである。また次の歌も、道真らしい歌である。

秋風《あきかぜ》の　ふきあげに立《た》てる　しらぎくは　花《はな》かあらぬか　浪《なみ》のよするか

（『古今和歌集』巻五・秋歌下―272）

右の歌は、寛平の御時、后宮《きさきのみや》（班子《はんし》《なかこ》女王）の歌合《うたあわせ》において洲浜の菊を詠んだものである。見事な菊が吹上の浜の形に植えられているのを見て、「秋風のふきあげに」と歌い出したのである。いうまでもなく吹上《ふきあげ》の浜は、和歌山市湊《みなと》から雑賀《さいか》にかけての浜をいうが、白砂青松で有名な景勝地であった。

これらの歌は、道真が宇多天皇の恩顧をこうむり、まだ幸福のさなかにあった頃のものである。

帥に左遷となり、任地で失意の内に没する。後世、天満天神として祀られる。編著に『日本三代実録』、漢詩文集に『菅家文章』『菅家後集』などがある。

菅原道真伯母との別れ『西国三十三所名所図会』
図中には「菅公左遷の砌、道明寺に立ちよらせたまひ、伯母覚寿尼公に名残をお《(を)》しませたまふ」とある。

雷公となって都に復讐する菅原道真『絵本天神一代記』

紀長谷雄《きのはせお》

春雨《はるさめ》に　いかにぞ梅《むめ》や　匂《にほ》ふ覧《らん》　わが見《み》る枝《えだ》は　色《いろ》もかはらず（『後撰和歌集』巻一・春上―39）

この紀長谷雄＊の歌を読んでいると、菅原道真《みちざね》の余香を長谷雄がたたえているのではないかと、わたくしはいつも空想する。もちろん、深読みかもしれないが、長谷雄は道真が逆境に陥った時の、ただ一人の理解者であり、精神的に支えた人物であったことが頭脳に去来するからである。

紀長谷雄は、弾正忠《だんじょうちゅう》の貞範《さだのり》の息子である。祖父の国守《くにもり》や父の貞範は、従五位下にも達しない家柄から脱却するために、生まれてくる孫に紀家の将来を託そうと考えていた。そのため長谷寺に参籠し、優秀な子を授かることを祈願した。その満願の日に、長谷観音の御帳《みちょう》より童子が現れ、「吾れ、汝の子とならん」と告げたという。それ故、生まれた子を、長谷観音の申し子として、長谷雄と名付けたのである（『三国伝記』十一、中納言長谷雄御事）。

当時、紀氏は清和天皇即位をめぐる争いから、権力者、藤原氏ににらまれ、不遇な立場に置かれていた。その紀氏の家運挽回の大任を期待されて育ったのが、長谷雄であったといってよい。

長谷雄は文章道に進んだが、もとより彼を指導し、引き立ててくれる人物はなかなか見つからなかった。そのことを長谷雄は自ら、「予《よ》は十有五《じゅうご》にして学《がく》に志《こころざ》し、十八《じゅうはち》にて頗《すこぶ》る文《ぶん》を属《つづ》るを知《し》る。時《とき》に援助《えんじょ》なく、未《いま》だ提奨《ていしょう》に遇《あ》わず」（『延喜以後詩亭』『本朝文粋』）と記している。提奨は「取り立てる」とか「あげてすすめる」の意である。

その後、長谷雄は都良香《みやこのよしか》＊に師事したが、長谷雄は、しだいに菅原道真の人柄にひかれ「同門の党」を結ぶに至った。それは道真が長谷雄の詩を、唐の詩人元稹《げんじん》や白楽天になぞらえて激賞したのがきっかけだと伝えられている。

紀長谷雄『前賢故実』

＊紀長谷雄
平安前期の公卿・漢学者（八四五〜九一二）。紀貞範の子。文章博士、大学頭、参議を経て中納言となり、菅原道真の建議で中止となった遣唐使では、道真にその才能を評価され、共に遣唐副使になる。『延喜格式』の編纂にあたる。同じ学者の三善清行と対立し、清行の「無才の博士」という挑発にも応じなかったという話で知られる。漢詩文集『紀家集』がある。

その際、道真は、三善清行《みよしきよゆき》*の詩をほとんど認めなかったようである。その事が原因かはさだかでないが、清行は道真と長谷雄に激しい敵意をもちつづけていくのである。

『江談抄』（第三）によれば、清行は、長谷雄に対し「無才《むさい》の博士《はかせ》は、和主《わぬし》（長谷雄）より始《はじ》まる」と痛罵したというが、長谷雄は、それに対し一切相手にしなかったという（『今昔物語集』巻二十四、本朝世俗部）。

おそらくそれは、長谷雄には道真から高い評価が与えられているのに対し、清行は無視されたことへの熾烈な嫉妬心であろう。そのことを意識していたから、長谷雄は、あえて清行の挑発に乗らなかった。

後に、清行は道真が右大臣となっていた時、昌泰《しょうたい》四（九〇一）年が辛酉《しんゆう》の年に当たるから大臣の職を辞職すべきことを、道真に強く勧告している（『日本紀略』昌泰三年十月条）。このことが、藤原時平に策謀の口実を与えることになり、道真は大宰府に流されることになるのである。

だが、長谷雄は、道真との「膠漆《こうしつ》の交《まじ》わり*」（『本朝文粋』巻十一「対二残菊一待二寒月一」）を終生、変えることはなかったといわれている。

長谷雄は道真によって認められるほど漢詩人としての令名は高いが、一方において和歌もたしなんだと見え、『後撰和歌集』にも、いくつかの恋歌を残しているのである。

臥《ふ》して寝《ぬ》る　夢路《ゆめぢ》にだにも　逢《あ》はぬ身《み》は　猶《なほ》あさましき　現《うつつ》とぞ思《おもふ》（『後撰和歌集』巻十・恋二―620）

我《わ》がためは　見《み》るかひもなし　忘草《わすれぐさ》　忘《わす》る許《ばかり》の　恋《こひ》にしあらねば（『後撰和歌集』巻十一・恋三―789）

長谷雄の「三十一文字《みそひともじ》」の伝統は、長男の淑望《よしもち》にうけつがれていく。

もちろん、淑望は『古今和歌集』の「真名《まな》の序」を草しているように、長谷雄から漢学の素養も伝えられていたのである。

---

*都良香
平安前期の官人・漢学者（八三四～七九）。都貞継の子。文章博士、越前権介、侍従となり、詔勅の起草などに従事。良香の代に宿禰から朝臣の姓となる。『和漢朗詠集』に入集。『文徳天皇実録』の編纂に従事したとされる。

*三善清行
平安前期の公卿・学者（八四七～九一八）。三善氏吉の子。文章得業生となり、方略試を受けるが不合格となる。この時の問答博士が菅原道真であった。文章博士、大学頭になると陰陽道に基づき、辛酉の年にあたることから菅原道真に辞職と改元を求める。これらを理由に藤原時平は讒言によって政敵である菅原道真を左遷に追い込む。清行はのち、参議、宮内卿となる。また、道真が紀長谷雄の才能を高く評価していたことから、同時期の漢学者である紀長谷雄と対立したことでも知られる。

*膠漆の交わり
にかわ（膠）やうるし（漆）で貼り付くような、きわめて親しく離れがたい関係のたとえ。

藤原興風《ふじわらのおきかぜ》

たれをかも　知《し》る人《ひと》にせむ　高砂《たかさご》の　松《まつ》も昔《むかし》の　友《とも》ならなくに　（『古今和歌集』巻十七・雑歌上―909）

この藤原興風*の歌は、『百人一首』にも採られているが、この歌は心を許し合えるような親友はいないと嘆いているようにもとれるのである。直訳すれば、「一体、誰を知己とすればよいのであろうか。音に聞く有名な高砂の松は、わたくしのように年をとっているが、昔からわたくしの親友というわけではないのだから」ということになろう。おそらく、興風は、老いていくと、かつての友は皆、次々と死んでいき、話し相手がいなくなるそのさびしさを歌っているのだろう。

紀貫之《つらゆき》は

いたづらに　世《よ》にふる物《もの》と　高砂《たかさご》の　松《まつ》も我《われ》をや　友《とも》と見《み》るらん　（『拾遺和歌集』巻八・雑上―463）

と歌い、年老いた人には、年を経た高砂の松しか友とすべきものはないと歌っている。紀貫之は、歌壇の長老としてあがめられていたが、思うほど官位は進まず、このたびも、「官《つかさ》たまはらで嘆《なげ》き侍《はべ》る」時の歌であると記しているから、政界上層部の不理解への失望であったかもしれない。藤原興風もまた参議藤原浜成《はまなり》の曾孫で、歌人の家系に生まれたが、下総国権大掾《ごんのだいじょう》などの地方官を歴任し、位も正六位上でとどまっている。ただ、亭子院《ていじのいん》*と称された宇多上皇の時代に、宮廷に召された歌人であった。

声《こゑ》たえず　鳴《な》けやうぐひす　一年《ひととせ》に　ふたゝびとだに　来《く》べき春《はる》かは　（『古今和歌集』巻二・春歌下―131）

は、「寛平の御時《おほむとき》、后宮《きさいのみや》（班子女王）の歌合《うたあはせ》」のものである。この歌は逝く春を惜しんで、いくらでも鳴いてくれ鶯よ、この一年は再びもどらないからという意味であろう。だがこの歌を口遊《くちずさ》んでいると、わたくしには、興風の気持ちが切々と伝わってくるような気がする。興風の栄光も、ただ宮廷の歌壇での

---

*藤原興風
平安前期の官人・歌人（生没年不詳）。藤原道成の子。『歌経標式』の作者の参議藤原浜成の曾孫。三十六歌仙の一人。相模掾、治部少丞、下総権大掾を歴任。詩歌・管弦（琴）に優れた。『古今和歌集』他の勅撰集に入集。家集に『興風集』がある。

*亭子院
宇多天皇譲位後の御所の呼び名、または宇多上皇の院号。宇多天皇の中宮藤原温子の御所でもあった。西洞院大路の西側（西本願寺の東辺）にあり、池の中に亭を設けてあったことから、こう呼ばれた。

み輝き、歌合の席から降りると、また下級官僚にもどらざるをえないからである。

そのように見てくると、同じく歌合の歌であるが

さく花《はな》は　千種《ちぐさ》ながらに　あだなれど　誰《たれ》かは春《はる》を　怨《うらみ》はてたる　（『古今和歌集』巻二・春歌下―101）

の歌も、気のせいか興風の千種の花の華やかさ、つまり顕官たちを怨む気持ちがにじんでいるように思えてくる。

卑官の興風の私生活も、当然ながら恵まれたものとはいえないようである。たとえ恋する女性はいたとして、相手の親の許しはなかなか得られなかったようである。

逢《あ》ふまでの　かたみとてこそ　留《とど》めけめ　涙《なみだ》に浮《う》かぶ　もくづなりけり　（『古今和歌集』巻十四・恋歌四―745）

この恋歌には「親《おや》の守《まも》りける人の女《むすめ》に、いと忍《しの》びに逢《あ》ひて」と註されるように、この恋は許されざる恋であったらしい。だから、人目を忍んでせっかく逢ったとしても、すぐに親のもとに女はあわただしく帰っていかなければならなかったのである。ただその時、女は逢瀬のかたみとして、身につけていた裳《も》を脱いで置いていった。その「裳」を海の「藻屑《もくず》」に掛けて、涙の海に浮ぶ浮屑に、わが身をたとえているのである。

身《み》は捨《す》てつ　心《こころ》をだにも　放《はぶ》らさじ　つゐ《（ひ）》にはいかゞ　なると知《し》るべく　（『古今和歌集』巻十九・雑体―1064）

この歌は、「もうわが身の出世はあきらめたが、それでも心だけはしっかりと保持したい。最後がどうなるか知りたいからだ」という意味に解されるが、おそらく興風は、官界での望みは断たれ、行く先が見えて来たが、それでも自分の歌人としての自負だけは大切にして、将来の人の評価を待ちたいと願っていたのではないだろうか。

藤原興風『聯珠百人一首』

藤原《ふじわらの》 定方《さだかた》

名《な》にしおはば　相坂山《あふさかやま》の　さねかづら　人《ひと》に知《し》られで　くるよしも哉《がな》

（『後撰和歌集』巻十一・恋三―700）

この三条右大臣藤原定方＊の恋歌は、極めて技巧に富み、「相坂山のさねかづら」で〃相寝《あふね》〃を暗示し、「さねかずら」の長い蔓をたぐってひそかに訪ねることを示唆しているという。また「くるよしも哉」の「くる」は〃来る〃であるとともに、〃たぐる〃の意も含んでいる。

藤原定方は、贈太政大臣高藤《たかふじ》の子である。姉妹の胤子《たねこ》は宇多天皇の女御であり、醍醐天皇のご生母であったから、定方は醍醐天皇の外舅の関係にあったのである。そのため、官位に恵まれ、最終的には右大臣までのぼりつめるのである。彼は歌人としても活躍し、紀貫之《つらゆき》らのパトロン的存在であったという。

限《かぎり》なき　名《な》におふふぢの　花《はな》なれば　そこゐ《(ひ)》もしらぬ　色《いろ》の深《ふか》さか

（『後撰和歌集』巻三・春下―125）

は、まさに藤原氏の繁栄を賛美している歌である。この歌には、「やよひの下《しも》の十日許《ばかり》に、三条右大臣、兼輔《かねすけ》の朝臣の家にまかりて侍《はべり》けるに、藤《ふぢ》の花咲《さ》ける遣水《やり》のほとりにて、かれこれおほみきたうべけるついでに」という詞書《ことばがき》が付せられている。

ちなみに藤原兼輔＊は定方と従兄弟関係にあり、そのうえ、定方の娘を兼輔が妻にむかえているので、二人は極めて親密な関係にあった。その二人がともに、藤原氏を象徴する藤の花の今はさかりと咲きほこっているのを見て、満足気に歌ったものである。

定方の歌は、どちらかといえば流麗といってよいであろう。

最上川《もがみがは》　深《ふか》きにもあへず　稲舟《いなふね》の　心《こころ》かるくも　帰《かへる》なる哉《かな》

（『後撰和歌集』巻十二・恋四―839）

この歌は、「か」の文字が、いくつも連続して点在し、一つのリズムをなしているといってよいであろう。

＊藤原定方
平安前期の公卿（八七三～九三二）。贈太政大臣の藤原高藤の子。母は宮内大輔宮道弥益の娘の引子。宇多天皇の后胤子と同腹。従五位下尾張権守、従二位右大臣となる。没後、従一位を追贈される。三条右大臣と呼ばれた。藤原

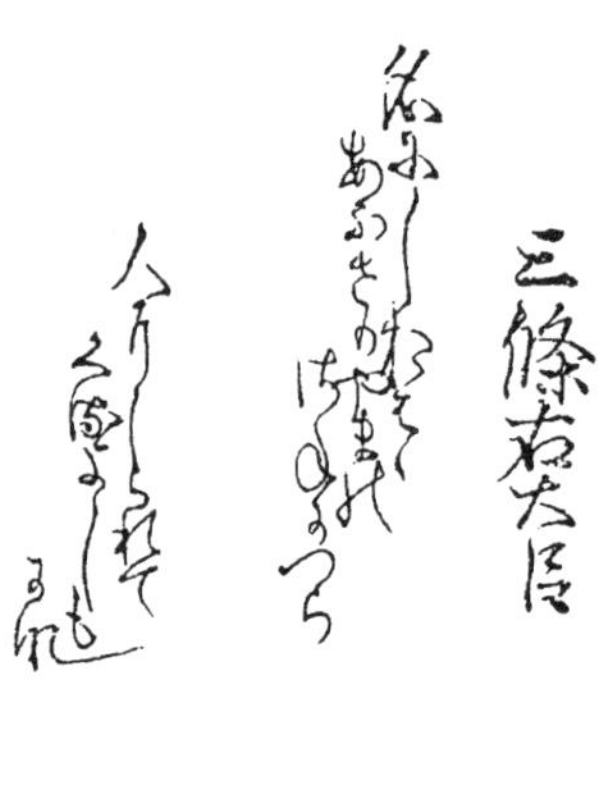

藤原定方『聯珠百人一首』

この定方の歌は、ある女性からの

流《ながれ》寄《よ》る　瀬〻《せ》の白浪《しらなみ》　浅《あさ》ければ　とまる稲舟《いなふね》　帰《かへ》るなるべし（『後撰和歌集』巻十二・恋四―838）

に対する返歌である。あなた（三条右大臣）が、わたくしをとどめようとするお気持ちが浅いから、とどまろうとしても、とどまることができず帰るのですよ、と歌う女性に対する返事の歌である。もちろん、稲舟《いなぶね》の「いな」が〝否《いな》〟に掛けて歌われているのである。

このように、平安時代の恋は、専ら和歌を介するものであった。和歌は、一義的に大和歌《やまとうた》の意であるが、歌を互いに交し寄せ合うこと、つまり〝和《わ》する歌〟の意をその中に含んでいる。

五月闇《さつきやみ》　倉橋山《くらはしやま》の　郭公《ほととぎす》　おぼつかなくも　鳴《な》き渡《わた》る哉《かな》（『拾遺和歌集』巻二・夏―124）

の歌も、「春宮（皇太子）に候《さぶら》ひける絵《ゑ》に、倉橋《くらはし》山に、郭公《ほととぎす》飛《と》びわたりたる所《ところ》」と詞書に記されているごとくに、春宮の屏風絵に歌を寄せたものである。このように和歌は、社交性を濃厚にとどめているのである。旧暦五月の暗闇の、倉橋山のほととぎすは、心許《こころもと》なく鳴いて飛びこえるのだろうかという意味である。この歌の「暗《くら》闇」の「くら」が倉橋山の「くら」を導く言葉となっている。

ちなみに、倉橋山は、奈良県桜井市の倉橋にある多武峰《とうのみね》である。「仁徳記」に「梯立《はしたて》の倉椅山《くらはしやま》」と歌われた歌の名所である。

秋《あき》ならで　逢《あ》ふことかたき　をみなへし　天《あま》の河原《かはら》に　生《お》ひぬものゆへ《ゑ》（『古今和歌集』巻四・秋歌上―231）

この歌は、宇多上皇が昌泰《しょうたい》元（八九八）年の秋の季節に、朱雀《すざく》院で女郎花《おみなえし》の花合《はなあわせ》を催された時の歌である。この会が七夕《たなばた》の夜に催されたので、宇多上皇の朱雀院を天の河原になぞらえて歌ったものであろう。織女星ではないが、そこに侍る女性は逢い難きすばらしい女性だと讃じているのである。

そのような優雅な社交の場に和歌が色を添えていたのである。

兼輔（堤中納言兼輔）は従兄弟。『古今和歌集』に入集。『三条右大臣集』がある。

＊藤原兼輔
平安前期の公卿・歌人（八七七～九三三）。藤原利基の子。三十六歌仙の一人。紀貫之、凡河内躬恒などの歌人の庇護者的存在であった。家集に『兼輔集』がある。→146頁

フジ『大植物図鑑』

藤原忠平《ふじわらのただひら》（貞信公《ていしんこう》）

小倉山《をぐらやま》　峰《みね》のもみぢ葉《ば》　心《こころ》あらば　今一度《いまひとたび》の　行幸《みゆき》待《ま》たなん　（『拾遺和歌集』巻十七・雑秋―1128）

この歌の詞書《ことばがき》に「亭子院《ていじのいん》、大井河に御幸《みゆき》ありて、行幸《みゆき》もありぬべき所也《ところなり》と仰《おほ》せ給《たま》ふに、事《こと》の由奏《よしそう》せんと申《まう》して」と記すように、宇多上皇（亭子院）が、延喜七（九〇七）年九月十日に大井河に行幸された折、皇子の醍醐天皇にも、この地にお出かけになられるのによいところだと仰せになったことに対して、藤原忠平＊がお答えした歌であるという。

このことは『大和物語』にも語られているが、この行幸の御言により「大井《おほゐ》の行幸といふことはじめたまひける」（『大和物語』九十九）と記されている。

忠平が「今一度の行幸待たなむ」と歌うのは、醍醐天皇が行幸されるまで、小倉山の峰の紅葉は、ぜひ、美しさを変えずそのまま待っていてほしいと願いを込めて歌ったものである。

藤原忠平は、太政大臣基経《もとつね》の四男である。兄の時平《ときひら》が醍醐天皇のもとで辣腕を振るっていた頃は、忠平は兄とは一定の距離をおき、むしろ、宇多上皇の側に伺候していたようである。彼は、宇多天皇の皇女順子《じゅんし》内親王を妻にむかえていたからである。菅原道真《みちざね》が時平らによって大宰府に流された時も、忠平は宇多上皇と同じく道真に同情的な態度をもちつづけていたといわれている。兄の左大臣時平などが相次いでなくなると、道真の怨霊説が跋扈《ばっこ》したが、それはかえって忠平には有利に働き、右大臣となって政局の中枢に立つことになるのである。

また忠平が醍醐天皇に重用されるのは、忠平の妹、穏子《おんし》が醍醐天皇のもとに入内《じゅだい》し、後の朱雀帝、村上帝を生誕されたことも大きな影響を与えていたといわれている。それにしても、忠平が温厚で、兄の時平と異なり、政敵をほとんどつくらなかったことが、かかる幸運をもたらす結果となったのであろう。

＊藤原忠平
平安前・中期の公卿・歌人（八八〇～九四九）。藤原基経の子。母は人康親王の娘。兄時平の没後、藤原北家の氏長者となる。中納言、大納言、右大臣、左大臣となり、九三〇年、朱雀天皇の即位で摂政となり、九四一年、関白となる。没後、貞信公と諡《おくりな》された。『延喜格式』の撰修に加わる。

藤原忠平（貞信公）『聯珠百人一首』

を《（お）》そくとく　つゐ《（ひ）》に咲《さ》きぬる　梅《むめ》の花《はな》　たがうへ《（ゑ）》をき《（お）》し　種《たね》にかあるらん
（『新古今和歌集』巻十六・雑歌上―1443）

は、忠平の兄で、後に枇杷大臣《びわおとど》と呼ばれた藤原仲平《なかひら》*が、承平三（九三三）年二月に、やっと右大臣に任ぜられた時の慰めの歌である。『公卿補任《くぎょうぶにん》』の承平三年の条には「摂政左大臣　従一位　藤原忠平五十四　右大臣　正三位　同仲平五十九　二月十三日任」と記されているように、忠平は仲平より五歳下の弟であったが、この当時、すでに摂政左大臣であり、上位にあった。忠平の歌の「おそくとく」は、「遅く疾く」の意である。遅速をあらわす言葉である。

つまりこの歌は、遅速はあっても名門の藤原基経の血をうけた子たちであるから、遂には梅の花、つまりは大臣となって咲いてくると思っていたが、どうしてこのように異なった場所に種を植えておいたのだろうかという意味であろう。

忠平は、常に一族の者を配慮し細かい心くばりをしていたようである。

撫子《なでしこ》は　いづれともなく　にほへども　遅《おく》れて咲《さ》くは　あはれなりけり
（『後撰和歌集』巻四・夏上―203）

の忠平の歌も、彼の五男の師尹《もろまさ》がまだ幼い時、常夏の花である撫子を手折り、忠平の長女貴子《たかこ》におくるのを見て歌ったものである。師尹は後には左大臣にまでのぼりつめるが、師尹がまだ若い頃には彼の兄には師輔《もろすけ》などの優秀な人物が揃っていたので、師尹の前途を父は多少危惧したのであろう。

花といえば、忠平が左大臣の時代、その母がみまかった時、后の宮より萩の花をおくられたことがあった。それに対し、忠平は

女郎花《をみなへし》　枯《か》れにし野辺《のべ》に　住《す》む人《ひと》は　まづ咲《さ》く花《はな》を　またくとも見《み》ず
（『後撰和歌集』巻二十・慶賀、哀傷―1401）

と歌っているのである。この歌は女郎花の花を見る前になくなった母への痛恨の歌であるといってよい。

忠平は、貞信公の諡《おくりな》が示すように誠実であり、人々から好まれ、愛されつづけていたようである。

---

*藤原仲平
平安前・中期の公卿（八七五～九四五）。藤原基経の子。母は人康親王の娘。弟の藤原忠平に比べ昇進が遅れたが、参議、中納言、大納言、左右近衛大将、右大臣、左大臣を歴任。九三八年に出家して静覚と称した。枇杷大臣と通称された。

*藤原師輔
平安中期の公卿（九〇八～九六〇）。藤原忠平の子。母は源能有の娘の昭子。参議、権中納言、大納言を経て、娘の安子が皇后となった村上天皇即位後、右大臣・正二位となる。安子は冷泉、円融の両天皇を生み、藤原家は摂関家としての地位を確立する。→200頁

藤原兼輔《ふじわらのかねすけ》

なき人《ひと》を　しのびかねては　忘草《わすれぐさ》　おほかる宿《やど》に　やどりをぞする　（『新古今和歌集』巻八・哀傷歌―853）

この歌の詞書《ことばがき》に「思《おも》ひにて人《ひと》のいゑ（へ）に宿《やど》れりけるを、その家《いへ》に忘草《わすれぐさ》の多《おほ》く侍《はべ》りければ、あるじにつかはしける」と記すが、藤原兼輔＊が喪中の家に弔問に出かけ、宿泊した時の歌である。

ちなみに忘草は、萱草《かんぞう》の別名である。大伴旅人の歌にも

わすれ草《ぐさ》　吾《わ》が紐《ひも》に付《つ》く　香具山《かぐやま》の　故《ふ》りにし里《さと》を　忘《わす》れむがため　（『万葉集』巻三―334）

として歌われている。『後撰和歌集』にも

思《おも》はむと　我《われ》をたのめし　事《こと》の葉《は》は　忘草《わすれぐさ》とぞ　今《いま》はなるらし　（よみ人しらず『後撰和歌集』巻十三・恋五―921）

とあるが、これは「恋忘れ草」といってよいであろう。

もちろん、兼輔の「わすれ草」は、なき人への「忘草」であろう。兼輔のなき人をしのぶ歌といえば

桜《さくら》ちる　春《はる》の末《すゑ》には　なりにけり　雨間《あまま》もしらぬ　ながめせしまに　（『新古今和歌集』巻八・哀傷歌―759）

をあげることができるだろう。

この歌は、醍醐天皇が崩御された延長八（九三〇）年の翌年の弥生《やよい》（旧暦）三月のつごもりに、三条の右大臣藤原定方《さだかた》＊におくった歌である。先にふれたように、定方は藤原高藤《たかふじ》の息子であるが、姉の胤子《たねこ》は宇多天皇の女御で、醍醐天皇のご生母であったから、兼輔が醍醐天皇の叔父に当たる定方にこのようなお悔やみの歌をおくったのであろう。さらにいえば、また、兼輔の妻も定方の娘であったのである。

＊藤原兼輔
平安前期の公卿・歌人（八七七〜九三三）。藤原利基の子。三十六歌仙の一人。蔵人頭、参議をへて従三位権中納言兼右衛門督となる。加茂川の堤に邸宅があったことから、堤中納言と呼ばれた。藤原元方と共に歌壇の中心をなし、紀貫之、凡河内躬恒などの歌人の庇護者的存在であった。『古今和歌集』『後撰和歌集』他の勅撰集に入集。家集に『兼輔集』がある。

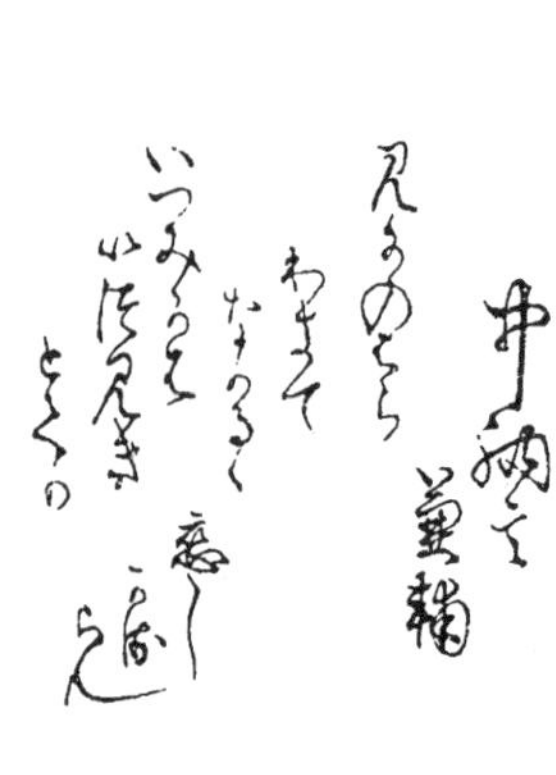

藤原兼輔『聯珠百人一首』

ところで、兼輔であるが、右中将藤原利基《としもと》の子である。彼は、右大臣定方とは従兄弟関係にあり、定方の娘を妻としていたから、右大臣定方の庇護をうけ、権中納言従三位にのぼっている。彼は醍醐天皇の側近の臣として活躍し、彼の娘桑子《くわこ》は入内《じゅだい》して、章明《のりあきら》親王を生んでいる。

彼はまた、歌人としても有名であり、家集には『兼輔集』もある。ちなみに、紫式部は兼輔の曾孫に当たる。

兼輔の歌としては

みかの原《はら》 わきてながるゝ 泉河《いづみがは》 いつみきとてか 恋《こひ》しかるらん（『新古今和歌集』巻十一・恋歌一―996）

が傑出しているようである。『百人一首』にも採られた名歌であるからご存知のことと思うが、この歌は甕《みか》の原《はら》の泉川《いずみがわ》にちなんだ恋歌である。甕の原は、『続日本紀』によれば、元明天皇が和銅六（七一三）年六月に行幸された離宮の地であった。現在の京都府木津川市加茂町に当たる。聖武天皇も天平十二（七四〇）年に行幸され、この地に恭仁京《くにのみやこ》（甕原宮）を置かれている。その後は「歌枕」の一つとして記憶され、『枕草子』（十三段）にも「原は、みかの原、あしたの原、その原」として、その筆頭にあげられている。

泉川は、「崇神紀」によれば挑川《いどみがわ》が泉川に転訛したと伝えている（崇神天皇十年九月条）。もちろん、兼輔の歌は「甕の原」の「甕」から泉が連想されたものであるが、両者の地名をうまく結びつけた歌といってよいだろう。

だが、藤原兼輔の歌といえば

人《ひと》の親《おや》の 心《こころ》は闇《やみ》に あらねども 子《こ》を思道《おもふみち》に まどひぬる哉《かな》（『後撰和歌集』巻十五・雑一―1102）

を逸することはできないだろう。『大和物語』（四十五）によれば、兼輔が娘桑子を醍醐天皇に納《い》れたが、手離す娘を心配して歌ったものだと伝えている。子をいつまでも思う親心は、今でも人の心に訴える力をもっているといってよいであろう。

＊藤原定方　平安前期の公卿（八七三～九三二）。贈太政大臣の藤原高藤の子。↓142頁参照

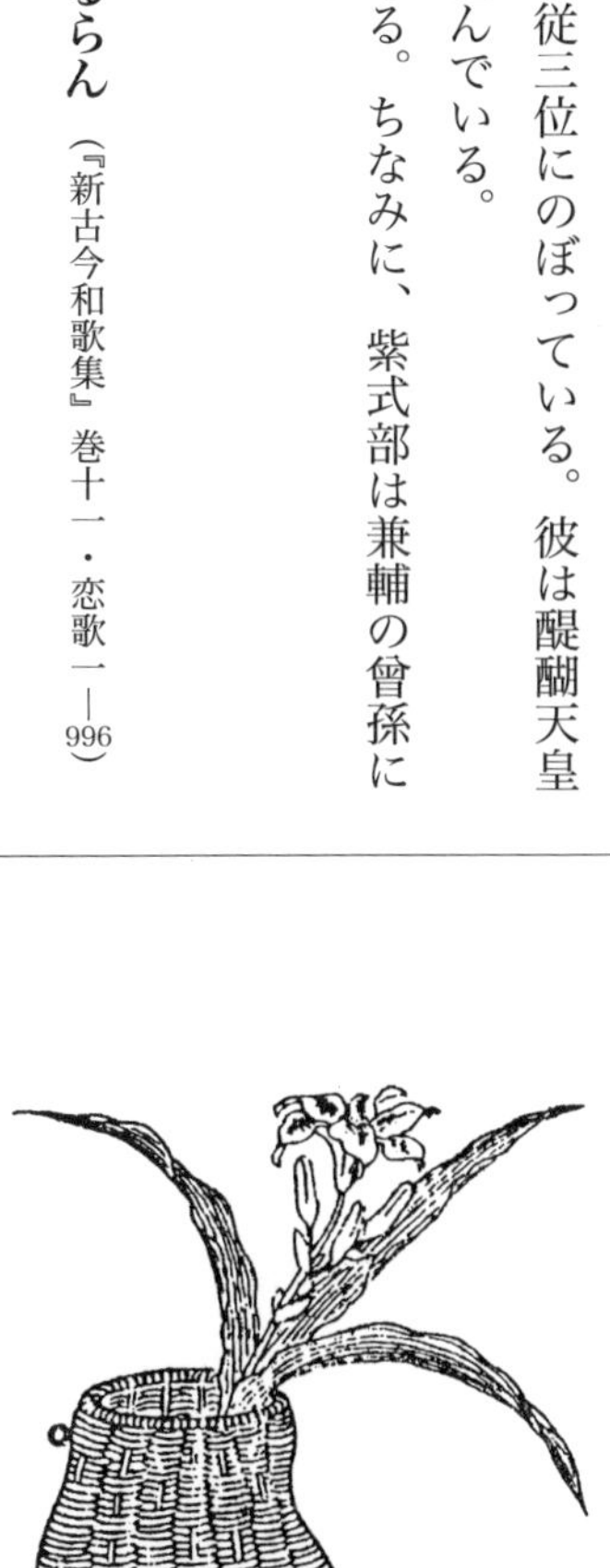

カンゾウ（萱草）『生花正意四季之友』

源朝臣宇于《みなもとのあそみむねゆき》

常磐《ときは》なる　松《まつ》のみどりも　春《はる》くれば　今《いま》ひとしほの　色《いろ》まさりけり　（『古今和歌集』巻一・春歌上―24）

この歌は「寛平の御時《おほむとき》、后宮《きさいのみや》の歌合《うたあはせ》によめる」とあるが、これは寛平五（八九三）年に、宇多天皇の母君に当たる班子《はんし》《なかこ》女王《ひめみこ》が主催された歌合における歌である。

班子女王は、桓武天皇の皇子、仲野《なかの》親王の娘であるが、光孝天皇の後宮に入り、宇多天皇を生誕された。宇多天皇が皇位につかれると、皇太夫人《こうたいぶじん》となり、さらに宇多天皇の皇子、醍醐天皇が即位されると、皇太后《こうたいごう》と称された。一般には、班子女王は、お住まいにちなみ洞院太后《とういんたいこう》と呼ばれたという。

班子女王は、宇多天皇の時代には、しばしば歌合を催されていたようである。たとえば、

谷風《たにかぜ》に　とくる氷《こほり》の　ひまごとに　打《うち》いづる波《なみ》や　春《はる》のはつ花《はな》　（源当純《まさずみ》『古今和歌集』巻一・春歌上―12）

など、少なからず『古今和歌集』には「寛平の御時、后宮の歌合」が載せられている。

もちろん、春の歌合にとどまらなかったことは、『古今和歌集』をひもとくだけでも、容易にうかがい知ることができる。

契剣《ちぎりけむ》　心《こころ》ぞつらき　織女《たなばた》の　年《とし》にひとたび　逢《あ》ふは逢《あ》ふかは　（藤原興風《おきかぜ》『古今和歌集』巻四・秋歌上―178）

なども、秋における歌合の歌である。

源朝臣宇于＊は、光孝天皇の皇子、是忠《これただ》親王の御子である。宇多天皇の寛平六（八九四）年に、源姓を賜り従四位下に叙せられている。その後、地方の国司を歴任したが、天慶二（九三九）年正四位下で没している。

宇于は、藤原公任《きんとう》の『三十六人撰』にも選ばれるほどの歌人である。『百人一首』にも、

＊源朝臣宇于　平安前期の官人・歌人（?～九三九）。是忠親王の子。光孝天皇の孫。三十六歌仙の一人。八九四年、臣籍に下って源の姓を賜る。丹波・摂津・信濃・伊勢などの権守を経て、正四位下右京大夫となる。歌壇では、寛平御時后宮歌合・

源宇于『聯珠百人一首』

山里《やまざと》は　冬《ふゆ》ぞさびしさ　まさりける　人目《ひとめ》も草《くさ》も　かれぬとおもへば　（『古今和歌集』巻六・冬歌—315）

の歌が採られている。

『大和物語』には、右京《うきょう》の大夫《かみ》、宇于に関する逸話がいくつか伝えられているが、宇于が皇孫であるにもかかわらず、それ相応の身分につけないのを嘆いた話がほとんどである。その一つに、ある時、亭《てい》子《じ》の帝《みかど》（宇多天皇）のもとに、紀伊国より、「石つきたる海松《みる》」が献上されたが、宇于は

おきつかぜ　ふけゐの浦《うら》に　たつなみの　なごりにさへや　我《われ》はしづまむ

という歌を献じたという。この歌は、「和泉国泉南郡の深日《ふけひ》の村にある吹井《ふけゐ》の浦に、その名の通りに沖の風は吹き上げてくるが、その余波は海にも打ち上げられず、沈んでしまう。わたくしも同じように海の底に沈んでしまうのであろうか」という意味である。もちろん、これは宇多天皇に、わが身の沈淪《ちんりん》を訴えているのである。また、

しぐれのみ　ふる山里《やまざと》の　木《こ》のしたは　お《（を）》る人《ひと》からや　もりすぎぬらむ

と歌ったという。時雨ばかり降る山里の木陰には、雨が漏《も》り、年月が経ってしまった。それはここに住む人のせいであろうかという意味である。ここにも、長い間、昇進からもれている自分のあわれさを、歌に託して天皇に嘆願しているのである。さらにまた、宇多天皇に

あはれてふ　人《ひと》もあるべく　むさし野《の》の　草《くさ》とだにこそ　生《お》ふべかりけれ

と歌を奉っている。

このような宇于の歌を見ていくと、「今ひとしほの色まさりけり」は、あくまで宇于の永年の夢であり、遂には「人目も草も枯れぬ」心境に終わったといってよい。

是貞親王家歌合などに加わり、紀貫之・伊勢などと親交を結ぶ。『古今和歌集』他の勅撰集に入集。家集『宇于集』がある。

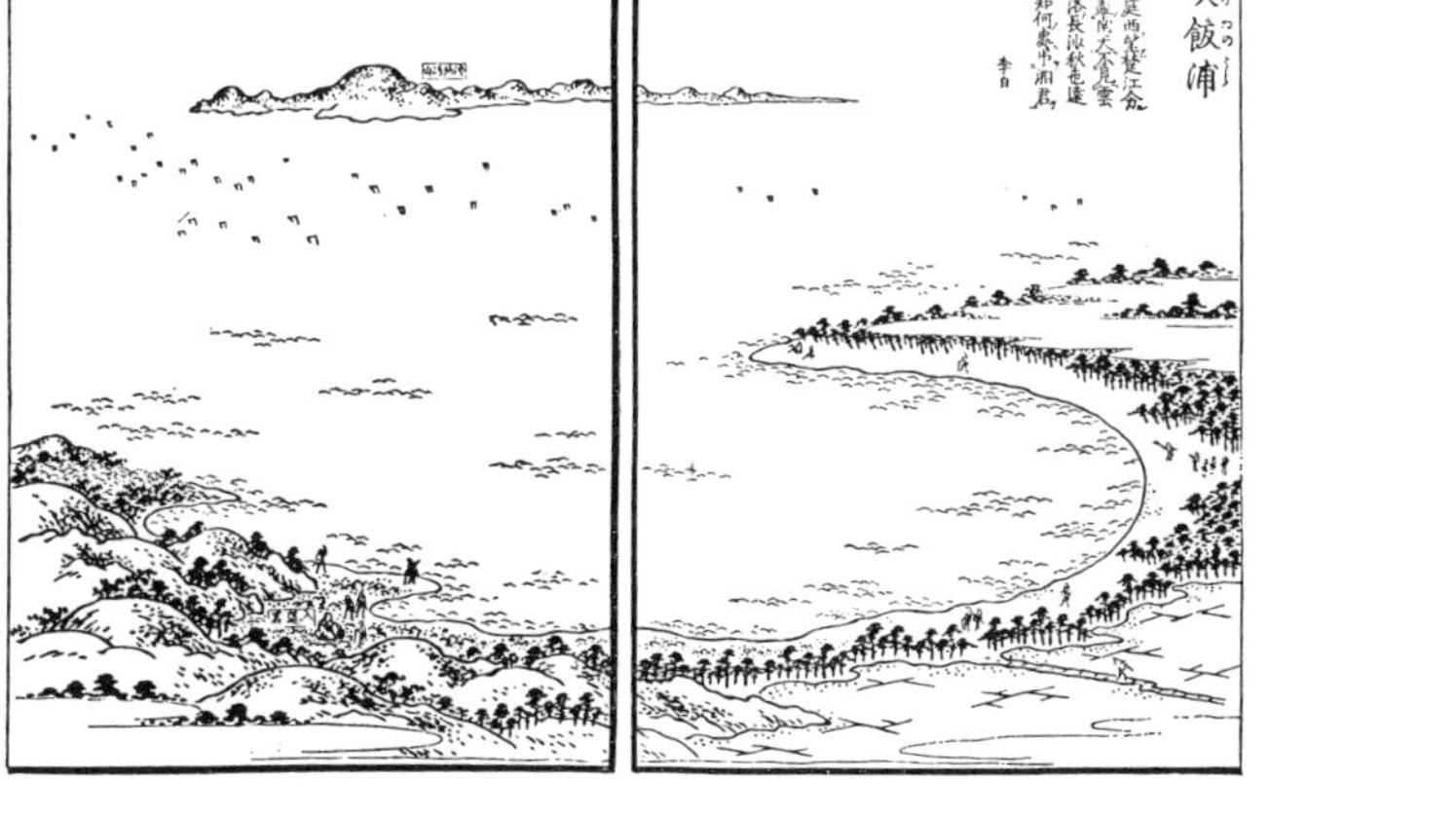

吹飯浦（吹井の浦）『和泉名所図会』
図中には「洞庭西に望めば楚江分かる／水は南天に尽きて雲見えず／日落ちて長沙秋色遠し／知らず何れの処にか湘君を弔せん　李白」とある。

凡河内《おおしこうちの》 躬恒《みつね》

わがやどの　花見《はなみ》がてらに　来《く》る人《ひと》は　ちりなむのちぞ　恋《こひ》しかるべき　（『古今和歌集』巻一・春歌上―67）

この躬恒の歌は、桜見の帰りのついでに立ち寄った人でも、桜が散ったあとでは恋しく思い出されるだろうという意味であろう。

このように平安朝の時代でも、ほかに行った帰りのついでに立ち寄る閑人は少なくなかったようで、僧正遍照も、志賀の寺を詣でた帰りに遍照の元慶寺《がんぎょうじ》（花山寺）に立ち寄り、ただ藤の花を愛でて仏を拝まずに帰る女官たちに対し、次のような歌をおくって揶揄している。

よそに見《み》て　かへらん人《ひと》に　ふぢの花《はな》　はひまつはれよ　枝《えだ》はおる《(を)》とも　（『古今和歌集』巻二・春歌下―119）

凡河内躬恒＊は、淡路の権掾《ごんのじょう》を最後に一生微官で終えたように、身分も決して高くはなかった。それにもかかわらず、傑出した歌人として『古今和歌集』の撰者となっているのである。

その躬恒は、壬生忠岑《みぶのただみね》と同じく、泉《いずみ》の大将藤原定国《さだくに》の引き立てがあったようである。躬恒と定国の関係をうかがわせるものは、定国の四十賀の祝いの話である。尚侍《しょうじ》の藤原満子《みつこ》が、右大将藤原定国《さだくに》の「四十《よそじ》の賀《が》」に四季を描いた屏風をおくり、そこに歌人たちにそれぞれ歌を献じさせたことがあった。『古今和歌集』巻七・賀歌によると、躬恒も

山《やま》たかみ　雲居《くもゐ》に見《み》ゆる　さくら花《ばな》　心《こころ》の行《ゆき》て　おら《(を)》ぬ日《ひ》ぞなき　（『古今和歌集』巻七・賀歌―358）

住《すみ》の江《え》の　松《まつ》を秋風《あきかぜ》　吹《ふく》からに　こゑうちそふる　沖《おき》つしらなみ　（『古今和歌集』巻七・賀歌―360）

の歌を添えている。『古今和歌集』では作者名を明記していないが、『躬恒集』や昭和切（俊成本）など

＊凡河内躬恒　平安前期の官人・歌人（生没年不詳）。三十六歌仙の一人。丹波権大目、和泉権掾、淡路権掾などを歴任。官人としての身分は低いが、紀貫之と共に『古今和歌集』の編者となる。醍醐天皇、宇多法皇の行幸に供奉して献歌する。

凡河内躬恒『聯珠百人一首』

によって躬恒の歌と知られるのである。ちなみに、定国の四十の賀が盛大に行われたのは、定国が醍醐天皇*のご生母胤子《たねこ》とは兄弟姉妹の関係にあったし、定国の娘和香子《わかこ》も醍醐天皇の女御となっているので、この頃、定国は全盛の時期をむかえていたからである。

それはともかくとして、わたくしには、躬恒の歌の多くは、比較的素直な歌いぶりが目立つように思われるのである。『百人一首』に収められている躬恒の

心《こころ》あてに　お《(を)》らばやお《(を)》らむ　初霜《はつしも》の　を《(お)》きまどはせる　白菊《しらぎく》の花《はな》　（『古今和歌集』巻五・秋歌下―277）

の歌も、その典型的なものの一つであろう。もちろん、この歌は白楽天の「重陽《ちょうよう》の席上《せきじょう》にて、白菊《しらぎく》を賦《ふ》す」と題する「園《その》に満《み》つ花菊《はなぎく》は、鬱金《うこん》にして黄《きいろ》なり。中《なか》に孤叢《こそう》ありて、色《いろ》、霜《しも》に似《に》る」に依るといわれているが、それを顧慮しなくとも理解される和風の歌ぶりになっている。

をみなへし　吹《ふき》すぎてくる　秋風《あきかぜ》は　目《め》には見《み》えねど　香《か》こそしるけれ　（『古今和歌集』巻四・秋歌上―234）

も、平易で衒《てら》いもなく、彼の感覚が素直に心に伝わって来るようである。

ある時、人々が雷壺《かみなりのつぼ》に集まり、秋の夜を惜しむ会が催されたが、躬恒もこの会にはべったことがあった。そして、

かく許《ばかり》　お《(を)》しと思夜《おもふよ》を　いたづらに　寝《ね》であかすらむ　人《ひと》さへぞうき　（『古今和歌集』巻四・秋歌上―190）

と歌ったと伝えられている。ちなみに、雷壺は襲芳舎《しほうしゃ》*のことで、内裏の北西の隅の建物である。右の歌はまた『万葉集』巻十の

或《あ》る人《ひと》の　あな情無《こころな》と　思《おも》ふらむ　秋《あき》の長夜《ながよ》を　寝《い》ね臥《ふ》してのみ　（『万葉集』巻十―2302）

を想起させるものがある。

叙景歌に優れ、『古今和歌集』をはじめ勅撰集に入集。家集に『躬恒集』がある。

*醍醐天皇
第六十代天皇（八八五～九三〇）。宇多天皇の皇子。母は藤原胤子。宇多天皇が上皇となり、十三歳で即位。藤原時平・菅原道真を左右大臣として天皇親政を行ったが、道真左遷後、時平に実権を握られる。時平没後は宇多上皇、藤原忠平と共に再び親政を行う。在位中に『日本三代実録』『類聚国史』『古今和歌集』などの編纂が行われた。在位八九七～九三〇。

*襲芳舎
平安京内裏の五舎の一つで、北西隅にある舎。後宮の局《つぼね》で、右大将の止宿所でもあった。庭の木に落雷したことから「雷壺」ともいわれた。

壬生忠岑《みぶのただみね》

たぎつ瀬《せ》に　根《ね》ざしとゞめぬ　浮草《うきぐさ》の　うきたる恋《こひ》も　我《われ》はする哉《かな》（『古今和歌集』巻十二・恋歌二―592）

壬生忠岑＊は、優れた恋歌をとどめている歌人の一人である。『百人一首』にも採録されている

晨明《ありあけ》の　つれなく見《み》えし　別《わかれ》より　暁《あかつき》許《ばかり》　うき物《もの》はなし（『古今和歌集』巻十三・恋歌三―625）

は、先の歌とならんで彼の名歌の一つである。この歌では、晨明を「ありあけ」と訓《よ》ませている。晨明は明け方の意であるが、「淮南子《えなんじ》」には「日は暘谷《ようこく》より出で、咸池《かんち》に浴し、扶桑《ふそう》を払う。是《これ》を晨明《しんめい》と謂《い》う」とある。

「たぎつ瀬に」の歌は、激しく流れる浅瀬に、根を差し伸ばそうとしない浮草のように、いつもふらふらと恋をしてしまうものだなあという意味である。「よみ人しらず」の恋歌

うき草《ぐさ》の　うへは繁《しげ》れる　渕《ふち》なれや　ふかき心《こころ》を　知《し》る人《ひと》のなき（『古今和歌集』巻十一・恋歌一―538）

にも、うき草を恰好の材料として、恋歌の中に好んで詠み込んでいる。この歌は、浮き草が深い渕の表面を隠しているが、そのように人に知られずに恋をしているわたくしの深い心を、あの人は知っているだろうかの意である。それに対し、忠岑は、深い渕の上にただよう浮草のような、とりとめもない恋を歌っている。

壬生忠岑は、壬生《みぶ》氏の出身であるため、当時にあっては、必ずしも高い身分を得るような人間ではなかった。壬生氏は、「乳部《みぶ》」（「皇極紀」元年条）とも表記されるように、皇太子、特に聖徳太子の家（上宮家《かみつみやけ》）の養育の奉仕に当たった部民であるが、特に軍事的な支柱となった武門の一族であった。また、宮城十二門の一つに壬生門があったように、宮城守衛を職掌とする家柄であったようである。

＊壬生忠岑　平安前・中期の官人・歌人（生没年不詳）。三十六歌仙の一人。左近衛番長として藤原定国の随身の任につき、歌人として名をなし、右衛門府生、左近衛将監、摂津権大目・従六位となる。多くの歌合に列席し、『古今和歌集』の撰

壬生忠岑『聯珠百人一首』

『勅撰作家部類』に、忠岑は「右衛門府生散位《うえもんふしょうさんい》壬生安綱《やすつな》の男《だん》」と記されているが、忠岑も右近衛の番《ばん》長《ちょう》から府生《ふしょう》を長年務め上げた下級の官僚であった。忠岑自身も、「古歌《ふるうた》に加《くは》へて奉《たてまつ》れる長歌《ながうた》」の中で「近《ちか》き衛《まも》りの　身《み》なりしを　誰《たれ》かは秋《あき》の　来《く》るかたに　あざむきいでて　御垣《みかき》より　外重《とのへ》守《も》る身《み》の　御垣守《みかきもり》　長《おさ》〳〵しくも　思《おも》ほへず」（『古今和歌集』巻十九・雑体―1003）と、自らの略歴を述べている。自分は宮中を守護する左近衛府《さこのえふ》の番長であったが、どなたのご推挙か、右衛門府《うえもんふ》の府生となった。宮城を外から護る役を仰せつかっているが、その任に長らく耐えるほどの能力は自分にはない、と歌っている。このような下級の役職を、「つもれる年《とし》を　記《しる》せれば　五《いつ》つの六《む》つに　なりにけり」とあるように、三十年の長い下積みの生活に甘んじて来たと嘆いているのである。

彼は時には、泉大将《いずみのたいしょう》と呼ばれた藤原定国《さだくに》*の随身《ずいじん》となったこともあったようである。定国が、酒に酔った帰り路、夜ふけに突然、左大臣藤原時平《ときひら》*宅を訪問したことがあった。前触れもないことなので、時平は驚いて、格子を上げて見ると、定国が壬生忠岑を供として立っていた。忠岑は時平を見ると、すかさず松明《たいまつ》をかざし、膝をつきながら

かさゝぎの　渡《わた》せるはしの　霜《しも》の上《うへ》を　夜半《よは》にふみわけ　ことさらにこそ

と申し上げたという（『大和物語』百二十五）。いうまでもなく、「鵲《かささぎ》の渡せる橋」は、七夕の夜に織女星を、鵲の翼で天の河を渡すという故事にもとづくものであるが、この時代では特に宮中やそれに準ずる高貴の人の階《きざはし》をいうようである。時平の邸宅の階段に、露を踏み分け、わざわざ敬意をあらわしに参上したと言上したのである。時平は、忠岑の機転のきいた和歌を誉めて、邸宅にあげて管弦の遊びを催し、その帰りには忠岑にも禄を授けたという。

壬生忠岑は、一生、下官で過ごしたが、それでも優れた歌人として認められ、『古今和歌集』の撰者に選ばれている。『拾遺和歌集』の巻頭は、忠岑の歌

春立《はるた》つと　いふ許《ばかり》にや　三吉野《みよしの》の　山《やま》もかすみて　今朝《けさ》は見《み》ゆらん（『拾遺和歌集』巻一―1）

で飾られている。

者の一人となる。『古今和歌集』をはじめ勅撰集に入集。歌論書『和歌体十種』は忠岑の著とされる。家集に『忠岑集』がある。

*藤原定国
平安中期の公卿（八六七～九〇六）。藤原高藤の子。母は宮道弥益の娘。泉大将と通称された。左近衛中将、参議、従三位中納言、右近衛大将、大納言兼陸奥出羽按察使、春宮大夫を歴任した。

*藤原時平
平安中期の公卿（八七一～九〇九）。藤原基経の子。醍醐天皇のもとで左大臣となり、政敵の菅原道真を大宰権帥に左遷し、政治の実権を掌握した。『日本三代実録』『延喜式』の編纂にあたる。→196頁

七夕『大和耕作絵抄』

坂上《さかのうえの》　是則《これのり》

あさぼらけ　有明《ありあけ》の月《つき》と　見《み》るまでに　よしのの里《さと》に　ふれる白雪《しらゆき》　（『古今和歌集』巻六・冬歌―332）

坂上是則*のこの歌には、「大和国《やまとのくに》にまかれりける時《とき》に、雪《ゆき》の降《ふ》りけるを見《み》て、よめる」という詞書《ことばがき》が付せられている。是則の大和国の雪の歌としては

みよしのの　山《やま》の白雪《しらゆき》　つもるらし　古里《ふるさと》さむく　成《な》りまさるなり　（『古今和歌集』巻六・冬歌―325）

があるが、これも同じく『古今和歌集』に収められている。

「あさぼらけ（朝朗）」は、朝、空がほのかに明るくなる状態をいう。また「有明の月」とは、陰暦十六夜以後の、月がまだ天に残りながら夜が明けることである。

是則の歌は、吉野の里に降っている白雪は、夜明けの有明の月と思わされるほどである、という意味である。注釈によれば、雪を月の光に擬するは、中国の詩の影響であるという。たとえば、何遜《かそん》の詠雪《えいせつ》の詩に、雪が「階《かい》に凝《こ》りて、夜《よ》、月《つき》に似《に》たり」と詠まれている。

坂上是則は、平安初期の有名な武将、坂上田村麻呂《さかのうえのたむらまろ》の五世孫である（『坂上氏系図』）。是則は、大内記《だいないき》に任ぜられていたから、武人の流れというよりも、漢学の素養を身につけていた人物のように思われるのである。大内記は中務省《なかつかさしょう》に属し、「詔勅《しょうちょく》を造《つく》り、凡《すべ》て御所《ごしょ》の記録《きろく》の事《こと》を掌《つかさど》」るからである（『職員令』）。

ちなみに、是則は醍醐天皇の延長二（九二四）年従五位下に叙せられ、加賀介《かがのすけ》に任ぜられているから、中流の官僚といってよいであろう。しかし是則は、宇多・醍醐両帝の時代、宮廷の歌人としても活躍し、『後撰和歌集』の撰者に選ばれている。彼の息子の坂上望城《もちき》*も父譲りの歌人で、「梨壺《なしつぼ》の五人」の一人であった。

*坂上是則
平安前・中期の文人・歌人（?〜九三〇）。坂上好蔭の子。三十六歌仙の一人。大和権少掾、大内記を経て、従五位下、加賀介となる。蹴鞠の名手で知られた。『古今和歌集』の撰者の一人となる。家集『是則集』がある。

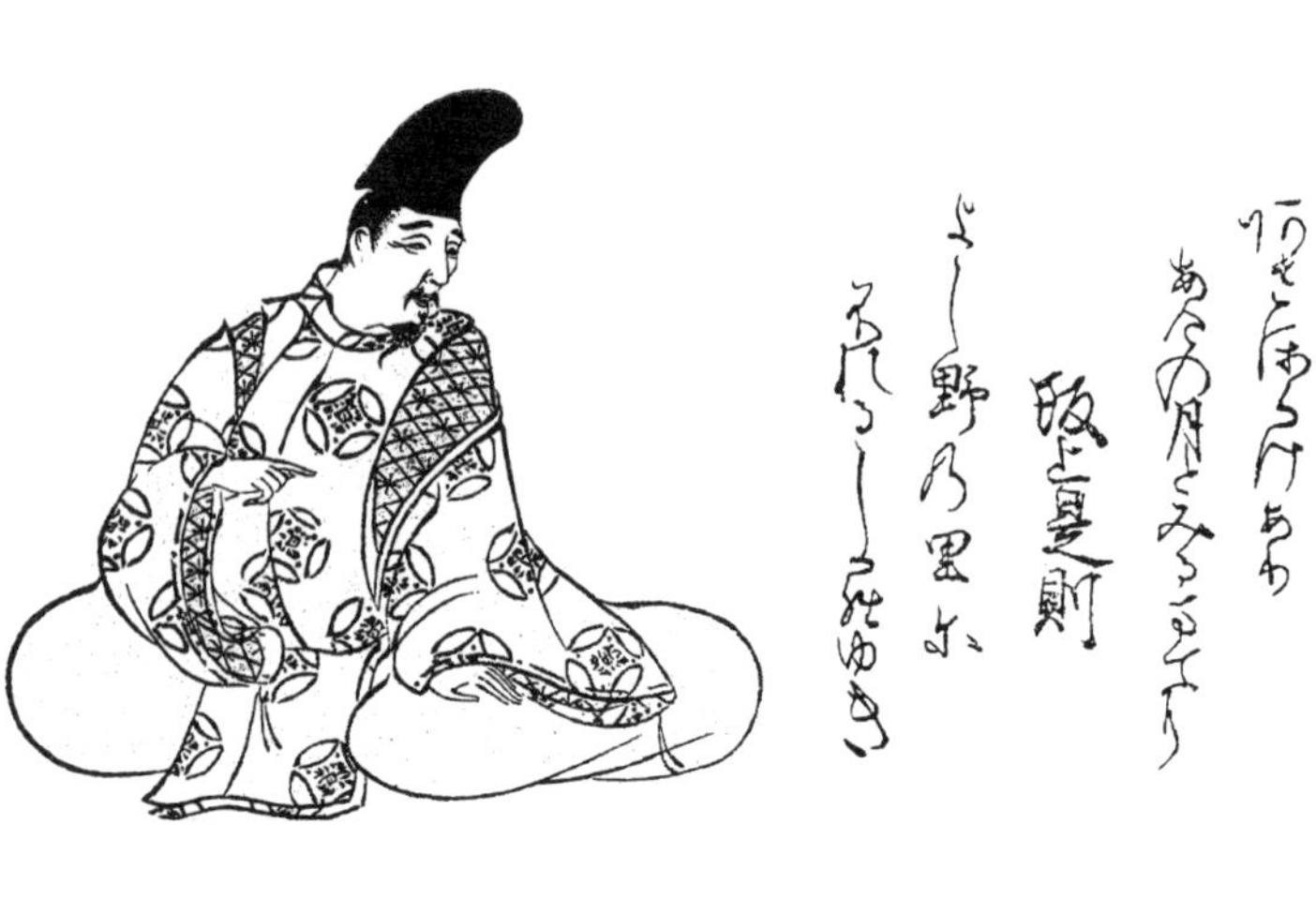

坂上是則『聯珠百人一首』

さほ山《やま》の　はゝその色《いろ》は　うすけれど　秋《あき》はふかくも　なりにける哉《かな》（『古今和歌集』巻五・秋歌下―267）

もみぢ葉《ば》の　ながれざりせば　たつた河《がは》　水《みづ》の秋《あき》をば　たれか知《し》らまし（『古今和歌集』巻五・秋歌下―302）

は是則の秋の詠歌である。ちなみに「ははそ」は「柞《ははそ》」である。「みずなら」などの「ナラ」の類や、「クヌギ」の類の総称である。『新撰字鏡』には、「楢《なら》、堅木《かたき》なり。波々曾乃木《ははそのき》」と註されている。

是則には

わが恋《こひ》に　くらふの山《やま》の　さくら花《ばな》　まなくちるとも　数《かず》はまさらじ（『古今和歌集』巻十二・恋歌二―590）

逢《あ》ふことを　ながらの橋《はし》の　ながらへて　恋《こ》ひわたるまに　年《とし》ぞへにける（『古今和歌集』巻十五・恋歌五―826）

などの恋歌があるが、それより、わたくしは先の四季の叙景の歌のほうがよいと思っている。

花《はな》ながす　瀬《せ》をもみるべき　三日月《みかづき》の　われて入《い》りぬる　山《やま》のをちかた（『新古今和歌集』巻二・春歌下―152）

この歌は、坂上是則の師の紀貫之《つらゆき》の曲水《ごくすい》《きょくすい》の宴で詠まれたものであるという。花を流す美しい瀬を見ようと思っていたが、今宵の月は、片割れの姿で早くも沈んでしまったという意味である。

園原《そのはら》や　ふせ屋《や》におふる　帚木《ははきぎ》の　ありとは見《み》えて　あはぬ君《きみ》かな（『新古今和歌集』巻十一・恋歌一―997）

是則の恋歌の中で、この恋歌に、わたくしは一番興味を感じている。園原《そのはら》の布施《ふせ》屋に生えている帚木は、見えているのに近付くと消え失せるというが、それはあたかも近くにいながら、なかなかお逢いしてくれない貴女《あなた》のようだという意味であろう。この歌は、ご存知のように、『源氏物語』（帚木の巻）を思い出させるものがある。ちなみに、園原は美濃と信濃の国境にあるが、ここの帚木は近寄るとその姿が見えなくなるという伝説の木である。

＊坂上望城
平安中期の歌人（生没年不詳）。坂上是則の子。勅によって清原元輔、大中臣能宣、源順、紀時文などと共に『万葉集』を訓釈する。また『後撰和歌集』の撰にたずさわる。

曲水の宴『絵本藻塩草』
中国から伝来したもので、古代に朝廷で行われた行事。三月三日の桃の節句に、朝臣が庭園の曲水に臨み、上流から流れてくる盃が、自分の前を通り過ぎないうちに一詩をつくり、酒を飲んで次に回すという遊び。中国の会稽山陰の蘭亭に文人が会合した流觴曲水の遊びが有名である。

春道《はるみちの》列樹《つらき》

昨日《きのふ》といひ　今日《けふ》とくらして　あすか河《がは》　流《なが》れてはやき　月日《つきひ》なりけり　（『古今和歌集』巻六・冬歌―341）

この「年《とし》の果《はて》に」と題した春道列樹の歌は、おそらく、誰しも年末に至っていだく感慨であろう。古い時代の飛鳥川は、上流の地域は特に水量が多く、雨が降れば激流となって流れたという。『万葉集』にも、

今行《いまゆ》きて　聞《き》くものにもが　明日香川《あすかがは》　春雨降《はるさめふ》りて　激《たぎ》つ瀬《せ》の音《と》を　（『万葉集』巻十―1878）

などと歌われている。また、そのためしばしば川の流れを変えるので、飛鳥川は変化の多い川として、歌に詠まれることが少なくないのである。

世中《よのなか》は　なにか常《つね》なる　あすか河《がは》　きのふの渕《ふち》ぞ　けふは瀬《せ》になる　（よみ人しらず『古今和歌集』巻十八・雑歌下―933）

あすか河《がは》　ふちにもあらぬ　わが宿《やど》も　せに変《かは》り行《ゆく》　物《もの》にぞ有《あり》ける　（伊勢『古今和歌集』巻十八・雑歌下―990）

このように、古代の人々にとっては、飛鳥川は、常なく変わるものの象徴として歌われていた。

春道列樹*は、『古今和歌集』の時代の歌人である。文章生出身で、後には壱岐守に任じられている官僚であった。春道の家は、天智天皇の五世孫、五百枝王《いおえのおおきみ》より始まるといわれている。五百枝王は、臣籍降下して春道五百枝《いおえ》と名のり、参議までのぼったが、その子孫の列樹などは中流貴族にとどまっている。春道列樹の歌で、最もよく知られるのは、

山河《やまがは》に　風《かぜ》のかけたる　しがらみは　ながれもあへぬ　もみぢなりけり　（『古今和歌集』巻五・秋歌下―303）

---

*春道列樹　平安前・中期の官人・歌人（?～九二〇）。主税頭の春道新名の子。文章生、大宰大典を経て、壱岐守となるが、赴任前に没した。『古今和歌集』『後撰和歌集』に入集。

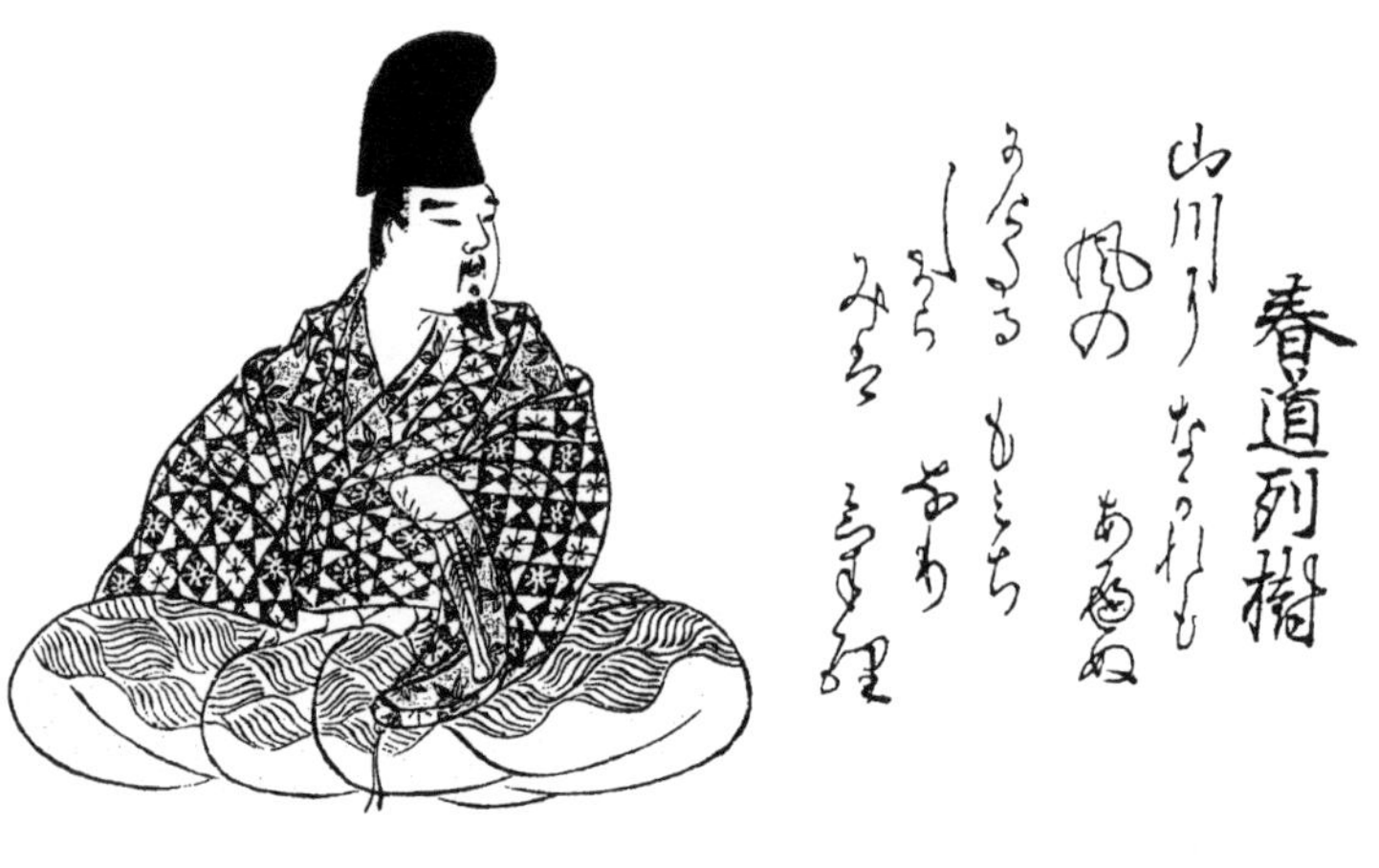

春道列樹『聯珠百人一首』

であろう。いうまでもなく「しがらみ」は、流をせき止めるために、河の中に立てられた柵である。

この歌は、藤原定家《ていか》も『百人秀歌』や『百人一首』に採り入れている名歌である。この歌は、志賀の山越の時のものといわれている。志賀の山越については、「志賀《しが》の山越《やまごえ》といふは、山城《やましろ》の北白川《きたしらかわ》の滝の傍《ほとり》より上《の》ぼりて、如意《にょい》が嶽越《たけこ》えに、近江《あふみ》の志賀へ出《い》ずる道なり」（『百人一首一夕話』春道列樹）と説明されている。志賀は「滋賀」「志我」などとも表記されるが、近江国滋賀郡である。琵琶湖の西岸の南半を占める地域で、ここより比良《ひら》、比叡の山を越えて、山城に至る道が開かれていた。ちなみに、如意ヶ嶽は洛東にあって、毎年、大文字の火を焚くことで有名な、比叡の一支峰である。比叡の大岳とこの嶽の間は、志賀越と呼ばれる。ここを越えて、近江の志賀の大津へと向かうのである。

ところで『古今和歌集』にはもう一つ、列樹の

梓弓《あづさゆみ》　ひけば本末《もとすゑ》　わが方《かた》に　よるこそまされ　恋《こひ》の心《こころ》は　（『古今和歌集』巻十二・恋歌二―610）

の歌を載せている。この歌は、「梓弓を引くと、本《もと》と末《すえ》が近くに寄るというが、わたくしも、あの方に引き寄せられるばかりである。特に、独り寝の夜は、一層強くなる」というのが大意である。先の二つの列樹の歌に比べて、わたくしは素直にいって、この歌の少し前にあげられた、紀貫之《つらゆき》の

津《つ》の国《くに》の　なにはの葦《あし》の　めもはるに　しげきわが恋《こひ》　人《ひと》しるらめや　（『古今和歌集』巻十二・恋歌二―604）

などの方が優れているように思える。

列樹の歌は、このほか『後撰和歌集』に二首収められている。

わがやどの　花《はな》にな鳴《な》きそ　喚子鳥《よぶこどり》　よぶかひ有《あ》りて　君《きみ》も来《こ》なくに　（『後撰和歌集』巻二・春中―79）

数《かず》ならぬ　み山隠《やまがく》れの　郭公《ほととぎす》　人知《ひとし》れぬ音《ね》を　なきつゝぞふる　（『後撰和歌集』巻九・恋一―549）

やはり、『百人一首』に採られた列樹の歌が、わたくしは、よりすばらしいと考えている。

飛鳥川『西国三十三所名所図会』

図中には「続古今　飛鳥川ゆく勢の波に御祓して早くぞ年の半すぎぬる　実家」とある。また、同図会には「飛鳥川　水源畑の山中より流れて稲淵を経て細川と合し、岡・飛鳥・四分等を経て今井にいたり、蘇武川といふ。地黄を歴《へ》て十市郡に入る」とある。

よみ人しらず

さつきまつ　花《はな》たちばなの　香《か》をかげば　昔《むかし》の人《ひと》の　袖《そで》の香《か》ぞする（『古今和歌集』巻三・夏歌―139）

『古今和歌集』の「よみ人しらず」の歌には、わたくしの心ひかれるものが、いくつか存在する。学者によっては、「よみ人しらず」は、『万葉集』から『古今和歌集』に移行する過程の歌人たちと位置づけているが、その中にはなかなか魅力的な歌が含まれているといってよい。

「さつき」は皐月《さつき》で、旧暦五月の呼び名である。いうまでもなく、この「サツキ」の「サ」は「稲《サ》」を意味する。早稲《わせ》の「セ」、早乙女《さおとめ》の「サ」、「酒」の「サ」は、すべて一連の言葉と解されている。

「花たちばな」は、いうまでもなく「橘の花」であるが、〝非時《ときじく》の香菓《かくのみ》〟（「垂仁紀」九十年二月条）と称されるように、常世《とこよ》の国からもたらされた花と見なされていた。ちなみに、「タチバナ」の名は、橘を将来した田道間守《たじまもり》*の花、つまり但馬《たじま》の花を、その由来とする。純白の五弁の花は、清純であったから、古来より大変人々に好まれ、美しい可憐な乙女を象徴する花の一つでもあった。

また、日本人は古来から「移り香」というものをたのしんで来たようである。『古今和歌集』には、紀友則《とものり》*の歌、

蟬《せみ》の羽《は》の　夜《よる》の衣《ころも》は　うすけれど　移《うつ》り香《が》こくも　にほひぬる哉《かな》（『古今和歌集』巻十七・雑歌上―876）

が載っている。この歌は、詞書《ことばがき》に「方違《かたたが》へに、人の家にまかれりける時に、主《あるじ》の、衣《きぬ》を着《き》せたりけるを、朝《あした》に返《かへ》すとて、よみける」と記されるように、方違えで、他人の家で夜を明かした時の歌である。

「方違え」は、平安時代に盛んに行われた陰陽道による風習である。外出する時、その方向が忌むべきところであったならば、必ず前の夜に、よその方角にある家にとまって、あらためて目的の方向の地に向かうことをいうのである。『源氏物語』（帚木《ははきぎ》の巻）にも、「女ども、御かたがへこそ、夜深くいそ

---

*田道間守
『日本書紀』に見られる伝説上の人物。新羅王子天日矛の子孫。垂仁天皇の命で常世国に赴き、十年後に非時香菓（橘の実）を持ち帰ったが、すでに天皇は崩御していたため、天皇の陵の前で殉死したと伝えられる。三宅連の祖。

タチバナ『大植物図鑑』

*紀友則
平安前期の歌人（?～九〇七）。三十六歌仙の一人。『古今和歌集』の撰者の一人となるが、刊行前に没する。『古今和歌集』哀傷歌に紀貫之の挽歌が収録されている。家集に『友則集』がある。↓162頁

がせ給ふ」と見えている。

友則の「蟬の羽の」の歌は、蟬の羽ともいうべき薄い夜の衣は、大変薄いが、あなたが心を込めてたきしめた香の移り香は、わたくしには大変、強くにおってくるという意味である。方違えのために、一夜の宿を頼んだ主人の心遣いを、感謝を込めて歌ったものである。

ところで橘の花は、平安時代のみならず、すでに万葉歌人からも愛されているのである。『万葉集』には、大伴家持が「田道間守《たぢまもり》　常世《とこよ》に渡《わた》り　八矛持《やほこも》ち　参出来《まゐでこ》し　時《とき》じくの　香《かく》の木《こ》の実《み》を」と長歌で歌い、

橘《たちばな》は　花《はな》にも実《み》にも　見《み》つれども　いや時《とき》じくに　なほし見《み》が欲《ほ》し（『万葉集』巻十八―4112）

と短歌を付している。『源氏物語』（胡蝶の巻）には、

たち花の　薫《かを》りし袖《そで》に　よそふれば　変《かは》れる身《み》とも　思《おも》ほえぬ哉《かな》

の歌が載せられていることも、ご存知のことであろう。この巻の場面は、玉鬘《たまかずら》の顔立ちが、夕顔《ゆうがお》＊を思わせることを発見した光源氏が、箱に盛られた橘を見て歌ったものである。この歌は、昔人の袖の香りをしのばせる橘の香をかぐと、懐かしい母上とあなたは別人のようには思われないという意である。この『源氏物語』の歌は、すでにお気づきの通り、先の『古今和歌集』の歌を下敷きとしている。『源氏物語』では、この歌をうけて、さらに玉鬘は

袖《そで》の香《か》を　よそふるからに　たちばなの　みさへはかなく　なりもこそすれ

と歌っている。亡き母になぞらえられるから、自分（玉鬘）も、はかない命ではないかと心配しているという意である。

『源氏物語』の「袖の香」は、いうまでもなく故人の夕顔の袖の香を指している。

源氏物語「夕顔」『絵本常盤草』

＊夕顔
『源氏物語』の巻名。その女性主人公。初め頭中将の寵愛を受けて玉鬘を産むが、正室を恐れて身を隠す。のち光源氏に愛されるが、光源氏と廃院で語り合う夜に、物怪に襲われて息が絶える。

猿丸大夫《さるまるだゆう》

奥山《おくやま》に　紅葉《もみぢ》ふみわけ　鳴鹿《なくしか》の　こゑきく時《とき》ぞ　秋《あき》はかなしき　（『古今和歌集』巻四・秋歌上―215）

この『百人一首』にも採られた歌は、『古今和歌集』に「よみ人しらず」と記されているように、猿丸大夫*がいかなる人物であるかはさだかではない。

ただ、『古今和歌集』の紀淑望《よしもち》が記した「真名《まな》の序」に、「大友黒主《おほとものくろぬし》の歌は、古《いにしへ》の猿丸《さるまる》大夫《だゆう》の次《つぎて》なり。頗《すこぶ》る逸興《いつきょう》あれども、体《たい》甚《はなは》だ鄙《いや》し。田夫《たひと》の花《はな》の前《まへ》に息《やす》めるが如《ごと》し」と述べられた箇所に登場しているだけである。

それ故に、後世に至るに従い、いわゆる「猿丸大夫伝説」が増幅していく。そしてその実像は迷路にまぎれて、実体は朧げになるのである。

鴨長明《かものちょうめい》*の『方丈記』には、「田上川《たなかみ》をわたりて、猿丸大夫が墓をたづぬ」と記されており、長明の時代に、猿丸大夫の墓が宇治川の上流の田上川のほとりにあったと信じられていたようである。また、長明の著とされる『無名抄《むみょうしょう》』にも、「田上のしもの曾束《そつか》という所あり。そこに猿丸大夫が墓あり」と記されている。

吉田東伍博士の『大日本地名辞書』には、『淡海地志』を引き、「其嶽《そのたけ》に猿丸祠《さるまるがし》あり、又、隔岸《かくがん》の地に猿丸の宅址《たくし》あり。宅址は岩窟にして、青山《せいざん》に囲まれ、碧水《へきすい》に臨み佳景《かけい》なり」と述べている。其嶽とは、いうまでもなく曾束山を指すが、近江国から山城国綴喜《つづき》郡宇治田原を通ずるところにある山である。

この曾束には、後に帥《そつ》大納言源経信《つねのぶ》*の別業も営まれていたという。ちなみに、経信は平安後期の歌人で、能因法師の影響をうけた歌人と知られ、詩、歌、管弦の三才を兼備した人物であるという。

先に述べた、長明がいう猿丸大夫の伝承も、必ずしも史実であるかは明らかではない。

最も極端なる妄誕では、猿丸大夫を弓削道鏡《ゆげのどうきょう》とする説がある。これは宗祇が『百人一首注』に記した

*猿丸大夫　『古今和歌集』「真名の序」に見える伝説的人物。三十六歌仙の一人。猿丸は名、大夫は官位。その人物については、柿本人麻呂説、弓削道鏡説など諸説あるが、さだかではない。

猿丸大夫『聯珠百人一首』

ものであるが、もちろん、『百人一首一夕話』では、「今、猿丸の事につけて道鏡の事を説くは、かの妄《もう》説《せつ》のはなはだしき事、児女《じじょ》の輩《ともがら》にわきまへさせんが為《ため》なり」と厳しく批判している。

ところで、先の猿丸大夫の「奥山に」の歌は、「人里離れた奥山に、秋草の紅葉を踏み分けて入って行くと、鹿の啼《な》く音が聞こえてくる。その時こそ最も秋は悲しい時だと知られる」というのが、大意であろう。

日本人は、古来より、鹿の啼く音に対して、独特の感覚をもちつづけて来たようである。

たとえば「仁徳紀」には、仁徳天皇と八田皇女《やたのひめみこ》は、高台にあって、夏の毎夜、菟餓野《とがの》（摂津国八田部菟餓野〈現在の大阪市北区兎我野町付近〉）から聞こえてくる鹿の啼く音を耳にされていたが、その鹿の啼く音は、「其の声《こゑ》、寥亮《さやか》にして悲《かな》し。共《とも》に可怜《あはれ》とおもほす情《みこころ》を起《おこ》したまふ」（「仁徳紀」三十八年七月条）と記されているのである。

『古今和歌集』にも

山里《やまざと》は　秋《あき》こそことに　わびしけれ　しかのなく音《ね》に　目《め》をさましつゝ　（『古今和歌集』巻四・秋歌上―214）

という壬生忠岑《みぶのただみね》の歌が載せられている。

鹿の啼く音は妻呼ぶ声でもあったから、ひとしお、あわれと感ぜられたのであろう。まして、孤独で生きる人間にとっては、鹿の啼く声は人恋しきものと聞こえ、ことさらに心をゆすぶられたのではないだろうか。

猿丸大夫の歌が、『百人一首』の中でも、人々から特に愛唱されて来たのは、おそらく人目を枯れる秋こそ、人恋しさにさびしさを、ひとしお増す季節だったからではあるまいか。

---

*鴨長明
鎌倉前期の歌人（一一五三・五？～一二一六）。「ながあきら」ともいう。京都下賀茂神社禰宜《ねぎ》鴨長継の子。後鳥羽上皇の和歌所寄人。禰宜職を継ぐことができず出家。大原から日野に隠棲。出家後、飛鳥井雅経と鎌倉に下り源実朝に和歌を講じる。隠棲生活で随筆『方丈記』を著す。その他の著に『発信集』『無名抄』があり、家集に『鴨長明集』がある。左の絵のごとく、琵琶の名手としても知られた。

鴨長明『国文学名家肖像集』

*源経信
平安後期の公卿（一〇一六～九七）。源道方の子。大蔵卿、民部卿、大納言などを経て大宰権帥となる。詩歌・管弦に優れ、琵琶は桂流の祖とされる。家集に『経信集』がある。→270頁

紀友則《きのとものり》

きみならで　誰《たれ》にか見《み》せむ　梅花《むめのはな》　色《いろ》をも香《か》をも　しる人《ひと》ぞしる（『古今和歌集』巻一・春歌上―38）

このような歌をおくられた女性は一体、何と思うのであろうか。自分の美しさと、感覚の洗練さをたたえる歌を恋人から捧げられた時、至福の夢に包まれる想いに満たされるのではないだろうか。

この歌の作者は、紀友則＊である。いうまでもなく、『古今和歌集』の撰者の一人である。彼は、宮内少輔有朋《くないのしょうふありとも》の息子であり、寛平九（八九七）年の頃、土佐掾《とさのじょう》に任ぜられている。土佐掾は、国司の三等官であり、五位以下の地下《じげ》の官にすぎないから、彼の役職は、決して高いものではなかった。延喜四（九〇四）年に大内記《だいないき》となっているが、これも正六位上の相当官である。ただ優れた歌人として、宮廷関係の歌合《うたあわせ》にはしばしば出詠している。

久方《ひさかた》の　ひかりのどけき　春《はる》の日《ひ》に　しづ心《こころ》なく　花《はな》のちるらむ（『古今和歌集』巻二・春歌下―84）

は、『百人一首』にも採られ、最も人々から愛唱された歌の一つであろう。

そうかと思うと、友則は人の意表を巧みにつく歌も作っている。是貞《これさだ》親王の秋の歌合では、友則はいきなり「春霞《はるがすみ》」と歌い出したという。人々が怪訝の思いを顔色にあらわしていると、友則は

春霞《はるがすみ》　かすみて去《い》にし　かりがねは　今《いま》ぞなくなる　秋霧《あきぎり》のうへに（『古今和歌集』巻四・秋歌上―210）

と、すまして詠じたという。また、友則は同じく是貞親王の歌合に、

露《つゆ》ながら　お《（を）》りてかざゝむ　菊《きく》の花《はな》　老《お》いせぬ秋《あき》の　ひさしかるべく（『古今和歌集』巻五・秋歌下―270）

と歌っている。友則には恋歌も多いが、

＊紀友則
平安前期の歌人（?～九〇七）。紀有朋の子。三十六歌仙の一人。土佐掾、少内記、大内記を歴任。紀貫之らと共に『古今和歌集』の撰者の一人となるが、刊行前に没する。『古今和歌集』哀傷歌に紀貫之、壬生忠岑の挽歌が収録されている。作品は『古今和歌集』をはじめ、『後撰和歌集』『拾遺和歌集』に入集。家集に『友則集』がある。

紀友則『聯珠百人一首』

河《かは》の瀬《せ》に　なびく玉藻《たまも》の　みがくれて　人《ひと》に知《し》られぬ　恋《こひ》もする哉《かな》（『古今和歌集』巻十二・恋歌二―565）

は、その一つである。ちなみに「みがくれて」は「水隠《みがく》れて」の意であるが、これに「身隠れる」の意を含ませている。わたくしたちは、「知られぬ恋もするかな」といえば、すぐに

ほとゝぎす　鳴《な》くやさ月《つき》の　あやめ草《ぐさ》　あやめも知《し》らぬ　恋《こひ》もする哉《かな》

（よみ人しらず『古今和歌集』巻十一・恋歌一―469）

を思い出すだろう。この歌は、また『万葉集』の長歌の「霍公鳥《ほととぎす》　来鳴《きな》く五月《さつき》の　菖蒲草《あやめぐさ》」（巻十八―4101）の一節に類似している。ちなみに、霍公鳥（郭公鳥《かっこう》）は、ほととぎすとは本来、異なる鳥であるが、すでに平安初期の『新撰万葉』や『新撰字鏡《じきょう》』では、ほととぎすに当てている。

あづま路《ぢ》の　小夜《さや》の中《なか》山　なか〳〵に　何《なに》しか人《ひと》を　思《おも》ひそめけむ（『古今和歌集』巻十二・恋歌二―594）

の友則の歌も、『万葉集』の

思《おも》ひ絶《た》え　わびにしものを　なかなかに　何《なに》か苦《くる》しく　相見《あひみ》そめけむ（『万葉集』巻四―750）

を思い出させるものがある。佐為《さや》の中山は、遠江国《とおとうみ》の日坂《にっさか》の東の坂を下って金谷の菊川に至る駅路をいう。後には「佐為」は専ら「佐夜《さよ》」と訓《よ》まれるようになる。佐為の中山は現在の静岡県掛川市日坂《にっさか》付近である。

ところで友則は、『後撰和歌集』に

はる〴〵の　数《かず》は忘《わす》れず　有《あり》ながら　花咲《はなさ》かぬ木《き》を　なにに植《う》へ《（ゑ）》けん（『後撰和歌集』巻十五・雑一―1078）

と歌っているが、友則は、歌壇は別として、官界にあっては「花咲かぬ木」という諦観をもちつづけていたようである。

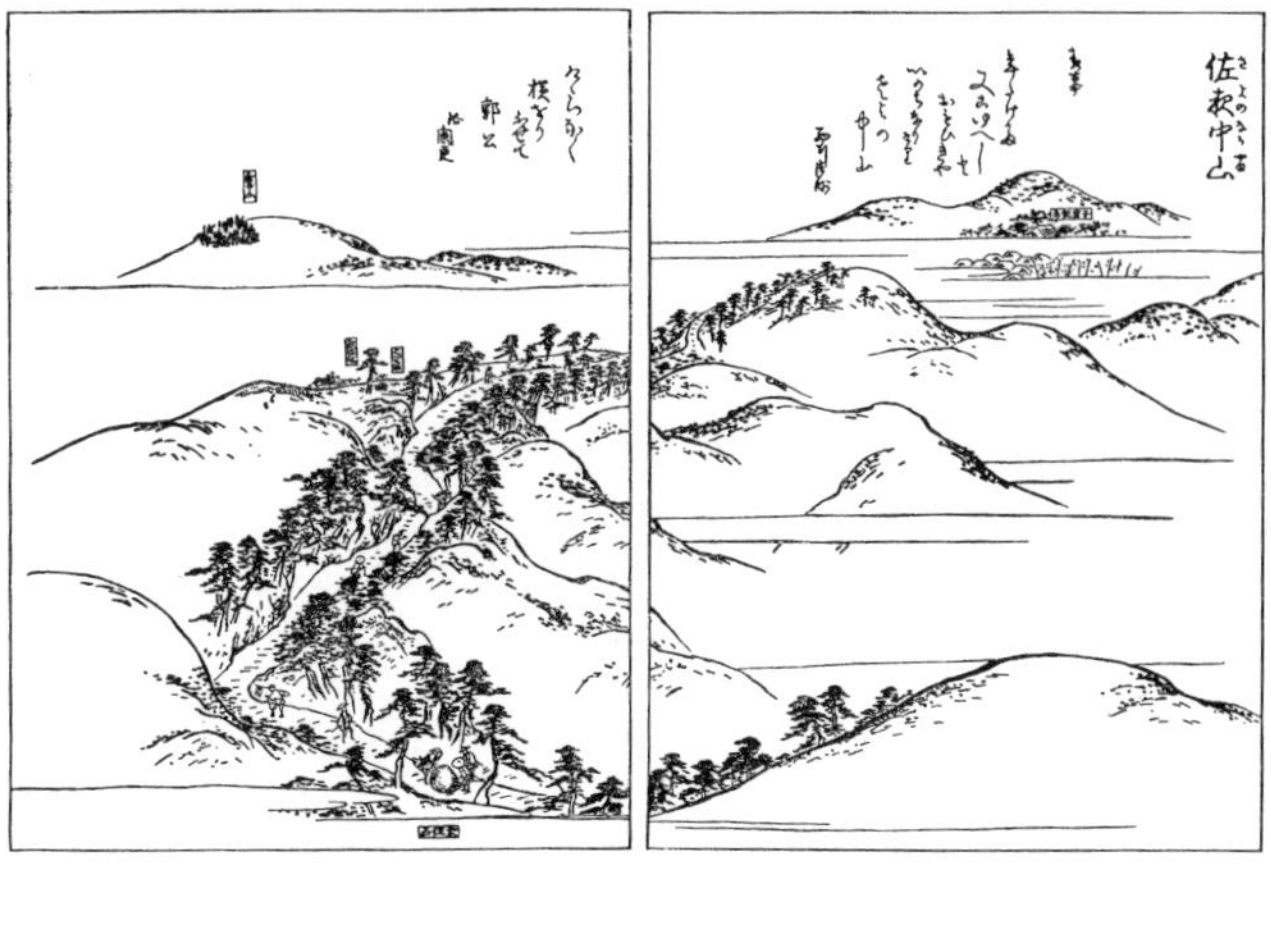

佐夜中山（佐為の中山）『東海道名所図会』

菅原孝標女の『更級日記』には「ぬまじりといふ所もすが〳〵と過ぎて、いみじくわづらひ出でて、とう《（ほ）》たう《（ふ）》みにかゝる。さやの中山など越えけむほどもおぼえず。いみじく苦しければ、天ちうといふ河のつらに、仮屋作り設けたりければ、そこにて日ごろ過ぐるほどにぞ、やう〳〵を《（お）》こたる」とある。

紀貫之《きのつらゆき》

ひとはいさ　心《こころ》もしらず　ふるさとは　花《はな》ぞ昔《むかし》の　香《か》ににほひける　（『古今和歌集』巻一・春歌上―42）

詞書《ことばがき》によると、初瀬《はつせ》の長谷寺《はせでら》に詣でるたびに宿をとる家があったが、紀貫之＊は久しくご無沙汰していたという。そこへ前ぶれもなく貫之が訪ねて行くと、宿の主人は皮肉まじりに、相変わらずちゃんと宿は昔通りに残っている、と答えたというのである。それを耳にした貫之は、宿の前に立つ梅の花を手折り、「ひとはいさ」の歌を詠じたという。この歌は、宿の主人の方は、心が変わったどうかはわからないが、唯、梅の花は昔の通り、変わらずに香ってわたくしをむかえてくれるという意味であろう。つまり宿の主人は嫌みをいってむかえるが、古里の梅は変わらず、わたくしの心をいい香りでなごませてくれると歌っているのである。それに対し、宿の主人は次の歌で答えたという（『百人一首一夕話』）。

花《はな》だにも　同《おな》じ心《こころ》に　咲《さ》くものを　植《う》ゑけん人《ひと》の　心《こころ》知《し》らなん

長谷寺は、奈良県桜井市初瀬にある真言宗豊山派《ぶざんは》の総本山であるが、ここの本尊十一面観音は多くの都人の信仰を集め、平安時代には「長谷詣《はせもうで》」が行われた有名な寺である。特にこの寺に対する紀氏一族の信仰は強く、中納言紀長谷雄《はせお》は、この長谷寺の観音から授かった申し子と伝えられている。

紀貫之の感覚は、とりわけ花の匂いに敏感であったようである。

秋《あき》の菊《きく》　にほふかぎりは　かざしてむ　花《はな》よりさきと　知《し》らぬわが身《み》を　（『古今和歌集』巻五・秋歌下―276）

この歌の「かざす」とは、髪に花を挿すことだが、いうまでもなく、これは一種の宗教的行事にもとづくものである。花の霊力を身につけ、長寿を祈るものであるが、なかでも菊は、菊慈童《きくじどう》の伝承のように、不老長寿の花として厚く信仰されてきた。

紀貫之と宿の主人のやりとり
『大和名所図会』
図中には「古今　はつせにて梅を　人はいさ心もしらず古郷は花ぞむかしの香に匂ひける　宿からん花に暮なば貫之の　素堂」とある。

＊紀貫之
平安前期の官人・歌人（八六八頃～九四五頃）。紀望行の子。三十六歌仙の一人。越前権少掾、大内記、加賀介、美濃介、右京亮を経て土佐守、帰京してからは従五位上木工権頭を歴任。官人としては下級であったが、九〇五年、御書所預

あるいは『新古今和歌集』にも、貫之は

いのりつゝ　なを《(ほ)》長月《ながつき》の　菊《きく》の花《はな》　いづれの秋《あき》か　うへ《(ゑ)》てみざらん（『新古今和歌集』巻七・賀歌―718）

と歌っている。

紀貫之は、いうまでもなく『古今和歌集』の撰者であるが、土佐守を終えて京に帰る紀行文を綴った『土佐日記』の作者としても有名である。その中で、望郷の想いを募らせて帰って来た京都の入口に、貫之は月の桂川を選び

ひさかたの　つきにおいたる　かつらがは　そこなるかげも　かはらざりけり

と詠じている。それは「京のうれしきあまりに」歌ったというのである（『土佐日記』）。しかし貫之は、土佐で愛する娘を失っていたから、京の旧宅にもどっても、その悲しみは増すばかりであった。

むまれしも　かへらぬものを　わがやどに　こまつのあるを　みるがかなしさ（『土佐日記』）

と嘆きの歌を残している。小松は千年《ちとせ》の寿命を保つというのに、はかなく死んだ愛娘を思い出し、帰郷の喜びも、つかの間にすぎなかったのである。ただ貫之には、このほかに娘がいたようである。『拾遺和歌集』に、村上天皇の勅命で家の紅梅を召された時、

勅《ちょく》なれば　いともかしこし　鶯《うぐひす》の　宿《やど》はと問《と》はば　いかゞ答《こた》へむ（『拾遺和歌集』巻九・雑下―531）

と歌ったのは、貫之の娘だといわれている（『大鏡』昔物語）。

ところで貫之の恋歌は、少なからず悲しみの歌が伝えられている。

おほかたの　我《わ》が身一《みひと》つの　うきからに　なべての世《よ》をも　怨《うらみ》つる哉《かな》（『拾遺和歌集』巻十五・恋五―953）

貫之は、歌壇においてはその盛名をほしいままにしたが、官途や私生活では結局、思うにまかせない一生であったのである。

として、紀友則、凡河内躬恒らと『古今和歌集』撰修にたずさわり、その「仮名の序」を書く。また土佐守のときの記録『土佐日記』を著す。勅撰集には四百四十余首に及ぶ歌が収録されており、平安時代の代表的歌人の一人。家集に『紀貫之集』がある。

紀貫之『聯珠百人一首』

紀淑望《きのよしもち》

もみぢせぬ　ときはの山《やま》は　吹風《ふくかぜ》の　をとにや秋《あき》を　ききわたる覧《らむ》（『古今和歌集』巻五・秋歌下—251）

紅葉しない常磐《ときわ》の山は、ただ吹く風の音に、秋の気配に耳を傾けているのだろうという意味である。「もみぢせぬときはの山」は、「紅葉しないときの常磐の山」の意で、「とき」を時間の「時」と、常磐の「とき」に二重にかけている。詞書《ことばがき》には、「秋の歌合しける時」とあるが、おそらくこの歌は歌合《うたあわせ》の主催者の長寿や繁栄を祈る賀歌の一種であろう。

紀淑望＊は、中納言紀長谷雄《はせお》＊の子で、淑人《よしひと》の兄に当たる。彼も父、長谷雄と同じく文章道に進んだが、大学頭《だいがくのかみ》や東宮学士などを歴任し、従五位上（『古今和歌集目録』）ないしは従四位上（『尊卑分脈』）にのぼったといわれている。淑望は、経歴の上からもうかがえるように、漢学の大家としてその才能を広く認められていた。

淑望は特に『古今和歌集』の「真名《まな》の序」を著し、その名を知られている。その序の一節には醍醐天皇への賛辞を述べており、「陛下《へいか》の御宇《あめのしたしろしめすこと》、今《いま》に九載《きうさい》なり。仁《うつくしみ》は秋津洲《あきづしま》の外《そと》に流《なが》れ、恵《めぐみ》は筑波山《つくはやま》の陰《かげ》に茂《しげ》し。渕変《ふちへん》じて瀬《せ》と為《な》る声《せい》、寂々《じやくじやく》として口《くち》を閉《と》ぢ、砂長《いさごちやう》じて厳《いはほ》と為《な》る頌《しよう》、洋々《やうやう》として耳《みみ》に満《み》つ」と記している。この文章はそのまま『和漢朗詠集』巻下に採録されている。

これは醍醐天皇の治世も九年目に至っているが、その仁は日本以外まであふれ出している。その恵みは東国の筑波山の山陰にまで及び、草木が茂るように深いと述べているのである。

これは、いうまでもなく『古今和歌集』巻二十・東歌に含まれる常陸歌、

筑波嶺《つくばね》の　このもかのもに　影《かげ》はあれど　君《きみ》が御《み》かげに　ますかげはなし（『古今和歌集』巻二十・東歌—1095）

を意識した作文である。ちなみに「このもかのも」の「も」は表面の意で、「この面も彼の面も」とい

＊紀淑望
平安前期の官人・学者・歌人（？～九一九）。紀長谷雄の子。文章生、大学頭、東宮学士、信濃権守を歴任。『古今和歌集』の「真名の序」を執筆したとされる。和歌は『古今和歌集』『後撰和歌集』『新古今和歌集』に入集。

＊紀長谷雄
平安前期の公卿・漢学者（八四五～九一二）。紀貞範の子。文章博士、大学頭、参議を経て中納言、遣唐副使になる。『延喜格式』の編纂にあたる。↓138頁

＊『本朝文粋』
平安中期の漢詩文集。全十四巻。藤原明衡撰。康平年間（一〇五八～一〇六五）頃に成立の説がある。嵯峨天皇から後一条天皇までの約二百年間の漢詩文を、『文選《もんぜん》』の体裁にならって分類したもの。

＊猿田彦
日本神話で、瓊瓊杵尊《ににぎのみこと》が降臨したとき、道案内をした容貌怪異な神。のち、伊勢国の五十鈴川の川上に鎮座したという。『日本書紀』には衢《ちまた》の神とあり、中世になって、道祖神信仰と結びついた。

う意である。「渕変じて瀬となる」は同じく『古今和歌集』の

世中《よのなか》は　なにか常《つね》なる　あすか河《がは》　きのふの渕《ふち》ぞ　けふは瀬《せ》になる

（よみ人しらず『古今和歌集』巻十八・雑歌下—933）

をふまえているといってよい。また、「砂長じて巌と為る」云々は、ご存知のように、

わが君《きみ》は　千世《ちよ》に　八千世《やちよ》に　さゞれ石《いし》の　巌《いはほ》となりて　苔《こけ》のむすまで

（よみ人しらず『古今和歌集』巻七・賀歌—343）

にもとづいている。さらにいうならば紀貫之《つらゆき》の『古今和歌集』の「仮名《かな》の序」の「今《いま》、皇《すべらぎ》の、天《あめ》の下知《したし》ろし召《め》すこと、四《よ》つの時《とき》、九回《ここのかへ》りになむ、成《な》りぬる。遍《あまね》き御慈《おほむうつくし》みの浪《なみ》、八洲《やしま》の外《ほか》まで流《なが》れ、広《ひろ》き御恵《おほむめぐ》みの陰《かげ》、筑波《つくば》山の麓《ふもと》よりも繁《しげ》くおはしまして」を漢文調に改めたものと見てよいであろう。

この紀淑望の『古今和歌集』「真名の序」の一節は、『本朝文粋』＊（巻十二）にも収められている。

これらの漢詩文に対し、紀淑望の和歌として伝えられているものは意外に少ないのである。たとえば『新古今和歌集』には、「猿田彦＊」と題して

ひさかたの　天《あめ》の八重雲《やへぐも》　ふりわけて　くだりし君《きみ》を　われぞ迎《むか》へし

（『新古今和歌集』巻十九・神祇歌—1866）

と歌われている。これは詞書にあるように、延喜六（九〇六）年に、宮中で『日本書紀』の進講が行われ、歌人たちが、『日本書紀』に登場して来る神や人物をそれぞれ担当し歌ったものである。

白浪《しらなみ》に　玉依姫《たまよりひめ》の　来《こ》しことは　なぎさやつゐ《(ひ)》に　泊《とま》りなりけん

（『新古今和歌集』巻十九・神祇歌—1865）

は、大江千古《おおえのちふる》＊が「神日本磐余彦天皇《かむやまといはれひこのすめらみこと》」をうけもって歌ったものである。この玉依姫は渡津見《わたつみ》の神の娘で、彦波瀲武鸕鷀草葺不合尊《ひこなぎさたけうがやふきあえずのみこと》の妃となられた方で、神武天皇のご生母である。

先の淑望の猿田彦の歌は、「神代紀」に、天孫降臨に当たり「天《あめ》の八達之衢《やちのまた》」で皇孫をむかえた猿田彦を詠んだものであるが、さらりと歌ったところにその特徴があるようである。

筑波山『日本名山図会』

＊大江千古
平安前期の官人・学者（八六六〜九二四）。醍醐天皇の侍読《じどく》を務め『白氏文集』を講じる。

↓134頁

Ⅳ　平安中期の歌人

在原元方《ありわらのもとかた》

を《(お)》とは山　を《(お)》とに聞《き》きつゝ　相坂《あふさか》の　関《せき》のこなたに　年《とし》をふる哉《かな》（『古今和歌集』巻十一・恋歌一―473）

音羽山《おとは》の「音」ではないが、噂ばかりを耳にしているが、逢坂《おうさか》の関の名にあやかってお逢いしたいけれど、逢えないままに、逢坂の関のこちらで、年月を過ごしてしまったという意味の恋歌である。

「音羽山」の〝音〟と、「逢坂山」の〝逢う〟を、うまく掛け合わせた歌といってよいだろう。

この音羽山は、山城国と近江国の境の山である。逢坂の関は、蟬丸《せみまる》に

これやこの　行《ゆ》くも帰《かへる》も　別《わかれ》つゝ　知《し》るも知《し》らぬも　あふさかの関《せき》（『後撰和歌集』巻十五・雑一―1089）

と歌われた逢坂の関である。現在、滋賀県の大津市に関跡があり、蟬丸神社も祀られている。いうまでもなく、都より近江に抜ける関所である。逢坂山の〝逢う〟は、平安朝の人々には恋のめぐり逢わせの意に解されて、恋歌の中に歌われることが、少なくないのである。『古今和歌集』をひもといても

相坂《あふさか》の　木綿《ゆふ》つけ鳥《どり》も　わがごとく　人《ひと》やこひしき　音《ね》のみなく覧《らむ》（『古今和歌集』巻十一・恋歌一―536）

あふ坂《さか》の　関《せき》にながるゝ　岩清水《いはしみづ》　いはで心《こころ》に　思《おも》ひこそすれ（『古今和歌集』巻十一・恋歌一―537）

など、逢坂の関は恋の場面に歌われている。

在原元方*は在原業平《なりひら》の孫で、棟梁《むねやな》の息子である。代々歌人として令名を馳せたが、元方も中古三十六歌仙の一人に選ばれている。彼は後に、大納言藤原国経《くにつね》*の猶子《ゆうし》となったと伝えられている。

元方の歌は、『古今和歌集』の巻頭におかれ、その名誉を誇っていることは、ご存知のことであろう。

年《とし》の内《うち》に　春《はる》はきにけり　ひとゝせを　去年《こぞ》とやいはむ　今年《ことし》とやいはん（『古今和歌集』巻一・春歌上―1）

---

*在原元方
平安中期の歌人(生没年不詳)。在原棟梁の子。在原業平の孫。中古三十六歌仙の一人。藤原国経の養子。官は六位。『古今和歌集』その他の勅撰集にも入集。上記の「年の内に春はきにけり……」の歌は『古今和歌集』の巻頭歌となったが、正岡子規は、『うたよみに与ふる書』で「呆れ返つた無趣味の歌」と評している。

*藤原国経
平安前期の公卿（八二八～九〇八）。藤原長良の子。藤原基経の異母兄。陽成天皇の伯父にあたる。参議、大納言、正三位となる。在原元方を養子とする。『古今和歌集』に入集。『今昔物語集』に、藤原時平（左大臣）に若妻を奪われた話がのる。

*紀淑望
平安前期の文人(?~九一九)。紀長谷雄の子。紀貫之の養子。大学頭、東宮学士、信濃権守などを歴任。↓166頁

*戒仙法師
『大和物語』に登場する法師。二十七段には、戒仙法師が都の家に洗い物を頼んだため、親たちの不興を買った歌「いまは我いづちゆかまし山にても世のうきことはなを（ほ）もたえぬか」が載る。

この歌の「年の内に春はきにけり」というのは、旧暦において、年内に立春がきて、元旦より先立つことをいったものである。わたくしたちが今日用いる新暦では、ほぼ二月五日前後に立春をむかえるが、旧暦では、正月の前に立春をむかえることがめずらしくなかったようである。たとえば、『九暦《きゅうれき》』の承平六（九三六）年十二月十六日の条に、「明日《あす》は立春節《りっしゅんせつ》なり」と記されている。

それはともかくとして、在原元方の歌は、この立春の歌のように、やや技巧性を誇る傾向があるようである。歌の綾もつつましやかに用いれば、それなりの興味をそそられるが、あまり理屈がまさるようになると、やや首を傾けざるをえなくなる。

立《たち》かへり　あはれとぞ思《おもふ》　よそにても　人《ひと》に心《こころ》を　おきつしらなみ（『古今和歌集』巻十一・恋歌一―474）

この歌も、「立ちかへり」が、まず「奥《おき》つ白浪《しらなみ》」に掛かり、その「奥つ白浪」の「オキ」が、心を〝置く〟の意に用いられている。

春秋《はるあき》も　知《し》らぬ常磐《ときは》の　山里《やまざと》は　すむ人《ひと》さへや　面《おも》がはりせぬ（『新古今和歌集』巻十七・雑歌中―1617）

この賀歌も、「常磐の山」を山城国の歌枕とするが、一方において「永遠」の意をこめている。しかし、やや平凡な感じがしないではない。ちなみに、「常磐の山」は、現在の京都市右京区常磐付近にあった丘陵である。『古今和歌集』でも、紀淑望《よしもち》＊は次のように歌っている。

もみぢせぬ　ときはの山《やま》は　吹風《ふくかぜ》の　をと《（お）》にや秋《かぜ》を　ききわたる覧《らむ》（『古今和歌集』巻五・秋歌下―251）

ところで、元方の歌を通覧して、やや気にかかるのは

世《よ》の中《なか》は　いかに苦《くる》しと　思《おもふ》らむ　こゝらの人《ひと》に　怨《うら》みらるれば（『古今和歌集』巻十九・雑体―1062）

の歌である。いうまでもなく「ここら」は数量の多いことであり、『万葉集』などの「ここだ」に当たる語であるが、この歌から推して、元方は、必ずしも幸福な一生を過ごしたわけではないようである。一説には『大和物語』（二十七、二十八）に見えるように、出家して戒仙《かいせん》法師＊となったともいわれている。

逢坂駒迎『近江名所図会』

図中には「……『公事根源』云く、けふは信濃の勅旨牧《てしまき》の馬奉る、六十疋……天皇、南殿に出御なりて御馬を御覧ず。上卿御馬の解文〈国々より貢る御馬の送状なり〉を奉ず。事果てて、公卿以下次第に御馬をたまはる……」とある。

中務《なかつかさ》

はかなくて　同《おな》じ心《こころ》に　なりにしを　思《おも》ふがごとは　思《おもふ》らんやぞ　（『後撰和歌集』巻九・恋歌一―594）

返し

わびしさを　同《おな》じ心《こころ》と　聞《き》くからに　我《わ》が身《み》を棄《す》てて　君《きみ》ぞかなしき　（『後撰和歌集』巻九・恋一―595）

この恋の歌のやりとりは、中務＊と源信明《さねあきら》＊のものである。源信明は醍醐天皇の側近で、滋野井《しげのい》の弁《べん》と呼ばれた源公忠《きんただ》の子である。彼は諸国の国司を歴任し、従四位下となった官僚であるが、「三十六歌仙」の一人に選ばれる歌人でもあった。また、信明は、伊勢の娘、中務とは恋仲であったと見え、二人の恋歌のやりとりは、『後撰和歌集』などにも載せられている。たとえば、『後撰和歌集』には「源のさねあきら、頼《たの》む事《こと》なくば、死《し》ぬべしといへりければ」と前書して、中務が

いたづらに　たび〳〵死《し》ぬと　言《い》ふめれば　逢《あ》ふには何《なに》を　かへむとすらん　（『後撰和歌集』巻十一・恋三―707）

という歌を、信明のもとにおくると、信明は

死《し》ぬ〳〵と　聞《き》く〳〵だにも　逢《あ》ひ見《み》ねば　命《いのち》を何時《いつ》の　世《よ》にか残《のこ》さむ　（『後撰和歌集』巻十一・恋三―708）

と歌を返したという。これらの歌を見ていると、まるで恋の遊戯を楽しんでいるのではないかと思われるのである。お互いに恋歌のやりとりをたのしみ、戯れているのではあるまいか、と考えたくなる。

中務の歌といえば、わたくしはむしろ

夏《なつ》の夜《よ》の　心《こころ》を知《し》れる　郭公《ほととぎす》　はやも鳴《な》かなん　明《あ》けもこそすれ　（『拾遺和歌集』巻二・夏―121）

＊中務
平安中期の女流歌人（生没年不詳）。敦慶親王（宇多天皇の皇子。醍醐天皇の皇弟）の子。母は伊勢。名は父が中務卿であったところから。三十六歌仙の一人。藤原実頼・藤原師輔・元良親王・元長親王・常明親王・源信明などとの恋で知られ、なかでも源信明とは親密であったといわれる。『後撰和歌集』の代表的女流歌人で、以降の勅撰集にも入集。家集に『中務集』がある。

＊源信明
平安中期の官人・歌人（九〇九～七〇）。源公忠（三十六歌仙の一人）の子。信明も三十六歌仙の一人。蔵人、式部大丞、若狭・備後・信濃・越後・陸奥守を歴任。従四位下。『後撰和歌集』以降の勅撰集に入集。家集に『信明集』がある。

＊藤原師輔
平安中期の公卿（九〇八～九六〇）。藤原忠平の子。母は源能有の娘の昭子。参議、従三位権中納言、大納言を経て、娘の安子が皇后となった村上天皇即位後、右大臣・正二位となる。安子は冷泉、円融の両天皇を生み、藤原家は摂関家としての地位を確立する。↓200頁

の方が、すっきりと、感情をあらわしているようで好ましい。

中務の恋の歌には、屈折して、微妙な感情をかもし出すものが少なくないようである。

いつとても　哀《あはれ》と思《おも》ふを　ねぬる夜《よ》の　月《つき》はおぼろけ　なく〳〵ぞ見《み》し　（『新古今和歌集』巻十四・恋歌四―1258）

いつも感に耐えずに眺めている月ですが、あなたと一緒に寝た昨日の月は、わたくしには、よけいにしみじみと感ぜられ、泣きながら眺めていますよという意味である。この歌の相手は、『師輔集』から藤原師輔《もろすけ》*であることが知られるが、右大臣藤原師輔は九条殿と呼ばれた藤原の御曹司である。

恋する女性にとっては、男性はすべて、時には頼りなく感ぜられたのかもしれない。

ほどもなく　消《き》えぬる雪《ゆき》は　かひもなし　身《み》をつみてこそ　あはれと思《おも》はめ
（『拾遺和歌集』巻十一・恋一―654）

この中務の歌は、男から次のような歌をおくられた返しである。

あはれとも　思《おも》はじ物《もの》を　白雪《しらゆき》の　下《した》に消《き》えつゝ　猶《なほ》もふる哉《かな》　（『拾遺和歌集』巻十一・恋一―653）

この男の歌は、「あなた（中務）は、わたくしのことを何とも思ってくれないだろうが、わたくしは白雪が解けて消えるような想いで、あなたを毎日毎日思い出している」という意味であろう。

それに対し中務は、「すぐ消え入る雪のようにはかない想いでしたら、あなたのことを頼みとは思わないでしょう。もし、わが身を抓《つね》って人の心の痛みを知るような方でなかったら、あなたのことを本当にいとしいと思わないでしょう」と言っているのだろう。

平安時代の恋は、女性にとっては常に不安定な感がまといついている。なぜならば足繁くかよって来た男性も、いつ去っていくかわからなかったからである。

秋風《あきかぜ》の　吹《ふく》につけても　とはぬ哉《かな》　荻《おぎ》の葉《は》ならば　音《おと》はしてまし　（『後撰和歌集』巻十二・恋四―846）

女性は、いつもただ耐えて、じっと恋人の来訪を待つ立場に置かれていたからである。

女性のもとに通う古代の恋
『大和名所図会』

右近命婦《うこんのみょうぶ》

忘《わす》らるゝ　身《み》をば思《おも》はず　誓《ちか》ひてし　人《ひと》の命《いのち》の　惜《お》しくもある哉《かな》（『拾遺和歌集』巻十四・恋四―870）

忘れ去られるわたくしのことよりも、神かけて愛を誓ったあの方が、神の怒りで命を失うようなことがあるならば、わたくしはどうしようかと心配しているという意味である。

この歌は、見方によっては、自分から離れた男性に、精一杯の皮肉を言っているようにも思われるが、右近命婦＊の性格からすれば、まだ相手に未練を残して、少しでも気をひこうとしている歌だと解すべきであろう。この歌は、『大和物語』（八十四）に登場するが、相手の男性は、「蔵人《くろうど》の頭《とう》」とあるから、藤原兼輔《かねすけ》＊か藤原敦忠《あつただ》＊ではないかと推測されている。右近が、内裏の曹司《そうじ》に住んでいる頃、忍んで通う「蔵人の頭」がいて、雨降る夜、右近をひそかに訪ねて来た。右近は、

おもふ人《ひと》　雨《あめ》とふりくる　ものならば　わがもる床《とこ》は　かへさざらまし

と歌ったと伝えられている（『大和物語』八十三）。いとしいと思うあの方が、もし雨となって降ってくるならば、わたくしの雨漏りする床をそのままにして、この寝床から帰さないのにという意味である。

『拾遺和歌集』には、「中納言敦忠《あつただ》、兵衛佐《ひょうへのすけ》に侍《はべり》ける時に、忍《しの》びて言《い》ひちぎり侍《はべり》けることの世《よ》に聞《きこ》え侍《はべり》にければ」と詞書《ことばがき》を記し、次の歌が載せられている。

人知《ひとし》れず　頼《たの》めし事《こと》は　柏木《かしはぎ》の　もりやしにけむ　世《よ》にふりにけり（『拾遺和歌集』巻十九・雑恋―1222）

この歌は、人知れず人目を忍んでひそかに契ったことは、柏木の森ではないが、漏れてしまったのだろうか、という意味であろう。「柏木」は、大和国平群《へぐり》郡にあった古い地名であるが、現在の奈良県大和郡山市柏木町にその遺称をとどめている。右近の歌の「柏木の森」の「モリ」は、「漏《も》れる」に掛か

＊右近命婦
平安中期の女流歌人（生没年不詳）。藤原千乗、または右近衛少将藤原季縄の娘。醍醐天皇の中宮穏子に女房として仕えた。元良親王・藤原兼輔・藤原敦忠・藤原師輔・藤原師氏・藤原朝忠・清原元輔・源順・大中臣能宣などとの交流が、『大和物語』やそれぞれの家集に散見する。『後撰和歌集』『拾遺和歌集』『新勅撰和歌集』に入集。

＊藤原兼輔
平安前期の公卿・歌人（八七七～九三三）。藤原利基の子。三十六歌仙の一人。紀貫之、凡河内躬恒などの歌人の庇護者的存在であった。家集に『兼輔集』がある。↓146頁

＊藤原敦忠
平安中期の公卿・歌人（九〇六～四三）。藤原時平の子。三十六歌仙の一人。従三位権中納言となり、枇杷中納言、本院中納言と呼ばれた。『後撰和歌集』以降の勅撰集に入集。家集に『敦忠集』がある。↓176頁

＊『和名抄』
平安中期の日本最初の漢和辞書。『倭名類聚鈔』の略称。源順著。十巻本と二十巻本の二種がある。九三四年頃成立。漢語を分類し、出典を記して考証・注釈を付し、字音と和訓をほどこしたもの。

ることは、いうまでもない。『新古今和歌集』にも

郭公《ほととぎす》　しのぶるものを　柏木《かしはぎ》の　もりても声《こゑ》の　きこえける哉《かな》　（馬内侍『新古今和歌集』巻十一・恋歌一―1046）

と柏木の森が歌われているが、面白いことに、この「柏木」は兵衛の異名であるという。柏の木に葉守《はもり》の神が宿るという信仰から、皇居の守衛に当たる兵衛を柏木と称したというのである。ちなみに『源氏物語』で、頭中将《とうのちゅうじょう》の子が、右衛門督《うえもんのかみ》という宮城守護の長官の職についていたので、柏木とわざわざ名付けたこともご存知のことと思う。ちなみに馬内侍《うまのないし》の恋の相手は、当時、兵衛佐《ひょうえのすけ》であった藤原道長である。

ところで、右近であるが、醍醐天皇から村上天皇の頃の女流歌人といわれている。藤原千乗《ちのり》ないしは右近少将季縄《すえつな》の娘といわれ、後に醍醐天皇の中宮穏子《おんし》に仕えた女房でもあった。右近の恋の相手とされる藤原敦忠は、本院《ほんいん》の中納言と呼ばれた人物で、世間より「風雅の人」と称せられた貴公子であった。彼は侍従《じじゅう》、左兵衛佐などを経て、蔵人頭となり、最終的には従三位権《ごん》中納言にのぼったが、三十八歳の若さでなくなっている。

右近の恋は、残された歌から見ても、多くは「待つ恋」である。

おほかたの　秋《あき》の空《そら》だに　わびしきに　物思《ものおも》ひそふる　君《きみ》にもある哉《かな》　（『後撰和歌集』巻七・秋下―423）

の歌には、「あい知《し》りて侍《はべ》ける男《をとこ》のひさしうとはず侍ければ、なが月《つき》ばかりにつかはしける」という詞書が付けられている。

とふことを　待《ま》つに月日《つきひ》は　こゆる木《ぎ》の　磯《いそ》にや出《い》でて　今《いま》はうらみん　（『後撰和歌集』巻十四・恋六―1049）

の歌も、「男《をとこ》の久《ひさ》しうとはざりければ」と註されているのである。この小余綾《こゆるぎ》の磯は、ご承知のように現在の神奈川県小田原市や二宮町の海辺の磯で、『和名抄《わみょうしょう》』*にいう相模国余綾《よろぎ》《よるぎ》郡余綾《よろぎ》郷である。この歌は、いつまで待ってもあなたは来ないので、わたくしは「心の揺《ゆ》るぐ」という名を負う小余綾の磯を見て恨みに思っていますという意味であろう。

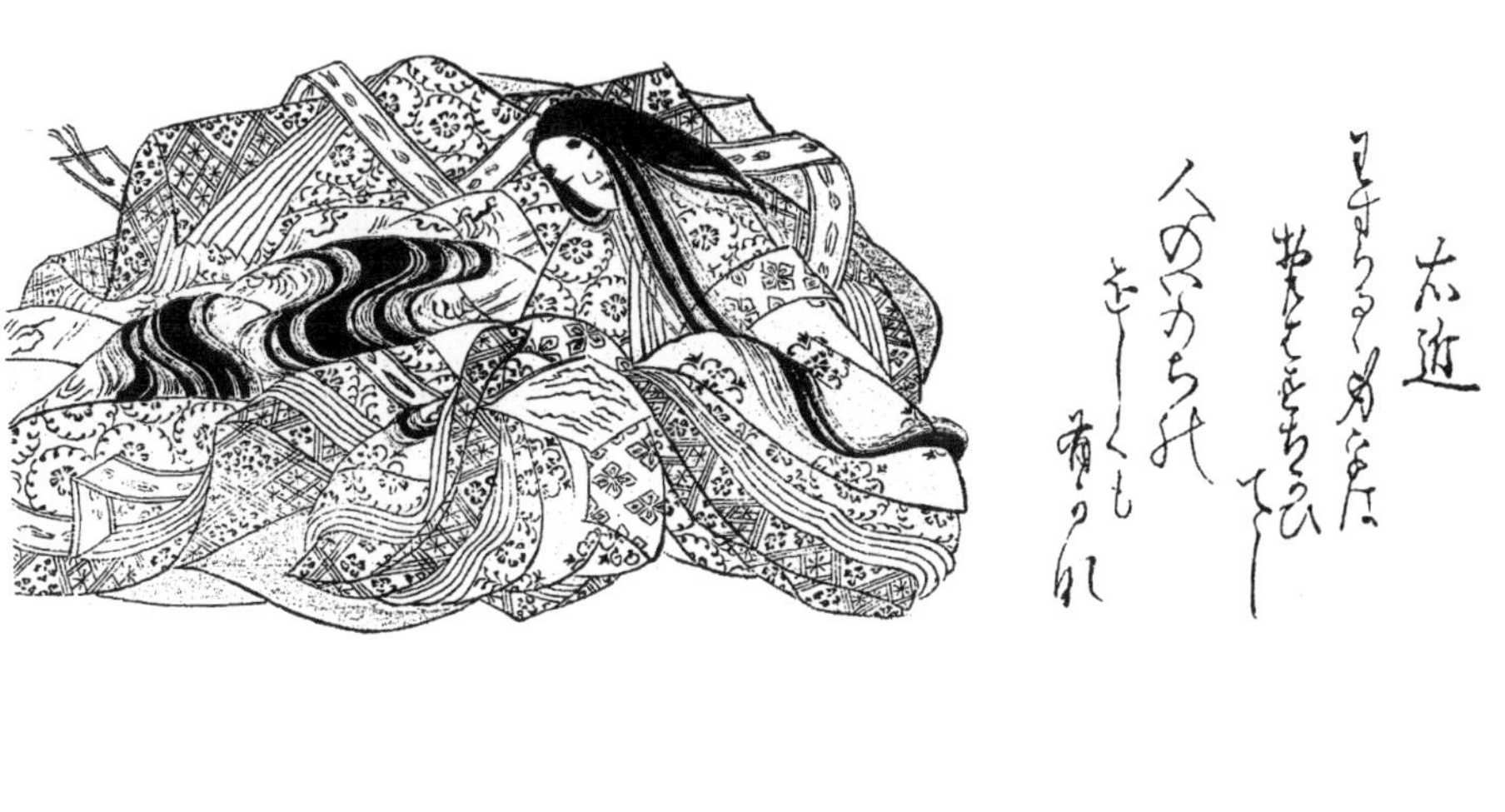

右近命婦『聯珠百人一首』

藤原《ふじわらの》 敦忠《あつただ》

逢《あ》ひ見《み》ての　後《のち》の心《こころ》に　くらぶれば　昔《むかし》は物《もの》を　思《おも》はざりけり（『拾遺和歌集』巻十二・恋二―710）

藤原敦忠＊の恋歌は、感傷的でしかも流麗である。この歌は、いわゆる「後朝《きぬぎぬ》」の歌の一種であろうが、逢えば逢うほどつのる慕情を、これほどうまく歌ったものは、これをおいてほかにない。『大和物語』には、敦忠と右近の恋愛譚が伝えられている。それによれば、右近が中宮穏子《おんし》の出仕を止めて里に住まいしている時、敦忠に人を介して

思《おも》はむと　たのめし人《ひと》は　有《あり》と聞《き》く　言《い》ひし言《こと》の葉《は》　いづちいにけん

という歌をおくり、敦忠の心変わりをせめている。この歌は、『後撰和歌集』（巻十・恋二―665）にも採られているが、その詞書《ことばがき》に、ことさらに「人の心変《かは》りにければ」と註されている。

敦忠は、その右近に返事を返さずに、ただ雉《きじ》をおくったという。雉に「来じ」、つまり「来ない」ことを暗示させている。それに対し右近は

くりこまの　山《やま》に朝《あさ》たつ　きじよりも　かりにはあはじと　おもひし物《もの》を

という返歌をおくった。この歌は、栗駒山（陸前国栗田郡の山）の朝方、飛び立つ雉が、狩りにあうのを恐れるといわれているが、それ以上にわたくしは用心してあなたと契りを交すのを恐れていたが、このようなつれない仕打ちに後悔しているという意味である。

『今昔物語集』（巻二十四ノ第三十二）には、「此《こ》の権《ごん》中納言は、本院《ほんいん》の大臣《おとど》（藤原時平）の在原《ありはら》の北の方（在原棟梁《むねやな》の娘）の腹に生《うま》せ給へる子なり。……形《かたち》、有様、美麗《びれい》になむ有《あり》ける」と敦忠の美男子ぶりを伝えている。つまり、敦忠は、在原業平の曾孫に当たるから、多くの女性に愛される貴公子であったのであろう。

＊藤原敦忠　平安中期の公卿・歌人（九〇六～四三）。藤原時平の子。母は在原棟梁の娘。三十六歌仙の一人。侍従、左兵衛佐、右近権少将、蔵人頭、左近衛権中将、参議などを経て、従三位権中納言となる。枇杷中納言、本院中納言と呼ばれた。紀貫之・斎宮雅子内親王などとの交流が、家集

藤原敦忠『聯珠百人一首』

『大和物語』にも、右近のほかに、藤原忠平《ただひら》の娘貴子《たかこ》や、醍醐天皇の皇女雅子《まさこ》内親王*との交渉が伝えられている。たとえば、「左の大殿《おほいど》（藤原忠平）の君をよばひたまうける年《とし》の師走《しはす》のつごもりに」敦忠は、

いかにして　かくおもふてふ　ことをだに　人《ひと》づてならで　君《きみ》に語《かた》らむ

という歌をおくっている（『大和物語』九十二）。また敦忠は、「斎宮《さいぐう》のみこ（雅子内親王）をとしごろよばひてまつ」っていたが、斎宮に占定せられたので仕方なく、

いせの海《うみ》　千尋《ちひろ》の浜《はま》にひろふとも　いまはかひなく　おもほゆるかな

と心残りの歌を、斎宮におくっている（『大和物語』九十三）。敦忠が雅子内親王におくった歌は、ほかに

結《むす》びをき《(お)》し　袂《たもと》だに見《み》ぬ　花《はな》すゝき　かるともかれじ　君《きみ》しとかずは　（『新古今和歌集』巻十三・恋歌三―1215）

がある。この歌は

忘《わす》れじと　結《むす》びし野辺《のべ》の　花《はな》すゝき　ほのかにも見《み》で　かれぞしぬべき　（『敦忠集』）

という雅子内親王の御歌に答えたものである。雅子内親王が、敦忠の気持ちに対して不安を感じ、自信のないまま歌をよこしたのに、敦忠が、「袂の主のあなたがお解きにならない限り、わたくしの心は変わらない」と答えを返しているのである。「かるともかれじ」は、「枯《か》る」と「離《か》る」を掛けたものである。
もちろん、多くの女性にもてはやされた敦忠も、恋のはかなさを感じていたに違いない。

心《こころ》にも　まかせざりける　命《いのち》もて　たのめもを《(お)》かじ　常《つね》ならぬ世《よ》を　（『新古今和歌集』巻十五・恋歌五―1423）

この歌には敦忠の無常観というより、恋のはかなさを慨嘆する気持ちが歌われているようである。

や『大和物語』『後撰和歌集』などからうかがえる。容貌が麗しく、和歌に堪能で、管弦にも優れていたというが、三十八歳の若さで没した。『後撰和歌集』以降の勅撰集に入集。家集に『敦忠集』がある。

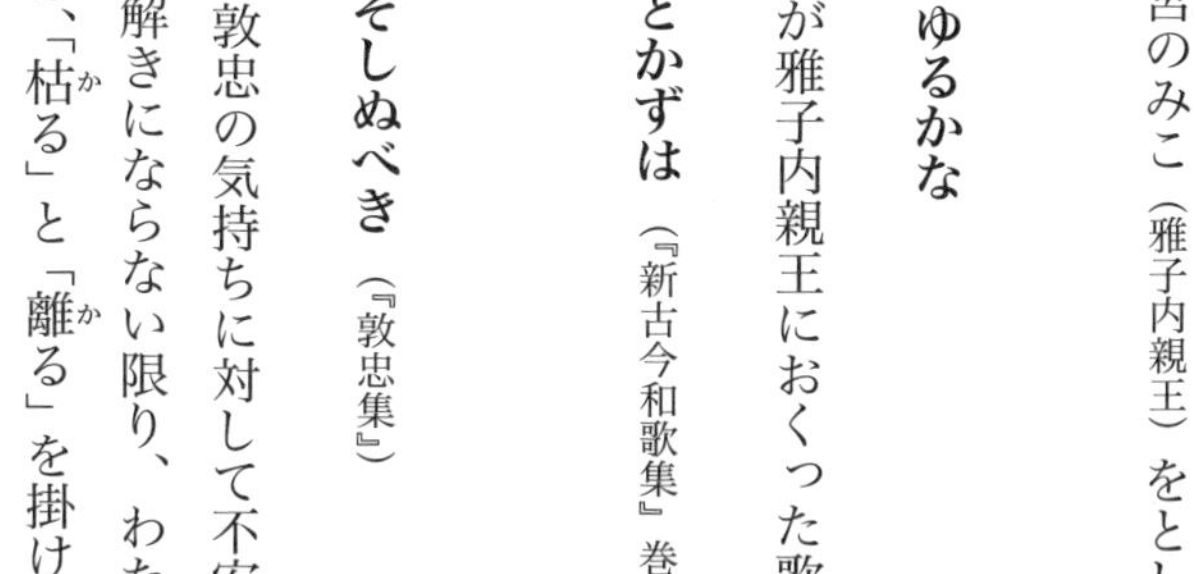
キジ『景年画譜』

*雅子内親王
平安中期の伊勢斎王（九一〇～五四）。「がしないしんのう」ともいう。醍醐天皇の皇女。母は源周子。九三二年、伊勢の斎王となるが、九三六年、母の喪により斎王を退く。のち藤原師輔の妻となり、為光、尋禅を生む。

源　等《みなもとのひとし》

あさぢふの　小野《をの》の篠原《しのはら》　忍《しのぶ》れど　あまりてなどか　人《ひと》の恋《こひ》しき　（『後撰和歌集』巻九・恋一―577）

「浅茅生」は、茅《ちがや》がまばらに生えているさまをいう。『源氏物語』（桐壺の巻）にも、

雲《くも》のうへも　涙《なみだ》にくるゝ　あきの月《つき》　いかですむらん　浅茅生《あさぢふ》の宿《やど》

と桐壺帝の御歌が記されている。この源等＊の恋歌は、おそらく『古今和歌集』の

浅茅生《あさぢふ》の　小野《をの》の篠原《しのはら》　しのぶとも　人《ひと》しるらめや　言《い》ふ人《ひと》なしに　（『古今和歌集』巻十一・恋歌一―505）

を本歌とするのであろう。ちなみに、「小野の篠原」の小野は、特定の地名を指すのではなく、「小」は「野」の接頭語と解されているようである。この歌の「篠原」の「しの」が、「忍ぶ」の「しの」に掛けられているところに、この歌の面白味がある。また、「あさぢふの」の上句の頭韻「あ」が、下句の「あまりてなどか」の「あ」と相対していて、この歌を読み下した時、流麗な感じを与えるのであろう。

源等は、中納言希《まれ》の子である。三河守や丹波守などを経て、大宰大弐《だざいのだいに》、弾正大弼《だんじょうだいひつ》などを歴任し、参議正四位下に至っている（『扶桑略記』）。彼は和歌にも優れて、「名誉の歌仙」（『和歌色葉』）と評されていたようである。たしかに、彼の歌は叙情性に富み、優雅といってよい。

東路《あづまぢ》の　佐野《さの》の舟橋《ふなはし》　かけてのみ　思渡《おもひわた》るを　知《し》る人《ひと》のなさ　（『後撰和歌集』巻十・恋二―619）

「佐野の舟橋」は、『万葉集』の

上毛野《かみつけの》　佐野《さの》の舟橋《ふなはし》　取《と》り放《はな》し　親《おや》は離《さ》くれど　吾《わ》は離《さか》るがへ　（『万葉集』巻十四―3420）

＊源等　平安中期の公卿・歌人（八八〇～九五一）。中納言の源希の子。三河守、丹波守、大宰大弐、弾正大弼などを経て、参議、正四位下となる。娘は藤原敦忠の妻。『後撰和歌集』に入集。

源等『聯珠百人一首』

の歌以来、恋歌に多く詠まれた歌枕である。現在の群馬県高崎市の烏川《からすがわ》にかけられた舟橋であるという。舟橋は舟を次々と綱で結び、その上に橋板を渡すものである。『山家集』に

五月雨《さみだれ》に　佐野《さの》の舟橋《ふなはし》　浮《う》きぬれば　乗《の》りてぞ人《ひと》は　さし渡《わた》るらん

と歌われている。源等の歌は、むしろ「思渡る」を引き出すために、「佐野の浮橋」が援用されたものである。心をくだいて恋人のことを思っていることを誰も知りはしないという意味であろうが、なかなか感傷的なよい歌である。

かげろふに　見《み》し許《ばかり》にや　浜千鳥《はまちどり》　ゆくゑ《（へ）》も知《し》らぬ　恋《こひ》にまどはむ　（『後撰和歌集』巻十・恋二―654）

「かげろふ」は「陽炎」である。光のほのめくさまをいう。つまり、この歌は、光のゆらめきを通して見た浜千鳥が、いつの間にか行方がわからないが、まことにそのような、心許ない恋にまどわされているという意味だろう。恋の行方のさだかならぬことを、非常にうまく表現していると思っている。

うたゝねの　床《とこ》にとまれる　白玉《しらたま》は　君《きみ》がを《（お）》きける　露《つゆ》にやあるらん　（『後撰和歌集』巻十八・雑四―1284）

の歌は、「ある法師の源《みなもと》のひとしの朝臣《あそみ》の家にまかりて、数珠《ずず》のすがりを落《お》としをけるを朝《あした》に贈《おく》るとて」という詞書《ことばがき》が付けられている。「すかり（すがり）」は、網目に編んだ数珠の房や袋のようなものをいう。法師がうたたねの床に置き忘れた数珠《じゅず》の白玉が、朝露のように見えるという意味であろう。

　この源等の歌に対し、法師は早速、

かひもなき　草《くさ》の枕《まくら》に　を《（お）》く露《つゆ》の　何《なに》に消《き》えなで　落《お》ちとまりけむ　（『後撰和歌集』巻十八・雑四―1285）

と返している。

法師が肌身離さず身につけていなければならぬ大切な数珠を置き忘れていることに、「かひもなし」と恥じいっているのである。

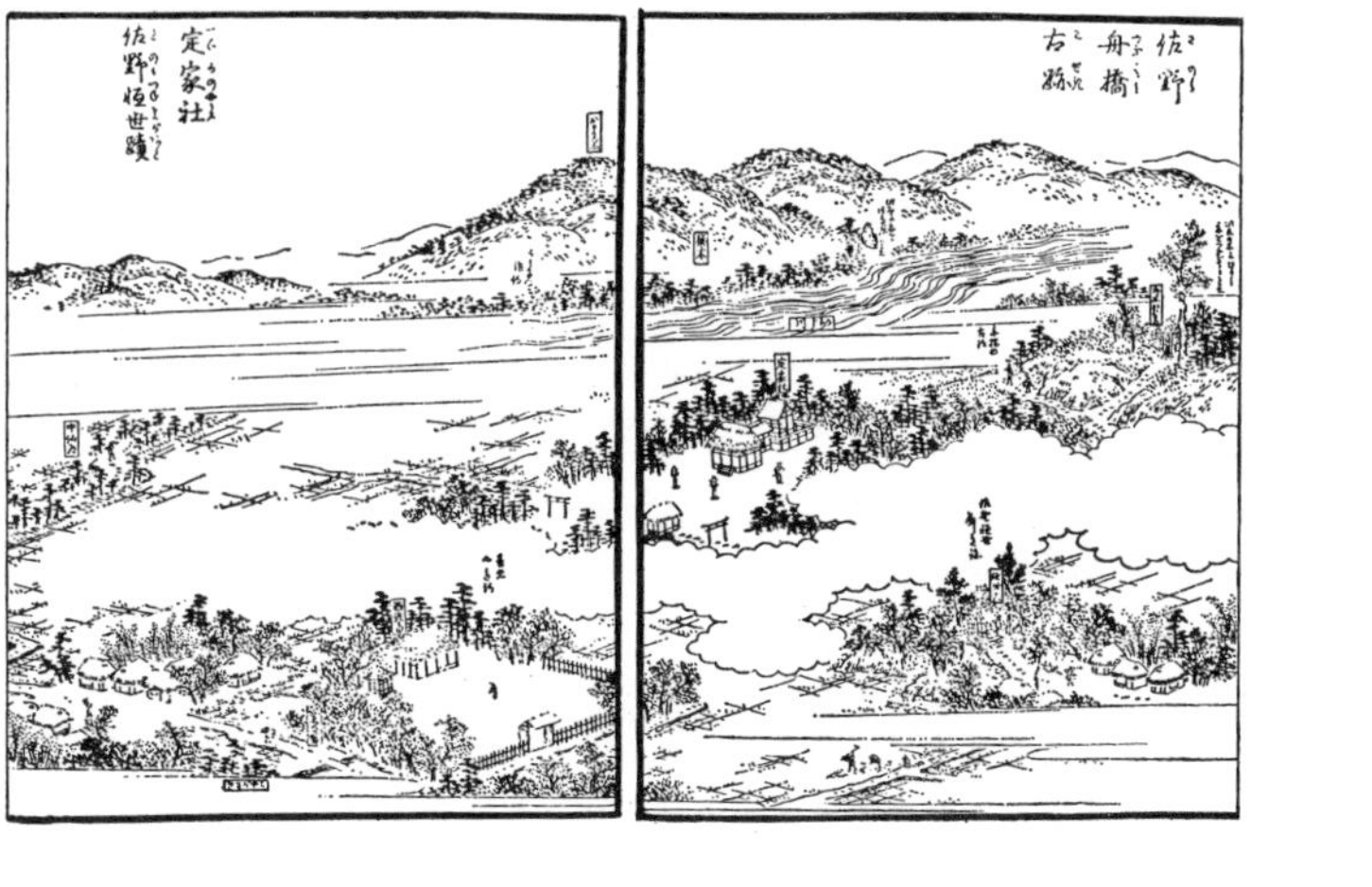

佐野舟橋古跡『木曾名所図会』
同図会には「佐野むらにあり。むかし烏川を船橋にてわたせし、その橋をつなぎし榎の大樹今にあり。木かげに舟木の観音の石仏あり。向かふの岸を薄池といふ」とある。

村上天皇《むらかみてんのう》

山《やま》がつの　垣《かき》ほに生《お》ふる　撫子《なでしこ》に　思《おもひ》よそへぬ　時《とき》の間《ま》ぞなき（『拾遺和歌集』巻十三・恋三―830）

この御製は、『古今和歌集』の

あな恋《こひ》し　今《いま》も見《み》てしか　山《やま》がつの　垣《かき》ほに咲《さ》ける　山《やま》となでしこ（『古今和歌集』巻十四・恋歌四―695）

を本歌とする。『古今和歌集』の歌は「ああ恋しい。今すぐでもお逢いしたいものだ。山に住む人の垣根のもとに美しく咲いている大和撫子のような可憐な女性に」という意味である。ちなみに撫子は、「撫《な》でし娘《こ》」の意も含み、撫でまわすように可愛い娘の意味もこめて歌われている。

御製に、「思よそへぬ時の間ぞなき」とあるのは、「あなたを思いお慕いしていない時はない」の意である。この御製は、詞書《ことばがき》に、「広幡《ひろはた》の宮《みや》す所《ところ》久《ひさ》しく参《まい》らざりければ、御文遣《おふみつか》はしけるに」とあるように、広幡御息所《みやすんどころ》がしばらく出仕されなかったのに対し、村上天皇*が御文を遣わされた時の御製である。

広幡御息所は、広幡の中納言源庶明《もろあきら》の娘の源計子《かずこ》*である。『栄花物語』（巻一・月の宴）によれば、村上天皇が、多くの後宮の女性に、次のような御製を遣わされ、その御製の謎解きを試みられたことがあった。その折、広幡御息所ただ一人がその謎を解き、薫物《たきもの》を天皇に献じられたという。

その御製は

あふさかも　はてはゆききの　関《せき》もゐず、　尋《たづ》ねてとひこ　きなばかへさじ

というものであった。「あはせたきものすこし（合薫物少し《あわせたきもの》）」と解く、いわゆる沓冠歌《くつかぶりうた》*である。

この逸話は『十訓抄』（七ノ八）にも載せられているが、『十訓抄』には「此御息所《このみやすんどころ》、御心おきて賢くおはしましける故《ゆゑ》に、彼《か》の帝《みかど》の御時《おんとき》、梨壺《なしつぼ》の五人に仰《おほ》せて、万葉集をやはらげられけるも、この御す

＊村上天皇
第六十二代天皇（九二六～六七）。醍醐天皇の皇子。母は藤原穏子。九四六年、朱雀天皇の譲位によって即位。藤原忠平の没後、摂関を置かず親政を行った。菅原文時の「意見封事三箇条」を採用し、奢侈の禁・売官の禁・外客の厚遇を取り入れた。後世「天暦の治」と評価された。和歌・琵琶に長じていたとされる。在位九四六～六七。

＊源計子
村上天皇の女御（生没年不詳）。「けいし」ともいう。広幡の中納言源庶明の娘。広幡御息所と通称された。理子内親王、盛子内親王を生む。梨壺（昭陽舎）撰和歌所の五人による『万葉集』の訓読は計子の発意ともいわれる。『拾遺和歌集』に入集。

源順『前賢故実』

めとぞ。順《したがふ》(源順)、筆をとれりける」と記されている。

いうまでもなく梨壺の五人は、村上天皇の天暦五(九五一)年に、撰和歌所《せんわかどころ》を宮中の梨壺(昭陽舎)に置き、清原元輔《もとすけ》、紀時文《ときふみ》、大中臣能宣《おおなかとみのよしのぶ》、源順《したごう》*、坂上望城《もちき》の五人を任命したことをいう。『後撰和歌集』の撰進や『万葉集』の訓読に当たったのである。

村上天皇は、醍醐天皇の皇子で、父醍醐天皇の「延喜《えんぎ》の治」とならんで、「天暦《てんりゃく》の治」とうたわれた天皇である。和歌の道に尽くされた功績は極めて大きく、天徳四(九六〇)年に催された内裏での歌合《うたあわせ》は、歌道史の上でも特に大きな意義を有しているといわれている。

村上天皇の女御、藤原芳子《よしこ》*は、左大臣藤原師尹《もろまさ》の娘であるが、「かたち、おかしげにうつくしうおはし」、御車《みくるま》に乗られた時は、その黒髪は、まだ母屋の柱のもとに残るほどだと伝えられている。また、『古今和歌集』をすべて暗誦され、村上天皇がテストされても、一字一句、間違えることはなかったと記されている(『大鏡』巻二・師尹の条)。

村上天皇が和歌をこよなく愛されていたため、後宮に召される女性もそれに充分応えられる教養が求められていたのであろう。

村上天皇もまた、自ら伊勢の家集をまとめることを命ぜられ、

昔《むかし》より　名高《なだか》き宿《やど》の　事《こと》の葉《は》は　この本《もと》にこそ　落《お》ち積《つ》もるてへ

(『拾遺和歌集』巻十七・雑秋―1142)

と歌われている。この御製は、昔より歌人の言の葉は、紅葉の葉がその木のもとに降り積もるように、優れた家に集まると聞いているの意である。

伊勢は『後撰和歌集』に七十余首も採録されている歌人であり、村上天皇も伊勢を歌人として高く評価されておられたようである。

伊勢『絵本常盤草』

*沓冠歌
和歌の折句手法の一つ。各句の初めと終わりとに一音ずつ読み込み、意味をもつ語句を十文字であらわしたもの。

*源順
平安中期の学者・歌人(九一一〜九八三)。源挙《こぞる》の子。和歌所の梨壺の一人として『万葉集』の訓読、『後撰和歌集』の撰にあたる。従五位上、能登守と官位には恵まれなかった。『拾遺和歌集』以降に入集。家集に『源順集』がある。

*藤原芳子
村上天皇の女御(生没年不詳)。父は藤原師尹。母は藤原定方の娘。昌平親王・永平親王を生む。宣耀殿女御と通称された。『枕草子』二十段に『古今和歌集』をすべて暗記していたとある。

平 兼盛《たいらのかねもり》

しのぶれど 色《いろ》に出《い》でにけり 我《わ》が恋《こひ》は 物《もの》や思《おもふ》と 人《ひと》の問《と》ふまで （『拾遺和歌集』巻十一・恋一―622）

この有名な恋歌は、詞書《ことばがき》に「天暦の御時《おほむとき》の歌合《うたあはせ》」とあるように、村上天皇の、天徳四（九六〇）年三月三十日に催された歌合《うたあわせ》でのものである。『沙石集《させきしゅう》』（巻五ノ十六）によれば、この天暦の歌合に、壬生忠《みぶのただ》見《み》*と平兼盛*が左右に分かれて、「初恋」の題の歌を競うことになったという。その時、壬生忠見は

恋《こひ》すてふ 我《わ》が名《な》はまだき 立《たち》にけり 人知《ひとし》れずこそ 思《おもひ》そめしか （『拾遺和歌集』巻十一・恋一―621）

という会心の作を提出した。壬生忠見は、この歌に心血をそそぎ、自らの勝利を期していたのである。判者となった小野宮（藤原実頼《さねより》）も優劣を決めかねていたが、村上天皇がひそかに兼盛の歌を口ずさまれているのをうかがい、兼盛を勝ちと定めたというのである。壬生忠見は「心うく覚えて胸ふさがりて、それより不食の病付き」となり、遂になくなってしまったと伝えられている。この話からすると、華やかな宮中の歌合も、歌人にとってはまさに命がけの舞台であったようである。

平兼盛は、光孝天皇の御子、是忠《これただ》親王の孫、筑前守平篤行《たいらのあつゆき》の子である。兼盛は筑前権守などを経て、従五位上駿河守となって終わるが、八十二歳の長寿を保ったといわれている。

『大和物語』（五十八）によれば、陸奥の国の黒塚《くろづか》（福島県安達《あだち》郡にある地名）に、清和天皇の御子、貞元《さだもと》親王の皇子が住んでおり、娘がいた。そこで、兼盛は次のような歌をおくった。

陸奥《みちのく》の 安達《あだち》の原《はら》の 黒塚《くろづか》に 鬼《おに》こもれりと 聞《き》くはまことか （『拾遺和歌集』巻九・雑下―559）

秘蔵の娘を、安達が原の「鬼」にたとえて揶揄しているのであろう。そして兼盛がその娘を欲しいというと、その父は、まだ娘は「まだいとわかくなむある」と山吹《やまぶき》に結びつけて、兼盛に知らせたという。

*平兼盛　平安中期の官人・歌人（?～九九〇）。平篤行（光孝天皇の皇子是忠親王の孫）の子。三十六歌仙の一人。女流歌人の赤染衛門の父といわれる。越前権守、山城介、大監物を経て従五位上駿河守となる。「天徳内裏歌合」で壬生忠見と歌合し、判者の藤原実頼は優劣をつけなかったが、村上天皇が兼盛の歌を勝ちとしたことで知られる。『拾遺和歌集』に入集。家集に『兼盛集』がある。

平兼盛『聯珠百人一首』

すると、兼盛は

はなざかり　すぎもやすると　蛙《かはづ》なく　井手《ゐで》の山吹《やまぶき》　うしろめたしも

と歌を返したという。この歌は、留守の間に花盛りが過ぎてはしまわないかと、蛙なく井手の山吹を後に残して行くのは気がかりでならないという意味である。兼盛のこの歌は、『古今和歌集』の

蛙《かはづ》なく　井手《ゐで》の山《やま》ぶき　ちりにけり　花《はな》のさかりに　逢《あ》はましものを

（よみ人しらず『古今和歌集』巻二・春歌下―125）

をふまえている。ちなみに井手《いで》は、山城国綴喜《つづき》郡井手里《いでり》（京都府綴喜郡井手町井手）で、かつて橘氏の別業（別荘）が置かれていた土地である。

兼盛は、まるで王朝絵巻に見るような、優れた恋歌を残している。たとえば、次の歌は、男女が木の下に紅葉を翫《もてあそ》ぶ屏風絵を見て詠じたものであるが、紅葉の木の下に男女を配した、極めて幻想的で、華麗に彩られた歌である。

唐《から》にしき　色見《いろみ》えまがふ　紅葉《もみぢ》ばの　散《ち》る木《こ》の下《もと》は　立《た》ち憂《う》かりけり

（『後拾遺和歌集』巻五・秋下―360）

もちろん平兼盛は、恋にばかりうつつを抜かしていたわけではない。時には摂政関白家に伺候《しこう》することも、怠りはなかったのである。

朽《く》ちもせぬ　長柄《ながら》の橋《はし》の　橋柱《はしばしら》　久《ひさ》しきほどの　見《み》えもするかな

（『後拾遺和歌集』巻七・賀―426）

ちなみに、長柄の橋は、大阪市北区の淀川に架けられていた橋である。その古橋の橋柱が今でも長らく存在するように、兼家《かねいえ》の長寿がいつまでも続くようにと祝いたいという意味である。

この賀歌はいうまでもなく、永延二（九八八）年、藤原兼家の六十賀の歌である。

---

*壬生忠見　平安中期の官人・歌人（生没年不詳）。壬生忠岑の子。三十六歌仙の一人。「天徳内裏歌合」で平兼盛と歌合し、負けたため、これが遠因で病死したと伝えられる。家集に『忠見集』がある。↓184頁

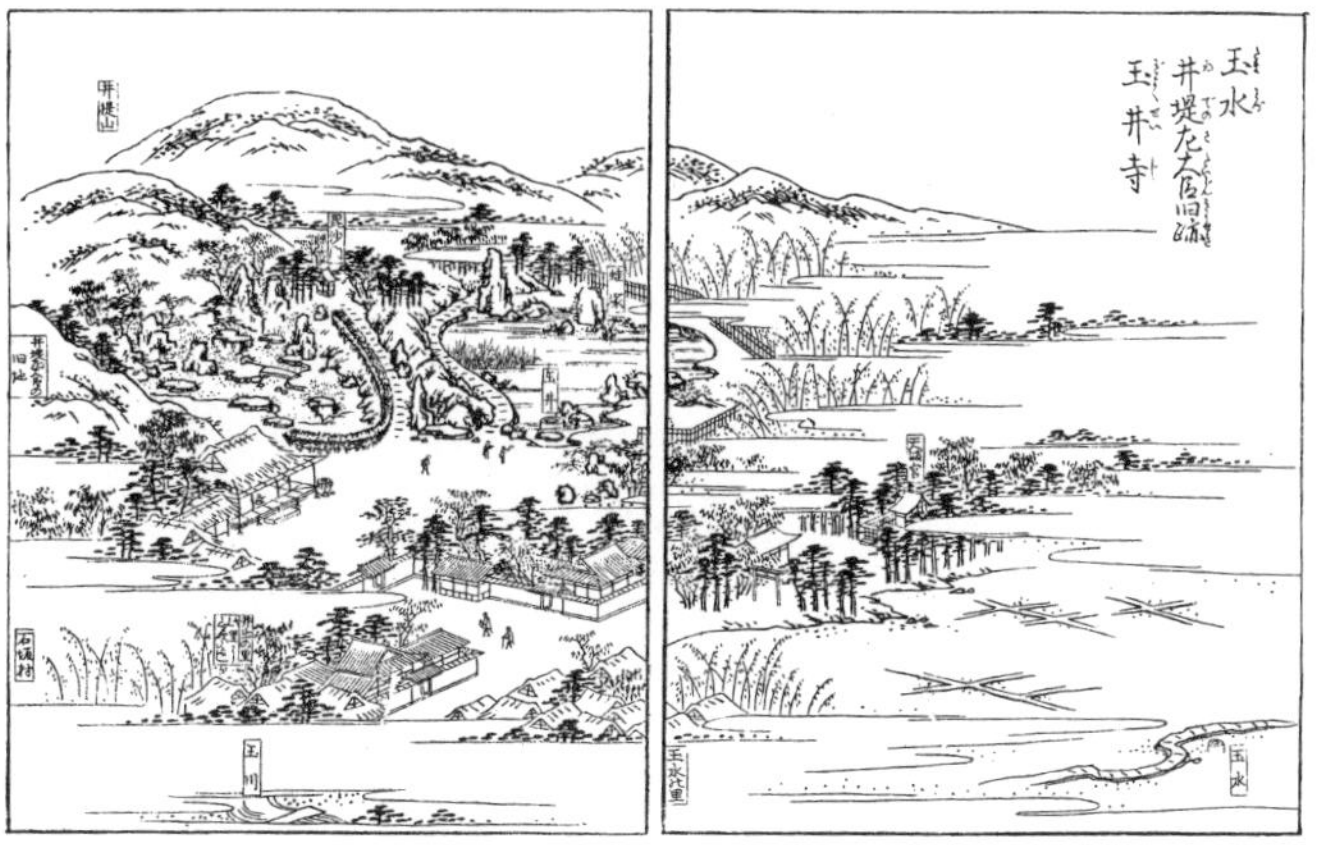

井堤里左大臣旧跡『都名所図会』
同図会には「井手の里は玉水の宿のひがしなり。井堤左大臣橘諸兄公の旧跡はこの里の南に石垣村といふあり。このところのひがし、上村の山本にあり。岩の松・中嶋はむかしの泉水の跡にして、いまは田の字となりぬ」とある。

壬生忠見《みぶのただみ》

夢《ゆめ》のごと　などか夜《よる》しも　君《きみ》を見《み》む　暮《く》るゝ待《ま》つ間《ま》も　さだめなき世《よ》を　（『拾遺和歌集』巻十二・恋二―734）

夢のように、どうして夜だけ、あなたにお逢いするのだろうか。昼間にぜひともお逢いしたいものだ。なぜなら、暮れるのを待つ間も無常の世の中だから、という恋の歌である。

この歌は、麗景殿女御《れいけいでんにょうご》荘子《たかこ》女王《ひめみこ》＊の歌合《うたあわせ》に出されたものである。荘子女王は中務卿代明《よりあきら》親王の御子である。母は藤原定方の娘であるが、村上天皇の女御に召され、麗景殿の女御と呼ばれた。しばしば歌合を主催されて、村上後宮の優雅な遊びの中心となられた女御である。この壬生忠見＊の歌は

恋《こひ》すてふ　我《わ》が名《な》はまだき　立《たち》にけり　人《ひと》知《し》れずこそ　思《おもひ》そめしか　（『拾遺和歌集』巻十一・恋一―621）

とならんで、天徳の歌合における忠見の傑作といってよいであろう。

尾上《をのへ》なる　松《まつ》の梢《こずゑ》は　打《うち》なびき　浪《なみ》の声《こゑ》にぞ　風《かぜ》も吹《ふ》きける　（『拾遺和歌集』巻八・雑上―453）

詞書《ことばがき》によると、この歌は「天暦の御時《おほむとき》の屏風歌」である。屏風に各地の名所を描き、一人ひとりの歌人に歌を寄せさせたもので、忠見は「高砂《たかさご》」を担当した。高砂の尾上の松に海風が吹き、その松濤《しょうとう》があたかも波の音のように聞こえるという意味である。

壬生忠見は、『古今和歌集』の撰者の一人、壬生忠岑《ただみね》の息子である。天徳二（九五八）年に摂津大目《だいもく》に任ぜられたが、その官はやっと従八位上に相当するから、卑官であったと見てよいであろう。ただ、歌人として、しばしば宮中の歌合には召され、歌を献じている。それ故に、忠見は「恋すてふ」の恋歌が、平兼盛の歌に敗れると（前項参照）、一切の望みを失ったような気持ちに追いやられたのである。忠見にとっての生きがいは、ただこの一筋につながっていたからである。

＊壬生忠見
平安中期の官人・歌人（生没年不詳）。壬生忠岑の子。三十六歌仙の一人。官位は低く御厨子所定額膳部、摂津大目などを歴任。「天徳内裏歌合」で平兼盛と歌合し、判者の藤原実頼は優劣をつけなかったが、村上天皇が兼盛の歌を勝ちとしたため、これが遠因で病死したと伝えられる。『拾遺和歌集』以降の勅撰集に入集。家集に『忠見集』がある。

壬生忠見『聯珠百人一首』

春日野《かすがの》の　草《くさ》はみどりに　なりにけり　若菜《わかな》つまむと　たれかしめけん　（『新古今和歌集』巻一・春歌上―12）

これも、「天暦の御時の屏風歌」である。この歌の「たれかしめけん」は、「しめを結ったのは誰であろうか」と解されているが、わたくしは「しめ」る相手は、その土地でなく、若菜摘む乙女であり、彼女との契りを結ぶことではないかと考えている。なぜならば若菜摘みの喜びは、昔より恋人をさがす行事にあったからである。

秋風《あきかぜ》の　関吹《せきふ》きこゆる　たびごとに　声《こゑ》うちそふる　須磨《すま》の浦浪《うらなみ》　（『新古今和歌集』巻十七・雑歌中―1599）

の歌も「天暦の御時の屏風歌」である。忠見が「須磨の関」を受け持って、これに歌を付したものであろう。『枕草子』にも、「関は逢坂《あふさか》、須磨の関」（百七段）とうたわれているが、須磨の関は波打ち際の近くに置かれていたから、声うちそふる須磨の浦波と詠んだのである。

いづ方《かた》に　鳴《な》きて行《ゆ》くらむ　郭公《ほととぎす》　淀《よど》の渡《わた》りの　まだ夜深《よぶか》きに　（『拾遺和歌集』巻二・夏―113）

も、「天暦の御時の屏風歌」であるから、忠見は、いくつかの屏風歌を献じていたようである。もちろん、壬生忠見は、歌人として召される以外、普段は宮中の雑務に従事していたのである。

もろともに　我《われ》し折《お》らねば　桜花《さくらばな》　思《おも》ひやりてや　春《はる》を暮《く》らさん　（『拾遺和歌集』巻十六・雑春―1040）

は「御厨子所《みづしどころ》にさぶらひけるに」と詞書に見えるように、忠見が天暦八（九五四）年五月に内膳司《ないぜんし》の下官、定額膳部《じょうがくぜんぶ》に任ぜられた頃、蔵人所《くろうどどころ》の役人からおくられた桜の花を見て、自らのうだつのあがらぬ身を嘆いている歌である。

年経《としふ》れば　越《こし》の白山《しらやま》　老《お》いにけり　多《おほ》くの冬《ふゆ》の　雪積《ゆきつ》もりつゝ　（『拾遺和歌集』巻四・冬―249）

この歌も内裏の屏風歌とされるが（『忠見集』）、わが身の老いを慨嘆している歌として読むことも許されるであろう。

*荘子女王
村上天皇の女御（九三〇～一〇〇八）。中務卿代明親王の娘。母は藤原定方の女。九五〇年、村上天皇の女御となり、具平親王、楽子内親王を生む。麗景殿女御と呼ばれた。村上天皇の崩御の後に落飾して尼となる。

須磨の関『和朝名勝画譜』
兵庫県神戸市西部須磨区。『延喜式』の須磨駅、西国街道の宿駅に置かれた関。『枕草子』には「関は、逢坂。須磨の関。……」とある。

清原元輔《きよはらのもとすけ》

契《ちぎ》りきな　かたみに袖《そで》を　しぼりつゝ　末《すゑ》の松山《まつやま》　波《なみ》こさじとは　（『後拾遺和歌集』巻十四・恋四―770）

この清原元輔＊の歌の詞書《ことばがき》には、「心変《かは》りて侍《はべ》りける女《をむな》に、人に代《かは》りて」と記されている。つまり、他人に代わって歌ったというのである。この歌は、「かつてお互いに、袖の涙を絞りながら約束したはずだ。末の松山に波を越させないと契り、決して心変わりはしないと誓ったのだから」という意味であろう。この歌の「末の松山波こさじとは」は、『古今和歌集』（巻二十・東歌）の陸奥《みちのく》歌の次の歌をふまえている。

きみをおきて　あだし心《こころ》を　わが持《も》たば　末《すゑ》の松山《まつやま》　浪《なみ》もこえなん　（『古今和歌集』巻二十・東歌、陸奥歌―1093）

ここに見える「末の松山」は、陸前国宮城郡に置かれた多賀城の近くにある八幡《やはた》の砂丘で、歌枕として有名なところであった。藤原興風《おきかぜ》も

浦《うら》ちかく　ふりくるゆきは　白浪《しらなみ》の　末《すゑ》の松山《まつやま》　こすかとぞ見《み》る　（『古今和歌集』巻六・冬歌―326）

と歌っている。雪の歌といえば、元輔も

降《ふ》るほども　はかなく見《み》ゆる　あは雪《ゆき》の　うら山《やま》しくも　打《うち》とくる哉《かな》　（『拾遺和歌集』巻四・冬―244）

と歌っているが、この歌は「女《をみな》を語らひ侍《はべり》けるが、年ごろになり侍にけれど、うとく侍ければ、雪《ゆき》の降《ふ》り侍けるに」と註されるように、心がしだいにうとくなりつつある女性におくったものである。「降っている時から、はかなく見える淡雪でも、少しずつ溶けていく。そのように心を打ち解けるような淡雪を見ていると、わたくしは、本当に羨ましい」と歌っているのである。

＊清原元輔
平安中期の官人・歌人（九〇八～九〇）。清原顕忠の子。清原深養父の孫。清少納言の父。三十六歌仙の一人。大蔵少丞、民部大丞、河内権守、周防守、鋳銭長官、肥後守などを歴任。正五位下。和歌所の梨壺の一人となって、『万葉集』の訓読、『後撰和歌集』の撰にあたる。『拾

清原元輔　『聯珠百人一首』

ところで清原元輔であるが、彼は深養父《ふかやぶ》の孫である。清少納言の父といった方がわかりやすいであろう。いわゆる「梨壺《なしつぼ》の五人」の一人である。官歴は、中流の官僚の道をすすみ、最終的には、河内《かわちの》権守《ごんのかみ》、周防守や肥後守を経て、従五位上となっている。

いか許《ばかり》　思《おもふ》らむとか　思《おもふ》らん　老《お》いて別《わか》るゝ　遠《とを》き別《わか》れを　（『拾遺和歌集』巻六・別―333）

の歌は、寛和二（九八六）年、元輔が七十九歳で肥後守となって九州に下る時、源満仲《みつなか》*が餞別の宴を開いてくれた時の歌である。ご存知のように源満仲は、「多田《ただ》の満仲《まんじゅう》」と呼ばれた源氏の棟梁である。藤原兼家《かねいえ》、道長の摂関家に仕え、武門の家を中央におし上げ、勢威を振るった人物である。

この二人の組合せは一見、奇妙な感じがするが、おそらく満仲の本拠地、多田（兵庫県川西市）は、海上の神、住吉神社が祀られるように、瀬戸内へ船出する場所であった。清原元輔の船がここより出港した際に、満仲が元輔を接待したのであろう。もちろん、それ以前に摂関家を介して、二人は顔見知りの間柄であったからである。

ところで元輔の歌を通覧すると、清慎公《せいしんこう》の家に伺候《しこう》した歌が少なくないのである。

桜花《さくらばな》　底《そこ》なる影《かげ》ぞ　惜《お》しまるゝ　沈《しづ》める人《ひと》の　春《はる》と思《おも》へば　（『拾遺和歌集』巻十六・雑春―1048）

も、その一つである。清慎公は、藤原実頼《さねより》の諡《おくりな》である。父忠平《ただひら》のあとをうけて、弟師輔《もろすけ》とともに、政局の中枢に立ち、関白、摂政を経て、従一位の極位に達した人物である。だが、結局、天皇との間に外戚関係を結ぶことができず、藤原氏の本流は、弟の師輔の流れに移っていく。

このように見ていくと、元輔の歌にある「沈める人」は、たしかに引き立てる人もなく、低い官位に置かれている元輔自身を指すのであろう。だが、一方においては、師輔系の九条家におされていく実頼系の小野宮家が、表面的には桜の花が咲き乱れているようであるが、その影が池に沈むように沈鬱な空気につつまれていることを示唆しているのではあるまいか。

「元輔は、馴者《なれもの》の物《もの》をかしく云《い》ひて、人笑《ひとわら》はするを役《やく》とする」（『今昔物語集』本朝世俗部、巻二十八ノ第六）

と称される人物であったから、小野宮家にとっては、欠かせない人物であったようである。

遺和歌集』『後撰和歌集』に入集。家集に『元輔集』がある。

*源満仲
平安中期の武将・歌人（九一二〜九七）。源経基の子。母は橘繁藤の娘。多田源氏の祖。摂津・伊予・武蔵・美濃・信濃・下野・陸奥などの守、上総・常陸・武蔵の介などを歴任し、源氏の棟梁として鎮守府将軍となる。摂津の多田で多田源氏を称する。死後、従三位・従二位・正一位を追贈される。『拾遺和歌集』に入集。

源満仲『前賢故実』

曾禰好忠《そねのよしただ》

由良《ゆら》の門《と》を　わたる舟人《ふなびと》　かぢをたえ　ゆくゑ《（へ）》もしらぬ　恋《こひ》の道《みち》かも　（『新古今和歌集』巻十一・恋歌一―1071）

この恋歌は、由良の門を渡る舟人が櫂《かい》を失い、漂いさまようような恋をするという意味である。由良の門は、『万葉集』に

妹《いも》がため　玉《たま》を拾《ひり》ふと　紀《き》の国《くに》の　由良《ゆら》のみ崎《さき》に　この日暮《ひくら》しつ　（『万葉集』巻七―1220）

と歌われ、『新古今和歌集』では、それをうけて、

紀《き》の国《くに》や　由良《ゆら》のみなとに　拾《ひろ》ふてふ　たまさかにだに　あひ見《み》てしかな　（藤原長方『新古今和歌集』巻十一・恋歌一―1075）

と歌われた紀伊国海部郡の由良の瀬戸である。現在の和歌山県日高郡由良町で、紀伊水道の交通の要衝地である。ちなみに、長方《ながかた》の歌の「たまさかにだに」は、「たまにでも」とか、めったにないの意味である。「玉」に「たまさか」の〝たま〟を掛けている。

曾禰好忠＊の歌は、先の歌にうかがえるように極めて叙情性豊かである。

山里《やまざと》に　葛《くず》はひかゝる　松垣《まつがき》の　ひまなく物《もの》は　秋《あき》ぞかなしき　（『新古今和歌集』巻十六・雑歌上―1569）

山里の松垣には、葛がひまなくはい回っている。そのように絶えず、わたくしの心は悲しみでおおわれているという意味であろうが、ひしひしと悲しみが伝わってくるような歌である。和泉式部にも

松垣《まつがき》に　這《は》ひくる葛《くず》を　とふ人《ひと》は　見《み》るに悲《かな》しき　秋《あき》の山里《やまざと》　（『和泉式部集』）

＊曾禰好忠
平安中期の歌人（生没年不詳）。丹後掾であったため、曾丹・曾丹後と通称された。歌人としての評価は高かったが、官位も低く奇行癖があり、社会的に不遇であった。『拾遺和歌集』以降の勅撰集に入集。家集に『曾丹集』がある。

曾禰好忠『聯珠百人一首』

の歌があるが、曾禰好忠の歌の方が、より悲しみの気持ちを表現しているようだ。

　曾禰好忠は、平安中期の歌人である。官位は低く、丹後掾《じょう》の六位にとどまっていたから、人々から「曾丹《そたん》」と呼ばれていたという（『袋草子』上）。『今昔物語集』（本朝世俗部、巻二十八ノ第三）には、円融院＊が、正月の子《ね》の日の遊びで船岡に行幸され、そこで歌の会を催された時、招かざる客として強引に出席した曾丹が、追い出されたという話が伝えられている。歌詠みに招かれた歌人は、大中臣能宣《おおなかとみのよしのぶ》、平兼盛《かねもり》、清原元輔《もとすけ》、源重之《しげゆき》、紀時文《ときふみ》の五人であったが、曾禰好忠は、あやしげなる衣を身につけ、その末席に座りこんだといわれている。円融院のお伴に加わっていた藤原兼家《かねいえ》は、下臈《げろう》の殿上人に命じて、好忠の頸をおさえて引き倒し、追い出してしまったというのである。

　この逸話は、曾禰好忠の自分の歌に対する自信の強さと、身分によってはっきりと差をつける当時の歌壇の風潮に対する抗議の姿勢を示しているといってよいであろう。ただ、曾禰好忠の評価は死後、漸次高まっていったようである。『拾遺和歌集』『後拾遺和歌集』および『新古今和歌集』には、曾禰好忠の歌が少なからず採録されているからである。

秋風《あきかぜ》は　吹《ふき》なやぶりそ　我《わ》が宿《やど》の　あばら隠《かく》せる　蜘蛛《くも》の巣《す》がきを　（『拾遺和歌集』巻十七・雑秋―1111）

に至ると、まさに自嘲の歌といってよいであろう。ただ、

片岡《かたをか》の　雪《ゆき》まにねざす　若草《わかくさ》の　ほのかに見《み》てし　人《ひと》ぞこひしき　（『新古今和歌集』巻十一・恋歌一―1022）

の感覚は美しく、新鮮である。雪間の若草が恋しい人そのもののように歌われて、極めて清楚な歌であるといってよい。『詞花和歌集』に至っては

山城《やましろ》の　鳥羽田《とばた》の面《おも》を　みわたせば　ほのかにけさぞ　秋風《あきかぜ》はふく　（『詞花和歌集』巻三・秋―82）

を巻三・秋の巻頭に掲げている。

　山城の鳥羽（京都市伏見区鳥羽）の名を思わすように、秋が鳥の羽音とともにやって来るというのである。

＊円融院
円融天皇（第六十四代）の出家後の名称。村上天皇の皇子（九五九～九一）。村上天皇崩御の後、兄の憲平親王が即位（冷泉天皇）し、皇太弟となり、九六九年、冷泉天皇の譲位で十一歳で即位（円融天皇）する。→194頁

鳥羽の作り道『拾遺都名所図会』
図中には「禁裏の調進をはじめ奉り、都の市へ日ごとに魚荷の鳥羽畷《なわて》を走り登るを見て狂歌をよめる　都へと走る魚荷のそのすがた肥えた鳥羽絵に作り道なり　蕣福」とある。

藤原朝忠《ふじわらのあさただ》

逢《あ》ふ事《こと》の　絶《た》えてしなくは　中〳〵《なかなか》に　人《ひと》をも身《み》をも　怨《うら》ざらまし　（『拾遺和歌集』巻十一・恋一―678）

この歌は、「逢うことが全く不可能であれば、わたくしはすっかり諦めるだろう。相手の無情も、自分のつたなさも恨むことはないのだから」という、いわば失恋の歌である。

藤原朝忠＊は、右大臣定方《さだかた》の息子である。土御門《つちみかど》中納言と称されていた。地方の国司や参議を経て応和元（九六一）年に従三位となり、応和三（九六三）年に中納言に任ぜられている。

歌人としても優れた人物であり、天徳四年（九六〇）三月三十日の内裏の歌合《うたあわせ》に左方の歌人として出席し、六首中五首の勝を収めたという。その一首が先の「逢ふ事の」の歌である。

ちなみに、朝忠の弟、朝成《あさなり》は「あさましく肥へてみめ人にことなる」（『続古事談』）といわれたが、ひとたび笛を吹くと、顔もたちまち美麗に見えたと伝えられている（『古事談』巻六―十）。朝忠も笙笛の名手であったといわれている。

朝忠は、先の歌とは逆に、恋のかけひきではベテランであったようである。

時《とき》しもあれ　花《はな》のさかりに　つらければ　思《おも》はぬ山《やま》に　入《い》りやしなまし　（『後撰和歌集』巻二・春中―70）

と、つれない歌を小弐《しょうに》におくっているからである。この朝忠の態度に、小弐は、

わがために　思《おも》はぬ山《やま》の　音《おと》にのみ　花《はな》さかりゆく　春《はる》をうら見《み》む　（『後撰和歌集』巻二・春中―71）

と返している。この「花盛《さか》りゆく」の「さかりゆく」には「離《さ》かり行《ゆ》く」の意がこめられていることは、ことさらいうまでもないであろう。

小弐は、滋野《しげの》の内侍《ないし》と呼ばれた小弐命婦《しょうにのみょうぶ》＊である。『後撰和歌集』の朝忠の歌の

＊藤原朝忠
平安中期の公卿・歌人（九一〇～六六）。三十六歌仙の一人。藤原定方の子。母は藤原山蔭（中納言）の娘。醍醐・朱雀・村上の三天皇に仕え信認が厚かった。東宮蔵人、左近権少将・中将、右衛門督、従三位中納言を歴任。少弐命婦、右近、大輔、本院侍従などの宮廷の女官と恋歌を贈答している。笙笛の名手。『後撰和歌集』以降の勅撰集に入集。家集に『朝忠集』がある。

＊少弐命婦
平安中期の女流歌人（生没年不詳）。少弐・少弐乳母とも呼ばれる。橘公頼の娘で、村上天皇の乳母と推定されている。『大和物語』『一条摂政御集』などから、藤原師輔、藤原伊尹と関係が深かったことがうかがわれる。九六〇年の内裏歌合に出詠し、歌人としても評価されていた。

＊楽子内親王
村上天皇の皇女（九五二～九八）。「がくしないしんのう」ともいう。母は村上天皇の女御荘子女王。四歳で伊勢の斎宮となり、十二年間つとめた。村上天皇崩御で退下。

もろともに　いざと言《い》はずは　死出《しで》の山《やま》　越《こ》ゆとも越《こ》さむ　物《もの》ならなくに（『後撰和歌集』巻十三・恋五―962）

には「公頼朝臣《きんよりあそみ》の娘《むすめ》に忍《しの》びて住《す》み侍《はべり》けるに」と詞書《ことばがき》が付されているので、小弐は橘公頼《きんより》の娘であったようである。

白浪《しらなみ》の　打出《うちい》づる浜《はま》の　浜千鳥《はまちどり》　跡《あと》や尋《たづ》ぬる　しるべなるらん（『後撰和歌集』巻十二・恋四―828）

も「女のもとにつかはしける」とあるので、これも小弐のもとにおくられた恋歌であろう。

朝忠は、しばしば村上天皇の宮中の歌合に召され、歌を残している。

鶯《うぐひす》の　声《こゑ》なかりせば　雪消《ゆきき》えぬ　山里《やまざと》いかで　春《はる》を知《し》らまし（『拾遺和歌集』巻一・春―10）

は、天暦《てんりやく》十（九五六）年三月二十九日の内裏の歌合に出されたものである。

朝忠の歌は人柄を反映して、一般的に平易である。

万世《よろづよ》の　始《はじめ》と今日《けふ》を　祈《いの》り置《を》きて　今行末《いまゆくすえ》は　神《かみ》ぞ知《し》る覧《らん》（『拾遺和歌集』巻五・賀―263）

この歌も、天暦十一（九五七）年九月五日に、村上天皇の第六皇女楽子《よしこ》内親王＊が斎宮《さいぐう》に選ばれ、朝忠が長奉送使《ちょうぶそうし》に任ぜられた時の歌である。「万代《よろずよ》まで続く御代のはじまりとして、今日の日を良き日であれかしと祈っておいた。これから行末は伊勢の神だけがお知りになられるだろう。斎宮が心をこめて奉仕するならば、必ず神のご加護を得られる」と期待をこめて歌ったものである。

人《ひと》づてに　知《し》らせてしかな　隠《かく》れ沼《ぬ》の　みごもりにのみ　恋《こ》ひやわたらん（『新古今和歌集』巻十一・恋歌一―1001）

も、「天暦の御時《おほむとき》の歌合」のものである。

この歌は、忍ぶ恋の一種であり、相手に直接に告白できずに悩む心を訴えた歌である。それは隠れ沼に、しずと身を沈めているように、人に知られぬ恋といってよい。

藤原朝忠『聯珠百人一首』

徽子女王《きしのじょおう》（斎宮女御《さいぐうにょうご》）

かつ見《み》つゝ　影離《かげはな》れ行《ゆ》く　水《みづ》の面《おも》に　かく数《かず》ならぬ　身《み》をいかにせん　（『拾遺和歌集』巻十四・恋四―879）

この歌は、「天暦《てんりやく》の御時《おほむとき》、承香殿《しようきやうでん》の前《まへ》を渡《わた》らせ給《たまひ》て、こと御方《おんかた》に渡らせ給ひければ」と詞書《ことばがき》に記されている。村上天皇が、徽子《きしの》《よしこ》女王＊の住まわれる承香殿の前を素通りされ、他の后妃のもとにお渡りになられた時の歌である。

わたくしが見ているにもかかわらず、村上天皇はだまって素通りされて、他の后《おきさき》のもとへ訪ねていかれる。行く水の上に字を書くような、数にも入らぬわが身をどうしたらよいのだろうかという嘆きの歌である。この歌は、「かつ見つつ　影《かげ》離れ行く　水の面に　かく数《かず》ならぬ　身をいかにせん」と「カ」の音を、流れのようにつづけて歌っている。

徽子女王は、醍醐天皇の皇子重明《しげあきら》親王の娘であったが、承平《しようへい》六（九三六）年、十歳で伊勢の斎宮《さいぐう》に占定され、七年間伊勢に下向したという。

しかし、母の喪にあって斎宮を退き上京するが、間もなく天暦二（九四八）年に、村上天皇の女御として入内《じゆだい》することになるのである。規子《のりこ》内親王＊をもうけるが、当時、村上天皇の後宮には、藤原師輔《もろすけ》の娘安子《やすこ》をはじめ、藤原実頼《さねより》の娘述子《のぶこ》、藤原師尹《もろまさ》の娘芳子《よしこ》などが皇后、女御としていらしただけに、徽子女王も時には、村上天皇のおとずれのない夜を経験しなければならなかったのであろう。

天《あま》の原《はら》　そこともしらぬ　大空《おほぞら》に　おぼつかなさを　歎《なげ》きつるかな　（『新古今和歌集』巻十五・恋歌五―1411）

という村上天皇の御製に、徽子女王は

歎《なげ》くらん　心《こころ》を空《そら》に　見《み》てしかな　たつ朝霧《あさぎり》に　身《み》をやなさまし　（『新古今和歌集』巻十五・恋歌五―1412）

＊徽子女王
平安中期の女流歌人（九二九～八五）。重明親王（醍醐天皇の皇子）の娘。母は藤原忠平（太政大臣）の娘の寛子。斎宮女御ともいう。三十六歌仙の一人。伊勢神宮の斎宮となり、母の逝去で退下、村上天皇の女御となり、規子内親王を生む。「斎宮女御徽子女王歌合」などを主催し、和歌に長じた。村上天皇の崩御の後、九七五年、斎宮となった規子内親王に同行して伊勢に下る。九八四年、円融天皇の譲位により、斎宮の任を解かれた規子内親王と帰京し、出家する。『拾遺和歌集』以降の勅撰集に入集。家集に『斎宮女御集』がある。

＊規子内親王
村上天皇の皇女・歌人（九四九～八六）。母は徽子女王（斎宮女御）。二十七歳で弟の円融天皇の斎宮となり、母の徽子女王とともに伊勢に下る。九八四年、円融天皇の譲位により帰京。九七二年に「規子内親王前栽歌合」を主催。

＊馬内侍
平安中期の女流歌人（生没年不詳）。源時明の娘。中古三十六歌仙の一人。円融天皇の中宮藤原媓子《てるこ》、一条天皇の中宮藤原定子《ていし》に仕える。『拾遺和歌集』以降の勅撰集に入集。家集に『馬内侍集』がある。↓208頁

＊野の宮
皇女・女王が斎宮や斎院になるとき、潔斎のために一年間籠る仮宮殿。斎宮の野々宮は嵯峨

と返されている。わたくしが嘆いているとおっしゃる御心を空に拝見したいものだ。いっそ、嘆きの朝霧になろうかとわたくしは思っているという意味であろう。

なれゆくは　うき世《よ》なればや　須磨《すま》の海人《あま》の　塩焼《しほや》き衣《ころも》　まどを《（ほ）》なるらん

（『新古今和歌集』巻十三・恋歌三―1210）

は、村上天皇の「間遠《まどお》く」なられるのを訴えられる歌である。

徽子女王は満たされぬ心を埋めるため、盛んに承香殿歌合《うたあわせ》を催し、歌の道に精進されたようである。それでも、村上天皇が康保《こうほう》四（九六七）年に崩ぜられると、馬内侍《うまのないし》＊から、天皇の書かれた草子をおくられ、

いにしへの　なきにながるゝ　水茎《みづくき》の　跡《あと》こそ袖《そで》の　うらによりけれ

（『新古今和歌集』巻八・哀傷歌―807）

と悲しみの歌を残している。

円融天皇の時代に、徽子女王の娘規子内親王が伊勢斎宮に選ばれると、徽子女王も京に見切りをつけて、斎宮とともに再び伊勢に下っていったのである。

琴《こと》の音《ね》に　峰《みね》の松風《まつかぜ》　通《かよ》ふらし　いづれのお《（を）》より　調《しら》べそめけん

（『拾遺和歌集』巻八・雑上―451）

は、娘の斎宮が野の宮＊に籠られていた時の歌である。

世《よ》にふれば　又《また》も越《こ》えけり　鈴鹿山《すずかやま》　昔《むかし》の今《いま》に　なるにやあるらん（『拾遺和歌集』巻八・雑上―495）

の歌は、娘の斎宮とともに、伊勢に赴いた時の歌である。この徽子女王の伊勢下向話は、『源氏物語』の六条御息所《ろくじょうのみやすんどころ》が、娘の斎宮とともに伊勢に下る話の準拠となっている。

永観《えいかん》二（九八四）年に規子内親王が斎宮の任を解かれると、徽子女王も共に帰京するが、ほどなく病のために出家し、寛和《かんな》元（九八五）年、五十七歳で薨じている（『大鏡』裏書）。

に、斎院の野々宮は紫野に設けられた。

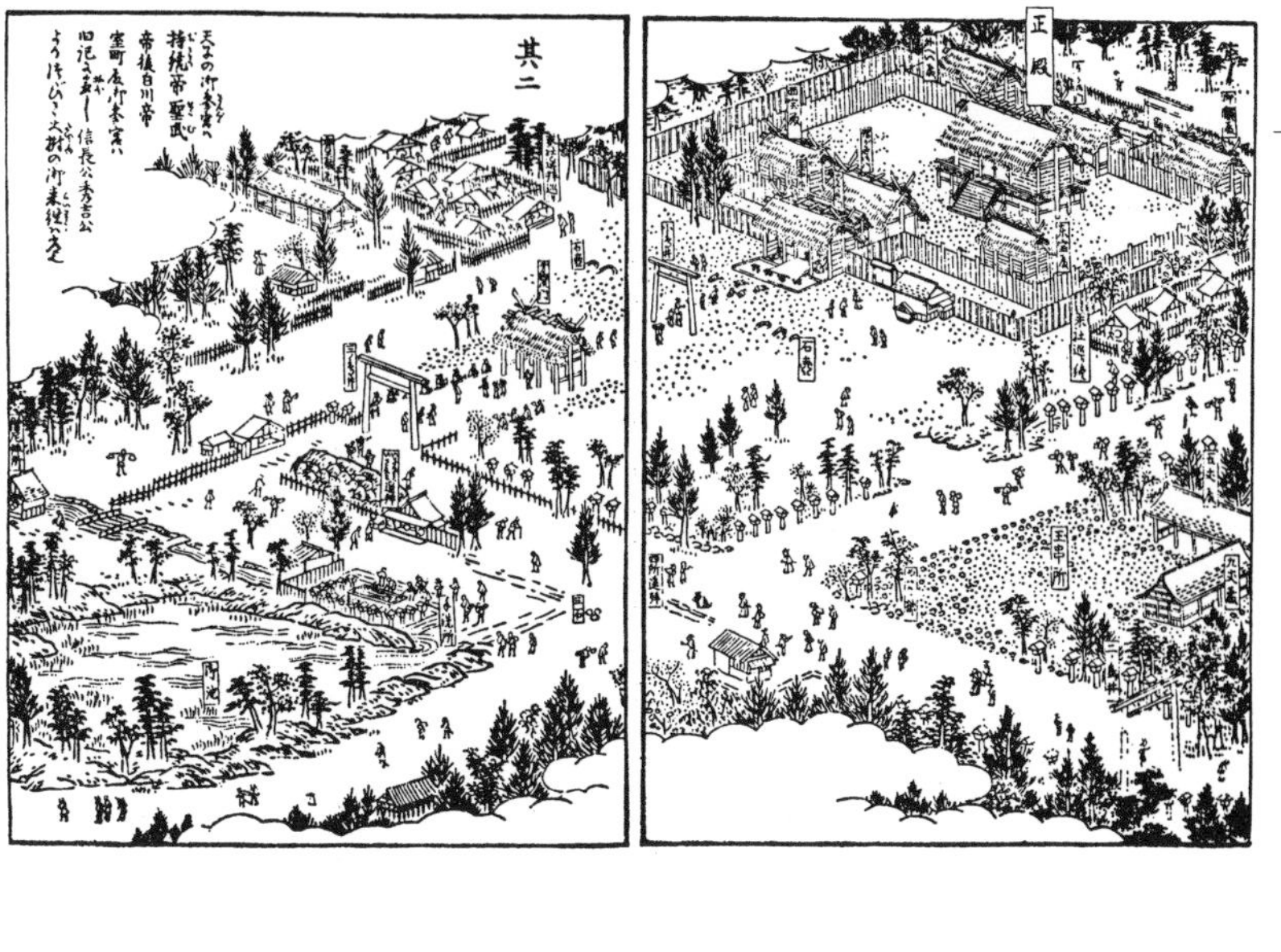

伊勢神宮『伊勢参宮名所図会』

図中には「天子の御参宮は持統帝・聖武帝・後白川帝、室町殿御参宮は旧記に多し……大樹の御来往は常なり」とある。

円融《えんゆう》天皇

限《かぎ》りなき　思《おも》ひの空《そら》に　満《み》ちぬれば　いくその煙《けむり》　雲《くも》となるらん　（『拾遺和歌集』巻十五・恋五―971）

この円融天皇＊の御製は、「少将更衣《せうしやうのかうい》のもとに遣《つか》はしける」と詞書《ことばがき》されるように、少将更衣《しょうしょうのこうい》＊に寄せられた恋の御歌である。この御製に対しては、少将更衣は

空《そら》に満《み》つ　思《おも》ひの煙《けむり》　雲《くも》ならば　ながむる人《ひと》の　目《め》にぞ見《み》えまし　（『拾遺和歌集』巻十五・恋五―972）

とお返ししている。

少将更衣のお返しの歌は、実に微妙な答えを含んでいるようである。帝《みかど》のお気持ちが本当に誠意に満ちているならば、はっきりと、見る人には見えるはずだと歌っているからである。とするならば、この歌は婉曲にお断りしている歌として解してよいのかもしれない。なぜなら円融天皇のまわりには、権力者の関白藤原兼通《かねみち》の娘媓子《てるこ》をはじめ、摂政藤原兼家《かねいえ》＊の娘詮子《あきこ》および関白藤原頼忠《よりただ》の娘遵子《のぶこ》が、皇后や女御となっておられたからである。たとえ更衣に選ばれても、少将更衣のような身分の者には、天皇が自分の事を心から思ってくださるとは、なかなか信ずることができなかったからである。

少将更衣のことは、必ずしもつまびらかではないが、少将更衣と名のるので、父や兄が近衛少将をつとめる身分、せいぜい五位程度の中流貴族の出身であろうと想像されるのである。

円融天皇は、第六十四代の天皇である。村上天皇の第五皇子で、ご生母は右大臣藤原師輔《もろすけ》の娘藤原安《やす》子《こ》である。天皇は同母兄に当たられる冷泉天皇の跡をうけて皇位を継承されたが、権力は専ら兼家の掌中にあり、天皇のご意志は思うにまかせぬ時代となっていた。少将更衣のような女性を、ことさらに更衣に召されたのも、円融天皇の精一杯の権力者へのあてつけであったかもしれないのである。

『栄花物語』＊には「みかど（円融天皇）の御心《みこころ》、いとうるはしうめでたうおはしませど、雄《を》ゝしき方《かた》や

＊円融天皇
第六十四代天皇。村上天皇の皇子（九五九～九九一）。母は藤原師輔の娘の安子。村上天皇崩御の後、兄の憲平親王が即位（冷泉天皇）し、皇太弟となり、九六九年、冷泉天皇の譲位により十一歳で即位する。摂関家による政権に翻弄され、九八四年、花山天皇に譲位し、出家して円融院に住む。在位九六九～八四。

＊少将更衣
平安中期の女性（生没年・伝不詳）。『拾遺和歌集』に入集した円融院との贈答歌が残る。

＊『栄花物語』
平安時代の歴史物語。四十巻（正編三十巻、続編十巻）。正編は赤染衛門を作者とする説が有力。宇多・醍醐天皇から堀河天皇までの十五代にわたり、藤原道長・頼通の栄華を主に、約二百年間の歴史を物語風に記す。『世継物語』ともいう。

＊藤原兼家
平安中期の公卿（九二九～九九〇）。藤原師輔の子。母は藤原盛子。少納言、蔵人頭、左近衛中将、従三位となり、兄の兼通と摂政・関白の地位を争うが、兼通に先んじられ、治部卿に左遷される。兼通の没後、右大臣となり、花山天皇を退位させて、外孫の一条天皇を即位させ、その摂政・関白となる。『蜻蛉日記』の作者藤原道綱の母は兼家の妻。

おはしまさゞらんとぞ、世《よ》の人申思《ひとまうしおも》ひたる」（『栄花物語』巻二）と記している。

むらさきの　雲《くも》にもあらで　春霞《はるがすみ》　たなびく山《やま》の　かひはなにぞも（『新古今和歌集』巻十六・雑歌上―1448）

の御製は、藤原兼家の娘の東三条の女御（詮子《あきこ》）のもとへ円融院が「つねに渡《わた》り給《たまひ》けるを聞《き》き侍《はべ》りて」兼家がおくった次の歌に答えられたものである。

春霞《はるがすみ》　たなびきわたる　おり《(を)》にこそ　かゝる山辺《やまべ》の　かひもありけれ（『新古今和歌集』巻十六・雑歌上―1447）

兼家は、「春霞が一面にたなびくような恵まれた時期こそ、このように山峡《やまかい》に住んでいる自分は本当に満足し、生きがいを感じている」と手ばなしに喜んでいる。いうまでもなく、兼家の娘の東三条院のもとだけに円融院がかよわれるのは、権力者兼家にとってこの上もなく幸運なことだからである。

しかし、円融院はわざと「山のかひはなにぞも」と兼家を皮肉られているのである。女御を愛されることと、兼家の権勢欲とは本来別であることをはっきりと告げられたのであろう。

円融院が譲位された後、藤原実方《さねかた》*が馬命婦《うまのみょうぶ》と話を交していたことがあったが、その時、屏風越しに山吹の花を円融院が投げこまれたという。そこで実方が早速、

八重《やへ》ながら　色《いろ》もかはらぬ　山吹《やまぶき》の　など九重《ここのへ》に　咲《さ》かずなりにし（『新古今和歌集』巻十六・雑歌上―1480）

と歌をおくられると、円融院は、

九重《ここのへ》に　あらで八重《やへ》さく　山吹《やまぶき》の　いはぬ色《いろ》をば　知《し》る人《ひと》もなし（『新古今和歌集』巻十六・雑歌上―1481）

と返されたという。この御製の「九重」は、宮城を暗示している。つまり、なぜ譲位されたかという実方の質問に対し、「いはぬ色をば知る人もなし」と円融院が婉曲に答えられたのである。

ということは、天皇の即位や退位もすべて摂関家の都合次第であることへの、円融院の精一杯のご抗議であったのではなかろうか。そのご無念のお気持ちを、この御歌に読み取ることができると思う。

藤原兼家『前賢故実』

*藤原実方　平安中期の官人・歌人（?～九九八）。藤原定時の子。和歌に優れ、『拾遺和歌集』以降の勅撰集に入集。家集に『実方朝臣集』がある。↓220頁

平貞文《たいらのさだふみ》（定文）

昔《むかし》せし　我《わ》がかね事《ごと》の　悲《かな》しきは　如何《いか》にちぎりし　名残《なごり》なるらん　（『後撰和歌集』巻十一・恋三—710）

この平貞文（定文）＊の歌は「大納言国経朝臣《くにつねあそみ》の家に侍《はべ》りける女に、平貞文いとしのびて語らい侍りて、行末《ゆくすゑ》まで契り侍りけるころ、この女にはかに贈太政大臣《ぞうだいじょうだいじん》に迎へられてわたり侍りければ」と詞書《ことばがき》に記されている。平貞文は、年老いた藤原国経の若い妻である在原棟梁《むねやな》の娘とひそかな恋の契りを交していたが、藤原時平《ときひら》＊が突然現れ、彼女をさらってしまったのである。

この事件は、谷崎潤一郎の『少将滋幹《しげとも》の母』に語られているので、ご存知の方も多いと思うが、まさに平貞文は、この話によって恋のピエロにされてしまうのである。それでも、平貞文は、彼女をあきらめ切れなかったようである。後に貞文が時平の宅に伺候した時、かねての恋人の子と思われる五歳ばかりの女の子を見つけた。そしてその子の腕に恋歌を書きつけ、母親に見せてくれと頼んだというのである。その平貞文への返歌は、

うつゝにて　誰契剣《たれちぎりけん》　定《さだめ》なき　夢路《ゆめぢ》に迷《まどふ》　我《われ》は我《われ》かは　（『後撰和歌集』巻十一・恋三—711）

というものであった。ちなみに平貞文の「我がかね事」というのは、わたくしが、かねて言っておくった言葉の意で、約束を交すことをいうのである。平貞文は、ここでは失恋の憂き目を見ることになるが、それでも懲りず、次々と他の女性に恋をしかけていくのである。

『今昔物語集』（巻三十ノ第二）によれば、平貞文は「品《しな》も賤《いや》しからず、形《かたち》、有様《ありさま》も美《うるはし》かりけり。気《け》はひなにとも物云《ものい》ひもをかしかりければ、その比《ころほひ》、この平中《へいぢゅう》に勝《すぐ》れたる者、世に無《な》かりけり」といわれるほど、当時はダンディーの第一者だったのである。この平中（平貞文）が本院の侍徒《じじゅう》という女性に恋文をおくったことがあったが、本院の侍徒は、そのプロポーズに一切答えなかった。そこで平中がせめて「見《み》つ」の

＊平貞文
平安中期の官人・歌人（?～九二三）。平好風の子。「平定文」ともいう。右兵衛少尉、従五位下、左兵衛佐、従五位上などとなる。「平貞文歌合」を主催。『古今和歌集』『後撰和歌集』などの勅撰集に入集。好色者《すきもの》としての噂が高く、歌物語『平中物語』の主人公のモデルとされる。

＊藤原時平
平安中期の公卿（八七一～九〇九）。藤原基経の子。母は人康親王の娘。光孝天皇のもとで左近衛中将、蔵人頭、参議となり、父の死後、宇多天皇のもとで中納言、大納言、左大将、次の醍醐天皇のもとで左大臣となり、政敵の菅原道真を大宰権帥に左遷、その一族を京外に排除し、政治の実権を掌握する。『日本三代実録』『延喜式』の編纂にあたる。

オミナエシ『大植物図鑑』

二文字だけでも書いてよこせと懇願すると、本院の待徒は、平中の書いた「見つ」という部分を、薄様《うすよう》に押しつけて返して来たという。この彼を揶揄して書かれた歌物語が、『平中《へいじゅう》物語』として今日まで伝えられているが、それによって、平中は好色の代表者とみなされていくのである。

平貞文は、平好風《よしかぜ》の子である。左兵衛佐《さひょうえのすけ》などを歴任したが、結局は従五位上でとどまっている。ただ、歌人としては、人々から、かなり認められていたようである。

何事《なにごと》を　今《いま》はたのまむ　ちはやぶる　神《かみ》も助《たす》けぬ　我《わ》が身《み》なりけり　（『後撰和歌集』巻十・恋二―658）

という平貞文の歌は、恋の道はおろか、官位もほとんど進まぬことへの嘆き歌であろう。

花《はな》にあかで　なに帰《かへ》るらむ　をみなへし　おほかる野《の》べに　寝《ね》なましものを　（『古今和歌集』巻四・秋歌上―238）

この平貞文の歌は、蔵人所《くろうどどころ》の人々と、嵯峨野のおみなえしの花を見に出かけた時のものである。花を充分堪能しないまま帰ろうと皆がいうが、このように多く咲いているおみなえしの花と寝ないで帰るというのは、一体どういうわけだという意味である。もちろん、女郎花《おみなえし》を「女郎」に擬した洒落である。

稲荷山《いなりやま》　社《やしろ》の数《かず》を　人問《ひとと》はば　つれなき人《ひと》を　みつと答《こた》へむ　（『拾遺和歌集』巻十九・雑恋―1211）

この歌は、伏見の稲荷の社が、上、中、下の三社に分かれているのを人に聞かれた時の歌というが、これはむしろ平貞文が参詣に来た女性に懸想文《けそう》をおくり、ふられてしまった時の歌である。ちなみに、稲荷の三社の「三つ」は「見つ」で、つまり、冷淡な女性を「見つ」に掛けたものである。

うき世《よ》には　門《かど》させりとも　見《み》えなくに　などか我《わ》が身《み》の　出《い》でがてにする　（『拾遺和歌集』巻八・雑上―481）

という歌は、官位の昇進に絶望し、父の従姉妹の宇多天皇の女御に訴えたものである。

貞文の恋のアバンチュールと官位の昇進は、遂にかみ合わなかったのである。

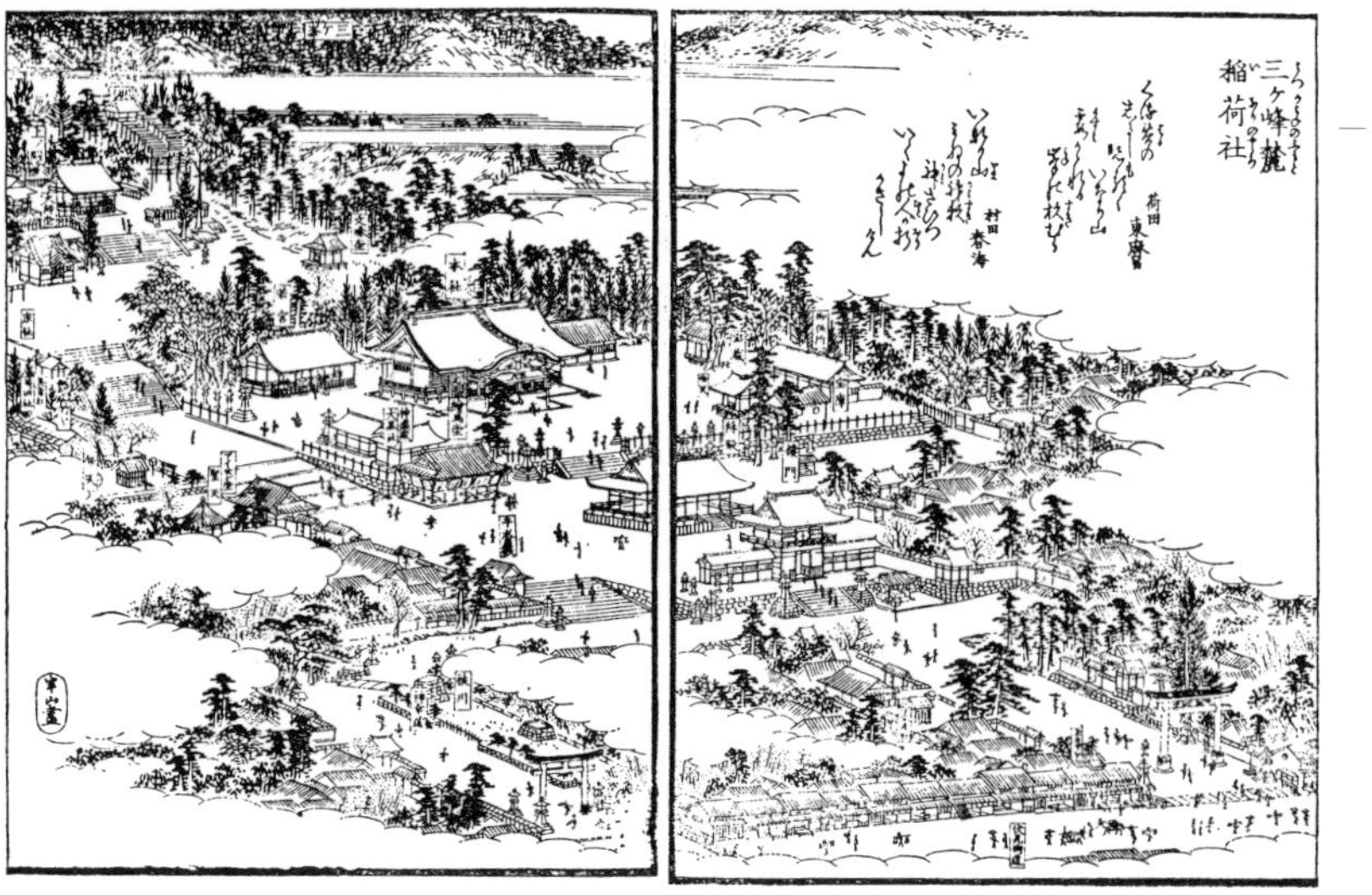

伏見の稲荷神社『花洛名勝図会』図中には「三ケ峰の麓稲荷社　くる春のしるしもしるくいなり山霞かかれる峯の杉むら　荷田東麿　いなり山みねの神杉神さびついくよの人が折りかざしけん　村田春海」とあり、同図会には「洛の東南伏見街道稲荷村にあり。俗に伏見の稲荷といふ」とある。

源《みなもとの》 重之《しげゆき》

風《かぜ》をいたみ　岩《いは》うつ波《なみ》の　を《(お)》のれのみ　くだけてものを　おもふころかな　（『詞花和歌集』巻七・恋上—211）

この歌は、激しい風で、岩に波が砕けるように、わたくしはこの頃、千々に心を砕いて、物思いにふけっているという、恋の苦悩の歌である。この類歌として、『夜の寝覚《ねざめ》』（巻二）に

立《たち》よれば　岩《いは》うつ波《なみ》の　を《(お)》のれのみ　くだけてものぞ　かなしかりける

があるが、わたくしには源重之＊の歌の方が、はるかにすばらしいと思える。重之の恋歌は、冷泉天皇＊が東宮《とうぐう》の時代に百首の歌を献じた中に含まれている。『詞花和歌集』の

春日野《かすがの》に　朝《あさ》なく雉《きじ》の　はねを《(お)》とは　雪《ゆき》のきえまに　若菜《わかな》つめとや　（『詞花和歌集』巻一・春—6）

も、東宮へ重之が奉った「百首歌」の一つである。春日野の雪は、朝鳴く雉の羽音で消えるという表現は、感覚的に新鮮であると、わたくしは思っている。ご存知のように春日野の若菜摘みは、平安朝の有名な行事の一つであった。

かすが野《の》の　わかなつみにや　白《しろ》たへの　袖《そで》ふりはへて　人《ひと》の行《ゆく》らん　（『古今和歌集』巻一・春歌上—22）

という紀貫之《つらゆき》の歌でも知られるように、若い男女は競って若菜摘みに興じたのである。その若菜摘みは、神域で行われることが多かったようである。春日野も春日大社の聖域であり、若い男女の若菜摘みをめぐる恋も、神の「うしく」、つまり領域される地でのみ許されたのであろう。

春日野《かすがの》の　雪間《ゆきま》をわけて　生《お》ひいでくる　草《くさ》のはつかに　見《み》えしきみはも　（『古今和歌集』巻十一・恋歌一—478）

＊源重之

平安中期の官人・歌人（?～一〇〇〇）。源兼信の子。三十六歌仙の一人。帯刀先生、右近衛将監、左近衛将監、相模権介、左馬助、相模権守となり、肥後・越前守、大宰大弐などを歴任。九九五年、藤原実方に従い陸奥に下り、同地で没す。『拾遺和歌集』以降の勅撰集に入集。家集に『重之集』がある。

源重之『聯珠百人一首』

という壬生忠岑《みぶのただみね》の歌も、陰暦二月の春日の祭りの際の恋の歌である。

源重之は、清和天皇の皇子貞元《さだもと》親王の孫に当たり、三河守従五位下兼信《かねのぶ》の子である。冷泉天皇の東宮時代、帯刀先生《たてわきせんじょう》となって仕え、天皇即位とともに右近衛監《うこのえのげん》に任ぜられた。その後、相模権守などを歴任したが、必ずしも官途には恵まれず、肥後守や大宰大弐《だざいのだいに》などの地方官にも赴いている。晩年は、藤原定方《さだかた》にしたがって陸奥《みちのく》に下り、その地で没したと伝えられている。

ただ、歌人としての評価は極めて高く、『金葉和歌集』の三奏本は重之の歌を巻頭に掲げ、その栄誉をたたえているほどである。重之の歌は極めて端正で、格調の高さを特徴としている。

吉野山《よしのやま》　峰《みね》の白雪《しらゆき》　いつ消《き》えて　今朝《けさ》は霞《かすみ》の　立《たち》かはるらん（『拾遺和歌集』巻一・春―4）

葦《あし》の葉《は》に　隠《かく》れて住《す》みし　津《つ》の国《くに》の　こやもあらはに　冬《ふゆ》は来《き》にけり（『拾遺和歌集』巻四・冬―223）

これらはすべて冷泉院東宮時代の歌であるが、彼は若い時から優れた歌人であった。ちなみに、「津の国のこや」は「小屋」でもあるが、「昆陽《こや》」という地名を掛けたものである。『和名抄《わみょうしょう》』に見える摂津国武庫郡兒屋郷《こやごう》である。天平三（七三一）年に行基が「崐陽施院《こやせいん》」を創建したことにより、兒屋を中国風に昆陽と称することが、知識人に好まれたのである。

おそらく、重之の歌は、曾禰好忠《そねのよしただ》の

蘆《あし》のはに　隠《かく》れてすめば　難波女《なにはめ》の　こやは夏《なつ》こそ　涼《すず》しかりけり（『曾丹集』）

をふまえて歌われたものではないだろうか。

思《おも》ひやる　よそのむら雲《くも》　しぐれつゝ　安達《あだち》の原《はら》に　もみぢしぬらん（『新古今和歌集』巻十五・恋歌五―1351）

の歌は、詞書《ことばがき》に「陸奥国《みちのくに》の安達《あだち》に侍《はべり》ける女に、九月《ながつき》ばかりにつかはしける」と記されているから、重之が陸奥に下った時のものであろう。この歌の「もみぢしぬらん」は、紅葉《こうよう》でもあるが、「よそのむら雲」とあいまって、心変わりをする意を含んでいる。

---

*冷泉天皇
第六十三代天皇（九五〇〜一〇一一）。村上天皇の皇子。母は藤原安子。九六七年、村上天皇の崩御により即位。藤原実頼を関白に任じ、藤原氏が政治の実権を握る。守平親王（円融天皇）を皇太子とし、九六九年譲位した。在位九六七〜六九。

吉野山『西国三十三所名所図会』

藤原《ふじわらの》 師輔《もろすけ》（九条右大臣）

わびつゝも　君《きみ》が心《こころ》に　かなふとて　けさも袂《たもと》を　ほしぞわづらふ（『新古今和歌集』巻十三・恋歌三―1180）

詞書《ことばがき》に、「忍《しの》びたる所《ところ》より帰《かへ》りて、朝《あした》につかはしける」と意味深長な文章が記されているが、この歌は、なかなか心を許さぬ女性のもとから帰る男のやるせなさが歌われているようである。その男の微妙な心理の屈折を、「君が心にかなふとて」という言葉で、うまく表現していると、わたくしは思っている。この歌は、みじめな思いをしながら、あなたのお望みのように、今朝は実のない逢瀬をしのんで、袂の干しかねるほど泣いているという意味である。

『後撰和歌集』をひもといていると、「大輔《たいふ》＊」と呼ばれる宮廷の女官と、藤原師輔＊が交した歌がいくつか見出されるのである。その一つは「大輔が後涼殿《ごりょうでん》に侍《はべり》けるに、藤壺《ふぢつぼ》より女郎花《をみなへし》を折《を》りてつかはしける」と註された歌である。

折《をり》て見《み》る　袖《そで》さへ濡《ぬ》るゝ　女郎花《をみなへし》　露《つゆ》けき物《もの》と　今《いま》や知《し》るらん（『後撰和歌集』巻六・秋中―281）

この歌に対し、大輔は

万世《よろづよ》に　かゝらむ露《つゆ》を　女郎花《をみなへし》　なに思《おもふ》とか　まだき濡《ぬ》る覧《らん》（『後撰和歌集』巻六・秋中―282）

と返している。

色深《いろふか》く　染《そめ》した本《もと》の　いとゞしく　涙《なみだ》にさへも　濃《こ》さまさる哉《かな》（『後撰和歌集』巻九・恋一―587）

の歌も、「大輔につかわしける」恋の歌である。

いうまでもなく藤原師輔は、関白藤原忠平《ただひら》の次男である。異母兄には藤原実頼《さねより》がいたが、摂関家は、

＊藤原師輔
平安中期の公卿・歌人（九〇八～六〇）。藤原忠平の子。母は源能有の娘の昭子。九条殿と通称された。参議、従三位権中納言、大納言、従二位、右大臣などを歴任。娘の安子が村上天皇の皇后となり、冷泉・円融の両天皇を生み、外祖父となる。兄の藤原実頼が関白となり、官位は及ばなかったが、子の藤原兼通・兼家、孫の道長が関白となり、摂関家の祖とされた。著に有職故実の古典『九条年中行事』がある。

藤原師輔『前賢故実』

＊大輔
平安中期の女官・歌人（生没年不詳）。源弼（嵯峨天皇の孫で宮内卿）の娘。『大和物語』『大鏡』によれば保明親王の乳母と見なされている。藤原実頼・師輔・朝忠、橘敏仲と恋愛があったという。

師輔の九条家に流れていく。師輔の娘安子《やすこ》が村上天皇の皇后となり、冷泉、円融天皇が誕生されたことも、大きく作用したのであろう。『栄花物語』（巻一・月の宴）には、「九条の大臣《おとど》（師輔）は、おいらかに、知《し》る知《し》らぬわかず心広《こころひろ》くなどして、月頃《つくごろ》ありて参《まい》りたる人をも、たゞ今《いま》ありつるやうに、けにくゝも持てなさせ給はふ」人柄であったという。そのため「大《おほ》とのゝ人々、多《おほ》くは此九条殿《このくじょうどの》にぞ集《あつま》りける」と伝えている。

師輔の室には、藤原経邦《つねくに》の娘盛子《もりこ》や、醍醐天皇の皇女雅子《まさこ》内親王や康子《やすこ》内親王がいたが、そのうち、兼家《かねいえ》らの生母は盛子であった。また、醍醐天皇の第四皇女の勤子《のりこ》内親王*との恋歌も伝えられている。

さわ《(は)》にのみ　年《とし》は経《へ》ぬれど　あしたづの　心《こころ》は雲《くも》の　上《うへ》にのみこそ（『拾遺和歌集』巻十一・恋一―650）

は、勤子内親王におくられた恋歌である。この歌の「さは」は一義的には「沢」であるが、もちろん「多《さわ》」に掛かるものである。「雲の上」、つまり宮廷奥深く住まわれる皇女に対して、地上（沢）にいる師輔が「雲の上」をあこがれの目で仰いでいるというのである。

並《な》み立《た》てる　松《まつ》の緑《みどり》の　枝分《えだわ》かず　折《を》りつゝ千代《ちよ》を　誰《だれ》とかは見《み》む（『後撰和歌集』巻二十・慶賀、哀傷―1384）

も「女四のみこ」にあてた歌と註されている。内親王が臣下の家に嫁すのは、勤子内親王がはじめてであるといわれている。それだけ師輔は皇室から信頼が厚かったのであろう。ちなみに、勤子内親王は源順《したごう》に『和名抄《わみょうしょう》』を選進させているが、「淑姿《しゅくし》花の如し」とうたわれた美貌の内親王であったと伝えられている。

師輔は恋の遍歴でも恵まれていたが、もちろん官僚としても優れ、彼の『九暦《きゅうれき》』（『九条殿記』）は後々の宮廷儀礼の典拠とされているのである。

桜花《さくらばな》　今夜《こよひ》かざしに　さしながら　かくて千《ち》とせの　春《はる》をこそへめ（『拾遺和歌集』巻五・賀―286）

は、村上天皇の天徳三（九五九）年の内裏の花宴の歌であるが、その期待も空しく、その翌年の天徳四年五月に、師輔は人に惜しまれながら五十三歳で没している。

---

*勤子内親王
醍醐天皇の皇女（九〇四〜三八）。母は源周子。藤原師輔に降嫁するが、三十五歳で夭折する。箏と書画に優れ、「五の宮」と呼ばれた。

藤原伊尹《ふじわらのこれまさ》（謙徳公《けんとくこう》）

あはれとも　言《い》ふべき人《ひと》は　思《おも》ほえで　身《み》のいたづらに　成《なり》ぬべき哉《かな》（『拾遺和歌集』巻十五・恋五―950）

この恋歌の詞書《ことばがき》には、「もの言ひ侍《はべり》ける女の後《のち》につれなく侍て、さらに逢はず侍ければ」と記されているように、しだいに冷淡になって遠ざかっていった女のもとに遣わした歌である。「あはれとも言ふべき人は思ほえで」は「わたくしが、たとえ恋死にしたとしても、それをあわれだと言ってくれる人は、わたくしには誰一人、思い浮ばない」という意味である。「身のいたづらに成る」というのは、わが身がむなしくなることである。

一条摂政とうたわれた権威家、藤原伊尹*が、このようなつれない恋を訴えている歌を残しているのである。たとえ高位高官の身分でも、恋の道はなかなか思うにまかせぬものであったようである。

『拾遺和歌集』には、「侍従《じじゅう》に侍《はべり》ける時、村上《むらかみ》の先帝《せんてい》の御《おん》めのとにしのびて物のたうびけるに、つきなき事也《なり》とて、さらに逢《あ》はず侍ければ」と記された

隠《かく》れ沼《ぬ》の　そこの心《こころ》ぞ　うらめしき　いかにせよとて　つれなかるらん（『拾遺和歌集』巻十二・恋二―758）

という歌が載せられている。藤原伊尹が侍従であった時は、天慶五（九四二）年十二月から天慶九（九四六）年三月までである（『公卿補任』）。ちなみに村上天皇は、天慶九年四月に朱雀《すざく》天皇の跡をうけ即位されている。村上先帝の「御めのと」（御乳母《おんめのと》）は、おそらく少弐命婦《しょうにのみょうぶ》*を指すのであろう。大宰少弐《だざいのしょうに》であった橘公頼《きみより》の娘で、村上天皇の御乳母となり、後に藤原師輔《もろすけ》の娘安子《やすこ》が入内《じゅだい》すると、その女房の一人として仕えた女性である。

『大和物語』（百十五）には、伊尹の父師輔と「少弐のめのと」との恋歌が伝えられているのである。師輔が

*藤原伊尹
平安中期の公卿・歌人（九二四～七二）。藤原師輔の子。母は藤原盛子。「これただ」とも読む。諡号は謙徳公。春宮権亮、参議、大納言、正三位右大臣、摂政、正二位、太政大臣となる。藤原北家氏長者として、その権力を確立する。和歌に優れ『後撰和歌集』の撰にたずさわる。家集に『一条摂政御集』がある。

藤原伊尹（謙徳公）『聯珠百人一首』

秋《あき》の夜《よ》を　まてとたのめし　ことのはに　今《いま》もかゝれる　露《つゆ》のはかなさ

の歌を少弐の乳母におくると、彼女は

あきもこず　露《つゆ》もを《（お）》かねど　ことのはは　わがためにこそ　色《いろ》かはりけれ

と返している。ここでも、少弐の乳母は、まことにつれない返事を、師輔に返しているのである。どうやら師輔、伊尹父子はともに、少弐の乳母から冷たくあしらわれていたようである。

ところで「隠れ沼の」の歌は、少弐の乳母に、「あなたは、隠れ沼のように、わたくしに素知らぬふりをする。そのあなたの心がまことに恨めしい。わたくしに、それほど冷たい態度をとるのか」と訴えているのである。

藤原伊尹は、右大臣師輔の長男である。安和《あんな》の変で、右大臣源高明《たかあきら》*を追放した人物は、『大鏡』によれば、安子所生の円融天皇を盛りたて、源高明の婿となった為平《ためひら》親王を排せんとした伊尹、兼通《かねみち》*、兼家《かねいえ》*の三兄弟であったといわれている。特に、伊尹は、安和の変後、直ちに大納言にすすみ、翌天禄元（九七〇）年正月には右大臣となり、五月に実頼《さねより》が薨ずるや、摂政に任ぜられている。政界では、このように辣腕をふるった伊尹も、恋の世界では、必ずしも勝利者ではないのである。

あらたまの　年《とし》にまかせて　見《み》るよりは　われこそ越《こ》えめ　逢坂《あふさか》の関《せき》　（『新古今和歌集』巻十一・恋歌一―1005）

の恋歌も、「つれなく侍《はべり》ける女に、師走《しはす》のつごもりにつかはしける」と詞書されている。この歌は、大《おお》月隠《つごも》りの日に、新年が年の瀬を越えてくるのを、じっと見守っているよりは、わたくしの方から、逢坂の関を越えて行こうという意味である。いうまでもなく、つれないあなたがぐずぐずしているから、私の方から逢いに赴こうというのである。

このようにつれない恋の歌を残す伊尹であるが、和歌に対しては熱意を示し、天暦《てんりゃく》五（九五一）年、撰和歌所が設けられたときにはその別当となり、「梨壺《なしつぼ》の五人」の世話をしている。

---

*少弐命婦
平安中期の女流歌人（生没年不詳）。少弐・少弐乳母とも呼ばれる。橘公頼の娘で、村上天皇の乳母と推定されている。藤原師輔の娘安子が村上天皇の中宮として入内するとその女房として仕えたとされる。↓190頁

*源高明
醍醐天皇の皇子・公卿（九一四〜八二）。母は源周子。九二〇年、源朝臣姓を与えられ臣籍に下る。中納言、大納言、中宮大夫、左近衛大将、右大臣、左大臣などを歴任する。皇太子に推した為平親王が皇太子にならず、藤原氏の策略で失脚し（安和の変）、大宰員外帥として左遷される。のち許されて帰京し閉居した。著に有職故実を記した『西宮《せいきゅう》記』がある。

*兼通
藤原兼通。平安中期の公卿（九二五〜七七）。藤原師輔の子。母は藤原盛子。藤原伊尹・兼通・兼家は三兄弟。長兄の伊尹の没後、弟の兼家と争って摂政となり、関白、従一位となる。

*兼家
藤原兼家。平安中期の公卿（九二九〜九〇）。藤原師輔の子。母は藤原盛子。兄の兼通の没後、右大臣となり、花山天皇を退位させて、外孫の一条天皇を即位させ、その摂政・関白となる。『蜻蛉日記』の作者道綱の母は兼家の妻。↓194頁

大中臣能宣《おおなかとみのよしのぶ》

もみぢ葉《ば》を　今日《けふ》は猶見《なほみ》む　暮《く》れぬとも　小倉《をぐら》の山《やま》の　名《な》にはさはらじ（『拾遺和歌集』巻三・秋―195）

この歌には、「大井河《おほゐがは》に人〳〵《ひとびと》まかりて歌詠《よ》み侍《はべり》けるに」という詞書《ことばがき》が付けられている。『能宣集』にも、殿上人と紅葉見物で小倉に出かけた時の詠作と記されている。

この歌は、小倉を「小暗《おぐ》ら」に掛けているが、そのように暗くなっても、紅葉の赤《あか》が文字通り明るくしてくれると歌っているのだろう。この大井河は、かつて秦氏が築いた葛野川《かどのがわ》（桂川）の大堰《おおい》が設けられていたので、大堰河（大井河）とも呼ばれたものだが、古来より紅葉の名所としても有名なところであった。『後拾遺和歌集』にも、中納言藤原定頼《さだより》が

水《みづ》もなく　見《み》えこそわたれ　大井川《おほゐがは》　岸《きし》の紅葉《もみぢ》は　雨《あめ》と降《ふ》れども（『後拾遺和歌集』巻五・秋下―365）

と歌っている。

大中臣氏《おおなかとみ》は、奈良朝の終わり頃に、神祇伯《じんぎはく》の中臣意美麻呂《なかとみのおみまろ》の子、清麻呂《きよまろ》が大中臣朝臣を賜姓されたことよりはじまる一族である。ご存知のように、中臣鎌足《かまたり》は藤原の姓を賜姓されたが、それは鎌足の子、不比等《ふひと》の直系が継承していったのである。その藤原が摂関家として成長し、専ら政治家の道を進んで行くのに対し、大中臣氏は、中臣の古来の伝統を守り、朝廷の祭祀をつかさどっていくのである。

それ故、大中臣能宣*も、神祇官をつとめ、最後には伊勢神宮の祭主となっている。その能宣が祭祀にかかわっていたことを示す歌には、次のようなものがある。それは「物へまかりける人に幣遣《ぬさつか》はしける衣箱《ころもばこ》に、浮島《うきしま》の形《かた》を《（お）》し侍《はべり》て」と題した歌である。

わたつみの　浪《なみ》にも濡《ぬ》れぬ　浮島《うきしま》の　松《まつ》に心《こころ》を　寄《よ》せて頼《たの》まん（『拾遺和歌集』巻八・雑上―458）

---

*大中臣能宣
平安中期の祭主・歌人（九二一～九一）。祭主大中臣頼基の子。伊勢大輔の祖父。讃岐権掾、神祇少祐・大祐、神祇少副・大副、正四位下、伊勢祭主となる。「梨壺の五人」の一人として、『後撰和歌集』の撰者となる。『拾遺和歌集』『後拾遺和歌集』以降の勅撰集に入集。家集に『能宣集』がある。

大中臣能宣『聯珠百人一首』

この歌は、海上を旅行く人に、旅の装束を収めた箱に幣《ぬさ》をつけておくり、旅の無事を祈ったものである。「浪にも濡れぬ浮島」というのは、陸奥国宮城郡にあった浮島のことで、現在の宮城県多賀城市浮島を指す。古代の多賀城の近くにあった島であったから、早くから都人にもよく知られ、歌枕の一つに数えられている名所であった。いうまでもなく、幣は神に祈りをささげる時、お供えをするものをいう。「松に心を寄せて頼まん」というのは、松はもともと神の来降を〝待つ木〟と考えられ、神木として信仰されていた。そのこととあなたの無事の帰りを待つをかけたものであろう。

「松」といえば、能宣は、入道式部卿《しきぶきょう》（敦実親王《あつざね》）の「子《ね》の日」の祝いに招かれて

千《ち》とせまで　限《かぎ》れる松《まつ》も　今日《けふ》よりは　君《きみ》に引《ひ》かれて　万代《よろづよ》や経《へ》む　（『拾遺和歌集』巻一・春―24）

と歌っている。「子の日」の祝いは「初子《はつね》の日」のことである。平安中期に至ると、この日に野にいでて、小松を根引して、健康や長寿を予祝する行事が行われていた。子の日の歌といえば『千載和歌集』にも、「子日《ねのひ》の心をよめる」と題した、待賢門院《たいけんもんいん》堀川の歌として

ときはなる　松《まつ》もや春《はる》を　知《し》りぬらん　はつねをいはふ　人《ひと》にひかれて　（『千載和歌集』巻一・春歌上―12）

がある。神に祈るといえば、能宣は

いのりくる　み神《かみ》の山《やま》の　かひしあれば　千《ち》とせの影《かげ》に　かくて仕《つか》へん　（『拾遺和歌集』巻十・神楽歌―611）

の歌をとどめている。この歌は「三上《みかみ》の山」と題するように、近江国野洲《やす》郡の三上山《みかみやま》を歌ったものである。この山は近江第一の秀峰とたたえられ、「近江富士」とも呼ばれていた名山である。この山頂に置かれた巨大な岩座《いわくら》が信仰の対象となり、その西麓に、式内社御上《みかみ》神社が祀られていた。

子の日の小松引き『大和耕作絵抄』

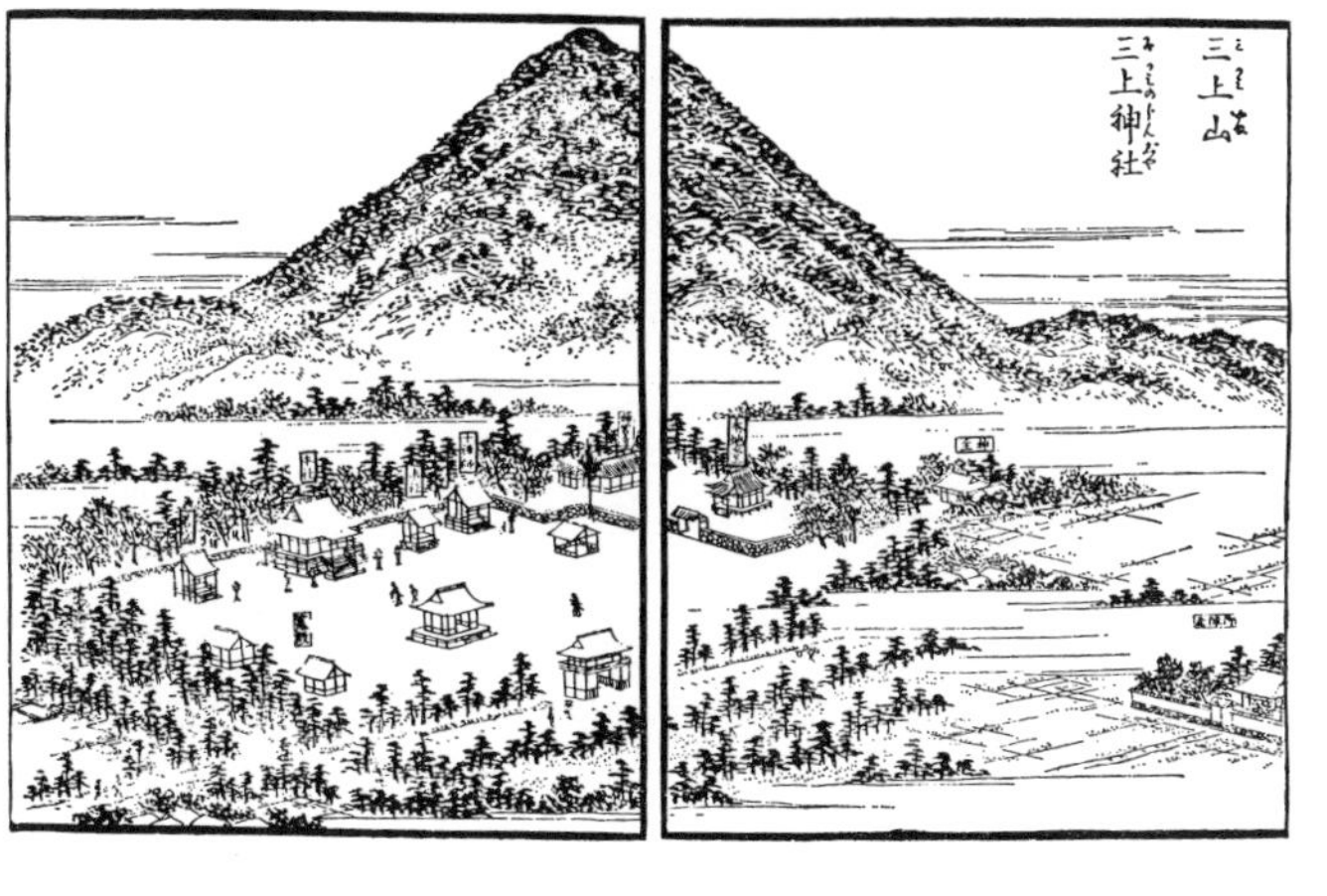

三上山・三（御）上神社『木曾路名所図会』

花山《かざん》天皇

月影《つきかげ》は　旅《たび》の空《そら》とて　かはらねど　なを《(ほ)》都《みやこ》のみ　恋《こひ》しきやなぞ　（『後拾遺和歌集』巻九・羈旅―522）

この御製には、「書写《しょしゃ》の聖《ひじり》に会《あ》ひに、播磨《はりま》の国《くに》におはしまして、明石《あかし》といふ所《ところ》の月を御覧《ごらん》じて」という詞書《ことばがき》が付けられている。

「書写の聖」は、性空上人《しょうくうしょうにん》＊である。花山上皇＊は寛和《かんな》二（九八六）年と長保《ちょうほう》四（一〇〇二）年の二度、播磨の書写山の性空上人を訪ねられている。性空は、比叡山で良源《りょうげん》について仏教を学び、後には諸国を遍歴し、播磨の書写山に籠って修行した高僧である。和泉式部の「はるかに照らせ山の端の月」の歌で知られるように、帰依する平安貴族と詩歌を交した人物としても知られる高僧である。

花山天皇は、冷泉天皇の第一皇子である。十七歳で即位されたが、わずか二年足らずで譲位された、まことに運命に翻弄された不運の天皇である。『大鏡』には「寛和二（九八六）年丙戌《ひのえいぬ》六月廿二日の夜、あさましくさぶらひしことは、人にもしらせさせ給はで、みそかに花山寺におはしまして、御出家入道《にゅうどう》せさせたまへり」（巻一・花山院）と記している。

花山天皇は、藤原為光《ためみつ》の娘忯子《よしこ》＊を女御とされて寵愛されていたが、忯子が懐妊中なくなると、ことのほか悲しまれたという。藤原兼家《かねいえ》はそれを利用して早速、陰謀をめぐらし、花山天皇をひそかに出家においやったのである。いうまでもなく、兼家の娘詮子《あきこ》《せんし》所生の懐仁《かねひと》親王（一条天皇）を即位させ、外戚の地位を確立することに目的があった。

花山上皇は、出家の後、書写山や比叡山、熊野などをめぐられ、修行の生活に入られることになるのである。

花山上皇幽棲『西国三十三所名所図会』

＊花山上皇
花山天皇。第六十五代天皇（九六八〜一〇〇八）。冷泉天皇の皇子。母は藤原伊尹の娘の懐子。九八四年即位。外戚の藤原義懐・惟成を重用して荘園整理などを実行。女御の藤原忯子と死別し、その悲しみを利用され、九八六年、藤原兼家の策謀で出家させられ退位。兼家

旅《たび》の空《そら》　よはの煙《けぶり》と　のぼりなば　あまの藻塩火《もしほび》　たくかとや見《み》ん　（『後拾遺和歌集』巻九・羇旅―503）

の御製には、「熊野の道にて、御心地例《みここちれい》ならずおぼされけるに、海士《あま》の塩焼きけるを御覧じて」と詞書が記されている。この御製は、もし、この旅の途中でわたくしがなくなり、火葬の煙が立ちのぼるならば、人々は海人の藻塩の火をたいているのかと見ることであろうという意味である。

たとえ上皇の身分であられても、修行の旅は予想以上に厳しく、常に死を覚悟していなければならなかったのである。そのうえ、華やかな宮廷生活を一人離れたさびしさが、ひしひしと感ぜられるのであろう。

うつゝとも　夢《ゆめ》ともえこそ　分《わ》きはてね　いづれの時《とき》を　いづれとかせむ　（『千載和歌集』巻九・哀傷歌―551）

この御製も、いつ晴れるともしれない迷いの心境を吐露されたものといってよいであろう。現実とも夢とも判断つきかねている自分は、いつ人生に見極めをつけたらいいのかという意味である。

もちろん、後には心の安らぎをおぼえられることもあったようである。

木《こ》のもとを　すみかとすれば　を《（お）》のづから　花《はな》みる人《ひと》と　なりぬべきかな　（『詞花和歌集』巻九・雑上―276）

花山法皇は、正暦三（九九二）年の頃、帰京され、平安京左京一条四坊三町にある花山院に入られて、風流三昧の生活に入られる。『古今著聞集』（第六ノ四）によれば、ここに弾正《だんじょう》の宮の上と呼ばれた藤原伊尹《これまさ》の九女と住まわれ、

宿《やど》ちかく　花《はな》たちばなは　ほりうへ《（ゑ）》じ　むかしをしのぶ　つまとなりけり　（『詞花和歌集』巻二・夏―70）

と歌われたという。

一般に、この御製の橘は、「花たちばなの香をかげば」（『古今和歌集』巻三・夏歌―139）の歌のごとく「昔の恋人を思い出させるもの」と解されているが、わたくしは、それとともに、御所の「右近《うこん》の橘」を指し、天皇御在居のことを思い出すことを厭われたものと解すべきだと考えているのである。

の外孫の一条天皇が即位する。出家後、諸国で修業の後、帰京して花山寺に住する。家集に『花山院集』がある。在位九八四～八六。

*性空上人
平安中期の天台宗の僧（九一〇～一〇〇七）。橘善根の子。俗名橘善行。三十六歳で比叡山良源（慈慧僧正）のもとで出家受戒する。諸国を巡歴して、播磨国書写山に円教寺を開いた。花山法皇、源信（恵心僧都）などの参詣を受けた。晩年は通宝山弥勒寺を開山して住んだ。

性空『集古十種』

*忯子
藤原忯子。花山天皇の女御（九六九～八五）。九八四年、十六歳で花山天皇の女御となり、弘徽殿女御と呼ばれた。天皇の寵愛を受け懐妊したが、出産を待たずに没した。その死の悲しみが花山天皇の出家・退位の原因となった。

馬内侍《うまのないし》（中宮内侍）

うかりける　身《み》のうの浦《うら》の　うつせ貝《がひ》　むなしき名《な》のみ　立《た》つは聞《き》きや
（『後拾遺和歌集』巻十八・雑四―1097）

この馬内侍＊の歌は、「そらごと歎《なげ》き侍《はべ》りける頃、語らふ人の絶えて音《おと》し侍らぬにつかはしける」と詞書《ことばがき》されている歌である。「うかりける」とは「ついうっかりと」とか、「不用意に」の意である。真でない空言《そらごと》を人に告げられることであろう。そのさがない噂をまことにうけて、恋人は自分のところに訪ねてこなくなった。そのことに対する馬内侍の弁明の歌である。「身のうの浦のうつせ貝」は、蓑生《みのう》の浦に産する身のない貝のように、あらぬ噂を立てられていることをいう。蓑生の浦は、『八雲御抄《やくもみしょう》』では石見国《いわみ》にありとするが、おそらく、それは筑前国宗像郡《むなかた》蓑生郷の浦であろう。現存の福岡県福津市上西郷付近の海岸である。「うつせ貝」は「空貝《うつせがい》」である。『源氏物語』（蜻蛉の巻）の一節にも、「いづれの底のうつせにまじりけむ」と見えている。この馬内侍の歌は、「うかりける　身のうの浦《うら》の　うつせ貝」と、「憂《う》し」に通ずる「ウ」の音を頭韻に歌い込んでいる。

馬内侍（中宮内侍）は、人の中傷めいた噂に悩まされていた女性であったようである。

春日野《かすがの》の　荻《おぎ》の焼原《やけはら》　あさるとも　見《み》えぬなきなを　負《お》ほすなるかな
（『拾遺和歌集』巻十六・雑春―1020）

の歌も、「人《ひと》に物言《い》ふと聞《き》きて訪《と》はざりける男《おとこ》のもとに」と註されている。

「春日野の荻の焼原」は、奈良の春日野で荻の枯葉を焼き、春の若菜を芽ばえさせる野焼きをいうのである。明らかに『後撰和歌集』の次の歌をふまえたものであろう。

今日《けふ》よりは　荻《おぎ》のやけ原《はら》　かきわけて　若菜《わかな》つみにと　誰《たれ》をさそはむ
（兼盛王《かねもりのおおきみ》『後撰和歌集』巻一・春上―3）

＊馬内侍
平安中期の女流歌人（生没年不詳）。源時明の娘。中古三十六歌仙の一人。村上・円融・一条天皇の頃の宮廷に内侍として出仕。藤原朝光、藤原道隆などとの贈答歌を収録した家集『馬内侍集』がある。『拾遺和歌集』以降の勅撰集に入集。

＊藤原朝光
平安中期の公卿・歌人（九五一〜九九五）。藤原兼通の子。「あさてる」とも読む。蔵人頭、参議、権中納言・従三位、春宮大夫、権大納言・従二位、左大将、大納言・正二位を歴任。閑院大将と通称された。『拾遺和歌集』以降の勅撰集に入集。馬内侍、小大君などの女流歌人との贈答歌がある。家集に『朝光集』がある。

ところで馬内侍については、恋多き女性というほかに、どうもその実体がさだかではない。ただ村上天皇前後の宮廷に奉仕していた内侍であったらしいことはおぼろ気ながらうかがうことができるのである。その歌集『馬内侍集』からすると、閑院大将《かんいんのたいしょう》と呼ばれた藤原朝光《あさみつ》＊や道長、伊尹《これまさ》、道隆《みちたか》などとの恋歌沙汰が浮かび上がってくるのである。

逢《あ》ふことの　とゞこほるまは　いか許《ばかり》　身《み》にさへしみて　なげくとか知《し》る（『後拾遺和歌集』巻十一・恋一―630）

の歌は、「さ（左）大将」と呼ばれる藤原朝光から「氷《こほり》を包《つつ》みて、身《み》にしみて」といって寄こしたのに答えた馬内侍の歌である。馬内侍は、あなたにお逢いすることが滞っている間、どれほど身にしみて悲しんでいるかおわかりですかと、朝光に精一杯の反論をしている。

たまくしげ　身《み》はよそ〳〵に　なりぬとも　ふたりちぎりし　ことな忘《わす》れそ（『後拾遺和歌集』巻十六・雑二―923）

の歌も「忘《わす》れじといひ侍《はべり》ける人のかれ〴〵になりて、枕箱《まくらばこ》取《と》りにおこせて侍《はべ》りけるに」と記されているように、さっさと過去を清算しようとする不誠実な男性に対する歌である。枕箱は夫婦関係を象徴するものであったから、恋がさめたからといって、すぐさま取りかえしにくる薄情な男に、かつての逢瀬で堅く恋を契ったことを忘れるなと、言い返している。このように、「妻問い」婚における被害者は常に女性であったのである。しかし、それでも男にすがろうとする女性の悲しい性《さが》と懸命に恋に生きる真摯な姿が見られるのである。

移《うつ》ろふは　下葉許《したばばかり》と　見《み》しほどに　やがても秋《あき》に　なりにける哉《かな》（『拾遺和歌集』巻十三・恋三―840）

この歌は、『万葉集』の

わが屋前《やど》の　萩《はぎ》の下葉《したば》は　秋風《あきかぜ》も　いまだ吹《ふ》かねば　斯《か》くぞ黄変《もみ》てる（大伴家持『万葉集』巻八―1628）

によっているが、馬内侍の恋も、やがて秋をむかえなければならぬことになるのである。

春野の若菜摘み『大和名所図会』図中には「続後拾遺　春日のの草葉は焼くとみえなくに下もえ渡る春の早蕨　大納言公実」とある。

藤原《ふじわらの》 義孝《よしたか》

君《きみ》がため　をしからざりし　いのちさへ　長《なが》くもがなと　思《おも》ひぬるかな（『後拾遺和歌集』巻十二・恋二―669）

「女《をむな》のもとより帰《かへ》りてつかはしける」と詞書《ことばがき》にあるように、後朝《きぬぎぬ》のたよりである。あなたとお逢いするためには、命を惜しいとも思わないが、このように結ばれた後はどうしても長生きして、末長くお逢いしたいものだという意味である。

藤原義孝＊は薄幸の歌人の一人である。一条摂政伊尹《これまさ》の四男で、母は代明《よりあきら》親王の御子恵子《さとこ》女王という、貴公子である。侍従や左兵衛佐《さひょうえのすけ》を経て近衛の右少将となり、正五位に至ったが、わずか二十一歳でなくなっている。当時流行した疱瘡《ほうそう》が原因であるが、円融天皇の天延二（九七四）年九月に、兄の左少将挙賢《たかかた》が朝になくなり、その夕べには義孝が死んだので、当時の人々は挙賢を前《さき》の少将《しょうしょう》と呼び、義孝を後《あと》の少将と称したという（『大鏡』巻三、『栄花物語』巻二・花山たづぬる中納言）。『大鏡』（巻三）には「かの後《のち》少将《しょうしょう》は……御かたちいとめでたくおはし、としごろきはめたる道心者《どうしんもの》にぞおはしける」と記されているが、義孝がなくなる時は、法華経の方便品《ほうべんぼん》を読みながら死んだと伝えている。

『今昔物語集』（巻二十四ノ第三十九）には、義孝が死後十日ばかりして賀縁《がえん》という僧の夢に現れ、笙《しょう》を吹きながら

時雨《しぐれ》とは　千種《ちぐさ》の花《はな》ぞ　散《ち》りまがふ　なに故郷《ふるさと》の　袖《そで》ぬらすらん

という歌を詠んだという。またあくる年の秋に、少将の妹の夢に現れて、

着《き》て馴《な》れし　衣《ころも》の袖《そで》も　かは《（わ）》かぬに　別《わか》れし秋《あき》に　なりにけるかな

と歌ったという。さらには、母の夢にも次の歌を残したと伝えている。

＊藤原義孝
平安中期の官人・歌人（九五四～七四）。藤原伊尹の子。母は代明親王の娘の恵子女王。中古三十六歌仙の一人。侍従、左兵衛佐、右少将・正五位下となるが、兄の挙賢に続いて同じ日に疱瘡により二十一歳で早世。『拾遺和歌集』に入集。家集に『義孝集』がある。

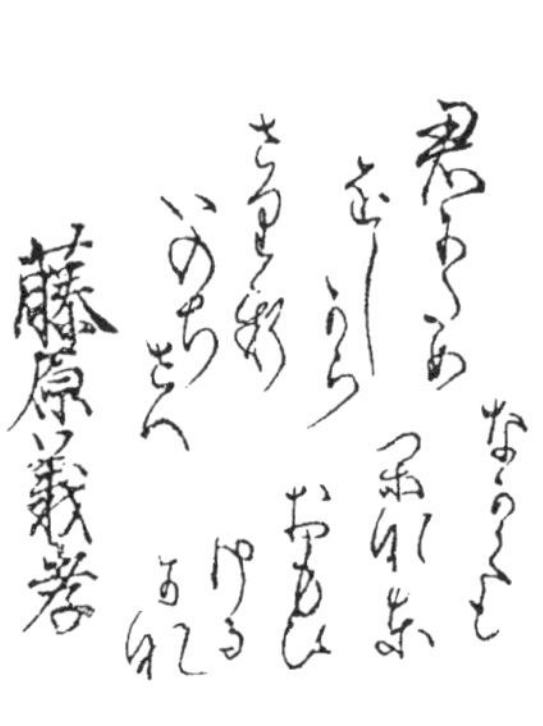

藤原義孝『聯珠百人一首』

しかばかり　契《ちぎ》りしものを　渡《わた》り川《がは》　帰《かへ》るほどには　忘《わす》るべしやは

これらの義孝の歌は、すべて『後拾遺和歌集』（巻十・哀傷―599・600・598）に採録されている。『今昔物語集』の言い草ではないけれど、まさに「和歌読む人は、失《うせ》て後《のち》に読《よみ》たる歌もかくめでたき也」である。

義孝は名門の出で美貌の誇れが高かった人物だったから、多くの女性のあこがれの的だったようである。そのため義孝と情を交す女性も少なくなかったようである。

あやしくも　我《わ》が濡《ぬ》れ衣《ぎぬ》を　着《き》たる哉《かな》　三笠《みかさ》の山《やま》を　人《ひと》に借《か》られて（『拾遺和歌集』巻十八・雑賀―1191）

は、村上天皇の第三皇子兵部卿致平《むねひら》親王*と、かよう家がはち合せになった時の歌である。その女性は、左衛門督命婦《さえもんのかみのみょうぶ》であるというが（『義孝集』）、「三笠」は近衛の異名である。天皇のみかさとなって、近くの警護に当たることから、近衛の大将、中将、少将をいうようになったといわれている（『八雲御抄《やくもみしょう》』三）。「三笠の山を人に借られて」というのは、致平親王によって近衛右少将である義孝が名を騙《かた》られたという意味である。

忘《わす》れても　あるべき物《もの》を　このごろの　月夜《つきよ》よいたく　人《ひと》なすかせそ（『後拾遺和歌集』巻二十・雑六―1212）

の歌にも、「七月《ふみづき》ばかりに、月の明りける夜、女のもとにつかはしける」と詞書が記されている。「人なすかせそ」は「気をそそるな」とか「その気にさせるな」の意である。この歌は『古今和歌集』の

月夜《つきよ》よし　夜《よ》よしと人《ひと》に　告《つ》げやらば　来《こ》てふににたり　待《ま》たずしもあらず

（『古今和歌集』巻十四・恋歌四―692）

をふまえている。ということは、義孝の歌も、女性のもとに赴くことを示唆していると解されるのである。

秋風《あきかぜ》よ　たなばたつめに　事問《ことと》はん　いかなる世《よ》にか　逢《あ》はんとすらん（『拾遺和歌集』巻十七・雑秋―1092）

も、義孝が恋する女性に逢う瀬をうながしている歌の一つであろう。

＊致平親王
村上天皇の皇子（九五一〜一〇四一）。母は藤原正妃。冷泉天皇・円融天皇は異母兄弟。上野太守、兵部卿、大宰帥となり、九八一年、出家して明王院・法三宮と呼ばれた。円満院の開祖。長命で九十一歳で死去。

藤原《ふじわらの》 道信《みちのぶ》

明《あ》けぬれば　暮《く》るゝものとは　知《し》りながら　なを《(ほ)》うらめしき　朝《あさ》ぼらけかな

（『後拾遺和歌集』巻十二・恋二―672）

この歌は、「女《をむな》のもとより雪降《ゆきふ》り侍《はべり》ける日帰《ひかへ》りてつかはしける」と詞書《ことばがき》が付された

帰《かへ》るさの　道《みち》やはかはる　かはらねど　とくるにまどふ　けさの淡雪《あはゆき》

（『後拾遺和歌集』巻十二・恋二―671）

という歌に続けておかれている。帰る路は、いつもと変わっているのだろうか。いや少しも変わっていないが、あなたが心をうちとけてくれたので、かえって惑うという意味である。

もちろん、この歌より、「明けぬれば」の恋歌の方が、はるかに魅力があるように思う。一日は明ければどうせ暮れることは承知のうえだが、それでも夜明けには、あなたのもとから帰らなければならないのが恨めしいという未練の歌である。和歌には、このような後朝《きぬぎぬ》の別れの歌に、優れたものが少なくない。おそらく、情緒纏綿《てんめん》たる恋情が、ことさら和歌に向いていたからであろう。朝帰りがつらいといって、昼までとどまっていれば、「昼はさらにみぐるし」といわれてしまうのが落ちである。

ちかの浦《うら》に　波寄《なみよ》せまさる　心地《ここち》して　ひるまなくても　暮《く》らしつるかな

（『後拾遺和歌集』巻十二・恋二―673）

この歌は、ちかの浦に、一層波が打ち寄せるようにあなたのそばに寄りそっているが、「昼はさらにみぐるし」といって、なかなか身を許さないのが、本当につらいという意味であろう。「ひるま」は、いうまでもなく、「昼間」と「干《ひ》る間《ま》」を掛けたものである。ちかの浦は、陸前の塩竈《しおがま》の千賀《ちか》の浦（近《ちかの》浦《うら》）を指す。『続後撰和歌集』に

＊藤原道信

平安中期の官人・歌人（九七二～九九四）。藤原為光の子。母は藤原伊尹の娘。藤原兼家の養子。中古三十六歌仙の一人。備後・越前・丹後国守を経て、左近少将・中将、従四位上となるが、二十三歳で早世。『今昔物語集』に逸話が残る。『拾遺和歌集』以降の勅撰集に入集。家集に『道信集』がある。

藤原道信『聯珠百人一首』

みちのくの　千家《ちか》の塩《しほ》がま　ちかながら　からきは人《ひと》に　逢《あ》はぬなりけり　（『続後撰和歌集』巻十二・恋二―733）

と歌われているからである。

藤原道信＊は、法性寺太政大臣《ほっしょうじだいじょうだいじん》と呼ばれた藤原為光《ためみつ》の子である。後には、藤原兼家《かねいえ》の養子となったといわれているが（『栄花物語』）、左近少将や地方の国司を経て、左近中将、従四位に至っている。

道信の歌人としての活躍は、生涯の終わりの時期に集中しているようである。『大鏡』（巻三）には「権中将《ごんのちゅうじょう》道信の君、いみじき和歌上手にて、心にくき人にいはれたまひし」と評されている。この「心にくき人」は「奥床しい人」の意である。

心《こころ》にも　あらぬわが身《み》の　ゆき帰《かへ》り　道《みち》の空《そら》にて　消《き》えぬべき哉《かな》　（『新古今和歌集』巻十三・恋歌三―1170）

「心にもあらぬ」というのは、せっかく出かけても逢ってくれないことを充分承知していても、つい憑かれたように女のもとに行ってしまうことである。つまり行くまい行くまいと思いながら、心に反して女性のもとにふらふらと出かけることである。

いにしへの　山井《やまゐ》の衣《ころも》　なかりせば　忘《わす》らるゝ身《み》と　なりやしなまし　（『新古今和歌集』巻十八・雑歌下―1798）

と失恋の歌が相次ぐが、これらの失恋の歌は婉子《つやこ》女王＊とのことを歌っているのかもしれない。

婉子女王は、村上天皇の皇子為平《ためひら》親王を父として源高明《たかあきら》の娘を母とする女王である。花山天皇の女御となったが、天皇の出家後、藤原道信、藤原実資《さねすけ》＊と恋愛関係が続くのである。しかし結局、道信は敗れ、婉子女王は実資の室となって終わる（『栄花物語』、『大鏡』巻二・巻三）。その時、道信の心境は次のようなものであった。

須磨《すま》の海人《あま》の　浪《なみ》かけ衣《ころも》　よそにのみ　聞《き》くはわが身《み》に　なりにけるかな　（『新古今和歌集』巻十一・恋歌一―1041）

道信は失恋の歌人としても、その名をとどめていたのである。

＊婉子女王
為平親王（村上天皇の皇子）の娘（九七二～九九八）。母は源高明の娘。花山天皇の女御（堀河女御）となり、後に藤原実資の妻となる。婉子女王をめぐる藤原道信と藤原実資の恋の争いは有名。二十七歳で死去。

＊藤原実資
平安中期の公卿（九五七～一〇四六）。藤原斉敏の子。母は藤原尹文の娘。祖父実頼の養子となる。参議、中納言、大納言、正二位右近衛大将、従一位となるが、藤原道長、藤原頼通の官位を越えることはなかった。日記『小右記』には、対立する道長との確執が記されている。

藤原実資『前賢故実』

道綱《みちつな》の母

嘆《なげ》きつゝ　独寝《ひとりぬ》る夜《よ》の　あくる間《ま》は　いかに久《ひさ》しき　物《もの》とかは知《し》る（『拾遺和歌集』巻十四・恋四―912）

この歌には、「入道摂政（藤原兼家《かねいえ》*）まかりたりけるに、門《かど》を遅《をそ》く開《あ》けければ、立《た》ちわづらひぬと言《い》ひ入《い》れて侍《はべり》ければ」という詞書《ことばがき》が付けられている。

しかし、『蜻蛉《かげろう》日記』*の天暦《てんりゃく》九（九五五）年十月の文章では、兼家が「町の小路《こうじ》の女」のもとにかよい、二、三日して暁《あかつき》がたに兼家が訪れて来たが、道綱の母*は、遂に門を開けずに、兼家を帰してしまったと記している。そして「うつろいたる菊」を挿し、この歌を兼家におくったというのである（『蜻蛉日記』上）。「うつろいたる菊」は、いうまでもなく、兼家の心変わりを諷刺したものである。

この『蜻蛉日記』を著した女性は、権勢家の藤原兼家の妻となったが、当時の妻問いの時代にあっては、不安定な状態に置かれた苦悩をいやというほど味わわざるをえなかったのである。道綱の母は、伊勢守正四位下藤原倫寧《ともやす》の娘で、当時、最も美貌とうたわれた女性であった。彼女は右大臣藤原師輔《もろすけ》の息子の右兵衛佐《うひょうえのすけ》従五位下の藤原兼家と結ばれていたが、兼家にはすでに時姫《ときひめ》という女性がいた。この時姫からは、その後道隆《みちたか》や道長が生まれ、正妻の座は道綱の母には遂に与えられなかったのである。

道綱の母は教養にも恵まれた女性であったから、政治家としては優秀であっても、女性をあさり歩く兼家を、なかなか許せなかったのである。それがまた兼家の訪問を遠ざける結果となったのである。兼家が「夜《よ》がれ」になって、たまさか道綱の母のもとに文をよこしても、彼女は、

消《き》えかへり　露《つゆ》もまだひぬ　袖《そで》のうへに　けさはしぐるゝ　空《そら》もわりなし（『後拾遺和歌集』巻十二・恋二―700）

と歌を返しているのである。『蜻蛉日記』では、天暦八（九五四）年に「晦《みそか》がたにしきりて二夜ばかりみえぬほど、文《ふみ》ばかりある」と記している。道綱の母は、

---

*道綱の母
平安中期の女流歌人（?～九九五）。藤原倫寧の娘。母は源認（藤原春道の娘の説もある）。藤原兼家と結婚し、道綱を生む。中古三十六歌仙の一人。『蜻蛉日記』の作者。本朝三美人の一人。姪に『更級日記』の作者菅原孝標女がいる。『拾遺和歌集』に入集。家集に『傅大納言殿母上集』がある。

*藤原兼家
平安中期の公卿（九二九～九〇）。藤原師輔の子。兄の兼通の没後、右大臣となり、花山天皇を退位させて、外孫の一条天皇を即位させ、その摂政・関白となる。『蜻蛉日記』の作者藤原道綱の母は兼家の妻。↓194頁

*『蜻蛉日記』
右大将藤原道綱の母の日記。三巻。夫の藤原兼家との結婚生活を記録し、夫への不信や嫉妬、芸術や母性愛などの思いを綴ったもの。往時の夫婦のありかたなどを知る貴重な日記資料。

*道綱
藤原道綱。平安中期の公卿（九五五～一〇二〇）。藤原兼家の子。母は『蜻蛉日記』の作者。参議、右大将、大納言、東宮傅、中宮大夫、皇太后大夫を歴任。

いかゞせん　山《やま》のはにだに　とゞまらで　心《こころ》の空《そら》に　出《い》づる月《つき》をば　（『後拾遺和歌集』巻十五・雑一―869）

と歌い、兼家の不誠実を嘆いている。それでも兼家の態度は一向に変わらなかったので、遂に道綱の母は、天禄二（九七二）年に、京の鳴滝の般若寺に籠ってしまうのである。兼家が説得しても、また息子の道綱*がむかえに来ても、なかなか帰ろうとせず、やっと父倫寧の仲介で山を下りることになるのである。しかし、その後も心の悩みを癒すため、初瀬詣でをこころみている（『蜻蛉日記』中）。

ふる雨《あめ》の　あしともおつる　なみだかな　こまかにものを　思《おも》ひくだけば　（『詞花和歌集』巻九・雑上―323）

という歌は、彼女のいつわらざる心境そのものであったのであろう。この「あしともおつる」は「雨《あま》脚《あし》」の降り落ちることである。その雨は、悲しみの涙でもあった。

絶《た》えぬるか　かげだに見《み》えば　問《と》ふべきに　形見《かたみ》の水《みづ》は　水草《みくさ》ゐにけり　（『新古今和歌集』巻十四・恋歌四―1239）

手入れをしない池の水は、藻や水草ばかりで覆われている。それと同様に、兼家の心をわたしにはうかがうことすらできないと歌っているのであろう。おそらく男は、専ら俗事で疲れた心労を癒す目的で女性のもとを訪れるが、女性はあくまで男の愛情の保証がほしいのである。しかしその情愛が深ければ深いほど、男を飽きさせる危険があることを、知的な女性は遂に悟ることができなかった。その恋歌の悲劇を描いたのが、この『蜻蛉日記』だといってよい。

もちろん、かつてはこの二人にも、兼家が、

わが恋《こひ》は　春《はる》の山《やま》べに　つけてしを　燃《も》えいでて君《きみ》が　目《め》にも見《み》えなむ　（『後拾遺和歌集』巻十四・恋四―822）

と歌をおくると、道綱の母は

春《はる》の野《の》に　つくる思《おも》ひの　あまたあれば　いづれを君《きみ》が　燃《も》ゆとかは見《み》ん　（『後拾遺和歌集』巻十四・恋四―823）

と答えるという時代もあったのである。

道綱の母『聯珠百人一首』

儀同三司《ぎどうさんし》の母（高階貴子《たかしなたかこ》）

忘《わす》れじの　行《ゆ》く末《すゑ》までは　かたければ　けふを限《かぎ》りの　命《いのち》ともがな　（『新古今和歌集』巻十三・恋歌三―1149）

この恋歌は、「中関白《なかのかんぱく》通ひそめ侍《はべり》けるころ」と詞書《ことばがき》されている。中関白とは、藤原道隆《みちたか》＊である。彼は父兼家《かねいえ》と弟道兼《みちかね》と同じく、その間に関白に任ぜられたから、世の人々は彼を「中関白」と称していた。この道隆の室にむかえられたのが、高階成忠《なりただ》の娘貴子であった。貴子は「高内侍《こうのないし》」と呼ばれ、伊周《これちか》、隆家《たかいえ》および、一条天皇の皇后に立てられた定子《ていし》《さだこ》をもうけている。道隆は『古事談』（巻二）には、「容体に勝れたり」と記されているが、政治家としては父兼家や弟の道長に、はるかに及ばなかったようである。

それはともかくとして、先の儀同三司の母＊の歌は、道隆が貴子のもとにかよいはじめたころの歌である。ちなみに「儀同三司」というのは、大臣に準ずるという意味で、息子の伊周が、寛弘二（一〇〇五）年に、大納言でありながら、大臣に准じて、封戸千戸を賜ったことから、「儀同三司」の名称が起こったのである。つまり、「儀同三司」の母と呼ぶのは、伊周の母貴子の意である。

「忘れじの」の儀同三司の母の歌は、遠い将来まで決してあなたの事は忘れはしないと堅く誓われたのだから、わたくしは、今日限り死んでも幸福だという意味であろう。和泉式部の

こよひさへ　あらばかくこそ　思《おも》ほえめ　けふ暮《く》れぬまの　いのちともがな

（『後拾遺和歌集』巻十二・恋二―711）

を想起せしめる歌といってよい。

その道隆の「夜《よ》がれ」がはじまると、彼女は、「こよひはあかしがたく」といいつつ、

ひとり寝《ぬ》る　人《ひと》や知《し》るらん　秋《あき》の夜《よ》を　ながしとたれか　君《きみ》に告《つ》げつる　（『後拾遺和歌集』巻十六・雑二―906）

＊儀同三司の母　高階貴子。平安中期の女流歌人（?～九九六）。高階成忠の娘。藤原道隆の妻となり、伊周・隆家・定子（一条天皇の皇后）・原子（淑景舎女御）を生む。「儀同三司の母」「帥殿母上」

儀同三司の母『聯珠百人一首』

と歌わなければならない時もあったのである。

また、ある時には、中関白道隆は、他の女のもとに出かけ、暁の頃帰って来たが、あまりのてれくささに外に立っていることもあったという。その時、高内侍（儀同三司の母）は、

あか月《つき》の　露《つゆ》はまくらに　おきけるを　草葉《くさば》のうへと　なに思《おも》ひけん　（『後拾遺和歌集』巻十二・恋二―701）

と歌ったというのである。暁の露は、私の机の上に置くものと思っていたのに、どうして朝露は庭の草葉の上に置くのだろうという意味である。

どうも道隆は、貴子に頭があがらなかったようである。貴子の歌は、「寝床に訪れるのはわたくしのところとばかり思っていた。それなのに他の女性のところにもお訪ねになるとは思わなかった」という意味である。妻問いの時代では、かかる嘆きは少なくなかったであろうが、実際には道隆の高内侍（儀同三司の母）に対する愛情は、人々から顰蹙《ひんしゅく》をかうほど、深いものであったといわれている。

『大鏡』（巻四）には、高内侍貴子は「それはまことしき文者《もんじゃ》にて、……少々のをのこには、まさりてこそきこえ侍《はべり》しか」と、高内侍の漢学の素養の高さを評している。だが、それにつづいて「女のあまりにざえかしこきは、ものあしきと、人の申なるに、この内侍（高内侍）のちにはいといみじう堕落せられにしも、そのけとこそはおぼえ侍《はべり》しか」と述べている。

貴子が没落を余儀なくされたのは、実際には娘の定子と道長の娘彰子《しょうし》《あきこ》の一条天皇の後宮をめぐる争いの結果であるといわなければならない。息子の伊周も、道長との政争に敗れ、大宰権帥《だざいのごんのそつ》に左遷され、しばらくは明石に滞在したことがあった。その時、儀同三司の母は、

夜《よる》の鶴《つる》　みやこのうちに　はなたれて　子《こ》を恋《こ》ひつゝも　なきあかすかな　（『詞花和歌集』巻九・雑上―340）

と、子を思う嘆きの歌を作っている。親鶴は都の中で遠ざけられ、遠くにおいやられた子の鶴のことを思い出して泣いているという意味である。この儀同三司の母の歌は、白楽天の詩の「夜《よる》の鶴《つる》、子《こ》を憶《おも》うて籠《こ》の中《うち》に鳴《な》く」（『白氏文集』五、『和漢朗詠集』管絃）によるという。ここにも彼女の漢詩の素養がうかがえるのである。

などとも呼ばれた。道隆の没後、藤原道長との対立で、伊周、隆家が左遷され、失意のうちに没した。漢詩を能くし、『拾遺和歌集』などの勅撰集に入集。

*藤原道隆
平安中期の公卿（九五三〜九九五）。藤原兼家の子。母は藤原時姫。藤原道長の兄。権中納言、権大納言、内大臣・従一位などを歴任し、父兼家の没後、摂政・関白となる。中関白と通称された。妻は儀同三司の母と呼ばれた高階貴子。

藤原道隆『前賢故実』

藤原《ふじわらの》 公任《きんとう》

滝《たき》の音《おと》は　絶《た》えて久《ひさ》しく　成《なり》ぬれど　名《な》こそ流《なが》れて　なを《(ほ)》聞《きこ》えけれ
（『千載和歌集』巻十六・雑歌上―1035）

この歌は、『拾遺和歌集』（巻八・雑上―450）にも、「滝の糸は」と改められて収録されている名歌である。長保《ちょうほう》元（九九九）年、嵯峨の大覚寺を訪れて、古き滝を見て懐古の情を歌ったものといわれている。嵯峨の大覚寺は、嵯峨天皇の離宮を、皇女正子《まさこ》内親王（淳和《じゅんな》天皇皇后）が寺に改められた名刹である。その滝殿は古くから名勝の地として評判は高かったが、いつしか荒廃してしまったようである。

この歌は、滝の音の「タ」の音が「絶《た》へて」の「タ」とつづき、「成ぬれど」の「ナ」が、「名こそ流れてなほ」と「ナ」が頭韻となって重なり合うところに、一つの魅力があるといわれている。

藤原公任＊の歌は、どちらかといえば技巧的で理知的なものが少なくないようである。

ときしもあれ　秋《あき》ふるさとに　きて見《み》れば　庭《には》は野辺《のべ》とも　成《なり》にけるかな
（『千載和歌集』巻四・秋歌上―269）

の歌も、「ときしもあれ　あきふるさとに　きてみれば」と、巧みに音を重ねて歌っている。

ご存知のように、藤原公任は、関白太政大臣頼忠《よりただ》の子である。姉の遵子《のぶこ》は円融天皇の皇后となり、妹の諟子《ただこ》は花山天皇の女御となっている。彼自身も当代きっての才人であった。道長が主催する大井河の遊びの会には、「作文《さくもん》の舟」、「管弦《かんげん》の舟」、「和歌の舟」の三舟がならべられ、その道に優れたる人が乗船することになっていた。公任はそのいずれにも優れた才能を有していたが、わざと和歌の舟に乗り、

をぐらやま　あらしのかぜの　さむければ　もみぢのにしき　ゝぬ人《ひと》ぞなき

の歌を詠じたという。『大鏡』（巻二）では、公任を「一事《ひとこと》のすぐるるだにあるに、かくいづれのみちも

＊藤原公任
平安中期の公卿・歌人（九六六～一〇四一）。関白・藤原頼忠の子。母は代明親王の娘の厳子女王。中古三十六歌仙の一人。参議、左衛門督などを経て、権中納言、中納言、権大納言・従二位、正二位となる。学識が高く、『和漢朗詠集』・有識故実書の『北山抄』を編し、歌論書『新撰髄脳』を著す。『三十六人撰』を撰する。家集に『前大納言公任集』がある。

藤原公任『聯珠百人一首』

ぬけいで給けんは、いにしへもはべらぬ事なり」と絶賛している。

この歌は、『拾遺和歌集』には、

朝《あさ》まだき　嵐《あらし》の山《やま》の　寒《さむ》ければ　紅葉《もみぢ》の錦《にしき》　着《き》ぬ人《ひと》ぞなき　（『拾遺和歌集』巻三・秋―210）

として収められている。嵐の山の「嵐」が、秋風の寒さを連想させていることはいうまでもない。ただ公任は、自分の家柄や才能に比して、思うように官位のすすまぬことに不満であったようである。

行《ゆ》きかへる　春《はる》をも知《し》らず　花咲《はなさ》かぬ　み山隠《やまがく》れの　鶯《うぐひす》の声《こゑ》　（『拾遺和歌集』巻十六・雑春―1065）

は、公任が後輩の藤原斉信《ただのぶ》に官位を越えられ、籠居《ろうきょ》していた時の歌である。

公任に対して、左大臣道長は

谷《たに》の戸《と》を　閉《と》ぢやはてつる　鶯《うぐひす》の　待《ま》つに音《おと》せで　春《はる》も過《す》ぎぬる　（『拾遺和歌集』巻十六・雑春―1064）

という慰めの歌をおくったが、それに答えたものである。『小右記』によれば、これらの歌は、寛弘二（一〇〇五）年四月一日に詠み交したものという。公任が長谷に籠居していたのに対し、道長が、待っているから早く京にもどってほしいと声をかけたものである。この時、公任は左衛門督、権中納言であったが、その翌年、中納言にすすんでいる。ちなみに『拾遺和歌集』には、公任を「右衛門督」と記しているが、これは正しくは左衛門督でなければならない。

公任は、詩歌の上でも理論的指導者をもって自ら任じ、秀歌を集めた『三十六人撰』や、詩歌の『新撰髄脳《ずいのう》』を著している。その他、特に和漢の詩歌を選した『和漢朗詠集』は、彼の代表作として有名である。『後拾遺和歌集』の序にも、公任の『和漢朗詠集』について、「やまともろこしのをかしきこと二巻《ふたまき》を撰《えら》びて、ものにつけ、ことによそへて、人《ひと》の心《こころ》をゆかさしむ」と記されている。『八雲御抄《やくもみしょう》』では、「公任卿、寛和の頃より天下無双《むそう》の名人」とたたえている。

吹上の浜を遊覧する大納言藤原公任
『紀伊国名所図会』

図中には「四条大納言公任卿、吹上の浜遊覧。この公任卿は小野宮左大臣実頼の御孫頼忠の御子なり。和漢の才人にして三十六歌仙、朗詠集を撰したまふとなり」とある。

藤原《ふじわらの》 実方《さねかた》

かくとだに　えやはいぶきの　さしもぐさ　さしも知《し》らじな　燃《も》ゆる思《おも》ひを

（『後拾遺和歌集』巻十一・恋一―612）

この有名な恋歌は、「このようにあなたに恋していることだけでも、わたくしはどうしても言えない。それ故、そのもぐさのように、くすぶっているわたしの秘めた想いを、あなたは少しもご存知ではないのではないだろうか」という意味である。「女《をんな》にはじめてつかはしける」と詞書《ことばがき》がされているように、はじめて恋した女性に、文を遣わした時の歌である。

この歌は、「えやはいぶきの　さしもぐさ　さしも知らじな　燃ゆる思ひを」の独自の言い回しに特徴がある。「えやは言《い》ふ」、つまり、なかなかはっきりと、あなたに恋しているとは打ち明けられないという意である。その「言ふ」の言葉より、伊吹《いぶき》を引き出し、そしてさらに、その名産の「さしもぐさ」から、さらに連想を深め、「さしも知らじな」、つまり、わたくしがあなたに恋をしているという、そのことを、あなたはお知りになられないと詠じているのである。

『古今和歌六帖』にも、伊吹のさしもぐさについて

あぢきなや　伊吹《いぶき》の山《やま》の　さしもぐさ　おのが思《おも》ひに　身《み》をこがしつつ

として、伊吹の山特産のさしもぐさが恋の身をこがすものとして歌われている。さしもぐさは、いうまでもなく「よもぎ（艾）」の異名である。伊吹山の「よもぎ」は、当時、灸用のよもぎとして有名であった。

藤原実方*は、平安中期の歌人であるが、平安貴族にはめずらしい直情径行の性格の人物であったようである。『古事談』（巻二―三十二）によれば、実方は、藤原行成《ゆきなり》《こうぜい》*と殿上において口論となり、怒りにまかせて行成の冠を小庭に投げすてたという。それに対し行成はあくまで冷静に振舞い、その冠を主《との》

*藤原実方
平安中期の官人・歌人（?～九九八）。藤原定時の子。母は源雅信（左大臣）の娘。中古三十六歌仙の一人。円融・花山・一条の三天皇に仕える。右兵衛権佐・従四位上、左近衛中将を歴任するが、藤原行成と口論し、行成の冠を打ち落したため、陸奥守に左遷され、その地で没す。和歌に優れ、『拾遺和歌集』以降の勅撰

藤原実方『聯珠百人一首』

殿司《ものつかさ》に拾わせたという。それをご覧になられた一条天皇は、蔵人頭《くろうどのとう》の実方に、直ちに「歌枕みてまゐれ」と命ぜられ、陸奥守に任ぜられたという。

『撰集抄』（巻二ノ十八）によれば、実方たち殿上人は、東山に桜見に出かけたが、折り悪しく俄雨に降られてしまった。しかし実方は、雨に漏れながら桜の木のもとで、ただ一人平然として、

さくらがり　雨《あめ》はふり来《き》ぬ　おなじくは　濡《ぬ》るとも花《はな》の　陰《かげ》にくらさむ

と詠じたのである。その姿を見て、藤原斉信《ただのぶ》大納言らは、それを風流として天皇に申し上げたが、行成はただ一人、「歌をおもしろし。実方は痴《おこ》なり」と言いすてたという。そのことを実方は根にもって行成と口論し、そのあげく行成の冠を投げすてたというのである。『中古三十六歌仙伝』によれば、実方は正暦《しょうりゃく》六（九九五）年正月に陸奥守に任ぜられている。その時、実方は、特に正四位下に叙せられているから（『権記』）、形のうえではあくまで左遷ではないが、正四位下の高位者が陸奥守となって下向する例は稀有である。

それはともかくとして、実方は陸奥守として東北に赴いたことは、次の歌からもうかがうことができるだろう。「陸奥国にまかり下《くだ》りて後《のち》、郭公《ほととぎす》の声を聞きて」と題して、次のように詠じている。

年《とし》を経《へ》て　み山隠《やまがく》れの　郭公《ほととぎす》　聞《き》く人《ひと》もなき　音《ね》をのみぞ鳴《な》く（『拾遺和歌集』巻十六・雑春―1073）

ちなみに、実方は任地でなくなり、その墓と称するものが、現在の宮城県名取市愛島の笠島道祖《かさじまのどうそ》神社内に祀られている。伝説によれば、実方がこの神社の前を下馬せずして通り抜けようとして、急死したと伝えられている（『源平盛衰記』）。西行もこの地を訪ねて、

くちもせぬ　その名《な》ばかりを　とゞめを《(お)》きて　枯野《かれの》の薄《すすき》　かたみとぞみる（『山家集』、『新古今和歌集』巻八・哀傷歌―793）

という歌を献じている。後には芭蕉もわざわざこの地を訪ね、「笠嶋は　いづこさ月《つき》の　ぬかり道《みち》」と詠じている（『奥の細道』）。

集に入集。家集に『実方朝臣集』がある。

*藤原行成
平安中期の公卿・書家（九七一～一〇二七）。藤原義孝の子。母は源保光の娘。藤原伊尹の孫。書に優れ小野道風・藤原佐理と共に三蹟の一人。書は世尊寺流の祖。参議、中納言、権大納言・正二位などを歴任。日記の『権記』は往時の宮廷を知る資料として貴重。著書に『東宮年中行事』がある。

伊吹山（膽吹山）『日本名山図会』

藤原《ふじわらの》 道長《みちなが》

この世《よ》をば　わが世《よ》とぞ思《おも》ふ　望月《もちづき》の　かけたることの　なしと思《おも》へば（『小右記』寛仁二年十月十六日条）

この有名な「望月の歌」は、官撰の歌集に収録されておらず、面白いことに当時、藤原道長*と対立していた藤原実資《さねすけ》の『小右記』に載せられている。藤原実資が、威子《いし》《たけこ》の立后の宴に招かれた時、道長の詠じたこの和歌を書きとどめていたのである。

長保《ちょうほう》元（九九九）年十一月に、道長はかねて念願していた娘彰子《しょうし》《あきこ》を一条天皇に入内《じゅだい》させ、翌年には中宮に冊立《さくりつ》している。彰子が一条天皇の皇子の敦成《あつひら》親王（後の後一条天皇）を生誕すると、ここに道長は外戚の地位を確立しえたのである。ついで長和元（一〇一二）年には、道長は、娘の妍子《けんし》《きよこ》を三条天皇の中宮とし、寛仁二（一〇一八）年には、威子を後一条天皇の中宮に立てることに成功した。このことを『小右記』は、批判と羨望をこめて「一家《いっか》にて三后《さんこう》を立つること、未曾有《みぞう》なり」と記している。

藤原道長は、御堂《みどう》関白と称され、藤原氏の全盛期を築き上げた人物であるが、極めて豪胆な性格であったと伝えられている。『大鏡』（巻五）によれば、父の兼家《かねいえ》が「四条大納言（藤原公任《きんとう》）のかく何事もすぐれ、めでたくおはしますを」を見て、わが子たちは「かげだにふむべきもなく」と慨嘆していると、ただ一人道長が、傲然と「かげをばふまで、つらをやはふまぬ」と答えたと伝えている。

岩《いは》の上《うへ》の　松《まつ》にたとへむ　君《きみ》ぐは　世《よ》にまれらなる　種《たね》ぞと思《おも》へば（『拾遺和歌集』巻十八・雑賀—1165）

この道長の賀歌は、詞書《ことばがき》に「冷泉院の五、六の親王《みこ》袴着《はかまぎ》侍《はべり》ける頃、言ひを《（お）》こせて侍ける」と記されているように、花山院の皇子の昭登《あきと》親王と清仁《きよひと》親王の袴着の儀の祝いの歌である（『栄花物語』巻八・はつ花）。袴着は、子供が三歳ぐらいに成長した時、初めて袴を着せて祝う儀式である。道長は、これらの親王を「岩の上の松」にたとえ、仰ぎ見る岩の上にそそり立つ高貴なお方と賛仰し「世にも稀なる血脈をうけられ

---

*藤原道長
平安中期の公卿・歌人（九六六〜一〇二七）。藤原兼家の子。母は藤原中正の娘の時姫。妻は源高明の娘明子。権中納言、権大納言、右大臣、氏長者、左大臣となる。娘の彰子を一条天皇（母は道長の父兼家の娘の詮子）の中宮に、妍子を三条天皇の中宮に、威子を後一条天皇（母は彰子）の中宮に入内させ、外戚となり、摂政として政権を独占する。日記『御堂関白記』がある。

藤原道長『前賢故実』

*藤原頼通
平安中・後期の公卿（九九二〜一〇七四）。藤原道長の子。近衛少将、権中納言などを経て摂政、関白となり、後一条・後朱雀・後冷泉の三代の天皇の摂政・関白となる。一〇六一年、太政大臣となる。後冷泉天皇の中宮となった娘の寛子に皇子が生まれず、外戚でない後三条天皇が即位し、権力が衰退する。関白を弟の教通に譲り、出家し、宇治平等院鳳凰堂を建立する。宇治殿と呼ばれた。

た」と述べている。

君《きみ》ませと　やりつる使《つかひ》　来《き》にけらし　野辺《のべ》の雉《きぎす》は　とりやしつらん

（『後拾遺和歌集』巻一・春上―17）

この道長の歌は、息子の藤原頼通《よりみち》＊の大饗《おおあえ》の際の歌である。寛仁二（一〇一八）年一月二十三日に行われた大饗である。大臣に就任した年のはじめに大饗と称する宴が開かれ、諸卿たちはこぞってこの祝いに出かけたのである（『栄花物語』巻十三・ゆふしで）。どうかおいで下さいと、使を遣わしたが、どうやらもどって来たらしい。その大饗の料理のためにと思っていた野辺の雉はつかまえたであろうかという意味である。

道長の歌は、総じて記録的で、叙情性に欠ける歌が多い。

よろづ代《よ》を　君《きみ》がまぼりと　祈《いの》りつゝ　たちつくりえの　しるしとを見《み》よ

（『後拾遺和歌集』巻十九・雑五―1103）

この歌は三条天皇がまだ東宮でおられた頃、御子敦儀《あつのり》親王が生誕された時の祝いに御佩刀《みはかし》を献じた時の歌である。「たちつくりえ」は、大刀の柄《え》のことである。

若菜《わかな》つむ　春日《かすが》の原《はら》に　雪《ゆき》ふれば　心《こころ》づかひを　今日《けふ》さへぞやる

（『後拾遺和歌集』巻十九・雑五―1112）

この歌は息子の頼通が十三歳で元服し、春日の祭りに出発した時、雪が降り積もっているのを見て、道長が歌ったものである。それに対し公任は、

身《み》をつみて　おぼつかなきは　雪《ゆき》やまぬ　春日《かすが》の野辺《のべ》の　若菜《わかな》なりけり（『後拾遺和歌集』巻十九・雑五―1113）

と歌って慰めているが、和歌としては、どうもはるかに公任の方が数段上であるといわなくてはなるまい。

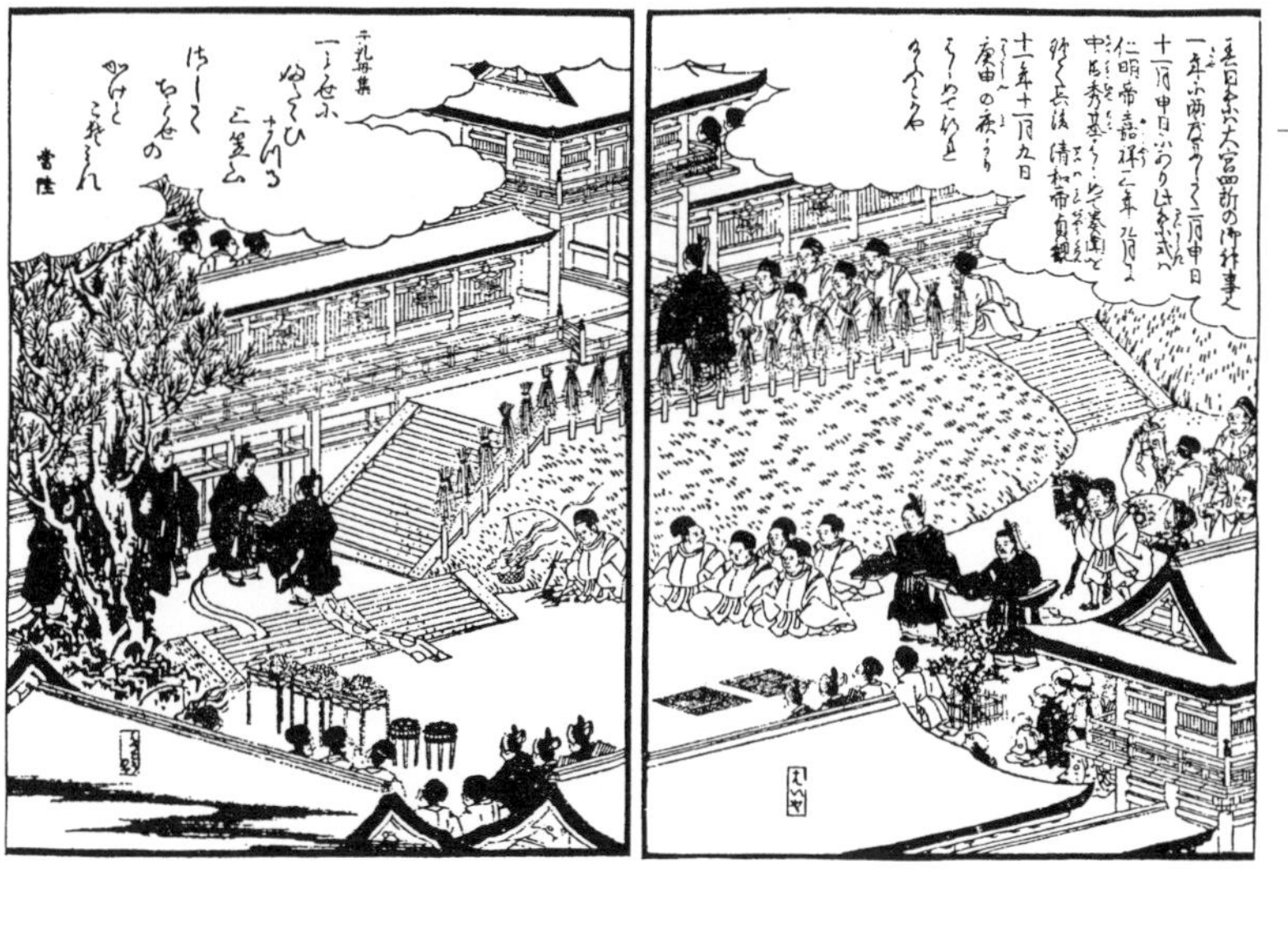

春日祭『大和名所図会』
図中には「春日祭は大宮四所の御神事なり。一年に両度にして、二月申日、十一月申日にあり。この祭式は仁明帝嘉祥三年九月に、中臣秀基はじめて奏聞を経て、その後清和帝貞観十一年十一月九日庚申の夜より、はじめて行はれたまふとかや　『井乳母集』　一とせにふたたびまつる三笠山さしてちとせのかげとこそみれ　常陸」とある。

和泉式部《いずみしきぶ》

冥《くら》きより 冥《くら》き道《みち》にぞ 入《い》りぬべき はるかに照《て》らせ 山《やま》の端《は》の月《つき》

（『和泉式部集』、『拾遺和歌集』巻二十・哀傷―1342）

この和泉式部＊の歌は、「播磨《はりま》の聖《ひじり》の御許《おもと》に、結縁《けちえん》のため聞《きこ》えし」とあるように、播磨国の書写山《しょしゃさん》の性空《しょうくう》上人＊に、和泉式部が心の救済を訴えた歌である。

「冥きより冥き道」とは、『法華経』の化城喩品《けじょうゆほん》の「冥《くら》き従《よ》り、冥きに入りて、永く仏名《ぶつみょう》を聞かず」にもとづくものであろう。煩悩の闇から闇にさ迷い、無明《むみょう》の界に沈むわたくしを、はるか書写山の山の端にかかる真如《しんにょ》の月が照らしてほしいと訴えている歌である。愛欲の世界で遍歴を繰り返す和泉式部は、常にひとすじの光明を願わざるをえなかったのである。

性空は、従四位下橘善根《よしね》の子であったが、若くして仏門に入り、比叡山で修行した高僧である。各地をめぐり歩いたようであるが、最終的には播磨の書写山に籠って民衆の救済に当たったという。特に宮廷貴族の帰依は厚く、彼らのなかには書写山に山籠りしたり、性空と親交をもつ者も少なくなかった。そのなかには具平《ともひら》親王、僧源信《げんしん》、藤原行成《ゆきなり》などが含まれていたのである。

和泉式部は、恋にひたむきに生きた女流歌人である。

黒髪《くろかみ》の みだれも知《し》らず うちふせば まづかきやりし 人《ひと》ぞこひしき

（『和泉式部集』、『後拾遺和歌集』巻十三・恋三―755）

世《よ》の中《なか》に 恋《こひ》てふ色《いろ》は なけれども ふかく身《み》にしむ 物《もの》にぞ有《あり》ける

（『和泉式部集』、『後拾遺和歌集』巻十四・恋四―790）

＊和泉式部　平安中期の女流歌人（生没年不詳）。大江雅致の娘。母は平保衡の娘。和泉守橘道貞と結婚。小式部内侍を生む。のち為尊親王・敦道親王の寵愛を受けるが、両親王崩御の後、一条天皇の中宮彰子に仕える。藤原保昌と再婚し、丹後に

和泉式部『聯珠百人一首』

和泉式部は、越前守大江雅致《まさむね》の娘である。長徳二（九九六）年頃に和泉守橘道貞《みちさだ》と結婚し、小式部を生んでいるが、二人の仲はほどなく離れたようである。それも束の間、和泉式部は、冷泉天皇の御子為尊《ためたか》親王と許されざる恋愛関係に入るのである。だが間もなく為尊親王が薨ずると、その弟宮の敦道《あつみち》親王と結ばれ、東三条院南院にひきとられ、世間から悪評を集めることになる。

この経緯を綴った文章が、『和泉式部日記』として残されていることはご存知のことであろう。敦道親王もなくなると、和泉式部はやむなく一条天皇の中宮彰子《しょうし》に仕えるのである。そしてまた、道長の家司《けいし》であった藤原保昌《やすまさ》＊にひきとられ、丹後に下るのである。

その和泉式部とともに彰子に仕えた紫式部は、意外にも「歌はいとをかしきこと、ものおぼえ、歌のことはり、まことの歌よみざまにこそ侍《はべ》らざめれ、口にまかせたることども、かならずをかしき一ふしの目にとまるよみそへ侍り」（『紫式部日記』）と、和泉式部の和歌の魅力を極めて好意的に評している。

和泉式部は、天性の歌よみの一人といってよいであろう。『百人一首』にも引かれている

あらざらむ　此《こ》のよの外《ほか》の　思出《おもひで》に　今《いま》ひとたびの　あふ事《こと》もがな
（『和泉式部集』、『後拾遺和歌集』巻十三・恋三―763）

にも、ひたむきな恋心が歌われている。もちろん、和泉式部は恋の無常を知らないわけではなかった。

白露《しらつゆ》も　夢《ゆめ》もこの世《よ》も　まぼろしも　たとへていへば　ひさしかりけり（『後拾遺和歌集』巻十四・恋四―831）

自らのはかない恋に比べれば、白露もこの世の幻も久しいものだといっているのである。

もの思《おも》へば　沢《さは》のほたるも　わが身《み》より　あくがれ出《い》づる　たまかとぞ見《み》る
（『後拾遺和歌集』巻二十・雑六―1162）

この歌の詞書《ことばがき》には「男に忘られ侍《はべり》ける頃、貴布禰《きふね》にまいりて御手洗《みたらし》川に蛍《ほたる》の飛び侍けるを見つよめる」と記されている。夫の保昌と疎遠になった時の歌だと伝えられているが、和泉式部はいつも恋人がいなければ、暮らせなかったようである。

下る。赤染衛門、紫式部とも交流があり、恋愛歌人として名高い。『和泉式部日記』、家集『和泉式部集』がある。

＊性空上人
平安中期の天台宗の僧（九一〇～一〇〇七）。橘善根の子。比叡山の良源（慈慧僧正）のもとで出家、諸国を巡歴して、播磨国書写山に円教寺を開いた。↓207頁

＊藤原保昌
平安中期の官人（九五八～一〇三六）。藤原致忠の子。肥後・丹後・摂津・大和守、左衛門督、左馬頭などを歴任。藤原道長の家司をつとめる。武芸に秀で、和歌にも優れ、『後拾遺和歌集』の撰者となる。和泉式部の夫。

藤原保昌『前賢故実』

清少納言《せいしょうなごん》

夜《よ》をこめて　鳥《とり》のそらねに　はかるとも　よに逢坂《あふさか》の　関《せき》はゆるさじ　（『後拾遺和歌集』巻十六・雑二―939）

詞書《ことばがき》によれば、清少納言*と大納言行成《ゆきなり》が夜話をしていたが、急に行成が内裏の物忌《ものいみ》を口実にあわただしく帰っていった際の歌である。その時、清少納言が、中国の孟嘗君《もうしょうくん》が鶏鳴を巧みにまねる人物を使って、函谷《かんこく》門を開門させ、そこより脱出した故事を思い出し、作った歌である。清少納言はこのことを『枕草子《まくらのそうし》』*（百二十九段）にも記しているが、行成は清少納言の歌に対して、次のように答えたという。

逢坂《あふさか》は　人越《ひとこ》えやすき　関《せき》なれば　鳥《とり》なかぬにも　あけて待《ま》つとか

清少納言は、一条天皇の皇后定子《ていし》*に仕え、そのサロンの中心的存在として活躍した女性である。清少納言は、当時の女性としては漢学的才能にも恵まれ、一条天皇の時代の四納言と呼ばれた教養人たちとも、対等につきあいをしていたようである。

だが皇后定子の父、中関白《なかのかんぱく》と呼ばれた道隆がなくなり、その代わりに道長がにわかに勢力を伸ばしてくると、道長の娘彰子《しょうし》のサロンが華やかさを増していく。それに比例して凋落の兆しを見せはじめるのが定子のサロンであったが、最後まで皇后定子を支えていたのが清少納言であったといわれている。

『千載和歌集』には、清少納言が正暦《しょうりゃく》五（九九四）年の頃、皇后定子のもとに初めて仕えた頃の歌が載せられている。それは三月の二、三日、清少納言が里さがりで暮らしていると、定子から次のような見舞いの歌がとどけられたという。

いかにして　過《す》ぎにしかたを　過《す》ぐしけん　暮《くら》しわづらふ　きのふけふかな　（『千載和歌集』巻十六・雑歌上―966）

---

*清少納言
平安中期の女流文学者・歌人（生没年不詳）。清原元輔の娘。清原深養父の曾孫。橘則光と結婚。のち一条天皇の皇后藤原定子のもとに出仕。定子の没後、藤原棟世と再婚。著に随筆『枕草子』、家集に『清少納言集』がある。

*『枕草子』
平安中期の随筆。清少納言作。一〇〇〇年頃成立。中宮定子に出仕していた頃の宮中の見聞を、歌枕類聚・随想・日記などとして記す。才気あふれる観察力で人生や自然、外界の事物を著す。『源氏物語』とともに平安女流文学の二大傑作とされる。

*皇后定子
一条天皇の皇后（九七六〜一〇〇〇）。藤原道隆の娘。入内後、父の道隆が没し、また兄弟の藤原伊周・隆家が長徳の変により左遷される。定子は落飾出家するが、のち還俗して再入内する。その後、藤原道長が娘彰子を立后させ、「一帝二后」となる。敦康親王を生むが、有力な外戚がないため皇子は即位できなかった。

どのように、あなた（清少納言）は昔過ごして来たのだろうか。あなたは初めて宮仕えを経験したとしても、決して円滑にいかないことを悩むようなことがあるのだろうかと励まされているのである。皇后定子は、清少納言の才覚と明るさを、心から信じているのである。それに対し清少納言は、

雲《くも》の上《うへ》も　暮《くら》しかねける　春《はる》の日《ひ》を　ところがらとも　ながめつるかな

（『千載和歌集』巻十六・雑歌上―967）

とお返ししたという。「所柄《ところがら》」は、その場に備わっている様子の意である。だが、清少納言は、ひとたび宮仕えがはじまると、定子の恩顧を得て水を得た魚のように、遺憾なくその才能を開花させていく。清少納言は、見るもの聞くものすべてを、彼女の鋭敏な感覚を通して、『枕草子』に端的な文章で綴っていくのである。その『枕草子』のなかで、清少納言が自ら本領を発揮したと自慢気に記す箇所は、例の「香炉峰《こうろほう》の雪」の一節であろう。

雪の降り積もった朝、急に皇后定子が、清少納言に「少納言よ、香炉峰の雪いかならん」と問いかけられたのに、清少納言はすかさず御簾《みす》を高くあげたという場面である（『枕草子』二百八十段）。いうまでもなく、白楽天の詩の「遺愛寺《いあいじ》の鐘は枕を欹《そばだ》てて聴き、香炉峰《こうろほう》の雪は簾《れん》を撥《かかげ》て看《み》る」を清少納言が直ちに想起したというのである。このような機転が利き、漢詩にも精通し、それを随所に発揮する清少納言は、とかく沈みがちの定子のサロンを明るくしたに違いない。

だが、その清少納言に対し、紫式部は「したり顔《がほ》にいみじう侍《はべ》りける人。さばかりさかしだち、真字《まな》書きちらして侍《はべ》るほども、よく見れば、まだいとたへぬことおほかり」（『紫式部日記』）と手厳しく批判しているのである。この紫式部のやや敵意めいた言葉の中には、清少納言の人を明るくさせる才智への羨望がこめられているようだ。清少納言とても時には、一人静かな時は自らを反省していることもあるからである。

求《もと》めても　かゝる蓮《はちす》の　露《つゆ》をおきて　憂《う》き世《よ》に又《また》は　帰《かへ》るものかは

（『千載和歌集』巻十九・釈教歌―1206）

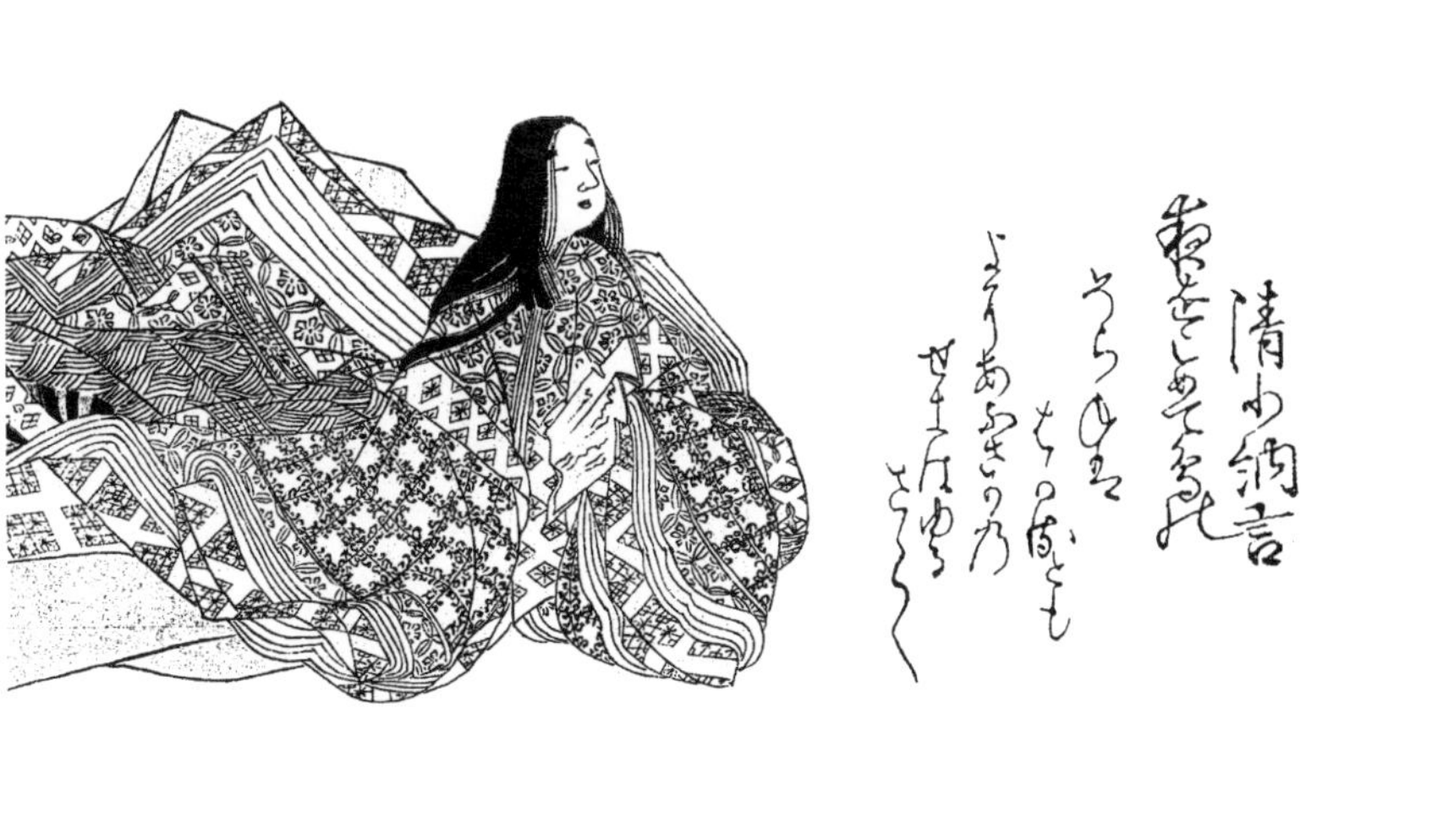

清少納言『聯珠百人一首』

紫式部《むらさきしきぶ》

めぐり逢《あ》ひて 見《み》しやそれとも わかぬまに 雲隠《くもがく》れにし よはの月《つき》かげ
（『紫式部集』、『新古今和歌集』巻十六・雑歌上―1499）

『紫式部集』をひもといても、人生の悲哀や無常観を歌うものが少なくない。

憂《うき》ことを 思乱《おもひみだ》れて 青柳《あをやぎ》の いと久《ひさ》しくも なりにけるかな （『紫式部集』）

忘《わす》るるは 憂《う》き世《よ》の常《つね》と 思《おも》ふにも 身《み》をやる方《かた》の なきぞわびぬる （『紫式部集』）

紫式部*はあくまで内省の人である。その意味から、なかなか心許せる友人には恵まれなかったようである。

紫式部の「めぐり逢ひて」の歌は、詞書《ことばがき》に「早《はや》くよりわらは友《とも》だちに侍《はべり》ける人に、年《とし》ごろ経《へ》てゆきあひたる、ほのかにて、七月《ふみづき》十日のころ、月にきお《(ほ)》ひて帰《かへ》り侍ければ」と記されている。幼い頃からの友達に、数年ぶりで出逢ったが、ゆっくり語る隙もなく、立ち去ってしまったと嘆いているのである。おそらく「七月十日のころ」とあるので、七夕の牽牛星と織女星の束の間の再会に、紫式部は自分と女友達をなぞらえているのであろう。それにしても、「ほのかにて」の言葉が示唆するように、たまさかの再会も、心ゆくまで語り合うことはできなかったようである。

紫式部は、自分の心うちを人に吐露するようなことは到底できない内気な女性であった。しかし、人を冷静にみつめていく心の目を秘かに育《はぐく》んでいたようである。紫式部はその手法を『源氏物語《げんじものがたり》』*に生かしたのではあるまいか。

その紫式部にも、「すきもの」と戯《たわむ》れる道長のごとき人物がいたのである。道長は、

---

*紫式部
平安中期の女流文学者・歌人（九七〇年代〜？）。藤原為時の娘。母は藤原為信の娘。中古三十六歌仙の一人。最初は藤式部と呼ばれたという。越前守となった父為時に伴って越前に下向。九九九年、藤原宣孝に嫁し、賢子（大弐三位）を生む。宣孝と死別し、藤原道長の娘、一条天皇の中宮彰子（上東門院）の女房となる。この頃に『源氏物語』を執筆する。その他の著に『紫式部日記』、家集に『紫式部集』がある。

*『源氏物語』
平安中期の長編物語。五十四帖。紫式部作。成立年不詳。主人公光源氏をめぐる、藤壺・紫の上など多彩な女性たちとの華麗なる愛の遍歴と、過去の罪の報いと苦悩の人生を描く。匂宮・紅梅・竹河の三帖をつなぎとして、橋姫以下の十帖では、光源氏の子の薫を主人公に宇治の八の宮の姫君たちを登場させて、複雑な愛情関係を描き、宇治十帖と呼ばれる。平安貴族の恋愛と憂愁が華麗に描かれた傑作として、後の文学に大きな影響を与えている。

*藤原公任
平安中期の公卿・歌人（九六六〜一〇四一）。関白・藤原頼忠の子。学識が高く、『和漢朗詠集』を編し、歌論書『新撰髄脳』を著す。『三十六人撰』を撰する。家集に『前大納言公任集』がある。→218頁

すきものと　名《な》にし立《た》てれば　見《み》る人《ひと》の　折《を》らで過《す》ぐるは　あらじとぞ思《おも》ふ　（『紫式部日記』）

と紫式部をからかっている。紫式部はそれに対し、

人《ひと》にまだ　折《を》られぬものを　誰《たれ》かこの　すきものぞとは　口《くち》ならしけむ　（『紫式部日記』）

と答えている。からかうといえば、藤原公任《きんとう》＊も紫式部に「あなかしこ、このわたりにわかむらさきやさぶらふ」（『紫式部日記』）と戯《ざ》れ言《ごと》を語ったというのである。おそらく紫式部の愛称も、公任の戯れあたりから起こったのであろう。宮廷に仕えた紫式部が、自らの才学をひたかくしにしようとすれば、余計に殿上人から好奇の目で見られ、紫式部の心を憂鬱にしていくのである。

周知のように紫式部は、藤原為時《ためとき》の娘である。為時は文章生《もんじょうしょう》の出身で、菅原文時《ふみとき》に師事した文人官僚である。為時は、淡路守に任ぜられた時、一条天皇に申文《もうしぶみ》を奉り、「苦学《くがく》の寒夜《かんや》、紅涙襟《こうるいえり》を霑《うるお》す。除目《じもく》の後朝《こうてう》、蒼天眼《さうてんまなこ》に在《あ》り」の詩を付したという。この詩にいたく心を動かされた一条天皇の御容姿を見て、道長は急遽、藤原国盛《くにもり》に任ぜられていた越前守を為時に与えたといわれている（『今昔物語集』本朝世俗部、巻二十四ノ第三十）。紫式部も、父為時とともに長徳二（九九六）年に越前に下ったが、しばらくして山城守藤原宣孝《のぶたか》と結婚し、賢子《たかこ》という娘を生んでいる。しかし、ほどなく宣孝がなくなると、紫式部は請われて道長の娘、彰子のもとに宮仕えするのである。紫式部はそれ以前から『源氏物語』を執筆していたから、その才能が高く評価されたのであろう。

歌集には『紫式部集』があるが、彼女の本領は、いうまでもなく女流作家にあった。もちろん、和歌も流麗で、さすがに才人の名に恥じないものがある。

春《はる》の夜《よ》の　闇《やみ》のまどひに　色《いろ》ならぬ　心《こころ》に花《はな》の　香《か》をぞ染《し》めつる　（『紫式部集』）

誰《た》が里《さと》の　春《はる》のたよりに　鶯《うぐひす》の　霞《かすみ》に閉《と》づる　宿《やど》を訪《と》ふらむ　（『紫式部集』）

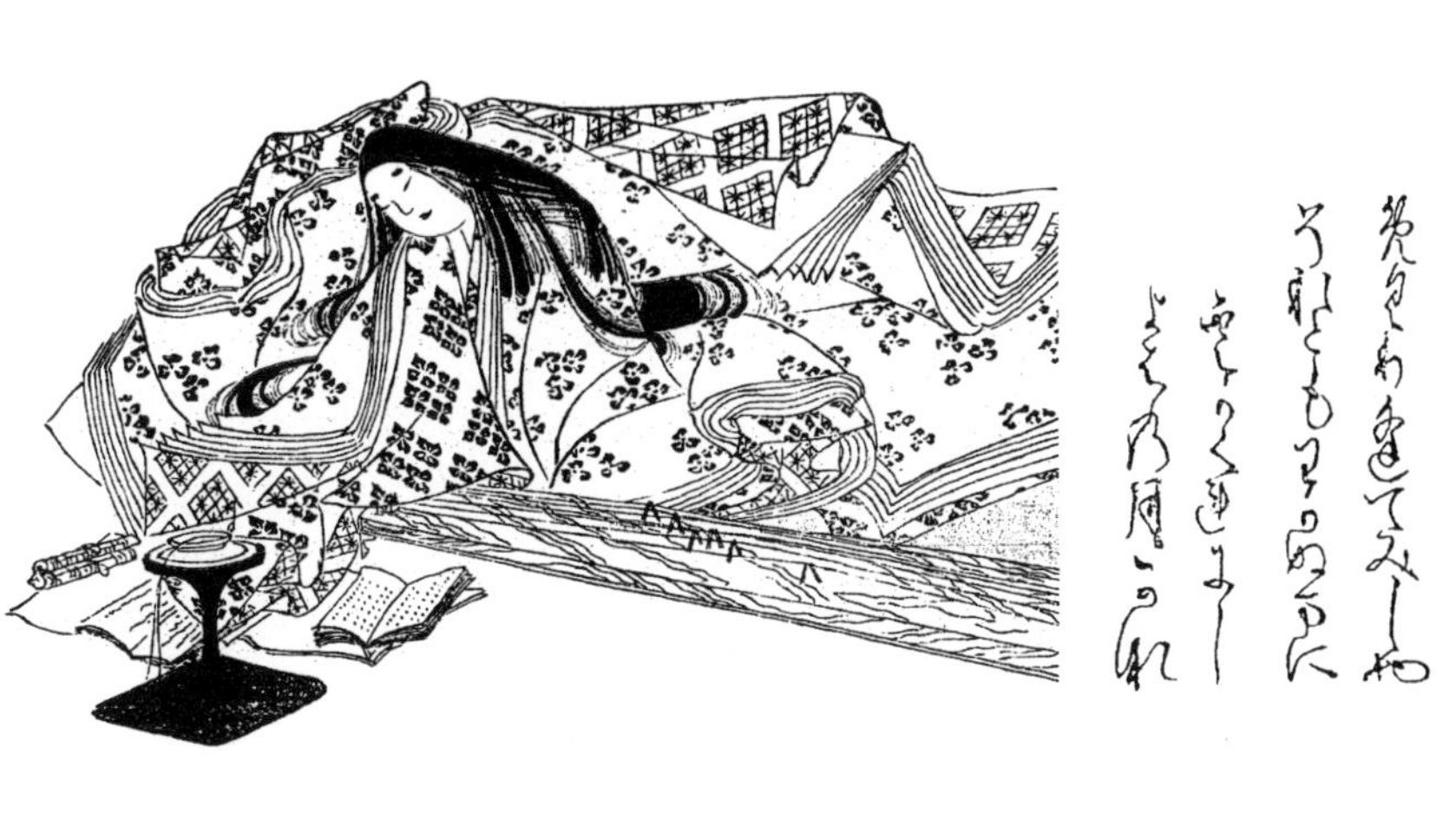

紫式部『聯珠百人一首』

大弐三位《だいにのさんみ》

有馬山《ありまやま》　猪名《ゐな》の笹原《ささはら》　風吹《かぜふ》けば　いでそよ人《ひと》を　忘《わす》れやはする　（『後拾遺和歌集』巻十二・恋二—709）

この恋歌には、「かれぐ〵になる男《をとこ》の、おぼつかなくなどいひたるによめる」という詞書《ことばがき》が付けられている。

「かれがれになる」というのは、人の行き来や、手紙や歌のやりとりが途絶えがちになってきたことを意味する。「かれがれ」には、「離々」や「枯れ枯れ」の文字が当てられるように、男女の仲が疎遠になることである。「おぼつかない」は、対象の様子がはっきりつかめぬことであろう。ここでは疎遠になって、相手の気持がはっきりとつかめないことを表現していると考えてよい。

この恋歌は、「有馬山の付近に存在する猪名《いな》の笹原に風が吹くと、そよそよと音をたてている。まさにそのように、わたくしは、あなたのことを忘れることは決してありません」と歌っているのである。

しなが鳥《とり》　猪名野《ゐなの》を来《く》れば　有馬山《ありまやま》　夕霧立《ゆふぎりた》ちぬ　宿《やど》りはなくて　（『万葉集』巻七—1140）

という『万葉集』の歌でも、猪名野と有間（有馬）山が結びつけられて歌われているが、猪名野（兵庫県伊丹市稲野町）と有馬山（兵庫県神戸市）は景勝地だったようである。「神楽歌《かぐらうた》」には、「猪名の柴原」が宮廷の鴨猟の地と歌われ、柴原の名が示すように灌木や雑草が生い茂っていたようである。つまり、猪名の柴原は、宮廷領として平安貴族に親しまれていた土地であったから、大弐三位*は、この地を想起して歌ったものであろう。

大弐三位と称する女性は、藤原美子《よしこ》や藤原家子《いえこ》もいるが、ここでは藤原賢子《かたこ》を指す。藤原賢子は、藤原宣孝《のぶたか》と紫式部の間に生まれた娘である。恋多き女性と伝えられるが、後に大宰大弐高階成章《だざいのだいにたかしなのなりあきら》*に婚し、為家《ためいえ》という息子をもうけている。大弐という呼び名は、この高階成章の官位にもとづくものという。ま

*大弐三位
平安中期の女流歌人（生没年不詳）。藤原宣孝の娘。母は紫式部。本名は藤原賢子。一条天皇の中宮上東門院彰子に出仕。藤原定頼、藤原頼宗などの寵愛を受ける。藤原兼隆に嫁し、後冷泉天皇の乳母となる。のちに大宰大弐高階成章と再婚、為家を生む。後冷泉天皇の即位の後、従三位、典侍となる。藤三位・越後弁・弁乳母《べんのめのと》とも呼ばれた。『後拾遺和歌集』などに入集。家集に『大弐三位集』がある。

*高階成章
平安中期の官人（九九〇～一〇五八）。春宮亮業遠の子。母は在原業平の娘。後冷泉天皇の乳母であった大弐三位と結婚、大宰大弐、正三位。

*藤原定頼
平安中期の公卿・歌人（九九五～一〇四五）。藤原公任の子。最終官位は権中納言正二位。和泉式部の娘小式部内侍が宮廷歌合で詠んだ歌を母の和泉式部に相談したものではないかとその歌才を疑った歌を投げ掛けたとき、名歌を返され、逆に恥をかいたという逸話が残る。↓258頁

た、後には後冷泉天皇の乳母となり、天皇が即位された時、典侍《てんじ》に任ぜられ、三位の位がおくられたから、「藤三位《とうさんみ》」とも呼ばれたようである。

大弐三位（藤原賢子）の最初の男性は、権中納言藤原定頼《さだより》＊であったようである。『後拾遺和歌集』は、

つらからん　かたこそあらめ　君《きみ》ならで　誰《たれ》にか見《み》せん　白菊《しらぎく》の花《はな》　（『後拾遺和歌集』巻五・秋下―348）

という大弐三位の歌を載せているからである。この詞書によれば、「中納言定頼、かれがれになり侍《はべ》りけるに、菊の花にさしてつかはしける」と記されている。「つらからん　かたこそあらめ」というのは「わたくしの態度に対して、満足できない点もおありでしょうが」の意であろう。

藤原定頼は、平安の最高の文化人である公任《きんとう》の息子で、権中納言正二位までのぼった人物である。歌人としても有名で、『百人一首』の

あさぼらけ　宇治《うぢ》の川霧《かはぎり》　たへ《（え）》〴〵に　あらはれわたる　瀬《せ》ゞの網代木《あじろぎ》　（『千載和歌集』巻六・冬歌―420）

は彼の代表作である。

大弐三位の恋歌は、極めて切々と慕情を訴える点に、その特徴があるといってよい。

こひしさの　うきにまぎるゝ　ものならば　またふたゝびと　君《きみ》を見《み》ましや　（『後拾遺和歌集』巻十四・恋四―792）

あなたに対する恋しさが、憂きに紛れることができるならば、なぜ二度とあなたとお逢いしましょうか。紛れることがないから、こうしてお目にかかっているのですよという意味であろう。

うたがひし　命《いのち》ばかりは　ありながら　契《ちぎ》りし中《なか》の　絶《た》えぬべきかな　（『千載和歌集』巻十五・恋歌五―910）

まさに、大弐三位は、恋の歌人であった。

大弐三位『聯珠百人一首』

小式部内侍《こしきぶのないし》

大江山《おほえやま》　いくのの道《みち》の　遠《とほ》ければ　まだふみも見《み》ず　天《あま》の橋立《はしだて》　（『金葉和歌集』巻九・雑部上―550）

この歌の作者、小式部内侍＊は、和泉式部《いずみしきぶ》の娘である。

『金葉和歌集』の詞書《ことばがき》によると、母の和泉式部が、夫の藤原保昌《やすまさ》とともに丹後に赴いて京を留守にしていた時、小式部内侍が、宮中の歌合《うたあわせ》に歌を召されたという。それを聞きつけた中納言藤原定頼《さだより》は、わざわざ局《つぼね》まで訪ねて行き、小式部内侍に、丹後の国に在住している和泉式部に歌合の歌を直してもらったのかとからかった。

すると、小式部内侍は、ひやかしながら立ち去る定頼の直衣《のうし》の袖をつかみながら、「大江山いくのの道の遠ければ」と詠みかけたのである。定頼は機転のきいたその歌を聞いて、ほうほうの体《てい》で逃げ帰ってしまったと伝えられている。

いうまでもなく、この小式部内侍の歌は、母の和泉式部が下向した丹後の国に、歌で有名な大江山や幾野《いくの》、天の橋立があるが、そこまでは道が遠いので、まだ足を踏み入れたことはないという意味である。つまり、自分は遠い丹後まで足を運んだことは一切ない。それ故、そこに居る母の和泉式部のもとに行き、和歌の添削をお願いしたことはないといっているのである。この歌は、ご存知のように「ふみも見ず」で、「踏み」と「文」の両方に掛けた歌である。「文《ふみ》も見ず」は、丹後へ行かないどころか、丹後から送られる母の和泉式部の手紙すら読んでいないことも強調しているのである。

このようなウイットに富む歌を、うら若い女性が咄嗟《とっさ》に詠んだという噂は宮中にひろまり、小式部内侍は、女流歌人として、一躍評判となったという。それにひきかえ、からかった定頼はかえって面目を失ったのである。

小式部内侍は、後に太政大臣の藤原教通《のりみち》＊などに愛されたが、母、和泉式部に先立って若くしてなく

＊小式部内侍
平安中期の女流歌人（？～一〇二五）。橘道貞の娘、母は和泉式部。一条天皇の中宮上東門院彰子に仕えた。和泉式部が夫の藤原保昌に従って丹波へ下向中、宮廷歌合で、藤原定頼に、小式部内侍が詠んだ歌は母の和泉式部に相談したものではないかとその歌才を疑った歌を投げ掛けられたとき、「大江山」（上記）の歌を返したという逸話が残る。二十六、七歳で夭折。『後拾遺和歌集』『金葉和歌集』などに入集。

＊藤原教通
平安中期の公卿（九九六～一〇七五）。藤原道長の子。母は源雅信（左大臣）の娘の倫子。権中納言、権大納言、右大臣、左大臣を歴任し、娘の歓子が後冷泉天皇の皇后となり、関白職・従一位をつとめる。皇后との間に子のないまま後冷泉天皇が崩御、次の後三条天皇は藤原氏と外戚関係になく、以後藤原氏の勢力は衰えていく。

なった薄幸の女性である。和泉式部が病の篤《あつ》い娘の小式部内侍を看病していた時、小式部内侍はつくづくと母の顔を見上げ、

いかにせむ　いくべき方《かた》を　おもほえず　親《おや》に先《さき》だつ　道《みち》を知《し》らねば　（『十訓抄』十ノ十四）

と、嘆きの歌を歌ったという。和泉式部が、小式部内侍の死後、その遺品をかたづけていたときに、娘の書きつけを見つけ、思わず、

もろともに　苔《こけ》の下《した》には　くちずして　うづもれぬ名《な》を　みるぞ悲《かな》しき　（『和泉式部集』）

と口づさんだと伝えられている。

小式部内侍は、若くしてみまかったので歌もあまり伝えられていないが、残された歌も死にまつわるものが少なくないのである。『後拾遺和歌集』に、「二条のさきのおほいまうちぎみ」の病状に対して、小式部内侍は、

死《し》ぬばかり　なげきにこそは　なげきしか　生《い》きてとふべき　身《み》にしあらねば

（『後拾遺和歌集』巻十七・雑三―1001）

の歌をおくっている。ここにいう「二条のさきのおほいまうちぎみ」は、二条の先の太政大臣藤原教通《のりみち》を指している。教通は、御堂関白《みどうかんぱく》と称された藤原道長の三男であり、小式部内侍のかつての恋人であった。この歌は、貴方のご病気の様子をうかがって、「わたくしの方が先に死んでしまいそうな気がします。生きてご病状を尋ねる身ではないのですから」という意味である。病気を見舞われた教通は、承保《じょうほう》二（一〇七五）年、八十歳の長寿を保って薨じているが、かえって病状を案じた小式部内侍が、若くして万寿二（一〇二五）年に、才能を惜しまれながら死去している。

小式部の名は、和泉式部の娘ということより呼ばれたものであろうが、母の奔放な生き方よりも、歌人としての資質を豊かに受け継いだ美貌の女性であったといってよいであろう。

小式部内侍『聯珠百人一首』

赤染衛門《あかぞめえもん》

今宵《こよひ》こそ　世《よ》にある人《ひと》は　ゆかしけれ　いづこもかくや　月《つき》を見《み》るらん（『後拾遺和歌集』巻四・秋上—264）

仲秋の名月に限っては、おそらく世にある人々はいずこにあっても、この月を見ているだろうという意味である。『赤染衛門集』には、この歌に、「久《ひさ》しく訪れぬ人の来て、前近《まへちか》き萩《はぎ》に結《むす》びつけていにけるを、つとめて見《み》てやりし人《ひと》に代《かは》りて」という詞書《ことばがき》が記されている。

赤染衛門*には、清少納言の鋭敏な観察力や、和泉式部のひたむきな情熱も、さらには紫式部の優れた創造性もないが、おそらくそのなかにあって一番中庸的な感覚を身につけていた女性であったようである。家庭にあれば良き妻であり、宮廷にあっても人づきあいのよい女性であったようである。

頼《たの》みきて　ひさしくなりぬ　住吉《すみよし》の　まづこのたびの　しるし見《み》せなん（『後拾遺和歌集』巻十八・雑四—1069）

息子の大江挙周《たかちか》が、和泉守の任を終えて帰京する時、重い病にかかったが、それを住吉の神の祟りなどという人がいたので、赤染衛門が急いで住吉の神に挙周の平癒を祈り、幣《みてぐら》を奉った時の歌である。この歌は、わたくしは住吉の神様をお頼みして年久しくなりますので、まずは神慮をお示し下さって息子挙周の病をお治し下さいという意味である。『赤染衛門集』によれば、住吉神社参籠の夜に鬚の白い翁が、赤染衛門の献じた幣を三度取りあげた夢を見たが、それよりすぐ息子の病は快方に向かったという。

雲《くも》の上《うへ》に　のぼらんまでも　見《み》てしがな　鶴《たづ》の毛衣《けごろも》　年《とし》ふとならば（『後拾遺和歌集』巻七・賀—438）

千代《ちよ》を祈《いの》る　心《こころ》のうちの　すゞしきは　絶《た》えせぬ家《いへ》の　風《かぜ》にぞありける（『後拾遺和歌集』巻七・賀—439）

の歌は「匡房朝臣《まさふさあそみ》生まれて侍《はべ》りけるに産衣縫《うぶぎぬぬ》ひてつかはす」と註されるように、曾孫の匡房の誕生を、

---

*赤染衛門
　平安中期の女流歌人（生没年不詳）。赤染時用（平兼盛の説もあり）の娘。中古三十六歌仙の一人。藤原道長の妻倫子に仕え、のち一条天皇の中宮上東門院彰子の女房に出仕。学者の大江匡衡と結婚し、挙周、江侍従を生む。晩年に出家。『栄花物語』の作者と推定される。家集に『赤染衛門集』がある。

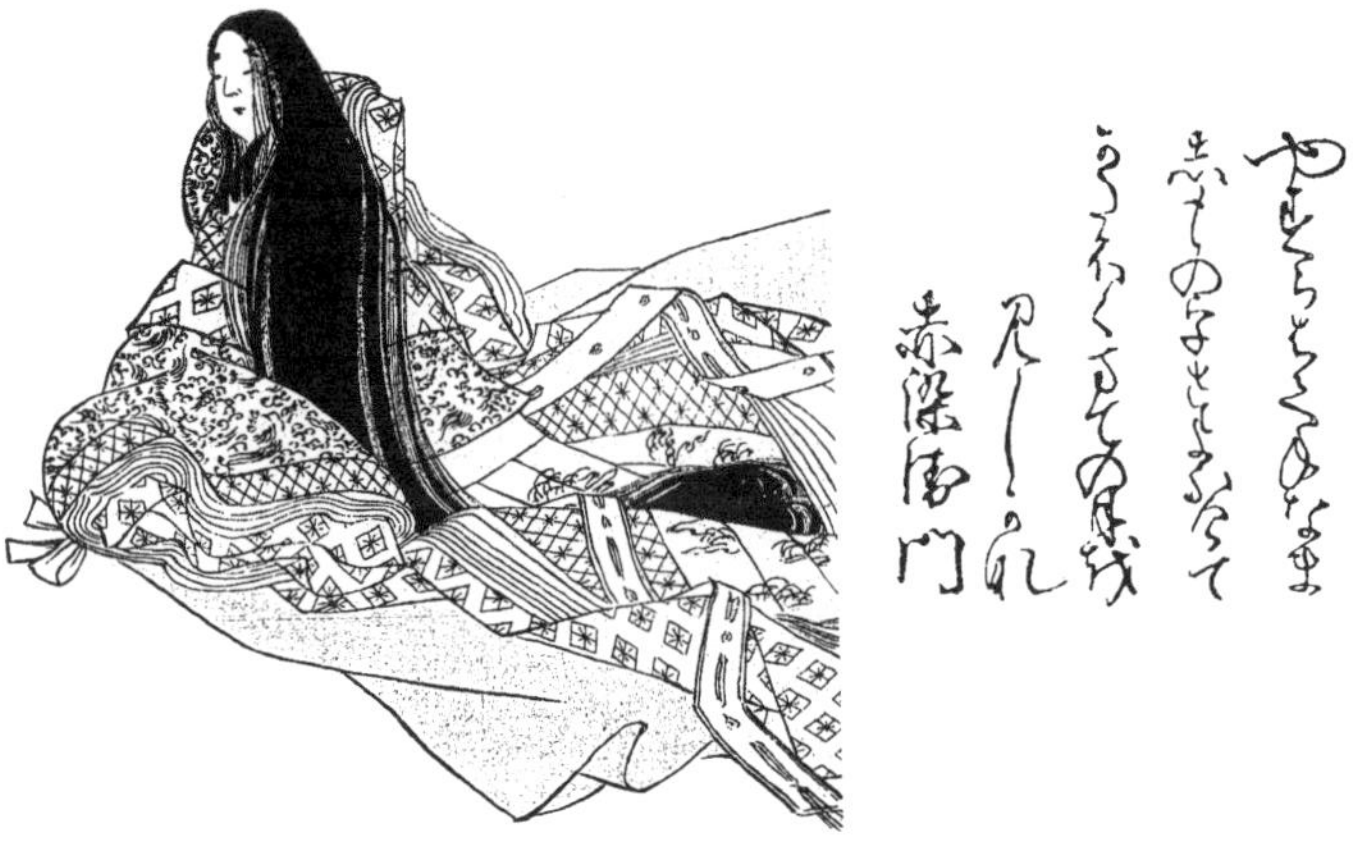

赤染衛門『聯珠百人一首』

手ばなしで喜んでいる歌である。大江匡房は後に「江帥《ごうのそつ》」と呼ばれ、正二位大蔵卿にのぼった当代きっての能吏であった。後三条、白河、堀川の天皇に侍読《じどく》として仕え、儒家の代表者となった人物だから、いわば大江家の〝希望の星〟であったのだろう。

それにしても、赤染衛門の手ばなしの喜びの歌である。家族愛を、飾ることを知らぬ素直な感情であらわしているといってよいであろう。夫の匡衡《まさひら》が長和元（一〇一二）年に没した時は、

ひとりこそ　荒《あ》れゆくことは　なげきつれ　主《ぬし》なき宿《やど》は　またもありけり

（『後拾遺和歌集』巻十・哀傷―594）

と、一人残された悲しみを歌っている。

消《き》えもあへず　はかなきころの　つゆばかり　ありやなしやと　人《ひと》の問《と》へかし

（『後拾遺和歌集』巻十七・雑三―1012）

この歌の詞書に「世の中、常なく侍《はべ》りける時、久しう音せぬ人のもとにつかはしける」とあるが、はかない想いをいだいて暮らしているわたくしに、ほんの少しでも無事でいるかと訪ねてほしいという意味であろう。赤染衛門はいつも人の情愛を求めつづけてきた女性であった。

やすらはで　寝《ね》なましものを　さ夜《よ》ふけて　かたぶくまでの　月《つき》を見《み》しかな

（『後拾遺和歌集』巻十二・恋二―680）

この歌は、来ぬ人をいつまでも待ちながら、夜半の月をながめやる、人恋しい女性を描き出している。

赤染衛門は、赤染時用《ときもち》の娘とされているが、実父は平兼盛《かねもり》であったようである（『袋草紙』）。赤染衛門は、儒家の大江匡衡に嫁し、挙周や江侍従《ごうじじゅう》などの子をもうけている。後に宮仕えをしたようであるが、紫式部は赤染衛門の和歌を、「まことにゆへゆへしき歌よみ」ではあるが、「やゝもせば、腰はなれぬばかり折れかかりたる歌」を詠むと評している（『紫式部日記』）。その批判が正しいかどうかはわからないが、良妻賢母の典型であったことが、彼女の歌からうかがえることだけは事実であるといってよいであろう。

子の挙周の病気回復を祈願する赤染衛門　『住吉名勝図会』

図中には「……かはらんと祈る命はをしからでさてもわかれん事のかなしき　たのめては久しくなりぬ住よしのまづこのたびのしるし見せなん　千とせよとまだみどり子にありしより唯住よしのまつをいのりき、となん奉納しければ、挙周が疾《やまひ》とんにいえたりけるとなん」とある。

伊勢大輔《いせのだいふ》

いにしへの　奈良《なら》のみやこの　八重《やへ》ざくら　けふ九重《ここのへ》に　にほひぬるかな（『詞花和歌集』巻一・春―29）

奈良の扶公僧都《ふこうそうず》が中宮の彰子《しょうし》に桜をおくった時、その取次の役を紫式部が伊勢大輔に譲ったという。この歌は、その時に彼女が即興で詠じ、それに対し、道長をはじめ多くの官僚たちがいたく感動したと伝えられるものである（『袋草紙』）。

伊勢大輔＊は、神祇伯《じんぎはく》祭主大中臣輔親《おおなかとみのすけちか》＊の娘で、一条天皇の中宮彰子に仕えた女性である。

即興の歌といえば、伊勢大輔の父大中臣輔親が、勘解由《かげゆ》の判官であった頃、当時、大納言であった藤原道長の一条殿に参上した時の歌がある。輔親が邸内を歩んでいると、ほととぎすが一声鳴いて飛び去った。その鳴き声を耳にした道長から「此《こ》の鳴く音《こゑ》をば聞くや」と問われて、輔親は直ちに、

足引《あしびき》の　山《やま》ほとゝぎす　里《さと》なれて　たそかれどきに　名《な》のりすらしも

の歌を献じ、道長より紅《くれない》の御衣《みそ》を授かったと伝えられている（『今昔物語集』巻二十四ノ第五十三）。大中臣輔親の父能宣《よしのぶ》も「めでたき歌よみ」（『今昔物語集』）と称されているから、この家は代々、優れた歌人を輩出していたことになる。

伊勢大輔の「いにしへの奈良のみやこの」の歌は、昔の都として栄えた奈良の八重桜は、今日、この平安京の内裏の九重に同じく咲きほこっているという意味である。九重は、いうまでもなく昔、中国の王宮の門が九つ重なっていたことから、宮中を指すといわれている。『続日本後紀』には、嘉祥二（八四九）年三月に興福寺の僧侶が仁明天皇の四十賀を祝う長歌があり、その長歌にも「九重《ここのへ》の御垣《みかき》の下」と歌われている。

伊勢大輔の父輔親は、「ほととぎす」の歌で令名を高めたが、娘の伊勢大輔にも

＊伊勢大輔
平安中期の女流歌人（生没年不詳）。「おおすけ」ともいう。大中臣輔親の娘。三十六歌仙の一人。歌人として知られる祖父の大中臣能宣、父の輔親の家系に育ち、藤原道長・頼通の時代に歌人として活躍。一条天皇の中宮上東門院彰子に仕えた。夫は高階成順（出家して乗蓮）。『後拾遺和歌集』に入集。家集に『伊勢大輔集』がある。

＊大中臣輔親
平安中期の祭主・歌人（九四五〜一〇三八）。大中臣能宣の子。伊勢大輔の父。一条・三条・後三条の各天皇に仕え、父能宣のあとを継いで祭主となる。正三位。『後拾遺和歌集』に入集。家集に『祭主輔親集』がある。

＊祐子内親王
後朱雀天皇の皇女（一〇三八〜一一〇五）。「ゆうし・さちこ」ともいう。母は中宮藤原嫄子。母の没後、藤原頼通のもとで養育されたため、高倉一宮、高倉殿宮と呼ばれた。たびたび歌合を開き、往時の歌壇のサロンとなる。一〇四〇年、准三宮となる。一〇七二年に出家。

＊高階成順
平安中期の官人・僧（?〜一〇四〇）。越前守の後、帰京、出家し乗蓮と名のる。妻は女流歌人の伊勢大輔。

聞《き》きつとも　聞《き》かずともなく　ほとゝぎす　心《こころ》まどはす　小夜《さよ》のひと声《こゑ》（『後拾遺和歌集』巻三・夏―188）

の歌がある。この歌は、永承五（一〇五〇）年六月の祐子《すけこ》内親王＊家の歌合《うたあわせ》で披露されたものである。祐子内親王は後朱雀天皇の皇女で、この邸宅で当時、盛んに歌合が催されていたようである。

けふも今日《けふ》　あやめもあやめ　変《かは》らぬに　宿《やど》こそありし　宿《やど》とおぼえね

（『後拾遺和歌集』巻三・夏―213）

この歌には、「年《とし》ごろ住《す》み侍《はべ》りける所離《ところはな》れて、ほかにわたりて、又《また》の年《とし》の五月五日によめる」と詞書《ことばがき》が付せられている。だが、『伊勢大輔集』では、同じ所に同居していた人が転居してしまったあとの家で、伊勢大輔が、先の歌を詠じたとされている。おそらく、恋人ないしは夫が去ったあとの感慨を、この歌は伝えているのであろう。今日という日も、前年の五月五日も端午の節句には変わらないし、あやめも同じように咲いている。しかし、この住まいだけは空虚な感じがして、以前のようには思われないという意味であろう。「けふも今日あやめもあやめ」と繰り返し、口でつぶやきながら、索莫たる想いを伝えているといってよいであろう。

みるめこそ　近江《あふみ》の海《うみ》に　かたからめ　吹《ふ》きだにかよへ　志賀《しが》の浦風《うらかぜ》

（『後拾遺和歌集』巻十三・恋三―717）

この歌は、「高階成順《たかしなのなりのぶ》、石山《いしやま》にこもりて久《ひさ》しう音《おと》し侍《はべ》らざりければよめる」と詞書されている。高階成順＊は、伊勢大輔の夫である。彼は、万寿二（一〇二五）年より筑前守となり、その間、大《だ》宰少弐《ざいのしょうに》を兼ねていたが、都に帰ると出家して乗蓮《じょうれん》と名のって、浄土をあこがれる心が強かったといわれている（『捨遺往生伝』）。おそらく、成順が石山寺に長く籠ったのも、そのためであろう。

伊勢大輔の歌は、近江の海、つまり琵琶湖では、「みるめ」を採るのは困難であろうが、せめて志賀の浦風をわたくしに送ってほしいと歌っているのである。

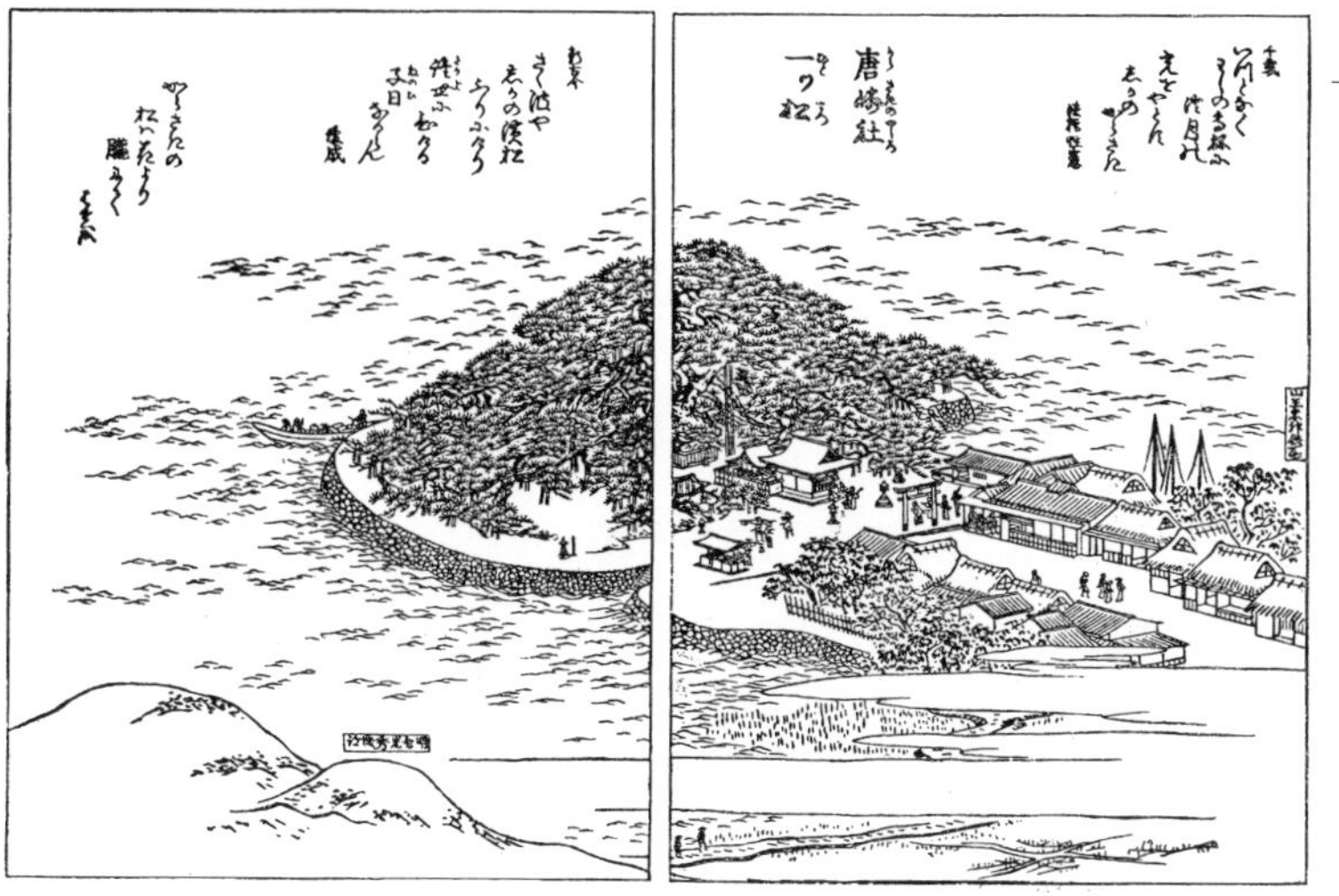

志賀の唐崎『東海道名所図会』

図中には「唐崎社　一ツ松　千載　いつとなくわしの高ねに澄む月の光をやどすしがのからさき　法橋性憲　新古今　さざ波やしがの浜松ふりにけり誰が世にひける子日なるらん　俊成　からさきの松は花より朧にて　はせを」とある。

菅原孝標女《すがわらのたかすえのむすめ》

月《つき》もいでで　やみに暮《く》れたる　をばすてに　なにとてこよひ　たづねきつらむ　（『更級日記』）

この歌は、『更級日記』*の終わりの部分に見える歌であるが、この歌にもとづいて、更級日記の題名がつけられたといわれている。『古今和歌集』には、

わが心《こころ》　なぐさめかねつ　更科《さらしな》や　をばすて山《やま》に　てる月《つき》を見《み》て

（『古今和歌集』巻十七・雑歌上―878）

という信州・更級の姨捨山《おばすて》を詠じた歌が載せられているが、この歌をふまえて先の歌がつくられたのだろう。またこの歌をテーマとした物語が、『大和物語』（百五十六）に伝えられていることは、ご存知のことと思う。

昔、信州の更級に住む男が、邪険な嫁にそそのかされ、自分を幼い頃より親代わりに育ててくれた伯母を、深い山に捨てにいく話である。最後には後悔の念を催し、月を見ながら男が歌ったのが先の歌だと伝えている。結局は、その伯母を背負ってつれもどすことになるが、そのことより、人々はこの山を姨捨山と呼ぶようになったという。

『更級日記』の著者は、菅原孝標女*である。その晩年に、夫の橘俊通《としみち》*が信濃守として赴任するが、任なかばで病で没してしまうのである。そして全く孤独な生活を送っている時、甥が急に訪れて来たという。その際に、『更級日記』の著者が、先の姨捨山の歌を詠んだというのである。時に、康平二（一〇五九）年、五十二歳であったと記されている。

『更級日記』の筆者、菅原孝標女は、幼い頃より、あこがれの気持ちを常にもち続けて来た女性である。第一は、父孝標に伴われ、十歳の時、上総《かずさ》に赴くと、華やかな都の文化を、夢

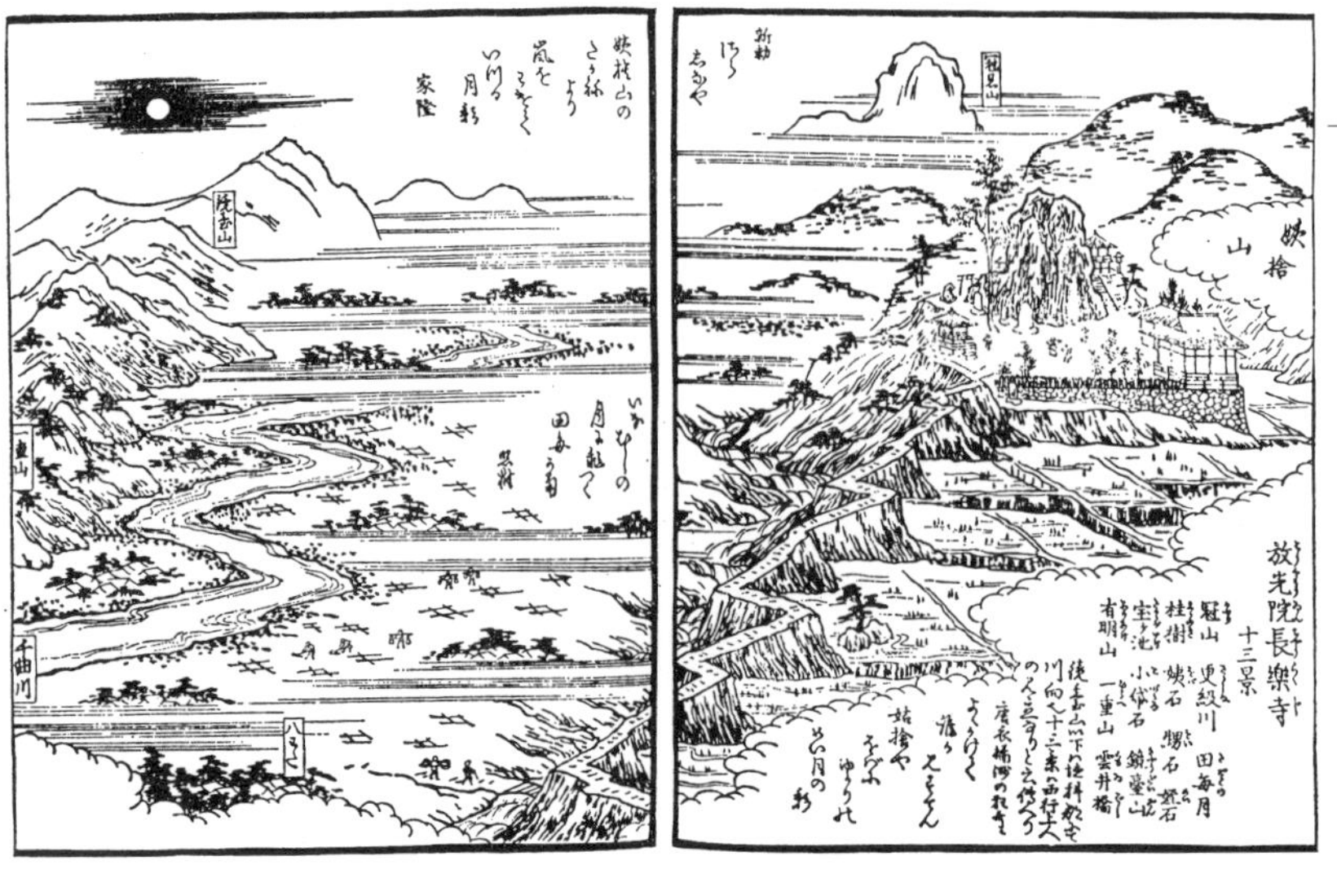

*菅原孝標女　平安中期の女流文学者（一〇〇八～？）。菅原孝標の娘。母は藤原倫寧の娘。父の孝標は菅原道真の玄孫。学者の家系に育ち、『源氏物語』に心酔。橘俊通と結婚。夫の死後仏道に帰依。著書に『更級日記』がある。『浜松中納言物語』『夜半の寝覚』の著者と推定されている。

の世界のようにあこがれていたことである。

その第二は、十三歳で帰京すると、伯母より『源氏物語』をおくられ、これを昼夜をわかず耽読し、その世界にひねもすひたることであった。「后《きさき》のくらひ（ゐ）も何《なに》にかはせむ。……われは……盛《さか》りにならば、容貌《かたち》もかぎりなくよく、髪《かみ》もいみじく長《なが》くなりなむ。光《ひか》るの源氏の夕顔《ゆふがほ》、宇治の大将の浮舟《うきぶね》の女君《めぎみ》のやうにこそあらめ」と、『源氏物語』のヒロインにあこがれをもつのである。

その第三は、やがて結婚し世帯をもち、現実の世界の切ないことをいろいろ経験した後、最後に彼女があこがれたものは、阿弥陀の来迎《らいごう》であった。天喜三（一〇五五）年十月の夜に、阿弥陀仏が夢に現れ、「金色《こんじき》に光《ひか》り輝《かが》やき給《たまひ》て、御手《おんて》かたつかたをばひろげたるやうに、いま片《かた》つかたには、印《いん》をつくり給たる」お姿を見るのである。東山の霊山にお籠りをした時も、

誰《たれ》に見《み》せ　誰《たれ》に聞《き》かせむ　山里《やまざと》の　この暁《あかつき》も　おちかへる（を）音《ね》も

と歌っている。誰に見せ、誰に聞かせようか。この山里の暁が、新鮮さを毎日繰り返す様を、という意味であろう。「をちかへる」は「変若《を》ち返《かえ》る」の意である。『万葉集』にも、

石綱《いはつな》の　また変若《を》ちかへり　あをによし　奈良《なら》の都《みやこ》を　またも見《み》むかも（『万葉集』巻六―1046）

と歌われるように、甦《よみがえ》りとか再生の意である。『更級日記』の著者は、山寺に籠ることで、この「変若ち返り」を願ったのである。それは、阿弥陀仏に摂取《せっしゅ》され、西方浄土に往生することであった。

それでも現実の世界では、孤独の想いが日に日に募るばかりであった。

思出《おもひい》でて　人《ひと》こそとはね　山里《やまざと》の　まがきのおぎ（を）に　秋風《あきかぜ》は吹《ふ》く

人《ひと》はみな　春《はる》に心《こころ》を　よせつめり　我《われ》のみや見《み》む　秋《あき》の夜《よ》の月《つき》

たった一人、とり残されたようなさびしさが、わが身をついに姨捨山の伯母になぞらえなければならなかったのであろう。

姨捨山・放光院長楽寺

『善光寺道名所図会』

図中には「十三景　冠山・更級川・田毎月・桂樹・姨石・甥石・姪石・宝ケ池・小袮石・鏡台山・有明山・一重山・雲井橋。鏡台山以下は埴科郡にて川向なり。……」とある。

＊『更級日記』

菅原孝標女の日記。一〇二〇年、父の任国上総からの帰京から一〇五八年、夫橘俊通との死別の頃まで回想をつづる。平安期の貴族生活と女性たちの内面と信仰心などを描く。

＊橘俊通

平安中期の官人（一〇〇二～五八）。橘為義の子。母は大江清通の娘。蔵人、下野守、信濃守となり、任地で没する。『更級日記』の作者菅原孝標女の夫。

阿弥陀来迎図『二十四輩順拝図会』

藤原《ふじわらの》 輔《すけ》相《み》

わぎもこが　身《み》を捨《す》てしより　猿沢《さるさは》の　池《いけ》のつゝみや　きみは恋《こひ》しき（『拾遺和歌集』巻七・物名―411）

この歌は愛する采女《うねめ》が身を投じてから、この猿沢の池の堤を、天皇は恋しくお感じになられるであろうという意味である。ご存知のように、奈良の猿沢の池に入水した采女の悲恋物語は、『大和物語』（百五十）に語られている。それによれば、奈良の帝《みかど》にお仕えする采女は、はじめのうちは帝の寵愛をうけていたが、「後には召さざりければ」、悲しみのあまり猿沢の池に身を投じたというのである。それを知られた天皇は猿沢の池に行幸され、

猿沢《さるさは》の　池《いけ》もつらしな　吾妹子《わぎもこ》が　たまもかづかば　水《みづ》ぞひなまし

と歌われたという。この御製は、「わたくしは猿沢の池まで恨めしく思う。なぜならば、いとしい采女が身を投じ、水藻を身体に被った時、池の水が乾上がっていればよかったと悔やんでいる」という意味であろう。

おそらく、藤原輔相＊の先の歌も、この御製をふまえて詠まれたものであろう。

藤原輔相は、正四位下越前権守弘経《ひろつね》の息子である。二条后高子《たかいこ》の甥に当たるが、どうしたことか、官位は無官六位にとどまっていたようである。そのため当時の人は彼を「藤六《とうろく》」と称していた（『宇治拾遺物語』巻三ノ十二）。その藤六が、ある時、人の家の留守中にあがりこみ、鍋の煮物を匙ですくって食べていたところ、その家のあるじの女に見つかってしまった。すると彼は、

むかしより　阿弥陀仏《あみだぼとけ》の　ちかひにて　煮《に》ゆる物《もの》をば　すくふとぞしる

と歌って許されたという話を伝えている。この諧謔《かいぎゃく》の歌は、昔より阿弥陀如来は、地獄の釜で煮られる

＊藤原輔相
平安中期の歌人（生没年不詳）。藤原弘経の子。無官で六位だったため「藤六」と呼ばれた。事物の名を詠み込む物名の歌を得意とした異色の歌人。『拾遺和歌集』の物名に入集。『人麻呂集』巻末の「国名物名歌群」は、そのほとんどが輔相の作と推定されている。家集に『藤六集』がある。

猿沢の池『南都名所記』
同名所記には「南都猿沢の池は春日明神の御かがみの池なり。天の帝につかふまつるうねめといふ上《うへ》わらは、君をうらみまゐらせこの池にてむなしくなる。天皇いとあはれにおぼしめし、このほとりに御幸《みゆき》なりて人々に歌詠ませたまふ」とある。

人を必ず救われると誓願されている。だから、わたしも阿弥陀仏にならって匙で煮物をすくっているのだという意味である。輔相には、このような洒落尽くしの歌が少なくないのである。

旅《たび》のいはや　なきとこにも　寝《ね》られけり　草《くさ》の枕《まくら》に　露《つゆ》は置《を》けども　（『拾遺和歌集』巻七・物名―356）

の歌は、いはやなぎ（岩柳）を歌い込んだものである。「旅のいはや　なきとこにも」は、旅寝する場所として好都合の岩窟《いわや》が見つからない所でも、の意である。また、「とこ」は「ところ」と「床《とこ》」を掛けた言葉と見てよい。

思《おも》ふどち　ところも変《か》へず　住《す》みへなん　たちはなれなば　恋《こひ》しかるべし　（『拾遺和歌集』巻七・物名―416）

の歌には、とち（橡）、ところ（野老）、たちばな（橘）の三つの植物名が歌い込められているのである。この歌は、気心の知れた者どうしは、場所を変えることもなく、いつまでも一緒に住みたいものだ。別れて離れ離れになったなら、恋しく思われるからという意味である。

むまれより　ひつじつくれば　山《やま》にさる　ひとりいぬるに　人《ひと》ゐていませ　（『拾遺和歌集』巻七・物名―430）

の歌に至っては、十二支中の半分の馬、羊、猿、鳥、犬、猪を用いて歌を作っている。

表の意味は、「生まれた時から櫃《ひつ》を作っているのだ。あなたがこれから山に赴くという。しかし一人ではさびしいから他人を一緒に連れて行け」というものであろう。この「櫃」が何を意味するか、必ずしも明らかではないが、わたくしはおそらく『万葉集』の

家《いへ》にありし　櫃《ひつ》に鏁《かぎ》刺《さ》し　蔵《をさ》めてし　恋《こひ》の奴《やつこ》が　つかみかかりて　（穂積親王《ほづみのみこ》『万葉集』巻十六―3816）

をふまえたものではないかと想像している。つまり、恋というものを出さないようにして蔵めた櫃を昔からもっている人間が、これから遁世のため山に入って行くが、それではあまりにさびしいから友人を連れて行けという意味ではないかと思っている。

地獄の釜『往生要集』
浄土宗の布教のために、天台集の源信によって著された『往生要集』（九八五年）に描かれた地獄の責め苦の図（八大地獄の第六の焦熱地獄）。地獄の獄卒の鬼によって釜ゆでにされる地獄に堕ちた罪人たち。

恵《え》慶《ぎょう》法師

八重《やへ》葎《むぐら》　茂《しげ》れる宿《やど》の　さびしきに　人《ひと》こそ見《み》えね　秋《あき》は来《き》にけり（『拾遺和歌集』巻三・秋―140）

この歌には、「河原院《かはらのゐん》にて荒《あ》れたる宿《やど》に秋来《あききたる》といふ心《こころ》を人〳〵詠《よ》み侍《はべり》けるに」という詞書《ことばがき》が記されている。河原院は、平安左京の六条四坊にあった源融《とおる》の贅を尽くした庭園である。その池には、陸奥の塩竈《しおがま》の浦を模した製塩の施設が設けられ、難波から塩水を運ばせたと伝えられている。

融のなきあと宇多上皇に献ぜられたが、後には寺院が置かれ、融の曾孫の安法《あんぽう》法師が住んだという。しかし、それもしだいに荒廃していったようである。八重葎は、たくさんの葎（雑草）が生い茂っていることであるが、邸園の荒廃を示唆する言葉と見てよい。「人こそ見えね秋は来にけり」は、人に知られず、いつの間にか秋はこの河原院にやって来て、栄枯盛衰の理《ことわり》を悟らせるというのであろう。

恵慶法師＊は安法法師を訪ねて、荒れゆく河原院に幾度か赴いている。

松影《まつかげ》の　岩井《いはゐ》の水《みづ》を　むすび上《あ》げて　夏《なつ》なき年《とし》と　思《おもひ》ける哉《かな》（『拾遺和歌集』巻二・夏―131）

の歌も、「河原院の泉《いづみ》のもとにすゞみ侍《はべり》て」と記されている。

恵慶法師は、播磨の書写山に属する法師であるといわれる。都に出て、花山《かざん》法皇＊に仏典を講ずることもあったが、その一方、平安歌壇の人々と、広く交際した歌人であった。

いたづらに　過《す》ぐる月日《つきひ》を　たなばたの　逢《あ》ふ夜《よ》の数《かず》と　思《おも》はましかば（『拾遺和歌集』巻三・秋―151）

の歌は、左《さ》兵衛督《ひょうえのかみ》藤原懐平《かねひら》の家の屏風に記した歌と註されている。このことから知られるように、彼は法事のほかにも、歌人として、平安貴族の邸宅に招かれることも少なくなかったようである。

ちなみに懐平は、摂政太政大臣藤原実頼《さねより》の孫に当たり、小野宮系に属していたが、三条天皇の皇后藤

＊恵慶法師
平安中期の僧・歌人（生没年不詳）。中古三十六歌仙の一人。河原院の安法法師と親しかったとされ、大中臣能宣、清原元輔、平兼盛、紀時文、源重之、曾禰好忠、大中臣輔親などとの交遊がある。また、花山院、元良親王、源高明、藤原懐平などとの関係もあった。『拾遺和歌集』に入集。家集に『恵慶法師集』がある。

恵慶法師『聯珠百人一首』

原娍子《すけこ》が立后した時は、道長の露骨な妨害に抵抗した剛直の人物と伝えられている。

恵慶法師は、遁世者であったが、最後まで風流の道に心ひかれていたようである。

桜《さくら》ちる　春《はる》の山《やま》べは　うかりけり　世《よ》をのがれにと　来《こ》しかひもなく　（『新古今和歌集』巻二・春歌下―117）

桜花が惜しげもなく、はらはらと散る姿を見て、世の無常を感じなければならぬ僧侶が、なかなか煩悩から脱却できないと嘆いているのである。

岩代《いはしろ》の　もりのいはじと　思《おも》へども　しづくにぬるゝ　身《み》をいかにせん　（『後拾遺和歌集』巻十四・恋四―774）

この恋歌は、岩代の森ではないが、いうべきではないと思いながら、涙の雫《しずく》で濡れるわが身をどうしたらよいかという意味である。岩代の森は、かつて有間皇子《ありまのみこ》が、紀伊に護送される途中に、無事を祈って松の枝を結んだ森である。紀伊国日高郡南部《みなべ》郷（現在の和歌山県日高郡みなべ町）にあったといわれる歌枕である。『金葉和歌集』にも、

物《もの》をこそ　しのべば言《い》はね　岩代《いはしろ》の　もりにのみもる　我《わ》が泪《なみだ》かな　（源親房『金葉和歌集』補遺歌―696）

として、岩代の森が歌われている。

松風《まつかぜ》も　岸《きし》うつ波《なみ》も　もろともに　むかしにあらぬ　音《おと》のするかな　（『後拾遺和歌集』巻十七・雑三―1000）

の歌は、源高明《たかあきら》*が、安和《あんな》二（九六九）年三月に、大宰権帥《だざいのごんのそつ》に左遷された事件の後のものである。おそらく、それは藤原師尹《もろただ》などの陰謀と見てよいであろう（『大鏡』巻二）。源高明が離れた後、西宮家（平安右京四条一坊内）は焼失し、残すところ雑舎《ぞうしゃ》が二、三あるのみと伝えられているが（『日本紀略』安和二年四月条）、その荒廃の跡を見て、恵慶は感慨を催して右の歌を詠じたのである。

---

*花山法皇
第六十五代天皇、花山天皇（九六八～一〇〇八）。外戚の藤原義懐・惟成を重用して荘園整理などを実行するが、女御の藤原忯子に死別。その悲しみを利用され、九八六年、藤原兼家の策謀で出家させられ退位。花山寺に住する。家集に『花山院集』がある。在位九八四～八六。↓206頁

*源高明
醍醐天皇の皇子（九一四～八二）。右大臣、左大臣などを歴任する。皇太子に推した為平親王が皇太子にならず、藤原氏の策略で失脚し（安和の変）、大宰員外帥として左遷される。↓203頁

祐子内親王家紀伊《すけこないしんのうけのきい》（一宮紀伊《いちのみやきい》）

音《おと》に聞《き》く　高師《たかし》の浦《うら》の　あだ波《なみ》は　かけじや袖《そで》の　ぬれもこそすれ（『金葉和歌集』巻八・恋部下―469）

この歌は、「堀河院の御時《おほむとき》の艶書合《けさうぶみあはせ》によめる」と詞書《ことばがき》されるように、中納言藤原俊忠《としただ》の

人《ひと》しれぬ　思《おも》ひありその　浦風《うらかぜ》に　波《なみ》のよるこそ　言《い》はまほしけれ（『金葉和歌集』巻八・恋部下―468）

とペアとされた「艶書合《けそうぶみあわせ》」の歌である。艶書を「懸想文《けそうぶみ》」と訓《よ》ませているが、この「けそう」という言葉は、『源氏物語』（夕顔の巻）などにも「わたくしのけそうも、いとよくしをきて」と用いられている。

藤原敦忠の歌は、人知れぬわたくしの恋の想いを、荒磯の浦風で波が打ち寄せる、そのような夜にあなたに打ち明けたいものだという意味である。

それに答えて、祐子内親王家紀伊*は、あの有名な高師の浦の徒波《あだなみ》のような、あなたの恋の告白にはかかわりたくはない。なぜなら、徒波で袖を濡らし、あらぬ噂を立てられて困るのはわたくしですから、という意味であろう。この艶書合では、明らかに紀伊の歌が優れている。

ちなみに、高師の浜は、現在の大阪府高石市の白砂青松の海岸であった。その美しい姿は、現在ではほとんど消滅したが、『万葉集』の頃より「大伴《おほとも》の高師の浜」（『万葉集』巻一―66）とうたわれた名所であった。

祐子内親王家紀伊は、後朱雀天皇の皇女祐子内親王家に仕えた女性である。母は、同じく祐子内親王家小弁《しょうべん》である。紀伊と称するのは、おそらく、紀伊守藤原重経《しげつね》に嫁したためであろう。

恨《うら》むなよ　影見《かげみ》えがたき　夕月夜《ゆふづくよ》　おぼろげならぬ　雲《くも》まつ身《み》ぞ（『金葉和歌集』巻八・恋部下―483）

この歌は、「人の夕方《ゆふがた》まで来《こ》んと申たりければ、よめる」とあるように、男が夕方までに訪ねると言ってきたのに、やんわりと断りを告げた歌である。「影見えがたき夕月夜」というのは、「今宵はあなたと

*祐子内親王家紀伊
平安中期の女官・歌人（生没年不詳）。「一宮紀伊」ともいう。平経重、または平経方の娘。母は歌人小弁（祐子内親王家女官）。母と同じ祐子内親王家に出仕。祐子内親王家歌合など多くの歌合に出詠。『堀河院百首』の作者。『後拾遺和歌集』ほかの勅撰集に入集。家集に『一宮紀伊集（祐子内親王家紀伊集）』がある。

高師浜『山水奇観〈五畿奇勝〉』

お逢いすることは難しい。はっきりと雲の切れ目から月が出るのを待つように、いつかは、はれてお逢いする日をお待ちしましょう」という意味である。実に婉曲に、男の交際の申し入れをはぐらかしている。しかし、これは、相手の心を一層そそる恋のかけひきの一つであったと考えるべきであろう。

つねよりも　露《つゆ》けかりつる　こよひかな　これや秋立《あきた》つ　はじめなるらん　（『詞花和歌集』巻八・恋下―242）

この歌には、「夜離《よが》れせず参《ま》できけるお《(を)》との、秋立《あきたち》ける日、その夜《よ》しも参《ま》でこざりければ、あしたにいひつかはしける」と詞書されている。この歌の「秋立つ」は、季節をあらわすとともに、「飽《あ》き立ち」の意に用いられていることは、いうまでもない。

この歌と直接、関係はないかもしれないが、

を《(お)》く露《つゆ》も　しづ心《こころ》なく　秋風《あきかぜ》に　みだれてさける　真野《まの》の萩《はぎ》はら　（『新古今和歌集』巻四・秋歌上―332）

の歌が、おのずと想起される。ここに歌われる「真野の萩原」は、『八雲御抄《やくもみしょう》』（五）では、大和国の歌枕とするが、そこは現在の奈良県の河合町から広陵町にかけての地域に当たる。

わが恋《こひ》は　天《あま》の原《はら》なる　月《つき》なれや　暮《く》るれば出《い》づる　かげをのみ見《み》る　（『後拾遺和歌集』巻十二・恋二―688）

この歌は、「物言《ものい》ひ侍《はべ》りける男《をとこ》の、昼《ひる》などは通《かよ》ひつゝ、夜《よる》とまり侍《はべ》らざりければよめる」とあり、おそらく、紀伊のほかに本妻のいる男性との交際を歌ったものであろう。『一宮紀伊集』では、「琵琶など弾きくらし遊びて、日暮るればかへりし人」と伝えている。

妻問い婚の時代の女性は、いつも男の気紛れや浮気心に悩まされつづけてきたのである。それでも、女性は恋に命をかけてきたといってよい。

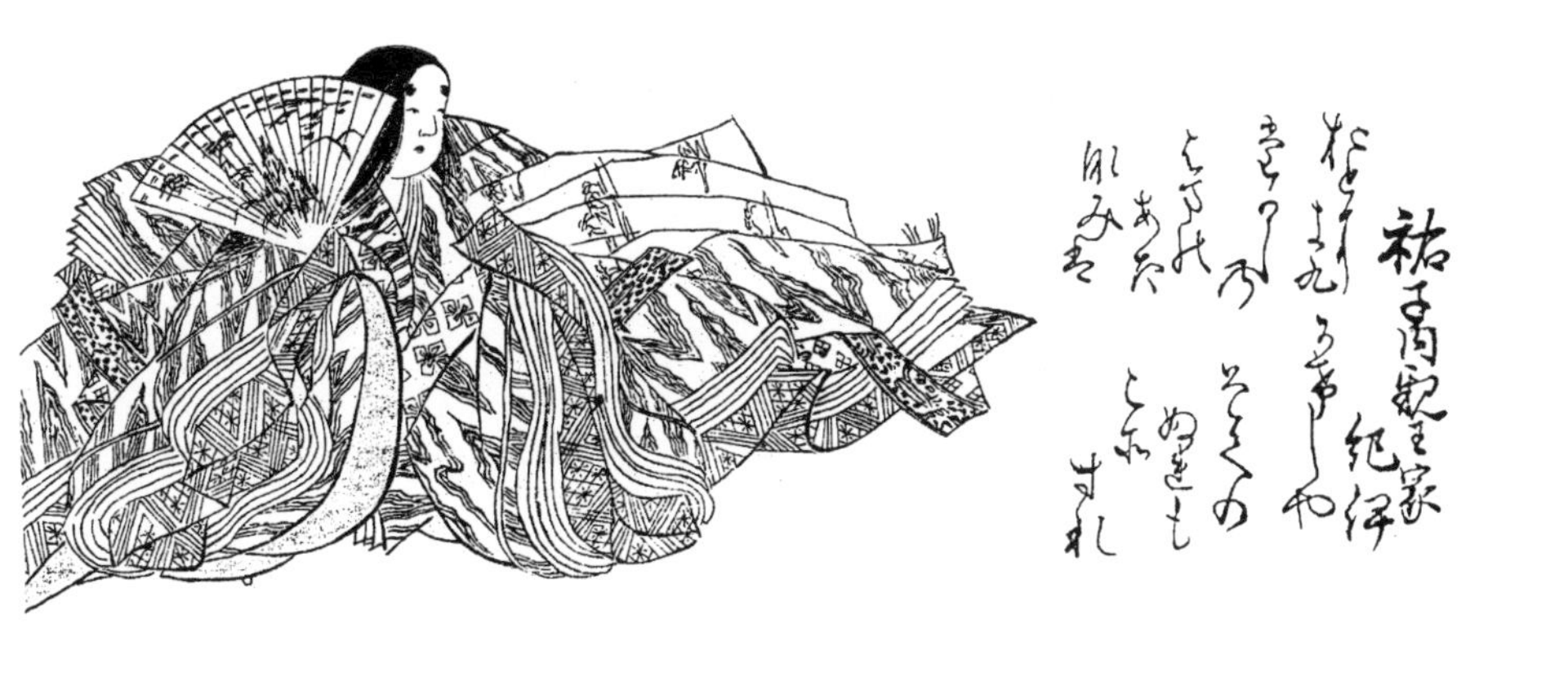

祐子内親王家紀伊『聯珠百人一首』

相模《さがみ》

うらみわび　ほさぬ袖《そで》だに　あるものを　恋《こひ》にくちなん　名《な》こそをしけれ
（『後拾遺和歌集』巻十四・恋四―815）

この相模＊の歌は、『栄花物語』（巻三十六・根あはせ）によれば、永承六（一〇五一）年五月五日の内裏の歌合《うたあわせ》に出されたものである。その時、相模と左右となって「恋」の課題を競ったのは、右近少将源経俊《つねとし》である。経俊は

下《した》もゆる　歎《なげ》きをだにも　知《し》らせばや　焼火神《たくひのかみ》の　しるしばかりに
（『栄花物語』）

の歌を提出したが、相模の歌が勝利を収めたという。

相模の恋の歌は、恨むことをあぐんで、涙の乾かぬ袖が朽ちるのも惜しんでいるのに、恋に朽ちはてる自分が惜しまれるという意味である。相模はまた

神無月《かみなづき》　よはのしぐれに　ことよせて　片敷《かたし》く袖《そで》を　ほしぞわづらふ
（『後拾遺和歌集』巻十四・恋四―816）

とも歌っている。この歌は、相模を残して帰っていく男におくったものであるが、独り寝をしていると、その片敷く袖を涙でぬらし、乾しかねていると、男にそのさびしさを訴えているのである。

人《ひと》しれず　心《こころ》ながらや　しぐるらん　ふけゆく秋《あき》の　よはの寝覚《ねざ》めに
（『後拾遺和歌集』巻十六・雑二―936）

という相模の歌は、詞書《ことばがき》に「中納言定頼《さだより》、家を離れてひとり侍《はべ》りける頃、住みける所の小柴垣《こしばがき》の中に置かせ侍《はべり》ける」と記されている。これは明らかに、定頼の気を引こうとする相模の誘いの恋歌と見てよいであろう。だが、相模は、長和二（一〇一三）年の頃、大江公資《きんより》＊と結婚し、ともに相模の国に下向した。

＊相模
平安中期の女流歌人（生没年不詳）。父は不詳。母は能登守慶滋保章の娘。中古三十六歌仙の一人。三条天皇の中宮妍子《きよこ》に出仕し、この頃乙侍従と呼ばれたという。相模守であった大江公資と結婚、相模と呼ばれる。相模から帰京後に公

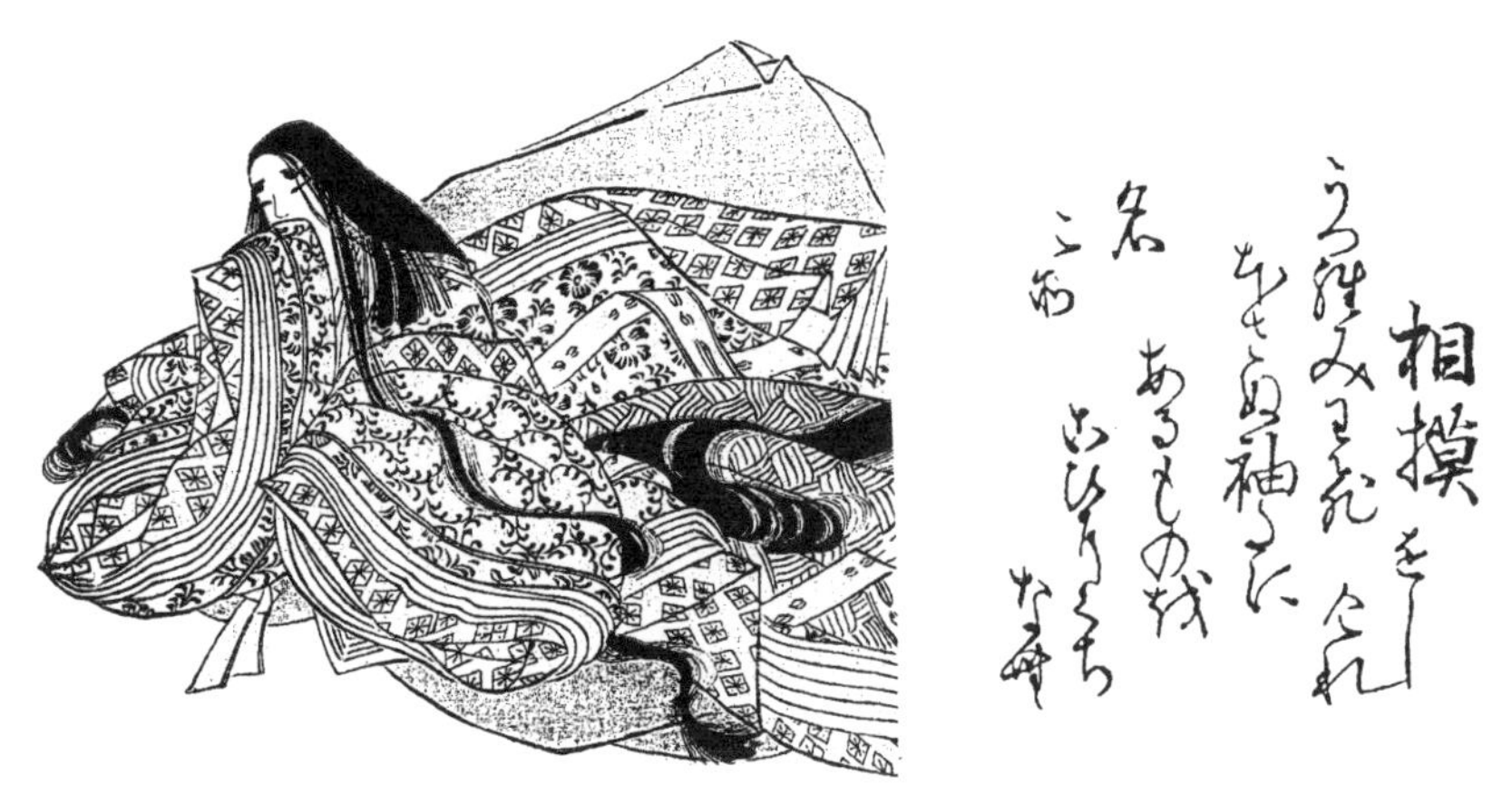

相模『聯珠百人一首』

しかし、どうしたことか、二人の仲はしだいに疎遠となっていった。『後拾遺和歌集』には、「大江公資、相模守に侍《はべ》りける時《とき》、もろともにかの国《くに》に下《くだ》りて、遠江守《とほたふみのかみ》にて侍《はべ》りける頃《ころ》忘《わす》られにければ、こと女《をんな》をゐて下《くだ》ると聞《き》きてつかはしける」と記される相模の歌が載せられている。

逢坂《あふさか》の　関《せき》に心《こころ》は　かよはねど　見《み》し東路《あづまぢ》は　なを《（ほ）》ぞ恋《こひ》しき　（『後拾遺和歌集』巻十六・雑二―915）

この歌は、逢坂の関には心はかよわないように、お逢いしたいとは思わないけれど、昔、一緒に見た東路はなつかしく思い出されるという意味である。まさに諦念と未練が交叉する女性の微妙な心の動きが、そのまま歌になっている。

東路《あづまぢ》の　そのはらからは　来《き》たりとも　逢坂《あふさか》までは　越《こ》さじとぞ思《おもふ》　（『後拾遺和歌集』巻十六・雑二―941）

の相模の歌は、東路の園原《そのはら》から夫の想い人がやって来ても、逢坂の関を越えて都まで来ることはないだろう。たとえ「はらから」と称しても、わたくしはお逢いしないという意味である。「そのはらから」は「園原から」という意味と、夫の「はらから」（同胞）の意を含んでいるのである。

ちなみに、園原は信濃国と美濃国の境であるであるが、帚木《ははきぎ》の伝承で有名なところである。『源氏物語』（帚木の巻）に見える

数《かず》ならぬ　ふせ屋《や》に生《お》ふる　名《な》のうさに　あるにもあらず　消《き》ゆる箒木《ははきぎ》

という帚木の歌を、おそらくふまえたのが、相模の歌ではないかと、わたくしは想像している。

相模は、文章博士慶滋為政《よししげのためまさ》を叔父にもつだけあって、学問的教養を身につけた女性であったようであるから、夫の大江公資の浮気にも、あまり長続きはしないとたかをくくっていたのかもしれないのである。そうはいっても、相模はさびしさを隠しきれないこともあったのであろう。

いかにせん　葛《くず》のうらふく　秋風《あきかぜ》に　下葉《したば》の露《つゆ》の　かくれなき身《み》を　（『新古今和歌集』巻十三・恋歌三―1166）

と歌っているからである。

資とは別れたという。のち一条天皇の皇女脩子《ながこ》内親王のもとに出仕。この頃より歌合などに盛んに出詠し、和泉式部、能因、源経信らと交遊し、歌人としての名声が高まる。『後拾遺和歌集』以降の勅撰集に入集。家集に『相模集』がある。

*大江公資　平安中期の官人・歌人（生没年不詳）。大江清言の子。外記、式部少輔、従四位下兵部権大輔、相模・遠江などの国司を歴任。歌人の能因との交遊があった。『後拾遺和歌集』に入集。

三条《さんじょう》 天皇

心《こころ》にも　あらでうき世《よ》に　ながらへば　恋《こひ》しかるべき　夜《よ》はの月《つき》かな　（『後拾遺和歌集』巻十五・雑一―860）

この御製には「例ならずおはしまして、位《くらゐ》など去らんとおぼしめしける頃、月の明《あか》かりけるを御覧じて」と詞書《ことばがき》に記されている。

三条天皇＊は、冷泉天皇の第二皇子であり、ご生母は藤原兼家《かねいえ》の娘超子《とおこ》であった。寛和《かんな》二（九八六）年に立太子されたが、やっと三十六歳で即位された天皇である。即位されると藤原道長の娘妍子《きよこ》を皇后とされたが、道長とはそりが合わず、藤原実頼《さねより》と親しまれておられたようである。道長は、三条天皇の眼病を理由に、道長の外孫敦成《あつひら》親王（後の後一条天皇）の擁立をはかり、三条天皇に強くご退位をせまったといわれている。その時の苦境を歌われた御製が「心にもあらで」の御歌である。

この御製は、心ならずも、この憂き世に永らえているならば、今夜の月がいつかは恋しく思い出されるだろうという意味である。『栄花物語』（巻十二・玉のむら菊）によると、長和四（一〇一五）年の「しはすの十余日《とよか》の月、いみじう明《あか》き」頃、詠ぜられた御製であるという。

その翌年、長和五（一〇一六）年正月には九歳の皇太子敦成親王に譲位され、皇太子に三条天皇の第一皇子、二十三歳の敦明《あつあきら》親王を立てられた。しかし、三条天皇が崩ぜられると、道長の圧迫で敦明親王も、皇太子を退かれているのである。まさに三条天皇は悲劇の天皇と申し上げてよいが、道長の権勢欲のすさまじさを如実に示すものというべきであろう。

秋《あき》にまた　あはむあはじも　しらぬ身《み》は　こよひばかりの　月《つき》をだにみむ　（『詞花和歌集』巻三・秋―97）

の御製は、再び秋をむかえることができるかわからないので、せめて今夜の月をしっかりと見ておこうという意味である。宮廷をめぐる醜い争いの犠牲になられ、世の無常をわが身に感ぜられたご心境の歌

＊三条天皇
第六十七代天皇（九七六～一〇一七）。冷泉天皇の皇子。母は藤原兼家の娘の超子。一条天皇の譲位により即位。藤原道長の娘の妍子《きよこ》を皇后とする。道長の圧力で在位五年で退位し、道長の外孫の敦成親王（後一条天皇）に譲位する。『後拾遺和歌集』以降の勅撰集に入集。在位一〇一一～一六。

といってよい。

あしびきの　山《やま》のあなたに　すむ人《ひと》は　待《ま》たでや秋《あき》の　月《つき》をみるらん　（『新古今和歌集』巻四・秋歌上―382）

も月の御製であるが、「山のあなたに住む人」とは一体誰を指すのであろうかと、わたくしは考えている。おそらくこの歌は、一人疎外されたことへの悲しみを歌われたものだろう。この御製は『古今和歌集』の

を《(お)》そくいづる　月《つき》もある哉《かな》　あしひきの　山《やま》のあなたも　惜《おしむ》べら也《なり》　（『古今和歌集』巻十七・雑歌上―877）

をふまえた御製といわれるが、孤独感が切々と伝わってくるような気がする御歌である。

また月の御歌といえば、三条院の

月《つき》かげの　山《やま》のはわけて　隠《かく》れなば　そむく憂《う》き世《よ》を　われやながめん　（『新古今和歌集』巻十六・雑歌上―1500）

という御製が残されている。詞書によれば、三条院がまだ東宮でおられた時、近臣の少納言藤原統理《むねまさ》がにわかに出家した時、詠まれた御製である。この経緯は、『今鏡』（巻九・まことの道）に記されているが、三条院は、この時

忘《わす》られず　思《おも》ひ出《い》でつゝ　山人《やまひと》を　しかぞ恋《こひ》しく　われもながむる　（『後拾遺和歌集』巻十七・雑三―1033）

の御製を統理へ賜われたと記している。たしかに寵臣の出家を惜しまれた御製であるが、それがわが身のことになろうとは考えられておられなかったのであろう。この御製は、藤原統理の

君《きみ》に人《ひと》　なれなならひそ　奥山《おくやま》に　入《い》りてののちは　わびしかりけり　（『後拾遺和歌集』巻十七・雑三―1032）

に答えられたものであるという。「なれなならひそ」は、親しく馴れてはならないの意である。三条院にお仕えしてあまりにも馴れ親しんだため、山に入ると一層さびしさが身にしみるという意味である。

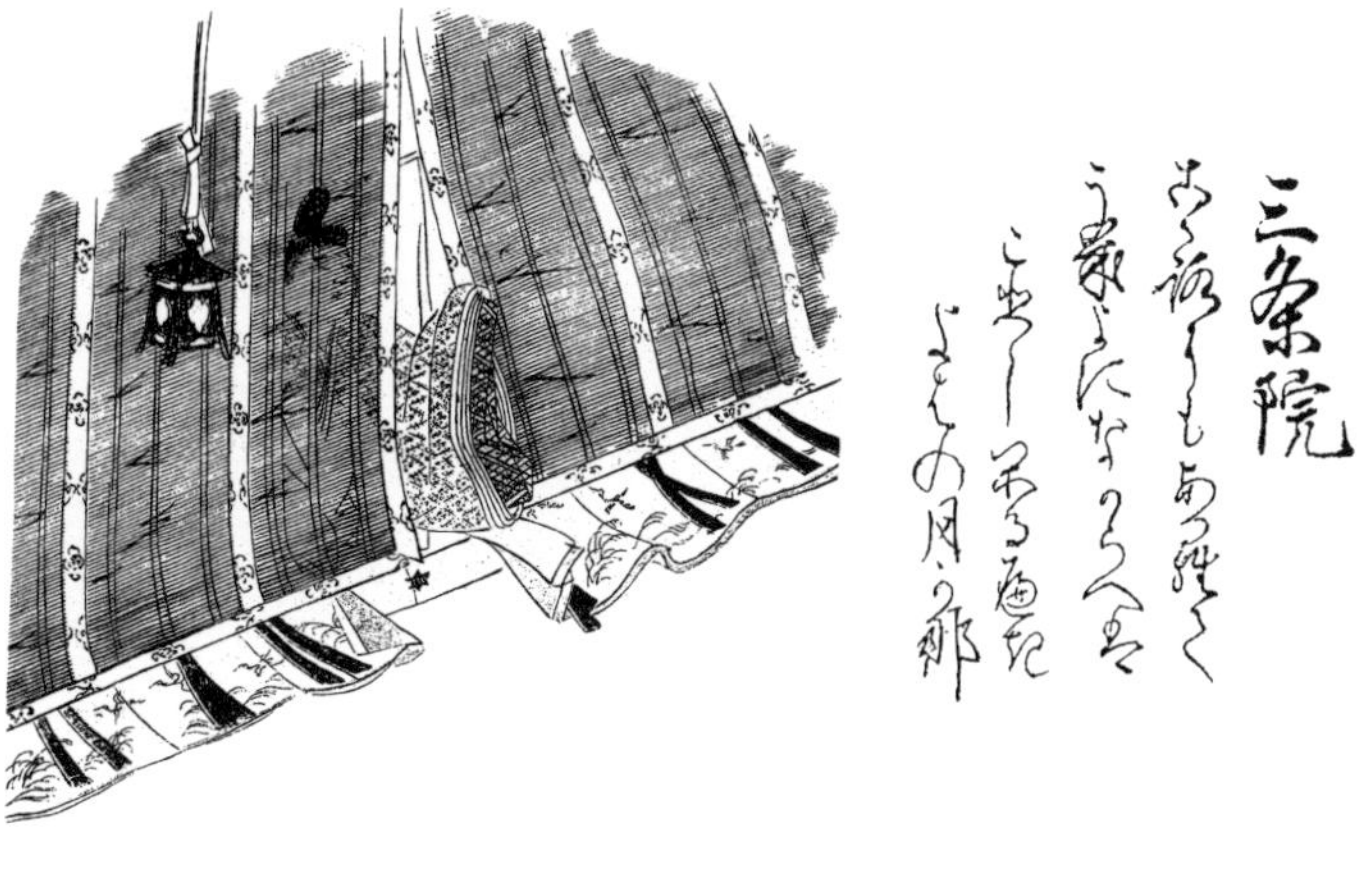

三条天皇『聯珠百人一首』

藤原《ふじわらの》　道雅《みちまさ》

いまはたゞ　思《おも》ひたえなん　とばかりを　人《ひと》づてならで　いふよしもがな（『後拾遺和歌集』巻十三・恋三―750）

この歌には、「伊勢の斎宮《さいぐう》わたりよりのぼりて侍《はべ》りける人に、忍《しの》びて通《かよ》ひけるをおほやけも聞《きこ》しめして、……忍《しの》びにも通《かよ》はずなりにければ」と、極めて恋愛小説めいた詞書《ことばがき》が付せられている。

三条院の皇女、前斎宮《さきのさいぐう》当子《まさこ》内親王＊は、長和五（一〇一六）年に、天皇の譲位により斎宮を退かれ、京にもどられた。しかし間もなく藤原道雅＊との仲が評判となり、二人はさかれたのである。『栄花物語』（巻十二・玉のむら菊）には「帥《そち》どのゝ松君《まつぎみ》の三位中将《さんみのちゅうじょう》（道雅）、いかゞしけん、参《まい》り通《かよ》ふといふ事世に聞《きこ》えて、さゝめき騒《さは》げば、宮いみじくおぼし歎《なげ》かせ給《たま》ふ程《ほど》に、院（三条院）にも聞《きこ》しめしてけり」と記されている。

結局、前斎宮には「守《も》り女《め》」などの監視役が付けられ、道雅は、その交渉を絶たれてしまうのである。その時の道雅の嘆きの歌が「いまはたゞ」の歌である。この歌は、今となっては、ただ断念したことだけでもせめてあなたにお伝えすべきであったという意味であろう。激情が高まり、やがて引いていくような、王朝の恋歌としてはめずらしい調子の歌である。この恋歌の「人づてならでいうよしもがな」が、最後にわずかな望みをかけているように、わたくしには思われるのである。

道雅のこの事件の際の歌は、ほかにも三首伝えられている。

逢坂《あふさか》は　東路《あづまぢ》とこそ　聞《き》きしかど　心《こころ》づくしの　関《せき》にぞありける（『後拾遺和歌集』巻十三・恋三―748）

「心づくしの関」というのは、本来は「心尽くしの筑紫路《つくしぢ》に向かう関」の意であるが、おそらく「心づくし」というのは前斎宮への通い路には、「守り女」のような監視人が置かれ、道雅の行動を厳重に、丹念に調べていたことをいうのであろう。

＊藤原道雅
平安中期の公卿・歌人（九九二〜一〇五四）。藤原伊周の子。母は源重光（権大納言）の娘。中古三十六歌仙の一人。左近衛中将、従三位。一〇一六年、斎宮退下後の皇女当子のもとに通い、三条天皇の怒りで、中将から右京権大夫に

藤原道雅『聯珠百人一首』

さかき葉《は》の　ゆふしでかけし　その神《かみ》に　をし《(お)》かへしても　似《に》たるころかな

（『後拾遺和歌集』巻十三・恋三―749）

この歌は、やや難解であるが、「現在のあなたは、斎宮時代に立ちかえって榊《さかき》に〝ゆうしで〟を掛け、神祭りをしている姿に似ている。だから、わたくしは近寄ることができない」という意味だろう。ちなみに「ゆうしで」は「木綿四手《ゆうしで》」で、植物繊維の麻布を榊に垂らすことで、「シデ」は「しだれる」意と解されている。

みちのくの　緒絶《をだえ》の橋《はし》や　これならん　ふみみふまずみ　心《こころ》まどはす

（『後拾遺和歌集』巻十三・恋三―751）

「ふみみ、ふまずみ」は、「文《ふみ》を見たり、見なかったりするように」の意とされるが、橋を踏み渡ることに掛けられている。陸奥の緒絶の橋は、宮城県古川市にあった橋である。緒絶は、いうまでもなく男女の縁が切れることを意味する。

以上の道雅の歌は、『栄花物語』（巻十三・ゆふしで）にも引かれている。『栄花物語』には「宮（前斎宮）ふるの社《やしろ》のなどおぼされて、あはれなる夕暮《ゆふぐれ》に、御手《みて》づから尼にならせ給《たま》ひぬ」とあるように、前斎宮は出家され、尼になられ、二十三歳の若さでなくなられたと伝えられている。

涙《なみだ》やは　またも逢《あ》ふべき　つまならん　泣《な》くよりほかの　なぐさめぞなき

（『後拾遺和歌集』巻十三・恋三―742）

この歌は、「わたくしがいくら泣いたとて、決して前斎宮にお逢いすることはできないことはわかっている。それでも泣くよりほかに、わたくしの心を慰めるものはないのだ」と、絶望の気持ちを歌っているのである。道雅は心の憂いを癒すため、東山の多くの寺に詣でたが、それでも

もろともに　山《やま》めぐりする　時雨《しぐれ》かな　ふるにかひなき　身《み》とはしらずや

（『詞花和歌集』巻四・冬―149）

と自嘲して歌わざるをえなかったのである。

降格となる。のち左京大夫、備中権守となる。『後拾遺和歌集』に入集。

*当子内親王
三条天皇の皇女（一〇〇一〜一〇二三）。三条天皇の即位後、十二歳で斎宮となる。三条天皇の譲位で退下し、帰京。藤原道雅との密通の噂が三条天皇の知るところなり、道雅との関係を引き裂かれる。その後落飾して尼となり、二十三歳で早世する。

能因《のういん》法師

都《みやこ》をば　霞《かすみ》とともに　立《た》ちしかど　秋風《あきかぜ》ぞ吹《ふ》く　白河《しらかは》の関《せき》　（『後拾遺和歌集』巻九・羇旅―518）

能因法師＊のこの歌は、「陸奥国《みちのくに》にまかり下《くだ》りけるに、白河《しらかは》の関《せき》にてよめる」と詞書《ことばがき》されている。

ご存知のように、能因の陸奥《みちのく》下りは、昔から人々に疑われていたようである。『十訓抄《じっきんしょう》』（十ノ十）では、「都にありながら、この歌を出《いだ》さむこと、無念と思ひて、人にも知られず、久しく籠《こも》り居《ゐ》て、色を黒く、日にあぶりなしてのち、陸奥の方へ修行のついでによみたりとぞ披露しける」と記している。しかし能因法師には、このほか出羽の象潟《きさかた》の歌なども伝えられているから、陸奥に行ったことは間違いないだろう。

世《よ》の中《なか》は　かくても経《へ》けり　象潟《きさかた》の　海士《あま》の苫屋《とまや》を　わが宿《やど》にして　（『後拾遺和歌集』巻九・羇旅―519）

能因法師は、俗名を橘永愷《ながやす》と称した人物だが、平安中期の頃の人にしては、都を離れて各地に赴いたようである。

心《こころ》あらむ　人《ひと》に見《み》せばや　津《つ》の国《くに》の　難波《なには》わたりの　春《はる》のけしきを　（『後拾遺和歌集』巻一・春上―43）

『無名抄』ではないが、この歌は「優にたをやか」である。『百人一首』は

あらし吹《ふ》く　み室《むろ》の山《やま》の　紅葉《もみぢ》ばは　竜田《たつた》の川《かは》の　錦《にしき》なりけり　（『後拾遺和歌集』巻五・秋下―366）

を採録しているが、「心あらむ」の歌の方がわたくしはよいように思う。ちなみに、この「み室の山」は、奈良県生駒郡斑鳩町の三室山《みむろやま》（標高八十二メートル）で、山頂に能因法師の供養塔とされる五輪塔があるところであろう。三室は御諸《みもろ》の意で、神のいますところであるが、竜田の社の近くの山を指している。

＊能因法師
平安中期の僧・歌人（九九八～一〇五〇頃）。橘忠望の子。俗名は橘永愷。中古三十六歌仙の一人。藤原長能に和歌を学び、文章生となるが、出家、摂津国古曾部に住み古曾部入道と称す。陸奥・伊予・美作など諸国を行脚して歌作した。宮中の歌会にも多く参加。藤原公任・大江嘉言・相模・源道済などの歌人と交遊する。『後拾遺和歌集』以降の勅撰集に入集。私撰集『玄々集』、歌学書『能因歌枕』、家集『能因集』がある。

能因法師『聯珠百人一首』

ゆふされば　潮風越《しほかぜこ》して　みちのくの　野田《のだ》の玉河《たまかは》　ちどりなくなり（『新古今和歌集』巻六・冬歌―643）

の歌は、能因の陸奥下りの一首であるが、野田の玉川は、陸前国宮城郡の多賀城の東南にあった入江にそそぐ一つの支流であったという（吉田東伍『大日本地名辞書』）。『奥の細道』の一節にも、「それより野田の玉川、沖の石を尋《たづ》ぬ」と記されているように、芭蕉も能因の歌をたどりながら旅をしているのである。

いそのかみ　ふりにし人《ひと》を　尋《たづ》ぬれば　荒《あ》れたる宿《やど》に　すみれ摘《つ》みけり（『新古今和歌集』巻十七・雑歌中―1684）

この歌は、「西院辺《さいいんのほとり》に早《はよ》うあひ知《し》れける人を尋《たづ》ね侍《はべ》けるに、すみれ摘《つ》みける女《をんな》、知《し》らぬよし申《まうし》ければ」と記されているように、西院、つまり京の右京四条二坊にあった淳和院《じゅんな》のほとりにいた知人を訪ねたが、すみれを摘んでいる女性に尋ねると「知らない」といわれた時の歌である。おそらく、訪ねる人はすでにそこに住んでいなかったのであろう。そのため、荒れ果てていた跡だけが残り、そこにすみれ摘む女性が見られたのであろう。いうまでもなく「すみれ」の「スミ」は「住む」の意にかけた歌である。

紅葉《もみぢ》ゆへ《(ゑ)》　心《こころ》のうちに　しめ結《ゆ》ひし　山《やま》の高嶺《たかね》は　雪降《ゆきふ》りにけり（『後拾遺和歌集』巻六・冬―405）

も、なかなか面白い歌である。「心のうちにしめ結ひし」というのは、心中、ひそかに標《しめ》を結ぶということで、独り占めしようと決めることである。「標」は、注連縄《しめなわ》の「シメ」と同じく、「占め」の意味で、自分の領域と定め、他人を排除することである。

あの山の紅葉はかねてから美しいと思っていたので、人に知らせずに、こっそり訪れようと思っていたが、気がつくと、もう冬をむかえて雪が降り積もっているという意味であろう。

天《あま》の川《がは》　苗代水《なはしろみづ》に　せきくだせ　あま下《くだ》ります　神《かみ》ならば神《かみ》（『金葉和歌集』巻十・雑部下―625）

この歌は、能因が伊予守の平範国《のりくに》に伴われ、伊予に下った時の歌である。正月より三、四月まで雨が降らず、能因が三島明神（大山祇《おおやまづみ》神社）に雨祈願したというのである。その結果「神感ありて大雨降りて三日三夜を、やまざるよし」と伝えられている。

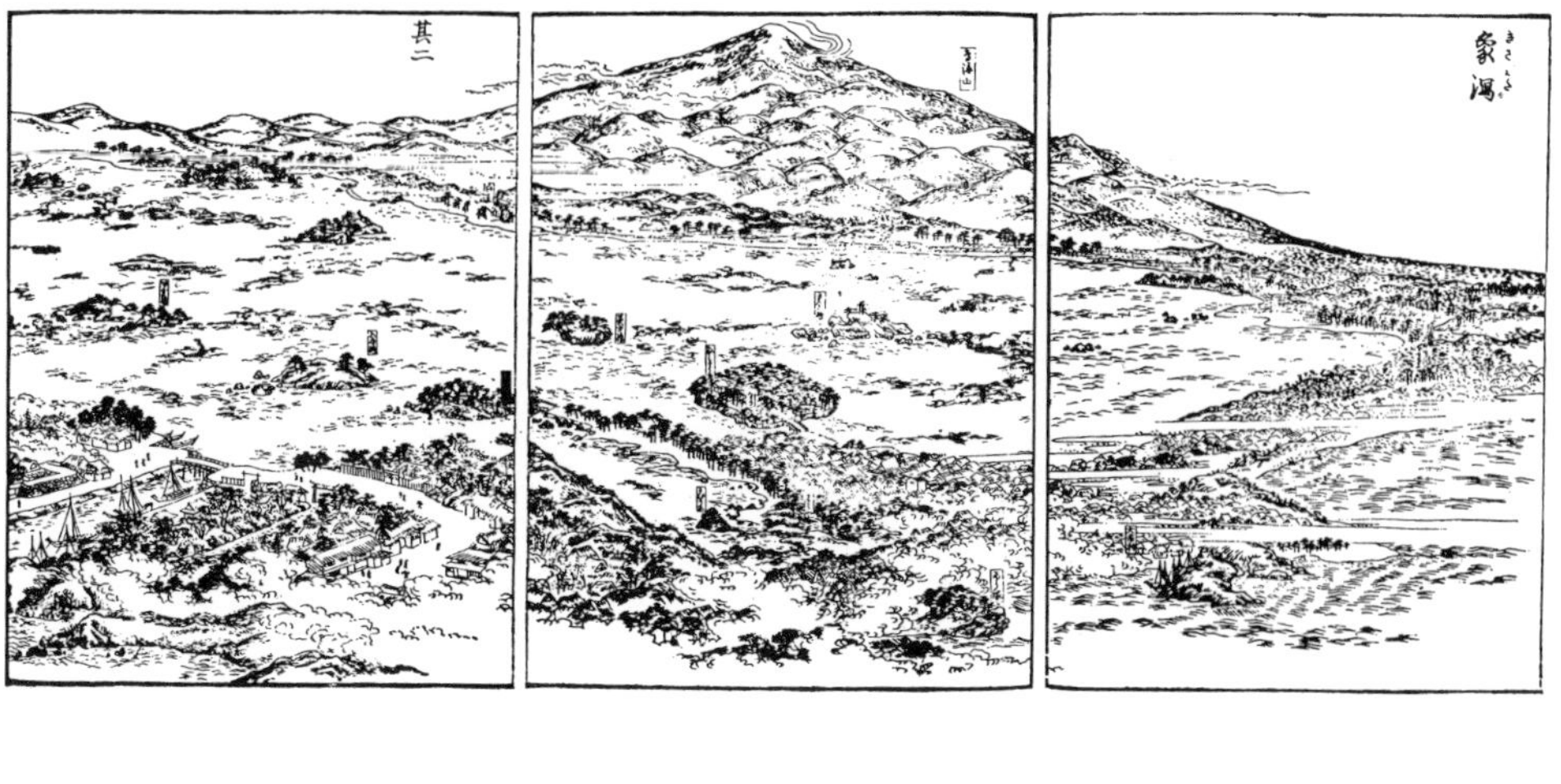

象潟『二十四輩順拝図会』同図会には「入海なり。眺望の絶景松島におとらず。大町の湊より船を雇ひ、島廻り佳興……壮観なり」とある。

大江《おおえの》（弓削《ゆげの》）嘉言《よしとき》

命《いのち》あらば　今《いま》かへり来《こ》ん　津《つ》の国《くに》の　難波堀江《なにはほりえ》の　蘆《あし》のうらばに　（『後拾遺和歌集』巻八・別―476）

この歌は、大江嘉言＊が対馬守となって赴任する時、津の国に住む能因法師におくった歌である。もし、命があるならば、すぐにも帰って来たい。難波の芦の裏葉が風に吹かれて容易に表にかえるようにという意味である。能因法師は、これに

難波江《なにはえ》の　あしの裏葉《うらは》も　いまよりは　たゞ住吉《すみよし》の　松《まつ》としら南《なむ》　（『能因集』）

と答えている。いうまでもなく、「松」を「待つ」に掛けて、お帰りを待っていると告げているのである。能因法師＊は、大江嘉言などと交際していたようである。大江嘉言は旧姓弓削《ゆげ》氏を称していたが、大隈守従五位下大江（弓削）仲宣《なかのぶ》の子である。「中古三十六歌仙」の一人にあげられる歌人であるが、対馬守在任中に、惜しくも没している（『能因集』―36詞書《ことばがき》）。大江嘉言は「命あらば」と、帰京を望む歌を残していたが、彼は遂に生きて難波に帰ることはなかったのである。

露《つゆ》の命《いのち》　惜《お》しとにはあらず　君《きみ》を又《また》　見《み》でやと思《おもふ》ぞ　かなしかりける　（『拾遺和歌集』巻八・雑上―501）

この歌は、「田舎《ゐなか》にてわづらひ侍《はべり》けるを、京より人のとぶらひにを《(お)》こせて侍ければ」と詞書されている。いうまでもなく病気見舞いの返事であるが、京を離れて田舎に住む心細さと、人恋しさがよく歌われていると考えている。

お《(を)》ぎの葉《は》に　そゝや秋風《あきかぜ》　吹《ふき》ぬなり　こぼれやしぬる　露《つゆ》のしらたま　（『詞花和歌集』巻三・秋―108）

の歌は「荻《おぎ》の葉に、ああ、秋風が吹いたようだ。露の白玉は、こぼれ落ちてしまったのだろうか」とい

＊大江嘉言
平安中期の歌人（?〜一〇一〇頃）。大江仲宣の子。中古三十六歌仙の一人。一時「弓削」の姓を名のる。文章生、弾正少忠、対馬守となり任地で没す。能因、源道済などと交遊。『拾遺和歌集』以降の勅撰集に入集。家集に『大江嘉言家集』がある。

＊能因法師
平安中期の歌人（九八八〜一〇五〇頃）。藤原長能に和歌を学び、藤原公任、大江嘉言などの歌人と交遊する。陸奥など諸国を行脚して歌作した。『後拾遺和歌集』以降の勅撰集に入集。私撰集『玄々集』、歌学書『能因歌枕』、家集『能因集』がある。→252頁

＊『蒙求』
唐の李瀚《りかん》撰。三巻。中国古代から南北朝までの有名人の逸話で、類似する言行を一対に配して四字句の韻文とし、故実を学ぶことができるようにした幼童用の教科書。日本には平安時代に伝わった。

う意味である。この歌に、「そそや」という言葉が登場するが、驚いたり、注意を促すときに発する語である。

『新古今和歌集』には、嘉言の歌を本歌とする

いつしかと　お《（を）》ぎの葉《は》むけの　かたよりに　そゝや秋《あき》とぞ　風《かぜ》もきこゆる　（『新古今和歌集』巻四・秋歌上―286）

という崇徳院の御製が収められている。

山《やま》ふかみ　落《お》ちてつもれる　もみぢ葉《ば》の　かは《（わ）》けるうへに　時雨《しぐれ》ふるなり　（『詞花和歌集』巻四・冬―144）

この歌も、叙情性あふれる歌の一つといってよいであろう。『袋草紙』によれば、能因法師もこの歌を高く評価していたようである。

ねざめする　袖《そで》さへさむく　秋《あき》の夜《よ》の　あらしふくなり　松虫《まつむし》の声《こゑ》　（『新古今和歌集』巻五・秋歌下―511）

この歌は、独り寝を嵐の音で起こされて、松虫（今の鈴虫）の鳴く音を一人わびしく聞いているという歌である。孤独の心境が、象徴的に歌われているようである。

花見《はなみ》んと　うへ《（ゑ）》けん人も　なき宿《やど》の　さくらはこぞの　春《はる》ぞさかまし　（『新古今和歌集』巻八・哀傷歌―763）

桜の花は、植えた人がなくなったあとも、春がめぐって来ればまた咲く。ただ、昔の人の思い出にひたりながら、その桜の花を見て、人は一体、何を考えるのであろうか。

嘉言の歌は、わたくしには懐古的な哀傷性にあふれているように思われるのである。

宮《みや》こなる　あれたる宿《やど》に　むなしくや　月《つき》にたづぬる　人帰《ひとかへ》るらん　（『新古今和歌集』巻十六・雑歌上―1544）

『蒙求《もうぎゅう》』*の故事ではないが、王子猷《おうしゆう》が月雪の夜に載安道《さいあんどう》の家を訪ねながら、そのまま引き返した話を想起させる美しい歌といってよいであろう。

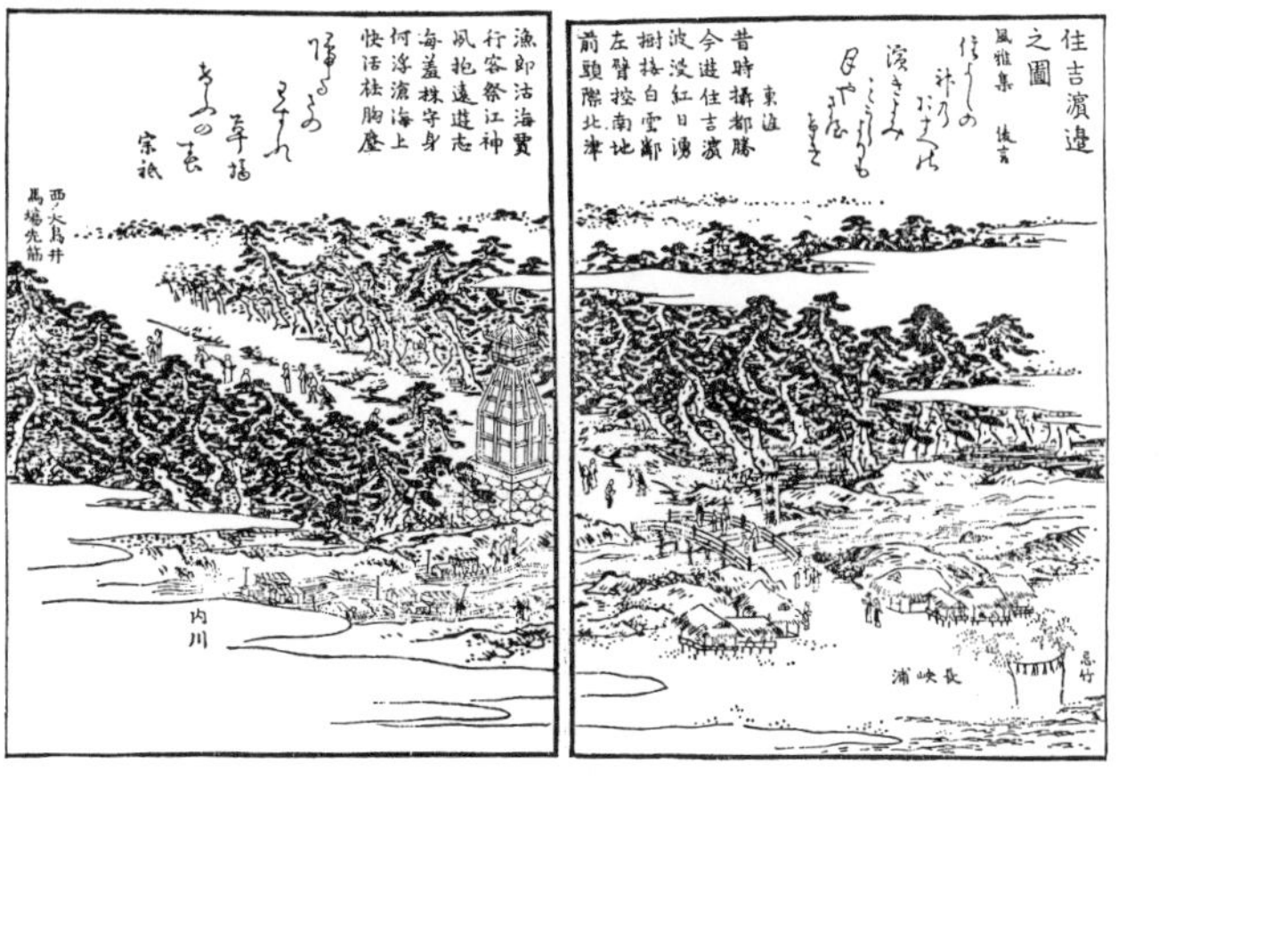

難波・住吉浜辺『住吉名勝図会』
図中の和歌・俳句には「風雅集　俊言　住みよしの神のおまへの浜きよみことうらよりも月やさやけき　東涯　昔時、摂津の勝／今は住吉の浜に遊ぶ／波は浸して紅日湧き／樹は接して白雲鄰る／左臂は南地を控へ／前頭は北津に際す／漁郎は海売を沽り／行客は江神を祭る／夙に抱く遠遊の志／毎の羞づ株守の身／何ぞ滄海の上に浮かびて／快活、胸塵を祛はん　帰るさのわすれ草摘むけふの春　宗祇」とある。

良暹《りょうせん》法師

さびしさに　宿《やど》を立《た》ち出《い》でて　ながむれば　いづくも同《おな》じ　秋《あき》の夕暮《ゆふぐれ》　（『後拾遺和歌集』巻四・秋上―333）

良暹法師＊は、平安中期の歌人である。彼は比叡山祇園別当《べっとう》をつとめていたという（『勅撰作者部類』）。

その良暹は、山城国愛宕《おだき》郡小野郷の大原（京都市左京区大原）に庵をかまえていたようである。『詞花和歌集』には、「大原に住みはじめる頃、俊綱朝臣《としつなあそみ》のもとへいひつかはしける」と題して良暹法師の

大原《おほはら》や　まだすみがまも　ならはねば　わが宿《やど》のみぞ　けぶりたえたる　（『詞花和歌集』巻十・雑下―367）

という歌が載せられている。後世に、西行法師も良暹法師の庵の跡を訪ねて、

おほはらや　まだ炭竈《すみがま》も　ならはずと　言《い》ひけん人《ひと》を　今《いま》あらせばや　（『山家集』）

と良暹を偲ぶ歌を歌っている。

この大原の地は昔より炭焼きが行われ、大原女《おはらめ》が都に売り歩いた。良暹法師の歌は、大原に住みながら炭焼く窯をもたないので、炭焼く煙が立たないと歌っている。それはあくまで比喩で、実は家の煙が立たないほど貧乏していると、橘俊綱＊に訴えているのだろう。

板間《いたま》より　月《つき》のもるをも　みつるかな　宿《やど》は荒《あら》して　すむべかりけり　（『詞花和歌集』巻九・雑上―294）

良暹は、自ら住む家は立派な邸宅より荒れている方が、より風流だと見なしているのである。もちろん、この歌は清仁《きよひと》親王の

板間《いたま》あらみ　あれたる宿《やど》の　さびしきは　心《こころ》にもあらぬ　月《つき》を見《み》るかな　（『後拾遺和歌集』巻十五・雑一―846）

＊良暹法師
平安中期の僧・歌人（生没年不詳）。父母不詳。天台宗祇園感神院（現在の八坂神社）の別当。橘俊綱、橘為仲、藤原通宗、素意などの歌人とも交遊。晩年は大原に隠棲。『後撰和歌集』『後拾遺和歌集』以降の勅撰集に入集。私撰集『良暹打聞』を編んだが散逸。

良暹法師『聯珠百人一首』

を本歌としているといわれるが、実際に良暹の庵も粗末そのものであったのだろう。

大原に住む良暹のもとに素意《そい》法師＊は、

水草《みくさ》ゐし　朧《おぼろ》の清水《しみづ》　底《そこ》すみて　心《こころ》に月《つき》の　かげはうかぶや（『後拾遺和歌集』巻十七・雑三―1036）

の歌をおくっている。良暹はそれに答えて、

ほどへてや　月《つき》もうかばん　大原《おほはら》や　朧《おぼろ》の清水《しみづ》　すむ名許《なばかり》ぞ（『後拾遺和歌集』巻十七・雑三―1037）

という歌を返している。月の光が清水に澄むということは、悟りの境地をいうのであろうが、良暹は「名許《なばかり》」だと卑下しているのであろう。

『百人一首一夕話』には、「今草府《くさふ》村寂光院《じゃっこういん》の東南二丁ばかりに泉あり。土人これを朧《おぼろ》の清水《しみづ》といへり」と記されている。この草府村は現在の京都市左京区大原草生《くさお》町である。その良暹法師も、歌人として名は高く、時には宮中からその詠歌を差し出すことが命ぜられることもあったようである。たとえば、

みがくれて　すだくかはづの　もろ声《ごゑ》に　さわぎぞわたる　池《いけ》の浮草《うきくさ》（『後拾遺和歌集』巻二・春下―159）

の歌は「長久二（一〇四一）年弘徽《こき》殿女御家《でんのにょうごけ》（後朱雀天皇の女御藤原生子《なりこ》）歌合《うたあはせ》にかわづをよめる」と記されている。また、橘俊綱《としつな》や藤原通宗《みちむね》＊らの官僚層と歌を介して交渉があったことが、いくつかの歌からうかがうことができるようである。

五月《さつき》やみ　花《はな》たちばなに　ふく風《かぜ》は　たが里《さと》までか　にほひゆくらん（『詞花和歌集』巻二・夏―69）

は、通宗の家で催された歌合でのものである。

良暹も、やがて「病《やまひ》おもくなり侍《はべ》る頃《ころ》」

おぼつかな　まだみぬ道《みち》を　しでの山《やま》　雪《ゆき》ふみわけて　越《こ》えむとすらん（『詞花和歌集』巻十・雑下―361）

と歌を残すことになるのである。

大原寂光院・朧の清水『都名所図会』

＊橘俊綱
　平安中期の官人・歌人（一〇二八～九四）。橘俊遠の子。藤原頼通の子の説もある。但馬守、丹波守、讃岐守、尾張守、近江守などを歴任。『詞花和歌集』に入集。

＊素意法師
　平安中期の僧・歌人（?～一〇九四）。父は藤原懐尹とも藤原重尹とも。母は大中臣輔親の娘。従五位下紀伊守で出家。出家後も歌合の判者をつとめる。橘為仲、良暹とも交遊。

＊藤原通宗
　平安中期の官人・歌人（一〇四〇頃～八四）。能登守、周防守、若狭守などを歴任。任地で歌合を催すなど和歌に親しむ。『後撰和歌集』などの勅撰集に入集。

藤原《ふじわらの》 定頼《さだより》

あさぼらけ　宇治《うぢ》の川霧《かはぎり》　たへ《（え）》ぐに　あらはれわたる　瀬ゞ《せ》の網代木《あじろぎ》　（『千載和歌集』巻六・冬歌―420）

この歌は、夜明け頃、宇治川の川面に霧がたちこめ、とぎれとぎれに、川の瀬に網代木が見えてくるという意味であろう。宇治川の網代木は、万葉の時代から有名であったと見え、『万葉集』にも

もののふの　八十氏河《やそうぢがは》の　網代木《あじろき》に　いさよふ波《なみ》の　行《ゆ》く方《へ》知らずも　（柿本人麻呂『万葉集』巻三―264）

と歌われている。網代木は、川の瀬にならべた杙《くい》の間に竹などを組み込み、魚を捕らえるもので、宇治川では特に冬、氷魚《ひお》を捕獲するためにしかけられたといわれている。

見《み》ぬ人《ひと》に　よそへて見《み》つる　梅《むめ》の花《はな》　ちりなん後《のち》の　なぐさめぞなき　（『新古今和歌集』巻一・春歌上―48）

の歌は、藤原定頼*が紫式部の娘、大弐三位《だいにのさんみ》におくった歌である。「見ぬ人によそへて見つる」というのは、なかなかお逢いできないので、その代わりと思って見つめている梅の花、という意味である。その梅の花が散ってしまったら、わたくしを慰めるものはなくなってしまうと歌っているのである。

大弐三位と呼ばれる人は、平安時代に幾人かいるが、この場合は、紫式部の娘の藤原賢子《かたこ》を指すと考えられている。その賢子の初めての恋人が、権中納言定頼であったといわれている。

定頼の「見ぬ人に」の歌に答えて、賢子は

春《はる》ごとに　心《こころ》をしむる　花《はな》の枝《え》に　たがなをざり《（ほ）》の　袖《そで》かふれつる　（『新古今和歌集』巻一・春歌上―49）

と歌を返している。賢子の歌は、定頼の浮気心を揶揄しているようである。

藤原定頼は、藤原公任《きんとう》の息子である。公任は、紫式部に「あなかしこ、このわたりにわかむらさきや

---

*藤原定頼

平安中期の公卿・歌人（九九五〜一〇四五）。藤原公任の子。母は村上天皇の皇子入道四品昭平親王の娘。頭弁、権中納言、兵部卿正二位を歴任。和歌・書に優れた。和泉式部の娘小式部内侍が宮廷歌合で詠んだ歌を母の和泉式部に相談したものではないかとその歌才を疑った歌を投げ掛けたとき、名歌を返され、逆に恥をかいたという逸話が残る。大弐三位（藤原賢子）・相模との恋愛が伝えられる。『後拾遺和歌集』

宇治川の網代木『都名所図会』

さぶらふ」（『紫式部日記』）と戯れたと伝えられるが、その公任の息子の定頼も紫式部の娘に恋をしかけている。もちろん定頼の恋の相手は、大弐三位だけにとどまらなかったようである。たとえば相模《さがみ》という女性にも通じていたらしい。

さもこそは　心《こころ》くらべに　負《ま》けざらめ　はやくも見《み》えし　駒《こま》の足《あし》かな　（『後拾遺和歌集』巻十六・雑二―951）

の歌は、定頼が馬に乗って相模の家を訪ねた時、相模が家の門を開けずに帰した折、相模が定頼におくった歌である。この相模の歌は、極めて思わせぶりで、相手の気をひくような歌である。わたくしの門を開けろ開けないと意地くらべをしても、わたくしは決して負けない。だが、わたくしがわざと門を開けないのを見ると、さっさと引き返してしまうあなたは、本当にわたくしを愛しているのかという意味である。もちろん、相模から早速、定頼のもとに誘いの文がとどけられるのである。

ことのはに　つけてもなどか　問《と》はざらん　よもぎの宿《やど》も　わかぬあらしを　（『後拾遺和歌集』巻十六・雑二―955）

この相模の歌に、定頼は、

やへぶきの　ひまだにあらば　蘆《あし》の家《や》に　音《おと》せぬ風《かぜ》は　あらじとを知《し》れ　（『後拾遺和歌集』巻十六・雑二―956）

の歌を返している。この定頼の歌は、芦《あし》の八重葺《やえぶき》のようにほんの隙間もないほど、わたくしは忙しい。もし暇があったら必ずあなたに音信するという意味である。定頼と相模は、恋の戯れをたのしんでいるのであろう。

その定頼は、権中納言、兵部卿正二位となったが、寛徳元（一〇四四）年には、病で致仕《ちし》し出家している。

草《くさ》の葉《は》に　おかぬばかりの　露《つゆ》の身《み》は　いつその数《かず》に　いらむとす覧《らん》　（『後拾遺和歌集』巻十七・雑三―1011）

恋多き定頼も、しだいに無常観にとらわれざるをえなくなってきたのである。

以降の勅撰集に入集。家集に『権中納言定頼集』がある。

藤原定頼『聯珠百人一首』

藤原　清正《ふじわらのきよただ》

あまつ風《かぜ》　ふけゐの浦《うら》に　ゐる鶴《たづ》の　などか雲井《くもゐ》に　帰《かへ》らざるべき（『新古今和歌集』巻十八・雑歌下―1723）

この歌は、「殿上《てんじやう》離れ侍《はべ》りてよみ侍《はべり》ける」と詞書《ことばがき》に記されているように、殿上人《てんじょうびと》に昇進をしきりに望む歌である。天空に風が吹いて来たから、吹上《ふきあげ》の浦に憩う鶴は、その風に乗じて、大空に帰らないことはありえようかという意味である。

藤原清正＊は、歌人として有名な堤中納言、藤原兼輔《かねすけ》の二男である。この歌を詠じた頃は、昇殿が許されぬ六位の蔵人《くろうど》の官職についていたが、間もなく従五位下紀伊守に任ぜられ、殿上人の一員に加えられることになる。実は、紀伊守は地方官であったが、特に勅許によって昇殿を許されたようである。これを「還昇《かんじょう》」と称する。ちなみに、清正のこの歌は、『和漢朗詠集』（巻下・雑・鶴）のなかに収録されているから、当時から清正の代表作の一つと見なされていたのであろう。

この歌に見える「ふけゐの浦」は、和歌山市の吹上の浜を指すといわれている。『枕草子』（百九十一段）にも「浜は有度《うど》浜。長浜《ながはま》。吹上《ふきあげ》の浜」とあげられた白砂青松の浜である。『後拾遺和歌集』にも、

都《みやこ》にて　吹上《ふきあげ》の浜《はま》を　人《ひと》とはば　今日《けふ》みる許《ばかり》　いかゞ語《かた》らん（『後拾遺和歌集』巻九・羇旅―504）

と懐円《かいえん》法師＊に歌われている著名な歌枕である。

つれもなき　人《ひと》に負《ま》けじと　せし程《ほど》に　我《われ》もあだ名《な》は　立《たち》ぞしにける（『後撰和歌集』巻十一・恋三―733）

この恋歌の「つれもなき」は、「何のゆかりもない」とか「かかわりのない」の意味ではなく、人の気持ちを察することのできないことを意味する。『万葉集』の大伴家持の歌にも

＊藤原清正
平安中期の官人・歌人（？～九五八）。藤原兼輔の子。蔵人、修理権亮、近江介、左近衛少将などを経て、従五位上・紀伊守を歴任。三十六歌仙の一人。村上天皇の歌壇で活躍し、壬生忠見、藤原敦忠と交流。『後撰和歌集』以降の勅撰集に入集。

吹上の浜『紀伊国名所図会』
図中には「吹上の浜汐干　春宵一刻価千金／花に清香有り、月に影有り　もどる時遠さ覚ゆるしほ干かな　肥後北里、一平　毛氈をけふの帰帆や夕干潟　鬼貫　上り帆の淡路はなれぬしほひかな　去来」とある。

つれも無《な》く　あるらむ人《ひと》を　片思《かたもひ》に　われは思《おも》へば　侘《わび》しくもあるか　（『万葉集』巻四―717）

と歌われている。

清正の恋歌としては

みじか夜《よ》の　残《のこ》りすくなく　ふけゆけば　かねて物《もの》うき　あかつきの空《そら》　（『新古今和歌集』巻十三・恋歌三―1176）

があるが、これは後朝《きぬぎぬ》の別れのつらさを訴えたものであろう。この歌は、「夏の夜、女の許《もと》にまかりて」夜が更けていく時、歌われたものと註されている。あるいは

須磨《すま》の浦《うら》に　海人《あま》のこりつむ　藻塩木《もしほぎ》の　からくも下《した》に　もえわたる哉《かな》　（『新古今和歌集』巻十一・恋歌一―1065）

という恋歌もあるが、恋の苦しみを「藻塩木」のからくも燃ゆる火に仮託したものである。この歌は、あなたに対する恋情は、わたくしの心のなかでひそかに激しく燃えている、と訴えているのである。

逢事《あふこと》の　夜々《よよ》を隔《へだ》つる　呉竹《くれたけ》の　節《ふし》の数《かず》なき　恋《こひ》もする哉《かな》　（『後撰和歌集』巻十・恋二―673）

清正の恋はどうもむくわれぬ恋が少なくなかったようである。しかし「呉竹」の歌でも

君《きみ》がため　移《うつ》して植《う》ふる　呉竹《くれたけ》に　千代《ちよ》もこもれる　心地《こころぢ》こそすれ　（『後撰和歌集』巻二十・慶賀、哀傷―1382）

は祝福の歌である。この歌は「東宮《とうぐう》の御前《ごぜん》に、呉竹《くれ》植《う》へ《（ゑ）》させたまひけるに」と註されている。この歌の呉竹は、節《よ》に掛かる言葉であるが、おそらく、それは宮中の仁寿殿《じじゅうでん》の西の庭に植えられた「呉竹の台《だい》」そのものも指しているのであろう。

ぬきとむる　秋《あき》しなければ　白露《しらつゆ》の　千草《ちくさ》に置《お》ける　玉《たま》もかひなし　（『後撰和歌集』巻六・秋中―335）

の歌は、なかなか感覚の鋭敏さを感じさせる歌である。「ぬきとむる秋しなければ」の歌い出しも新鮮で、秋の白露が玉のように輝く様が、美しいイメージとなって目の前に浮かぶようである。

---

*懐円法師　平安中期の僧・歌人（生没年不詳）。源通斉（筑前守）の子。叡山法師ともいう。伝は不詳だが、大中臣輔親や赤染衛門、懐寿、良暹などとの交流が知られる。『後拾遺和歌集』に入集。

須磨の浦『摂津名所図会』
図中には「すまの浦わざとも侘びて儀馴《そなれ》味噌《みそ》鍋の行平菓子の松風　籬島」とある。

周防内侍《すおうのないし》

春《はる》の夜《よ》の　夢《ゆめ》ばかりなる　手枕《たまくら》に　かひなく立《た》たむ　名《な》こそをしけれ　（『千載和歌集』巻十六・雑歌上―964）

詞書《ことばがき》によれば、二月《きさらぎ》の月夜に、二条院に多くの人が集まって物語りをしていた。その時、そばで寄り臥《ふ》していた周防内侍*が、枕があればよいのだがとひそかに言うと、すかさず大納言藤原忠家《ただいえ》が、自分の腕《かいな》を簾《すだれ》の下より差し出したというのである。周防内侍はその時、咄嗟《とっさ》に「春の夜の」と歌って、皆にこの歌を披露した。春の夜のはかない夢のような戯れの手枕で、恋の噂がたつのは、わたくしは残念だという意味である。周防の内侍は極めて機転のきく女官であったようだ。ちなみに、藤原忠家は、俊成《としなり》の祖父に当たる人物である。

山《やま》ざくら　をしむ心《こころ》の　いくたびか　ちる木《こ》のもとに　雪《ゆき》かゝるらむ　（『千載和歌集』巻二・春歌下―81）

この歌は、春を惜しむ心を歌ったものだが、情景が目の前にくりひろげられるような感覚の歌である。特に「いくたびか　ちる木のもとに　雪かゝるらむ」が、この歌の見どころとなっている。この「雪」が「行《ゆ》き」に掛かって、よくまとめられた歌である。

契《ちぎ》りしに　あらぬつらさも　逢《あ》ふことの　なきにはえこそ　うらみざりけれ　（『後拾遺和歌集』巻十三・恋三―765）

この周防の内侍の歌は、詞書に「心変《かは》りたる人のもとにつかはしける」とあるように、自分を裏切った人への歌である。恋の契りを交したあなたではあるが、言い交した通りにならなくなった今に至っては、お逢いすることもないので、恨みを申し上げることもできないという意味である。この歌の「はえこそ」は「格別に」とか「甚《はなは》だしく」の意である。

---

*周防内侍
平安中・後期の女流歌人（一〇三六・七頃～一一〇九頃）。平棟仲（従五位周防守・歌人）の娘。母は源正職（従五位下加賀守）の娘。後冷泉・後三条・白河・堀河の四代の天皇の宮廷に仕える。「前関白師実家歌合」など多くの歌合に出詠。『後拾遺和歌集』以降の勅撰集に入集。家集に『周防内侍集』がある。

*後冷泉天皇
第七十代天皇（一〇二五～六八）。後朱雀天皇の皇子。母は藤原嬉子。後朱雀天皇の崩御後即位する。政権は母の兄の関白藤原頼通が掌握。『後拾遺和歌集』に入集。日記に『後冷泉院御記』がある。在位一〇四五～六八。

*後三条天皇
第七十一代天皇（一〇三四～七三）。後朱雀天皇の皇子。母は禎子内親王。後冷泉天皇の崩御により三十五歳で即位。藤原教通を関白として、公定枡の制定、荘園整理令などの親政を行う。在位一〇六八～七二。

*白河天皇
第七十二代天皇（一〇五三～一一二九）。後三条天皇の皇子。母は藤原茂子。藤原摂関家に代わって村上源氏を重用し、堀河天皇に譲位後も上皇として堀河・鳥羽・崇徳天皇の四十三年間権力を握る。北面の武士を創設。一〇九六年、法皇となる。『後拾遺和歌集』『金葉和歌集』を勅撰。在位一〇七二～八六。↓278頁

周防内侍と称される女性は、平仲子《なかこ》である。父の平棟仲《むねなか》が周防守に在位した頃、後冷泉天皇《ごれいぜい》＊の時代に内侍所《ないしどころ》に出仕していたので、周防内侍と呼ばれたのである。

天《あま》の川《がは》　おなじながれと　聞《き》きながら　わたらむことの　なを《（ほ）》ぞかなしき　（『後拾遺和歌集』巻十五・雑一―888）

の歌は、後冷泉天皇が崩ぜられ、「世《よ》のうきことなど思《おも》ひ乱《みだ》れて籠《こも》りゐて侍《はべ》りけるに」、後三条天皇が即位されると、七月七日の七夕に出仕せよとのおおせが下った時の歌であるという。つまり、周防内侍が先帝を追慕している悲しみのうちに召されたことへのとまどいの歌である。皇統を天の川になぞらえ、同じ皇統をひかれる天皇とお聞きするが、再び出仕することは、やはり悲しいことだという意味である。

いうまでもなく、新帝の後三条天皇《ごさんじょう》＊は、後冷泉天皇の第二皇子である。立太子は寛徳二（一〇四五）年の十二歳の時である。だが、東宮の時代は長く二十三年に及び、治暦四（一〇六八）年に、三十五歳で践祚《せんそ》された。後三条天皇は「漢才《かんさい》の知、誠に古今に絶す」（大江匡房『続本朝往来伝』）と評された英明の天皇であられたという。周防内侍は結局、後三条天皇のみならず、白河《しらかわ》天皇＊、堀河《ほりかわ》天皇＊に至るまで宮廷に仕えることになる。たとえば、堀河天皇の時代に、源俊頼《としより》が官位の不満をもらし

日《ひ》の光《ひかり》　あまねき空《そら》の　気色《けしき》にも　わが身《み》ひとつは　雲《くも》がくれつゝ　（『金葉和歌集』巻九・雑部上―602）

の歌を献ずると、堀河天皇は周防内侍を召して、次の歌をおくられたというのである。

なにかおもふ　春《はる》の嵐《あらし》に　雲晴《くもは》れて　さやけき影《かげ》は　君《きみ》のみぞ見《み》ん　（『金葉和歌集』巻九・雑部上―603）

源俊頼は『金葉和歌集』の撰者であったから、堀河天皇のご厚意のお言葉を示す周防内侍の歌を、『金葉和歌集』のなかにことさらに掲げたといわれている。

むかしにも　あらぬわが身《み》に　ほとゝぎす　待《ま》つこゝろこそ　変《かは》らざりけれ　（『詞花和歌集』巻二・夏―55）

の歌は、昔と違って年老いたわたしでも、ほととぎすを待つ心は変わらないという意味だが、このように周防内侍は、いつまでも恋心を忘れなかったようである。

＊堀河天皇　第七十三代天皇（一〇七九〜一一〇七）。白河天皇の皇子。母は藤原賢子。八歳で即位するが、父より早く崩御。在位一〇八六〜一一〇七。→276頁

周防内侍『聯珠百人一首』

V　平安後期～鎌倉初期の歌人

源　兼昌《みなもとのかねまさ》

淡路島《あはぢしま》　かよふちどりの　なくこゑに　いく夜《よ》ねざめぬ　須磨《すま》の関守《せきもり》　（『金葉和歌集』巻四・冬部—270）

源兼昌の歌の中ではやはり、この歌が一番優れているようである。藤原定家《ていか》がこの歌を選んだのも、その故なしとしないのである。

淡路島の名の由来は、もともと四国の阿波《あわ》へ通う道筋にある島の意であるから、「かよふ千鳥」とつづけられたのであろう。須磨の関は、現在の神戸市須磨区関守町にその名をとどめているが、畿内と山陽道をしきる関として平安時代には重視された。『枕草子』（百七段）にも「関は相坂《あふさか》（逢坂）、須磨の関」と記されるように、逢坂が畿内から東国に入る関所であるのに対して、当時の幹線と見なされていた山陽道に入る関が、須磨の関であった。それ故、この須磨の地は、在原行平《ゆきひら》や光源氏が身を隠す地とされたのである。おそらく、これらの故事をふまえて、源兼昌の「淡路島」の歌が詠じられたのではないだろうか。つまり、この地に身をひそめている貴人たちの監視人は、千鳥の鳴く声にしばしば目をさますという物語を想定して歌われたとみてよい。

源兼昌＊は平安後期の歌人で、摂津守源俊輔《としすけ》の子である。従五位下皇后宮少進に任ぜられ、さほど官位には恵まれなかったが、歌壇で盛んに活躍したようである。しかし、彼の伝記は、現在のところ必ずしも詳《つまび》らかではない。ところで、この歌を『百人一首』に採録した定家も、

旅寝《たびね》する　夢路《ゆめぢ》はたえぬ　須磨《すま》の関《せき》　通《かよ》ふ千鳥《ちどり》の　暁《あかつき》の声《こゑ》　（『続後拾遺和歌集』巻九・羇旅歌—590）

と歌っているから、定家も兼昌の歌をかなり高く評価していたように思われる。

今日《けふ》こそは　いはせの森《もり》の　下紅葉《したもみぢ》　色《いろ》にいづれば　ちりもしぬらめ　（『金葉和歌集』巻八・恋部下—472）

＊源兼昌　平安後期の官人・歌人（?〜一一一二）。源俊輔の子。従五位下・皇后宮少進。後に出家。一一二八年、顕仲家歌合に入道兼昌と見える。

源兼昌『聯珠百人一首』

の歌は、康和二（一一〇〇）年の宰相中将源国信《くにのぶ》卿の家で催された歌合《うたあわせ》に、「初恋の心」を詠んだものである。「岩瀬《いはせ》の森」は、大和国の森であるが、現在のところ、斑鳩《いかるが》町稲葉《いなば》車瀬《くるませ》の竜田河東岸の森とか、三郷《みさと》町立野《たつの》の大和川の北の岸の森などが比定地の候補にあげられている。ただ、万葉の時代より歌枕の有名地とされ、郭公《ほととぎす》や紅葉の名所と見なされていたようである。

もちろん、この恋歌は恋の告白を「いわせ」にかけているのである。今日こそは恋の告白をしよう。岩瀬の森の下紅葉が色づくように、人に知られては、はかない恋も散ってしまうからという意味である。

夕霧《ゆふぎり》に　こずゑもみえず　はつせ山《やま》　いりあひの鐘《かね》の　をとばかりして　（『詞花和歌集』巻三・秋—112）

の歌は、霧のたちこめる秋の夕暮を背景に、長谷寺から聞こえる鐘をうまく歌い込んだものである。

さか木《き》とる　夏《なつ》の山路《やまぢ》や　とを《（ほ）》からむ　ゆふかけてのみ　まつる神《かみ》かな　（『詞花和歌集』巻二・夏—54）

の歌は「神まつりをよめる」と註されている。孟夏《もうか》（旧暦四月）の国家的な祭りとしては、三枝《さえぐさ》の祭（率川社《いさかわ》）、大忌《おおいみ》の祭（広瀬社）、風神《かぜかみ》の祭（竜田社）などがあげられている（『延喜式』四時祭上）。この兼昌の歌は、「榊《さかき》を切り出す夏の山路は遠いであろう。なぜなら木綿《ゆう》を榊に懸けて神を祭るのだから、そのユウではないが、夕辺までかかる神祭りだから」という意味であろう。

わが門《かど》の　を《（お）》くての引板《ひた》に　を《（お）》どろきて　むろの刈田《かりた》に　鴫《しぎ》ぞたつなる　（『千載和歌集』巻五・秋歌下—327）

は、兼昌の歌としては極めて写生的な歌となっている。わたくしの門前の晩稲《おくて》の田にかけた引板の音で、近くの室《むろ》から鴫があわてて飛び去って行くという意味である。ちなみに「引板」は小さな竹管を板にぶらさげて、引けば音をたてるものである。『新勅撰和歌集』にも

秋田《あきた》もる　ひたの庵《いほり》に　時雨《しぐれ》ふり　我《わ》が袖《そで》ぬれぬ　ほす人《ひと》もなし　（『新勅撰和歌集』巻五・秋歌下—299）

という柿本人麻呂の歌が載せられている。

堀河院歌壇の一人。『金葉和歌集』以降の勅撰集に入集。家集があったとされるが散逸。

舞子の浜より淡路島を望む
『播磨名所巡覧図会』

行尊大僧正《ぎょうそんだいそうじょう》

もろともに　あはれと思《おも》へ　山《やま》ざくら　花《はな》よりほかに　知《し》る人《ひと》もなし　（『金葉和歌集』巻九・雑部上―521）

この歌は、行尊＊が修行のため大峰山《おおみねざん》に登り、思いがけずに桜の花が満開になっているのを発見し、驚いて歌ったものである。「もろともに」というのは、「この大峰の山の奥の桜を見たこともない人も一緒に」という意味である。

草《くさ》の庵《いほ》　なにつゆけしと　おもひけん　漏《も》らぬ岩屋《いはや》も　袖《そで》はぬれけり　（『金葉和歌集』巻九・雑部上―533）

も大峰の「生《しやう》（笙）の岩屋《いはや》」に籠って修行した時の歌である。大和の大峰山中にある「笙《しょう》の岩屋」は、朱雀天皇の御子日蔵《にちぞう》上人道賢《どうけん》が籠られ、無言断食の荒行をされた有名な遺跡である。

後に、行尊の修行場を訪ねた西行は、

露《つゆ》もらぬ　窟《いはや》も袖《そで》は　濡《ぬ》れけりと　聞《き》かずばいかゞ　怪《あや》しからまし　（『山家集』）

と行尊の修行について詠じている。

行尊は、参議源基平《もとひら》の子である。十二歳で園城《おんじょう》寺（三井寺）に入り、平等院の明行《あきゆき》親王について修行したといわれている。ついで熊野や大峰に入り苦行を重ね、鳥羽天皇をはじめ多くの帰依者をもつ高僧となるのである。一般には平等院僧正《そうじょう》の通称で呼ばれるが、和歌の道でも優れ、多くの歌を残している。

行尊の姉妹である基子《もとこ》が後三条天皇の女御となっている関係から、皇室との結びつきも深く、宮中の歌合《うたあわせ》にも出席し、いくつかの歌を残している。

小萩原《こはぎはら》　にほふ盛《さか》りは　白露《しらつゆ》も　いろ〳〵にこそ　見《み》えわたりけれ　（『金葉和歌集』巻三・秋部―228）

＊行尊
平安後期の僧（一〇五七～一一三五）。源基平の子。十二歳で園城寺平等院の明行親王のもとに入室。覚円から灌頂を受け、十七歳で園城寺を出て各地を巡り修行。大峰入りの修行で修験道を学ぶ。のち園城寺長吏、天台座主、法務大僧正、平等院大僧正を歴任。『金葉和歌集』に入集。

行尊大僧正『聯珠百人一首』

の歌は、「太皇太后宮《たいこうたいごうぐう》の扇合」の歌である。これは寛治三（一〇八九）年、四条太皇太宮寛子《ひろこ》の扇合《おうぎあわせ》の歌合である。後冷泉天皇の皇后藤原寛子は関白藤原頼通《よりみち》の娘で、承保《じょうほう》元（一〇七四）年に太皇太后となっている。

もちろん、行尊は修行者であるから、諸国行脚の歌が多いし、それに伴った優れた歌も少なくない。

心《こころ》こそ　世《よ》をばすてしか　まぼろしの　姿《すがた》も人《ひと》に　忘《わす》られにけり　（『金葉和歌集』巻九・雑部上―587）

の歌は、熊野で験競《げんくら》べにはげんでいた時代のものであるという。京より熊野詣でに訪れた小野中納言藤原祐家《すけいえ》卿が、荒行のため「ことのほかに痩《や》せ衰《おとろ》へて姿《すがた》も賤《あや》しげにやつした」行尊を見損ない、誰かと尋ねたのに答えた歌である。尋ねる歌といえば

わくらばに　などかは人《ひと》の　問《と》はざらん　を《（お）》となし河《がは》に　住《す》む身《み》なりとも　（『新古今和歌集』巻十七・雑歌中―1662）

という歌もあるが、これも熊野における修行中のものであろう。この歌に見える音無河《おとなしがわ》は、熊野の本宮の傍を流れる河だからである。

さだめなき　昔語《むかしがた》りを　かぞふれば　わが身《み》も数《かず》に　いりぬべき哉《かな》　（『新古今和歌集』巻十八・雑歌下―1739）

の歌は、「例《れい》ならぬこと侍《はべ》りけるに、知《し》れりけるひじりの、とぶらひにまうで来《き》て侍《はべ》りければ」と註されている。亡くなった人の噂話をしているうちに、ふと自分もその数のなかに入るような気がするという意味である。

行尊は大僧正にまでのぼりつめた高僧だが、彼の本拠であった三井寺は、保安《ほうあん》二（一一二一）年に、比叡山の荒法師の焼打ちに遭い、焼失の憂き目を経験させられるのである。行尊は、

住《す》みなれし　わがふる里《さと》は　このごろや　浅茅《あさぢ》が原《はら》に　うづら鳴《な》くらん　（『新古今和歌集』巻十七・雑歌中―1680）

と、無常の世の様を歌わざるをえなかったのである。

熊野本宮音無川『西国三十三所名所図会』

比叡荒法師の三井寺襲撃『伊勢参宮名所図会』

源《みなもとの》　経信《つねのぶ》

夕《ゆふ》されば　門田《かどた》の稲葉《いなば》　を《(お)》とづれて　あしのまろ屋《や》に　秋風《あきかぜ》ぞふく（『金葉和歌集』巻三・秋部―173）

この源経信*の歌は、「師賢朝臣《もろたかあそみ》の梅津《うめづ》に人々まかりて、田家《でんか》ノ秋風といへることをよめる」と註されている。源師賢は、民部卿源道方《みちかた》の子である。正四位下に叙せられ、左中弁蔵人頭《くろうどのとう》に任ぜられたが、彼の家は代々、郢曲《えいきょく》や管弦を業としていたといわれている。彼の梅津の邸宅は、現在の京都市左京区梅津付近にあったものである。師賢は木工頭《もくのかみ》をつとめたこともあるが、この梅津には修理職《しゅりしき》直轄の梅津木《うめづき》屋《や》が置かれ（『平安遺文』二六九文書）、保津川や大堰《おおい》川を介して京都と結ばれていた交通の要衝地であった。

経信の歌は、「夕方になると門田の稲の葉に風が音をたてる。それにつれて芦葺《あしぶき》の粗末な小屋にも秋風が吹いてくる」という意味である。門田は家の門のそばにある田のことである。『万葉集』にも大伴家持《やかもち》が、

妹《いも》が家《いへ》の　門田《かどた》を見《み》むと　うち出来《でこ》し　情《こころ》もしるく　照《て》る月夜《つくよ》かも（『万葉集』巻八―1596）

と門田のことを歌っている。

こよひわが　桂《かつら》の里《さと》の　月《つき》を見《み》て　思《おも》ひ残《のこ》せる　ことのなきかな（『金葉和歌集』巻三・秋部―191）

という経信の歌は、源経長《つねなが》の「桂《かつら》の山里《やまざと》」を訪れた時の歌である。

「桂」は『山城国風土記』逸文に、月読命《つくよみのみこと》がこの地の「湯津《ゆつ》の桂《かつら》の樹《き》」に降臨された伝承の地と語られている。「月の桂」と呼ばれるように、古くから月の名所の地であり、平安朝になると、貴族たちは競ってこの地に別宅を建てた。右大臣清原夏野《なつの》の「楓里《かつらのさと》の第《だい》」や、藤原道長の「桂山庄《かつらさんしょう》」はその代表的なものである。源経信もこの地を好み、この地に居を構えて「桂大納言《かつらのだいなごん》」と呼ばれていたという（『尊卑分脈』）。源経信は正二位権中納言源道方《みちかた》の子で、権大納言正二位皇太后大夫《だいぶ》となった人物である。

*源経信
平安後期の公卿（一〇一六〜九七）。民部卿源道方の子。母は源国盛女。参議、大蔵卿、権中納言民部卿、正二位、大納言を経て、一〇九四年、大宰権帥となり、任地で没す。桂大納言と呼ばれた。博学多才で、詩歌・管弦・蹴鞠・香道などに秀でた。琵琶は桂流の祖。『後拾遺和歌集』以降の勅撰集に入集。著に『経信卿記』『難後拾遺』など、家集に『経信集』がある。

源経信『聯珠百人一首』

神垣《かみがき》に　むかしわが見《み》し　梅《むめ》の花《はな》　ともに老木《おひき》と　なりにけるかな（『金葉和歌集』巻九・雑部上―516）

の歌は、「むかし道方卿《みちかたきやう》に具《ぐ》して筑紫《つくし》にまかりて、安楽寺に参《まゐ》りて」と詞書《ことばがき》されている。これは長元二（一〇二九）年、父の大宰権帥《だざいのごんのそつ》道方に伴われ、十四歳の経信が筑紫に下った時のことを回想した歌である。経信も、嘉保《かほう》元（一〇九四）年、父と同じく大宰権帥として大宰府に赴き、六十余年ぶりに安楽寺の梅の花と再会して、なつかしさのあまりこの歌を詠んだのである。安楽寺は、太宰府天満宮の門前にある菅原道真の霊をまつる寺である。

住吉《すみよし》の　現人神《あらひとがみ》の　ひさしさに　松《まつ》もいくたび　おひかはるらん（『詞花和歌集』巻五・賀―171）

の歌は、経信が、橘俊綱《としつな》とともに住吉の神社に参詣した時の歌である。「現人神」は人間の姿で現れる神という意味である。この歌は『拾遺和歌集』の

久《ひさ》しくも　思《おも》ほえねども　住吉《すみよし》の　松《まつ》や二度《ふたたび》　生《お》ひかはるらん（『拾遺和歌集』巻十二・恋二―741）

による歌とされているが、歌人たちが住吉の社を参詣するのは、住吉の神が和歌三神の一つとして尊崇されていたからである。

夕日《ゆふひ》さす　浅茅《あさぢ》が原《はら》の　旅人《たびびと》は　あはれいづくに　宿《やど》をとるらん（『新古今和歌集』巻十・羇旅歌―951）

は「暮れに行客《かうかく》を望む」という題で詠まれた歌であるが、これは『和漢朗詠集』の紀斉名《ただな》の詩

山遠《やまとほ》くしては雲行客《くもかうかく》の跡《あと》を埋《うづ》む　松寒《まつさむ》くしては風旅人《かぜりよじん》の夢《ゆめ》を破《やぶ》る（『和漢朗詠集』巻下・雑・雲）

にかかわる歌であるという。経信は漢詩を歌題として歌を詠むことが少なくなかったようである。ただ『和漢朗詠集』に引かれる歌は、「よみ人しらず」の次の歌である。

よそにのみ　見《み》てややみなむ　葛城《かづらき》や　たかまの山《やま》の　峰《みね》の白雲《しらくも》（『新古今和歌集』巻十一・恋歌一―990）

住吉神社の祭礼（正月四日踏歌）『住吉名勝図会』

同図会には「両官氏人、一之神殿に参り、幣殿《へいでん》に着座す。楽人、拍子・笙・篳篥《ひちりき》・笛・大拍子《どびょうし》等を持たし、北の中門の前にならび立ち、双調を吹き、此殿をうたふ。……」とある。

俊恵《しゅんえ》法師

夜《よ》もすがら　もの思《おも》ふころは　明《あ》けやらぬ　閨《ねや》のひまさへ　つれなかりけり
（『千載和歌集』巻十二・恋歌二―766）

この歌は、つれない恋に悶々と悩む閨《ねや》の情景を述べた優れた歌の一つである。夜中にうつうつと、つれない恋人のことを思っているが、その辛い思いからのがれるために早く夜が明ければよいと願っている。しかし、その夜に限って、なかなか夜が明けない。寝屋の隙間さえも、わたくしには無情に思えるというのが大意である。俊恵法師＊は、いくつかの恋歌をとどめているが、

君《きみ》やあらぬ　我身《わがみ》やあらぬ　おぼつかな　頼《たの》めし事《こと》の　みな変《かは》りぬる
（『千載和歌集』巻十五・恋五―927）

の歌の「君やあらぬ我身やあらぬ」の歌い出しはなかなかよい。もちろん、この上の句は業平の

月《つき》やあらぬ　春《はる》や昔《むかし》の　春《はる》ならぬ　わが身《み》ひとつは　もとの身《み》にして
（『古今和歌集』巻十五・恋歌五―747）

の歌いぶりに倣《なら》うものであろうが、恋の激変による恋人どうしの変貌をうまくいいあらわしているようである。

俊恵は、源俊頼《としより》の子で、東大寺の僧となったといわれているが、むしろ歌壇の活躍で著名な人物であるといってよい。鴨長明も彼の門流に属していたので、長明の『無名抄《むみょうしょう》』＊には、俊恵に関する記載が少なからず見られる。

もしを《（ほ）》草《ぐさ》　敷津《しきつ》の浦《うら》の　寝覚《ねざ》めには　しぐれにのみや　袖《そで》はぬれける
（『千載和歌集』巻八・羇旅歌―526）

この歌は、「住吉社の歌合《うたあわせ》」で「旅宿《りょしゅく》の時雨《しぐれ》」の詠題で詠まれたものである。敷津の浦は、現在の大阪

＊俊恵法師　平安後期の僧・歌人（一一一三～九一頃）。源俊頼の子。母は橘敦隆の娘。十七歳で父と死別し、東大寺の僧となる。白河にあった自坊の歌林苑で、藤原清輔、源頼政、殷富門院大輔など多くの歌人を招いて歌合や月次歌会を盛んに

俊恵法師『聯珠百人一首』

市浪速区の敷津東町、敷津西町あたりに、かつてあった浦である。もちろん、今日では想像することすらできない市街地と化している。敷津の浦がこの歌にことさらに引かれるのは、藻塩《もしお》を敷くにかかる地名であったからであろう。この歌は「藻塩を敷いて寝る敷津の浦の寝覚めには、時雨ばかりで袖がぬれるのであろうか。いやそればかりでなく、一人悲しく泣いている涙でぬれているのだ」という意味である。

春《はる》といへば　かすみにけりな　きのふまで　浪間《なみま》に見《み》えし　淡路島山《あはぢしまやま》（『新古今和歌集』巻一・春歌上—6）

この歌は、『古今和歌集』の

わたつ海《うみ》の　かざしにさせる　白妙《しろたへ》の　浪《なみ》もてゆへる　淡路島山《あはぢしまやま》（『古今和歌集』巻十七・雑歌上—911）

に倣うものであるが、わたくしは、どちらかといえば『古今和歌集』の歌の方に、魅力を感じている。

ひさぎ生《お》ふる　かた山《やま》かげに　しのびつゝ　ふきけるものを　秋《あき》の夕風《ゆふかぜ》（『新古今和歌集』巻三・夏歌—274）

の歌の情趣も、すばらしいと思っている。この歌も、『散木奇歌集』に

楸《ひさぎ》生《お》ふる　山片陰《やまかたかげ》の　石井筒《いしゐづつ》　ふみならしても　澄《す》む心《こころ》かな

の類歌があるが、夏の終わりをひそかに告げる気配をよく表現しているようである。

この世《よ》にて　六十《むそぢ》はなれぬ　秋《あき》の月《つき》　死出《しで》の山路《やまぢ》も　面変《おもがは》りすな（『千載和歌集』巻十六・雑歌上—1022）

の歌は、すでに還暦をむかえた俊恵が、死出の山路の道を相変わらず照らしてほしいと、秋の月に願った歌である。

数《かず》ならで　年経《としへ》ぬる身《み》は　今《いま》さらに　世《よ》を憂《う》しとだに　思《おも》はざりけり（『千載和歌集』巻十七・雑歌中—1079）

俊恵は、当時歌人としての評価も高く、自らの家の「歌林苑《かりんえん》」での歌の会は盛況であったから、一応、自己満足で死をむかえる気になっていたのだろう。

催し、当時の歌壇の中心的役割を果たした。『歌苑抄』『影供集』『歌撰合』などの選集を編んだが散逸。『詞花和歌集』以降の勅撰集に入集。家集に『林葉和歌集』がある。

*『無名抄』　鴨長明著の歌論書。一二一一～一六年頃に成る。歌論や和歌詠作上の心得、和歌・歌人に関する故実・逸話などの雑録。なかでも幽玄論で著名。『無名秘抄』『長明無名抄』とも呼ばれた。

道因法師《どういんほうし》

思《おも》ひわび　さても生命《いのち》は　あるものを　憂《う》きに堪《た》え《（へ）》ぬは　涙《なみだ》なりけり　（『千載和歌集』巻十三・恋歌三―818）

この道因法師＊の恋歌は、薄情な恋人の仕打ちをいやでも思い出し、悲嘆にくれているが、それでも生きているだけに、堪え切れず、つい涙をこぼしてしまうという失恋の歌である。おそらく「憂きに堪えぬ」は、「浮きに堪えぬ」の意を含み、涙に沈んで浮き上がれないことを示唆しているのであろう。

花《はな》ゆへ《（ゑ）》に　知《し》らぬ山路《やまぢ》は　なけれども　まどふは春《はる》の　心《こころ》なりけり　（『千載和歌集』巻一・春歌上―62）

の歌は一見、春の山路を歌っているようだが、この歌は、紀貫之《つらゆき》の

わが恋《こひ》は　知《し》らぬ山路《やまぢ》に　あらねども　などたましひの　まどひ消《け》ぬべき　（『貫之集』）

をふまえた歌であるから、おそらく恋歌の一種と見るべきであろう。道因の歌は、花の名所を訪れるのだから、行きなれた道に迷うことはないが、春の浮気心につい迷わされてしまうという意味である。しかし道因が本当に迷うのは、春の花であるのか、それとも女性であるのだろうか。

この歌に、「道因法師俗名敦頼《あつより》」と記されているごとく、道因の出家する以前の俗名は、藤原敦頼であった。父は治部少丞《じぶのしょうじょう》清孝《きよたか》である。敦頼は従五位下の時、出家し道因と名のるが、僧侶というよりは、『和歌色葉《しきよう》集』では名誉の歌仙の一人に数えられる歌人であるといった方が適切な人物であった。

八橋《やつはし》の　わたりにけふも　とまるかな　こゝに住《す》むべき　みかはと思《おも》へば　（『千載和歌集』巻十八・雑歌下―1197）

の歌は、「東《あづま》の方《かた》へまかりけるに、八橋《やつはし》にてよめる」と詞書《ことばがき》されている。「ここに住むべきみかはと思へば」は、このように業平がかつて妻恋うる歌を詠じた三河の八橋の土地に、僧侶の身である者が住むよ

＊道因法師
平安後期の僧・歌人（一〇九〇～？）。俗名藤原敦頼。治部少丞藤原清孝の子。母は藤原孝範の娘。従五位上左馬助を経て、一一七二年、出家。俊恵の主催する歌林苑の会衆の一人。『千載和歌集』以降の勅撰集に入集。私撰集『現存集』は散逸。

道因法師『聯珠百人一首』

うなところではないと思う、ということである。いうまでもなく「みかは（身かは）」は三河に掛けた洒落である。道因法師も、業平の風流心を追慕する気持ちがあったのではなかろうか。

あやしくも　花《はな》のあたりに　臥《ふ》せるかな　折《を》らばとがむる　人《ひと》やあるとて

（『千載和歌集』巻十八・雑歌下―1180）

の歌は「誹諧歌」であるから、戯《ざ》れ歌の一種と見るべきであろうが、花を女人に喩えて風流心をたのしんでいるように思えるのである。

　道因法師は出家をしていても、かつては宮廷に仕える歴とした人物であるから、平安貴族との交渉は、そのまま続けられていたようである。

くれなゐに　涙《なみだ》の色《いろ》の　なりゆくを　いくしほまでと　君《きみ》に問《と》はばや

（『新古今和歌集』巻十二・恋歌二―1123）

という歌は、入道関白太政大臣藤原兼実《かねざね》の家で催された歌合《うたあわせ》の歌である。この「いくしほ」は、布を染色するために染料につける回数をいうようである。これほど、あなたを思って紅の涙で染まっているが、これから何度悲しい想いをさせるのかというのが大意である。

　このように、道因法師は、いろいろな上流貴族の催す歌会に出席していたが、僧侶でありながら、勝負にこだわることが多い性格だったと伝えられている。道因は、出家しても、世俗の事をすべて断ち切る自信もなかったようである。そのため、兼実から「大鳴呼《おおおこ》」と非難されたとも伝えられている。

恋《こ》ひ死《し》なむ　身《み》はをしからず　逢《あ》ふ事《こと》に　替《か》え《（へ）》むほどまでと　思《おも》ふばかりぞ

（『千載和歌集』巻十二・恋歌二―730）

は、後三条内大臣藤原公教《きんのり》の家の歌合である。わが命とひきかえに恋人に逢いたいと歌うのは、僧侶としては、やはり、激しすぎる恋の歌のように思われるのである。

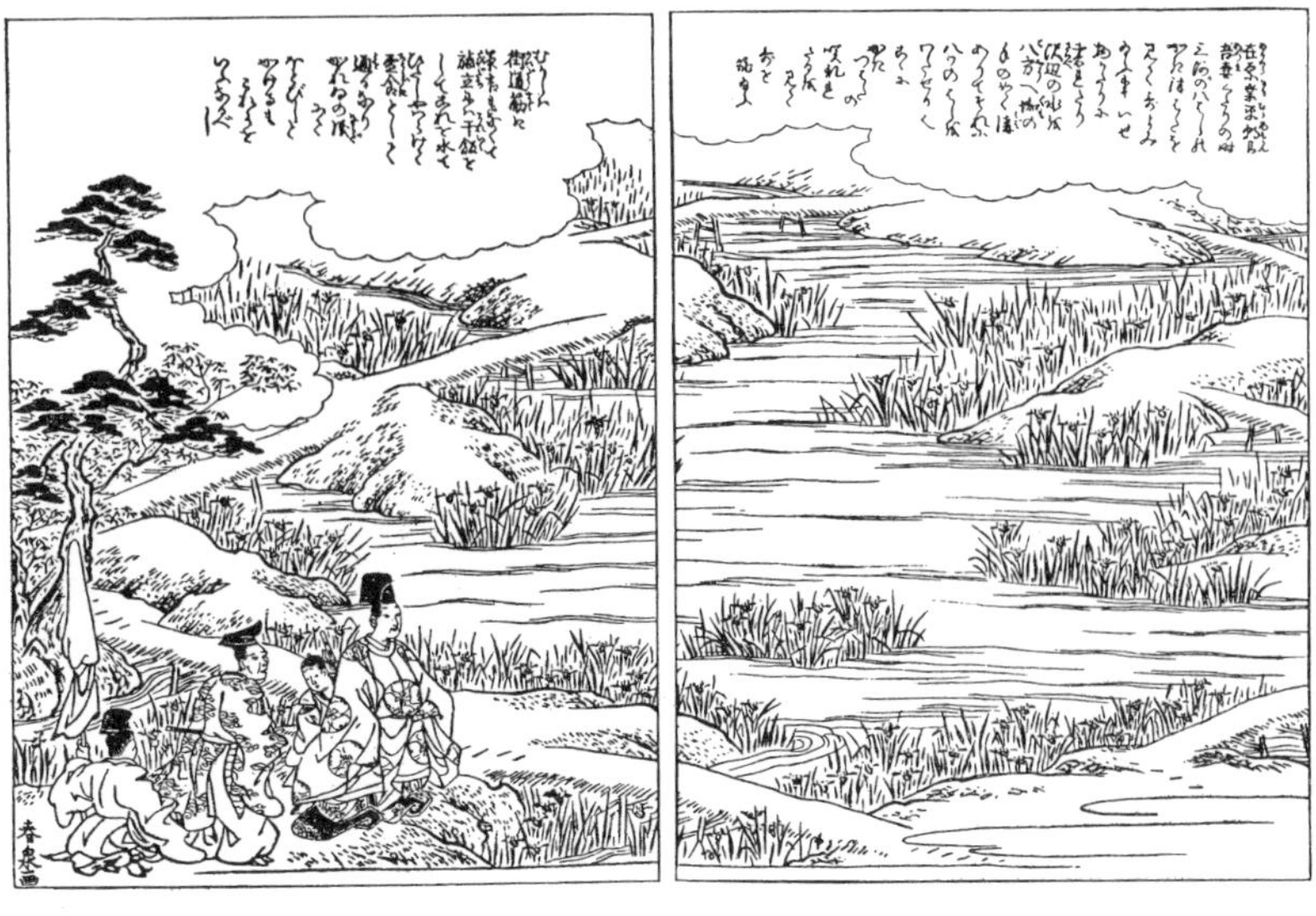

八橋『東海道名所図会』
同図会には「在原業平朝臣吾妻くだりの時、三河の八はしのかきつばたを見て歌よみたまふ事……沢辺の水を八方へ蜘《くも》の手のごとく溝ありて、それに八つのはしをわたせるなり。ここにかきつばたの咲き乱れたるを見て歌を詠みたまふ」とある。

藤原《ふじわらの》公実《きんざね》（三条大納言）

思《おも》ひあまり　人《ひと》に問《と》はばや　水無瀬川《みなせがは》　むすばぬ水《みづ》に　袖《そで》はぬるやと（『千載和歌集』巻十二・恋歌二―704）

あなたを思い悩むあまり、水の無い川と呼ばれる水無瀬川の水で、わたくしの袖が濡れている。それはどういうことかと、あなたにお尋ねしたいものだという意味であろう。

この藤原公実＊の恋歌は、『千載和歌集』巻十二の巻頭に配された歌である。藤原俊成《としなり》は、『千載和歌集』を編纂するに当たり、巻六・冬歌の冒頭にも、公実の歌、

きのふこそ　秋《あき》はくれしか　いつのまに　岩間《いはま》の水《みづ》の　うすこほるらむ（『千載和歌集』巻六・冬歌―387）

をおいている。おそらく、歌壇の庇護者に敬意をあらわしているのであろう。

公実の歌は、概していえば、極めて平易で坦々とした歌である。一読して、誰にでも歌意が容易に了解しうる歌といってよい。

とことはに　吹《ふ》く夕暮《ゆふぐれ》の　風《かぜ》なれど　秋立《あきた》つ日《ひ》こそ　涼《すず》しかりけれ（『金葉和歌集』巻三・秋部―156）

も、『金葉和歌集』巻三・秋部の最初におかれた歌である。ちなみに、この「とことは」は「常永久《とことわ》」の意である。公実の歌が、『金葉和歌集』や『千載和歌集』の巻頭を飾るのは、歌壇の大御所としての貫禄であろう。

藤原公実は、大納言実季《さねすえ》の子である。後三条天皇の即位とともに官位は進み、参議を経て正二位権大納言に至った。公実の妻、従二位の藤原光子《みつこ》は、堀河《ほりかわ》天皇＊および鳥羽天皇の乳母である。特に公実の妹苡子《しげこ》は、堀河院の女御で、鳥羽天皇の生母であったから、公実は鳥羽天皇時代には、強力な政治的な地位を得て、時めいていたようである。歌人としても有名で、藤原基俊《もととし》＊や源俊頼《としより》＊らのパトロン的存

＊藤原公実
平安後期の公卿・歌人（一〇四三～一一〇七）。藤原実季（大納言）の子。母は藤原経平の娘。左近衛少将、蔵人頭、参議、正二位・権大納言を歴任。三条大納言と呼ばれた。『後拾遺和歌集』以降の勅撰集に入集。

＊堀河天皇
第七十三代天皇（一〇七九～一一〇七）。白河天皇の皇子。母は藤原賢子。八歳で即位。幼少のため、白河天皇が院で政務をした。成人して大江匡房、源俊方の補佐のもとで政務を励行し、賢王と呼ばれたが、父白河法王の院政が実権を握るようになり、笛や笙などに興ずるようになった。在位一〇八六～一一〇七。

＊藤原基俊
平安後期の官人・歌人（一〇六〇～一一四二）。藤原俊家の子。『堀河百首』の作者の一人。源俊頼と共に院政期の歌壇を主導。『新撰朗詠集』を編纂。『金葉和歌集』以降の勅撰集に入集。家集に『基俊集』がある。↓282頁

＊源俊頼
平安後期の官人・歌人（一〇五五～一一二九）。源経信の子。藤原基俊と共に歌壇の双璧とされた。『金葉和歌集』を編纂。『金葉和歌集』以降の勅撰集に入集。著に歌論書の『俊頼髄脳』があり、家集に『散木奇歌集』がある。↓280頁

在でもあったといわれている。

帰《かへ》りこむ　ほども定《さだ》めぬ　別《わか》れ路《ぢ》は　みやこの手振《てぶ》り　思《おも》ひ出《い》でにせよ（『千載和歌集』巻七・離別歌―479）

は、「堀川院御時百首歌《ひやくしゅうた》たてまつりける時、別《わか》れの心をよみ侍《はべり》ける」と詞書《ことばがき》されている。

ひとり寝《ぬ》る　我《われ》にて知《し》りぬ　池水《いけみづ》に　つがはぬ鴛《をし》の　思《おも》ふ心《こころ》を（『千載和歌集』巻十三・恋歌三―787）

も、堀河院に献じた公実の百首歌の一首である。この歌は、「自分は独り寝をしているが、番《つがい》のないおしどりが、つらい気持ちで池の水に浮かんでいるそのさびしい気持ちがわかるような気がする」という意味であろう。番わぬ鴛《おし》を、独り寝のさびしさにたとえる歌は、王朝の歌にも見えているが、日本人特有の、一種の自然物への感情移入のあらわれであろう。

また、公実は、独特の「みたて」の歌を得意としていたようである。

春《はる》たちて　木末《こずゑ》にきえぬ　白雪《しらゆき》は　まだきに咲《さ》ける　花《はな》かとぞ見《み》る（『金葉和歌集』巻一・春部―2）

この歌は、白雪を梅の花に見立てる類型歌にすぎないが、

ゆきの色《いろ》を　うばひてさける　卯《う》の花《はな》に　小野《をの》の里人《さとびと》　ふゆごもりすな（『金葉和歌集』巻二・夏部―98）

の歌は、それなりに評価されてよい歌である。ちなみにこの歌は、『万葉集』の

雪《ゆき》の色《いろ》を　奪《うば》ひて咲《さ》ける　梅《むめ》の花《はな》　今盛《いまさか》りなり　見《み》む人《ひと》もがも（『万葉集』巻五―850）

をモデルとするといわれている。

このように公実は、特に優れた歌人というよりも、むしろ歌壇のパトロン的な人物であったようである。

オシドリ『聚鳥画譜』

白河《しらかわ》天皇

咲《さ》きしより　ちるまで見《み》れば　木《こ》の本《もと》に　花《はな》も日《ひ》かずも　つもりぬるかな

（『千載和歌集』巻二・春歌下―77）

白河院＊の御製は、鳥羽殿《とばどの》で「常に花を見る」と題されて詠まれたものである。鳥羽殿は、院政時代に、白河法皇および鳥羽法皇の離宮とされたものである。白河天皇がご退位された時、応徳三（一〇八六）年に藤原季綱《すえつな》が京の郊外のこの地を献じたことにより起こるといわれている。南殿を中心に北殿、泉殿などが建てられ、本格的な庭園を含む大規模な離宮であった。

ご存知のように、ここを中心としていわゆる平安末期の院政が行われた。

白河天皇は、後三条天皇の皇子である。延久四（一〇七二）年に天皇に即位されたが、応徳三（一〇八六）年に至って八歳の御子の堀河天皇に譲位された。堀河天皇はご幼少のため、後見として白河上皇は政務を執られることになったのである。

関白藤原師通《もろみち》＊の在世中は、まだ院政も制約をうけていたが、堀河天皇の御子鳥羽天皇の時代に至ると、師通もすでになく、ここに至って上皇は遠慮なく政務を掌握され、院政を思うままに行われることになった。

白河上皇（法皇）は、剛直なご性格で『中右記』に「威《い》は四海《しかい》に満ち……聖明《せいめい》の君、長久《ちょうきゅう》の王《おう》」と評されていたお方である。その半面、白河法皇は和歌も好まれ、『後拾遺和歌集』や『金葉和歌集』の撰進を命ぜられている。その『後拾遺和歌集』には

大井河《おほゐがは》　ふるき流《なが》れを　たづね来《き》て　嵐《あらし》の山《やま》の　紅葉《もみぢ》をぞ見《み》る

（『後拾遺和歌集』巻六・冬―379）

という御製が収められている。詞書《ことばがき》によると、承保三（一〇七六）年十月に、御狩《みか》りのついでに大井河に

＊白河院
白河天皇。第七十二代天皇（一〇五三～一一二九）。後三条天皇の皇子。母は藤原茂子。後三条天皇が上皇となり、譲位されて即位。一〇八六年、八歳の堀河天皇に譲位して上皇となり、以後、堀河・鳥羽・崇徳天皇の三代、四十三年間にわたり院政を行う。仏教に深く帰依し、たびたび高野・熊野に参詣し、法勝寺・証金剛院などの寺院を建立した。また、院の武力として北面の武士を設置、平氏武士団を登用した。一〇九六年、出家し法皇となる。和歌にも関心が強く、『後拾遺和歌集』『金葉和歌集』の撰を奏進させた。『後拾遺和歌集』以降の勅撰集に入集。在位一〇七二～八六。

＊藤原師通
平安後期の公卿（一〇六二～九九）。藤原師実の子。母は源麗子。参議、内大臣から関白・従一位、氏長者となる。後二条殿と呼ばれた。白河上皇の院政に批判的で、延暦寺僧兵の動静についても厳しく対応した。大江匡房に経史を学び、書・琵琶など学芸に優れた。三十八歳の若さで没した。日記に『後二条師通記』がある。

＊『今鏡』
平安末期の歴史物語。藤原為経（寂超）の著とされる説が有力。一〇二五～一一七〇年（後一条天皇から高倉天皇まで十三代、百四十六年間）の歴史を老女が話す紀伝体で著した書。『小鏡』『つくも髪の物語』ともいう。

行幸された時の御製とされている。『今鏡』＊（巻二・すべらぎ）の中の「もみぢのみかり」の条には、この御製を引いて、承保三年十月二十四日のみゆきの折の御歌と記している。そして『今鏡』には「むかしのここちして、いとやさしくをはしましき」と述べているのである。

ほとゝぎす　待《ま》つにかぎりて　あかすかな　藤《ふぢ》の花《はな》とや　人《ひと》の見《み》るらん　（『金葉和歌集』巻二・夏部―116）

の御製は、「時鳥《ほととぎす》の鳴くことだけに心を奪われ、ついに夜を明かしてしまった。だが、人々は藤の花が気になって夜を明かしたのだというのだろうか」という意味である。この御製を、少し勘繰ることが許されるならば、「藤の花」は藤原の摂関家のことを象徴するのかもしれないと、わたくしは想像しているのである。

尋《たづ》ねつる　我《われ》をや春《はる》も　待《ま》ちつらん　今《いま》ぞさかりに　匂《にほ》ひましける　（『金葉和歌集』巻一・春部―30）

この御製は、詞書に「白河の花見の御幸《みゆき》に」と記されているが、『今鏡』（巻二・すべらぎ）の中の「白河の花宴」によれば、保安《ほうあん》五（一一二四）年閏二月十二日に、法皇と鳥羽上皇、待賢門院がそろって法勝寺や白河第に行幸され、桜の宴を開かれときの御製であるという。これはまさに、白河法皇の最高期を演出した花宴であった。

春《はる》くれば　花《はな》のこずゑに　誘《さそ》はれて　いたらぬ里《さと》の　なかりつるかな　（『詞花和歌集』巻一・春―27）

御心の欲することがすべて達成しうる、自信を示された御作であろう。

よろづ代《よ》の　秋《あき》をも知《し》らで　すぎきたる　葉《は》がへぬ谷《たに》の　岩根松《いはねまつ》かな　（『後拾遺和歌集』巻十八・雑四―1050）

この御製の詞書に「松澗底《かんてい》に老《お》いたり」の詩にもとづくとあるように、白楽天の「澗底松《かんていのまつ》」を歌題とするものであった。澗底の松は谷間の底に生える松をいうのであるが、これは左思《さし》の「詠史詞」の「鬱々たる澗底の松」に依るといわれている。しかし白河法皇の御製は、あくまで自らの御命が永遠であることを賛じたものというべきであろう。

藤原師通『前賢故実』

源《みなもとの》 俊頼《としより》

憂《う》かりける 人《ひと》を初瀬《はつせ》の 山《やま》を《(お)》ろしよ はげしかれとは 祈《いの》らぬものを（『千載和歌集』巻十二・恋歌二―708）

この歌は、「初瀬の観音に、自分につらく当たる人を、どうかなびくように祈ったけれど、相変わらずつれない態度を示している。決して激しくわたくしに当たるようには祈ったわけではないのに」という意味である。「憂かる」は「つらいと思う」ことで、「憂かりける」は「つらい思いをさせる」ことを意味する。

初瀬に祈るとは、長谷観音に恋の成就を祈願することである。長谷寺は、奈良県桜井市初瀬にある名刹である。奈良時代のはじめに沙弥徳道《しゃみとくどう》が観音堂を建立し、十一面観音を祀ったが、平安時代に入ると、平安貴族の初瀬詣が流行した。たとえば『蜻蛉《かげろう》日記』でも、道綱《みちつな》の母が、天禄二（九七二）年に初瀬詣をこころみている。もちろん、夫兼家《かねいえ》に対する恋の悩みを訴えるためであった。

この源俊頼*の歌は、権中納言藤原俊忠《としただ》の家の歌合《うたあわせ》で、「祈れども逢はざる恋」という題を引き当てて歌ったものである。その時、「誓ふ恋」を担当したのが、修理大夫顕季《しゅりのだいぶあきすえ》である。

うれしくは のちの心《こころ》を 神《かみ》も聞《き》け ひく標縄《しめなは》の 絶《た》えじとぞ思《おも》ふ（『千載和歌集』巻十二・恋歌二―709）

「ひく標縄の絶えじとぞ思ふ」とは、神にかけて恋が永遠につづくのを誓うことである。
俊頼の恋歌といえば「初めて会う恋の心」を詠じた

蘆《あし》の屋《や》の しづはた帯《おび》の かたむすび 心《こころ》やすくも うちとくるかな（『新古今和歌集』巻十三・恋歌三―1164）

がある。「しづはた帯」は、倭文《しづ》で織った綾織の帯である。倭文は文字通り、日本古来の織物で、麻糸などをあや織りしたものといわれている。『常陸国風土記』に見える久慈郡静織《しどり》の里が、古代の倭文の

---

*源俊頼　平安後期の官人・歌人（一〇五五～一一二九）。源経信の子。母は源貞亮の娘。従四位上左京権大夫・木工頭などを歴任。官位には恵まれなかった。堀河天皇近習の楽人。藤原忠通や藤原顕季らの主催の歌合で活躍。藤原基俊と共に歌壇の双璧とされた。白河法王の勅で

源俊頼『聯珠百人一首』

産地である。また、よく知られている静御前《しずかごぜん》の「しづやしづ」の歌の「しづ」とは、いうまでもなく「倭文」を指している。

ところで源俊頼であるが、彼は平安後期を代表する歌人である。正二位大納言兼大宰権帥《だざいのごんのそつ》源経信《つねのぶ》の子であり、白河天皇に仕えて、従四位下左京権大夫《さきょうごんのだいぶ》となり、堀河天皇の近臣の一人であった。だが鳥羽朝の頃は、官位も停滞していたようである。しかし、早くから歌壇の寵児であった。その歌論は、藤原基俊《もととし》と対立したが、歌壇の一方の雄として華々しく活躍している。白河法皇の命をうけて『金葉和歌集』の編纂に当たり、自家集にも『俊頼集』（『散木奇歌集』）がある。歌論としても『俊頼髄脳』は有名である。ちなみに「散木《さんぼく》」は『荘子』によるもので、無用の木材を意味する。もちろん謙遜の意を含めている名である。

待《ま》ちかねて　尋《たづ》ねざりせば　時鳥《ほととぎす》　たれとか山《やま》の　かひに鳴《な》かまし（『金葉和歌集』巻二・夏部―114）

この歌も、夏部に含まれているが、いうまでもなく恋歌とみてよいであろう。「山のかひ」は「山の峡《かい》」であるとともに、「鳴く甲斐」の意で、誰と恋の言葉を交しているかという意味である。

風《かぜ》ふけば　蓮《はす》のうき葉《は》に　玉《たま》こえて　すゞしくなりぬ　蜩《ひぐらし》の声《こゑ》（『金葉和歌集』巻二・夏部―145）

の歌は、清冽で鋭い感覚を見せており、見事な歌の一つだと思っている。

俊頼の恋の歌として優れたものに

おもひ草《ぐさ》　葉末《はずゑ》にむすぶ　白露《しらつゆ》の　たま〳〵来《き》ては　手《て》にもかゝらず（『金葉和歌集』巻七・恋部上―416）

がある。そっけない恋人のたまさかの訪問であるが、それも結局は、二人は結ばずに帰ってしまったという嘆きの歌である。白露があえなく消えるような恋人の影を、どうしたらとどめることができようかと、歌っているのである。

『金葉和歌集』を編纂。『金葉和歌集』以降の勅撰集に入集。著に歌論書の『俊頼髄脳』があり、家集に『散木奇歌集』がある。

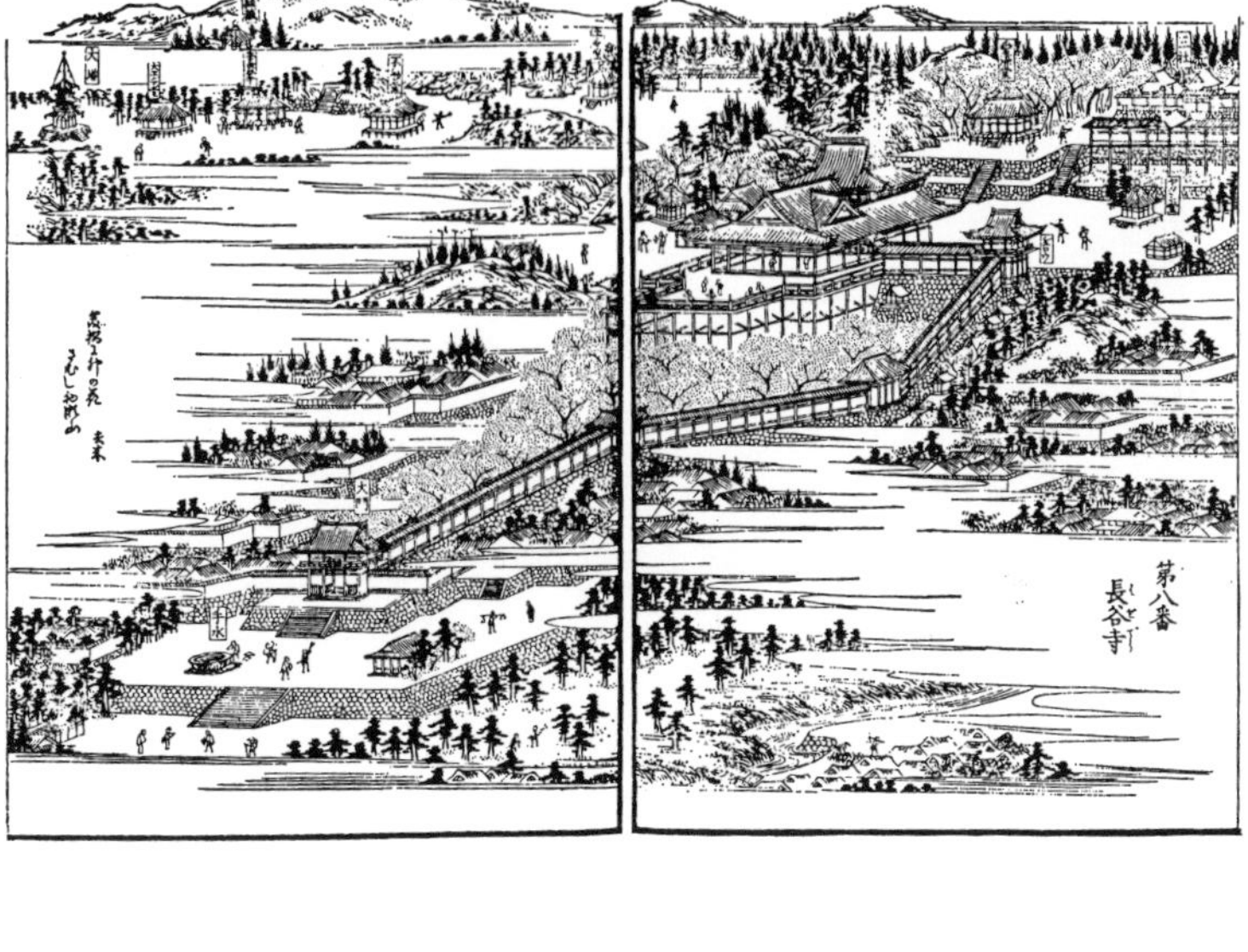

長谷寺『西国三十三所名所図会』
図中には「第八番長谷寺　笈摺に卯の花さむし初瀬山　去来」とある。

藤原《ふじわらの》基俊《もととし》

契《ちぎ》りを《（お）》きし　させもが露《つゆ》を　命《いのち》にて　あはれことしの　秋《あき》もいぬめり　（『千載和歌集』巻十六・雑歌上―1026）

この歌は、詞書《ことばがき》によると、律師光覚《こうかく》という藤原基俊＊の子を「維摩会《ゆいまえ》」の講師にと申請していたが、選にもれてしまった時の歌である。そこで法性寺《ほっしょうじ》入道前《さきの》太政大臣藤原忠通《ただみち》＊に恨みを申し上げると、忠通からは、

なほ頼《たの》め　しめぢが原《はら》の　さしも草《ぐさ》　我世《わがよ》の中《なか》に　あらむ限《かぎ》りは　（『袋草紙』清水寺観音）

と、つまり清水寺の観音の歌ではないが、期待して待つようにという返事がおくられてきたのに、結局、その年の講師に光覚はもれてしまった。その怨み言の歌が、この基俊の歌である。維摩会は藤原氏の氏寺である興福寺で毎年、十月十日から十六日まで催される重要な法会である。この講師に選ばれることは法師にとって最高の栄誉と考えられていた。

藤原基俊は、右大臣俊家《としいえ》の子である。彼の兄弟たちはともに官位を高めていったが、彼だけは、遂に従五位上左衛門佐《さえもんのすけ》にとどまっている。歌人としての名は当時から高かったが、その弟子の藤原俊成《としなり》は師よりも、源俊頼《としより》の方を評価しているというように、対立した俊頼にも押されがちであったようである。

基俊の歌は、伝統的な立場を厳守し、革新的な俊頼と対立したが、彼の古典の研究に尽くした功績は評価されなければならないと、わたくしは考えている。また歌合《うたあわせ》の判者として、「幽玄」とか「余情」という言葉を初めて用いたのも基俊であった。

木《こ》の間《ま》より　ひれ振《ふ》る袖《そで》を　よそに見《み》て　いかゞはすべき　松浦佐用姫《まつらさよひめ》　（『千載和歌集』巻十四・恋歌四―847）

＊藤原基俊
平安後期の官人・歌人（一〇六〇～一一四二）。藤原俊家（右大臣）の子。母は高階順業の娘。従五位上左衛門佐で退官。藤原忠通主催の歌合に出詠、判者となり、源俊頼と共に院政期の歌壇を主導。藤原俊成の師。『新撰朗詠集』を編纂。『金葉和歌集』以降の勅撰集に入集。家集に『基俊集』がある。

藤原基俊『聯珠百人一首』

この歌は、堀河院の御時、百首歌を献じた折、その中の「恋の心」を歌ったものである。『肥前国風土記』松浦《まつら》郡の褶振《ひれふり》の峯の条には「大伴《おほとも》の狭手彦《さでひこ》の連《むらじ》、発船《ふなだち》して任那《みまな》に渡《わた》りし時、弟日姫子《をとひめこ》、此《ここ》に登《のぼ》りて、褶《ひれ》を用《も》ちて降《ふ》り招《を》きき」と記されている。この弟日姫子が松浦佐用姫であると考えてよい。

水隠《みごも》りに　いはで古屋《ふるや》の　忍草《しのぶぐさ》　しのぶとだにも　しらせてし哉《がな》（『千載和歌集』巻十一・恋歌一―655）

この歌は、古屋の忍草ではないが、あなたへの恋心を今まで秘めていたが、わたくしが黙って忍んでいることだけでも知らせたいという屈折した心理を歌ったものである。おそらくこの歌は、源融《とおる》の

陸奥《みちのく》の　しのぶもぢずり　誰《たれ》ゆへ(ゑ)に　みだれむと思《おもふ》　我《われ》ならなくに（『古今和歌集』巻十四・恋四―724）

を意識した歌であろう。

風《かぜ》にちる　はなたちばなに　袖《そで》しめて　我思《わがおも》ふ妹《いも》が　手枕《たまくら》にせむ（『千載和歌集』巻三・夏歌―172）

「はなたちばなに袖しめて」というのは、橘の香りを袖に移すことである。それで、いとしい妻の手枕の代わりにしようというのである。この歌も、おそらく『万葉集』の次の歌を意識したものであろう。

さ男鹿《をしか》の　入野《いりの》の薄《すすき》　初尾花《はつをばな》　いつしか妹《いも》が　手《て》を枕《まくら》かむ（『万葉集』巻十―2277）

このように『万葉集』や『古今和歌集』の古典が典拠とされていることは、基俊の古典研究の成果のあらわれと見てよいであろう。

庭《には》の面《おも》に　しげる蓬《よもぎ》に　ことよせて　心《こころ》のまゝに　を(お)ける露《つゆ》かな（『新古今和歌集』巻五・秋歌下―467）

の基俊の歌は、「閑庭《かんてい》露しげし」の題のごとく、静謐で心ひかれる歌の一つである。この歌も

わが宿《やど》の　のきのしのぶに　ことよせて　やがても茂《しげ》る　忘《わす》れ草《ぐさ》かな（『後拾遺和歌集』巻十三・恋三―737）

を下敷としたものであろう。基俊の歌には、いずれも必ず典拠があるといってよいのである。

＊藤原忠通　平安後期の公卿・歌人（一〇九七～一一六四）。藤原忠実（関白）の子。母は源師子。白河法皇に罷免された父の忠実にかわり、鳥羽・崇徳・近衛・後白河の四代の関白をつとめる。摂政関白太政大臣従一位。保元の乱で弟の藤原頼長を倒す。↓296頁

松浦佐用姫『絵本名紋尽』

藤原顕季《ふじわらのあきすえ》

うたゝ寝《ね》の　夢《ゆめ》なかりせば　別《わか》れにし　昔《むかし》の人《ひと》を　またも見《み》ましや　（『金葉和歌集』巻九・雑部上―553）

この歌は、いわゆる堀河百首の中の「夢の心をよめる」の歌である。藤原顕季＊の和歌は、そつない歌ぶりが目立つように思われる。

わが恋《こひ》は　吉野《よしの》の山《やま》の　おくなれや　思《おも》ひいれども　あふ人《ひと》もなし　（『詞花和歌集』巻七・恋上―212）

この歌も、堀河院に百首歌を献じた歌に含まれるが、『躬恒《みつね》集』の

我恋《わがこひ》は　知《し》らぬ道《みち》にも　あらなくに　惑《まど》ひわたれど　逢《あ》ふ人《ひと》もなし

を意識したものであろう。

先の顕季の「うたゝ寝の夢」の歌は、いうまでもなく、小野小町の

うたゝねに　恋《こひ》しき人《ひと》を　見《み》てしより　夢《ゆめ》てふ物《もの》は　頼《たの》みそめてき　（『古今和歌集』巻十二・恋歌二―553）

に倣《なら》うものであろう。

藤原顕季は、美濃守藤原隆経《たかつね》の息子である。彼は、白河天皇の外伯父藤原実季《さねすえ》＊の猶子《ゆうし》となり、院の別当や修理大夫《しゅりのだいぶ》などをつとめて、正三位に至っている。顕季がこのように順当に官界で出世しえたのは、彼自身が能吏であったのはもちろんであるが、母の従二位親子《ちかこ》が、白河天皇の乳母であったことも大きかったようである。

『古今著聞集』（第六ノ三十六・和歌）によれば「元永元（一一一八）年六月十六日、修理大夫《しゅりのだいぶ》顕季卿、六条東洞院亭《ひがしのとういんのてい》にて、柿下（本）大夫人丸供《ひとまろく》をおこなひけり」と記されているが、顕季はじめて柿本人麻呂の

＊藤原顕季
平安後期の公卿・歌人（一〇五五〜一一二三）。藤原隆経の子。母は藤原親子で白河天皇の乳母。藤原実季の猶子。讃岐・丹波・尾張・伊予・播磨守を経て、修理大夫、東宮亮、白河院別当、正三位となる。院司として宮廷内で絶大な権力をふるった。人麻呂影供を創始。『後拾遺和歌集』以降の勅撰集に入集。家集に『六条修理大夫集』がある。

＊藤原実季
平安後期の公卿（一〇三五〜九二）。藤原公成の子。妹の茂子が尊仁親王（後三条天皇）の子の貞仁親王（白河天皇）を生んだことで蔵人頭、参議となり、白河天皇の即位後に、外伯父として正二位大納言となる。死後、太政大臣を追贈された。後閑院贈太政大臣と呼ばれた。

＊藤原顕輔
平安後期の公卿・歌人（一〇九〇〜一一五五）。藤原顕季の子。母は藤原経平の娘。正三位左京大夫となる。崇徳上皇の勅によって『詞花和歌集』を編纂。『金葉和歌集』以降の勅撰集に入集。家集に『左京大夫顕輔卿集』がある。→286頁

画像を飾り、その影供《えいぐ》の歌合《うたあわせ》を行い、それは後世の模範とされたという。その時、人麻呂の

ほの〴〵と　あかしの浦《うら》の　朝《あさ》ぎりに　島《しま》がくれ行《ゆく》　舟《ふね》をしぞ思《おもふ》　（『古今和歌集』巻九・羇旅歌―409）

が詠じられたといわれている。

顕季の歌の流れは、六条藤原家として息子の藤原顕輔《あきすけ》*にうけつがれ、家勢を誇ったようである。だが、顕季は、職業的歌人としての長所も短所も兼ね備えていたと、わたしくは考えている。

うれしくは　のちの心《こころ》を　神《かみ》も聞《き》け　ひく標縄《しめなは》の　絶《た》えじとぞ思《おも》ふ　（『千載和歌集』巻十二・恋歌二―709）

の恋歌も、歌の会の求めに応じて歌われたものである。手馴れた歌ぶりといってよいであろう。

顕季の歌では

玉藻刈《たまもか》る　伊良胡《いらこ》が崎《さき》の　岩根松《いはねまつ》　いくよまでにか　年《とし》のへぬらむ　（『千載和歌集』巻十六・雑歌上―1044）

などもよいと思われるが、この歌も、『万葉集』の

白浪《しらなみ》の　浜松《はままつ》が枝《え》の　手向草《たむけぐさ》　幾代《いくよ》までにか　年《とし》の経《へ》ぬらむ　（川島皇子『万葉集』巻一―34）

を下敷きとしているようである。

松《まつ》が根《ね》に　お《（を）》花《ばな》かりしき　夜《よ》もすがら　かたしく袖《そで》に　雪《ゆき》はふりつゝ　（『新古今和歌集』巻十・羇旅歌―929）

の歌は、叙情的で好ましいが、この歌も顕季自身の

松《まつ》が根《ね》に　衣《ころも》かたしき　夜《よ》もすがら　ながむる月《つき》を　妹《いも》見《み》るらむか　（『金葉和歌集』巻三・秋部―211）

に類似する。顕季の歌は以上のように巧みではあるが、何となく職業的歌人の色彩が感じられるといってよいであろう。

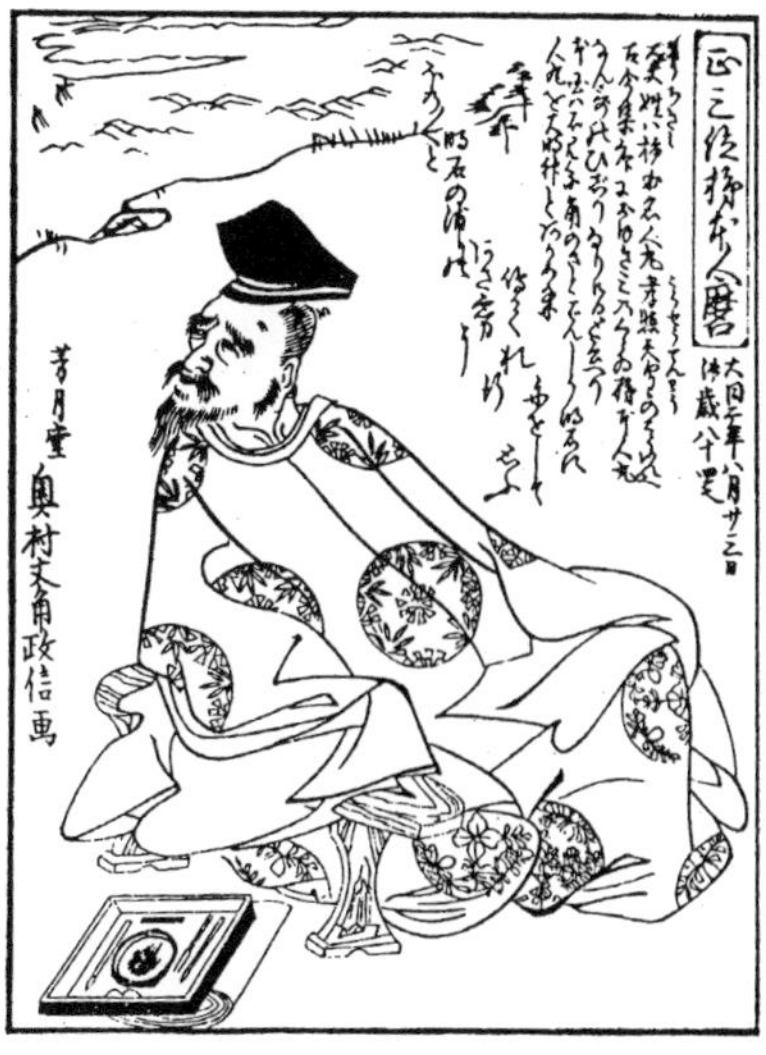

柿本人麻呂『絵本江戸絵簾屏風』

藤原《ふじわらの》　顕輔《あきすけ》（左京大夫《さきょうのだいぶ》）

秋風《あきかぜ》に　たなびく雲《くも》の　絶《た》え間《ま》より　もれいづる月《つき》の　かげのさやけさ　（『新古今和歌集』巻四・秋歌上―413）

この藤原顕輔＊の歌は、「崇徳院《すとくいん》に百首歌たてまつりけるに」と詞書《ことばがき》されているように、久安六（一一五〇）年に、崇徳上皇に百首歌を献じたものの一首である。

『新古今和歌集』には、このほか顕輔が崇徳上皇に献じた百首歌が収められている。

秋《あき》の田《た》に　庵《いほ》さすしづの　苫《とま》をあらみ　月《つき》とともにや　もりあかすらん　（『新古今和歌集』巻四・秋歌上―431）

この歌は、秋の田に仮庵《かりほ》を結ぶ農民は、庵を覆う苫が粗製なので、その隙間からさしこむ月と一緒に、夜の番をしているだろうという意味である。ちなみに苫は、屋根に載せ、雨露を防ぐための菅《すげ》や茅《かや》をこものように編んだものをいう。顕輔の一時期の歌は、どちらかといえば平易であるが、淡々とした寂寥感をたたえた歌が多いように思われる。

たれもみな　花《はな》の宮《みや》こに　散《ち》りはてて　ひとりしぐるゝ　秋《あき》の山里《やまざと》　（『新古今和歌集』巻八・哀傷歌―764）

もちろん、この歌は、「年頃《としごろ》すみ侍《はべり》ける女の身まかりにける四十九日はてて、なを《(ほ)》山里《やまざと》に籠《こも》りゐてよみ侍ける」とあるように、顕輔の正妻「中将《ちゅうじょう》の上《うえ》」の中陰（中有《ちゅうう》、四十九日のこと）の悲しみの歌であるから、悲哀感にあふれているのは当然であろう。

思《おも》へども　いはでの山《やま》に　年《とし》をへて　朽《く》ちやはてなむ　谷《たに》のむもれ木《ぎ》　（『千載和歌集』巻十一・恋歌一―651）

は恋歌であるが、やはり、どちらかといえば敗者の感をただよわせている歌といってよいであろう。あ

＊藤原顕輔
平安後期の公卿・歌人（一〇九〇～一一五五）。藤原顕季の子。母は藤原経平の娘。美作守、鳥羽院別当などを歴任するが、白河院の勘気にふれ、昇殿を止められる。白河院の崩御の後、中宮亮となり、昇殿を認められ、正三位左京大夫となる。歌人として知られ、数多くの歌合に出詠。崇徳上皇の勅によって『詞花和

藤原顕輔『聯珠百人一首』

なたを恋しいと思っていても、それを告白することもできずに年月を経てしまった。それはあたかも、陸奥の岩手山の谷の埋もれ木のようなものだという意味である。

ちなみに、この岩手《いわで》の山は、その名が示すように、現在、岩手富士などと称されている岩手県の名山である。この山が歌枕とされたのは、いうまでもなく「岩手」を「言わで」（物言はぬこと）に掛けて用いられたからである。『千載和歌集』にも

人知《ひとし》れぬ　涙《なみだ》の川《かは》の　みなかみや　いはでの山の　谷《たに》のした水《みづ》（顕昭法師『千載和歌集』巻十一・恋歌一―667）

とあり、ここでも岩手山が恋歌に歌われている。

枯《か》れはつる　藤《ふぢ》の末葉《すゑば》の　かなしきは　たゞ春《はる》の日《ひ》を　たのむばかりぞ（『詞花和歌集』巻九・雑上―339）

の歌には、「よにしづみて侍《はべり》けるころ、春日《かすが》の冬の祭《まつり》に幣立《へいた》てけるに、おぼえけることをみてぐらに書《か》き付《つ》け侍ける」と詞書されている。すっかり落ちぶれた藤原氏の末流の悲しさを、春の日がむかえることができるように、藤原氏の氏神である春日の神に、ただひたすら祈るばかりだという意味であろう。

藤原顕輔は、和歌の家、六条家の祖とされる藤原顕季《あきすえ》の子である。父顕季は、白河院の近臣であったため、顕輔も加賀守や美作守に任ぜられていたが、父顕季がなくなると、院の勘気《かんき》にふれ、不遇の一時を過ごしたようである。おそらくその頃の詠歌であろう。

しかし、白河院の崩ぜられた後には、関白藤原忠通《ただみち》に引き立てられ、特に忠通の娘聖子《きよこ》が崇徳天皇＊の中宮になると、彼もしだいに重用され、正三位左京大夫にのぼり、仁平《にんぺい》元（一一五一）年勅命で『詞花和歌集』を撰進している。

このような苦しい一時期を脱却して、歌壇の指導者に立つと、顕輔は

いかで我《われ》　こゝろの月《つき》を　あらはして　闇《やみ》にまどへる　人《ひと》を照《て》らさむ（『詞花和歌集』巻十・雑下―414）

の心境に達する。

それはあたかも、文殊菩薩の「清浄円満《せいじょうえんまん》の月」（『心地観経』）の精神を模すものといってよい。

歌集』を編纂。『金葉和歌集』以降の勅撰集に入集。家集に『左京大夫顕輔卿集』がある。

＊崇徳天皇
第七十五代天皇（一一一九～六四）。鳥羽天皇の皇子。母は待賢門院璋子。白河法皇の崩御後、父の鳥羽法皇の強請によって体仁親王（近衛天皇）に譲位、崇徳院となる。一一五六年、左大臣の藤原頼長と保元の乱を起こすが、敗れて讃岐に配流となり、同地で没した。→298頁

磐手山（岩手山）『日本名山図会』

藤原《ふじわらの》 清輔《きよすけ》

ながらへば　又《また》このごろや　しのばれん　憂《う》しと見《み》し世《よ》ぞ　今《いま》は恋《こひ》しき
（『新古今和歌集』巻十八・雑歌下―1843）

この藤原清輔*の歌は、『清輔集』には、「三条内大臣いまだ中将《ちゆうじやう》にておはしける時、遣はしける」と詞書《ことばがき》されている。三条内大臣とは、藤原公教《きんのり》*を指す。彼は『公卿補任』（長承二年条）によれば、崇徳天皇の大治五（一一三〇）年四月に左中将に任ぜられ、保延二（一一三六）年十一月に権中納言に任ぜられるまで、左中将をつとめていたようである。ちなみに、公教が内大臣に任ぜられたのは保元二（一一五七）年八月で、五十五歳の時であった。

清輔が藤原公教におくった歌という「ながらへば」は、「もし長らく生きていれば、また同じように、その頃が懐かしく思い出されるだろう。生きているのがつらいと思っていた昔の事も、今では恋しく思い出されるから」という意味である。

藤原公教は、八条太政大臣藤原実行《さねゆき》の子である（『今鏡』巻六・ふぢなみの下）。おそらくこの歌は、長らく左中将にとどめられ不満をもっていた公教を、藤原清輔が慰めたものであろう。

藤原清輔は、顕輔《あきすけ》の子であるだけに、優れた歌人であった。だが、父顕輔とは不和の関係がつづいたために、官位の昇進は停滞し、正四位下皇太后宮大進で終わっている。しかるに、歌学の道では第一人者をもって遇され、歌学書『袋草子《ふくろぞうし》』を二条天皇に献じているのは、ご存知のことと思う。

君《きみ》こずは　ひとりやねなん　さゝの葉《は》の　み山《やま》もそよに　さやぐ霜夜《しもよ》を　（『新古今和歌集』巻六・冬歌―616）

の歌からもうかがえるように、彼の歌は極めて抒情性豊かな歌ぶりであるといってよい。この歌は、柿本人麻呂の

*藤原清輔　平安後期の官人・歌人（一一〇四～七七）。藤原顕輔の子。母は高階能遠の娘。太皇太后大進・正四位下。『続詞花和歌集』を撰。『奥義抄』『和歌初学抄』を著す。家集に『清輔朝臣集』がある。『千載和歌集』以降の勅撰集に入集。

藤原清輔『聯珠百人一首』

小竹《ささ》の葉《は》は　み山《やま》もさやに　乱《みだ》るとも　われは妹思《いもおも》ふ　別《わか》れ来《き》ぬれば　（『万葉集』巻二―133）

を本歌とするという。

あさ霞《がすみ》　ふかく見《み》ゆるや　けぶりたつ　室《むろ》の八島《やしま》の　わたりなるらん　（『新古今和歌集』巻一・春歌上―34）

は、「崇徳院に百首歌たてまつりける時」と詞書されているが、叙景的に美しい歌の一つである。けれどこの歌も、源俊頼《としより》の

けぶりかと　室《むろ》の八島《やしま》を　見《み》し程《ほど》に　やがても空《そら》の　かすみぬるかな　（『千載和歌集』巻一・春歌上―7）

を本歌とする。このように、清輔は優れた歌学者であるから、その歌も先人の優れた歌を本歌とするものが少なくない。ちなみに、「室の八島」は、現在の栃木県栃木市にあった歌枕である。現在では栃木市総社町の大神《おおみわ》神社内に人工の八島がつくられて、「室の八島」と称しているが、残念ながら昔の室の八島の所在地は不明といわなければならない。それはともかく、八代集の歌には、常に「烟《けむ》りの八島」と歌われているのが通例である。

ふけにける　我世《わがよ》の秋《あき》ぞ　あはれなる　かたぶく月《つき》は　またもいで南《なん》　（『千載和歌集』巻四・秋歌上―297）

本当に、すっかり更けてしまった秋の気配はあわれなものだ。西に傾いた月は、再び出るものだろうかの意味である。自らの老いの嘆きを詠嘆しているが、この歌も藤原仲文《なかふみ》の

有明《ありあけ》の　月《つき》の光《ひかり》を　待《ま》つほどに　我《わ》が世《よ》のいたく　ふけにける哉《かな》　（『拾遺和歌集』巻八・雑上―436）

を本歌とするという。

山吹《やまぶき》の　花《はな》のつまとは　聞《き》かねども　うつろふなべに　なくかはづかな　（『千載和歌集』巻二・春歌下―117）

『万葉集』でも、初萩《はつはぎ》が、牡鹿の花嬬《はなづま》にたとえて詠まれている（『万葉集』巻八―1541）。

***藤原公教**
平安後期の公卿・歌人（一一〇三～六〇）。藤原実行の子。母は藤原顕季の娘。正二位内大臣。『金葉和歌集』に入集。

藤原公教『前賢故実』

室の八島『二十四輩順拝図会』

大江匡房《おおえのまさふさ》

高砂《たかさご》の　尾上《をのへ》の鐘《かね》の　を《（お）》とすなり　あか月《つき》かけて　しもやを《（お）》くらむ　（『千載和歌集』巻六・冬歌―398）

この大江匡房＊の歌は、漢籍に見える「豊嶺《ほうれい》の鐘」を意識している和歌だといわれている。『和漢朗詠集』（巻上・秋・月）には、前中書王《さきのちゅうしょおう》（兼明《かねあき》親王）の「豊嶺《ほうれい》の鐘《しょう》の声《こゑ》に和《くわ》せんとするや否《いな》や、それ華亭《くわてい》の鶴《つる》の警《いまし》めを奈何《いかん》」の詩が載せられている。この豊嶺の鐘については、『山海経《せんがいきょう》』＊（巻五）に、中国の河南省の豊山《ほうざん》というところに「九鐘」があり、「霜鳴《そうめい》」を知らすと記されている。

大江匡房は、平安後期きっての漢学者であるから、漢学の素養は当代抜群であった。もちろん、歌もたしなんでおり端正であるが、一つひとつ典拠を求める作風であったといってよい。

匡房の高砂の歌といえば『百人一首』にも採録されている

高砂《たかさご》の　尾上《をのへ》の桜《さくら》　咲《さ》きにけり　外山《とやま》の霞《かすみ》　たゝずもあらなん　（『後拾遺和歌集』巻一・春上―120）

がある。この歌は、内大臣の藤原師通《もろみち》＊の家で酒を飲み交しながら、「遥かに山桜を望む」という詠題で歌われたものである。高砂の高い嶺には、桜が咲いたので、周りの山々に霞を立ちこめないでほしいものだという意味である。この歌は、きれいにまとめられ、やや整い過ぎているように思えるのである。大江匡房の歌としたら、むしろ「尾上の鐘」の方が、典拠をふまえた彼らしい歌ではないかと思っている。

いかにせん　末《すゑ》の松山《まつやま》　波《なみ》こさば　みねの初雪《はつゆき》　消《き》えもこそすれ　（『金葉和歌集』巻四・冬部―284）

という歌も、藤原興風《おきかぜ》の

浦《うら》ちかく　ふりくるゆきは　白浪《しらなみ》の　末《すゑ》の松山《まつやま》　こすかとぞ見《み》る　（『古今和歌集』巻六・冬歌―326）

＊大江匡房　平安後期の公卿・漢学者・歌人（一〇四一～一一一一）。大江成衡の子。母は橘孝親の娘。東宮学士として後三条天皇・白河天皇に、参議として堀河天皇に進講する。権中納言・正二位を経て大宰権帥、大蔵卿となる。著に『続本朝往生伝』『江家次第』『遊女記』『洛陽田楽記』、藤原実兼が筆録した『江談抄』などがある。『後

大江匡房『聯珠百人一首』

をふまえた歌である。匡房は、和歌を作るにも、彼らしく一つひとつ典拠を調べ、それに則って歌を詠じたのではないかと思う。

匡房は学者の家柄である大江家の出身で、若くして英才を認められ、東宮学士や左大弁などを歴任し、正二位大蔵卿にのぼりつめた能吏であった。『江家次第《ごうけしだい》』という宮廷儀礼の典拠を記した著書をはじめ、『江談抄《ごうだんしょう》』*や『続本朝往生集』などの書があった。特に彼は白河院の「近臣」として活躍し、貴族の学問的指導者であった。

ちはやぶる　神田《かみた》のさとの　稲《いね》なれば　月日《つきひ》とともに　ひさしかるべし（『千載和歌集』巻十・賀歌―635）

の歌は、「白河院の御時、承保元（一〇七四）年大嘗会《だいじょうえ》、主基方稲春歌《すきかたいねつきうた》、神田郷《かみたごう》をよめる」と詞書《ことばがき》されている。大嘗祭《だいじょうさい》は、新しい天皇の即位の式で、その年の旧暦十一月卯《う》の日の新嘗《にいなめ》の日に執り行われるのを例としていた。この時、由紀《ゆき》の国と主基《すき》の国の東西の二国から神稲が宮廷に送られ、それを八乙女《やおとめ》が舂《つ》いて儀式に供したのである（『延喜式』七・践祚大嘗祭）。ちなみに匡房の歌に見える神田郷は、丹波国多紀《たき》郡神田郷である。現在の兵庫県篠山市の日置《ひおき》や八上《やかみ》あたりに比定されている。

やへむぐら　茂《しげ》れる宿《やど》は　人《ひと》もなし　まばらに月《つき》の　かげぞすみける（『新古今和歌集』巻十六・雑歌上―1553）

の歌も、いうまでもなく、恵慶法師の

八重葎《やへむぐら》　茂《しげ》れる宿《やど》の　さびしきに　人《ひと》こそ見《み》えね　秋《あき》は来《き》にけり（『拾遺和歌集』巻三・秋―140）

の歌に依拠している。

卯《う》の花《はな》の　垣根《かきね》ならねど　ほとゝぎす　月《つき》の桂《かつら》の　かげになくなり（『新古今和歌集』巻三・夏歌―200）

も、『後撰和歌集』の次の歌に倣《なら》うものだろう。

卯花《うのはな》の　咲《さ》けるかきねの　月《つき》きよみ　寝《いね》ず聞《き》けとや　鳴《な》くほとゝぎす（『後撰和歌集』巻四・夏―148）

拾遺和歌集』以降の勅撰集に入集。家集に『江帥集』がある。

*『山海経』
中国古代の地理・神話の書。地理、物産、風俗、神話・伝説を収録。崑崙山や西王母の話などで知られる。戦国～漢代の作といわれる。

*藤原師通
平安後期の公卿（一〇六二～九九）。藤原師実の子。母は源師房の娘の麗子。内大臣、関白・従一位、氏長者となる。白河院政を牽制し、政治を主導した。学芸に優れた。日記『後二条師通記』がある。↓278頁

*『江談抄』
平安後期の説話集。大江匡房の談話を藤原実兼が筆録したものとされる。平安中期以後の公《く》事《じ》・摂関家事・仏神事などの有職故実や故事、説話、漢文学などを収める。

待賢門院堀河《たいけんもんいんのほりかわ》

長《なが》からん　心《こころ》も知《し》らず　黒髪《くろかみ》の　乱《みだ》れてけさは　ものをこそ思《おも》へ　（『千載和歌集』巻十三・恋歌三―802）

この待賢門院堀河＊の寝乱《ねみだ》れ髪の恋歌は、あなたのわたくしに対する愛情は、永遠に変わらないと思うが、今朝あなたがお帰りになったあとの寝乱れの黒髪のように、いろいろと心が乱れてもの想いにふけっているという意味であろう。叙情性というより、極めて官能的な歌であるといってよい。

待賢門院堀河は、神祇伯《じんぎはく》の源顕仲《あきなか》の娘で、院政期頃の歌人である。彼女は結婚して一子をもうけたようだが、夫がなくなると、白河院の皇女の令子《よしこ》《れいし》内親王に仕え、「前斎宮《さきのさいぐう》の六条」と呼ばれていた。後に待賢門院＊に出仕し、待賢門院堀河と称したのである。『千載和歌集』には、

雪《ゆき》ふかき　岩《いは》のかけみち　あとたゆる　吉野《よしの》の里《さと》も　春《はる》はきにけり　（『千載和歌集』巻一・春歌上―3）

はかなさを　我身《わがみ》のうゑ《（へ）》に　よそふれば　たもとにかゝる　秋《あき》の夕露《ゆふつゆ》　（『千載和歌集』巻四・秋歌上―264）

など、待賢門院堀河が久安六（一一五〇）年に「崇徳院に百首歌《ひやくしゆのうた》たてまつりける時よめる」歌から採録された歌が少なくない。その中の

憂《う》き人《ひと》を　忍《しの》ぶべしとは　思《おも》ひきや　我心《わがこころ》さへ　など変《かは》るらむ　（『千載和歌集』巻十五・恋歌五―918）

は恋歌としても、面白い歌だと思う。「心変わりするような恨めしい恋人を、心ひそかに慕うようなことはしたくはない。それなのに、どうしてわたくしの心が、いつしか変わってしまうのであろうか」という意味である。憎いと思いながら、いつの間にか心ひかれていく女心を巧みに表現しているようである。

秋《あき》のくる　けしきの森《もり》の　した風《かぜ》に　たちそふ物《もの》は　あはれなりけり　（『千載和歌集』巻四・秋歌上―228）

＊待賢門院堀河
平安後期の女流歌人（生没年不詳）。源顕仲（神祇伯）の娘。白河院の皇女令子内親王に出仕し、前斎宮の六条と呼ばれた。のち鳥羽天皇の皇后待賢門院璋子に仕え、堀河と呼ばれた。待賢門院璋子の出家に従って落飾し、仁和寺に住む。この頃西行と親交があった。崇徳院が主催した『久安百首』の作者の一人。『金葉和歌集』以降の勅撰集に入集。家集に『待賢門院堀河集』がある。

待賢門院堀河『聯珠百人一首』

の歌は、秋立ちぬにかけて、恋の終わりの予兆を歌ったものである。秋の来る気配を見せる森に、その木の下を吹く風が訪れる。その風に立ち添っているものは「あはれ」というものだという意である。

この「秋のくる」とは、「飽きがくる」に掛けている言葉だが、荒涼たる下風は、心のすさびを表現しているものであろう。ちなみに、歌枕の「けしきの森」は、旧大隅国囎唹《そお》郡の森で、現在の鹿児島県霧島市国分府中の西にある森だといわれている。

この歌には『新古今和歌集』の後京極《のちのきょうごく》摂政太政大臣（藤原良経《よしつね》）の

秋《あき》ちかき　けしきの森《もり》に　なく蟬《せみ》の　涙《なみだ》の露《つゆ》や　下葉《したば》そむらん　（『新古今和歌集』巻三・夏歌―270）

の類歌がある。

荒磯《あらいそ》の　岩《いは》にくだくる　浪《なみ》なれや　つれなき人《ひと》に　かくる心《こころ》は　（『千載和歌集』巻十一・恋歌一―653）

この歌は恋人に対する愛の想いがいかに強かろうと、つれない人は、それに少しも応えてくれないと訴える歌である。源重之《しげゆき》の有名な歌である

風《かぜ》をいたみ　岩《いは》うつ波《なみ》の　を《（お）》のれのみ　くだけてものを　おもふころかな　（『詞花和歌集』巻七・恋上―211）

を思い出させる、やるせない恋を歌ったものである。

その待賢門院堀河は、興味深いことに西行法師と阿弥陀浄土の問答を交しているのである。

西《にし》へゆく　しるべとおもふ　月《つき》かげの　そら頼《だの》めこそ　かひなかりけれ　（『新古今和歌集』巻二十・釈教歌―1975）

と問うと、西行は

たちいらで　雲《くも》まをわけし　月《つき》かげは　待《ま》たぬけしきや　そらに見《み》えけん　（『新古今和歌集』巻二十・釈教歌―1976）

と答えている。待賢門院堀河は、西方浄土を求める心はいまだ熟していなかったのである。

＊待賢門院　鳥羽天皇（第七十四代）の皇后（一一〇一～四五）。藤原公実（権大納言）の娘。母は藤原隆方の娘の光子。白河法皇の猶子となり、鳥羽天皇の女御、中宮となる。崇徳・後白河天皇を生む。院号宣下により待賢門院と称した。

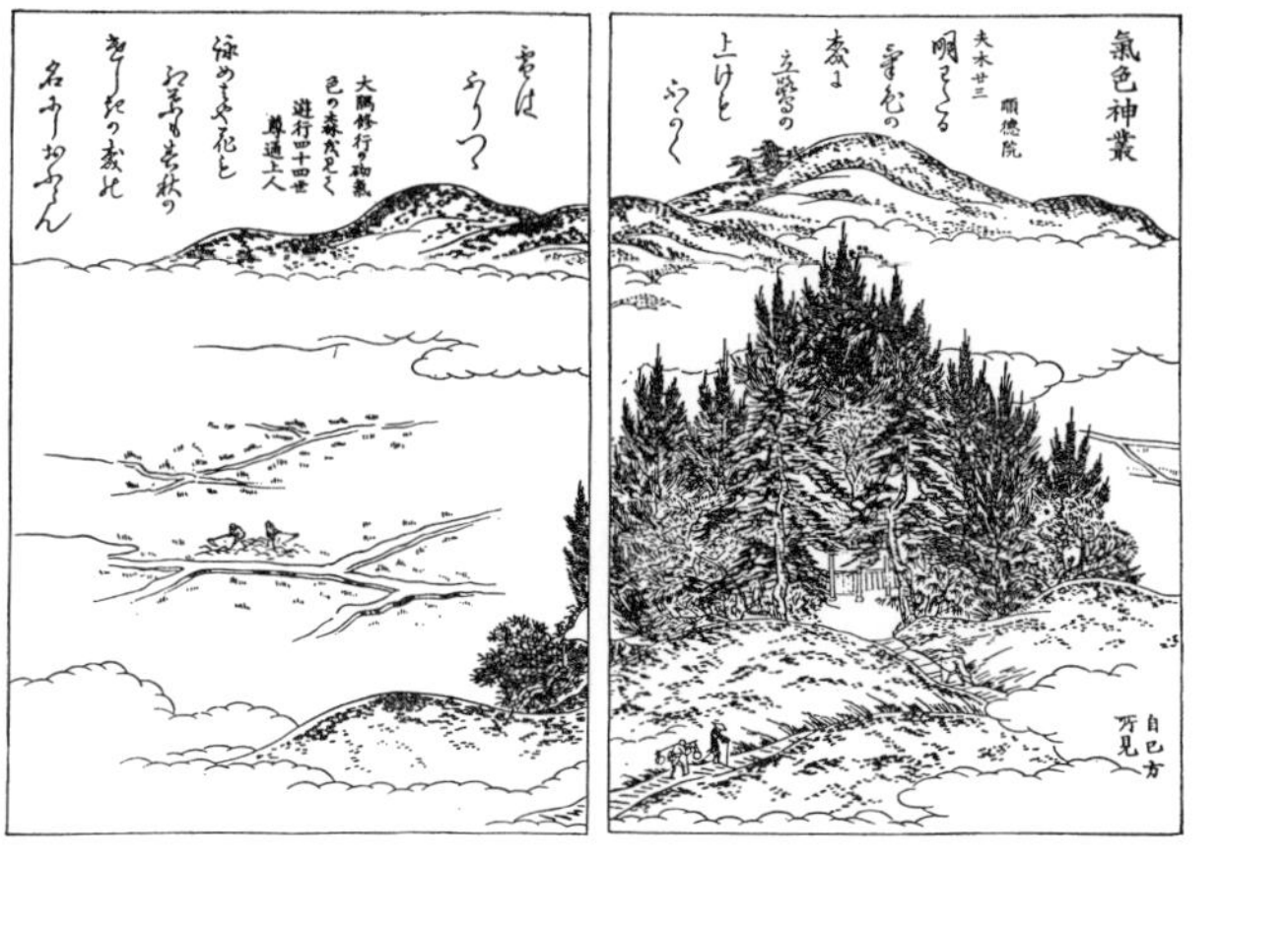

気色の森『三国名勝図会』　図中には「気色神叢　順徳院　夫木二十三　明けわたる気色の森に立つ鷺の上げもふかく雪はふりつつ　大隅修業の砌、気色の森を見て　遊行四十四世尊通上人　詠めはや花も紅葉も春秋のけしきの森の名にしおふらん」とある。

源《みなもとの》　有仁《ありひと》（花園左大臣《はなぞののさだいじん》）

わが恋《こひ》も　いまは色《いろ》にや　いでなまし　軒《のき》のしのぶも　もみぢしにけり
（『新古今和歌集』巻十一・恋歌一―1027）

この歌の詞書《ことばがき》には、「しのぶ草《ぐさ》のもみぢしたるにつけて、女のもとにつかはしける」とあるように、軒の忍草《しのぶぐさ》が色づいたのを見て、恋人のところへ遣わした恋歌である。この歌に類似する恋歌は

わが恋《こひ》は　まきのした葉《は》に　もる時雨《しぐれ》　ぬるとも袖《そで》の　色《いろ》にいでめや
（『新古今和歌集』巻十一・恋歌一―1029）

の後鳥羽上皇の御製であろう。「忍ぶ恋」は、平安歌壇で好まれた詠題の一つであったようである。

源有仁*（花園左大臣《はなぞののさだいじん》）の忍ぶ恋の歌といえば

人《ひと》しれぬ　恋《こひ》にわが身《み》は　しづめども　見《み》る目《め》にうくは　涙《なみだ》なりけり
（『新古今和歌集』巻十二・恋歌二―1091）

はかなくも　人《ひと》に心《こころ》を　つくすかな　身《み》のためにこそ　思《おも》ひそめしか
（『千載和歌集』巻十二・恋歌二―705）

などがある。

源有仁には、この歌からもうかがえるように、叙情的だが、平易でおおらかな歌が多いようである。有仁は、後三条天皇の皇子輔仁《すけひと》親王の御子である。白河法皇の猶子《ゆうし》となり、内大臣、右大臣を経て、左大臣までのぼりつめた貴公子である。『今鏡』（巻八）には「光源氏などもかかる人をこそ申さまほしくおぼえ給しか」と記し、有仁を美貌の風流才子とたたえている。世の人が「花園左大臣」と呼んでいるのも、その華やかさを象徴するものといってよいであろう。それ故、有仁のもとには多くの文人たちが出入りして、文化サロンを形成していたと伝えられている。

*源有仁
平安後期の公卿・歌人（一一〇三〜四七）。後三条天皇の皇子の輔仁親王の子。母は源師忠（大納言）の娘。白河法皇の猶子。源朝臣の姓を下賜され、臣籍降下し、鳥羽・近衛・崇徳の各天皇に仕え、一一三六年、従一位左大臣となる。花園左大臣と呼ばれた。詩歌・管弦など諸芸に優れた。著に有職故実を記した『春玉秘抄』『秋玉秘抄』や『花園左大臣記』がある。『金葉和歌集』以降の勅撰集に入集。

*源信明
平安中期の官人・歌人（九一〇〜七〇）。源公忠の子。三十六歌仙の一人。蔵人、若狭・備後・信濃・越後・陸奥守を歴任。従四位下。中務との恋愛で知られ、その贈答歌が家集『信明集』や『中務集』に収録されている。→172頁

その一方で、石清水八幡宮で極楽往生を祈念するなど、浄土思想にも心を寄せていたようである。優雅な貴公子として、有仁の歌は、その人柄を反映して、優雅で絵画的であるといってよいであろう。

なにとなく　年《とし》の暮《く》るゝは　惜《お》しけれど　花《はな》のゆかりに　春《はる》を待《ま》つかな　（『金葉和歌集』巻四・冬部―299）

源有仁の歌の一つの特徴は、イメージが明確に描かれている点であろう。

かげきよき　花《はな》のかゞみと　見《み》ゆるかな　しづかにすめる　白川《しらかは》の水《みづ》　（『千載和歌集』巻一・春歌上―44）

静謐な情景が、おのずから彷彿と感ぜられるようである。

山風《やまかぜ》に　ちりつむ花《はな》し　ながれずは　いかで知《し》らまし　谷《たに》のした水《みづ》　（『千載和歌集』巻二・春歌下―100）

この歌は、「花、澗水《かんすい》に浮かぶ」をイメージした歌であるという。

散《ち》らぬ間《ま》は　花《はな》を友《とも》にて　すぎぬべし　春《はる》よりのちの　知《し》る人《ひと》もがな　（『金葉和歌集』巻一・春部―39）

も、「花は春の友為り」の意をふまえた歌である。

いとゞしく　面影《おもかげ》に立《た》つ　こよひかな　月《つき》を見《み》よとも　契《ちぎ》らざりしに　（『金葉和歌集』巻八・恋部下―424）

も「月に増す恋」を題とする恋歌である。ちなみに、この歌は

恋《こひ》しさは　同《おな》じ心《こころ》に　あらずとも　今夜《こよひ》の月《つき》を　君見《きみみ》ざらめや　（『拾遺和歌集』巻十三・恋三―787）

の源信明《さねあきら》＊の歌を思い浮かべてつくられているのだろう。

源有仁の一生は、それこそ

やえ《(へ)》菊《ぎく》の　にほふにしるし　君《きみ》が代《よ》は　千歳《ちとせ》の秋《あき》を　かさぬべしとは　（『千載和歌集』巻十・賀歌―620）

の歌、そのものであったろう。

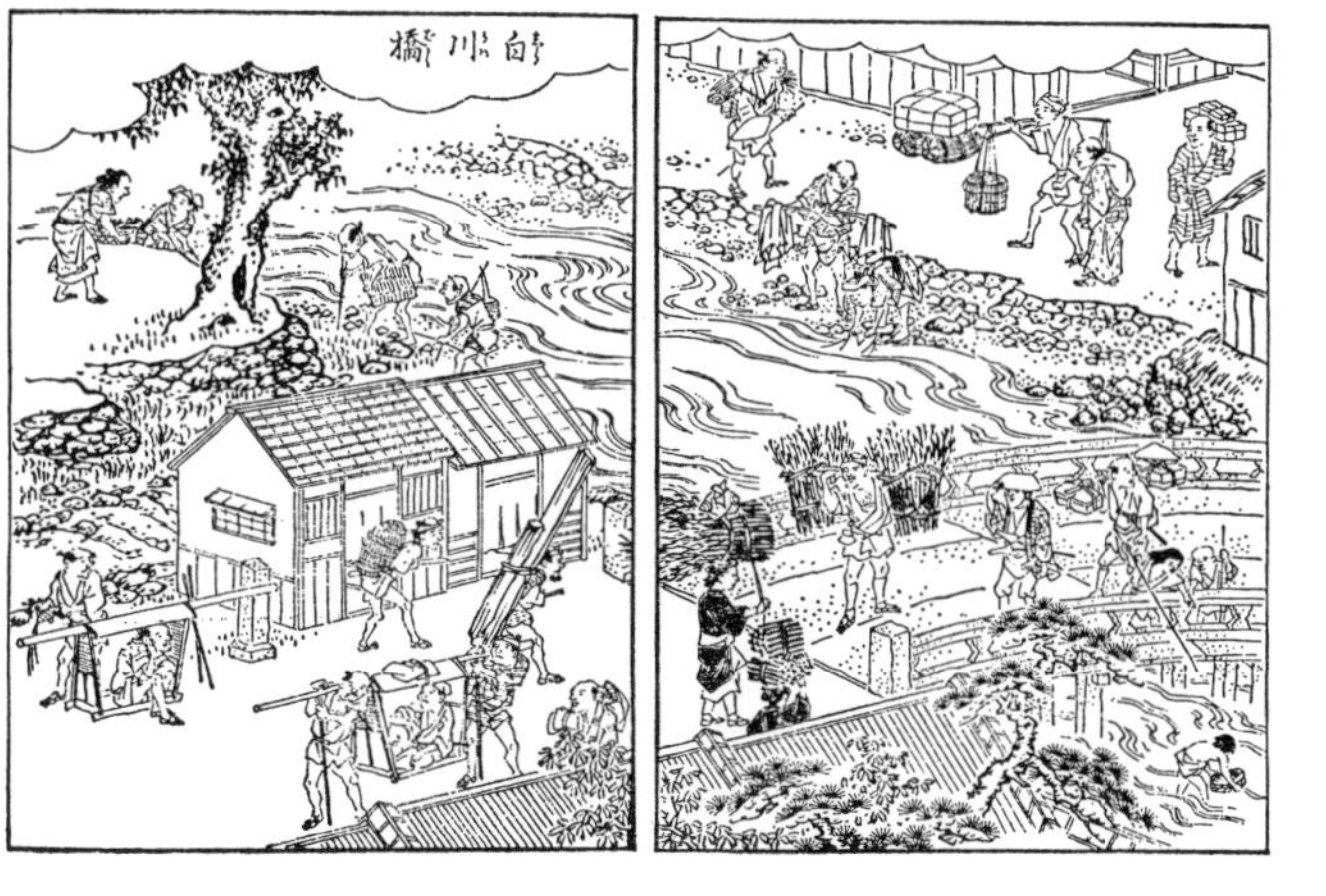

白川橋『伊勢参宮名所図会』同図会には「この川、もとは白川村を南へ斜に、今の南禅寺まで流れ、それより西へながれて加茂川に入る」とある。

藤原忠通《ふじわらのただみち》（法性寺《ほっしょうじ》入道《にゅうどう》前《さきの》関白《かんぱく》太政大臣《だいじょうだいじん》）

わたのはら　漕《こ》ぎいでてみれば　ひさかたの　雲《くも》ゐにまがふ　沖《おき》つ白波《しらなみ》　（『詞花和歌集』巻十・雑下―382）

「新院（崇徳院）位《くらひ》におはしましし時、海上《かいじょう》の遠望《えんぼう》といふことをよませ給けるによめる」と詞書《ことばがき》されている藤原忠通＊の歌である。おそらく、『古今和歌集』の小野篁《おののたかむら》の

わたの原《はら》　八十島《やそしま》かけて　こぎいでぬと　人《ひと》にはつげよ　海人《あま》のつり舟《ぶね》　（『古今和歌集』巻九・羇旅歌―407）

を意識して歌われたものであろう。

しかし、この小野篁の歌は、嵯峨上皇の逆鱗にふれ、隠岐国へ流された折の悲痛の歌である。その歌を思い起こさせる歌を、あえて忠通が献じたのは、あとから思えば、後に崇徳院《すとくいん》＊が保元の乱によって讃岐の白峯に配流されてしまうことを予感しているようである。藤原忠通は弟の藤原頼長《よりなが》と激しく対立し、これを保元の乱で破り、頼長を殺し、崇徳院を讃岐に流した張本人である。

こぬ人《ひと》を　うらみもはてじ　契《ちぎ》りを《（お）》きし　その言《こと》の葉《は》も　なさけならずや　（『詞花和歌集』巻八・恋下―248）

この忠通の歌も、「新院位におはしましし時、契《ちぎ》ると雖《いへど》も来らざる恋といふことをよませ給《たまひ》けるによみ侍《はべり》ける」とあり、題詠の一種であるが、どうも忠通の屈折した心境を示しているように、わたくしには思われてならないのである。

来ぬ人を、恨むことはしたくない。来ると言ったあなたの言葉は、愛情のあらわれだからという意味であるが、どうも無理して感情をねじまげているように、わたくしには思えるのである。

咲《さ》きしより　散《ち》りはつるまで　みしほどに　花《はな》のもとにて　二十日《はつか》へにけり　（『詞花和歌集』巻一・春―48）

＊藤原忠通

平安後期の公卿・歌人（一〇九七〜一一六四）。藤原忠実の子。母は源師子。兼実・慈円の父。白河法皇に罷免された父の忠実にかわり、鳥羽・崇徳・近衛・後白河の四代の関白をつとめる。摂政関白太政大臣従一位。鳥羽法皇の信任のもと、保元の乱で弟の藤原頼長と対

藤原忠通『聯珠百人一首』

も、「新院位におはしましし時、牡丹《ぼたん》をよませ給けるによみ侍ける」と詞書されているが、豪華絢爛に咲き誇る牡丹も、わずか二十日間しかその生命は保たないと、この歌は告げている。

崇徳天皇は、最大の後楯であった白河法皇が崩ぜられると、鳥羽上皇の勢力におされて、永治元（一一四二）年には、早くも鳥羽上皇の御子の近衛天皇に譲位を迫られ、退位される。その鳥羽上皇のもとで政治的に画策した人物こそ、藤原忠通であった。

といってももちろん、忠通がかかる歌ばかりを歌っているわけではない。たとえば

かぎりありて　散《ち》るだにお《(を)》しき　山吹《やまぶき》を　いたくなお《(を)》りそ　井手《ゐで》の川波《かはなみ》（『金葉和歌集』巻一・春部—77）

などは、心やさしい叙情詩といってよいだろう。井手に咲く山吹を愛情こめて歌っているからである。

卯《う》の花《はな》の　さかぬ垣根《かきね》は　なけれども　名《な》にながれたる　玉川《たまがは》の里《さと》（『金葉和歌集』巻二・夏部—101）

この歌も、極めてのどやかな風景を詠じている一つである。この玉川は、相模の

見《み》わたせば　波《なみ》のしがらみ　かけてけり　卯《う》の花咲《はなさ》ける　玉川《たまがは》の里《さと》（『後拾遺和歌集』巻三・夏—175）

の歌より、卯の花の名所とされたところである。玉川は、いうまでもなく現在の大阪府高槻市玉川である。

夏《なつ》ふかみ　玉江《たまえ》にしげる　あしの葉《は》の　そよぐや舟《ふね》の　かよふなるらん（『千載和歌集』巻三・夏歌—204）

も、のどかな歌の一つである。夏も深み、玉江の芦《あし》も繁茂している。その葉にそよぐ風の音に、舟の行き来が想像できるという意味である。この玉江も、『万葉集』に

三島江《みしまえ》の　玉江《たまえ》の薦《こも》を　標《し》めしより　己《おの》がとそ思《おも》ふ　いまだ刈《か》らねど（『万葉集』巻七—1348）

と歌われるように、ここも大阪府高槻市三島江付近であった。

立し、倒す。晩年は引退して法性寺に住んだ。歌に優れ、忠通歌壇、詩壇を組織する。書にも優れ、法性寺流の祖とされる。漢詩集に『法性寺関白集』、家集『田多民治集』がある。『金葉和歌集』以降の勅撰集に入集。

*崇徳院　崇徳天皇。第七十五代天皇（一一一九～六四）。鳥羽天皇の皇子。母は待賢門院璋子。白河法皇の崩御後、父の鳥羽法皇の強請によって体仁親王（近衛天皇）に譲位、崇徳院となる。一一五六年、左大臣の藤原頼長と保元の乱を起こすが、敗れて讃岐に配流となり、同地で没した。↓298頁

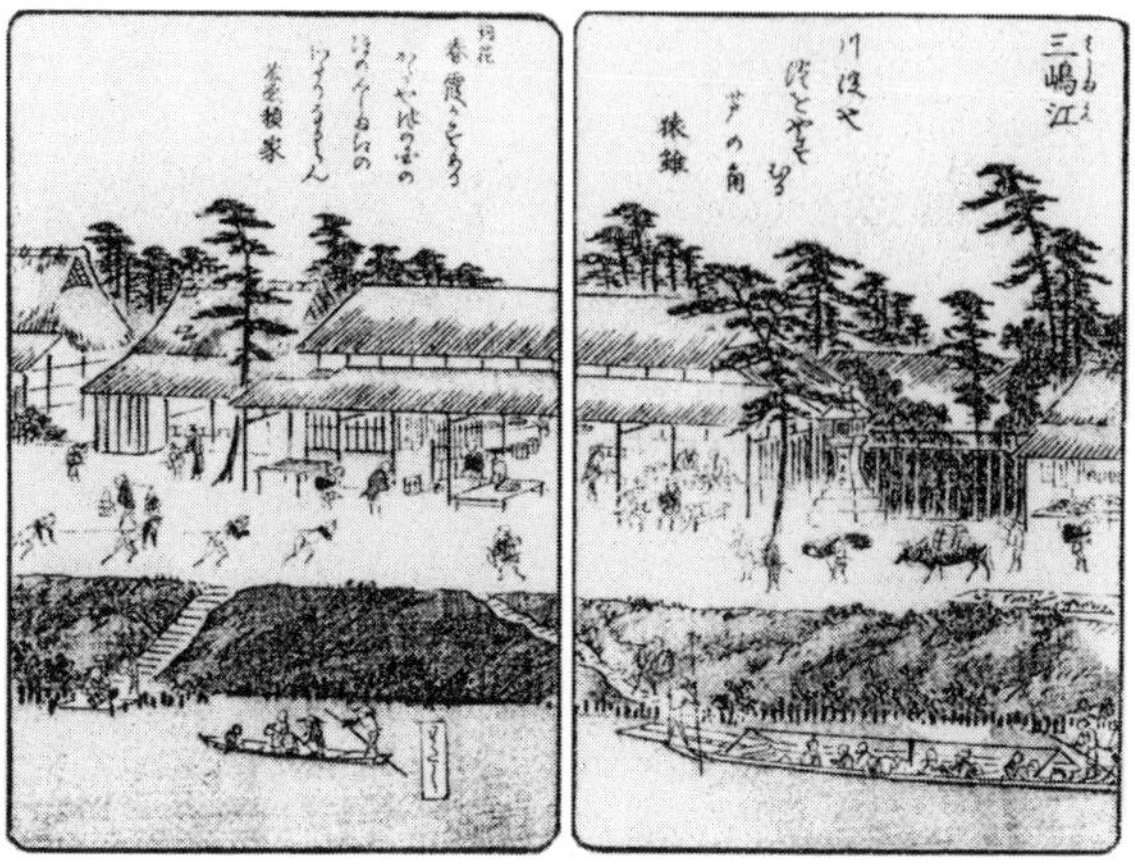

三島江『淀川両岸一覧』

崇徳院《すとくいん》

瀬《せ》をはやみ　岩《いは》にせかるゝ　滝川《たきかは》の　われてもすゑに　あはむとぞ思《おも》ふ　（『詞花和歌集』巻七・恋上―229）

この御製は、「瀬の流れが激しく速いので、岩にせきとめられて流れの水も二つに分かれることもあるだろう。だが、下流に至れば必ずその流れも一つにまとまる。そのようにわたくしたちの恋もたとえ激しい妨害にあっても必ず結実しよう」という恋の御歌である。

ひさかたの　天《あま》の香具山《かぐやま》　いづる日《ひ》も　わが方《かた》にこそ　ひかりさすらめ　（『詞花和歌集』巻十・雑下―379）

崇徳天皇＊のご在位の時、中宮側の女房たちと東宮側の女房たちが何かにつけて和歌を応酬し合い、それぞれ天皇を味方にしようと張り合っていた。その時の天皇の御製が「ひさかたの」の御歌であるといわれている。天の香具山から出る日の光は、必ず自分の方に射すだろうという意味であろう。この歌合戦の中宮側とは藤原聖子《きよこ》であり、東宮側は後の近衛天皇である。中宮藤原聖子は、関白藤原忠通《ただみち》の娘である。

この御製に「ひさかたの天の香具山いづる日も」とあるが、ご存知のように、天の香具山は大和三山の一つである。ここで注意していただきたいのは、三山の中で特に香具山だけが、「天」を冠して呼ばれていたことである。天の香具山は三山の東に位置し、しかも、香具山の「カグ」は「神座《かみくら》」、つまり神の降臨される山を意味している。そのため、崇徳天皇の御製で、天皇を象徴するものとして天の香具山が歌われたのである。

あさゆふに　花《はな》まつころは　思《おも》ひ寝《ね》の　夢《ゆめ》のうちにぞ　さきはじめける　（『千載和歌集』巻一・春歌上―41）

この御製は、紀貫之《つらゆき》の

＊崇徳天皇　第七十五代天皇（一一一九～六四）。鳥羽天皇の皇子（白河天皇が父との説もあり）。母は待賢門院璋子。一一二三年、五歳で即位。白河法皇の崩御後、父の鳥羽法皇の強請によって法皇の寵妃美福門院の子体仁親王（近衛天

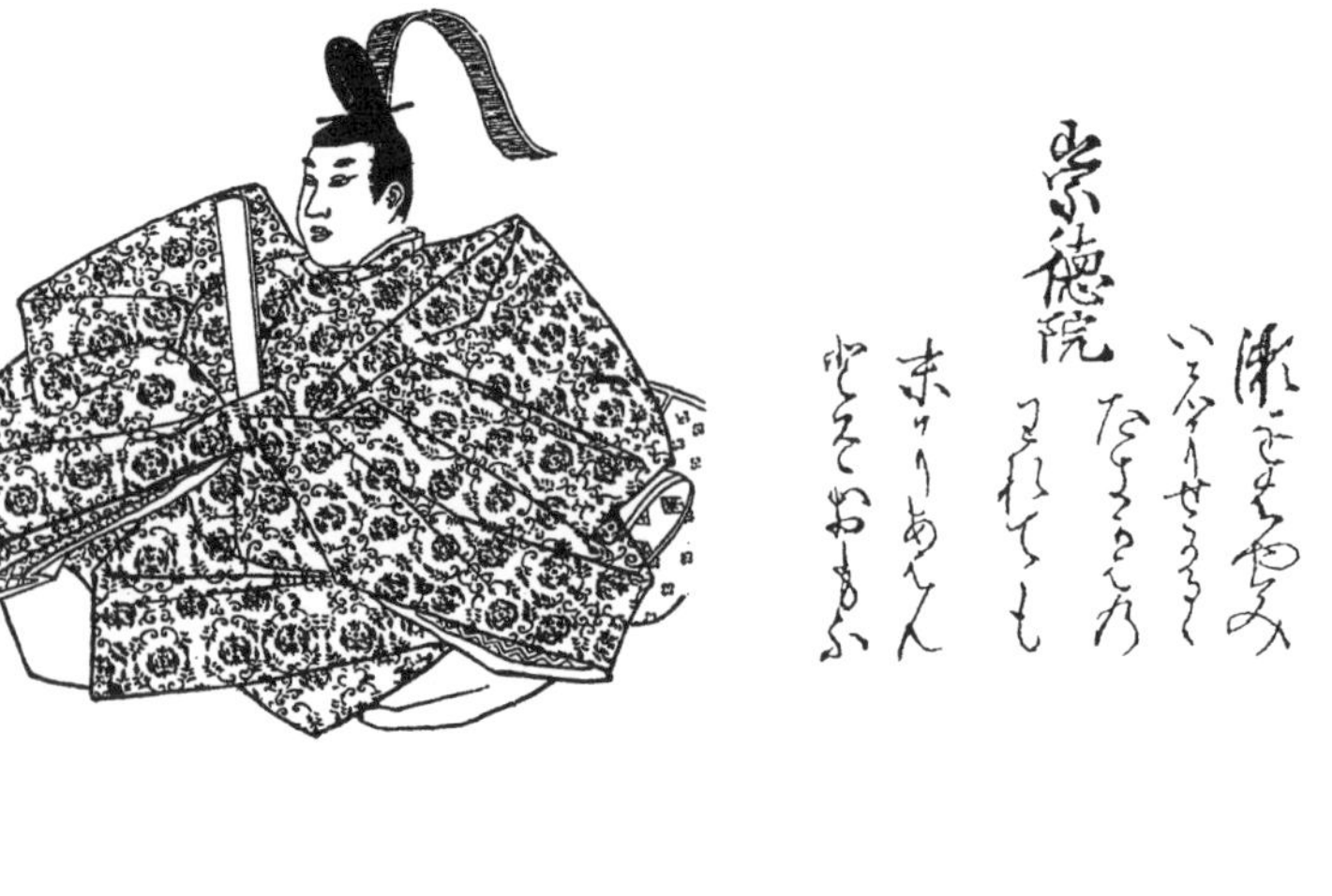

崇徳院『集古十種』

宿《やど》りして　春《はる》の山辺《やまべ》に　ねたる夜《よ》は　夢《ゆめ》の内《うち》にも　花《はな》ぞちりける　（『古今和歌集』巻二・春歌下―117）

を本歌とするといわれている。

秋《あき》ふかみ　たそかれ時《とき》の　ふぢばかま　にほふは名《な》のる　心《ここ》ちこそすれ　（『千載和歌集』巻五・秋歌下―344）

などの御製をあげて見てゆくと、崇徳天皇は極めて草木の花の匂いに敏感な感覚を有しておられたことがうかがえるのである。平安貴族たちのお香をたしなむ伝統が、かくあらしめたものかもしれない。いうまでもなく、藤袴《ふじばかま》は佳香の植物である。

夜《よ》をこめて　谷《たに》のとぼそに　風《かぜ》さぶみ　かねてぞしるき　峰《みね》のはつ雪《ゆき》　（『千載和歌集』巻六・冬歌―446）

この御製は、まだ夜が深いが、谷の入り口に吹く風が大変寒く感ぜられるので、峰にはおそらく初雪が積もるだろう、という意味であろう。

だが崇徳天皇は、後にわが身に災いを及ぼす保元の乱を予想されておられたのであろうか。崇徳天皇は、鳥羽天皇の皇子とされていたが、実は白河天皇と待賢門院藤原璋子《しょうし》の間に生まれた皇子であったようである。そのため鳥羽天皇は常に崇徳天皇を「叔父子《おじこ》」と呼び、お二人の仲はしだいに亀裂を深めていくのである。近衛天皇が十七歳の若さで崩ぜられると、次の皇嗣をめぐって鳥羽上皇と崇徳上皇の対立は決定的となり、保元の乱が勃発する。その結果、不幸にも敗れた崇徳院は讃岐の白峯に流され、その地で崩ぜられることになるのである。崇徳院は流される時、

浜千鳥《はまちどり》　あとは都《みやこ》へ　通《かよ》へども　身《み》は松山《まつやま》に　ねをのみぞなく

と歌われたという。また後に崇徳院の陵墓を訪れた西行は、崇徳院なきあとを弔《とむら》い、

よしや君《きみ》　昔《むかし》の玉《たま》の　ゆかとても　かゝらん後《のち》は　何《なに》にかはせん

と歌ったと伝えられている（『保元物語』下）。

皇）に譲位、崇徳院となる。近衛天皇が崩御すると、弟の雅仁親王が後白河天皇として即位する。崇徳院は鳥羽天皇の崩御後、院政をしき、一一五六年、左大臣の藤原頼長とはかって保元の乱を起こし、御白河天皇を退位させようとしたが敗れて讃岐に配流となり、同地で没した。在位一一二三～四一。

崇徳院の陵墓を訪れる西行
『金毘羅参詣名所図会』

図中には「山家集　白峯といふ所に御墓の侍りけるにまゐりて　よしや君昔の玉の床とてもかからん後はなにかはせん　西行　松葉集　みがかれし玉の台《うてな》を露ふかく野辺にのこしておくぞかなしき　同」とある。

宮内卿《くないきょう》

花《はな》さそふ　比良《ひら》の山風《やまかぜ》　ふきにけり　こぎゆく舟《ふね》の　跡《あと》みゆるまで　（『新古今和歌集』巻二・春歌下―128）

この歌は、宮内卿*と称された女性の歌である。「こぎゆく舟の跡みゆるまで」は、沙弥満誓《しゃみまんぜい》*の

世中《よのなか》を　何《なに》にたとへむ　朝《あさ》ぼらけ　漕《こ》ぎ行《ゆ》く舟《ふね》の　跡《あと》の白波《しらなみ》　（『拾遺和歌集』巻二十・哀傷―1327）

を本歌とするというが、宮内卿の歌は無常観というより、女性らしい叙情的な美しい世界を描き出している。この歌に類するものといえば、藤原良経《よしつね》の

さくら咲《さ》く　比良《ひら》の山風《やまかぜ》　ふくまゝに　花《はな》になりゆく　志賀《しが》のうら浪《なみ》　（『千載和歌集』巻二・春歌下―89）

の歌もあるが、これもまた、「花になりゆく」がすばらしい歌の表現となっている。

宮内卿の和歌は、繊細で、しかも極めて明確である。

柴《しば》の戸《と》を　さすや日《ひ》かげの　なごりなく　春《はる》くれかゝる　山《やま》のはの雲《くも》　（『新古今和歌集』巻二・春歌下―173）

柴の戸を閉ざすと、今まで射しこんでいた日の光は消えていくが、それと同様に春も終わろうとしている。あたかも山の端の雲が視界から消え去るように、という意味であろう。柴の戸を射す夕辺の日の光や、暮れゆく春が、消えゆく山の端の雲とともに連鎖し、融合して、美しい情景がかもし出されているといってよいであろう。

霜《しも》をまつ　まがきの菊《きく》の　よゐ《（ひ）》の間《ま》に　を《（お）》きまよふ色《いろ》は　山《やま》のはの月《つき》　（『新古今和歌集』巻五・秋歌下―507）

も、先の歌に似て、次々と情景を重ねて、印影を深めていく歌である。この歌も、藤原家隆《いえたか》の

---

*宮内卿
平安後期の女流歌人（生没年不詳）。源師光（右京権大夫）の娘。母は後白河院女御安芸。大納言源師頼の孫。後鳥羽院に歌才を認められて女御として出仕したといわれる。「千五百番歌合」「水無瀬恋十五首歌合」など院主催の多くの歌合に出詠。『新古今和歌集』以降の勅撰集に入集。

*沙弥満誓
奈良時代の官人・歌人（生没年不詳）。俗名笠朝臣麻呂。七〇六年より美濃守。美濃・尾張守、尾張・三河・信濃の三国の按察使、右大弁

比良山『日本名山図会』

さえわたる　ひかりを霜《しも》に　まがえ《（へ）》てや　月《つき》にうつろふ　白菊《しらぎく》の花《はな》　（『千載和歌集』巻五・秋歌下―350）

に倣《なら》うというが、宮内卿の歌もみずみずしい感覚をあらわしているといってよいであろう。

聞《き》くやいかに　うはの空《そら》なる　風《かぜ》だにも　松《まつ》に音《おと》する　ならひありとは　（『新古今和歌集』巻十三・恋歌三―1199）

という歌は、おそらく、男性の不誠実をなじるものであろうが、なかなか手厳しい歌である。だがそれにしても、松濤《しょうとう》の情景が嫉妬の感情と交叉しているようである。

宮内卿と呼ばれる女流歌人は、正五位下右京権大夫《うきょうごんのだいぶ》源師光《もろみつ》の娘である。後鳥羽院の女房として仕えたが、夭折したといわれている。『無名抄』は、歌にあまりに身を入れ過ぎたため、若くしてなくなったと伝えるが、たしかに彼女の歌一つひとつには、心血をそそいだ跡がうかがえるようである。

かきくらし　なを《（ほ）》ふる里《さと》の　雪《ゆき》のうちに　跡《あと》こそ見《み》えね　春《はる》はきにけり　（『新古今和歌集』巻一・春歌上―4）

も、極めて明晰な印象を与える歌である。この歌は、まだあたりを暗くして降りつづく故郷の雪は、人の足跡を隠しているが、それでも春の到来を予感させるようだという意味であろう。

宮内卿の雪の歌といえば

うすくこき　野辺《のべ》のみどりの　若草《わかくさ》に　跡《あと》まで見《み》ゆる　雪《ゆき》のむらぎえ　（『新古今和歌集』巻一・春歌上―76）

があるが「みどりの若草に跡まで見ゆる」という言葉の中に、若菜摘みを千秋《せんしゅう》の想いで待ちこがれる乙女の姿が彷彿として描かれているように思われる。

立田山《たつたやま》　あらしや峰《みね》に　よは《（わ）》るらん　わたらぬ水《みづ》も　錦《にしき》たえけり　（『新古今和歌集』巻五・秋歌下―530）

この歌は「竜田河《たつたがは》　紅葉乱《もみぢみだれ》て　流《なが》るめり　渡らば錦《にしき》　中やたえなむ」（『古今和歌集』巻五・秋歌下―283）を本歌とするが、宮内卿の歌は、わたくしにはどういうわけか、余命いくばくもないことを予感させるのである。

などを歴任。七二一年、出家、満誓と号した。七二三年、筑紫観世音寺別当として赴任。

↓76頁

竜（龍）田本宮・立田山『大和名所図会』

図中には「新古今　白雲の立田の山の八重桜いづれを花とわきてをりけん　道命法師」とある。

源《みなもとの》 頼政《よりまさ》

人知《ひとし》れぬ　大内山《おほうちやま》の　山守《やまもり》は　木隠《こがく》れてのみ　月《つき》を見《み》るかな（『千載和歌集』巻十六・雑歌上—978）

この源頼政＊の歌は、わが身の不遇を訴え、昇殿を望んだ歌である。詞書《ことばがき》には「二条院の御時、年ごろ大内守《おほうちまぼ》る事をうけ給はりて御垣《みかき》の内《うち》には侍《はべり》ながら、昇殿を許《ゆる》されざりければ」と記されている。人にも知られないようなわたくしは、いま大内山の山守をつとめているから、残念ながら木隠れの状態で、いつも月を見ざるをえないという意味であろう。

頼政はこの時、禁裏《きんり》の守護番に任ぜられていたので、大内山の山守と称したのである。ご存知のように大内山は、本来、京都市右京区の仁和寺《にんな》にある山であるが、ここには宇多天皇の離宮が置かれていたことから、転じて上皇の御所や宮中を指すようになったものである。『今昔物語集』（巻二十四ノ第三十一）には「亭子院《ていじのいん》（宇多法皇）の法師に成らせ給《たまひ》て大内山《おほうちやま》と云ふ所に深く入《いり》て」と記されている。

もちろん、頼政がいう大内山は、仁和寺でなく天皇の御所を指す。頼政は平治の乱で源義朝《よしとも》と戦い、その功績で仁安元《にんあん》（一一六六）年に、内昇殿《うちのしょうでん》が許され、翌年には従四位下に叙せられている。その後、源氏に属しながら平清盛を助けたことを清盛から評価され、治承二（一一七八）年には、七十五歳で三位にすすんだのである。これより世に源三位《げんさんみ》頼政と呼ばれることになる。しかし、その翌々年、治承四（一一八〇）年には、以仁王《もちひとおう》＊の綸旨《りんじ》をうけ、一転して平家打倒に立ちあがるが、孤立無援の状態で宇治川の戦いで敗れ、平等院において自害をとげる。その時、頼政の辞世の歌は

埋木《むもれぎ》の　花《はな》さく事《こと》も　なかりしに　身《み》のなる果《はて》ぞ　かなしかりける（『平家物語』巻四・宮御最期）

というものであった。

頼政は、『平家物語』（巻四・鵼《ぬえ》）に「摂津守頼光《せつつのかみらいくわう》に五代《ごだい》、三河守頼綱《みかはのかみよりつな》が孫《まご》、兵庫頭仲政《ひやうごのかみなかまさ》が子也《なり》」とある

＊源頼政
平安後期の武将・歌人（一一〇四〜八〇）。源仲政の子。母は藤原友実の娘。二条院讃岐の父。一一五九年、源義朝の招請で平治の乱に参戦するが、平氏側の平清盛に味方し、乱後大内守護となり、一一七八年、従三位となる。一一八〇年、以仁王に平氏打倒をすすめ、令旨を諸国の源氏に伝えるが、平氏の知るところとなり、宇治川の合戦で敗れ自害する。和歌に優れ、「為忠家両度百首」など多くの歌合に出詠、藤原俊成・俊恵などに認められる。『詞花和歌集』以降の勅撰集に入集。家集に『源三位頼政集』がある。

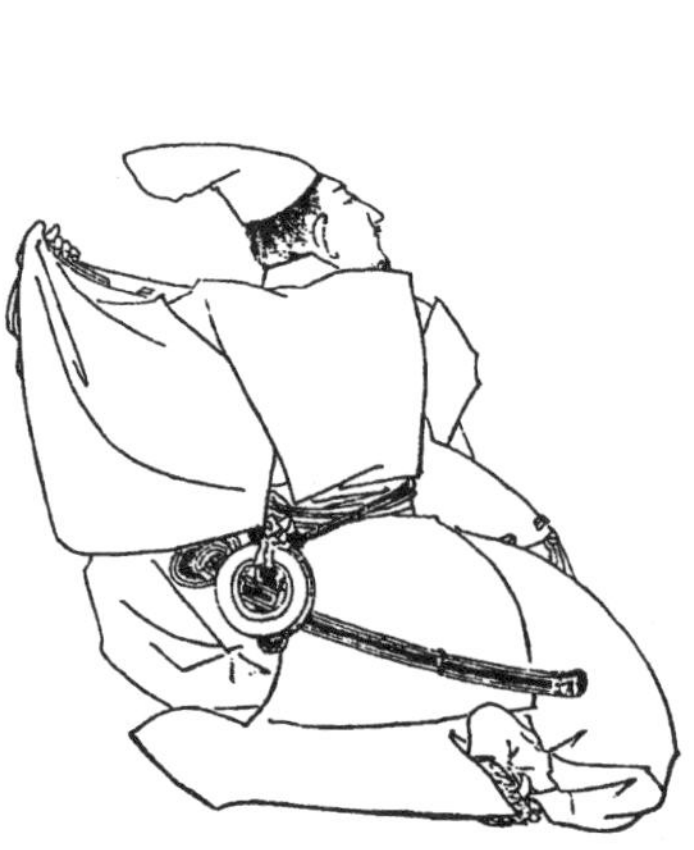

源頼政『前賢故実』

ように、武門の源氏に属していたが、早くより皇室に出仕し、歌の道にもこころざしていたようである。

思《おも》ひかね　夢《ゆめ》に見《み》ゆやと　返《かへ》さずは　裏《うら》さへ袖《そで》は　濡《ぬ》らさざらまし　（『千載和歌集』巻十三・恋歌三―828）

のごとき宮廷歌人まがいの、立派な恋歌を詠じているのである。おそらくこの歌は、恋人の訪ねて来ることを願い、衣を裏返して寝る女性の身になりかわって歌われた恋歌であろう。わたくしは、あなたが恋しいあまり、人々がいうように恋人が夢に現れるというまじないを信じて衣を裏返して寝た。だから袖の裏まで涙で濡らしたという意味である。

白栲《しろたへ》の　袖《そで》折《を》り返《かへ》し　恋《こ》ふればか　妹《いも》が姿《すがた》の　夢《いめ》にし見《み》ゆる　（『万葉集』巻十二―2937）

のように、すでに『万葉集』にも、袖（衣）を裏返して寝るという恋のまじないの歌があったようである。

水茎《みづくき》は　これを限《かぎ》りと　かきつめて　堰《せ》きあえ《（へ）》ぬものは　涙《なみだ》なりけり　（『千載和歌集』巻十四・恋歌四―868）

も恋歌である。水茎のあとを記したお手紙を何度も何度もあなたのもとへお送りしたが、それでもわたくしの悲しみの涙は水茎の堰でとどめることはできなかったという意味である。

庭《には》の面《おも》は　まだかは《（わ）》かぬに　夕立《ゆふだち》の　空《そら》さりげなく　すめる月《つき》かな　（『新古今和歌集』巻三・夏歌―267）

も、極めて典雅な歌である。この歌はもともと夏の夜の月の叙景を歌ったものであろうが、仮に深読みして恋歌とみるならば、わたくしの涙の乾かないうちに、つれなくも秋の月がこうこうと照っていると解してもよいと思っている。

堰《せ》きかぬる　涙《なみだ》の川《かは》の　早《はや》き瀬《せ》は　逢《あ》ふよりほかの　しがらみぞなき　（『千載和歌集』巻十二・恋歌二―723）

頼政は、平穏無事の道よりも、最後には武人としての誇りが心の堰をとめかねて、華々しい戦場に屍《しかばね》をさらすことになったのではないだろうか。

---

*以仁王
後白河天皇の皇子（一一五一～八〇）。母は藤原季成（権大納言）の娘の成子。皇位を望むも、平氏の圧力で親王宣下を得られなかった。一一八〇年、源頼政のすすめで、諸国の源氏に平氏討伐の令旨を出すが、事前に発覚し、山城国加幡河原で討伐された。

御室御所伽藍・大内山
『都名所図会』

藤原《ふじわらの》 実定《さねさだ》

この歌は、藤原実定*の歌の中でも、最も知られた名歌である。ほととぎすの鳴いた方角を眺めていると、ほととぎすの姿は見えないが、ただ有明の月だけが空に浮かんでいるという意味である。

郭公《ほととぎす》 なきつるかたを ながむれば たゞ有明《ありあけ》の 月《つき》ぞのこれる （『千載和歌集』巻三・夏歌―161）

藤原頼通《よりみち》の歌にも、

有明《ありあけ》の 月《つき》だにあれや ほとゝぎす たゞひと声《こゑ》の ゆくかたも見《み》ん （『後拾遺和歌集』巻三・夏―192）

という類歌がある。

藤原実定は、大炊御門《おおいみかど》右大臣藤原公能《きんよし》の子である。彼は、長寛二（一一六四）年に権大納言に任ぜられたが、不思議なことに、翌年にはこれを辞任して、正二位に叙せられている。『千載和歌集』には「大納言辞申《じまうし》て出《い》で仕《つか》へず侍《はべり》ける時、住吉《すみよし》の社《やしろ》の歌合《うたあはせ》とて人〳〵よみ侍けるに」と詞書《ことばがき》された

数《かぞ》ふれば 八年《やとせ》へにけり あはれわが 沈《しづ》みし事《こと》は きのふと思《おも》ふに （『千載和歌集』巻二十・神祇歌―1262）

という歌が載せられている。しかも、この歌につづいて「そののち神感《しんかん》あるやうに夢想ありて、大納言にも還任《げんにん》して侍《はべり》けるとなむ」と註されている。『古今著聞集』（第一ノ二十）によれば、八年前に藤原実《さね》長《なが》*に従二位の位を越された恨みの歌であるという。つまり、そのことが「数ふれば八年へにけりあはれわが沈みし」の実状だったようである。

応保《おうほう》二（一一六二）年に、中納言藤原実長は、日吉の行幸の件で従二位に叙せられたが、実定は、この時、実長に官位を越えられた。長寛二（一一六四）年に実定は大納言に任ぜられたが、その恨みは消えず、永万元（一一六五）年大納言を辞して、正二位に叙せられている。これは、「実長卿越《こえ》かへさんの思《おもひ》深くて」

*藤原実定
平安後期・鎌倉前期の公卿・歌人（一一三九～九一）。藤原公能（大炊御門右大臣）の子。母は藤原俊忠の娘の豪子。左近衛中将・中宮権亮、中納言・従二位、権大納言を経て内大臣、左大臣となる。徳大寺左大臣と呼ばれた。『平家物語』『徒然草』などに逸話が残る。小侍従、

藤原実定『聯珠百人一首』

の行動であったというのである。

当時の公卿たちの官位に対する執念のすさまじさの一例を、ここにうかがうことができるが、この時の実定の漢詩が『古今著聞集』に伝えられている。それは「官を罷《やめ》て　未だ九重《ここのへ》の月を忘れず　恨み有りて　将《まさ》に五度《ごたび》の春に逢はんとす」というものであった（『古今著聞集』第一ノ二十）。

しかし、何といっても実定は顕官《けんかん》であり、そのうえ歌人であり、漢詩人としても優れていたから、少なからずの歌を勅撰集に採録されている。

梅《むめ》が香《か》に　声《こゑ》うつりせば　うぐひすの　なく一枝《ひとえだ》は　をらましものを　（『千載和歌集』巻一・春歌上―27）

の歌も、先のほととぎすの歌とならんで新鮮な感覚を示している。

をしへをく《（お）》　その言《こと》の葉《は》を　見《み》るたびに　又問《またと》ふかたの　なきぞかなしき　（『千載和歌集』巻九・哀傷歌―590）

は、亡父公能の記した記録を見て、父から、もう直かに指導を受けることができないと嘆いている歌である。当時、公家たちは宮廷の儀式を、こと細かに記して子孫に伝えていたようである。父の跡をうけて右大臣となると、いかに父の影響力が偉大であったかを、実定も悟らざるをえなかったのであろう。

かなしさは　秋《あき》の嵯峨野《さがの》の　きりぐ〳〵す　なを《（ほ）》古里《ふるさと》に　音《ね》をやなくらん　（『新古今和歌集』巻八・哀傷歌―786）

も感傷的であるが、嵯峨の里の秋がしみじみと感ぜられる歌である。

夕《ゆふ》なぎに　門《と》わたる千鳥《ちどり》　なみまより　見《み》ゆる小島《こしま》の　雲《くも》にきえぬる　（『新古今和歌集』巻六・冬歌―645）

の描写も、夕凪の情景が目に浮かぶようである。もちろんこの歌は『万葉集』の

波《なみ》の間《ま》ゆ　見《み》ゆる小島《こしま》の　浜久木《はまひさき》　久《ひさ》しくなりぬ　君《きみ》に逢《あ》はずして　（『万葉集』巻十一―2753）

に倣《なら》うようであるが、それにしてもなかなか新鮮な感覚の歌であると思う。

西行、藤原俊成、源頼政などの歌人と交流。『千載和歌集』以降の勅撰集に入集。歌集に『林下集』がある。

＊藤原実長
平安後期の公卿（一一二八〜八二）。藤原公行の子。母は源顕親の娘。蔵人頭、参議を経て、権大納言・正二位となる。『千載和歌集』に入集。

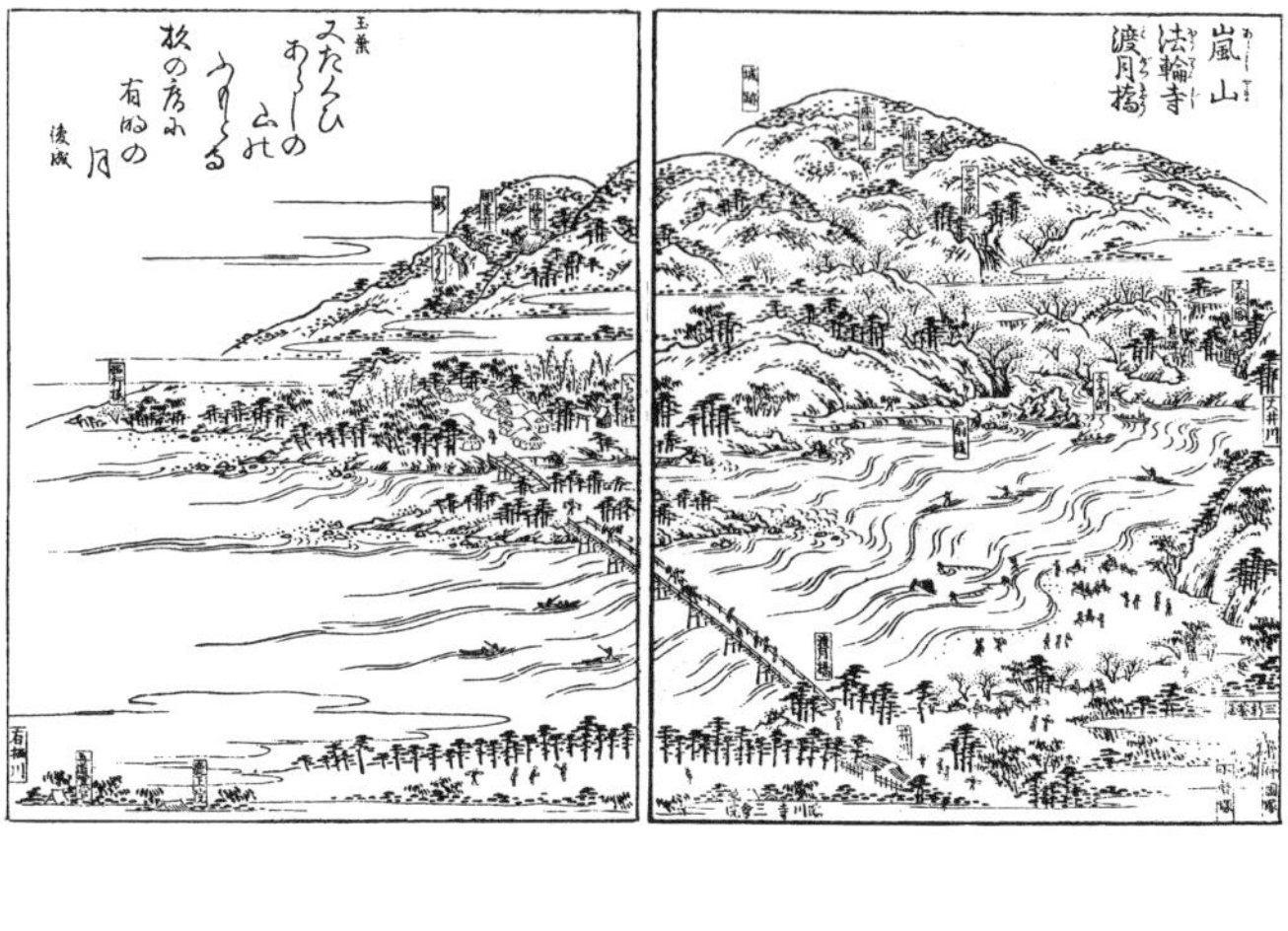

嵯峨野の嵐山・法輪寺・渡月橋『都名所図会』
図中には「玉葉　またぐひあらしの山のふもと寺杉の庵に有明の月　俊成」とある。

二条院讃岐《にじょういんさぬき》

我袖《わがそで》は　潮干《しほひ》に見《み》えぬ　を《(お)》きの石《いし》の　人《ひと》こそ知《し》らね　かは《(わ)》く間《ま》ぞなき　（『千載和歌集』巻十二・恋歌二―760）

二条院讃岐＊のこの歌は「石に寄する恋」を題とする恋歌である。引き潮の時は見えない沖の岩のように、わたくしがひそかにお慕いしている人は知らないだろうが、わたくしの袖はいつも涙に濡れて乾くひまもないという意味である。この歌が評判になって、讃岐はそれより「沖の石の讃岐」と呼ばれるようになったという（『百人一首一夕話』巻八・二条院讃岐）。

讃岐は特に恋歌に優れ、極めて叙情性に豊むが、しだいに無常観にそめられていくのである。

君恋《きみこ》ふる　心《こころ》の闇《やみ》を　わびつゝは　この世《よ》ばかりと　思《おも》はましかば　（『千載和歌集』巻十五・恋歌五―925）

「あなたを恋い慕っているが、そのため常に心の闇を嘆いて暮らしている。この煩悩に嘖《さいな》まれることは、現世だけならよいが、死後もずっとさ迷い歩くのかもしれないという不安を感じている」という意味であろう。おそらく、平安末期の動乱と浄土系の仏教思想の影響が、この恋歌にも色濃く投影しているのではないだろうか。

二条院讃岐は鎌倉初期の女流歌人であるが、父は源頼政《よりまさ》である。讃岐の父頼政と兄仲綱《なかつな》は源平合戦の折、宇治川の戦いで敗れ、戦死をとげている。このことが先の歌にも影響を与えているのかもしれないと、わたくしは考えている。

讃岐ははじめ藤原重頼《しげより》に嫁したが、父たちの死後、後鳥羽天皇の中宮任子《とうこ》＊に仕えたといわれている。

いまさらに　恋《こひ》しといふも　頼《たの》まれず　これも心《こころ》の　変《かは》ると思《おも》へば　（『千載和歌集』巻十四・恋歌四―891）

の歌も、一種の仏教的な諦観をわたくしたちに感じさせる歌である。

＊二条院讃岐
平安後期〜鎌倉初期の女流歌人（一一四一〜一二一七頃）。源頼政の娘。母は源忠清の娘。二条天皇に出仕したが、天皇の崩御後、陸奥守などをつとめた藤原重頼と結婚。重光・有頼を生む。父の頼政と兄の仲綱は源平の宇治川の合戦で敗れ自害。その後、後鳥羽院の中宮任子に出仕する。一一九六年、出家。歌に優れ、出家前・後ともに多くの歌合に出詠。『千載和歌集』以降の勅撰集に入集。家集に『二条院讃岐集』がある。

＊中宮任子
後鳥羽天皇の中宮（一一七三〜一二三九）。「にんし」ともいう。九条任子。父は九条兼実（関白）。母は藤原兼子。後鳥羽天皇の中宮となり昇子内親王を生む。父兼実の失脚で内裏を退出。宜秋門院となる。昇子内親王の死後、院号を辞す。一二二一年、承久の乱で、夫の後鳥羽天皇は隠岐島に配流となる。

散《ち》りかゝる　もみぢの色《いろ》は　ふかけれど　わたればにごる　山河《やまがは》の水《みづ》　（『新古今和歌集』巻五・秋歌下―540）

の歌も、単なる自然の情景を歌うものではなく、どんなにすばらしい恋愛でも、深みに入れば入るほど、愛欲によって穢《けが》されることを歌っているように、わたくしには思えてならない。特にこの「散りかかる」は、「塵《ちり》かかる」であることに、注目していただきたい。

世《よ》にふるは　くるしき物《もの》を　真木《まき》の屋《や》に　やすくもすぐる　初時雨《はつしぐれ》かな　（『新古今和歌集』巻六・冬歌―590）

この歌は、この世で生きていることは本当に苦しいことであるが、この真木（槇《まき》）の粗末な家には、初時雨が何事もなく過ぎて行くという意味であろう。たしかに一見、淡々とした歌いぶりであるが、俗事を避けて、槇の庵に隠退していると、身に振りかかる災いは通り過ぎていくという意味にとれば、この歌には、遁世《とんせい》を願う気持ちがこめられているとみてよいのではあるまいか。

あと絶《た》えて　浅茅《あさぢ》が末《すゑ》に　なりにけり　たのめし宿《やど》の　庭《には》の白露《しらつゆ》　（『新古今和歌集』巻十四・恋歌四―1286）

この歌は、「恋人の訪れが絶えて、わたくしの家にかよう道は、今や浅茅の原の末のようになってしまった。あなたのことをいつくるかと当てにしていた、わたくしの家の庭の草木は、白露で濡れているが、そのようにわたくしも涙でくれている」という意味であろう。この歌から恋のはかなさや無常性を感じとってよいであろう。この二条院讃岐の歌の本歌は、和泉式部の

ものをのみ　思《おも》ひしほどに　はかなくて　浅茅《あさぢ》が末《すゑ》に　世《よ》はなりにけり　（『後拾遺和歌集』巻十七・雑三―1007）

であるといわれているが、この歌も世の無常性を切々と訴えているものと見てもよいであろう。

一夜《ひとよ》とて　夜離《よが》れし床《とこ》の　さむしろに　やがても塵《ちり》の　積《つも》りぬる哉《かな》　（『千載和歌集』巻十四・恋歌四―880）

たった一晩だけでも、あなたの通って来なかった寝床の筵《むしろ》は、この一晩だけでなくやがて途絶えて、塵が積もるだろうと歌っているのである。

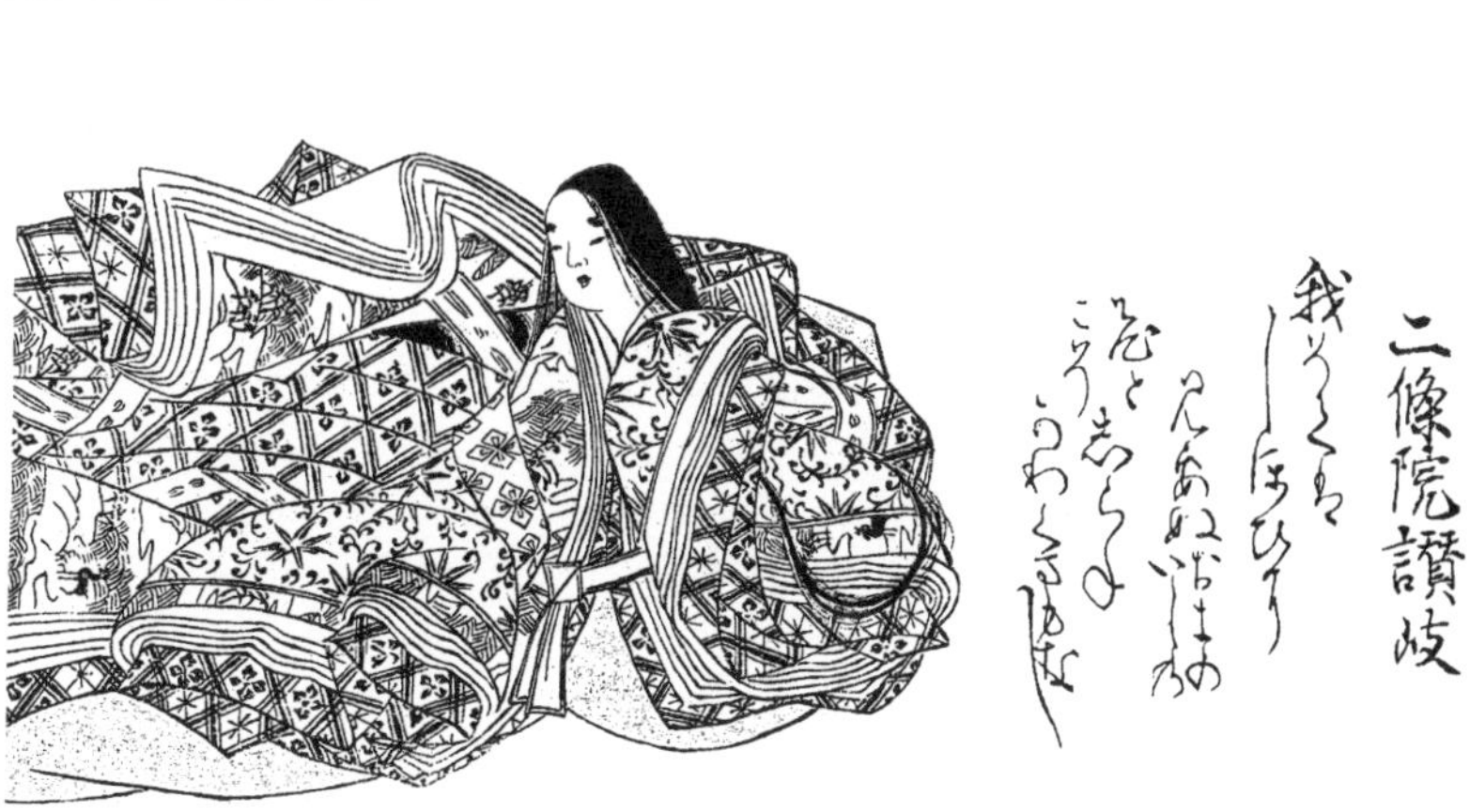

二条院讃岐『聯珠百人一首』

藤原《ふじわらの》 有家《ありいえ》

散《ち》りぬれば　にほひばかりを　梅《むめ》の花《はな》　ありとや袖《そで》に　春風《はるかぜ》のふく　（『新古今和歌集』巻一・春歌上—53）

『新古今和歌集』の時代に入ると、いわゆる「本歌どり」の歌が流行するようである。この歌も

折《を》つれば　袖《そで》こそにほへ　梅花《むめのはな》　ありとやこゝに　うぐひすのなく　（『古今和歌集』巻一・春歌上—32）

という『古今和歌集』の歌をふまえている。

青柳《あをやぎ》の　糸《いと》に玉《たま》ぬく　白露《しらつゆ》の　しらずいくよの　春《はる》かへぬらん　（『新古今和歌集』巻一・春歌上—75）

も、清原元輔《もとすけ》＊の次の歌に倣《なら》うものであろう。

青柳《あをやぎ》の　緑《みどり》の糸《いと》を　くり返《かへ》し　いくら許《ばかり》の　春《はる》をへぬらん　（『拾遺和歌集』巻五・賀—278）

藤原有家＊は、平安後期の歌人である。彼は従三位重家《しげいえ》の三男である。建仁二（一二〇二）年には、和歌の賞として大蔵卿に任ぜられ、元久二（一二〇五）年、陰明門院藤原麗子《れいし》の家司《けいし》に補されている（『明月記』）。その後、承元二（一二〇八）年、従二位に叙せられ、建保三（一二一五）年に出家して寂印と称したが、翌年の建保四（一二一六）年に六十二歳で没している。

彼はご存知のように『新古今和歌集』の撰者の一人である。

すゞしさは　秋《あき》やかへりて　初瀬河《はつせがは》　ふる河《かは》のへの　杉《すぎ》のしたかげ　（『新古今和歌集』巻三・夏歌—261）

は、大和の泊瀬川《はつせがわ》の夏の風景を詠じたものであるが、この歌も

初瀬河《はつせがは》　ふる河《かは》の辺《へ》に　二本《ふたもと》ある杉《すぎ》　年《とし》をへて　又《また》もあひ見《み》む　二本《ふたもと》ある杉《すぎ》　（『古今和歌集』巻十九・雑体—1009）

＊藤原有家
平安後期の公卿・歌人（一一五五〜一二一六）。藤原重家の子。母は藤原家成の娘。相模守、讃岐守、中務権大輔などを経て、従三位・大蔵卿となり、一二一五年、出家。法名寂印。「六百番歌合」「千五百番歌合」など多くの歌合に出詠。『新古今和歌集』の撰者の一人。『千載和歌集』以降の勅撰集に入集。漢詩が『和漢兼作集』に入集。

藤原有家『国文学名家肖像集』

＊清原元輔
平安中期の官人・歌人（九〇八〜九〇）。清原春光の子。母は高階利生の娘。清少納言の父。三十六歌仙の一人。従五位上肥後守。和歌所寄人となり、梨壺の五人の一人として、『万葉集』の訓訳、『後撰和歌集』の撰者となる。『後拾遺

を本歌とするものである。ちなみに、この「ふる川」は布留川《ふるかわ》で、初瀬川（長谷川）に流れこむ川である。もちろん、「布留」は「古」に掛けられている、さらに蛇足を加えるとすれば、二本杉《ふたもとすぎ》は男女合体を暗示する連理《れんり》の杉であろう。

夢《ゆめ》かよふ　道《みち》さへたえぬ　呉竹《くれたけ》の　ふしみの里《さと》の　雪《ゆき》のしたをれ　（『新古今和歌集』巻六・冬歌―673）

は、藤原良経《よしつね》の邸にて、「伏見の里の雪」の題を引き、有家が歌ったものである。いわゆる「探題」の歌である。この歌は、「夢のかよう道さえ、絶えてしまった。伏見の里で、雪が呉竹を折れさがる音で」という意味であろう。いうまでもなく呉竹の「節《ふし》」が「伏見《ふしみ》」の「ふし」に掛かり、その「ふしみ」がさらに「臥《ふ》し見《み》」を意味する歌である。この歌はかなり技巧的に凝った歌といってよいだろう。

ふしわびぬ　篠《しの》のを笹《ざさ》の　かりまくら　はかなの露《つゆ》や　ひと夜《よ》ばかりに　（『新古今和歌集』巻十・羇旅歌―961）

この歌は、「本当にわびしくて寝つけなかった。篠竹を刈って旅寝の仮枕にしていると、涙があふれて来て枕をぬらすから」という意味である。この旅枕の歌も『後葉和歌集』の藤原実能《さねよし》の歌とされる

夕《ゆふ》されば　篠《しの》のをざさを　吹《ふ》く風《かぜ》の　まだきに秋《あき》の　けしきなるかな　（『後葉和歌集』巻三・夏）

を意識した歌であろう。

春《はる》の雨《あめ》の　あまねき御代《みよ》を　たのむかな　霜《しも》に枯《か》れゆく　草葉《くさば》もらすな　（『新古今和歌集』巻十六・雑歌上―1478）

も「千五百番歌合」の歌である。これは、彼が和歌所寄人に選任される直前に、自身を見捨てないでくれと訴えた歌といわれている。

ひさかたの　あまつをとめが　夏衣《なつごろも》　雲井《くもゐ》にさらす　布引《ぬのびき》の滝《たき》　（『新古今和歌集』巻十七・雑歌中―1653）

は、有家の歌の中でもとりわけ優雅なものの一つであろう。

和歌集』以降の勅撰集に入集。家集に『元輔集』がある。↓186頁

布留川の上流の布留瀧（桃尾瀧）『大和名所図会』

同図会には「翠巒《すいらん》峨々として飛泉三反ばかり、白虹雲を穿つて瀉ぎ、寒声月を誘ふて走る。絶景窮まり無うして廬山の銀河三千尺《せき》ともいひつべし」とある。

藤原《ふじわらの》（飛鳥井《あすかい》）雅経《まさつね》

み吉野《よしの》の　山《やま》の秋風《あきかぜ》　さよふけて　ふるさと寒《さむ》く　衣《ころも》うつなり　（『新古今和歌集』巻五・秋歌下―483）

藤原雅経*のこの歌は、吉野山に吹く秋風は、もうすでに夜更けになっているが、古里では砧《きぬた》で衣をうつ音が寒々しく聞こえてくるという意味である。『和漢朗詠集』（巻上・秋・擣衣《たうい》）には、「誰《た》が家の思う婦《おみな》が帛《きぬ》を擣《う》つ　月、苦《さやか》に、風凄《すごう》して砧杵《きぬたのき》の悲し」（『白氏文集』巻十九）という白楽天の詩を掲げている。

藤原雅経の歌は、優美であるといってよい。

花《はな》さそふ　なごりを雲《くも》に　ふきとめて　しばしはにほへ　春《はる》の山風《やまかぜ》　（『新古今和歌集』巻二・春歌下―145）

春風によって吹き散らされた花びらを、せめて雲にとどめて、しばらくはその匂いをとどめてほしいという意味である。この歌の本歌には、紀貫之《つらゆき》の

さくら花《ばな》　ちりぬるかぜの　なごりには　水《みづ》なき空《そら》に　浪《なみ》ぞたちける　（『古今和歌集』巻二・春歌下―89）

があげられている。ご承知のように、昔より日本人は、桜の花の散るのを惜しむ風習があった。それがいつしか「鎮花祭《ちんかさい》」として結実する。桜はサ（稲）の穀霊の宿る座《くら》であったから、人々は、ながらく桜の枝にとどまってほしいと切に願ったのである。というのは、満開の桜は、稲の豊作の象徴だったからである。ただ、後には鎮花祭は、『令義解《りょうのぎげ》』に「春の花の飛び散るの時、疫神《えきしん》分散して厲《れい》を行う。其《そ》の鎮遏《ちんあつ》のために必ず其《そ》の祭り有り」と註されるように、疫神を防ぐ祭りに変わっていくのである。ちなみに「鎮遏」は鎮《しず》めとどめる意である。

昨日《きのふ》まで　よそにしのびし　したおぎ《（を）》の　末葉《すゑば》の露《つゆ》に　秋風《あきかぜ》ぞ吹《ふく》　（『新古今和歌集』巻四・秋歌上―298）

*藤原（飛鳥井）雅経
鎌倉前期の公卿・歌人（一一七〇〜一二二一）。藤原（難波）頼経（刑部卿）の子。母は源顕雅の娘。侍従、越前介、右兵衛督、従三位・参議となる。多くの歌合に出詠。和歌所寄人となり、藤原定家等と『新古今和歌集』を撰する。源実朝と親交があったらしく、藤原定

藤原雅経『聯珠百人一首』

この歌は、昨日まで人目につかないようにひそかに咲いていた下陰の荻に、今日はあらわに、上葉の露に秋風が吹いているという意味であろう。この歌は『新古今和歌集』では「秋風」の中に分類されているが、おそらく、はかない恋の歌の一種であろう。いうまでもなく秋風の「アキ」は「飽《あ》き」に掛かる言葉であるからである。この歌の本歌は

昨日《きのふ》より　荻《をぎ》の下葉《したば》に　通《かよ》ひ来《き》て　今朝《けさ》あらはるる　秋《あき》の初風《はつかぜ》（惟明親王「千五百番歌合」秋一）

であるという。

藤原雅経は、鎌倉初期の人物で、和歌や蹴鞠《けまり》の師範である飛鳥井家の刑部卿頼経《よりつね》の子である。父や兄が源義経に通じていたことを理由に、配流解官《はいるげかん》の憂き目を見たが、雅経は、鎌倉幕府の有力者、大江広元《ひろもと》の娘を妻としていたため、鎌倉幕府を開いた源頼朝の知遇を受け、従三位参議に叙せられている。このように、彼は人に好かれる人物であったように思われるのである。その間、二条殿に和歌所が置かれた時、俊成《としなり》、定家《ていか》らとともに寄人《よりうど》に任ぜられた歌人である。

見し人《ひと》の　おもかげとめよ　清見潟《きよみがた》　袖《そで》にせきもる　浪《なみ》のかよひ路《ぢ》（『新古今和歌集』巻十四・恋歌四―1333）

「恋しい人の面影をせめてとどめてほしい。清見潟よ、お前は海の浪を塞《せ》きとめる関守だから、わたくしの涙の袖でいとしい人の面影をとどめてほしい」という意味だろう。清見関《きよみがせき》は、昔、駿河国盧原《いおはら》郡に置かれた東海道の関所の一つである。

馴《な》れ〳〵て　見《み》しはなごりの　春《はる》ぞとも　などしらかはの　花《はな》の下陰《したかげ》（『新古今和歌集』巻十六・雑歌上―1456）

の歌は、なれ親しんできた、蹴鞠の庭の桜の木の跡に、他の木が植えられるのを見て、歌われたものである。この歌は洛東の白河最勝寺での歌ではあるが、あるいは藤原氏に代わって、しだいに鎌倉政権の時代が到来してきたことへの想いがこめられていたのかもしれないのである。

家・鴨長明と実朝の交流を仲介した。飛鳥井流蹴鞠の祖。著に『革匊別記』『蹴鞠略記』がある。『新古今和歌集』以降の勅撰集に入集。家集に『明日香井集』がある。

七夕・蹴鞠『都林泉名勝図会』

図中には「飛鳥井家に倣《なら》ひてけふなんこのわざを催す人々あり。是が中に高足《こうそく》とかいふものは官家にはなきこと也といへど、これも又折にあひたりとおぼえてたはぶれに口号《くちずさみ》ける。久方の天津空まで揚《あぐ》りもあひあふ星やけふはうくらん　閑田子蒿蹊」とある。

皇嘉門院別当《こうかもんいんべっとう》

難波江《なにはえ》の　蘆《あし》のかりねの　一夜《ひとよ》ゆへ《（ゑ）》　身《み》をつくしてや　恋《こ》ひわたるべき　（『千載和歌集』巻十三・恋歌三―807）

この恋歌は、摂政右大臣藤原兼実《かねざね》＊の家の歌合《うたあわせ》で「旅宿《たびのやど》に逢《あ》ふ恋《こひ》」について歌われたものである。難波江に生える芦の刈り根に残る一節ではないが、たった一夜の仮寝のために、あなたを一生恋い慕わなければならないのだろうかの意である。

皇嘉門院別当＊は、大宮権亮《だいぐうごんのすけ》正五位下源俊隆《としたか》の娘であるという（『百人一首一夕話』）。彼女は崇徳天皇の皇后藤原聖子《きよこ》に仕えていた。聖子が皇嘉門院と称していたので、彼女も皇嘉門院別当と呼ばれたのである。歌人としても知られ、治承三（一一七九）年などの右大臣藤原兼実の家で催される歌合に召されて、いくつかの歌をとどめている。

難波江の蘆は、平安朝貴族の歌にしばしば登場するが、蘆の短き節の間が歌われることが多いようである。たとえば、

難波潟《なにはがた》　みじかき蘆《あし》の　ふしのまも　逢《あ》はでこの世《よ》を　すぐしてよとや　（『新古今和歌集』巻十一・恋歌一―1049）

の伊勢の歌はご存知のことと思う。おそらく、皇嘉門院別当の歌も、この伊勢の恋歌を頭に浮かべて歌われたものではあるまいか。

皇嘉門院別当が、藤原兼実の歌合に出席するようになるのは、兼実と皇嘉門院藤原聖子が、兄弟姉妹の関係にあったからであろう。

忍《しの》び音《ね》の　袂《たもと》は色《いろ》に　出《い》でにけり　心《こころ》にも似《に》ぬ　我涙《わがなみだ》かな　（『千載和歌集』巻十一・恋歌一―694）

＊皇嘉門院別当
平安後期の女流歌人（生没年不詳）。源俊隆（太皇太后宮亮正五位下）の娘。崇徳院の皇后の皇嘉門院（関白藤原忠通の娘の聖子）の別当として仕える。「兼実家歌合」「兼実家百首」などの

皇嘉門院別当『聯珠百人一首』

も、摂政右大臣（藤原兼実）の「百首歌」の中の「忍ぶる恋」について歌われたものとされている。この歌は、「人に知られぬように忍んで泣いているので、わたくしの袂は、すっかり涙の色に濡れている。そのため隠そうとしているわたしの秘めた恋心もあらわになってしまった」という意味であろう。

皇嘉門院別当の歌は、『勅撰和歌集』には九首ばかり収められているといわれている。その一つである『新勅撰和歌集』の歌は、

思河《おもひがは》　岩間《いはま》によどむ　水《みづ》ぐきを　かきながすにも　袖《そで》はぬれけり　（『新勅撰和歌集』巻十一・恋歌一―669）

という恋歌である。恋の想いを手紙に書くだけでも、袖は涙の露に濡れてしまうという意味であろう。思河は、想いが絶えることのないことを川の水にたとえたものである。『後撰和歌集』に

思《おも》ひ河《がは》　絶《た》えず　流《なが》るゝ　水《みづ》の泡《あは》の　うたがた人《ひと》に　あはで消《き》えめや　（伊勢『後撰和歌集』巻九・恋一―515）

と歌われている。恋のやるせない想いを「思河」と称するのは、王朝女流歌人ならではの表現といってよい。

「思河」は、思いが深く、その思いが絶える間がないことを河にたとえたものである。そのなかにあって、皇嘉門院別当の歌は、情感がにじみ出ている歌といってよい。先の「難波江の」の歌も、たった一夜の旅の契りでも一生涯忘れられない思い出となると歌っているが、まことに艶にやさしい歌といってよいだろう。都を離れたさびしい難波江の蘆の仮寝も、その哀れさをさらにかもし出しているようで、女の恋の悲しさと、さがの深さを切々と訴えているようである。

それにもかかわらず、八代集に彼女の歌はわずか二首の採録というのはわたくしには合点がいかないのである。『玉葉』によれば、養和二（一一八二）年、皇嘉門院（藤原聖子）がなくなった後は、彼女も尼になったと伝えられているが、そのことも関係していたのかもしれないと想像しているのである。

歌合に出詠。皇嘉門院の崩御の際、すでに出家していたと伝えられる。『千載和歌集』以降の勅撰集に九首入集。

*藤原兼実
鎌倉前・中期の公卿・歌人（一一四九～一二〇七）。藤原忠通（関白）の子。母は藤原仲光の娘。慈円の兄。九条家の祖。関白となるが、土御門通親の策略で失脚。一二〇二年出家。歌に優れ、藤原俊成・清輔を師として兼実家歌壇を形成。『千載和歌集』以降の勅撰集に入集。日記に『玉葉』がある。

藤原兼実『前賢故実』

殷富門院大輔《いんぷもんいんたいふ》

見《み》せばやな　雄島《をじま》の海人《あま》の　袖《そで》だにも　濡《ぬ》れにぞ濡《ぬ》れし　色《いろ》はかはらず（『千載和歌集』巻十四・恋歌四—886）

殷富門院大輔＊のこの恋歌で、まず感心させられるのは、着想の妙である。この歌は、「わたくしの涙で色まで変わった袖を見てほしい。話に聞く雄島の漁師の袖も、塩浪に濡れてもわたしの袖ほど濡れはしない」という意味である。雄島は、陸奥国宮城郡の松島の島である。『元亨釈書《げんこうしゃくしょ》』によれば、この島で修行した見仏《けんぶつ》上人に、鳥羽天皇がその学徳を慕われ、仏像などを下賜《かし》されたことにより、人々はこの島を尊敬を込めて「御島」（雄島）と呼んだという話を伝えている。源重之《しげゆき》が

松島《まつしま》や　雄島《をじま》の磯《いそ》に　あさりせし　海人《あま》の袖《そで》こそ　かくはぬれしか（『後拾遺和歌集』巻十四・恋四—827）

として、はじめて「雄島の海人」の「袖に濡れにし」と歌ったのを契機に、しだいに都の人々の歌枕となっていったといわれている。

殷富門院大輔の歌は、どれを見ても切実さや嘆きが歌われているといってよい。

思《おも》ふこと　忍《しの》ぶにいとゞ　添《そ》ふものは　数《かず》ならぬ身《み》の　歎《なげ》きなりけり（『千載和歌集』巻十二・恋歌二—741）

この歌の冒頭に「思ふこと忍ぶにいとゞ」とたたみかけるように歌い、嘆きを一層、切なるものにきわだたせている。

変《かは》りゆく　けしきを見《み》ても　生《い》ける身《み》の　命《いのち》をあだに　思《おも》ひけるかな（『千載和歌集』巻十五・恋歌五—926）

この歌は、恋人の心変わりしていく様子を見るにつけても、わたくしは大切な命を無駄にすごして来たように思われるという意味であるが、「命をあだに思ひけるかな」の句がこの歌をひき締めている。

＊殷富門院大輔
平安末期〜鎌倉前期の女流歌人（生没年不詳）。藤原信成（従五位下）の娘。母は菅原在良（文章博士）の娘。後白河天皇の皇女亮子内親王（殷富門院）に仕える。殷富門院の落飾に従って出家したと伝えられる。「住吉社歌合」「広田社歌合」など多くの歌合に出詠。俊恵の歌林苑の会

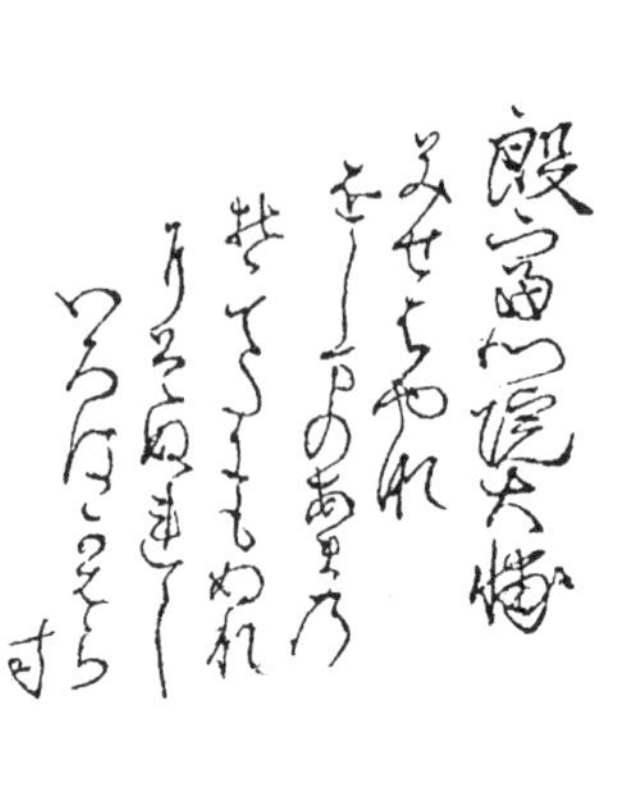

殷富門院大輔『聯珠百人一首』

殷富門院大輔と呼ばれた女性は、平安末期の歌人である。父は従五位下藤原信成《のぶなり》、母は文章博士の菅原在良《ありよし》の娘であった。そして後白河天皇の皇女殷富門院亮子《すけこ》内親王に仕え、殷富門院大輔と呼ばれたのである。殷富門院大輔はおそらく母方の影響を強くうけ、教養高い女性であったように思われる。

春風《はるかぜ》の　霞《かすみ》ふきとく　絶《た》えまより　みだれてなびく　青柳《あをやぎ》の糸《いと》　（『新古今和歌集』巻一・春歌上―73）

この歌でも、上句の「春風の霞ふきとく絶えまより」が、この歌を引き立てているようにわたくしには思われる。この歌の本歌は、藤原元真《もとざね》の

あさみどり　乱《みだ》れてなびく　青柳《あをやぎ》の　色《いろ》にぞ春《はる》の　風《かぜ》も見《み》えける　（『後拾遺和歌集』巻一・春上―76）

であるが、殷富門院大輔の方に、わたくしははるかに魅力をおぼえるのである。

わが門《かど》の　かり田《た》のねやに　ふす鴫《しぎ》の　床《とこ》あらはなる　冬《ふゆ》の夜《よ》の月《つき》　（『新古今和歌集』巻六・冬歌―606）

この歌は、建久二（一二〇二）年頃の「千五百番歌合《うたあわせ》」に藤原隆信《たかのぶ》＊と左右に分かれて詠んだものといわれている。この冬の夜の月に照らされて、あらわなる床は、単に鴫だけでなく、おそらく実際は孤閨《こけい》を嘆く女性のものではなかったかと想像させる歌である。

あすしらぬ　命《いのち》をぞ思《おも》ふ　を《(お)》のづから　あらば逢《あ》ふよを　待《ま》つにつけても　（『新古今和歌集』巻十二・恋歌二―1145）

明日知れぬわが身と常に思うけれど、それでも僥倖《ぎょうこう》にあなたとお逢いできるかもしれないと、わたくしは、ひそかに心待ちにしているという意味であろう。この歌の本歌は

いかにして　しばし忘《わす》れん　命《いのち》だに　あらば逢《あ》ふよの　ありもこそすれ　（『拾遺和歌集』巻十一・恋一―646）

であるという。殷富門院大輔の歌で、ことさらに心の屈折をより感ずるのは、先の「あすしらぬ」の歌ではないかと、わたくしは考えている。

衆の一人。藤原定家・家隆・隆信・寂蓮・西行などと交流があった。『千載和歌集』以降の勅撰集に入集。家集『殷富門院大輔集』がある。

＊藤原隆信　平安後期の官人、宮廷画師（一一四二～一二〇五）。藤原為隆の子。上野介、若狭守、越前守、右京大夫、正四位下となる。肖像画に優れ、京都神護寺の源頼朝像・平重盛像の作者と伝えられる。歌にも優れ、家集『藤原隆信朝臣歌集』がある。

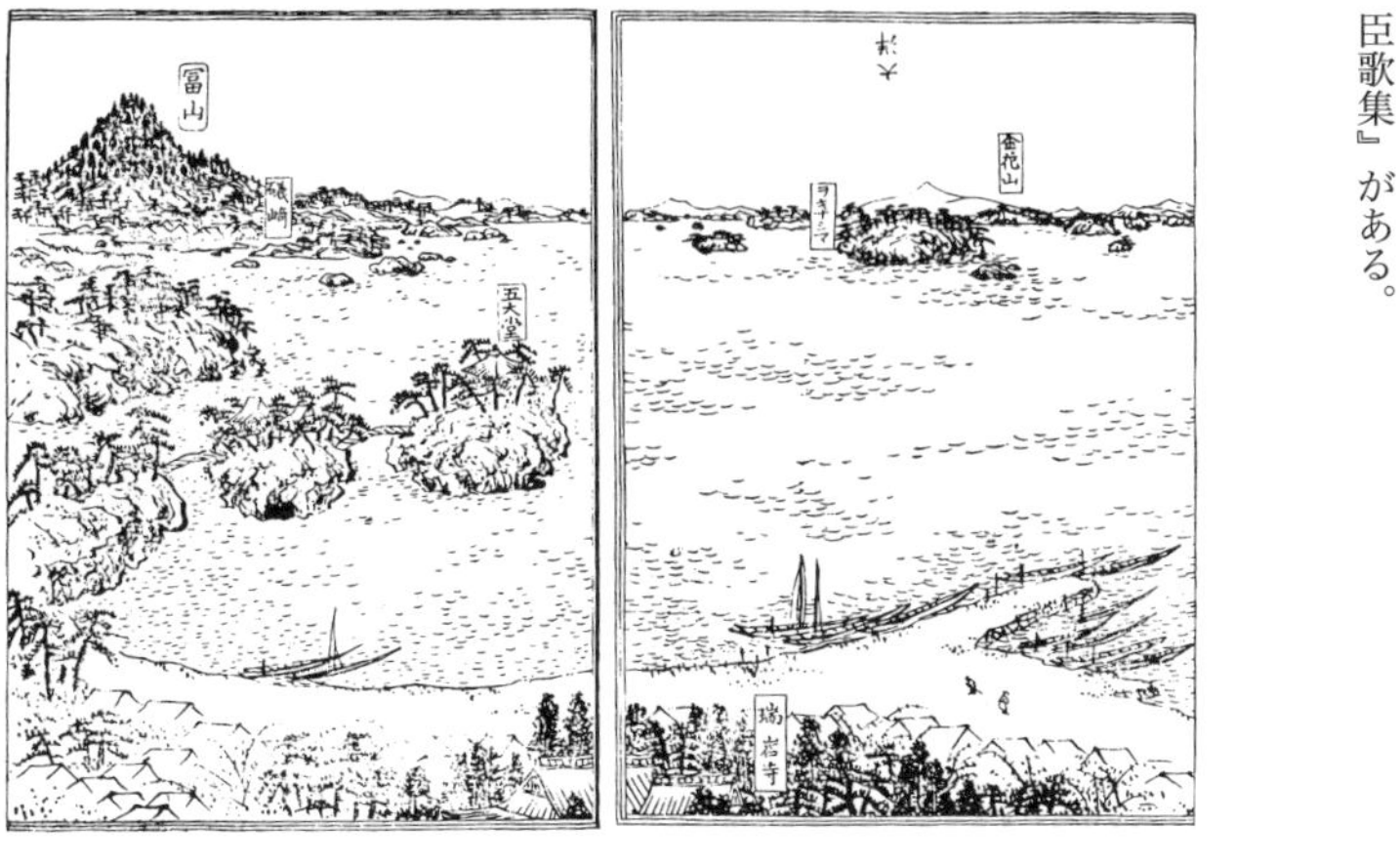

松島『松島図誌』

西行法師《さいぎょう》

年《とし》たけて　又《また》こゆべしと　思《おも》ひきや　命《いのち》なりけり　佐夜《さよ》の中山《なかやま》（『新古今和歌集』巻十・羇旅歌―987）

西行法師*の絶唱というべきこの歌は、文治二（一一八六）年、西行法師が六十九歳で、奈良の大仏鋳造の勧進のため、東国へ赴いた時の歌とされている。この歌の「命なりけり佐夜の中山」は、感銘ひとしおといってよいほど、すばらしいものである。一般に「命なりけり」は「命があってのこと」と平易に解されるが、わたくしはむしろ運命的な出逢いであり、その感動的な絶唱と見なければならないと考えている。

なげゝとて　月《つき》やはものを　思《おも》はする　かこち顔《がほ》なる　我涙《わがなみだ》かな（『千載和歌集』巻十五・恋歌五―929）

この歌も、「月やはものを思はする」という独特の言い回しがいい。「一人さびしく月をながめているが、月がわたくしにもの思いをさせるのだろうか。いやそうではなく、わたくしがつれない恋人のことを思いめぐらしているからだ。そのことをよくよくわかりながら、わたくしは、月のせいで涙を流していると弁解しているのだ」という意味であろう。

日本の和歌は優れた歌であればあるほど、微妙な心の屈折や色合いを、最小限度の言葉に凝縮しているので、散文化するとそのエッセンスはたちまち消失してしまうのである。そのため、ありきたりの解説を目にするより、その歌を何度か静かに口遊《くちずさ》むのがよいと、わたくしは常に思っている。

こゝろなき　身《み》にも哀《あはれ》は　しられけり　しぎたつ沢《さは》の　秋《あき》の夕暮《ゆふぐれ》（『新古今和歌集』巻四・秋歌上―362）

この名歌は、いわゆる「三夕《さんせき》の和歌」の一つとしてよく知られているが、この「三夕の和歌」の中においても、とりわけ西行のこの歌が優れている。

西行『聯珠百人一首』

＊西行法師
　平安末期～鎌倉前期の僧・歌人（一一一八～九〇）。佐藤左衛門尉康清の子。母は源清経の娘。俗名は佐藤義清。「憲清・則清・範清」とも書く。法名円位。鳥羽上皇の北面の武士として仕えた。一一四〇年、二十三歳で出家。陸奥へ下向の後、高野山で仏教修業と歌道に励む。平清盛・時忠と通じ、和歌で崇徳院、徳大寺実能・公能、藤

西行法師は、俗名を佐藤義清《のりきよ》と称し、鳥羽上皇の北面の武士であった。しかし、若くして突如、出家し、妻子を捨てて諸国をめぐり、仏道修行と歌詠みの道に入るのである。西行は好んで吉野山や伊勢に長らくとどまっていたが、都の人々との交わりも断たれたわけではない。

西行は僧侶となったが、その洒脱な性格は失われなかったようである。たとえば、西行が天王寺に赴いた折、にわか雨にあい、江口の遊女に宿を借りて断られた時の歌が、伝えられている。

世中《よのなか》を　いとふまでこそ　かたからめ　かりの宿《やど》りを　お《（を）》しむ君《きみ》かな　（『新古今和歌集』巻十・羇旅歌―978）

と西行が遊女に歌うと、その江口の遊女は、すかさず

世《よ》をいとふ　人《ひと》としきけば　かりの宿《やど》に　心《こころ》とむなと　思《おも》ふばかりぞ　（『新古今和歌集』巻十・羇旅歌―979）

と返したという。江口の遊女は、現在の大阪市東淀川区江口町あたりの淀川河口の遊女である。『朝野群載《ちょうやぐんさい》』の「遊女記」に、「江河《こうか》の南北、邑々処々《むらむらところどころ》、分流して河内国《かはちのくに》に向う。これを江口と謂《い》う。……蓋《けだ》し、天下第一の遊地なり」と記されているところである。

西行はたとえ一人山中に籠っても、人恋しさに耐え切れぬ気持ちを、素直に告白するような人柄であった。

また、西行は、

風《かぜ》になびく　富士《ふじ》の煙《けぶり》の　空《そら》にきえて　ゆくゑ《（へ）》も知《し》らぬ　わが思哉《おもひかな》　（『新古今和歌集』巻十七・雑歌中―1615）

の歌ではないが、「ゆくへも知らぬ」思いに常に身をまかせていく人物でもあった。しかし、その西行も年老いていくと、釈迦の涅槃《ねはん》を恋い慕うようになっていくのである。

ねがはくは　花《はな》のしたにて　春死《はるし》なん　そのきさらぎの　望月《もちづき》の比《ころ》　（『新古今和歌集』巻十八・雑歌下―1993）

その願い通り、西行は、まさに文治六（一一九〇）年二月十六日に見事に往生をとげている。

原成通などと交遊する。のち、四国、瀬戸内海辺を行脚し、伊勢に居を移す。一一八六年、東大寺復興のため陸奥へ赴き、帰京後河内国に居を移す。仏教思想にもとづき自然を愛し、漂泊の旅の中で、自己観照に徹した人間味あふれる独自の歌風で後世の歌人・俳人に大きな影響を与えた。『詞花和歌集』にはよみ人しらずで、『千載和歌集』では円位法師の名で入集。『新古今和歌集』には九十四首入集。家集に『山家集』『山家心中集』『西行法師家集』などがある。

吉野の西行庵の古跡
『西国三十三所名所図会』
同図会には「西行庵室の古跡　苔清水より二丁ばかり奥にあり。今なほそのあとに庵をしつらひ、いささか古跡のしるしとす。およそ一間半に奥行一間ばかりの草屋なり。西行上人の像を置きけり。長さ二尺一寸ばかりの木像なり」とある。

寂然《じゃくぜん》 法師

たづねきて　道《みち》わけわぶる　人《ひと》もあらじ　いくへもつもれ　庭《には》の白雪《しらゆき》　（『新古今和歌集』巻六・冬歌―682）

この歌の詞書《ことばがき》に「雪朝《ゆきのあした》、大原にてよみ侍《はべり》ける」とあるように、大原に隠棲した寂然法師＊の歌である。「道を踏み分けてはるばるこの大原の里にまで訪ねて来る人はあるまい。それならば幾重にも積もって、すばらしい銀世界を演出してくれ、白雪よ」という意味であろう。

大原は、古代の山城国愛宕《おだき》郡小野《おの》郷に当たるが、この地は比叡山の北西麓に位置していたため、多くの隠者や僧侶が庵をかまえて暮らしていたところである。それに伴って後には多くの寺院も営まれ、勝林院《しょうりんいん》、来迎院《らいごういん》や三千院などが建てられている。

この大原には、平安の終わり頃、「大原の三寂《さんじゃく》」と呼ばれる兄弟の隠遁者が住んでいた。寂念《じゃくねん》、寂超《じゃくちょう》、寂然である。寂然は末弟であるが、その俗名は藤原頼業《よりなり》である。従五位下壱岐守をつとめた中級官僚であったが、兄弟とともに出家したといわれている。寂然は、西行とも親しく、歌の道でも交流があり、「唯心房集《ゆいしんぼうしゅう》」や「寂然法師集」などが残されている。

ことしげき　世《よ》をのがれにし　み山《やま》べに　嵐《あらし》の風《かぜ》も　心《こころ》して吹《ふ》け　（『新古今和歌集』巻十七・雑歌中―1625）

この歌は、京の俗事をのがれて静寂の地を求めて来た自分に、まだ世間のしがらみがまとわりついていて、その雑念から逃れられぬわが身を嘆いているようにも、わたくしには思われるのである。

この春《はる》ぞ　思《おも》ひはかへす　さくら花《ばな》　空《むな》しき色《いろ》に　染《そ》めし心《こころ》を　（『千載和歌集』巻十七・雑歌中―1068）

この歌は、まだ京での華やかな生活に執着している自分を反省し戒めているような歌である。しかし、この歌の「思ひはかへす」という言葉に着目すれば、例の「世俗の文字の業《ぎょう》の狂言綺語《きご》の誤りを以って、

大原『都名所図会』
図中には「勝林院、来迎院、融通寺、音なしの瀧、呂律川　新古今　世をそむくかたはいづこも有りぬべし大原山は住みよかりきや　和泉式部　同返事　思ふ事大原山のすみがまはいとどなげきの数をこそつめ　少将井尼」とある。

＊寂然法師
平安末期～鎌倉前期の僧・歌人（一一一七頃～？）。藤原為忠（丹後守）の子。母は橘大夫（待賢門院女房）の娘。蔵人、左近将監を経て、従五位壱岐守となり、のち出家して唯心房寂然と

讃仏《さんぶつ》の因に転《てん》ずる」という白楽天の詩を想起しなければならないのかもしれない。和歌の道に専念することが、とりもなおさず、御仏をたたえる道に転ずるという考え方である。法師が歌を詠むことの慰藉《いしゃ》といってよい。

寂然も、出家しても歌の道は捨て切れなかった。

みちのくの　信夫《しのぶ》もぢずり　忍《しの》びつゝ　色《いろ》には出《い》でじ　乱《みだ》れもぞする　（『千載和歌集』巻十一・恋歌一―664）

と歌うように、出家しているが、まだまだ風雅の道に心を乱さなければならなかったのである。

乱《みだ》れずと　終《をは》り聞《き》くこそ　うれしけれ　さても別《わか》れは　なぐさまねども　（『千載和歌集』巻九・哀傷歌―604）

の歌は、西住《さいじゅう》法師＊の往生の見事なさまをうらやんでいる歌であるが、親しい友人との死別の悲しみをどうすることもできぬと嘆いている。

煙《けぶり》だに　しばしたなびけ　鳥辺山《とりべやま》　たち別《わか》れにし　形見《かたみ》とも見《み》ん　（『千載和歌集』巻十九・釈教歌―1251）

この歌は、茶毘《だび》の煙だけでも、しばらくはたなびいてほしい。死者の形見としてしばらくは見たいからという意味であろう。鳥辺山は、古代の山城国愛宕郡鳥戸《とりべ》郷の地域にあった火葬場である。現在の京都の東山山麓で、東は阿弥陀峰、鴨川に限られたあたりである。現在では、西大谷の東北に限られて呼ばれている。

寂然法師の釈教歌は『新古今和歌集』にまとめられて掲げられているが、

わかれにし　その面影《おもかげ》の　こひしきに　夢《ゆめ》にも見《み》えよ　山《やま》のはの月《つき》　（『新古今和歌集』巻二十・釈教歌―1960）

の歌のように、恋歌にまがう歌が少なくないのである。「煩悩即菩提」が彼に残された唯一の救いであったようである。

号した。俗名は藤原頼業。大原に住み、兄弟の寂念・寂超と共に常磐三寂の一人。西行とも交流があり、讃岐に配流された崇徳院を訪れている。『千載和歌集』以降の勅撰集に入集。『唯心房集』『法門百首』を著し、家集に『寂然法師集』がある。

＊西住法師
平安末期〜鎌倉前期の僧・歌人（生没年不詳）。俗名源季政。源季貞の猶子。右兵衛尉入道、左兵衛尉を歴任し、出家。入寂に際して、西行と寂然が哀傷歌を贈答している。『千載和歌集』に入集。

鳥辺山『京童跡追』
同書には「鳥辺山　ここを阿弥陀峯といひ、また裾を鳥部野といふなり。まことに白骨は土よりも高く、紅涙は雨よりも頻りなり」とある。

藤原《ふじわらの》 俊成《としなり》

夕《ゆふ》されば　野辺《のべ》の秋風《あきかぜ》　身《み》にしみて　うづらなくなり　深草《ふかくさ》のさと　（『千載和歌集』巻四・秋歌上―259）

藤原俊成《しゅんぜい》《としなり》＊の歌のなかでも、名歌の呼び声の高いものは、この鶉《うずら》なく深草の里の歌である。この歌は『伊勢物語』（百二十三段）に記されている「深草にすみける女」の話が背景にあるといわれている。

〝昔男〟が深草に住む女のもとにかよっていたが、いつしか厭《あ》きが来たのか、女のもとへ次のような歌をおくったのである。

年《とし》をへて　住《す》みこし里《さと》を　いでて去《い》なば　いとゞ深草《ふかくさ》　野《の》とやなり南《なむ》　（『古今和歌集』巻十八・雑歌下―971）

その歌に、女は次のように答えを返したという。

野《の》とならば　うづらとなきて　年《とし》は経《へ》む　かりにだにやは　きみは来《こ》ざらむ　（『古今和歌集』巻十八・雑歌下―972）

これらの歌は『古今和歌集』に雑歌として収められていて、人口に膾炙《かいしゃ》していた歌であったようである。ちなみに、『伊勢物語』（百二十三段）では、「年は経む」は「鳴きをらむ」と記されている。「もし仮に、深草の里が草深い野になるならば、わたくしは鶉《うずら》となって、悲しく鳴いていよう。ひょっとしてあなたが鶉狩りにお出になるかもしれないと思うから」という意である。この『伊勢物語』の話を想像しながらも、古典とは異なる独自の幽玄の境地を切り開いたのが、俊成の歌である。

世中《よのなか》よ　道《みち》こそなけれ　思《おも》ひ入《い》る　山《やま》のを《（お）》くにも　鹿《しか》ぞ鳴《な》くなる　（『千載和歌集』巻十七・雑歌中―1151）

この歌も俊成の名歌の一つであるが、この歌もよむ人によって、いかようにも解釈される歌である。

＊藤原俊成
平安末期～鎌倉前期の公卿・歌人（一一一四～一二〇四）。藤原俊忠（権中納言）の子。母は藤原敦家（伊予守）の娘。十歳で父と死別し、葉室顕頼の養子となる。五十四歳の時本姓に戻り、藤原俊成と改名する。美作守などを経て、正三位非参議、皇太后大夫となり、病気のため官を辞し出家。為忠家歌壇・崇徳院歌壇などで活躍し、歌壇の指導者となる。後白河院の命で『千載和歌集』の撰者となる。『詞花和歌集』以

藤原俊成　『聯珠百人一首』

「世中よ道こそなけれ」の句は、「この乱れた世には道理のかなう道はない」とも解されるが、一方においては「この憂き世からのがれる道がない」の意にもとられているからである。また「奥山の鹿」は俗世を離れた境地の象徴とも考えられるが、隠棲の心を慰めるものともとれるのである。

日本の和歌はこのように多義的な意味を短い言葉に凝集しているところに特徴がある。特に「幽玄」の歌は、まさにこのようなものを意図し、意識したものであるといってよい。

須磨《すま》の関《せき》　ありあけの空《そら》に　なく千鳥《ちどり》　かたぶく月《つき》は　なれもかなしや　（『千載和歌集』巻六・冬歌―425）

の歌も、おそらく『源氏物語』（須磨の巻）に引かれる歌、

とも千鳥《ちどり》　もろごゑになく　あかつきは　ひとりねざめの　床《とこ》もたのもし

を脳裏に思い浮かべていたのではないだろうか。

俊成や息子の定家《ていか》は平安末期に生をうけ、滅びゆく平安朝文化の復興を祈願し、その実現に専念し、一生を捧げたといってよい。それは華麗なる文化というより、理想化された世界の詩的な再現であった。

俊成は、権中納言藤原俊忠《としただ》の子である。美福門院《びふくもんいん》の恩顧をうけ、最後は正三位皇太后大夫にまですすみ、九十一歳の長寿を保って没したといわれている。文治四（一一八八）年に、後白河法皇のご下命により『千載和歌集』の撰進に当たった当代最高の歌道の指導者である。「俊成卿、常に歌を詠まるる時は、古き浄衣《じょうい》を著《き》て正しく坐し、桐火桶《きりひおけ》を抱きながら、心をこらして詠まる」（『百人一首一夕話』）と伝えられるように、一字一句なおざりにせず、推敲に推敲を重ねた苦吟の作を発表したといわれている。

を《（お）》きあかす　秋《あき》のわかれの　袖《そで》のつゆ　霜《しも》こそむすべ　冬《ふゆ》やきぬらん　（『新古今和歌集』巻六・冬歌―551）

は『新古今和歌集』の冬歌の冒頭におかれた歌であるから、定家も高く評価した歌なのであろう。この歌は「秋の去るのを惜しんでこの夜を明かしたが、袖の上の露はもう霜に化している。本当に冬が来たことが身に知らされる」という意味である。

まさに、平安朝文化の終焉がすでに迫っていたのである。

降の勅撰集に入集。歌論・歌学書に式子内親王のために執筆した『古来風躰抄』のほか、『万葉集時代考』『正治奏状』があり、家集に『長秋詠藻』『俊成家集』がある。古今調の王朝歌風を踏まえ、新古今調を確立し、幽玄の歌論を展開した。その歌論は子の定家に引き継がれ、象徴的な抒情性を核とする有心体への結実する。

深草里『和朝名勝画図』

図中には「深草里　山城　摂政太政大臣　深草の露のよすがを契りにて里をばかれず秋は来にけり」とある。

寂蓮《じゃくれん》 法師

くれてゆく　春《はる》のみなとは　しらねども　霞《かすみ》におつる　宇治《うぢ》の柴舟《しばぶね》　（『新古今和歌集』巻二・春歌下―169）

寂蓮法師＊の歌は、たしかに「幽玄」、「静寂」であるが、どこかに艶なる気配を感じさせる。この歌の本歌とされる紀貫之《つらゆき》の

年《とし》ごとに　もみぢ葉《ば》ながす　たつた河《がは》　みなとや秋《あき》の　とまりなる覧《らむ》　（『古今和歌集』巻五・秋歌下―311）

の歌より、正直いってわたくしは寂蓮の歌に魅力を感じている。特に、「霞におつる宇治の柴舟」の下句がよいと思う。

さびしさは　その色《いろ》としも　なかりけり　真木《まき》たつ山《やま》の　秋《あき》の夕暮《ゆふぐれ》　（『新古今和歌集』巻四・秋歌上―361）

は、次の二首とともに、いわゆる「三夕《さんせき》の和歌」とたたえられた名歌である。

こゝろなき　身《み》にも哀《あはれ》は　しられけり　しぎたつ沢《さは》の　秋《あき》の夕暮《ゆふぐれ》　（西行法師『新古今和歌集』巻四・秋歌上―362）

見《み》わたせば　花《はな》も紅葉《もみぢ》も　なかりけり　浦《うら》のとまやの　秋《あき》の夕暮《ゆふぐれ》　（藤原定家『新古今和歌集』巻四・秋歌上―363）

寂蓮の歌は、「その色としもなかりけり」に、秋の夕暮をおのずからかもし出す雰囲気を感じさせるが、槇《まき》の木立が霧深く閉ざされたその濃淡が、水墨画のように浮かび上ってくるような歌である。寂蓮の歌は、この歌とともに

むらさめの　露《つゆ》もまだひぬ　真木《まき》の葉《は》に　霧《きり》たちのぼる　秋《あき》の夕暮《ゆふぐれ》　（『新古今和歌集』巻五・秋歌下―491）

があるが、この歌も、かの長谷川等伯の「松林屏風」を想起させる趣がある。

＊寂蓮法師
平安末期～鎌倉前期の僧・歌人（一一三九頃～一二〇二）。俗名は藤原定長。少輔入道と呼ばれた。阿闍梨俊海の子。伯父藤原俊成の猶子。従五位上・中務少輔となり、一一七二年頃、出家。「六百番歌合」「仙洞十人歌合」「千五百番歌合」

寂蓮法師『聯珠百人一首』

さびしさに　憂《う》き世《よ》をかへ《(へ)》て　忍《しの》ばずは　ひとり聞《き》くべき　松《まつ》の風《かぜ》かは（『千載和歌集』巻十七・雑歌中―1138）

この歌は、さびしさと憂世に耐えて暮らしていなければ、どうして独り静かに松籟《しょうらい》に耳を傾ける喜びを感じとることができるだろうかという意味である。時には、あわただしさと雑踏する世界から遠ざかり、ひとり大自然にいだかれる幸福感を感ずることは、わたくしたち現代人にとって、一種のあこがれの境地ではないだろうか。

寂蓮は、よく知られるように藤原俊成《としなり》の甥に当たり、俗名は藤原定長《さだなが》と称していた人物である。一時は俊成の養子にむかえられたこともあったが、定家《ていか》が生まれたため、またもとにもどったと伝えられている。彼は承安二（一一七二）年頃に出家しているが、遁世《とんせい》人であるよりも、むしろ歌人として世にむかえられたのである。

かさゝぎの　雲《くも》のかけはし　秋《あき》くれて　夜半《よは》にや霜《しも》や　さえわたるらん（『新古今和歌集』巻五・秋歌下―522）

この歌は、

かさゝぎの　わたせる橋《はし》に　をく《(お)》霜《しも》の　白《しろ》きを見《み》れば　夜《よ》ぞふけにける（大伴家持『新古今和歌集』巻六・冬歌―620）

を本歌とするが、ともに幻想的な美しい歌である。

高砂《たかさご》の　松《まつ》もむかしに　なりぬべし　なを《(ほ)》ゆくするゑは　秋《あき》の夜《よ》の月《つき》（『新古今和歌集』巻七・賀歌―740）

この歌は、単なる賀歌ではなく万物流転を示す歌であろう。つまりおそらく、「あの名高い高砂の松ですら老いていく。まして世の人が老いないことはあるだろうか」と歌っているのであろう。

そむきても　なを《(ほ)》憂《う》き物《もの》は　世《よ》なりけり　身《み》を離《はな》れたる　心《こころ》ならねば（『新古今和歌集』巻十八・雑歌下―1752）

世をそむいて出家の身になっても、結局、俗世からこの身は離れないという嘆きの歌である。

など多くの歌合に出詠。後鳥羽上皇の和歌所寄人となり『新古今和歌集』の撰者の一人となるが、途中で没した。『千載和歌集』以降の勅撰集に入集。家集に『寂蓮法師集』『寂蓮法師百首』がある。

宇治川をゆく舟『拾遺都名所図会』

八王子社の西行『西国三十三所名所図会』

後《ご》白河《しらかわ》天皇

ある時、最慶《さいけい》法師が『千載和歌集』を筆写して後白河院*に献上したが、その包紙に「自分は歌を作って数年経ているが、このたび筆写した『千載和歌集』には、自分の歌は一首も採られていない」という訴状が添えられていた。この御製は、それに対して、後白河院が答えられたものである。

浜千鳥《はまちどり》　ふみを《(お)》く跡《あと》の　つもりなば　かひある浦《うら》に　あはざらめやは　（『新古今和歌集』巻十八・雑歌下―1726）

最慶法師は、堀河院の蔵人であった源家時《いえとき》の孫である（『尊卑文脈』）。父は参議源有国《ありくに》で、東大寺別当をつとめていた人物である。『詞花和歌集』には、律師済慶として

思《おも》ひいでも　なくてやわが身《み》　やみなまし　をばすて山《やま》の　月《つき》みざりせば　（『詞花和歌集』巻九・雑上―287）

などの歌をとどめているが、歌人としてはあまり高く評価されていなかったようである。

後白河院は、その最慶法師に答え、浜千鳥の踏みつけた足跡を、どこまでも辿っていくならば、必ず貝のある浦にめぐり逢うことだろうという、激励の御歌を寄せられたのである。いうまでもなくこの「貝」は「苦労した甲斐」の〝甲斐〟である。また浦は、和歌の浦を指している。ご存知のように後白河上皇は、若い時は当世流行の今様《いまよう》に没頭され、『梁塵秘抄《りょうじんひしょう》』*をまとめられるほどの熱心さを示されているから、何事にも精進していれば、その結果は必ずいつかは結実するとお考えになられていたのだろう。

後白河天皇は鳥羽天皇の第四皇子であったが、異母弟の近衛天皇の崩御によって、久寿《きゅうじゅ》二（一一五五）年に即位された天皇である。しかしそれまでは、皇位に遠い親王として扱われ、『愚管抄《ぐかんしょう》』（巻四）にも「イタク……御アソビナドアリ」と評されるように、今様などにうつつをぬかす毎日であったと伝えられている。しかし院政の時代に入ると、摂関家をめぐる権力争いや源平の武力闘争を陰であやつる実力者として活躍されたのである。

---

*後白河院
後白河天皇。第七十七代天皇（一一二七〜九二）。鳥羽天皇の皇子。母は待賢門院璋子（藤原公実の娘）。近衛天皇の崩御の後、即位。父の鳥羽法皇の崩御により、崇徳上皇と藤原頼長の挙兵を鎮圧（保元の乱）、皇室の権力を強めた。在位三年で二条天皇に譲位し、以後、二条・六条・高倉・安徳・後鳥羽天皇の五代にわたって院政を行い実権を握った。一一六九年、法皇となる。今様・笛など管弦に優れ『梁塵秘抄』を編纂する。『千載和歌集』以降の勅撰集に入集。在位一一五五〜五八。

*『梁塵秘抄』
後白河法皇編著。今様などの雑芸の歌謡を分類・集成したもの。平安末期に成る。↓326頁

*八条院暲子内親王
鳥羽天皇の皇女（一一三七〜一二一一）。母は美福門院。一一五七年落飾し、六一年院号宣下。鳥羽上皇と母美福門院の遺領を受け継ぎ、政治にも影響力をもった。九条兼実と院の女房頼輔の娘の間の子良輔を養子とした。八条院の所領はのちに大覚寺統に伝領された。

天皇は何事にも偏執的なご性格があらわれているようであるが、『千載和歌集』などに採録されている御製を拝見すると、意外にも平穏な御製が少なくない。

池水《いけみづ》に　みぎはのさくら　ちりしきて　波《なみ》の花《はな》こそ　さかりなりけれ　（『千載和歌集』巻二・春歌下―78）

この御製は、後白河天皇がまだ雅仁《まさひと》親王の時代に、鳥羽の離宮の歌会で詠じられたものである。「波の花」の着想は、おそらく紀貫之《つらゆき》の

常《つね》よりも　春《はる》べになれば　さくら河《がは》　花《はな》の浪《なみ》こそ　間《ま》なく寄《よ》すらめ　（『後撰和歌集』巻三・春下―107）

にあったのではないかといわれている。

幾千代《いくちよ》と　かぎらざりける　呉竹《くれたけ》や　君《きみ》がよはひの　たぐひなるらん　（『千載和歌集』巻十・賀歌―606）

の御製は『千載和歌集』の賀歌の巻頭を飾る。まだ天皇が親王でおられた時、異母妹の八条院暲子《しょうし》内親王＊の歌合《うたあわせ》に「竹ハ遐年《かねん》ノ友タリ」という詠題で歌われた御製である。ちなみに「遐年」は、長生きをいう。「遐」は遠しとか、はるかの意である。「遐年」は「遐齢《かれい》」とも記される。この賀歌は、幾千年と限りない長寿の呉竹はあなたの齢《よわい》に並ぶ友であるだろうという意味である。呉竹は、この際は特に御所の清涼殿の庭に植えられた呉竹を指し、尊貴の方を意味しているが、また呉竹の「節《よ》」として、「世」を意味している。『竹取物語』に

くれ竹《たけ》の世々《よよ》の竹《たけ》とり　野山《のやま》にも　さやはわびしき　ふしをのみ見《み》し

と歌われているように、呉竹は「世」に掛かる言葉である。

ただ、乱世に生き抜かれた後白河院は、

露《つゆ》の命《いのち》　消《き》えなましかば　かくばかり　ふる白雪《しらゆき》を　ながめましやは　（『新古今和歌集』巻十六・雑歌上―1581）

と歌われていられることも、見落としてはならないだろう。

後白河法皇熊野御幸『紀伊国名所図会』
図中には「後白河法皇熊野御幸のとき、糸鹿山にて平忠盛零余子《ぬかご》を奉るとて、いもが子の連歌を仕るところ」とある。

梁塵《りょうじん》 秘抄《ひしょう》の歌

遊《あそ》びをせんとや生《う》まれけむ、戯《たはぶ》れせんとや生《む》まれけん、遊《あそ》ぶ子供《こども》の声《こゑ》聞《き》けば、我《わ》が身《み》さへこそ動《ゆる》がるれ、（『梁塵秘抄』巻二―359）

おそらく、『梁塵秘抄』＊のこの歌は、純心な幼子の時代を回顧する年老いた嫗《おみな》の詠嘆であろうが、無心で遊び戯れる子供の姿とともに、ありし日を偲ぶ感情が切々と伝わってくるような思いがする。

我《わ》が子《こ》は二十《はたち》に成《な》りぬらん、博打《ばくち》してこそ歩《あり》くなれ、国々《くにぐに》の博党《ばくたう》に、さすがに子《こ》なれば憎《にく》か無《な》し、負《ま》かいたまふな、王子《わうじ》の住吉西《すみよしにし》の宮《みや》、（『梁塵秘抄』巻二―365）

に至っては、親馬鹿というか子煩悩というか、本当に親の深情けが丸出しである。しかし「さすがに子なれば憎か無し」というは、世相の真理の一端を的確に表現していると、わたくしは思っている。博打をして世を渡るやくざの子供でも、親なればこそ可愛くてならないのである。そのため、摂津武庫郡に祀る広田社に、子に代わって博打の必勝祈願をしている。この広田社は、神功《じんぐう》皇后の朝鮮遠征の際、天照大神が神懸りされて祀られた軍神である。『梁塵秘抄』巻二―249にも、「関《せき》より西《にし》なる軍神《いくさがみ》」として住吉西の宮（広田社）があげられている。他人からうとまれるわが子であればあるほど、母親はことさらに愚かなわが子がいとおしくてならないのである。

『梁塵秘抄』には、このように人生の真情を赤裸々に歌い込んでいるものが少なくない。

女《をんな》の盛《さか》りなるは、十四五六歳《じゅうしごろくさい》 廿《にじゅう》 三四《さんし》とか、三十四五《さんじゅうしご》にし成《な》りぬれば、紅葉《もみぢ》の下葉《したば》に異《こと》ならず、（『梁塵秘抄』巻二―394）

もちろん、これは当時の結婚の適齢期をうたったもので、現在ではそのまま適応されないが、昔はす

＊『梁塵秘抄』
後白河法皇編著の歌謡集。十二世紀後半の成立。今様などの雑芸の歌謡を分類・集成したもの。もとは今様歌謡を収録した『梁塵秘抄』と後白河法皇の口伝を記した『梁塵秘抄口伝集』の各々十巻より成っていたと考えられるが、『梁塵秘抄』『梁塵秘抄口伝集』の巻一の抄出と『梁塵秘抄』巻二、『梁塵秘抄口伝集』巻十のみが現存する。今様時代の諸表現の実態をとらえることができ、歌謡史のみならず、詩歌研究資料として重要な基本資料である。

神功皇后の三韓征伐
『西国三十三所名所図会』

ぐに女性は姥桜扱いされたことを示している。

我《われ》を頼《たの》めて来《こ》ぬ男《をとこ》、角《つの》三《み》つ生《お》ひたる鬼《をに》になれ、さて人《ひと》に疎《うと》まれよ、霜《しも》雪《ゆき》霰《あられ》降《ふ》る水田《みづた》の鳥《とり》となれ、さて足冷《あしつめた》かれ、池《いけ》の萍《うきくさ》となりねかし、と揺《ゆ》りかう《(ふ)》揺《ゆ》り揺《ゆ》られ歩《あり》け（『梁塵秘抄』巻二―339）

恋人に裏切られた女性はこのように悪態を吐いているが、女性の煩悩は極めて深いのかもしれない。しかしそれとは別に、『梁塵秘抄』には処世訓めいたものまで含まれ、極めて雑多な内容となっている。

烏《からす》は見《み》る世《よ》に色黒《いろくろ》し、鷺《さぎ》は年《とし》は経《ふ》れども猶白《なをしろ》し、鴨《かも》の頸《くび》をば短《みじか》しとて続《つ》ぐものか、鶴《つる》の脚《あし》をば長《なが》しとて断《き》るものか、（『梁塵秘抄』巻二―386）

この歌は『荘子』によっているようだが、いわれるように無為自然を説くものであろう。他人をうらやまず、自らに与えられた天性を、ことさらに変えることなく、それを大切に育てていくことが肝要であると説いている。もちろん『梁塵秘抄』は、当時の信仰を反映して神仏の信仰の功徳を説くものが多い。

観音深《かんのんふか》く頼《たの》むべし、弘誓《ぐぜい》の海《うみ》に船泛《ふねうか》べ、沈《しづ》める衆生《しゆじやう》引《ひ》き乗《の》せて、菩提《ぼだい》の岸《きし》まで漕《こ》ぎ渡《わた》る（『梁塵秘抄』巻二―158）

とあるが、『法華経』*の観音品《かんのんぼん》に見える観世音の御名をたたえる者あらば、観音はその音声を観じて必ず浄土へ救済されることを述べている。そして『梁塵秘抄』はその結びとして

何時《いつ》しかと　君《きみ》にと思《おも》ひし　若菜《わかな》をば　法《のり》の為《ため》にぞ　今日《けふ》は摘《つ》みつる（『梁塵秘抄』巻二―566）

の和歌を掲げている。この歌は、ちなみに『拾遺和歌集』（巻二十・哀傷―1338）では、「法の道にぞ」に改められているが、村上天皇が母藤原穏子《やすこ》《おんし》を供養された折の御製である。

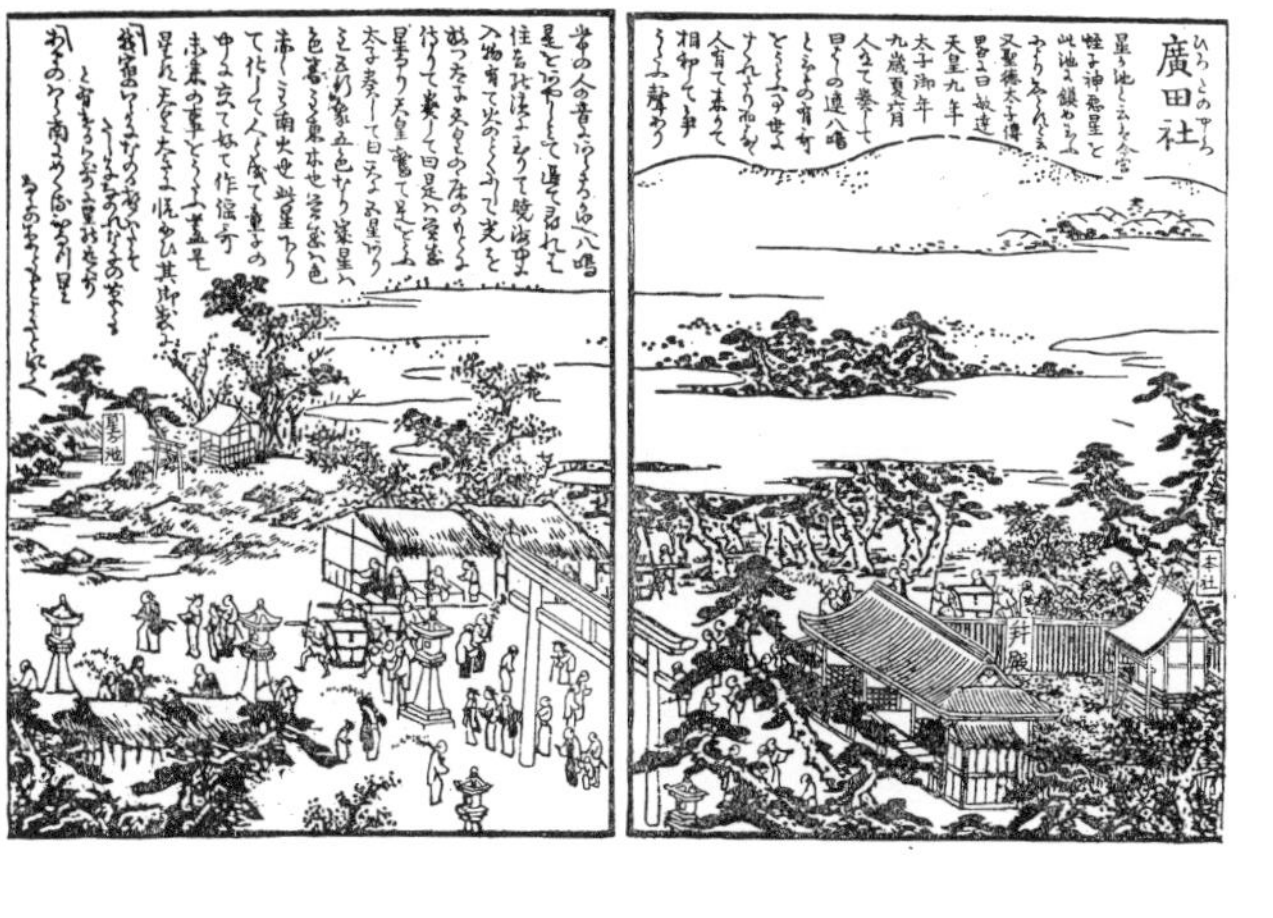

広田社『住吉名勝図会』
西宮市にある式内社。天照大神の荒魂を祀る。和歌に霊験のある神社として信仰を集め、中世には「広田社歌合」「西宮歌合」などが行われた。

*『法華経』
大乗仏教の代表的な経典。正法華経・妙法蓮華経・添品妙法蓮華経をいう。一般に、鳩摩羅《くまら》什《じゅう》訳の妙法蓮華経の略称。釈迦が永遠の仏であり、法華一乗などを説く。天台宗・日蓮宗の所依の経典。

前大僧正慈円《さきのだいそうじょうじえん》

おほけなく　憂《う》き世《よ》の民《たみ》に　おほふ哉《かな》　わが立《た》つ杣《そま》の　墨染《すみぞめ》の袖《そで》（『千載和歌集』巻十七・雑歌中―1137）

この前大僧正慈円＊の歌は、憂き世のもとに苦しんでいる民衆を、僭越《せんえつ》にも、わたくしの墨染の袖で覆って救済したいという意味である。この歌の一つの見どころは、「おほけなく」と「おほふ哉」の「おほ」が頭韻となって重なっていることである。ちなみに「わが立つ杣」は、比叡山延暦寺を指すといわれている。『和漢朗詠集』に、最澄（伝教大師）の

阿耨多羅《あのくたら》　三藐三菩提《さんみゃくさんぼだい》の　仏《ほとけ》たち　わがたつ杣《そま》に　冥加《みょうが》あらせたまへ（『和漢朗詠集』巻下・雑・仏事、『新古今和歌集』巻二十・釈教歌―1920）

の歌が載せられているが、慈円の歌も、この最澄の歌を本歌としているものであろう。「阿耨多羅三藐《あのくたらさんみゃく》三菩提《さんぼだい》」は梵語で、一般には無上の真実の悟りを意味するとされ、「無上正等覚《むじょうしょうとうかく》」と漢訳されている。おそらく慈円も、天台宗の座主として、延暦寺の始祖である最澄の精神を継承することを願ったものであろう。

慈円の歌は、当然ながら、仏教思想に裏づけされたものが、少なくないようである。

山深《やまふか》み　たれ又《また》かゝる　住居《すまゐ》して　槇《まき》の葉分《はわ》くる　月《つき》を見《み》るらん（『千載和歌集』巻十六・雑歌上―1020）

この歌は、わたくしは比叡の山奥に籠って、一人修行しているが、わたしより他に、槇の葉ごしに月を見ている人はいるのだろうか、という意味である。比叡山の厳しい修行に専念し、一人耐えている慈円の姿が、凄絶な月の光に象徴されて描き出されている歌である。

この歌の本歌は、西行法師の

＊前大僧正慈円　鎌倉前期の僧・歌人（一一五五～一二二五）。藤原忠通（関白）の子。母は皇嘉門院女房加賀局。藤原兼実（右大臣）の弟。十一歳で延暦寺座主覚永に師事し僧となる。権僧正から天台座主（四回つとめる）、平等院検校、大僧正となる。追諱は「慈鎮和尚」。和歌に優れ、西行を範と

前大僧正慈円『聯珠百人一首』

山《やま》ふかみ　真木《まき》の葉分《はわ》くる　月影《つきかげ》は　烈《はげ》しき物《もの》の　凄《すご》き成《なり》けり（『山家集』）

であるというが、慈円の自信と覚悟を歌ったものと見てよいであろう。それを証するものが、慈円が比叡山の悪法師の悪業を批判して、一人山に籠った時の歌である。

いとゞしく　むかしの跡《あと》や　絶《た》えなむと　思《おも》ふもかなし　今朝《けさ》の白雪《しらゆき》

（『千載和歌集』巻十九・釈教歌―1225）

この歌の詞書《ことばがき》に「比叡《ひえ》の山に堂衆学徒不和《ふわ》の事出《い》で来《きた》りて学徒みな散《ち》りける時」とあるが、これは治承二（一一七八）年十月に起きた、学徒（学侶）と堂衆の合戦である。『平家物語』も「さしもやんごとなかりつる天台《てんだい》の仏法《ぶつぽう》も、治承《ぢせう》の今《いま》に及《をよん》で亡《ほろび》はてぬるにや」（『平家物語』巻二・山門滅亡）と嘆いている。このことが慈円の「いとゞしくむかしの跡や絶えなむ」の現状だったのである。

いうまでもなく慈円は、関白藤原忠通《ただみち》の子で、右大臣兼実《かねざね》の弟である。十一歳で比叡山にのぼり、延暦寺の青蓮院門跡、覚快《かくかい》法親王について出家したといわれている。後に慈円と称し、建久三（一一九二）年天台座主《ざす》をつとめたが、この頃はすでに源平合戦がつづき、延暦寺の山僧が、学徒と堂衆の二つに分かれて争うなど、まことに乱世の連続の時代であった。慈円はこの現状を仏教的歴史観より分析し、『愚管抄《ぐかんしょう》』を著している。

しかし、一方においては和歌もたしなみ、『拾玉集《しゅうぎょくしゅう》』という家集を残しているのである。

在《あり》あけの　月《つき》のゆくゑ《(へ)》を　ながめてぞ　野寺《のでら》の鐘《かね》は　聞《き》くべかりける

（『新古今和歌集』巻十六・雑歌上―1521）

この歌は、慈円の甥に当たる藤原良経《よしつね》のもとで、月の歌五十首を詠じたものの一つである。この慈円の歌は『和漢朗詠集』（巻下・雑・僧）の「野寺《やじ》に僧《そう》を訪《とぶら》ひて帰《かへ》さに月《つき》を帯《お》びたり、芳林《はうりん》に客《かく》に携《たづさ》はりて酔《ゑ》ひて花《はな》に眠《ねぶ》る」の英明《ひであきら》親王の詩をふまえているという。

動乱の世には、ただ野寺だけにしか静謐の地はなかったのであろうか。

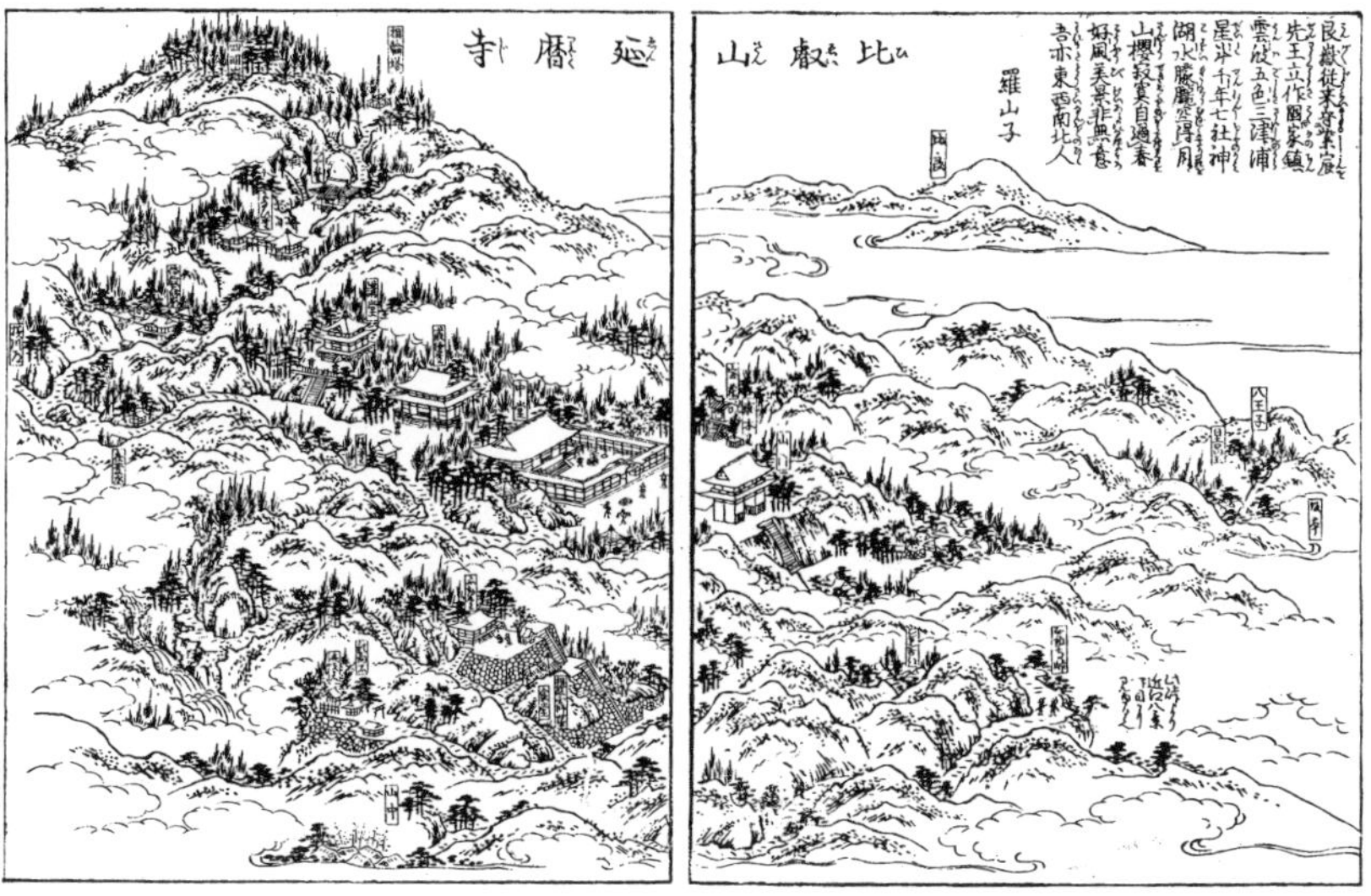

比叡山延暦寺『都名所図会』

した名歌を残す。『千載和歌集』以降の勅撰集に入集。家集に『拾玉集』『奉賀茂大明神百首和歌』『百首和歌跋』、著に歌論書『色葉和難抄』、また、神武天皇から順徳天皇までの歴史を、独自の仏教的歴史観で記述した史論書の『愚管抄』がある。

後鳥羽《ごとば》天皇

人《ひと》もをし　人《ひと》も恨《うら》めし　あぢきなく　よをおもふゆへ《（ゑ）》に　物思《ものおも》ふ身《み》は　（『続後撰和歌集』巻十七・雑歌中―1199）

この後鳥羽上皇＊の御製は、鎌倉幕府と対立を深め、軋轢がしだいにきしむ様を歌われたものといわれている。この御製は、「人がいとしくも思われたり、あるいは人をうらめしく思うこの頃である。どうもこの世はますますつまらなく思えてくる。おそらく自分がこの世のことをいろいろと考えあぐんでいるからだろう」という意味であろう。

後鳥羽上皇の御製は、一般的に見て王者の貫禄のある、おおらかな性格を示す御歌が少なくないようである。

見《み》わたせば　山《やま》もとかすむ　水無瀬河《みなせがは》　ゆふべは秋《あき》と　なに思《おも》ひけん　（『新古今和歌集』巻一・春歌上―36）

この御製は、元久二（一二〇五）年六月、水無瀬の離宮で「水郷の春を望む」と題された御歌である。水無瀬の離宮は、ご存知のように現在の大阪府三島郡島本町水無瀬にあった皇室領である。平安朝を開かれた桓武天皇をはじめ、嵯峨天皇などがしばしば訪れ遊宴されたところであった。それ故、王朝の再建を目指された後鳥羽上皇にとっては、この御幸《みゆき》は重要な意味をもっていられたと考えてよいであろう。それにしても、おおらかな歌いぶりである。

み吉野《よしの》の　高嶺《たかね》の桜《さくら》　ちりにけり　あらしも白《しろ》き　春《はる》のあけぼの　（『新古今和歌集』巻二・春歌下―133）

は、京の白河に、後鳥羽上皇が建てられた最勝四天王院の、障子紙の吉野山に詠まれた御製である。この御製は、顕昭《けんしょう》＊の

＊後鳥羽上皇
後鳥羽天皇。第八十二代天皇（一一八〇～一二三九）。高倉天皇の皇子。母は藤原信隆の娘の七条院殖子。安徳天皇の都落ちにより、後白河法皇の院宣で践祚して天皇となる。一一九八年、土御門天皇に譲位し、院政を行う。一二二一年、執権北条義時追討の院宣を出し承久の乱を起こすが、敗れて出家、隠岐に配流となり、同地で崩御。子の順徳天皇は佐渡に配流となる。文武両道に優れ、和歌では、「千五百番歌合」「春日社歌合」など数多くの歌合を主催した。藤原定家らに『新古今和歌集』の撰進を命じ、自らも撰者となる。『新古今和歌集』以降の勅撰集に入集。隠岐では『遠島百首』を詠む。家集に『後鳥羽院御集』があり、日記に『後鳥羽院宸記』『後鳥羽院御口伝』がある。在位一一八三～九八。

＊顕昭
平安後期～鎌倉前期の歌人（生没年不詳）。藤原顕輔の猶子。平安歌学（六条家歌学）の中心人物。『袖中抄』は、多くの歌集の注を施した著作として知られる。

ちりまがふ　花《はな》を雪《ゆき》かと　見《み》るからに　風《かぜ》さへ白《しろ》し　春《はる》の曙《あけぼの》　（『千五百番歌合』）

を本歌とするようであるが、後鳥羽上皇の御製がはるかに動的で、見事だと思っている。

このほか、最勝四天王院の障子紙に寄せられた後鳥羽上皇の御製は『新古今和歌集』にいくつか収められている。

橋姫《はしひめ》の　かたしき衣《ころも》　さむしろに　まつ夜《よ》むなしき　宇治《うぢ》のあけぼの　（『新古今和歌集』巻六・冬歌―636）

後鳥羽天皇は、高倉天皇の第三皇子である。平家一族が、安徳天皇を奉じて西国に走った後、即位された天皇である。譲位された後にも和歌に専念され、定家《ていか》や家隆《いえたか》らに『新古今和歌集』の撰進を命ぜられている。しかし、その編集方針をめぐってしばしば定家と意見が合わず、隠岐へ配流の後も、自ら添削の手を加えられたと伝えられている。

我《わ》れこそは　新島《にゐじま》もりよ　隠岐《おき》の海《うみ》の　荒《あら》き浪《なみ》かぜ　心《こころ》して吹《ふ》け　（『後鳥羽院御百首』雑、『増鏡』第二）

の人口に膾炙《かいしゃ》した御製は、いうまでもなく隠岐配流の御歌である。

わすらるゝ　身《み》を知《し》る袖《そで》の　村雨《むらさめ》に　つれなく山《やま》の　月《つき》はいでけり　（『新古今和歌集』巻十四・恋歌四―1271）

この御製は、建仁二（一二〇二）年の仙洞の歌合《うたあわせ》の御歌であるから、承久の乱以前の御歌ということになるが、配流後の御歌にまがうお気持ちが歌われているようである。

奥山《おくやま》の　を《（お）》どろが下《した》も　ふみわけて　道《みち》ある世《よ》ぞと　人《ひと》に知《し》らせん　（『新古今和歌集』巻十七・雑歌中―1635）

は、明らかに幕政批判を痛烈に行った御歌であろう。

ちなみに「おどろ」は、いばらなどの乱れ茂っているところである。『源氏物語』（浮舟の巻）にも「山《やま》賤《がつ》の垣根《かきね》の、棘葎《おどろむぐら》の蔭《かげ》に」と見えている。

王政復興を掲げる後鳥羽上皇には、現世はまことに「おどろ」に見えていたにちがいないのである。

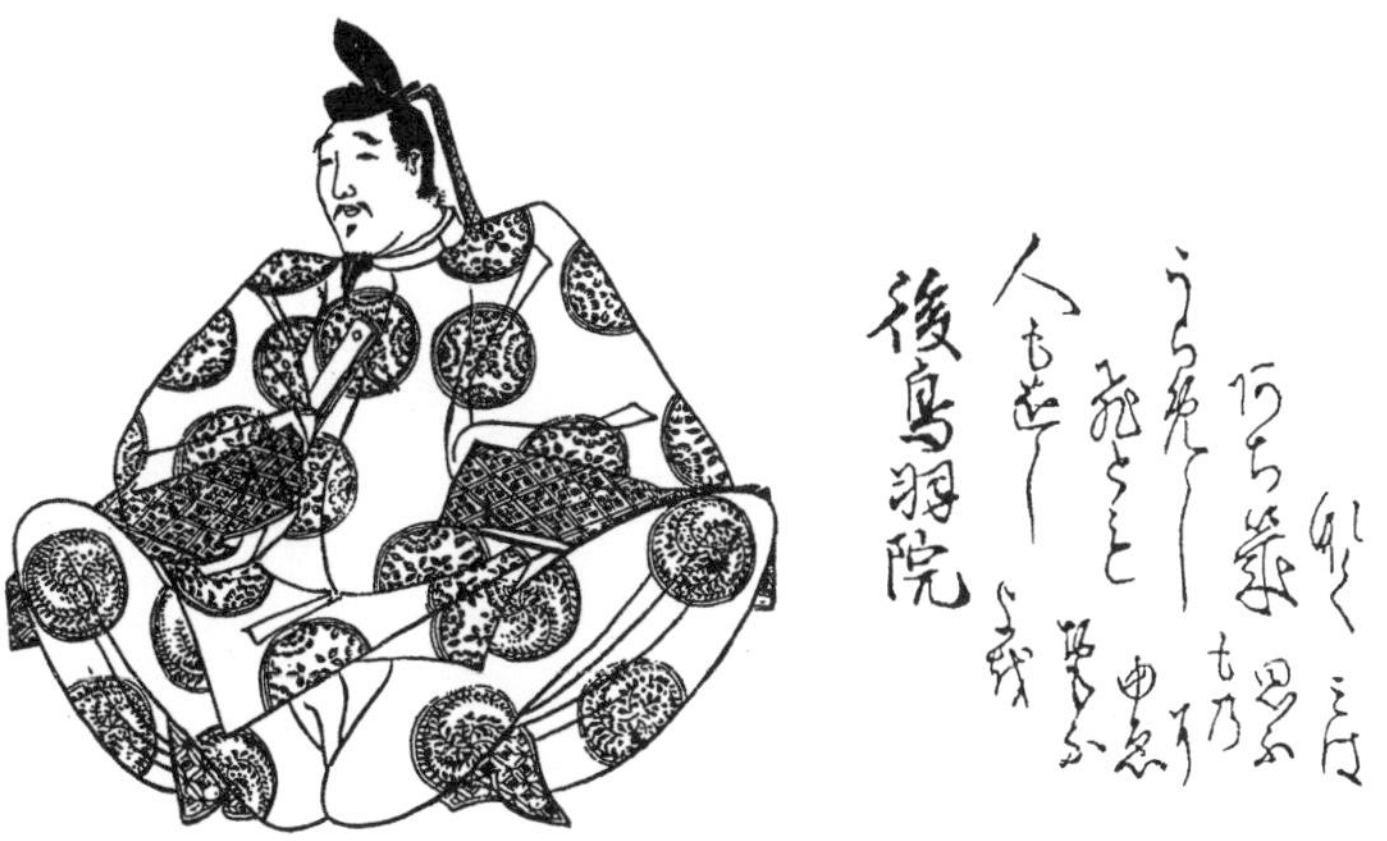

後鳥羽天皇（後鳥羽院）『集古十種』

皇太后大夫俊成女《こうたいごうだいぶとしなりのむすめ》

したもえに　思《おも》ひきえなん　煙《けぶり》だに　跡《あと》なき雲《くも》の　はてぞかなしき　（『新古今和歌集』巻十二・恋歌二―1081）

この歌は、『新古今和歌集』巻十二の冒頭に掲げられた恋歌である。『新古今和歌集』は、藤原定家《ていか》が深くかかわっていた家集であるので、藤原俊成《としなり》の娘の歌が、そのトップにあげられるのは当然といえば当然であるが、やはり、この歌が優れた恋歌と広く評価されていたからであろう。

「したもえに」とは、人に知られず心のうちに燃えあがる恋の炎をいう。この歌は、「人知れず恋い焦れた末、命の炎の煙が消えて死んでしまい、やがて跡かたもなく消えてしまう。そのことが、本当にわたくしは悲しい」という意味である。この歌は『狭衣《さごろも》物語』＊（巻四）の

消《き》えはてて　煙《けぶり》は空《そら》に　かすむとも　雲《くも》のけしきを　我《われ》と知《し》らじな

を本歌とするというが、皇太后大夫俊成女＊の歌の方が、はるかにすばらしい。この歌が後鳥羽院の思し召しで巻頭におかれたというのも、けだし当然だと考えている。

俊成女の実の父は藤原盛頼《もりより》で、母は俊成の娘の八条院三条（五条尼）であったといわれている。しかし盛頼が鹿ヶ谷の陰謀事件に連座したため、俊成に娘としてひきとられた女性である。彼女は後鳥羽院の時代に盛んに活躍した女流歌人であり、また『無名草子《むみょうぞうし》』＊の執筆者ともされている才人である。

風《かぜ》かよふ　ねざめの袖《そで》の　花《はな》の香《か》に　かほ《（を）》る枕《まくら》の　春《はる》の夜《よ》の夢《ゆめ》　（『新古今和歌集』巻二・春歌下―112）

の歌は、「風《かぜ》かよふ」「花の香に」「かほる枕の」のごとく、「カ」の音が次々と連続し、また「ねざめの袖の花の香に……枕の春の夜の夢」のように、「の」が次々とつらなって、叙情的なリズムをかもし出しているのである。夜明け方に、吹く風の気配で目覚めると、床に敷かれていた衣の袖に花の香りがす

＊皇太后大夫俊成女
平安末期～鎌倉前期の女流歌人（一一七一頃～一二五四頃）。藤原盛頼の娘。母は藤原俊成の娘の八条院三条。実の祖父の俊成の養女となる。俊成卿女・嵯峨禅尼・越部禅尼とも呼ばれた。源通具と結婚するが、疎遠となり、一二〇二年、後鳥羽院の御所に出仕。「千五百番歌合」「宝治百首」など数多くの歌合に出詠し、順徳天皇の内裏歌壇で活躍する。夫の源通具の死後、嵯峨に隠棲する。『新古今和歌集』以降の勅撰集に入集。歌論書に『越部禅尼消息』が、家集に『俊成卿女集』がある。

＊『狭衣物語』
平安中期頃の物語。四巻。作者は六条斎院禖《ばい》子《し》内親王宣旨とされる。狭衣大将と源氏宮との悲恋を中心に宮廷生活を描く。

＊『無名草子』
鎌倉時代の評論。「むめいぞうし」ともいう。著者は藤原俊成女とされる。一二〇二年頃成立。物語の構想や歌集・女性作家などをとりあげて批評。文学評論として貴重な作品。

るが、枕にも同じように花の香りがする。それはあたかも春の夜の夢のようにわたくしには感ぜられるという意味であろう。この歌は、一説には『和漢朗詠集』の「夢《ゆめ》断《た》えては燕姫《えんき》が暁《あかつき》の枕《まくら》に薫《くん》ず」（『和漢朗詠集』巻上・秋・蘭）の詩にもとづくものといわれている。燕姫と呼ばれる鄭《てい》の文公の后が、夢に驚いて目をさますと、その余香がなお枕に薫ったという故事にもとづくものである（『春秋左氏伝』宣公三年条）。和歌としては、

かへりこぬ　昔《むかし》をいまと　思《おも》ひねの　夢《ゆめ》の枕《まくら》に　にほふたちばな
（式子内親王『新古今和歌集』巻三・夏歌―240）

が類歌としてあげられている。

ふるさとも　秋《あき》はゆふべを　かたみにて　風《かぜ》のみを《(お)》くる　小野《をの》の篠原《しのはら》
（『新古今和歌集』巻十・羇旅歌―957）

の歌は、叙情性あふれる歌であるといってよい。俊成女は、同じく

虫《むし》の音《ね》も　わが身《み》ひとつの　秋風《あきかぜ》に　露《つゆ》わけわぶる　小野《をの》の篠原《しのはら》
（「院四十五番歌合」行路秋）

と歌っている。ちなみに

ならひこし　たがいつはりも　まだ知《し》らで　待《ま》つとせしまの　庭《には》の蓬生《よもぎふ》
（『新古今和歌集』巻十四・恋歌四―1285）

と歌っているが、これは、世の習いの男の偽りごとを知らない乙女は、男の言葉を信じてじっと待っている間に、庭が蓬生《よもぎう》となってしまったという意味である。まだ純情可憐な乙女の、かけひきを知らないうぶな姿を描いているのだろうが、そこには男への痛烈な不信が歌われているのではなかろうか。

本歌には、和泉式部の

ものをのみ　思《おも》ひしほどに　はかなくて　浅茅《あさぢ》が末《すゑ》に　世《よ》はなりにけり
（『後拾遺和歌集』巻十七・雑三―1007）

があげられている。

皇太后大夫俊成女『前賢故実』

式子内親王《しょくしないしんのう》

玉《たま》の緒《を》よ　絶《た》えなばたえね　ながらへば　しのぶることの　よはり(わ)もぞする
（『新古今和歌集』巻十一・恋歌一—1034）

この式子《しょくし》《のりこ》内親王＊の恋歌は「忍ぶ恋」と題されている。「玉を連ねた緒《お》よ、たち切れるなら切れるがよい。これ以上つづけば、わたくしの長らく耐えていた力が弱って耐えられないから」という意である。

ご存知の通り日本では、古くから玉は「魂《たま》」の象徴と考えられていた。恋人の魂を封じ込めた玉の緒を身につけ、身に触れることは、相手の心を自分の心にしっかりと結びつけると意識されていたようである。つまり、その玉の緒が切れるということは、相手の魂がわが身から去っていくことと考えられていたのである。式子内親王の歌は、じっと耐えていた恋に身も心も弱っていき、もう耐えられないと訴えている歌とみてよい。それ故、また式子内親王は、次のように歌われたのである。

忘《わす》れては　うち歎《なげ》かるゝ　ゆふべかな　われのみ知《し》りて　すぐる月日《つきひ》を
（『新古今和歌集』巻十一・恋歌一—1035）

式子内親王の和歌は、繊細な感受性に裏うちされた物のあわれと優雅さにその特徴がある。

はかなしや　枕《まくら》さだめぬ　うたゝ寝《ね》に　ほのかにまよふ　夢《ゆめ》の通《かよ》ひ道《ぢ》
（『千載和歌集』巻十一・恋歌一—677）

この歌は、『古今和歌集』の

夜《よ》ゐ《ひ》〳〵に　枕《まくら》さだめむ　方《かた》もなし　いかに寝《ね》し夜《よ》か　ゆめに見《み》えけむ
（『古今和歌集』巻十一・恋歌一—516）

を本歌とするといわれているが、「ほのかにまよふ」という式子内親王の歌の方が優れていると、わたくしは考えている。

＊式子内親王
鎌倉前期の女流歌人（?〜一二〇一）。「しきしないしんのう」ともいう。後白河天皇の皇女。母は藤原季成の娘の成子（高倉三位）。加茂斎院となり賀茂神社に奉仕するが、一一六九年、病によって辞す。弟の以仁王《もちひとおう》が平氏打倒の挙兵をするが敗死。後白河天皇崩御後、橘兼仲と僧観心の事件に関与したとして、一時洛外に出るが、のち、藤原（九条）兼実より明け渡された大炊御門院に移居する。一一九〇年頃出家、承

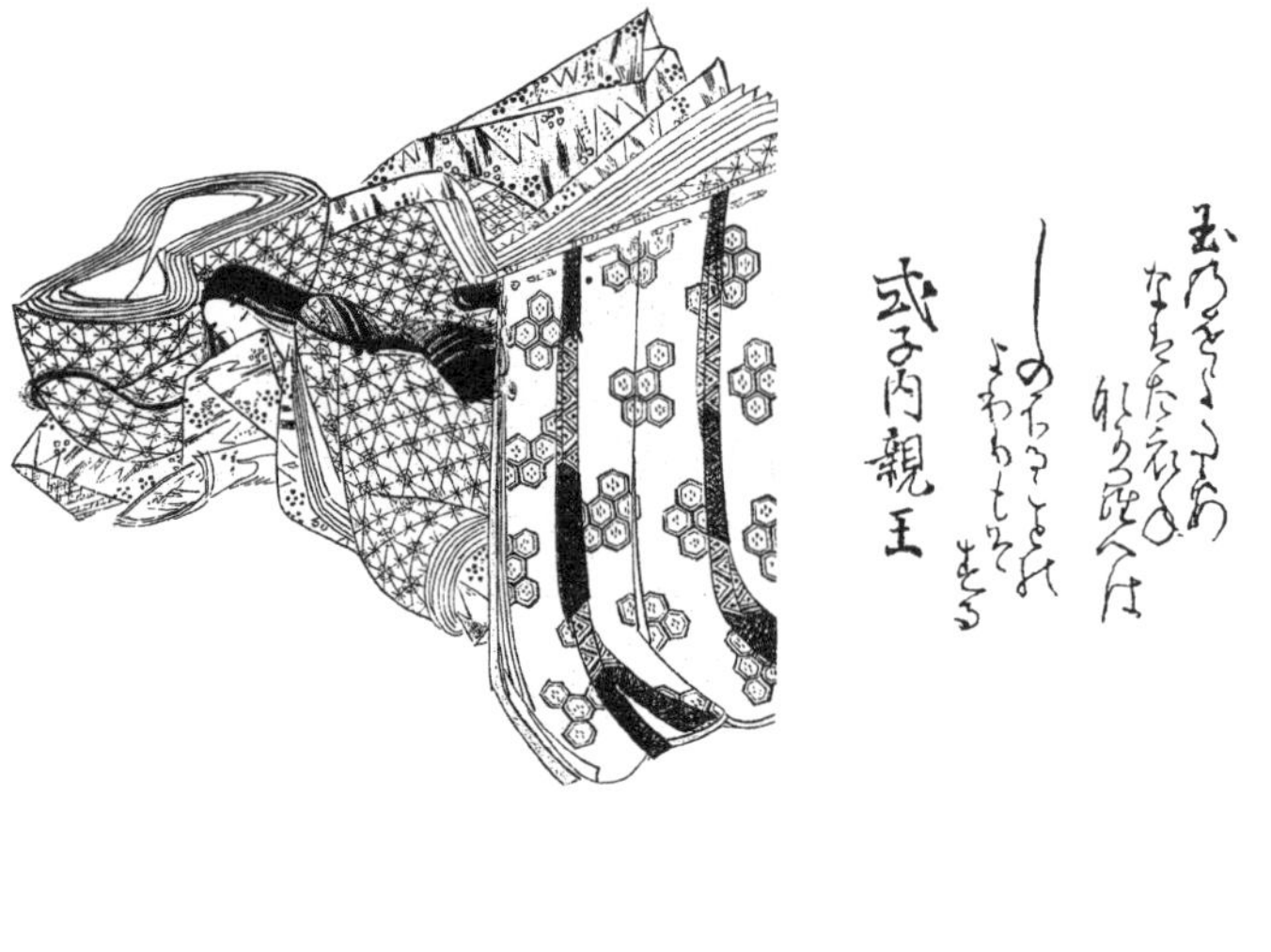

式子内親王『聯珠百人一首』

式子内親王は後白河天皇の第三皇女であるが、賀茂神社の斎院《さいいん》に卜定《ぼくじょう》され、嘉応元（一一六九）年に病で退下されるまで、聖女としての職務を十年間つとめられたという。和歌は藤原俊成《としなり》に学ばれた女流歌人であるが、定家《ていか》も内親王の家司となるなど、俊成一家とは密接な関係を保っていたようである。『謡曲』の「定家」などでは、式子内親王の秘めた恋人に藤原定家を擬している。最近では法然上人＊説も浮上しているが、もちろんさだかではない。ただ、一生独身を通されたことは事実である。

はかなくて　過《す》ぎにしかたを　かぞふれば　花《はな》にもの思《おも》ふ　春《はる》ぞへにける　（『新古今和歌集』巻二・春歌下―101）

はかなく過ぎた過去の日を回顧すれば、恋しい人にどうしても愛を告白することができず、ただ花に向かって心の秘密を語りかける青春の日々であったという意味であろう。

かへりこぬ　昔《むかし》をいまと　思《おも》ひねの　夢《ゆめ》の枕《まくら》に　にほふたちばな　（『新古今和歌集』巻三・夏歌―240）

この歌は、ふたたび帰らぬ昔のなつかしい日々を、もう一度どうにか帰ってほしいと思って寝たが、その枕もとに常世の花の橘が匂っていたという意味であろう。

君待《きみま》つと　ねやへもいらぬ　真木《まき》の戸《と》に　いたくな更《ふ》けそ　山《やま》のはの月《つき》　（『新古今和歌集』巻十三・恋歌三―1204）

「恋人がいつくるかと、閨《ねや》にも入らず真木の戸にたたずんで待っている。そのわたくしの気持ちを察して早く夜更けにならないでほしい、山の端にかくれる月よ」という意味である。

式子内親王の恋歌は、このようにいつもかなわぬ恋を切々と訴えている。

さりともと　待《ま》ちし月日《つきひ》ぞ　うつりゆく　心《こころ》の花《はな》の　色《いろ》にまかせて　（『新古今和歌集』巻十四・恋歌四―1328）

この歌の本歌は、小野小町の

色見《いろみ》えて　うつろふ物《もの》は　世中《よのなか》の　人《ひと》の心《こころ》の　花《はな》にぞありける　（『古今和歌集』巻十五・恋歌五―797）

であるという。恋は昔より人の心の花であるが、それだけにうつろふものであったのであろうか。

如芳と号す。和歌に優れ、藤原俊成を師とした。俊成の『古来風体抄』は式子内親王に献じられたもの。俊成の息子である藤原定家との交流も知られる。『千載和歌集』以降の勅撰集に数多く入集。『正治初度百首』の作者。家集に『式子内親王集』がある。

＊法然上人
平安末期～鎌倉前期の僧（一一三三～一二一二）。美作押領使漆間時国の子。父の遺言で出家。諱は源空。比叡山に入山、皇円、叡空に師事、「観経疏」、源空の『往生要集』などの影響により専修念仏による浄土をめざす浄土宗を開く。九条兼光などの貴族の帰依者も多く、既存仏教界の排斥などから、後鳥羽法王の怒りにより、讃岐に配流となるが、許されて東山大谷に戻る。著に『選択本願念仏集』『往生要集大綱』『浄土三部経釈』など多数ある。

法然上人『二十四輩順拝図会』

藤原 家隆《ふじわらのいえたか》

下紅葉《したもみぢ》　かつちる山《やま》の　夕時雨《ゆふしぐれ》　ぬれてやひとり　鹿《しか》のなくらん　（『新古今和歌集』巻五・秋歌下―437）

この藤原家隆＊の歌は、和歌所において、「ゆふべの鹿」と題した歌を詠じたものである。紅葉の下葉も散る時雨にしっとりと濡れて、鹿が妻呼ぶ声で鳴いているのだろうかという意であろう。

この歌は、後鳥羽院のご意向で『新古今和歌集』巻五・秋歌下の冒頭に掲げられた名歌である。後鳥羽院は定家《ていか》より家隆の歌を高く評価されていられたようである。家隆のこの歌はたしかに「物のあわれ」の情感の典型的な歌であるといってよい。

むしの音《ね》も　ながき夜《よ》あかぬ　ふるさとに　なを《（ほ）》思《おも》ひそふ　松風《あきかぜ》ぞふく　（『新古今和歌集』巻五・秋歌下―473）

この歌は、虫の音が、秋の夜長を鳴きあかしている古里に、さらに物思いを催させる松風が吹いてくるという意味であろう。「むしの音」の歌は『源氏物語』（桐壺の巻）の歌を本歌とするという。この『源氏物語』の歌は、ご存知のように、桐壺の更衣がなくなり、その母のもとに命婦が訪れた際の歌である。まさに「物のあわれ」の歌であるといってよい。

鈴虫《すずむし》の　こゑのかぎりを　尽《つ》くしても　ながき夜《よ》あかず　ふるなみだかな

志賀《しが》の浦《うら》や　とを《（ほ）》ざかりゆく　浪間《なみま》より　こほりていづる　有《あり》あけの月《つき》　（『新古今和歌集』巻六・冬歌―639）

この歌は『後拾遺和歌集』の

さ夜《よ》ふくる　まゝに汀《みぎは》や　氷《こほ》るらん　遠《とほ》ざかりゆく　志賀《しが》の浦波《うらなみ》　（快覚法師『後拾遺和歌集』巻六・冬―419）

＊藤原家隆　鎌倉前期の公卿・歌人（一一五八〜一二三七）。藤原光隆（権中納言）の子。母は藤原実兼（太皇太后亮）の娘。侍従、阿波介、越中守、宮内卿などを歴任。従二位。一二三五年、病により出家、摂津四天王寺に入る。多くの歌合に出詠。歌人としての名声も高く、藤原俊成を師とし、藤原定家と並び称された。後鳥羽上皇のもと、和歌所寄人となり、『新古今和歌集』の撰者の一人となる。『千載和歌集』以降の勅

藤原家隆『聯珠百人一首』

を本歌とするというが、わたくしは家隆の歌の方が斬新な感覚で優れていると思っている。

藤原家隆は平安末期から鎌倉初期の歌人である。父は藤原光隆《みつたか》で、母は藤原実兼《さねかね》の娘である。彼は侍従や宮内卿などを経て、従二位までのぼりつめた有能な官僚であった。和歌の道は、藤原俊成《としなり》に学び、定家とその才能を競った人物である。特に後鳥羽上皇から厚い信頼を寄せられ、後鳥羽上皇が隠岐に流されたあと、鎌倉幕府にはばかってほとんどの人は遠ざかっている有様であったが、彼は変わらず音信を断やさぬという律儀の人柄であったという。

定家が選んだ『百人一首』には、家隆の

風《かぜ》そよぐ　ならの小川《をがは》の　夕暮《ゆふぐれ》は　みそぎぞ夏《なつ》の　しるしなりける　（『新勅撰和歌集』巻三・夏歌―192）

が採択されているが、この歌は八代女王《やしろのじょおう》の

みそぎする　ならの小河《をがは》の　河風《かはかぜ》に　祈《いの》りぞわたる　下《した》に絶《た》えじと　（『新古今和歌集』巻十五・恋歌五―1376）

を意識して歌われたものといわれている。ちなみに「ならの小川」は、京都上賀茂神社の御手洗いの小川である。

さえわたる　ひかりを霜《しも》に　まがえ《（へ）》てや　月《つき》にうつろふ　白菊《しらぎく》の花《はな》　（『千載和歌集』巻五・秋歌下―350）

は、俊成好みの幽玄な歌の一つである。

山深《やまふか》き　松《まつ》のあらしを　身《み》にしめて　たれか寝覚《ねざ》めに　月《つき》をみる覧《らん》　（『千載和歌集』巻十六・雑歌上―1005）

の歌は、山深きところに草庵をかまえる隠者を描いた絵画を思わせる歌である。この歌は源頼政《よりまさ》の

こよひたれ　すゞふく風《かぜ》を　身《み》にしめて　吉野《よしの》の嶽《たけ》の　月《つき》をみるらん　（『新古今和歌集』巻四・秋歌上―387）

を意識する歌といわれているが、寂寥感においては家隆の歌がまさるというべきであろう。

撰集に数多く入集。自選の『家隆卿百番自歌合』、他撰の『壬二《みに》集』（『玉吟集』ともいう）がある。後鳥羽上皇配流の後も交情を続けたという。

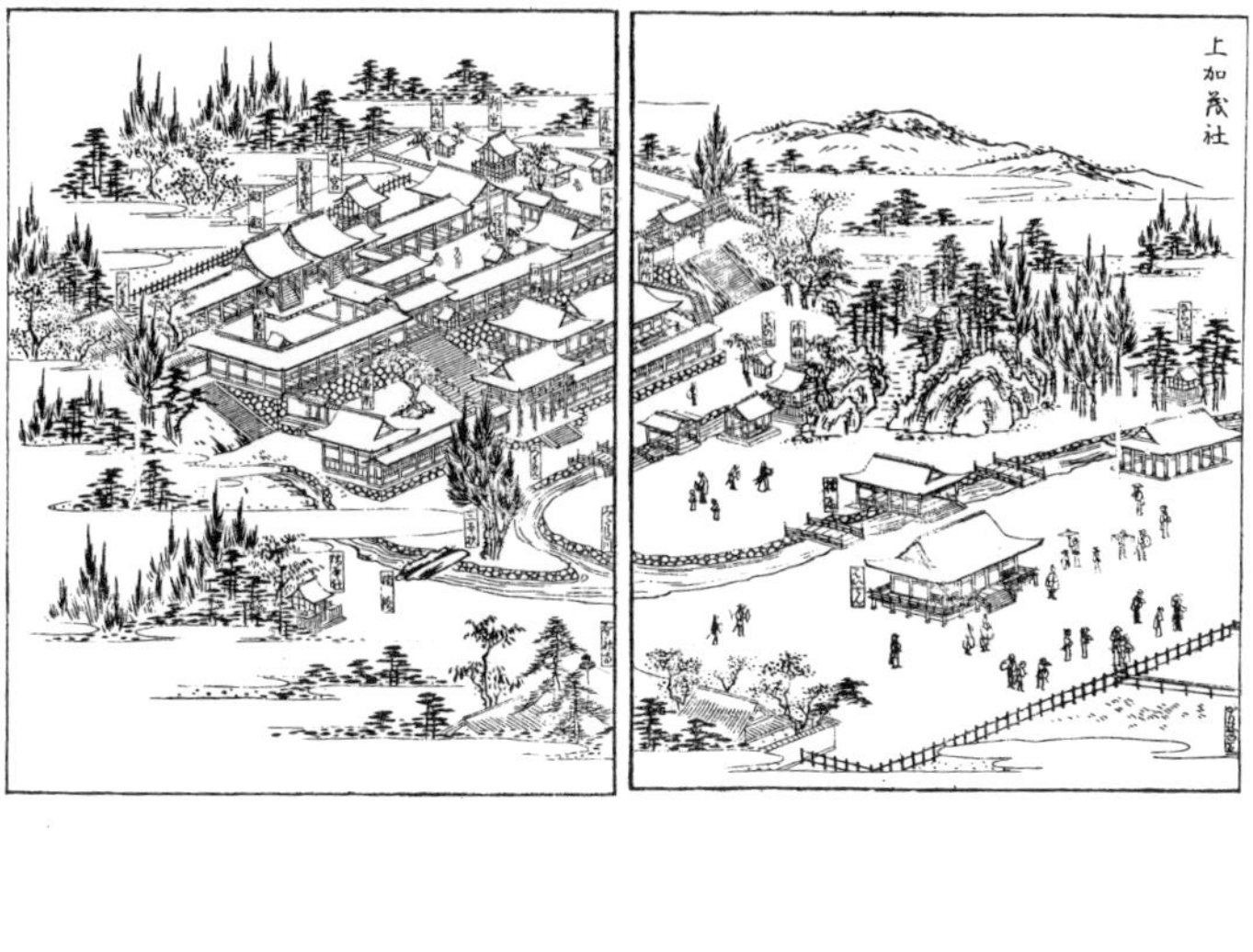

上加（賀）茂社『都名所図会』

藤原《ふじわらの》定家《ていか》

春《はる》の夜《よ》の　夢《ゆめ》のうき橋《はし》　とだえして　峰《みね》にわかるゝ　横雲《よこぐも》の空《そら》（『新古今和歌集』巻一・春歌上―38）

藤原定家《ていか》《さだいえ》*のこの歌は、古典を幻想的に再構築するといってよい。「夢の浮橋」は『源氏物語』の最終を飾る巻名である。この巻の名称は『河海抄《かかいしょう》』の

世《よ》の中《なか》は　夢《ゆめ》の渡《わた》りの　浮橋《うきはし》か　うちわたりつつ　ものをこそ思《おも》へ

にもとづくともいわれている。たしかにその通りであるが、わたくしは、薫《かおる》の浮舟《うきふね》に対する思慕とそのはかなさを歌っているのではないかと考えている。

梅《むめ》の花《はな》　にほひをうつす　袖《そで》のうへに　軒《のき》もる月《つき》の　かげぞあらそふ（『新古今和歌集』巻一・春歌上―44）

この歌も『伊勢物語』（四段）の場面をそのまま歌にしたようである。「む月（睦月、陰暦正月）に、む《（う）》めの花ざかりに、去年《こぞ》を恋ひて行きて……あばらなる板敷《いたじき》に月のかたぶくまでふせりて、去年《こぞ》を思《おもひ》いでてよめる」と記し

月《つき》やあらぬ　春《はる》や昔《むかし》の　春《はる》ならぬ　わが身《み》ひとつは　もとの身《み》にして

の歌を残して、〝昔男〟は泣く泣く帰ったというのである。この古典的な場面を、定家流の詩想にアレンジしたのが、先の歌ではないだろうか。

さむしろや　待《ま》つ夜《よ》の秋《あき》の　風《かぜ》ふけて　月《つき》をかたしく　宇治《うぢ》の橋姫《はしひめ》（『新古今和歌集』巻四・秋歌上―420）

も、『古今和歌集』の

---

*藤原定家　鎌倉前期の公卿・歌人（一一六二〜一二四一）。藤原俊成（皇太后宮大夫）の子。母は藤原親忠の娘（美福門院加賀）。左少将、参議、民部卿を経て正二位中納言を歴任。京極中納言と呼ばれた。和歌所寄人となり、後鳥羽上皇の命で『新古今和歌集』の撰者の一人とな

藤原定家『聯珠百人一首』

さむしろに　衣《ころも》かたしき　今宵《こよひ》もや　我《われ》を松覧《まつらむ》　宇治《うぢ》の橋姫《はしひめ》（『古今和歌集』巻十四・恋歌四―689）

を本歌とするが、この『古今和歌集』の歌は、紫式部の「宇治十帖」着想に一役をになった歌ではないだろうか。

藤原定家は、説くまでもなく藤原俊成《としなり》の子であるが、卓越した歌人であるとともに歌壇の最高の指導者であった。『新古今和歌集』を撰進したばかりでなく、歌学的著作も多い。だが特に忘れてはならない点は、彼は平安朝文学の復興に尽力し、物語日記などの古文献を精力的に筆写、校合していることである。その古典への傾倒がまた彼の詩興に刺激を与えているのである。

見《み》わたせば　花《はな》も紅葉《もみぢ》も　なかりけり　浦《うら》のとまやの　秋《あき》の夕暮《ゆふぐれ》（『新古今和歌集』巻四・秋歌上―363）

の歌は、幽玄の歌を代表するように評価され、茶道においても、武野紹鷗《たけのじょうおう》は、侘《わ》び茶の真髄を歌うものとして掲げている（『南方録』）。

『新古今和歌集』、とりわけ定家の場合、上句において感動的な情景を提示し、それを受けて下句は、それを最も象徴する心象風景を断定的に述べる歌が増えてくる。その象徴的心象風景が、いわゆる幽玄の世界に連なっていくのである。その心象イメージの源泉は、いうまでもなく平安王朝文化の世界であり、とりわけ『源氏物語』を筆頭とする古典にあったといってよい。

定家の歌でよく知られたものは、以上のほかに

駒《こま》とめて　袖《そで》うちはらふ　かげもなし　さののわたりの　雪《ゆき》の夕暮《ゆふぐれ》（『新古今和歌集』巻六・冬歌―671）

があげられよう。さびしさと美しい情感が融合したよい歌である。この歌は『万葉集』の

苦《くる》しくも　降《ふ》り来《く》る雨《あめ》か　神《みわ》の崎《さき》　狭野《さの》の渡《わた》りに　家《いへ》もあらなくに（長忌寸奥麿《ながのいみきおきまろ》『万葉集』巻三―265）

を本歌とするが、定家の歌は優雅さでまさっているといってよい。

り、歌壇での地位を確立する。『新勅撰集』の撰者となり、『近代秀歌』『詠歌之大概』『三代集間之事』『顕注密勘』などを著す。日記の『名月記』は定家の個人生活・思想と、往時の貴族社会・荘園領有を知る貴重な資料。『千載和歌集』以降の勅撰集に入集。自歌合に『定家卿百番自歌合』、家集に『拾遺愚草』がある。父の俊成の大成した古今調の王朝歌風と幽玄の歌論を踏まえ、象徴的な抒情性を核とする有心体の和歌の美学を結実させた。

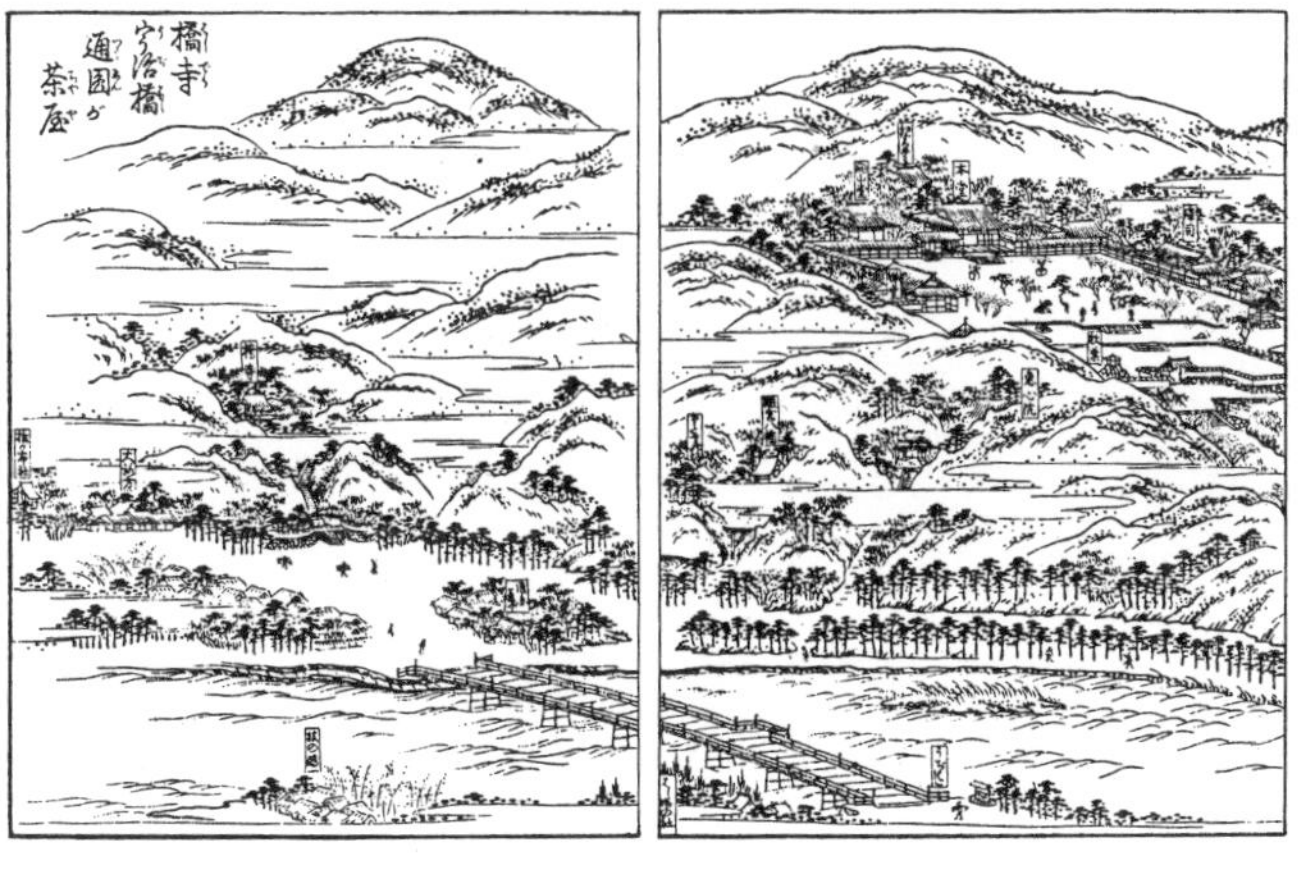

宇治・宇治橋『都名所図会』図中には「橋寺　宇治橋　通円が茶屋」とある。

藤原《ふじわらの》　良経《よしつね》

きり〴〵す　なくや霜夜《しもよ》の　さむしろに　衣《ころも》かたしき　独《ひと》りかもねん　（『新古今和歌集』巻五・秋歌下―518）

この歌は『伊勢物語』（六十三段）で「つくも髪《がみ》のおうな」が歌ったという

さむしろに　衣《ころも》かたしき　こよひもや　恋《こひ》しき人《ひと》に　あはでのみ寝《ね》む

の歌を本歌とする。

藤原良経*の歌は『百人一首』に採録されていることからもわかるように、藤原定家《ていか》好みの王朝風の歌である。平安朝の古典に準拠した幽艶の情趣を、定家はことに評価していたのだろう。もちろん、良経は公私にわたって定家の保護者であったから、定家が良経の歌を『百人一首』に入れたことは当然とも考えられるが、良経の歌は当時の歌人のなかでも優れていたものと評価されていたのである。

あすよりは　志賀《しが》の花園《はなぞの》　まれにだに　たれかは訪《と》はん　春《はる》のふるさと　（『新古今和歌集』巻二・春歌下―174）

この歌は、「明日から夏の季節に入る。そのため志賀の花園は、誰が訪れるであろうか。稀にも訪ねる人はあるまい。志賀の花園は春の花園といわれているからだ。夏をむかえれば、春の名園としてその名が知られたところもさびしい古里になるだろう」という意味である。この志賀の花園はおそらく、

見《み》せばやな　志賀《しが》の唐崎《からさき》　ふもとなる　長等《ながら》の山《やま》の　春《はる》のけしきを　（『新古今和歌集』巻十六・雑歌上―1469）

と慈円に歌われた長等の山を中心とする一帯であろう。三井寺から比叡山不動寺までの地域であるという。だがむしろ良経は、柿本人麻呂が

*藤原良経　鎌倉前期の公卿・書家・歌人（一一六九〜一二〇六）。「九条良経」とも呼ばれる。九条兼実（関白）の子。母は藤原季行の娘。兄が早世し、嫡子となる。慈円の甥にあたる。左大臣、中宮

藤原良経『聯珠百人一首』

楽浪《ささなみ》の　志賀《しが》の大《おほ》わだ　淀《よど》むとも　昔《むかし》の人《ひと》に　またも逢《あ》はめやも（『万葉集』巻一―31）

と歌ったことも想起していたのではないだろうか。

見《み》し夢《ゆめ》に　やがてまぎれぬ　わが身《み》こそ　とはるゝけふも　まづ悲《かな》しけれ

（『新古今和歌集』巻八・哀傷歌―829）

の歌は、良経が妻をうしなった時に、藤原俊成《としなり》からの

かぎりなき　思《おもひ》のほどの　夢《ゆめ》のうちは　おどろかさじと　歎《なげ》きこしかな（『新古今和歌集』巻八・哀傷歌―828）

という弔問の歌に答えたものである。はかない夢のような、愛する妻の一生と突然の死、葬儀などのあわただしさにも少しも気をまぎらわすことができなかった。そこへまたあなたの丁重なお悔みで、わたくしはますます悲しさを増してくるという意味であろう。この哀傷歌も『源氏物語』（若紫の巻）の、

見《み》てもまた　逢《あ》ふ夜《よ》まれなる　夢《ゆめ》のうちに　やがてまぎるゝ　わが身《み》ともがな

の光源氏の歌を本歌とするといわれている。だが、『源氏物語』は、光源氏が藤壺との許されざる逢瀬の場面を述べたもので、言葉の上では参照されたかもしれないが、全く異なる心境を詠んだものと、わたくしは考えている。

藤原良経は、摂政関白の藤原兼実《かねざね》の二男である。兄良通《よしみち》が早世したため、父の跡をつぎ摂政に至っている。和歌は俊成に学び、『新古今和歌集』の編纂にも大きく貢献している。

深草《ふかくさ》の　露《つゆ》のよすがを　契《ちぎり》にて　里《さと》をばかれず　秋《あき》はきにけり（『新古今和歌集』巻四・秋歌上―293）

秋風は露をたよりと訪れるという。この歌も、『伊勢物語』（四十八段）の次の歌を本歌とする。

今《いま》ぞ知《し》る　くるしき物《もの》と　人待《ひとま》たむ　里《さと》をば離《か》れず　とふべかりけり

大夫、内大臣、摂政を経て、従一位太政大臣となるが、何者かに暗殺される。和歌所寄人となり『新古今和歌集』の仮名序を執筆。藤原定家・慈円などとともに歌壇の中心として活躍し、良経家歌壇を形成した。「千五百番歌合」では判者となった。『千載和歌集』以降の勅撰集に入集。家集に『秋篠月清集』、漢詩集に『後京極摂政詩集』があり、日記に『殿記』がある。

比叡の山から琵琶湖を望む
『東海道名所図会』

平《たいらの》　忠度《ただのり》

さざ浪《なみ》や　志賀《しが》のみやこは　あれにしを　むかしながらの　山《やま》ざくらかな

（『千載和歌集』巻一・春歌上―66）

の歌は、『千載和歌集』では、あえて「よみ人しらず」とあるが、いうまでもなく平忠度＊の遺詠である。

『平家物語』（巻七）の忠度《ただのり》都落《みやこおち》の段によれば、平家の都落ちの際、忠度は侍《さむらい》五騎をつれて都に帰り、藤原俊成《としなり》の家の門前で師と対面し、『千載和歌集』に「一首なり共御恩《ともごをん》をかうぶらうど存じて候《そうろう》」といって、百余首の和歌を記した巻物を、鎧の引合《ひきあわせ》より出し俊成に託したという。

俊成は「かかる忘れ形見《かたみ》どもを賜《たま》はり候上《そうろううへ》はゆめゆめ疎略《そりやく》を存ずまじう候《そうろう》」と約束し、忠度の「さざ浪や」の一首を、勅勘《ちょっかん》の身であるため、あえて「よみ人しらず」として採り入れたというのである。忠度は、俊成の見送りに対し「前途《せんど》程遠《ほどとほ》し、思《おもひ》を雁山《がんさん》の夕《ゆふべ》の雲《くも》に馳《はす》」の詩を高らかに吟じて、従容《しょうよう》として西国に赴いたというのである。

ちなみに「前途程遠し」の詩は、『本朝文粋《ほんちょうもんずい》』（巻九）に見える後江相公《のちのごうしょうこう》の詩である。後江相公は大江朝綱《あさつな》＊であるが、この詩は「夏《なつ》の夜《よ》鴻臚館《こうろくわん》にして、北客《ほくかく》を餞《せん》す」と題されたものである。醍醐天皇の延喜八（九〇八）年、鴻臚館において渤海《ぼっかい》の使節の送別の会を開いた折、大江朝綱が使節に賜った詩の一節である。この詩はちなみに『和漢朗詠集』（餞別）にも採録されている。

『江談抄《ごうだんしょう》』（第六）には「この句、渤海《ぼっかい》の人涙を流し胸を叩《たた》」いて感動したと伝えている。そして後に、このすばらしい詩を作った朝綱が三公の位にのぼらぬことを聞き、「日本は賢才を

＊平忠度
平安末期の武将・歌人（一一四四～八四）。平忠盛の子。母は藤原為忠の娘といわれる。従四位上薩摩守。源頼朝との富士川の戦いで副将軍として活躍。平家西走中、戻って藤原俊成に詠草一巻を託し、一一八四年、一の谷の戦いで岡部忠澄に討たれて戦死。『千載和歌集』に入集。家集に『忠度集』がある。

用ひるに非ざる国と知る」と言って慨嘆したと伝えている。

朝綱の詩に見える「雁山」は、中国山西省の大原付近の山で、西域に至る国境の山である。それ故、渤海国には存在しないが、西北方にあるため朝綱は渤海の人を送る詩にあえて詠じたのであろう。

大江朝綱は、漢学の家、大江家の人で、江相公《ごうしょうこう》と称された大江音人《おとんど》の孫である。この音人に対して朝綱は世に後江相公と呼ばれたのである。文章博士、参議を歴任し、従四位下でなくなっているから、まさに渤海の人がいうように、遂に三公に列することがなかった。たしかに大臣の位にはほど遠かったが、その学才は菅原文時《ふみとき》とならび称される当代学匠の第一の人物であったようである。

それはともかくとして、平安時代の宮廷官僚たちは、和歌に堪能であるばかりでなく、教養ある人物は少なくとも『和漢朗詠集』の漢詩くらいには通じていなければならなかったのである。

平忠度《ただもり》は平忠盛の子であり、清盛の末の弟に当たる人物である。母は、鳥羽院の女房などといわれるように、早くから和歌の道にこころざし、俊成を師と仰いで精進していた。

だが俊成に自らの和歌を託して戦場に赴いた忠度は、一谷の合戦で、猪俣《いのまた》党の岡部六弥太《ろくやた》忠澄と戦い、見事な戦死をとげてしまうのである。

その時、忠度は西に向かい「光明遍照十方世界《こうみょうへんしょうじっぽうせかい》、念仏衆生摂取不捨《ねんぶつしゅじょうせっしゅふしゃ》」と唱えながら、首を打たれたという。

六弥太が、忠度の箙《えびら》を見ると「旅宿《りょしゅく》の花」と題した忠度の歌がつけられていた。

行《ゆき》くれて　木《こ》の下《した》かげを　やどとせば　花《はな》やこよひの　あるじならまし

この歌を見た武将たちは、口々に「あないとおし、武芸にも歌道にも達者《たつしゃ》にておはしつる人を、あたら大将軍《たいしょうぐん》を」と、鎧の袖を涙で濡らさぬものはいなかったと伝えられている（『平家物語』巻九・忠度最期）。

藤原俊成に自らの詠草を託す平忠度
『近江名所図会』

図中には「落武者忠度、馬を還して五条俊成卿の門を敲《たた》く　狐川より馬をかへし詠みためし秀歌の巻物を俊成卿へ残し置かれしを、討死の後『千載集』に、さざ波や志賀のみやこはあれにしをむかしながらの山ざくらかな、の一首をえらまれしかども、勅勘の身なればとてよみ人しらずと記されし事、『平家物語』にみえて人のよく知る所なり。……」とある。

*大江朝綱
平安中期の漢学者・歌人（八八六〜九五七）。大江玉淵の子。左・右中大弁、参議、備前・美濃守を歴任。王朝漢文学を代表する詩人。村上天皇の命で『新国史』『坤元録』を撰した。

大江朝綱『前賢故実』

源《みなもとの》　実朝《さねとも》

箱根路《はこねぢ》を　わが越《こ》えくれば　伊豆《いづ》の海《うみ》や　沖《おき》の小島《こじま》に　波《なみ》のよるみゆ
（『金槐和歌集』巻下・雑部―593、『続後撰和歌集』巻十九・羇旅歌―1309）

源実朝*が、箱根の山を越えた折、目の前にひろがる伊豆の海を見て沖に波寄る小島を発見し、供にその小島の名を問うた時の歌である。実に蕩々たる状景が目に浮かぶ、大らかな歌といってよい。

実朝の歌は、『百人一首』には

世中《よのなか》は　つねにもがもな　渚《なぎさ》こぐ　あまのを舟《ぶね》の　綱手《つなで》かなしも
（『金槐和歌集』巻下・雑部―572、『新勅撰和歌集』巻八・羇旅歌―525）

が採録されているが、実朝の歌としては、箱根路の歌の方がはるかに優れた歌ぶりである。おそらくこの「世中は」の歌は、『古今和歌集』の

陸奥《みちのく》は　いづくはあれど　塩釜《しほがま》の　浦《うら》こぐ舟《ふね》の　綱手《つなで》かなしも
（『古今和歌集』巻二十・東歌―1088）

に倣《なら》うものであろう。ちなみに、綱手は親舟が小舟を引く綱であるという。

実朝の歌の「つねにもがもな」は、常に変わらぬものであってほしいという意である。深い無常観をたたえる歌といってよいであろう。実朝は鎌倉の三代将軍でありながら、その実権は完全に母政子《まさこ》や北条時政《ときまさ》に握られ、彼は単なる傀儡《かいらい》にすぎないことを、わたくしは思い浮かべるが故に、この歌は極めて痛切な歌に思えるのである。

都《みやこ》べに　夢《ゆめ》にもゆかむ　便《たより》あらば　宇津《うつ》の山風《やまかぜ》　吹《ふき》もつたへよ
（『金槐和歌集』巻下・雑部―599）

---

*源実朝　鎌倉幕府第三代将軍・歌人（一一九二〜一二一九）。源頼朝の子。母は北条政子。兄の頼家は北条氏打倒に失敗し、幽閉の上惨殺された。このため家督を継ぎ、朝廷より実朝の名を与えられ、征夷大将軍となる。母の勧める足利義兼の娘との婚儀を拒否して、京都の坊門信清

源実朝『聯珠百人一首』

この歌は『新古今和歌集』の

駿河《するが》なる　宇津《うつ》の山辺《やまべ》の　うつゝにも　夢《ゆめ》にも人《ひと》に　あはぬなりけり　（『新古今和歌集』巻十・羇旅歌―904）

を本歌とする。この歌は、『伊勢物語』（九段）では〝昔男〟が駿河国の宇津の山で偶然にも知り合いの修行者に会い、京に文を託しておくった時の歌としている。ご存知のように宇津の山は、現在の静岡市駿河区丸子《まりこ》と藤枝市岡部町との境にある山である。

実朝の和歌は、都の王朝文化への強い憧憬を示している。おそらく、実朝の政治への失望が、そのまま京へのあこがれに転じたのであろう。そのため、和歌は藤原定家《ていか》を師とし、歌作にはげむことになる。もちろん、将軍として実朝は、民衆の苦難に対し憐憫の情を催し示すこともしばしばあったようである。

時《とき》により　すぐれば民《たみ》の　なげきなり　八大竜王《はちだいりゅうわう》　雨《あめ》やめたまへ　（『金槐和歌集』巻下・雑部―719）

この歌は建暦元（一二一一）年七月の大洪水に見舞われた時、法華経序品《じょぼん》の八大竜王の司雨の神に一日も早い晴天を祈った歌である。またある時は、道のほとりで幼い子が、自分の母親をたずねて泣いている姿を見て、実朝は次のように歌ったという。

いとほしや　見《み》るに涙《なみだ》も　とゞまらず　親《おや》もなき子《こ》の　母《はは》をたづぬる　（『金槐和歌集』巻下・雑部―717）

このような実朝は、京都の公家の受けもよく、後鳥羽上皇は藤原（坊門）信清《のぶきよ》の娘を実朝の妻に配し、自らの甥の立場にされるようにはかられている。その後鳥羽上皇の御書が鎌倉に下された時、実朝は感激のあまり

山《やま》はさけ　海《うみ》はあせなむ　世《よ》なりとも　君《きみ》にふた心《ごころ》　わがあらめやも　（『金槐和歌集』巻下・雑部―680）

と誓いの歌を歌ったというのである。

だが残念なことに、彼は右大臣拝賀の式で鶴ケ岡八幡宮に参詣し、甥の公暁《くぎょう》によって暗殺されてしまうのである。

の娘と結婚する。一二一八年右大臣となり、翌年の鎌倉鶴岡八幡宮での右大臣拝賀の式典で、甥の鶴岡八幡宮別当公暁によって暗殺される。和歌に優れ、藤原定家に評価される。『新勅撰集』以降の勅撰集に入集。家集に万葉調の情感豊かな和歌が多く収録された『金槐和歌集』がある。

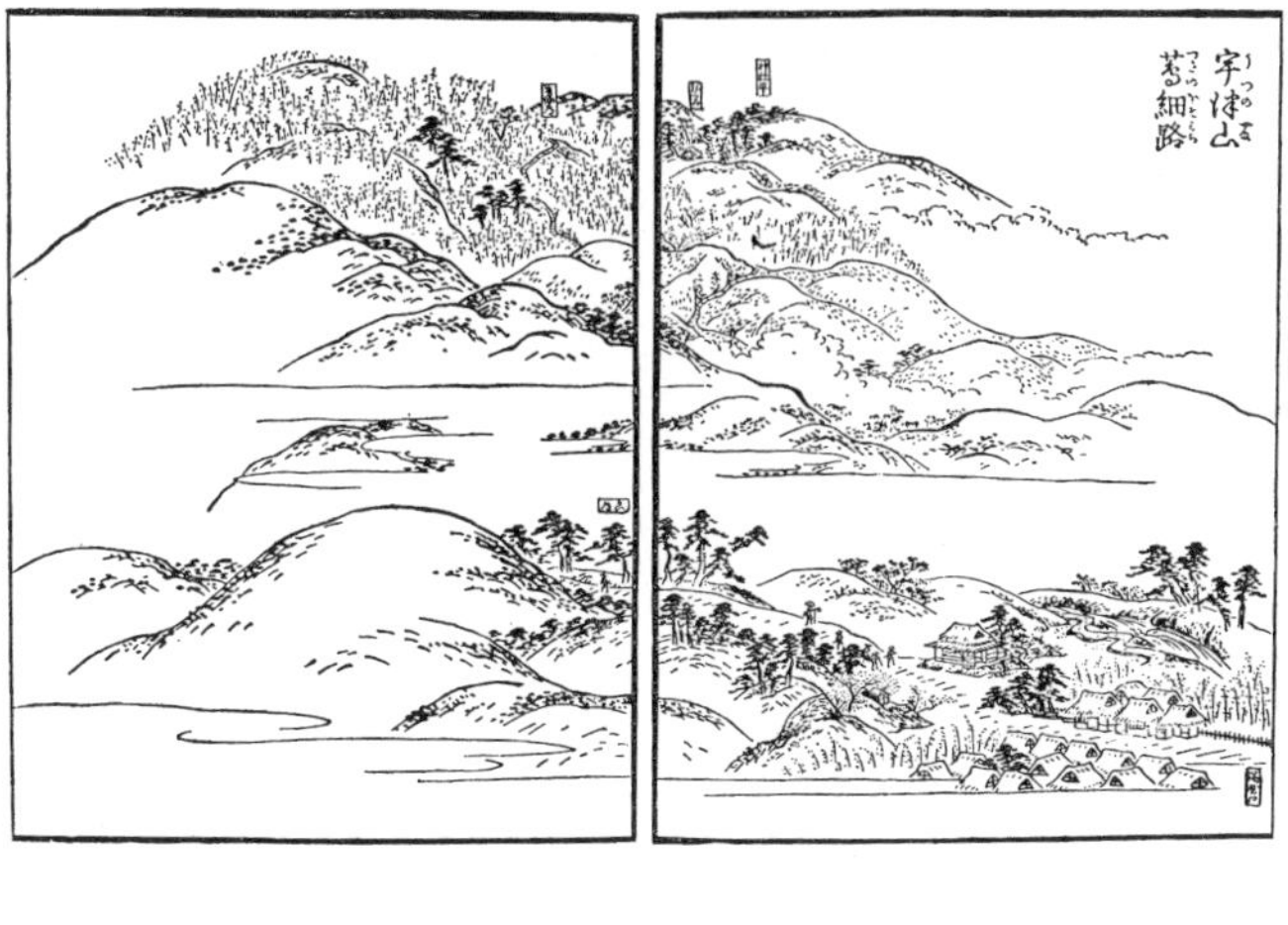

宇津山・蔦細路『東海道名所図会』

順徳《じゅんとく》天皇

百敷《ももしき》や　古《ふる》き軒端《のきば》の　忍《しの》ぶにも　猶《なほ》あまりある　むかしなりけり　（『続後撰和歌集』巻十八・雑歌下―1202）

この順徳天皇＊の御製は、『百人一首』の最終におかれた歌として、記憶されていられる方も少なくないだろう。『百人一首』の巻頭を飾るのが、天智天皇の御製であるのに対比して、巻尾も天皇の御製でしめくくる構成となっている。

百敷は「百磯城《ももしき》」の意である。磯城とは石を敷きつめた聖域である。大和国磯城《しき》郡は、大和朝廷の発祥地と考えられ、三輪神社などの神々が祀られている神聖な場所であることを想起していただければおわかりだろう。それから転じて後には、大宮《おおみや》、また内裏や宮中を指すようになったものである。

宮中の、古い軒端に生える忍ぶ草を見ていると、昔の御聖代のことが思い出されるという意味であろう。おそらく、昔の平安朝の栄華をしのばれたのではあるまいか。この時すでに鎌倉幕府は三代も過ぎ、政治の実権は、京都にはなかったのである。

聞《き》くたびに　哀《あは》れとばかり　いひ捨《す》てゝ　幾夜《いくよ》の人《ひと》の　夢《ゆめ》をみつらん　（『続後撰和歌集』巻十八・雑歌下―1212）

この御製は、懐古の情や昔をいとおしむ心の歌であるといってよい。

一《ひと》すぢに　うきになしても　憑《たの》まれず　変《かは》るにやすき　人《ひと》の心《こころ》は　（『続後撰和歌集』巻十四・恋四―864）

この御製の「うきになしても」は「浮き」と「憂《う》き」に掛けられ、多義的に用いられているのだろう。

順徳天皇は、後鳥羽天皇の第三皇子である。若い時から英才で、後鳥羽天皇からかわいがられ、正治二（一二〇〇）年に四歳で土御門天皇の皇太弟に立てられた。そして、若くして兄の土御門天皇の譲位をうけ、承元四（一二一〇）年に即位された。だが、後鳥羽上皇の院政下にあったため、天皇は専ら宮廷儀

＊順徳天皇
第八十四代天皇（一一九七～一二四二）。後鳥羽天皇の皇子。母は藤原範季の娘の修明門院重子。土御門天皇の皇太弟として、一二一〇年即位。父の後鳥羽上皇と共に倒幕を計画、仲恭天皇に譲位し、挙兵をする（承久の乱）が、敗れて佐渡に配流となり、同地で崩御。父の後鳥羽上皇は隠岐に配流となる。著書に歌学書『八雲御抄』、故実書『禁秘抄』があり、日記に『順徳院御記』がある。在位一二一〇～二一。

＊『禁秘抄』
順徳天皇の著になる有職故実の解説書。鎌倉前期に成る。宮中の行事・故実・慣例・事物などを解説。「禁中抄」「建暦御記」「順徳院御抄」ともいう。

＊『八雲御抄』
順徳天皇の著になる歌学書。鎌倉前期に成る。六巻。古来の歌学・歌論を系統的に分類して集成したもの。正義・作法・枝葉・言語・名所・用意の六部構成。

礼の研究にうちこまれ、『禁秘抄《きんぴしょう》』*を著されている。また、和歌の道は藤原定家《ていか》や家隆《いえたか》などの影響をうけられ、歌論として有名な『八雲御抄《やくもみしょう》』*をまとめられていられる。

しかし承久の乱が起こると、後鳥羽上皇に準じて佐渡に流された。配所にあること二十二年にて、自ら食を断たれ、仁治三（一二四二）年、四十六歳で崩ぜられている。ちなみに現在の新潟県佐渡市の真野御陵は、順徳天皇の火葬塚である。

順徳天皇の御製は一般的に典雅なものといってよい。

降《ふ》る雪《ゆき》に　いづれを花《はな》と　わぎも子《こ》が　折《を》る袖匂《そでにほ》ふ　春《はる》の梅《むめ》が枝《え》（『続後撰和歌集』巻一・春歌上―27）

この御歌は、梅の花咲く枝に、ふんわりと積もった美しい雪の情景と恋人が手折る姿の優雅さが歌われている。

ことならば　さてこそ散《ち》らめ　桜花《さくらばな》　惜《を》しまぬ人《ひと》も　あらじと思《おも》へば（『続後撰和歌集』巻三・春歌下―120）

日本人は伝統的に、桜の花のいさぎよく散る風情を愛惜する感情をもちつづけてきたようである。いや静ず心なく散るからこそ、こよなく心ひかれたのだろう。

花鳥《はなとり》の　ほかにも春《はる》の　ありがほに　霞《かすみ》てかかる　山《やま》の端《は》の月《つき》（『続後撰和歌集』巻三・春歌下―135）

五月雨《さみだれ》の　雲《くも》の晴間《はれま》を　待《ま》ちえても　月見《つきみ》るほどの　夜《よ》はぞ少《すく》なき（『続後撰和歌集』巻四・夏歌―204）

などをあげてみると、日本人は昔より変わらずに、四季それぞれの月を見て思いにふけってきたようである。

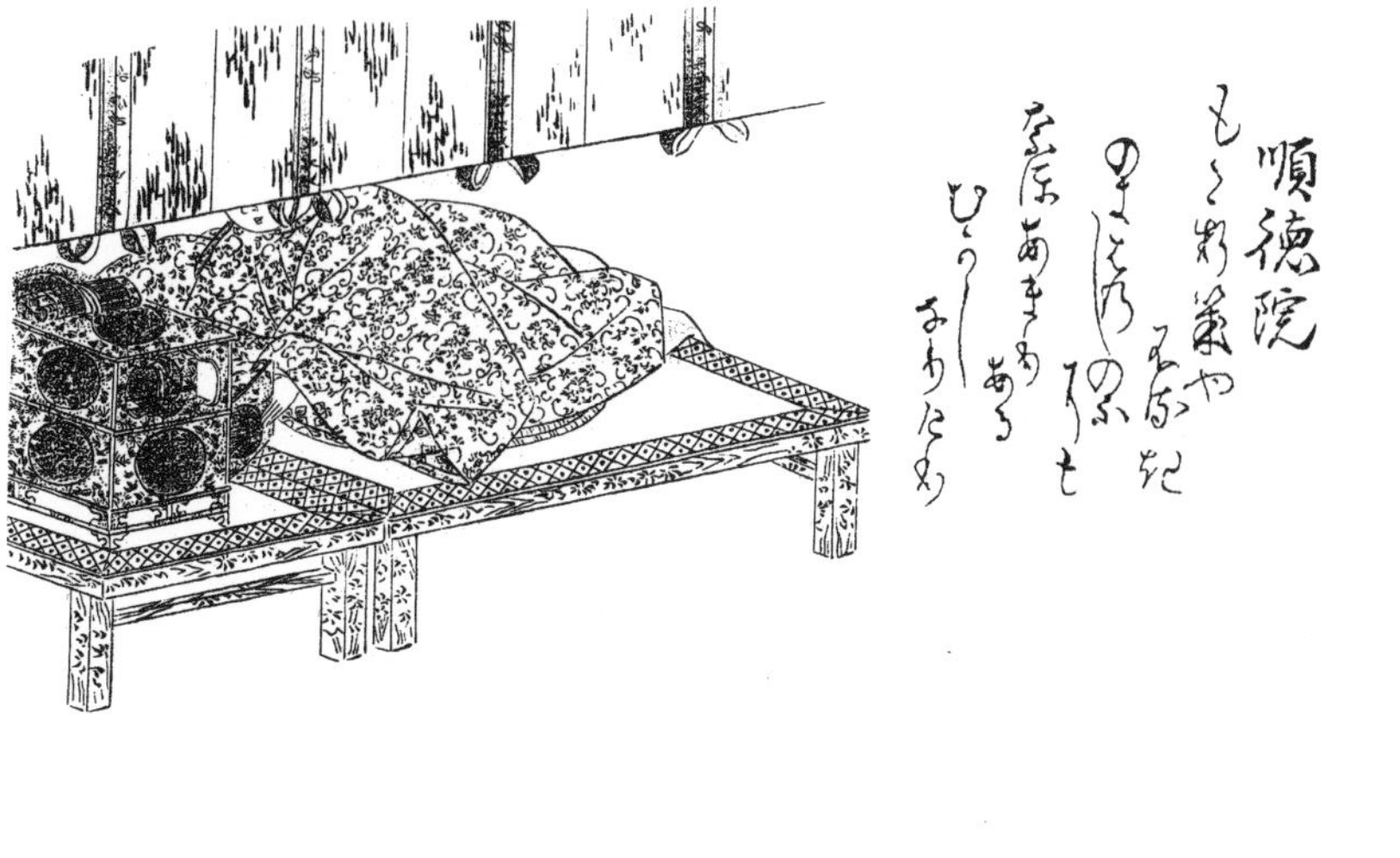

順徳天皇『聯珠百人一首』

西園寺公経《さいおんじきんつね》（入道前太政大臣《にゅうどうさきのだいじょうだいじん》）

花《はな》さそふ　あらしの庭《には》の　雪《ゆき》ならで　ふり行《ゆ》くものは　我身《わがみ》なりけり　（『新勅撰和歌集』巻十六・雑歌一―1054）

この歌には「落花《らっか》をよみ侍《はべ》りける」と詞書《ことばがき》がされている。春の嵐にさそわれて、桜の花が、庭先にしきりに散っている。それは雪の降るようにも思われるが、本当に「ふりゆくもの」は、実はわが身であったという意味である。

眺《なが》めつる　身《み》にだにかはる　世中《よのなか》に　いかで昔《むかし》の　月《つき》はすむらむ　（『新勅撰和歌集』巻十六・雑歌一―1080）

月を眺めている身さえ年老いていくのに、どうして月だけが変わらずに、冴えわたっているのだろうかという歌である。

早瀬河《はやせがは》　わたる舟人《ふなびと》　かげをだに　とどめぬ水《みづ》の　あはれよの中《なか》　（『新勅撰和歌集』巻十八・雑歌三―1234）

の歌など、入道前太政大臣西園寺公経＊の歌は、無常観を歌うものが少なくないようである。

しかし、実生活については、西園寺公経は、鎌倉幕府と緊密な関係を結び、政治的辣腕を振るった政治家と知られている。特に、承久の乱に際しては、早くから後鳥羽上皇の動向を鎌倉幕府に内通して、政治的密約を交していたようである。その乱後、天皇に擁立された後堀河天皇の生母、陳子《のぶこ》は、公経の母と姉妹関係にあったから、公経は内大臣を経て、貞応元（一二二二）年太政大臣に任ぜられ、最高の権力者にのぼりつめているのである。そのため、『平戸記《へいこき》』＊は、公経を「世の奸臣《かんしん》」と酷評している（寛元二〈一二四四〉年八月条）。

ただ一方において、和歌の道では優れた才能を示し、琵琶もよくした文化人でもあったと伝えられている。とりわけ和歌の道では、叙情性あふれる歌を多く残している。

＊西園寺公経
鎌倉前期の公卿・歌人（一一七一～一二四四）。西園寺実宗の子。母は藤原基家の娘の一条全子（源頼朝の姪）。承久の乱で、関東所縁を理由に一時幽閉されるが、乱後、従一位太政大臣となり、関東申次として権勢を振

西園寺公経『聯珠百人一首』

郭公《ほととぎす》　なを（ほ）うとまれぬ　心《こころ》かな　ながなく里《さと》の　よその夕暮《ゆふぐれ》　（『新古今和歌集』巻三・夏歌―216）

この歌は、「郭公よ。さわがしく鳴いても、うとまれないようだな。夕暮にお前がどのようなところで鳴いていても、よその里であっても」の意である。どうやら郭公に託して、世に「うとまれる」公経を自己弁護しているようにも思われる歌であるが、もちろん、この歌は

郭公《ほととぎす》　ながなくさとの　あまたあれば　猶《なほ》うとまれぬ　思《おもふ》ものから　（『古今和歌集』巻三・夏歌―147）

を本歌とするといわれている。『古今和歌集』では「よみ人しらず」とされているが、『伊勢物語』（四十三段）では、桓武天皇の皇子賀陽《かや》親王が、女のもとへ遣わした歌と伝えられている。

衣《ころも》うつ　ね山《やま》の庵《いほ》の　しば〱も　しらぬ夢路《ゆめぢ》に　むすぶ手枕《たまくら》　（『新古今和歌集』巻五・秋歌下―477）

この歌も、夢幻の世界をさまよっているような叙情的な歌であるといってよい。旅寝の山の柴の庵で、衣を打つ砧《きぬた》の音にしばしば夢路を破られるが、またいつの間にか夢路をたどっているという意味である。砧の音は夢路を妨げ、そのうえ悲哀感を増長するものであったといわれているが、式子内親王も

ちたびうつ　砧《きぬた》のをと（お）に　夢《ゆめ》さめて　ものおもふ袖《そで》の　露《つゆ》ぞくだくる　（『新古今和歌集』巻五・秋歌下―484）

と詠じている。ちなみに「くだくる」は「砕《くだ》くる」の意である。夢といえば

あはれなる　心《こころ》の闇《やみ》の　ゆかりとも　見《み》し夜《よ》の夢《ゆめ》を　たれかさだめん　（『新古今和歌集』巻十四・恋歌四―1300）

という歌がある。わたくしの見た夢が、悲しい心の闇と関係があると、誰が判定するのだろうか、それはあなたばかりだという意味である。この歌も、『伊勢物語』（六十九段）の

かきくらす　心《こころ》の闇《やみ》に　まどひにき　夢《ゆめ》うつゝとは　こよひ定《さだ》めよ

を本歌とするが、公経は、時には「心の闇」に心を悩ますこともあったのであろうか。

るった。京都の北山に西園寺（のち鹿苑寺）を建立し、以後、西園寺を家名とする。「千五百番歌合」「内裏百番歌合」など多くの歌合に出詠。自らも「西園寺三十首」を主催する。『新古今和歌集』以降の勅撰集に入集。

*『平戸記』　鎌倉前期の公卿の正二位民部卿平経高（一一八〇〜一二五五）の日記。一一九六〜一二四六年までの五十年間にわたる。『経高卿記』ともいう。鎌倉前期の京都の朝議や政局を知る貴本資料の一つ。

砧打つ『絵本世都濃登起』

► 和歌索引

和歌索引

*本書掲載の和歌、漢詩を、記紀（古事記・日本書紀）、万葉集、古今和歌集、後撰和歌集、拾遺和歌集、後拾遺和歌集、金葉和歌集、詞花和歌集、千載和歌集、新古今和歌集、その他に分類し、それぞれを五十音順に並べて掲載頁を示した。

*五十音順の配列は、かなは本文における表記、漢字は本文における振り仮名によった。

*難読漢字は、初句のみ本文と同じ振り仮名を付した。

*歌末尾の（　）内に、それぞれの歌集における歌番号を付した。

*『百人一首』の歌（句の一部を改めて採られた歌を含む）には、末尾に※印を付した。

◎記紀（古事記・日本書紀）

◎万葉集

◎古今和歌集

もみぢ葉を風にまかせて見るよりもはかなき物は命なりけり（859）……133
宿りして春の山辺にねたる夜は夢の内にも花ぞちりける（117）……299
山かぜにさくら吹きまきみだれ南花のまぎれに立とまるべく（394）……103
山河に風のかけたるしがらみはながれもあへぬもみぢなりけり（303）※……156
山里は秋こそことにわびしけれしかのなく音に目をさましつゝ（214）……161
山里は冬ぞさびしさまさりける人目も草もかれぬとおもへば（315）※……149
山たかみ雲居に見ゆるさくら花心の行ておらぬ日ぞなき（358）……150
よそに見てかへらん人にふぢの花はひまつはれよ枝はおるとも（119）……150
世中にたえてさくらのなかりせば春の心はのどけからまし（53）……121
世の中はいかに苦しと思らむこゝらの人に怨みらるれば（1062）……171
世中はなにか常なるあすか河きのふの渕ぞけふは瀬になる（933）……156、167
夜ゐ〳〵に枕さだめむ方もなしいかに寝し夜かゆめに見えけむ（516）……334
わが庵は宮この辰巳しかぞ住む世をうぢ山と人はいふなり（983）※……112
わが君は千世に八千世にさゞれ石の巌となりて苔のむすまで（343）……167
わが心なぐさめかねつ更科やをばすて山にてる月を見て（878）……238
わが恋にくらふの山のさくら花まなくちるとも数はまさらじ（590）……155
わがやどの花見がてらに来る人はちりなむのちぞ恋しかるべき（67）……150
我妹子《わぎもこ》に相坂山のしのすゝきほには出でずもこひわたる哉（1107）……122
わくらばに問人あらば須磨の浦にもしほたれつゝ侘ぶとこたへよ（962）……118
わたつ海のかざしにさせる白妙の浪もてゆへる淡路島山（911）……273
わたの原八十島かけてこぎいでぬと人にはつげよ海人のつり舟（407）※……96、296
わびぬれば身をうき草の根をたえて誘ふ水あらば去なむとぞ思（938）……99
わび人のすむべき宿と見るなへに嘆き加はる琴のねぞする（985）……95
我のみやあはれとおもはむきり〳〵す鳴く夕かげの山となでしこ（244）……105
をそくいづる月もある哉あしひきの山のあなたも惜べら也（877）……249
をとは山をとに聞きつゝ相坂の関のこなたに年をふる哉（473）……170
をみなへし吹すぎてくる秋風は目には見えねど香こそしるけれ（234）……151
折《をり》つれば袖こそにほへ梅花ありとやこゝにうぐひすのなく（32）……308
をろかなる涙ぞ袖に玉はなす我は塞きあへずたぎつ瀬なれば（557）……117

◎後撰和歌集

秋風の吹につけてもとはぬ哉荻の葉ならば音はしてまし（846）……173
秋の田のかりほのいほの苫を荒みわが衣手は露に濡れつゝ（302）※……28
秋山に惑ふ心を宮滝の滝の白泡に消ちや果てむ（1367）……105
あさぢふの小野の篠原忍れどあまりてなどか人の恋しき（577）※……178
足柄の関の山路をゆく人は知るも知らぬもうとからぬ哉（1361）……114
東路《あづまぢ》の佐野の舟橋かけてのみ思渡るを知る人のなさ（619）……178
逢事の夜々を隔つる呉竹の節の数なき恋もする哉（673）……261
逢事は遠山摺りの狩衣着てはかひなき音をのみぞ泣く（679）……131
いたづらにたび〳〵死ぬと言ふめれば逢ふには何をかへむとすらん（707）……172
色深く染した本のいとゞしく涙にさへも濃さまさる哉（587）……200
うたゝねの床にとまれる白玉は君がをきける露にやあるらん（1284）……179
うつゝにて誰契剣定なき夢路に迷我は我かは（711）……196
卯花の咲けるかきねの月きよみ寝ず聞けとや鳴くほとゝぎす（148）……291
おほかたの秋の空だにわびしきに物思ひそふる君にもある哉（423）……175
思はむと我をたのめし事の葉は忘草とぞ今はなるらし（921）……146
思ひ河絶えず流るゝ水の泡のうたがた人にあはで消えめや（515）……313
思やる心にたぐふ身なりせば一日に千度君は見てまし（678）……134
かゝりける人の心を白露のをける物ともたのみける哉（613）……100
限りなき思ひの綱のなくはこそまさきのかづら撚りも悩まめ（1082）……109
限なき名におふふぢの花なればそこゐもしらぬ色の深さか（125）……142
かげろふに見し許にや浜千鳥ゆくゑも知らぬ恋にまどはむ（654）……179
数ならぬみ山隠れの郭公人知れぬ音をなきつゝぞふる（549）……157
かひもなき草の枕にをく露の何に消えなで落ちとまりけむ（1285）……179
君がため移して植ふる呉竹に千代もこもれる心地こそすれ（1382）……261
来《く》や〳〵と待つ夕暮と今はとて帰る朝といづれまされり（510）……131
今日よりは荻のやけ原かきわけて若菜つみにと誰をさそはむ（3）……208
これやこの行くも帰も別つゝ知るも知らぬもあふさかの関（1089）※……114、170
さを鹿の立ならす小野の秋萩に置ける白露我も消ぬべし（306）……101

◎拾遺和歌集

◎金葉和歌集

◎詞花和歌集

◎千載和歌集

◎新古今和歌集

かきくらす心の闇にまどひにき夢うつゝとはこよひ定めよ（伊勢物語）……349
かさゝぎの渡せるはしの霜の上を夜半にふみわけことさらにこそ（大和物語）……153
数ならぬふせ屋に生ふる名のうさにあるにもあらず消ゆる箒木（源氏物語）……247
風そよぐならの小川の夕暮はみそぎぞ夏のしるしなりける（新勅撰和歌集・192）※337
烏は見る世に色黒し、鷺は年は経れども猶白し、鴨の頸をば短しとて続ぐものか、
鶴の脚をば長しとて断るものか、（梁塵秘抄・386）……327
観音深く頼むべし、弘誓の海に船泛べ、沈める衆生引き乗せて、菩提の岸まで漕
ぎ渡る（梁塵秘抄・158）……327
消えはてて煙は空にかすむとも雲のけしきを我と知らじな（狭衣物語）……332
聞くたびに哀れとばかりいひ捨てゝ幾夜の人の夢をみつらん（続後撰和歌集・1212）……346
昨日より荻の下葉に通ひ来て今朝あらはるる秋の初風（千五百番歌合）……311
金烏《きんう》西舎に臨らひ、鼓声短命を催す。泉路賓主無し、此の夕家を離りて向かふ。
（懐風藻）……46
くちもせぬその名ばかりをとゞめをきて枯野の薄かたみとぞみる（山家集）……221
雲のうへも涙にくるゝあきの月いかですむらん浅茅生の宿（源氏物語）……178
冥《くら》きより冥き道にぞ入りぬべきはるかに照らせ山の端の月（和泉式部集）……224
くりこまの山に朝たつきじよりもかりにはあはじとおもひし物を（大和物語）……176
くれ竹の世々の竹とり野山にもさやはわびしきふしをのみ見し（竹取物語）……325
黒髪のみだれも知らずうちふせばまづかきやりし人ぞこひしき（和泉式部集）……224
汚れたるたぶさは触れじ極楽の西の風吹く秋の初花（樹下集）……113
ことならばさてこそ散らめ桜花惜しまぬ人もあらじと思へば（続後撰和歌集・120）347
木の間より見ゆるは谷の螢かもいさりに蜑の海辺行くかも（玉葉集）……113
この世をばわが世とぞ思ふ望月のかけたることのなしと思へば（小右記）……222
さくらがり雨はふり来ぬおなじくは濡るとも花の陰にくらさむ（撰集抄）……221
五月雨《さみだれ》に佐野の舟橋浮きぬれば乗りてぞ人はさし渡るらん（山家集）……179
五月雨の雲の晴間を待ちえても月見るほどの夜はぞ少なき（続後撰和歌集・204）347
さむしろに衣かたしきこよひもや恋しき人にあはでのみ寝む（伊勢物語）……340
猿沢の池もつらしな吾妹子がたまもかづかば水ぞひなまし（大和物語）……240
しぐれのみふる山里の木のしたはおる人からやもりすぎぬらむ（大和物語）……149
下もゆる歎きをだにも知らせばや焼火神のしるしばかりに（栄花物語）……246
塩釜にいつか来にけむ朝なぎに釣する舟はこゝに寄らなん（伊勢物語）……108
すきものと名にし立てれば見る人の折らで過ぐるはあらじとぞ思ふ（紫式部日記）229
鈴虫のこゑのかぎりを尽くしてもながき夜あかずふるなみだかな（源氏物語）……336
袖の香をよそふるからにたちばなのみさへはかなくなりもこそすれ（源氏物語）159
誰が里の春のたよりに鶯の霞に閉づる宿を訪ふらむ（紫式部集）……229
たち花の薫りし袖によそふれば変れる身とも思ほえぬ哉（源氏物語）……159
立よれば岩うつ波のをのれのみくだけてものぞかなしかりける（夜の寝覚）……198
旅寝する夢路はたえぬ須磨の関通ふ千鳥の暁の声（続後拾遺和歌集・590）……266
誰に見せ誰に聞かせむ山里のこの暁もおちかへる音も（更級日記）……239
ちりまがふ花を雪かと見るからに風さへ白し春の曙（千五百番歌合）……331
月もいでてやみに暮れたるをばすてになにとてこよひたづねきつらむ（更級日記）238
月やあらぬ春や昔の春ならぬわが身ひとつはもとの身にして（伊勢物語）……338
露もらぬ窟も袖は濡れけりと聞かずばいかゞ怪しからまし（山家集）……268
時によりすぐれば民のなげきなり八大竜王雨やめたまへ（金槐和歌集・719）……345
渡口《とこう》の郵船《いうせん》は風定まつて出づ　波頭の謫処は日晴れて看ゆ（和漢朗詠集）……96
とも千鳥もろごゑになくあかつきはひとりねざめの床もたのもし（源氏物語）…321
眺めつる身にだにかはる世中にいかで昔の月はすむらむ（新勅撰和歌集・1080）…348
ながれゆくわれはみくづとなりはてぬ君しがらみとなりてとどめよ（大鏡）……136
なき人のかきとどめけるみづぐきはうちみるよりぞかなしかりける（伊勢集）…129
難波江のあしの裏葉もいまよりはたゞ住吉の松としら南（能因集）……254
なほ頼めしめぢが原のさしも草我世の中にあらむ限りは（袋草紙）……282
日本の晁卿《ちょうけい》　帝都を辞し　征帆一片　蓬壺を遶る　明月帰らず　碧海に沈み
白雲愁色　蒼梧に満つ（李白全集）……79
箱根路をわが越えくれば伊豆の海や沖の小島に波のよるみゆ（金槐和歌集・593）344
はなざかりすぎもやすると蛙なく井手の山吹うしろめたしも（大和物語）……183
花さそふあらしの庭の雪ならでふり行くものは我身なりけり（新勅撰和歌集・1054）※
……348
花だにも同じ心に咲くものを植ゑけん人の心知らなん（百人一首一夕話）……164

花鳥のほかにも春のありがほに霞てかかる山の端の月（続後撰和歌集・135）……347
浜千鳥あとは都へ通へども身は松山にねをのみぞなく（保元物語）……299
早瀬河わたる舟人かげをだにとどめぬ水のあはれよの中（新勅撰和歌集・1234）…348
春すぎて夏きにけらし白妙の衣ほすてふ天のかぐ山（百人一首）※……40
春の夜の闇のまどひに色ならぬ心に花の香をぞ染めつる（紫式部集）……229
ひさかたのつきにおいたるかつらがはそこなるかげもかはらざりけり（土佐日記）165
楸《ひさぎ》生《お》ふる山片陰の石井筒ふみならしても澄む心かな（散木奇歌集）……273
一すぢにうきになしても憑まれず変るにやすき人の心は（続後撰和歌集・864）…346
人にまだ折られぬものを誰かこのすきものぞとは口ならしけむ（紫式部日記）…229
人はみな春に心をよせつめり我のみや見む秋の夜の月（更級日記）……239
人もをし人も恨めしあぢきなくよをおもふゆへに物思ふ身は（続後撰和歌集・1199）※
……330
降る雪にいづれを花とわぎも子が折る袖匂ふ春の梅が枝（続後撰和歌集・27）…347
ほに出でぬ物思ふらし篠すゝきまねくたもとの露しげくして（源氏物語）……122
松垣に這ひくる葛をとふ人は見るに悲しき秋の山里（和泉式部集）……188
満窓《まんそう》の明月満簾の霜　被冷かに燈残りて、臥牀を払う　燕子楼中霜月の夜　秋来たりて　只一人のために長し（白楽天）……132
みちのくの千家の塩がまちかながらからきは人に逢はぬなりけり（続後撰和歌集・733）……213
見てもまた逢ふ夜まれなる夢のうちにやがてまぎるゝわが身ともがな（源氏物語）341
都べに夢にもゆかむ便あらば宇津の山風吹もつたへよ（金槐和歌集・599）……344
むかしより阿弥陀仏のちかひにて煮ゆる物をばすくふとぞしる（宇治拾遺物語）240
虫の音もわが身ひとつの秋風に露わけわぶる小野の篠原（院四十五番歌合）……333
むまれしもかへらぬものをわがやどにこまつのあるをみるがかなしさ（土佐日記）165
埋木《むもれぎ》の花さく事もなかりしに身のなる果ぞかなしかりける（平家物語）……302
めぐり逢ひて見しやそれともわかぬまに雲隠れにしよはの月かげ（紫式部集）…228
百敷《ももしき》や古き軒端の忍ぶにも猶あまりあるむかしなりけり（続後撰和歌集・1202）※346
もろともに苔の下にはくちずしてうづもれぬ名をみるぞ悲しき（和泉式部集）…233
野寺《やじ》に僧を訪ひて帰さに月を帯びたり、芳林に客に携はりて酔ひて花に眠る（和漢朗詠集）……329
山遠くしては雲行客の跡を埋む　松寒くしては風旅人の夢を破る（和漢朗詠集）…271
山はさけ海はあせなむ世なりとも君にふた心わがあらめやも（金槐和歌集・680）…345
山ふかみ真木の葉分くる月影は烈しき物の凄き成けり（山家集）……329
行くれて木の下かげをやどとせば花やこよひのあるじならまし（平家物語）……343
夕されば篠のをざさを吹く風のまだきに秋のけしきなるかな（後葉和歌集）……309
よしや君昔の玉のゆかとてもかゝらん後は何にかはせん（保元物語）……299
世の中に恋てふ色はなけれどもふかく身にしむ物にぞ有ける（和泉式部集）……224
世中はつねにもがもな渚こぐあまのを舟の綱手かなしも（金槐和歌集・572）※…344
世の中は夢の渡りの浮橋かうちわたりつつものをこそ思へ（河海抄）……338
我が子は二十に成りぬらん、博打してこそ歩くなれ、国々の博党に、さすがに子なれば憎か無し、負かいたまふな、王子の住吉西の宮、（梁塵秘抄・365）……326
我恋は知らぬ道にもあらなくに惑ひわたれど逢ふ人もなし（躬恒集）……284
わが恋は知らぬ山路にあらねどもなどたましひのまどひ消ぬべき（貫之集）……274
忘るるは憂き世の常と思ふにも身をやる方のなきぞわびぬる（紫式部集）……228
忘れじと結びし野辺の花すゝきほのかにも見でかれぞしぬべき（敦忠集）……177
忘れては夢かとぞ思ふ思ひきや雪ふみわけて君を見むとは（伊勢物語）……121
我れこそは新島もりよ隠岐の海の荒き浪かぜ心して吹け（後鳥羽院御百首、増鏡）331
我を頼めて来ぬ男、角三つ生ひたる鬼になれ、さて人に疎まれよ、霜雪霰降る水田の鳥となれ、さて足冷かれ、池の萍となりねかし、と揺りかう揺り揺られ歩け（梁塵秘抄・339）……327
をぐらやまあらしのかぜのさむければもみぢのにしきゝぬ人ぞなき（大鏡）……218
乙女ども乙女さびすもから玉を袂にまきて乙女さびすも（五節の舞）……22
女の盛りなるは、十四五六歳廿三四とか、三十四五にし成りぬれば、紅葉の下葉に異ならず、（梁塵秘抄・394）……326

井上　辰雄（いのうえ・たつお）
1928年生れ。東京大学国史科卒業。東京大学大学院（旧制）満期修了。熊本大学教授、筑波大学教授を歴任す。筑波大学名誉教授。文学博士。

著書等『正税帳の研究』（塙書房）、『古代王権と宗教的部民』（柏書房）、『隼人と大和政権』『火の国』（以上、学生社）、『古代王権と語部』『熊襲と隼人』（以上、教育社）、『日本文学地名大辞典〈散文編〉』（監修）、『日本難訓難語大辞典』（監修）、『日本難字異体字大字典』（監修）、『天皇家の誕生─帝と女帝の系譜』、『古事記のことば─この国を知る134の神語り』、『古事記の想像力─神から人への113のものがたり』、『茶道をめぐる歴史散歩』、『万葉びとの心と言葉の事典』（以上、遊子館）、『常陸国風土記の世界』（雄山閣出版）など。

図説・和歌と歌人の歴史事典
2010年 3 月1日　第1刷発行
2012年 2 月8日　第2刷発行

著　　者　井上辰雄
発 行 者　遠藤　茂
発 行 所　株式会社 遊子館
　　　　　107-0052
　　　　　東京都港区赤坂7-2-17 赤坂中央マンション304
　　　　　電話　03-3408-2286　FAX　03-3408-2180
印刷製本　シナノ印刷株式会社
装　　幀　中村豪志
定　　価　カバー表示

ISBN978-4-86361-004-0 C3092

遊子館の辞典

日本難訓難語大辞典　定価（本体16,000円＋税）ISBN978-4-946525-74-2
井上辰雄 監修
B5判・上製・488頁
「読めない」「引けない」日本語がすぐわかる。国文学、歴史用語、古文書、古記録、宛字、外来語、動植物用語など、各分野より1万6000余語を幅広く採字した本格的な難訓難語解読辞典。

日本文学地名大辞典 — 詩歌編（上・下）　揃価（本体36,000円＋税）ISBN978-4-946525-17-9
大岡　信 監修
B5判・上製・セット箱入・総1200頁
万葉から現代まで、北海道から沖縄まで日本の詩歌に詠まれた地名を解説。豊富な詩歌作品例による地名表現の実証資料辞典。収録地名2500余。和歌・連歌・短歌・俳句・近代詩1万5000余の作品を時代順に収録。都道府県別地名索引・歌枕地名（旧国名別）索引・俳枕地名索引完備。

日本文学地名大辞典 — 散文編（上・下）　揃価（本体36,000円＋税）ISBN978-4-946525-34-6
井上辰雄 監修
B5判・上製・セット箱入・総800頁
『古事記』から『街道を行く』まで、1800余の作品例による文学地名表現辞典。収録地名1200余。日本文学の主要な散文・宴曲・歌謡・狂言・謡曲作品を分類して時代順に収録。400図におよぶ歴史図絵収録。都道府県別地名索引完備。

〔日本文学史蹟大辞典〕　全4巻
井上辰雄・大岡信・太田幸夫・牧谷孝則 監修
各巻A4判・上製・セット箱入／地図編172頁・地名解説編480頁／絵図編（上・下）480頁
史蹟地図＋絵図＋地名解説＋詩歌・散文作品により、文学と歴史を統合した最大規模の文学史蹟大辞典。史蹟約3000余、詩歌・散文例約4500余。歴史絵図1230余収録。
日本文学史蹟大辞典 — 地図編・地名解説編　揃価（本体46,000円＋税）ISBN978-4-946525-31-5
日本文学史蹟大辞典 — 絵図編（上・下）　揃価（本体46,000円＋税）ISBN978-4-946525-32-2

〔短歌・俳句・狂歌・川柳表現辞典〈歳時記版〉〕　全6巻
大岡信 監修　各巻B6判512～632頁、上製箱入
万葉から現代の作品をテーマ別・歳時記分類をした実作者・研究者のための作品辞典。他書を圧倒する情報量。全項目7300余。全作品3万7000余。全時代の作品を年代順に収録。作品の出典明記。季語の検索に便利な「歳時記」構成。四季索引完備。
短歌俳句 植物表現辞典　定価（本体3,500円＋税）ISBN978-4-946525-38-4
短歌俳句 動物表現辞典　定価（本体3,300円＋税）ISBN978-4-946525-39-1
短歌俳句 自然表現辞典　定価（本体3,300円＋税）ISBN978-4-946525-40-7
短歌俳句 生活表現辞典　定価（本体3,500円＋税）ISBN978-4-946525-41-4
短歌俳句 愛情表現辞典　定価（本体3,300円＋税）ISBN978-4-946525-42-1
狂歌川柳表現辞典　定価（本体3,300円＋税）ISBN978-4-946525-43-8